Georges Blond

MUSKETIERE DER MEERE

Logbuch der Freibeuterei

BECHTLE

Aus dem Französischen
von
Christian Sturm
und
Uta Kiegeland

München und Esslingen
Gesetzt aus der Linotype Palatino
Gesamtherstellung: Welsermühl, Wels
Umschlaggestaltung: Klaus Bäulke, München
Printed in Austria
ISBN 3-7628-0160-6

Inhalt

Alle jene Länder in Europa, die an der Plünderung der Neuen Welt keinen Anteil hatten, brandmarkten aus Neid die unmenschlichen Taten der Konquistadoren.

Erste Epoche

DIE SÖHNE DER SCHILDKRÖTENINSEL

1

Erste Bekanntschaft

Frühjahr: an der sonnenüberfluteten Südküste Kubas wuchert eine üppige Vegetation. Gegen den tiefblauen Himmel zeichnen die Höhenzüge der Sierra Maestre eine scharfe Kontur, am Fuße der buschbestandenen Hänge flimmern Sandstrände.
Die Mannschaft der *Dauphin*, eines kleinen Segelschiffs, das am Vormittag des 16. Mai 1668 die Küste am Nordostkap entlangfuhr, warf keinen Blick auf das Festland. Die Landschaft, die Schönheiten der Natur ließen sie völlig kalt. Ästhetische Gefühle waren ihr fremd. Ihr einziger Gedanke galt der begehrten Beute, die weniger als 1000 Faden vor der *Dauphin* über das Meer floh. Seit Stunden waren diese Männer von nichts anderem besessen als von der Jagdgier, einer Erregung, die sich auf Brust und Magen niederschlug.
Die Galeone war am Vorabend bei Sonnenuntergang gesichtet worden, etwa 15 Seemeilen südwestlich der Landzunge von Santo Domingo. Sie erhielt den Wind schräg von hinten, fuhr ziemlich langsam, steuerte das Nordkap an. Da in den Tropen kaum eine Dämmerung aufzieht, war dem Kapitän der *Dauphin* klar, daß er das verfolgte Schiff trotz seiner größeren Schnelligkeit nicht vor Einbruch der Nacht einholen konnte. Er wandte sich an Michel den Basken, den Anführer des Unternehmens:
»Wir werden es erst morgen schnappen können.«
»Wir laufen Gefahr, es in der Dunkelheit zu überholen. Es wird keine Positionslichter stecken.«
Der Kapitän kannte sein Metier. Er nahm einen großen Holzbalken ins Schlepptau, um die Geschwindigkeit seines Schiffs zu drosseln. Um den Verfolgten nicht aufmerksam zu machen, entschied er sich gegen Segelmanöver.
Als die Männer erfuhren, daß sie sich bis zum nächsten Tag gedulden mußten, murrten sie. Sie starrten auf die Galeone, die weit vor ihnen im Meer dahinzog; die untergehende Sonne warf einen letzten

Schimmer auf ihre verschmutzte, zerrissene, buntscheckige Kleidung europäischen Zuschnitts. Viele trugen nur ein Hemd und eine am Knie abgeschnittene Hose. Männer aller Altersstufen und überraschenderweise auch Männer, die, obwohl kaum älter als 40 Jahre, wie Greise aussahen.

Die Nacht war hereingebrochen, die Männer schliefen unter den Segeln, die auf Deck ausgebreitet waren. Das kümmerte sie wenig — Unbequemlichkeit gehörte zu ihrem Alltag.

In einer der drei winzigen Kajüten am Hinterdeck wohnte der Bordchirurg, ein 22 Jahre alter Mann, gebürtig aus Honfleur in Frankreich. Sogar in der Nacht schrieb er, bei Laternenlicht, eine Stunde lang. Seit er vor zwei Jahren Frankreich verlassen hatte, führte er eine Art Tagebuch. Sicher konnte er sich nicht vorstellen, daß diese persönlichen Aufzeichnungen über Jahrhunderte hinweg erhalten bleiben sollten.

Als er an jenem Morgen an Deck ging, wo die Männer geschäftig hin und her liefen, sah er sogleich, daß der Balken wieder an Bord gehievt worden war — und dennoch zog die *Dauphin* eine kaum sichtbare Kiellinie, ihre Segel hingen schlaff herunter — Flaute.

Dichter Nebel bedeckte das Meer, das Schiff trieb dahin wie ein toter Fisch auf der Oberfläche eines abgestorbenen Planeten. Am Hinterschiff unterhielt sich der Kapitän mit Michel dem Basken. Die Blicke der auf Deck versammelten Männer richteten sich auf sie — feindselige Blicke.

Der dichte, wattige Nebel dämpfte die Geräusche. Der Chirurg hörte dennoch, was der Kapitän dicht neben ihm zu Michel dem Basken sagte. Seiner Meinung nach mußte sich der Nebel vor Sonnenaufgang auflösen, er rechnete mit einer frischen Brise; er schien seiner Sache sicher zu sein.

Michel der Baske, ein untersetzter, stämmiger Mann, bewahrte seine undurchdringliche Miene. In seinem Gürtel steckten zwei Pistolen, ein Krummsäbel und zwei Dolche.

Der junge Mann stieg in seine Kajüte hinunter, öffnete eine längliche Holzkiste und prüfte noch einmal seine Instrumente; sie glichen eher Tischlerwerkzeugen, aber Alexandre Olivier Exmelin, so hieß der Medikus, hielt sie für hochmodern. Allerdings beunruhigte ihn der Gedanke, daß er in seinem Fach ein Anfänger war und mit seinen Skalpellen viel häufiger an Leichen als an Lebendigen herumhantiert hatte. Aber es war sein unbedingter Wunsch gewesen, in See zu stechen; er hatte seinen Schirmherrn, d'Ogeron, den Gouverneur der Schildkröteninsel, angefleht, seine Bewerbung bei Michel dem Basken zu unterstützen. Und jetzt stellte er sich die Frage, wie dieser unerbittliche, schroffe Mann seine Unerfahrenheit aufnehmen würde.

Auf Deck gab es Lärm. Exmelin dachte an eine Meuterei, doch der kehlige Schrei war dafür zu spontan. Und das Geräusch des gegen den Schiffsrumpf schlagenden Meeres hatte sich verändert: Die *Dauphin* mußte an Fahrt gewonnen haben. Als der junge Mann wieder an Deck geklettert war, sah er, daß sich die Voraussage des Kapitäns erfüllt hatte: Der Nebel war verschwunden. Sonne und Wind. Die Männer hatten einen Freudenschrei ausgestoßen, als sie die Galeone wieder erblickt hatten. Und jenseits der Beute, hoch über dem Horizont, die Sierra Maestre. Der Spanier nahm nordöstlichen Kurs, direkt auf den Hafen von Santiago de Cuba.

Die *Dauphin* war ein schnelles Schiff; sie hatte einen einzigen hohen Mast mit einem dreieckigen Bermudasegel, einen Bugspriet mit einem großen Klüver. Das Schiff war etwa 30 Meter lang und 6 bis 7 Meter breit. 70 Mann waren hier zusammengepfercht. Das gehörte zur Taktik: Es ging ja nicht um das angenehme Erlebnis einer Seereise, sondern darum, eine größtmögliche Zahl von Männern zu transportieren, die das gejagte Schiff entern sollten. Die *Dauphin* war mit fünf kleinen Kanonen bestückt, eine davon war am Bug postiert. Die Mannschaft war mit langen Flinten, Pistolen, Säbeln und Hirschfängern bewaffnet. Als die *Dauphin* den Abstand zusehends verringerte, richteten sich alle Blicke auf die Galeone. Plötzlich rief Michel der Baske einige Kommandos, die Exmelin nicht verstand. Der Kapitän erteilte dem Steuermann Anweisungen. Die Galeone hatte den Kurs geändert, war nach rechts abgedreht; der Kapitän hatte die Gefahr erkannt und war beigedreht, um die Verfolger mit einer vollen Breitseite einzudecken. Der Kapitän der

Dauphin ließ sofort den Kurs korrigieren, um wieder genau hinter das Heck der Galeone zu kommen, so daß das Kaperschiff nur noch der Heckkanone ausgesetzt war. Die auf Deck zusammengepferchten Männer wußten, was nun kommen würde. Die Entfernung zwischen den beiden Schiffen würde sich immer mehr verringern, man würde die Enterhaken werfen, und die Horde wütender Männer würde sich auf die Beute stürzen.

Die Galeone hieß *San Iago*, wie der Hafen von Kuba, in dem sie Zuflucht zu finden hoffte. Jeden Tag wurde an Bord die Messe zelebriert — an jenem Tag besonders feierlich: Es war Sonntag. Die vor einem Altar zusammengedrängte Menschenmenge füllte das ganze Deck.

Vorne auf dem Oberdeck, am weitesten vom Altar entfernt, stand eine bunt zusammengewürfelte Gruppe Soldaten und Matrosen. Auf dem wesentlich tiefer gelegenen Mitteldeck hatte sich ein Haufen Passagiere zusammengerottet: dunkel gekleidete Geistliche, Unteroffiziere, Siedler, Kaufleute, von Kindern umringte Mütter, auch Mädchen mit hochgeröteten Wangen und strohblonden Haaren. Die Passagiere waren gekleidet wie in Madrid oder Sevilla, niemand hatte sich dem Klima gemäß angezogen.

Bei näherem Zusehen konnte man bemerken, daß der prächtige Anblick der Menge trog; ihre Kleider waren durch Flecken verunstaltet: Fettflecke, Rotweinflecke, Soßen- oder Pechflecke.

Und die Seidenkleider, die Umhänge und Mantillen waren sehr zerknautscht, als hätten ihre Besitzer mehrere Nächte darin geschlafen. Genau das war der Fall, aber die Flecken und Knitterfalten konnten den dünkelhaften Stolz und die Selbstzufriedenheit dieser Kaste, die den Altar umringte und fast den Körper des geopferten Christus berührte, nicht beeinträchtigen. An Bord der überladenen Galeone herrschten ein kunterbuntes Durcheinander und sexuelle Ausschweifungen, die wir uns kaum vorstellen können. Dennoch ergriff man jede Gelegenheit, um die Standesunterschiede zu betonen.

Trotz allen Dünkels überzog ein Schatten die Gesichter dieser Hidalgos und Edeldamen, wenn ihr Blick über Altar und Priester hinwegschweifte und sich auf den schwarzen, von einem grauen Segel überragten Schiffsrumpf heftete, der seit Stunden unerbittlich näherrückte. Seit fast einem Jahrhundert galt jedes Schiff auf der ganzen Weite der Karibischen See, das keine spanische Flagge führte, als Piratenschiff, als gesetzlos. Und das Gesetz der Gesetzlosigkeit war das einzig geltende Gesetz. Der Verfolger der Galeone hißte keine Flagge.

Der Kapitän der *San Iago* hoffte, noch rechtzeitig in den Hafen von Santiago einlaufen zu können. Zweimal hatte er den Kurs geändert, so daß er den Verfolger quer vor sich hatte und ihm seine Kanonen zeigen konnte. Doch der Verfolger hatte jedes Manöver mitgemacht, und kam so immer wieder hinter das Heck der Galeone. In das Meer gebohrt, fuhr er wie von einer unsichtbaren Hand geschoben, in voller Geschwindigkeit gegen den Wind, während die Galeone trotz ihrer drei Masten und sechs Segel träge dahintrieb.

Die Galeonen, die nach den Karavellen aus der Ära Kolumbus über die Meere fuhren, waren größer als jene – sechs- bis achthundert Bruttoregistertonnen, drei Masten, sechs, acht oder zehn Segel –, aber sie waren seeuntüchtiger als die älteren Karavellen. Seit Beginn des 16. Jahrhunderts überquerten diese langsamen Kauffahrteiflotten mit Geleit den Atlantik, um aus der Neuen Welt die Schätze zu holen, ohne die Spanien nicht mehr leben konnte. Die Galeonen waren zugleich Last- und Kriegsschiffe. In den Antillen durften sie ohne Geleitzug kreuzen – wie die *San Iago* an jenem Vormittag des 13. Mai 1668.

Wie die anderen Schiffe, die die Südmeere befuhren, hatte die *San Iago* ihren Rumpf mit Bleiplatten beschlagen, die einen Algenbesatz verhinderten. Erhielt sie den Wind von hinten oder voll von der Seite, erreichte sie eine beachtliche Geschwindigkeit. Der Kapitän wußte genau, warum die *San Iago* jetzt träge wie ein See-Elefant dahinschlingerte: sie war überladen.

Die Vorschriften der *Casa de Contración* von Sevilla untersagten es ausdrücklich, die Galeonen mit anderen als für den König von Spanien bestimmten Waren zu beladen. Seit ihrem Inkrafttreten im

Jahre 1503 waren diese Vorschriften unaufhörlich angeschwollen. Sie wurden zu einer monströsen Pflanze, einem Tintenfisch, einer Riesenspinne; die zusehends präziser abgefaßten Absätze regelten alles auf den Schiffen und in Amerika – von der Deckbreite, der Kopfbedeckung der Indianersklaven und der spanischen Siedler bis hin zu den Litaneien, die gemäß dem Zyklus des Kirchenjahres jeden Morgen an Bord der Galeonen rezitiert wurden. Doch diese Menge minutiös abgefaßter, wahnsinniger Vorschriften war ein hohles Faß, ein Nichts, denn je mehr sich dieser Kodex aufblähte, desto weniger respektierte man ihn. Schließlich war die *Casa* eine Bürokratie an sich, ein wirkungsloses Monstrum. Das Gebot, ausschließlich für den Souverän bestimmte Waren zu transportieren, wurde am häufigsten zum Profit der Kapitäne, Offiziere und Matrosen übertreten. So wurde gar eine Galeone gesichtet, die die Flagge des Admirals der Flotte gehißt hatte und 700 Personen, darunter 400 illegale Passagiere, an Bord hatte.

Der Kapitän der *San Iago* hätte nicht mit Sicherheit sagen können, wie viele Personen sein Schiff transportierte, aber er wußte wohl, wie viele der vorschriftsmäßigen Kanonen vor Lichten des Ankers entfernt worden waren, um mehr gewinnbringende Waren laden zu können. Die Hälfte der Kanonen der *San Iago* war durch Passagiere und Waren ersetzt worden, durch eine verbotene Fracht, die vielleicht zehnmal so schwer war wie die vorgeschriebene Artillerie. Die *San Iago* war derart überladen, daß das Mitteldeck zwischen dem erhöhten Vorder- und Hinterteil fast auf Meereshöhe lag – ein Glück, daß das Wetter bislang so mild gewesen war. Ungezählt sind die Schiffe, die – ähnlich überladen – ein plötzlich aufkommender Tropenorkan mit Mann und Maus vernichtet hatte.

Auf dem Deck der *San Iago* wohnte die dichtgedrängte Menge der Messe bei, doch innen im Schiffsrumpf, in dunklen oder düster erleuchteten Abteilen, wachten Männer über die Waren, die ihnen gehörten oder für die sie die Verantwortung trugen. Sie waren auf Kisten oder Säcken ausgestreckt, oder sie lagen gar auf den rauhen Planken und verteidigten ihre Nahrung gegen die Ratten. Seit die Galeone in See gestochen war, hatten diese Männer das Tages-

licht nicht mehr erblickt. Sie glichen Schaben in fauligem Pestgeruch.
Das ganz hinten, zwei Stockwerke unter der Kapitänskajüte gelegene Abteil war an allen Seiten mit Eisenstangen eingefaßt und in einen Tresor umgestaltet worden, dessen einzige Öffnung an der Oberseite angebracht war. Und diese gleichfalls gepanzerte und mit einem schweren Vorhängeschloß gesicherte Einstiegsluke ging auf das nächste Abteil, in dem zehn mit Messern und Pistolen bewaffnete Wachen postiert waren. Die Hälfte von ihnen wurde alle zwei Stunden abgelöst. Von der einzigen Laterne, die in dieser Höhle baumelte, ging ein so schwacher Schimmer aus, daß die von außen kommenden Wachen zunächst blindlings umhertappten und mit den anderen zusammenrumpelten. Dieses Dunkel war eine zusätzliche Verteidigungsmaßnahme gegen einen eventuellen Handstreich.
In dem tief unten liegenden und so gut verteidigten Verschlag ruhte, unsichtbar in der totalen Finsternis, der schwere und stumme, inbrünstiger als Christus angebetete Gott: Goldbarren.

Alljährlich stachen in Sevilla zwei *flotas* in See; sie waren mit europäischen Waren beladen – auf ihrer Rückfahrt nach Spanien transportierten sie Gold, Silber und Tropenwaren. Die eine Flotte steuerte direkt Kuba an, die andere Karthago in Kolumbien, um dann für 14 Tage im Hafen von Porto Bello an der Atlantikküste, der Landenge von Panama, vor Anker zu gehen.
Die Stadt Panama liegt an der Pazifikküste der Landenge. In ihrem Hafen traf das von der spanischen Pazifikflotte aus Peru und Chile herbeigeschiffte Gold ein. Die Barren wurden dann auf Maulesel gepackt und über die Landenge nach Porto Bello transportiert, wo man sie an Bord der Galeonen der *flota* Nummer zwei brachte. Diese stieß in Kuba wieder auf die Schiffe der *flota* Nummer eins und fuhr häufig gemeinsam mit jener über den Atlantik nach Europa zurück.
Die *San Iago* war am 6. Mai 1668 mit Bestimmungsort Havanna in Porto Bello in See gestochen. Von allen Inseln der Antillen gehörte nur noch Kuba zur spanischen Krone. Diese Insel mußte trotz

der Gefahren der Meere und der Bedrohung, die von den ständig kreuzenden französischen und englischen Freibeutern ausging, angefahren werden. Die Freibeuter hatten ihre Stützpunkte auf der Schildkröteninsel, in nächster Nähe nördlich von Santo Domingo, und in Port Royal (Jamaika).

Die Messe an Bord der Galeone ging ihrem Ende entgegen. Die *San Iago* war rund zwei Seemeilen vom Hafen San Iago de Cuba entfernt, ihr Verfolger noch immer genau hinter ihr – in einer Entfernung von rund 800 Faden. Und dieser Abstand verringerte sich zusehends.

Der Zug, der mit Musik durch den tropischen Wald zog, war von einer fremdartigen Schönheit – Wesen von einem fernen Stern. Die rot, ockerfarben und blau bemalten, mit Pantherfellen gegürteten und vielfarbigen Federbüschen geschmückten Männer schlugen Gongs, bliesen Hörner, Muscheltrompeten und schüttelten tönende Halsbänder. Schwarz eingehüllte, riesengroße Priester trugen gewaltige goldene Brustplatten in Sonnenform oder goldene Kronen, von denen Smaragdvorhänge herabhingen, die fast das ganze Gesicht verdeckten.
Die am prächtigsten Geschmückten schritten direkt vor einer goldenen, ebenfalls mit Sonnen geschmückten Sänfte. In ihr saß ein Mann ganz aus Gold – der lebendige Götze, *el Dorado*, der Goldene. Man sah, daß er lebte, daß er keine Statue war, weil er sich bewegte, mit den langsamen, majestätischen Gebärden eines großen Fürsten. Aber die ganze Oberfläche seiner Haut war vergoldet, es gab nicht eine Faser seines Körpers, die nicht magisch glänzte und leuchtete. Sein vollkommen nackter und enthaarter Körper war mit Goldpuder bedeckt, der mit Harz aufgeklebt war. Manchmal starb dieser menschliche Gott, erstickt an diesem Überzug, noch vor der Ankunft am See.
Jedesmal zog diese Prozession gleich langsam zum See, ein Fluß aus Musik, in dem der angsteinflößende Baß von spitzen Hörnern überlagert wurde, eine heilige Schlange, auf die die Sonne durch das

Die Eingeborenen Westindiens bereiteten den Spaniern, die sie für Halbgötter hielten, einen freundlichen Empfang.

Laubwerk hindurch Funken sprühte. Eine unsichtbare Menschenmenge sah den Zug vorüberziehen. Sie mußte unsichtbar bleiben, jedem, der sich zeigte, durchbohrten Dolche die Brust. Tausende nackter, auf der Erde ausgestreckter Indianer setzten jedesmal trunken ihr Leben aufs Spiel in der Hoffnung, wenigstens für eine Sekunde den goldenen Kaziken sehen zu dürfen.

Das lange, flache und blau bemalte Kanu wartete auf dem See, seine 20 blauen, mit Goldmasken getarnten Ruderer verharrten unbeweglich. Als die Sänfte abgestellt war, wurde *el Dorado* auf Armen zum Kanu getragen, und zugleich krümmten sich die Ruderer. Eine feine Kiellinie wurde wie mit dem Messer bis zur Seemitte gezogen. Vom Strand aus verfolgten die Priester und andere Teilnehmer der Prozession in unbeweglicher Haltung und mit gierigen

Die Eingeborenen boten den Spaniern ihre Erzeugnisse an, und es machte ihnen große Freude, ihren Schmuck und ihre schweren Goldwaren gegen europäischen Plunder einzutauschen.

Augen das Schauspiel; die Musik war verstummt. Unbeweglich lag in der Seemitte das Kanu. In seinem Hinterteil stand *el Dorado*, beide Arme gen Himmel gereckt. Plötzlich tauchte er ins Wasser ein. Der Lärm der Musiker und der wie aus einer Kehle ausgestoßene Schrei schienen den Strand und den ganzen Wald zu erschüttern. *El Dorado* schwamm langsam um das Kanu herum, der Goldstaub löste sich von seiner Haut, verbreitete sich auf der Oberfläche des Sees, löste sich auf und sank langsam wie tausend Sterne in die Tiefe. In diesem Augenblick schrien die Teilnehmer der Prozession auf und warfen die prächtigen Schmuckstücke so weit wie möglich in den See. Die Smaragde, die Goldplatten, Kronen und schweren Armbänder durchlöcherten die schillernde Oberfläche des Wassers und versanken für alle Zeiten – Opfergaben für die Gottheit. Mark-

erschütternder Beifall erschallte, als der nackte, von seinem Gold abgewaschene Kazike, der jetzt befreit und gereinigt war, wieder in das blaue Kanu kletterte, das ihn ans Land brachte. Auch die Ruderer hatten ihre Goldmasken in die Fluten geworfen.
Dieses Fest trug sich im wuchernden Dickicht eines Tropenwaldes auf der Hochebene von Guatavita, unweit von Bogota, Kolumbien, zu. Lange bevor die Europäer in dieses Land gekommen waren, hatte es sich Jahrhunderte lang zahlreiche Male abgespielt, jeweils bei der Inthronisation eines neuen Kaziken. Der Sinn dieser Zeremonie war augenscheinlich Reinigung und Opfer. Doch aus den Berichten über die Indianer, die die ersten Europäer immer wieder verbreiteten, wurde eine begierig aufgenommene Legende. *El Dorado* hörte auf, ein Mensch zu sein, er wurde zu einem Land. Er wurde zum Inbild dessen, das heftiger begehrt wurde als alles andere auf der Welt.

Die ihre Beute hetzende *Dauphin* hatte ihr Äußeres verändert. Die Männer, die den Blick auf die Galeone geheftet, gestikulierten und schrien, die Männer, deren Gesichter vor Begierde verzerrt waren – sie waren verschwunden. Alle lagen sie jetzt flach auf dem Deck, Seite an Seite, zusammengepfercht wie Neger auf einem Sklavenmarkt. Sie bildeten einen aus Lumpen zusammengestückelten Teppich, der das Deck überzog. Ganz hinten standen Michel der Baske, der Kapitän und der Steuermann. Der Wundarzt tauchte aus seinem Verschlag auf und betrachtete das eigenartige Schauspiel.
Die Männer hatten den Befehl erhalten, sich flach hinzustrecken, damit die Spanier die Zahl der Angreifer nicht feststellen konnten. Die auf dem Boden liegenden, von der Brüstung geschützten Männer blieben bis zum letzten Augenblick unsichtbar. Tiefes Schweigen herrschte an Bord der *Dauphin*, nur das leise Säuseln der Brise war zu hören, das Knarren des Racks und das einschmeichelnde Geräusch der am Schiffsrumpf vorbeistreichenden Wellen.
Der Wundarzt starrte auf die Galeone, die sich zusehends höher aus dem Meer erhob. Das Schiff, mit dem er von Europa in die Südsee gekommen war, hatte eine ähnliche Tonnage gehabt. Mit Schaudern

erinnerte sich der junge Mann an die neunwöchige Atlantiküberfahrt. Alexandre Olivier Exmelin, Sohn eines Apothekers aus Honfleur, hatte eine harte Kindheit und eine dürftige Schulbildung hinter sich. Und doch hatte er auf seiner Überfahrt zu den Inseln auf hoher See erkannt, was kein Geschichtsbuch und nur wenige Berichte melden: daß zu jener Epoche die Reisenden untergebracht waren wie Schweine, nur schlechter genährt.
Der junge Mann hatte sich für das Exil entschieden, nachdem es den Anhängern der reformierten Religion untersagt worden war, einige der interessantesten Berufe auszuüben. Wie die meisten seiner Gefährten reiste er kostenlos, nachdem er sich verpflichtet hatte, drei Monate in die Dienste eines Siedlers zu treten. Er war mit der Absicht ausgewandert, den halbwegs erlernten Beruf eines Chirurgen und Wundarztes auszuüben.

Die *Dauphin* näherte sich ihrer Beute zusehends. Michel der Baske befahl Exmelin, sich in seinen Unterschlupf zurückzuziehen und dort bis zum Entern zu bleiben. Schließlich sollte ja nicht der Arzt als erster umkommen! Im Halbdunkel seines Verstecks schossen dem jungen Mann grausige Gedanken durch den Kopf. »Werde ich wenigstens die Schildkröteninsel wiedersehen?« An seine Heimat Honfleur verschwendete Exmelin keinen Gedanken. Zum Teufel mit Honfleur! Er hatte den Stab über der Vergangenheit gebrochen.
Nach neunwöchiger Überfahrt, das heißt, nach neun Wochen verfaulender Nahrung, bestialischen Gestanks und quälenden Dursts, war Exmelin und seinen Reisegefährten die Schildkröteninsel wie ein Paradies erschienen. Mit freundlichen Empfehlungen versehen, war Alexandre Olivier vom Präsidenten d'Ogeron wie ein Sohn empfangen worden. Wie ein Keulenschlag traf es den jungen Mann, daß er nach zwei Tagen des süßen Nichtstuns unter starker Bewachung auf den Marktplatz geführt wurde, wo nicht nur Tiere und Gemüse, sondern auch Menschen verkauft wurden. Versteigert wurden auf diesem Platz sowohl Neger aus Afrika als auch Weiße, die mit den Schiffen der *Compagnie des Indes* eingetroffen waren.
Die Siedler der Inseln hielten ihre Glaubensbrüder in Christo nicht

Im Prinzip war die friedliche Nutzung der vielen landwirtschaftlichen Erzeugnisse sowie des Mineralreichtums das Ziel der Ostindischen Kompagnie und anderer Gesellschaften. In Wirklichkeit aber wurde ihr Ertrag von den Gewinnen der Freibeuter und der Sklavenhändler übertroffen. Auf dem obigen Bild verkauft ein englischer Kolonist eine Negerin, die einmal seine Konkubine war.

im strengsten Sinne des Wortes wie Sklaven, da sie sie nicht auf Lebzeiten erwarben. Sie liehen sie sich für drei Jahre von der *Compagnie* aus und zahlten ein Gehalt, das etwa dem eines von der Pike auf gedienten Soldaten gleichkam. Die *Compagnie* nahm 30 Taler pro Kopf.

Exmelin hatte das Glück gehabt, daß sein Pflichtdienst nur ein Jahr gedauert hatte, doch in der Erinnerung sah er sich als schuftender Galeerensklave: Holzfällen, Tabak anpflanzen, Schweinefüttern. »An Sonn- und Festtagen konnten wir spazierengehen. Die schlechte Behandlung, der nagende Kummer und der Skorbut ließen viele von uns sterben.« Schließlich erbarmte sich der Gouverneur des krank gewordenen Exmelin, auf den Inseln durfte er dann seinen Beruf ausüben. Und sechs Wochen später war er an Bord der *Dauphin,* auf die die Heckkanone der Galeone jeden Augenblick das Feuer eröffnen konnte.

Was nach dem Aufbringen der Galeone geschehen würde, war bis ins kleinste Detail festgelegt. Die Beute würde durch ein Prisenkommando auf die Schildkröteninsel gebracht werden. Die Galeone selbst würde Michel dem Basken zufallen, der sie behalten oder verkaufen konnte. Das Raubgut wurde nach einem bestimmten Verfahren aufgeteilt, nach dem auch die *Compagnie des Indes,* der Gouverneur und der Chirurg besonders beteiligt waren. Sonderzuwendungen erhielten auch die Verwundeten und Krüppel. Verlust eines Auges: 100 Taler; Verlust beider Augen: 600 Taler; Verlust der rechten Hand: 200 Taler; Verlust eines Beines: 200 Taler, und so fort. Die Nutznießer konnten bei entsprechender Beute auch Sklaven anstatt des Geldes bekommen.

Die Galeone *San Iago* nahm weiterhin Kurs auf Santiago. Noch waren die Anlagen des nahen, aber hinter einem Vorgebirge verborgenen Hafens nicht zu sehen. Backbord zeichnete sich die Küste immer deutlicher ab. Tiefer im Landesinneren waren vereinzelte Farmen und kleine Siedlungen zu erkennen, doch keine Menschenseele weit und breit.

An Bord der Galeone herrschte Schweigen, eine Art Betäubung ver-

langsamte die Bewegungen. Obwohl die Messe seit geraumer Zeit zu Ende war, verharrten Passagiere und Soldaten unbeweglich auf Deck. Ihre Blicke waren nach rückwärts gerichtet – auf das näher und näher kommende Schiff. Der Befehlshaber des Schiffes und die Offiziere der an Bord befindlichen Soldaten hatten sich seit dem Ende der Messe in der Kapitänskajüte versammelt. Bis jetzt waren sie noch nicht wieder erschienen.
Die Galeonen jener Epoche mußten vorschriftsgemäß mit 25 bis 40 Kanonen bestückt sein, die Kugeln von 25 bis 120 Pfund abfeuern konnten. Zieht man die kurz vor Lichten der Anker vorgenommene Unterschlagung in Betracht, so war die *San Iago* mit noch mindestens zwölf Kanonen, sechs an jeder Seite, ausgerüstet. Diese Bewaffnung müßte mehr als ausreichend sein, um mit jedem Freibeuterschiff den Kampf erfolgreich aufnehmen zu können.
Die spanischen Soldaten des 17. Jahrhunderts waren tapfer. Die spanische Infanterie war allgemein gefürchtet. Zahlreiche Galeonen haben schwere Kämpfe in der Karibischen See ausgefochten, spanische Geschwader haben wiederholt die gut verteidigten Stützpunkte der Freibeuter angegriffen, auch die Schildkröteninsel. Andererseits haben sich auch, wie behext von den Piraten, mächtige Galeonen kampflos ergeben.

An Bord der *San Iago* entstand Bewegung, als der Kapitän und seine Offiziere wieder erschienen. Mit stolzer Geste winkte der Kapitän den neben dem Steuermann stehenden Lotsen herbei. Entblößten Hauptes näherte sich der Matrose; der Kapitän und mehrere Offiziere sprachen auf ihn ein, deuteten bald auf das Vorgebirge, bald auf die Küste an Backbord. Dann schritt der Kapitän bis zur Brüstung vor seiner Kajüte und stützte seine behandschuhte Hand auf, als wolle er den Soldaten einen Befehl erteilen oder eine Ansprache an die Passagiere halten. Doch er blickte nur unverwandt zur Küste. Auf dem Mitteldeck hatten die Frauen ihr Gesicht in den Händen vergraben und weinten.
Das Bedienungspersonal der Kanonen an Steuerbord und am Heck war auf dem Posten. Die *San Iago* hätte von Steuerbord eine Breit-

seite abfeuern können, aber das hätte das Schiff vom Festland entfernt – von Santiago, dem Verheißenen Land. Feuerte es von Backbord, würde es riskieren, auf Strand zu laufen.

Die *San Iago* hätte gleichfalls mit ihrer Heckkanone das Feuer eröffnen können; ihr Geschützführer hielt bereits an einem Stockende eine brennende Lunte bereit. Doch der Kapitän gab keinen Befehl.

»Kampflos genommen«, Exmelin ist deutlich. Sein Journal, das ungenau oder anfechtbar ist, wenn er aus zweiter Hand berichtet oder sich in exotische Details verliert, besticht durch seine Genauigkeit und hohe Wahrscheinlichkeit, wenn der Chirurg selbst als Handelnder oder Augenzeuge in die Geschehnisse verwickelt war.

Der Kapitän der *San Iago* starb, ohne noch eine Aussage machen zu können. Wahrscheinlich hatte er bis zum letzten Augenblick gehofft, Santiago zu erreichen, bevor ihn der Freibeuter einholte.

Sein Heckgeschütz hätte dem Verfolger Schaden zufügen und dessen Fahrt aufhalten können, hätte Santiago alarmiert und vielleicht Hilfe auf den Plan gerufen. Aber letzten Endes wollte der Kapitän den Kampf nicht eröffnen. Zu viele Frauen und Kinder befanden sich an Bord. So verharrte er mit undurchdringlicher Miene vor dieser für ein Kriegsschiff ungewöhnlichen Menschenmenge stumm und starr wie eine Statue, noch immer eine Hand auf das Geländer gestützt. Er drehte sich langsam und würdevoll um, als der Donner der Kanone die Frauen und Kinder aufschreien ließ. Der Pirat hatte das Feuer eröffnet.

In dem Dunkel des Laderaums der Galeone hörten die an ihren Schätzen klebenden Menschenwanzen die Detonation. Dann ein Stampfen auf Deck, einige Feuerstöße. Nur ein kurzes Donnern, dem das Kreischen der Frauen und Kinder folgte. Gellende männliche Stimmen übertönten diese hysterischen Schreie, das Stampfen hielt an, als ob eine Truppe eine andere verfolgte.

Plötzlich wurden die Ladeöffnungen aufgerissen, und menschliche Körper fielen wie Pakete in die Tiefe des Schiffsbauches. Die herabgeschleuderten Männer, Frauen und Kinder schrien vor Schrecken, stöhnten oder heulten vor Schmerz auf, wenn andere Körper auf sie fielen. Zu ihrem Glück war der Laderaum nicht leer, die aufgestapelten Waren minderten die Höhe ihres Falls.

Dieser Platzregen von Körpern, dieses wütende Schleudern dauerte einige Minuten, dann wurden die Luken mit brutaler Gewalt dichtgemacht. Man hörte das Knarren der Holzriegel, die oben vorgeschoben wurden. Einige Hammerschläge. Dann nichts mehr.

Die Galeone erbebte, bewegte sich, gewann von neuem an Fahrt. Sollten sich unter den Eingeschlossenen vielleicht einige befunden haben, die einem ähnlichen Anschlag schon einmal entkommen waren, so hätten sie den anderen erklären können, daß es bei den Freibeutern üblich war, die Passagiere in aller Eile in den Laderaum zu stopfen, um jedes Durcheinander im Keim zu ersticken. Mit dieser Ladung steuerten sie den Hafen an, und nach der Ankunft wurde alles zum Kauf ausgestellt: Gefangene und Waren.

Doch die im Bauch der *San Iago* eingeschlossenen Unglücklichen wollten keine Erklärungen hören, sie waren unfähig, anderes zu vernehmen als ihr eigenes Stöhnen und die unheimlichen, unheilkündenden Schreie, die den Laderaum erfüllten. Die Menschen waren zwischen Kisten und Ballen eingezwängt, sie wollten sich befreien und stießen auf andere Körper, es hagelte Flüche und Schläge. Eheleute, Eltern und Kinder riefen einander mit langgezogenen, endlosen Schreien, Gotteslästerungen übertönten sie. Niedergerissen waren die Schranken zwischen Gesellschaftsklassen, zwischen Damen und Mädchen, alten Haudegen und Hidalgos. Alle waren sie vereint in dunkler Gleichheit und Angst.

Stunde um Stunde floß dahin. Fetzen eines elenden Lebens unter gräßlichem Gestank. Eine Höllenfinsternis, dann schien es heller zu werden, dann wieder dunkler, die Grenze zwischen der Dunkelheit des Bewußtseins und der Dunkelheit der verpesteten Luft verschwamm. Kinder weinten unaufhörlich, Verwundete und Fiebernde verlangten zu trinken, aber keine Quelle sprudelte auf den Goldbarren, den Kisten und Säcken voller Schätze.

Der junge Wundarzt blickte auf Michel den Basken, der unbeweglich in dem goldenen Kapitänssessel am Heck der Galeone saß und lauthals lachte. Zwischen der *San Iago* und der palmengesäumten Küste fuhr die *Dauphin* hin und her, um die Spanier an Land zu bringen. Michel der Baske begnügte sich schließlich damit, sie auf dieser verlassenen Insel der Bahamas auszusetzen. Die Schildkröteninsel ist bereits mit Gefangenen überfüllt, deren Lösegeld noch nicht eingetroffen ist – armselige Arbeitskräfte, überflüssige Münder, die gestopft werden müssen. Die Spanier – Männer, Frauen und Kinder – sind aus den Luken des Laderaumes gezogen, ihre Taschen durchwühlt, die Kleider ihnen vom Leib gerissen worden. Kein Taler, kein Schmuckstück, kein Stiefel ist ihnen geblieben, allein das nackte Leben. Und das zählt am meisten, wenn man fühlt, daß alles andere verloren ist. Zudem haben diese Leute die besten Überlebenschancen: Kuba ist unweit, sicher wird bald eine Galeone vorüberfahren.
Auf der Galeone warten die letzten Spanier, die Michel der Baske noch zurückgehalten hat: Offiziere, Kapitäne, Hidalgos mit finsterem Blick – alle barfuß und nur mit einem Hemd bekleidet. Die Männer wenden den Kopf zur Seite, um die drei Gegenstände auf den Deckplanken nicht zu sehen, die Exmelin immer wieder nachdenklich betrachtet. In seinem Blick spiegeln sich weder Schrecken noch Abscheu, denn als Student der Medizin hat er bereits dergleichen gesehen: drei frisch abgeschlagene Köpfe.
Blutlachen färbten an dieser Stelle das Deck bräunlich-rot, und geronnenes Blut bedeckte auch den Säbel Michels des Basken, den dieser, im goldenen Kapitänssessel sitzend, auf den Knien hielt. Die Galeone hatte sich kampflos ergeben, doch zweifellos hatten diese drei Enthaupteten versucht, zu verhandeln, Beschuldigungen vorzubringen, oder sie waren ganz einfach in der vordersten Reihe der Hidalgos gestanden, als die ersten Piraten an Bord kletterten, und sie haben vielleicht nicht gleich begriffen, daß es am besten ist, sich in solchen Fällen ganz, ganz klein zu machen.
Die lästigen, im Weg liegenden Körper sind ins Meer geworfen worden, nur die Köpfe mußten auf Befehl Michels des Basken bis zu-

letzt auf Deck liegen bleiben – ein abschreckendes Beispiel. Mit ihren ausdrucksvollen offenen Augen schienen sie noch zu leben. Der eine der drei Köpfe gehörte dem Kapitän – um seiner Ehre willen ist es so auch besser. Drei schöne Köpfe, mit Spitzbart, würdevollen Gesichtern und stolzem Blick. Vornehme Würde und Stolz bezeugten, daß diese Erhabenheiten machtlos sind ohne Kraft und Kühnheit.

Der Himmel ist blau, und schön ist das Meer, über das ein frischer Seewind streicht. Einige Augenblicke noch, noch eine letzte Küstenfahrt der *Dauphin*, dann wird die Galeone den Anker lichten und die Segel hissen, und beide Schiffe werden Kurs Südsüdost nehmen – direkt zur Schildkröteninsel.

2

Die Brüder-von-der-Küste

Die Schildkröteninsel war einst ein unbedeutendes, kleines Eiland unter vielen anderen. Als Kolumbus vorbeisegelte, war sie ihm eben noch aufgefallen. Seine erste Siedlung hatte der Entdecker allerdings auf einer anderen, wenn auch nahegelegenen, doch unendlich größeren Insel gegründet. Die Eingeborenen nannten sie Großes Land, und Kolumbus, der in ihren Boden das Kreuz einrammte, taufte sie Hispaniola. Die Freibeuter nannten sie später Santo Domingo, heute: Haiti-San Domingo.

Von den Karavellen aus erschien Hispaniola als ein mit Gebirgen überzogener, zerklüfteter Block, doch die Spanier stießen auch auf äußerst fruchtbare Täler und Ebenen. Dort lebten rund 30 000 Eingeborene, aufgeteilt in Stämme, die sich in regelmäßigen Zeitabständen gegenseitig massakrierten und eine schwer verständliche Religion ausübten, die auch Menschenopfer forderte. Diese Wilden bereiteten den Europäern einen freundlichen Empfang, da sie sie für Halbgötter hielten. Einmal, weil sie auf Pferden einherkamen

Die Eingeborenen hatten untereinander durchaus nicht nur friedliche Beziehungen. Es gab fast ständig Stammeskriege. Menschenopfer gehörten zu ihren kosmischen und dem Götzendienst verschriebenen Religionen.

(sie erblickten darin ein einziges Wesen, einen Zentauren), zum anderen, weil die alten Legenden von der Rückkehr der vor Zeiten verschwundenen Götter kündeten. Willig beugten sie sich unter das Kreuz und ließen sich taufen. Freudig tauschten sie ihren Schmuck und andere goldene Gegenstände gegen den europäischen Plunder und Schund. Sie konnten nicht ahnen, daß das Vorkommen dieses Metalls auf ihrer Insel Unheil bringen würde.

Las Casas, der berühmte Apostel der Indianer, berichtet, daß die Bevölkerungsziffer der Eingeborenen innerhalb von 40 Jahren von 30 000 auf 300 zurückgegangen sei. Was geschieht, wenn ein fruchtbares Land in einer Zone gemäßigten tropischen Klimas von den Menschen verlassen wird? Alles gedeiht, vermehrt sich und wuchert, Pflanzen und Tiere. Zu der ursprünglichen Fauna gesellten sich noch die von den Spaniern eingeführten Pferde, Kühe und Hunde. Und alle diese Tiere vermehrten sich sprunghaft und garantierten schier unerschöpfliche Jagdgründe.

Einige Tausend Spanier sind auf der Insel geblieben, nachdem die Goldminen restlos ausgebeutet waren. Sie wandten sich nun der Landwirtschaft zu und ließen sich im Inneren und Süden der Insel nieder. Die überlebenden Eingeborenen verkrochen sich ängstlich in den Klüften und Höhlen der Küste, kaum wagten sie, ein Feuer zu entfachen. Die Jahre rannen dahin, Segel zogen fern am Horizont vorüber, und die Alten der in kleinen Gruppen lebenden Insulaner hielten in ihren Erzählungen die Erinnerung an die vergangenen Schrecken wach.

Und dann tauchten mit einemmal die Segel immer zahlreicher über dem gewölbten Horizont auf, und eines Tages – es war in den zwanziger Jahren des 17. Jahrhunderts – kamen sie ganz nahe heran: Die Schiffe hielten direkten Kurs auf die Küste zu. Die Insulaner, Männer, Frauen und Kinder, suchten eilends Zuflucht in den Wäldern.

Eine zweite Menschenwoge, gewaltiger als die Flut im Soge Kolumbus', brandete von Europa her heran. Wie die erste Woge spülte sie zwielichtige Abenteurer oder schlichtweg Kriminelle an die amerikanischen Gestade: Deserteure, gescheiterte Träumer und Visionäre –

Hispaniola (Haiti) – Santo Domingo, ein Paradies für Jäger und Fischer, wo sich viele Seeräuber seßhaft niederließen.

den Abschaum der Menschheit; doch auch fähige und ehrenwerte Leute, vor allem flüchtige Geächtete – Katholiken aus England, Hugenotten aus Frankreich, Arbeitslose aus Irland und Wales oder die jüngsten Söhne aus Bauernfamilien. Unter den Einwanderern waren seeerfahrene Leute, Matrosen und gar Kapitäne, doch auch Landbewohner, die vor ihrer Abreise am Hafen noch nie in ihrem Leben das Meer gesehen hatten. Wenn sie auf einer grünwuchernden Insel, die verlassen oder nur von einigen Eingeborenen bewohnt war, eine Quelle entdeckten, ließen sie sich dort nieder.
Andere, die es nicht abwarten konnten, ein Vermögen zu gewinnen, setzten ihre von der Atlantiküberquerung in Mitleidenschaft gezogenen Schiffe instand oder konstruierten Barken, ähnlich dem Schiff Exmelins und seiner abenteuerlichen Gesellen. Sie pferchten sich in diese kleinen Schiffe und kreuzten auf der Karibischen See: Sie hielten Ausschau nach goldbeladenen Galeonen.
Die Pioniere, die in Hispaniola an Land gingen, waren höchst erstaunt. Dieser Fleischreichtum in unmittelbarer Reichweite schien ihnen unwirklich – sie konnten es nicht glauben. Die Männer, die während der Fahrt über den Ozean den Gürtel ins letzte Loch geschnallt hatten, von denen viele noch nie in ihrem Leben eine üppige Mahlzeit genossen hatten – sie stopften sich den Bauch bis zum Platzen mit Fleisch voll. Aber nichts wird besser verdaut als gutes, frisches Fleisch. Viele der neuen Siedler aus Spanien fühlten sich plötzlich nicht mehr zum Piraten geboren.

Die Jagd auf Galeonen war nicht neu, sie begann, als sich in Europa das Gerücht verbreitete: »Die Spanier bringen märchenhafte Schätze aus der Neuen Welt.« Spanische Urkunden erwähnen einen französischen Korsaren, der im Jahr 1497 Kolumbus – er kehrte von seiner dritten Reise zurück – zwang, auf Madeira Zuflucht zu suchen. Der Name dieses Pioniers ist nicht überliefert. 1521 brachten in den Gewässern von Saint-Vincent die Korsaren des aus Dieppe stammenden Admirals Jean Ango drei Karavellen auf, die, von Amerika kommend, Kurs auf Sevilla nahmen. Jean Fleury, der acht weitere Schiffe aus der Flotte des gleichen Ango befehligte, kaperte im folgenden Jahr drei spanische Karavellen. Die Besatzung eines dieser Schiffe leistete keinerlei Widerstand: Alle Mann an Bord waren durch einen eigenartigen Unfall mehr oder weniger verstümmelt worden: Ein aus Mexiko mitgeführter Käfig voller Jaguare hatte sich während der Überfahrt geöffnet, und die Wildkatzen konnten nur unter größten Mühen und Opfern niedergestreckt werden. Außer den Jaguaren bestand die Fracht des Schiffes aus einem unermeßlichen mexikanischen Schatz, den Cortez dem König von Spanien schickte: ein pyramidenförmiger Smaragd, dessen Fundament handtellergroß war, Mengen von Armreifen, Kolliers und Ohrringen – alles aus purem Gold. Dann Goldplatten, Silber, aus Edelsteinen geschnitzte Götzenfiguren und vieles mehr. In jenen Tagen gab der König von Spanien ein Edikt heraus, das für Schiffe, die den Atlantik überquerten, einen Geleitzug vorschrieb.

Durch eine Bulle Papst Alexanders VI. wurden alle jenseits des Ozeans entdeckten oder noch zu entdeckenden Länder zwischen Spanien und Portugal aufgeteilt. Doch an diese einseitige Regelung, die sogleich von François I., König von Frankreich, angegriffen wurde, hielt man sich nicht lange. Die Reeder von La Rochelle und Dieppe schlossen sich zusammen, um Angriffe gegen diese *flotas* zu organisieren; sie entsandten ihre Spione nach Spanien. Die königliche spanische Flotte kreuzte in den Küstenstrichen von Finisterre und San Vincent, um den ankommenden Schiffen Geleitschutz zu bieten. Doch die Korsaren lauerten ihrer Beute in weiterer Ferne auf: Sie griffen die Schiffe in den Azoren und noch weiter entfernt an. Ähnlich operierten während des Zweiten Weltkrieges die deutschen Unterseeboote, als sie die großen alliierten Konvois angriffen. Und wie später die Deutschen, so verlegten auch die Korsaren ihren Aktionsradius immer weiter nach Westen, bis hin zur Karibischen See. Landetruppen griffen die spanischen Niederlassungen an, wie die 300 Franzosen und Engländer, die 1543 Karthago zum ersten Mal plünderten, wie die Hugenottenschar des Jacques de Sore aus La Rochelle, der 1555 mit seinem Gefährten Normand François le Clerc, genannt das Holzbein, mit einem tollkühnen Handstreich Havanna überfiel, die Kirchen in Brand steckte und gewaltige Beute machte.

Drei Jahrhunderte lang wurden die mit Reichtümern beladenen Galeonen von den Schiffen der Seeräuber ausfindig gemacht, verfolgt und angegriffen.

Die Wikinger haben die wuchernden Keime der Piraterie an den englischen Küsten gesät. Als die loyalen Untertanen der großen Elisabeth I. erfuhren, daß die Jagd auf Galeonen recht einträglich war (Ango, der der reichste Mann Frankreichs geworden war, errichtete Bauwerke und gab Feste, von denen ganz Europa sprach), steuerten die Matrosen der englischen Häfen im Ärmelkanal ihre Schiffe in das Kielwasser der Piraten von Dieppe und La Rochelle. Der berühmteste englische Pirat jener ersten Epoche war Francis Drake, dem es 1572 in Zusammenarbeit mit dem französischen Geographen und Korsaren Guillaume Le Testu (dieser kam auf der Expedition um) gelang, den Mauleselkonvoi in seine Hand zu bekommen, der regelmäßig über die Landenge von Panama Goldbarren aus Peru transportierte. Bekanntlich standen Francis Drake und andere englische Piraten bei Königin Elisabeth I. in höchster Gunst.

Der Schauplatz wechselte nach Holland. »Das sind harmlose Geusen«, sagte Margerita von Parma über die Aufständischen der Niederlande, die sich gegen das spanische Joch erhoben hatten. Der »Maquis« in diesem Land waren die Flüsse, die Kanäle und das Meer, und die Aufständischen nannten sich »die Geusen des Meeres«. Als das Vaterland schließlich befreit war, hörten auch sie recht deutlich das Klimpern der Dukaten. Die Abenteuer all dieser ersten Zerstörer der *flotas* und der spanischen Niederlassungen sind hochinteressant. Wenn auf sie hier nur kurz eingegangen wird, dann zunächst aus dem Grund, weil fast alle diese Abenteuer, vor allem die Drakes, oft genug erzählt wurden. Schließlich auch, weil diese Akteure einander nicht kannten und von verschiedenen Ländern aus operierten. Gegenstand dieses Werks sollen die Erlebnisse der Abenteurer sein, die, angelockt durch das spanische Gold, von Europa in die Karibische See kamen und dort ihre seltsamen Kolonien gründeten, vor allem auf der Schildkröteninsel und auf Jamaika. Diese Männer sind unter dem Namen *Freibeuter* in die Geschichte eingegangen.

In Frankreich hießen sie *friboutiers*, vom altenglischen *Flibutor, Frybuter* oder *Freeboter*, abgeleitet vom holländischen *vrisbueter* oder *vrijbuiter*: ein freier Beutejäger, auch Pirat genannt. Ob diese Etymologie nun stimmt oder nicht, sie ist auf jeden Fall in den Sprachgebrauch eingegangen. Was ist der Unterschied zwischen Pirat, Korsar und Freibeuter? – Bleiben wir noch bei der Etymologie. Pirat, vom lateinischen *pirata*, abgeleitet vom griechischen *peiratès*, geht auf die Wurzel *peiran* zurück, zu deutsch: versuchen. Gemeint ist: sein Glück auf dem Meer versuchen. Die Griechen waren ein Volk der Seefahrer! Ein Pirat ist also ein Verbannter (frz.: *forban*, von *fors* und *ban*: außerhalb des Gerichtsbezirks, außerhalb des Gesetzes) des Meeres. Der Rechtsgelehrte Klüber definiert: »Als Piraten werden diejenigen bezeichnet, die, ohne von irgendeiner Regierung ermächtigt zu sein, auf dem Meer dem Raub nachgehen.«

Der Korsar hingegen war kein Gesetzloser. Er erhielt von seinem Souverän einen Kaperbrief, der ihn ermächtigte, die feindlichen Handelsschiffe aufzubringen. Die Korsaren gehörten zur Königlichen Marine, so Jean Bart, Dugay-Trouin und Forbin.

Daraus ergibt sich, daß der Begriff »Freibeuter« geographisch bedingt ist. Er ist für die Seeräuber vorbehalten, die in der Karibischen See und im Golf von Mexiko operierten. Je nachdem, ob sie Kaperbriefe besaßen, waren sie bald Korsaren, bald Piraten.

Der normannische Edelmann Belain d'Esnambuc, ein Pirat der Karibischen See, stieß im Jahr 1623 bei einer großen Galeone auf unerwarteten Widerstand. Schließlich wurde er in die Flucht geschlagen und gezwungen, an der Küste einer grünen Insel Zuflucht zu suchen. Von friedlich aussehenden Eingeborenen erfuhr er, daß am Vortag bereits andere Weiße hier gelandet waren und ihre Schiffe in der Bucht nebenan verankert hatten. Es waren 400 Engländer, die von der Atlantiküberquerung noch ziemlich mitgenommen waren und mit merklicher Unruhe die galgengesichtigen Freibeuter musterten. Ein Mann, der ihr Anführer zu sein schien, trat bescheiden vor:
»Mein Name ist Thomas Warner. Wir wollen hier eine Siedlung gründen. Aber ihr stört uns nicht, die Insel ist ziemlich groß.«
Die Brigantine d'Esnambucs mußte überholt werden, also galt es, einige Tage hier zu verweilen. Die Insel – sie war etwa 30 Kilometer lang und 10 Kilometer breit – wurde freundschaftlich geteilt; die Freibeuter nahmen sie als Ausgangspunkt für ihr Gewerbe, während die Siedler sich friedfertig betätigten.
Dieses Zusammenleben dauerte mehrere Jahre, während der Belain d'Esnambuc die Möglichkeit fand, sich nach Frankreich zu begeben und von Kardinal Richelieu empfangen zu werden. Er überredete diesen mächtigen Minister, ein Aktienpaket der *Compagnie de Saint-Christophe* – so lautete der christliche Name der Insel – zu erwerben. Laut der von dem normannischen Edelmann in Umlauf gebrachten Prospekte bot sich die Gesellschaft an, »die Einwohner von Saint-Christophe, la Barbado und anderen Inseln in der katholischen, apostolischen und romanischen Religion zu unterweisen und mit den Waren, die auf den sogenannten Inseln geerntet oder erzeugt werden, Handel zu treiben«. Vor allem setzte man auf den Handel, um sparsamen Menschen einen Anreiz zu geben.
D'Esnambuc kehrte mit drei großen Schiffen nach Saint-Christophe

zurück. Von den 600 transportierten Siedlern ist ein gutes Drittel während der langen Überfahrt wegen ungenügender Nahrung umgekommen. Die Überlebenden, die zähesten und energischsten, wurden unverzüglich in die Grundzüge der Piraterei eingeführt. Weiterhin herrschte zwischen englischen und französischen Siedlern bestes Einvernehmen. Gemeinsam schlugen sie unter der Führung d'Esnambucs einen Angriff feindlicher Eingeborener zurück.
Zu ihrem Unglück sahen die Spanier mit einem scheelen Auge auf diesen französisch-englischen Gemeinschaftsstaat auf Saint-Christophe, und im Frühjahr 1630 erschien vor der Insel einer ihrer mächtigsten Flottenverbände – 49 größere Schiffe und 35 Galeonen. Der Befehlshaber, Admiral Fadrique de Toledo, bedeutete den Engländern und Franzosen, daß sie eine Woche Zeit hätten, um sich aus dem Staub zu machen; andernfalls würde er das Feuer eröffnen. An Widerstand gegen eine derart mächtige Armada war nicht zu denken.
Das Ultimatum untergrub die Moral der Siedler. Sie kehrten nach Europa zurück. Doch 80 Hartgesottene, denen es wenig danach gelüstete, den alten Kontinent wiederzusehen, blieben zurück und scharten sich um d'Esnambuc. Sie segelten zur Schildkröteninsel, die ihnen von früheren Landungen leidlich bekannt war.
Bei schönem Wetter scheint die aus dem blendend blauen Meer aufragende Insel zu schlafen. Kolumbus hatte ihr den Namen verliehen, weil sie von ferne wie eine Riesenschildkröte, den Kopf nach Westen und den Schwanz nach Osten gerichtet, aussah. Kolumbus hätte dieses prächtige Eiland auch Smaragd oder Paradies nennen können.
Vor allem ihre Südküste mit der tiefgrünen, wuchernden Vegetation war ein Juwel: drei bis zum höchsten Punkt reichende, übereinandergelagerte Terrassen, Manschinellen- und Feigenbäume, Bananenstauden und trotz der verhältnismäßig kleinen Oberfläche (acht Meilen lang und zwei Meilen breit) mächtige Wälder, so schön wie auf Korsika oder im Jura.
Es gab keinen Fluß. Die Vegetation hatte sich um zahlreiche, mächtig sprudelnde Quellen entfaltet. Und wie durch Zauberei bewirkt: Der Nordteil der Insel bestand aus abschüssigen, in großen Brocken

Die Schildkröteninsel, Wiege der Freibeuterei, sieht von fern aus wie der Rückenschild einer Schildkröte. Sie ist genauso klein wie St. Helena und fast so berühmt.

übereinandergetürmten Felsen – und gerade dort standen die mächtigsten Bäume. Riesige Mahagonibäume, deren dunkelgrünes Laubwerk den Rücken der Schildkröte überzog. Und überall schwirrten bunte Vögel.

Es ist unbekannt, ob die Insel bewohnt oder verlassen war, als Kolumbus sie entdeckte, doch ist wahrscheinlich, daß dort einige Indianer lebten. Die natürliche Fruchtbarkeit und die Gaben des Meeres machten es ihnen leicht. Sollten diese Urbewohner keine Seefahrer gewesen sein, so mußten sie nur die Langusten und Krabben sammeln, die die Flut an den Strand spülte.

Die von Saint-Christophe herübergesegelten Freibeuter bauten auf der Schildkröteninsel Hütten, in die sie nach ihren Kreuzfahrten zum Schlafen zurückkehrten. Doch ein Jahr nach ihrer Ankunft sehnten sich die Freibeuter nach etwas mehr Komfort. Bald sollte er ihnen geboten werden.

Vor der Südküste ging ein großes Segelschiff vor Anker, dessen Kapitän ein Franzose namens Baradel war. Nachdem sie Bekanntschaft geschlossen hatten, erklärte der Kapitän, daß er an Bord eine Ladung Neger habe, die er sich vom Halse schaffen wolle.
»Woher habt ihr sie?« fragte d'Esnambuc.
Als der andere zögerte, bedrängte er ihn. Schließlich gestand Baradel ein, daß er sich dieser Schwarzen an Bord eines englischen Schiffes bemächtigt hätte.
»Daraufhin habe ich die Engländer auf den Meeresgrund geschickt.«
In diesen Gewässern wollten sich die Engländer und Franzosen damals im allgemeinen nichts Böses antun. D'Esnambuc sagte, daß er die Affäre wahrscheinlich nicht ausgeplaudert hätte, wenn ihm die Neger zu einem angemessenen Preis überlassen worden wären. Er machte darauf aufmerksam, daß einige von ihnen, seit sie von Afrika in gemäßigtere Zonen gefahren waren, ihre Gesundheit eingebüßt hätten. Und tatsächlich starben manche, als sie Land betraten. Die anderen wurden dank guter Nahrung wieder gesund und sofort an die Arbeit geschickt.
Nördlich der Schildkröteninsel, an der steil abfallenden Felsenküste, lag das Meer, südlich erstreckten sich schöne Strände. Jenseits eines fünf oder sechs Seemeilen langen Fahrwassers voller Haifische lag Hispaniola, Grand Terre. Gewisse Nachbarn bestimmen meist das Schicksal eines Landes oder einer Provinz. Hispaniola und sein kleiner Satellit, die Schildkröteninsel, waren in der Geschichte für zwei Jahrhunderte aneinander gebunden, und der Satellit erstrahlte in noch größerem Glanz als sein großer Bruder, bevor er ins unbedeutende Dunkel zurückfiel. Der erste Nutzen von Hispaniola für die Piraten der Schildkröteninsel war die Möglichkeit, sich dort hervorragendes Rindfleisch zu beschaffen. Sie kauften es auf sehr ehrenhafte Weise von den sogenannten Boucaniers (Büffeljägern), die sich im Norden der großen Insel seßhaft gemacht hatten. Diese Einwanderer hatten schon geahnt, daß Hispaniola mit Vieh übersättigt sein würde, und begannen sofort damit, sich den Bauch vollzuschlagen. Die Seeräuber landeten oft bei ihnen und tauschten Waffen oder Munition gegen Fleisch ein. Die Ansiedler begriffen schnell, daß sie

ihr Geschäft verbessern konnten, wenn sie eine gut konservierte Ware anboten. Die Eingeborenen der Insel, die langsam zutraulich wurden, zeigten ihnen ihre alte Methode. Sie schnitten das Fleisch in lange Streifen, salzten es und legten es auf Gittersiebe, die sie »Barbaco« nannten (hier findet der Leser den Ursprung von »Barbecue«). Unter den Gittersieben entfachten sie ein Feuer, dessen Rauch sie mit Gräsern schürten. Die Eingeborenen nannten das auf diese Weise geräucherte Fleisch »Boucan«, davon leitet sich der Ausdruck »Boucaniers« ab, der in der Folgezeit – ganz zu Unrecht – als Synonym für Seeräuber gebraucht wurde.

Der Arzt Exmelin hat ausführlich den üblichen Tagesverlauf des Boucaniers dargelegt: in der Morgendämmerung aufstehen, unverzüglicher Abmarsch in Gruppen von fünf oder sechs Jägern, die Meute (wilde Hunde, die gezähmt und abgerichtet wurden) läuft voraus. Die wilden Rinder kommen zahlreich und ohne Zögern aus dem Dickicht hervor, worauf der Anführer der Jäger mehrere Schüsse abfeuert. Wenn das Tier nicht sofort tot ist, verfolgt es der Jäger, schlägt ihm die Kniekehle durch, um das Tier an der weiteren Flucht zu hindern. Dann erwürgt er es, und das ist nun der Augenblick des ersten Frühstücks: In aller Eile ziehen sie dem Rind das Fell ab und reißen, mehr oder weniger zerstückelt, die Knochen heraus, die sich die Tischgenossen teilen, und bald saugen sie das dampfende Mark aus. Das ist ein Festschmaus und eine Stärkung zugleich. Nach diesem Frühstück wird die Jagd bis Mittag fortgesetzt, dann kehrt man ins Lager zurück, um gegrilltes Fleisch und Früchte zu essen. Dazu wird Schnaps, seltener Wein getrunken. Anschließend räuchern die Jäger und strecken und trocknen die Felle.

Die Boucaniers kleiden sich den Erfordernissen ihres Berufes gemäß: spanischer Sombrero, dessen Ränder an den Seiten abgeschnitten waren (sie würden sonst in den Wäldern stören) und vorne einen langen Schirm bildeten, kurze Hose, grobes Hemd, Gürtel und Schuhe aus rohem Leder. Diese Kleider sind vom geronnenen Blut steif und schwarz geworden und sehen wie geteert aus. Im Gürtel tragen sie Messer und Pulverhorn. Nach Aussage der alten Schriftsteller gab es zwei Arten von Boucaniers: die einen jagten Rinder, die an-

deren wilde Schweine, die sie räucherten oder kochten. Doch dieser Unterschied schien nicht sehr streng gewesen zu sein.
Die Boucaniers lebten in Gruppen zu viert, fünft oder sechst in plumpen, aus Ästen und Fellen gebauten Hütten. Sie hatten nie Frauen und Kinder bei sich. Jede Gruppe verfügte gemeinsam über Hab und Gut des einzelnen (Waffen und etwas Handwerkszeug), und wenn ein Mitglied starb, erbten die anderen ohne Formalitäten. Diese winzigen Gemeinschaften fühlten sich dem Matrosenhandwerk zugehörig. Ihre Mitglieder, obwohl keine Seeleute, redeten sich mit »Matrose« an, seltener mit »Kamerad«. Obwohl sie Boucaniers waren, nannten sie sich anscheinend als erste »Brüder-von-der-Küste«, wohl um ihre Brüderlichkeit nicht nur innerhalb jeder Gruppe, sondern in ihrer ganzen Gemeinschaft zu betonen. Die Türen ihrer Hütten waren niemals verschlossen.
Ein englischer Historiker, W. Adolphe Roberts, hat als erster folgende Frage gestellt: »Man fragt sich, ob diese fremden Sitten nicht von Homosexualität gefärbt waren.« Mir erscheint es unrichtig, die Sitten dieser mit Fleisch vollgestopften Jäger so zu bezeichnen. »Die Boucaniers«, schrieb Exmelin taktvoll, »lebten miteinander sehr frei und bewahrten sich eine große Treue.« Aus Anspielungen von Zeitgenossen erfährt man, daß diese Männer zeitweise mit Eingeborenenfrauen schliefen, aber niemals in Familien mit ihnen lebten, und daß es also kein geregeltes Familienleben gab. Eine solche Lebensart ist aber in Gesellschaften, in denen Frauen fehlten oder selten waren, nicht außergewöhnlich.
1635 befand sich der aus Dieppe gebürtige Pierre Le Grand – das ist sein richtiger Name – schon seit einigen Jahren in der Karibischen See. Mehr weiß man nicht über ihn. Es ist nur gewiß, daß er eines Morgens im Januar oder Februar dieses Jahres, bei schönem Wetter und ruhiger See, in den Gewässern von Kap Tiburon, am westlichsten Ende von Hispaniola, kreuzte. Er war an Bord eines kleinen Handels- und Kriegsschiffes, das vier Kanonen und 28 schwerbewaffnete Kerle beherbergte.
Weder das Schiff noch die Männer waren in gutem Zustand, da Le Grand hartnäckig, aber erfolglos in der Gegend kreuzte, ohne seit

Wochen Land zu berühren. Lebensmittel und Wasser waren streng eingeteilt; nur im Kielraum stieg das Wasser: allerdings Meereswasser, das man unablässig auspumpen mußte. Eines Tages bemerkten sie gegen Mittag drei Galeonen, die Richtung Kuba fuhren. Diese anzugreifen, wäre natürlich heller Wahnsinn gewesen, wie Pierre und seine Männer mit Bitterkeit feststellten: »Einmal werden wir schon etwas finden!«

Kaum waren die drei Galeonen im Norden verschwunden, als ein Mann am Ruder einen Blick nach Backbord warf und ein anderes Schiff am Horizont sah, das allein war. »Auf in den Kampf!« rief Le Grand. Der Spanier nahm langsam Kurs auf Steuerbord, man konnte sich ihm leicht nähern, es genügte, sich treiben zu lassen.

Die Männer hatten den Aufruf zum Kampf ohne Zaudern und sogar mit Freude vernommen, aber je näher die Galeone kam, desto mehr schwand ihre Begeisterung, denn es handelte sich um ein außergewöhnlich großes Schiff. Vier Maste, ein langer, bauchiger Rumpf, zahlreiche Stückpforten, zu den Kanonen hin offen – einige Hitzköpfe meinten, um so besser wäre es, das Schiff zu kapern, andere schwiegen.

Pierre Le Grand kannte seine Welt. Er ging für einen Augenblick in seine Kajüte hinunter, ließ den Bordarzt kommen und erteilte ihm einen Befehl, den die anderen etwas später erfahren sollten: »Wir werden an die Galeone anlegen und alle an Bord klettern, Ihr als letzter. Bevor wir das Schiff verlassen, schlagt Ihr mit der Axt ein Loch in den Boden.«

Dieses außergewöhnliche Manöver konnte sich kein Schriftsteller so recht vorstellen, daher wird es wohl in den alten Berichten nur kurz erwähnt. Offensichtlich mißtraute die spanische Wachmannschaft dem schäbigen kleinen Kahn absolut nicht, der sich langsam näherte und auf der Steuerbordseite der Galeone anlegte. Der Kapitän, den man benachrichtigte, verbat sich eine Unterbrechung seines Kartenspiels.

Alle Matrosen außer der Wachmannschaft hielten Mittagsruhe oder besserten ihre Kleider aus. Nur die Wache beugte sich über die Reling und beobachtete das winzige Schiff. Es klebte wie ein Insekt an der Flanke der Galeone, die ihre Route fortsetzte. Was wollten diese Kerle? Ohne Zweifel betteln, da sie so ärmlich aussahen. »Holla, was wollt ihr?« Die Antwort war undeutlich. Es mag ein wenig überraschen, daß die Wachmannschaft nicht mißtrauisch war, aber es wird berichtet, daß sie den Kapitän noch einmal alarmierten. Sicher erwarteten sie einen Befehl.

Das Weitere ging sehr schnell und war charakteristisch für die Taktik der Seeräuber. Wie die Katzen kletterten sie auf die Galeone, erdolchten die Wache, stürmten nach hinten zum völlig überraschten Kapitän, bedrohten ihn mit der Pistole und nahmen ihn gefangen. Drei Minuten später rief Pierre Le Grand von der Kajüte aus: »Wir haben die Pulverkammer besetzt. Beim geringsten Widerstand wird sie gesprengt!« Die Spanier waren starr vor Staunen, als sie weder ihren Kapitän noch das kleine Schiff an ihrer Seite sahen: dieses war, vom Arzt angebohrt, in zwei Minuten gesunken.

Ein bejahrter Edelmann verließ völlig verdutzt eine der hinteren Kajüten: der Vizeadmiral. Es war keine gewöhnliche Galeone, sondern das Admiralsschiff einer *flota*, beladen mit vielen Kostbarkeiten und Lebensmitteln, bewaffnet mit 54 Kanonen. Die Piraten tobten vor Freude, aber Le Grand verhinderte, daß sie sich wie die Wilden auf Speisen und Getränke stürzten.

»Macht euch für das Manöver fertig!«

Mit Hilfe einiger Spanier setzten die Seeräuber die Segel, und die Galeone richtete ihren Bug in Richtung Hispaniola aus. Le Grand suchte für das Ankern eine ruhige Bucht aus und ließ die Gefangenen an Land gehen. »Schert euch zum Teufel!« Sie machten sich schleunigst davon, nur einige Freiwillige blieben an Bord.

Über die nun folgende Besprechung wurde nichts bekannt. In ihrem Verlauf traf man vielleicht eine der seltsamsten Entscheidungen in der Geschichte der Seeräuberei.

Eine so große und so gut bewaffnete Galeone war in den Händen ihrer Eroberer eine gefährliche Waffe, mit der sie mehr Beutefahrten unternehmen und eine richtige Kriegsflotte gründen konnten, um die Karibische See zu terrorisieren. Doch nein. Sie wollten lieber nach Europa zurückkehren. Le Grand erreichte unbehindert Dieppe in Frankreich. Die Summe, die sie für den Verkauf des Schiffes und seiner Ladung erhielten, wurde zur Zufriedenheit aller aufgeteilt. Le Grand blieb in Dieppe, wo er sich als reicher Bürger niederließ – der Traum jedes Landstreichers. Was die übrigen Männer taten, wird nicht überliefert, aber sicher lebten die, die für die Rückkehr gestimmt hatten, wie ihr Anführer.

Diese Affäre erregte Aufsehen. Tausende Neugierige kamen nach Dieppe, um die gekaperte Galeone zu sehen. Dieses Schauspiel erzeugte in Frankreich zahlreiche Sympathien für die Seeräuber. Die Spanier versuchten, die schmähliche Niederlage in der Karibischen See zu vertuschen, aber die Mannschaft der Galeone schwatzte, und so erfuhr ganz Europa davon. Die bis dahin bescheidenen Seeräuber fühlten sich glorifiziert und ermuntert wie nach dem Sieg einer nationalen Sportequipe. Ihre Kühnheit wuchs, und sie stürzten sich wie die Wespen auf die Galeonen.

»Verjagt die Piraten aus Hispaniola!« war die erste Reaktion der Spanier. Ihre Feinde, die sich auf dieser Insel befanden, waren für sie schnell erreichbar und verwundbar. Schlecht informiert, machten die Spanier keinen Unterschied zwischen Seeräubern und Boucaniers und suchten letztere zuerst heim. Bei den ersten Unternehmungen, die nachts stattfanden, töteten sie Hunderte von Schlafenden. Dieses Verfahren brachte das Blut der »Markliebhaber«, die sehr gute Schützen waren, in Wallung. Man begann einen Vernichtungsfeldzug, nur leider von beiden Seiten. Aber die Boucaniers kämpften in der Art eines Guerillakriegs und gewannen sehr schnell Vorteile. Sie verwüsteten die spanischen Pflanzungen, steckten die Höfe in Brand und töteten die Einwohner. Die Garnisonen und die Bürgerwehr waren machtlos gegen die Büffeljäger, die zu Menschenjägern geworden waren.

Von den Behörden kam eine neue Verhaltensmaßregel: »Systematisch das ganze Vieh abschlachten, um die Piraten auszuhungern!« Diese Maßnahme war zunächst wirksamer als die erste, denn die Boucaniers konnten das Vieh nicht besser verteidigen als die Spanier ihre Pflanzungen. Trotz der Gegenattacken stürzten sich die Spanier blutgierig in dieses Gemetzel und dressierten zu diesem Zweck wilde

Hunde. Innerhalb von zwei Jahren war die Insel ihres Viehbestandes fast ganz beraubt, so daß die Boucaniers sie entmutigt verließen. Nun wurden die Boucaniers und Jäger zu wirklichen Seeräubern.
In der Zwischenzeit hatten die spanischen Behörden erkannt, daß die kleine Schildkröteninsel wichtiger war als das große Hispaniola.

Heute noch kann man die Schildkröteninsel mit einem Schiff von Port-au-Prince aus besuchen. Das ist sogar ein klassischer Ausflug. Aber er ist trügerisch, wie der Besuch aller alten Piratenschlupfwinkel in der Karibischen See. Nichts blieb von der heroischen Zeit übrig, nur zahlreiche Kanonengestelle sind überall aufgebaut, auf die die Führer unablässig hinweisen, in Ermangelung anderer Seeräuber-Requisiten.
Wahrscheinlich waren wenige Kanonen oder sogar keine einzige auf der Schildkröteninsel postiert, denn 1638 kamen die Spanier mit zehn Galeonen an und schickten eine schlagkräftige Truppe an Land. Sie waren über die Lebensgewohnheiten auf der Insel durch entkommene Gefangene unterrichtet und warteten den Tag ab, an dem die Seeräuber an der nördlichen Küste von Hispaniola jagten. Nur die unbewaffneten Ansiedler waren auf der Insel zurückgeblieben. Die Widerstand leisteten, wurden erstochen, einige wenige flüchteten und versteckten sich in den Wäldern. Die Spanier verwüsteten Wohnungen und Lebensmittelvorräte, ohne zu bedenken, daß diese Niederlassungen der kleinen Garnison nützlich sein könnten, die sie auf der Insel zurückließen.
Allmählich ließ der Eifer der Soldaten nach, die flüchtigen Ansiedler einzufangen. Sie fühlten sich verlassen, nichts geschah – bis Anfang 1639 eine Truppe von 100 Engländern sie überrumpelte. Die französischen Seeräuber, die dieses Unternehmen aus der Ferne beobachteten, kehrten eiligst auf die Schildkröteninsel zurück, wo die überlebenden Ansiedler ihre Verstecke verließen.
»Was wollt ihr?« fragte der Anführer der Engländer. »Ich bin Kapitän Willis. Diese Insel gehört mir!«
Die gut bewaffneten Engländer schienen zu allem entschlossen, Be-

lain d'Esnambuc kam nicht mehr wieder, und die Franzosen unterwarfen sich Willis' Autorität. Die Insel bevölkerte sich wieder. Aber Willis schikanierte die Franzosen, beutete sie aus und deportierte sie sogar an die nördliche Küste von Hispaniola.

Hier beginnt die erfolgreiche Umwandlung der Schildkröteninsel zu einem strategischen Punkt, für den sich immer mehr angesehene Persönlichkeiten interessieren. Wir müssen diese Entwicklung aufmerksam verfolgen, um zu verstehen, wie die französische Seeräuberei ihr charakteristisches Gepräge erhielt.

Frühling 1640. Ein vornehmer französischer Hugenotte, Le Vasseur, durch alle Stürme des Lebens gegangen, Exkapitän der königlichen Marine, zeitweise Gefährte d'Esnambucs in der Karibischen See, vorübergehend arbeitslos, landete nicht im Hafen der Schildkröteninsel, sondern in Saint-Christophe. Von dieser Insel waren d'Esnambuc und seine Kameraden 1630 aufgebrochen, nachdem die Spanier dem französisch-englischen Kondominium ein Ende bereitet hatten. Einige Monate nach diesem Gewaltakt hatten die Spanier Saint-Christophe verlassen, das die Franzosen bald wieder besetzten.

Als Le Vasseur an einigen Menschengruppen vorüberging, hörte er eine Äußerung, die bei ihm nicht auf taube Ohren stieß:

»Die von der Schildkröteninsel haben es satt. Fast die ganze Bevölkerung ist feindlich gegen Willis eingestellt.«

Daraufhin erklärte Le Vasseur dem Gouverneur Philippe de Longvilliers de Poincy, daß er die Schildkröteninsel den Engländern wieder wegnehmen wolle.

»Man muß mit einem Schlag Erfolg haben«, sagte der Gouverneur. »Wir haben mit den Engländern Frieden. Ich möchte nicht, daß Paris davon erfährt.«

»Ich werde alles vorbereiten und wie der Blitz handeln.«

»Nun gut. Ich gebe Euch ein Schiff.«

»Mir fehlt noch etwas anderes. Ein Auftrag.«

Mit anderen Worten ein Erlaubnisschein. Poincy stimmte zu, unter der Bedingung des sofortigen Erfolgs. Sollte dieser eintreffen, war Le Vasseurs Belohnung klar: Gouverneur der Schildkröteninsel.

Le Vasseur kannte die Gewässer und hatte eine Idee. Man sah ihn –

oder sah ihn vielmehr nicht, da er sich wie eine Schlange bewegte –, wie er sich auf der »Islet Margot« einrichtete. Diese lag nur fünf Meilen von der Schildkröteninsel entfernt, genau auf der Seite von Hispaniola, ganz nahe der Buchten, wo argwöhnische Seeräuber ihre Behausung gewählt hatten, um kommen und gehen zu können, ohne jemandem Rechenschaft ablegen zu müssen. Obwohl Le Vasseur ungeduldig darauf erpicht war, Gouverneur zu werden, wartete er dort drei Monate. Er brauchte seine Zeit, denn er mußte erprobte Männer finden, um seinen Überraschungsangriff durchführen zu können. Die Zahl dieser Auserwählten ist uns bekannt: 49 Hugenotten. Die gesamte Mannschaft sollte nicht mehr als 100 Leute zählen.

So gut vorbereitet, mußte Le Vasseur den Überraschungseffekt nutzen. »Zuschlagen wie der Blitz!« – Keineswegs. Er schickte einen Boten zu Willis, »um ihn nach dem Grund der gegen die Franzosen gerichteten Gewalttätigkeiten zu fragen«. Warum er dies tat, werden wir gleich verstehen, wenn wir sehen, mit welchen Garantien Le Vasseur seinen Einfluß absichern wollte. Dieser Mann war Jurist wie viele Franzosen. Er wollte zuerst einen legalen Vorwand haben, um die Engländer anzugreifen.

Willis antwortete vermessen: »Ich fürchte Euch nicht, und wenn Ihr 3000 Mann hättet.« Am 31. August griff Le Vasseur mit 100 Mann an, an der Spitze das Kommando der 49 »Seeleute«.

Diese Attacke war aus gutem Grund erfolgreich, wie Le Vasseur vorgesehen hatte, und zwar sofort. Sicher erleichterte die Feindschaft der Bevölkerung gegen Willis das Unternehmen.

Ohne einen Augenblick zu verlieren, schrieb Le Vasseur an Kardinal Richelieu: »Die Schildkröteninsel, Zitadelle von Santo Domingo, gehört uns.«

Der Artikel 1 des zwischen Le Vasseur und Poincy geschlossenen Vertrags besagte, daß katholischer und protestantischer Glauben gleichermaßen auf der Insel respektiert werden sollte. Ein anderer Artikel bestimmte Le Vasseur als einzigen Konzessionär für die Lieferung von Kleidern und anderen Gebrauchsgegenständen für die Einwohner, unter der Bedingung, daß er ein staatliches Magazin einrichtete. Der Gewinn dieses Handels betrug 100 Prozent, weitere

25 Prozent dienten der Unterhaltung des Magazins und den »Arbeiten des öffentlichen Interesses«. Gleichzeitig wurde ein Fort errichtet. Der Hafen von Basse Terre, im Süden der Insel, gegenüber dem die Schildkröteninsel von Hispaniola trennenden Meeresarm, war der einzige Punkt des Zutritts für größere Schiffe. Ein riesiger Felsen überragte diesen Hafen. Selbstverständlich errichtete man hier das Fort.

Nichts davon blieb übrig. Wir können uns dieses Fort nur anhand von Zeichnungen und Beschreibungen aus der damaligen Epoche vorstellen: auf dem Gipfel der Felsspitze, 10 Meter hoch, gekrönt von einer Plattform, 20 Meter im Durchmesser. Auf dieser standen zwei Kanonen aus Eisen und Bronze. Je größer die Kaserne, desto mehr Raum für Munition und Nahrungsmittel. Durch einen Fehler in der Ausführung des Bauplans herrschte in der Kaserne die Luft eines Taubenhauses. Aber wichtiger war, daß sie 400 Mann aufnehmen konnte, für die damalige Zeit eine große Garnison.

Aus Stein gehauene Stufen führten im Inneren des Felsens zu der Plattform, aber nicht bis ganz hinauf, man erreichte sie nur auf einer Eisenleiter, die man entfernen konnte. Le Vasseur ließ sie von innen mittels eines großen Eisenrohres verdoppeln, an dem man mit einer Strickleiter hinauf- und herunterklettern konnte. Die Kanonen waren auf den Hafen gerichtet. Abgründe verhinderten den Zutritt zum Fort.

Fort des Felsens, Fort des Schutzes, beide Bezeichnungen waren gerechtfertigt. Ein Teil der Bevölkerung sollte sich im Falle der Gefahr dorthin flüchten können. 1645 versuchten die Spanier, die dieses Fort ignorierten, eine Wiedereroberung der Schildkröteninsel mit fünf Schiffen und 600 Soldaten. Sie erlebten eine bittere Niederlage.

Sicherheit kommt Wohlstand gleich. 1641 bis 1645 war die Expansion auf der Schildkröteninsel sehr eindrucksvoll. Überall entstanden Marktflecken: Cayonne, La Montagne, Le Milplantage, Le Ringot, Le Pointe au Maçon ... Im dritten Viertel des Jahrhunderts stieg die Bevölkerungszahl auf 10 000 an, darunter waren 3000 Piraten, 3000 hauptberufliche oder gelegentliche Boucaniers (auf Hispaniola wurde weiterhin gejagt) und 3000 oder 4000 Einwohner und Freiwillige. Die Einwohner waren die Ansiedler, die Landwirtschaft betrieben, die Freiwilligen waren Einwanderer aus Europa, die ihre Reise mit dreijähriger Arbeit im Dienst der Ansiedler bezahlten. Exmelin war, wie wir gesehen haben, einer von ihnen.

Immer mehr Piraten gelangten zur Korsarenwürde. Sie befuhren das Meer, ausgestattet mit einem Erlaubnisschein König Ludwigs XIV., den ihnen der Gouverneur von Saint-Christophe ausgehändigt hatte, oder ganz einfach Le Vasseur im Namen des Gouverneurs. Sie kehrten nach Basse Terre zurück, um ihre Beute zu Geld zu machen; oder sie richteten sich, von Europa kommend, als Käufer oder Verkäufer der Beute ein und verkauften Gebrauchsgegenstände an die Bevölkerung. Zwischen den alten Holzhäusern errichteten sie katholische und protestantische Kirchen oder Kapellen. Später variierten sie ihre Berufe mehr und mehr, die Grundlage ihres Wirtschaftslebens blieb aber die Seeräuberei.

An Versammlungstagen war der Strand von Basse Terre ein bunter Marktplatz, auf dem haufenweise Fische und Schildkröten dicht nebeneinander ausgestellt waren, dazu Seekühe, Krustentiere, Büffelfleisch, Rinderfelle, Gemüse, Geflügel, aber auch goldenes oder silbernes Tafelgeschirr, mit Einlegearbeit geschmückte Möbel, Brokate und Kirchenschmuck. Dazwischen gingen die Ansiedler mit ihren großen Strohhüten auf und ab, die zerlumpten Piraten, die fast nackten Negersklaven, aber auch Männer, die europäisch, bisweilen nach Pariser Mode, gekleidet waren. Unter diesen waren sogar manchmal echte Seeräuber zu sehen, denn wenn sie von ihren Plünderungsfahrten zurückgekehrt waren, dauerte es immer einige Tage, bis sie wieder so abgerissen wie vorher aussahen. Sie behängten sich prahlerisch mit Schmuck und vergnügten sich mit Kartenspielen, wobei sie das letzte Hemd verspielten. Doch besonders liebten sie Feste mit reichlichem Alkoholkonsum. Die Tischgenossen, die dabei nicht schnarchend oder sich übergebend zusammenklappten, sangen und tanzten. Tanzten untereinander.

Das erste Schiff mit Europäerinnen erreichte Basse Terre nicht vor 1665. Bis dahin lebten die Piraten praktisch ohne Frauen, was einen Schatten auf diese malerische Kolonie warf.

3

Endlich kamen Frauen

Als der Adlige Monbars aus dem Languedoc noch Schüler war, verschlang er geradezu die Bücher von Las Casas, dem Apostel der Eingeborenen, und man möchte meinen, daß er auf jeder Seite ausrief: »Diese verdammten Spanier!« Einmal spielte er eine Rolle in einer Komödie, die für die Schulfeier aufgeführt wurde. Dabei hätte er um ein Haar einem Mitschüler, der den Hidalgo spielte, den Hals umgedreht.

Wenig später, als es zwischen Frankreich und Spanien zum Krieg kam, erreichte es der junge Mann, daß ihn ein Onkel, der einen Korsaren steuerte, mit auf sein Schiff nahm. »Auf zu den Antillen!« Bei jedem Segler, den man sichtete, fragte Monbars: »Ist das ein Spanier?« Als endlich ein spanisches Schiff auftauchte, ließ der Onkel den Neffen in eine Kajüte einsperren: »Sobald wir entern, wird er sonst sein Leben verlieren.« Kaum hatte man den Spanier geentert, als Monbars seine Türe aufbrach und sich wie ein Wilder in das Handgemenge warf. Die Matrosen riefen wiederholt: »Er ist wie ein Würgeengel!«

Stellen wir ihn uns nicht als einen Engel mit blonden Haaren und rosigen Wangen vor. Exmelin beschreibt Monbars als einen stämmigen Koloß mit braunen Haaren und buschigen Augenbrauen. Wir begegnen diesem Adligen dann wieder auf der Schildkröteninsel, wo der Onkel angelegt hatte, um seine Beute abzusetzen. Die Piraten feierten gewaltige Orgien. Aber dieser Monbars trank nur Wasser, rührte die Karten nicht an, und später, so scheint es, dürften ihn auch die Frauen kaum interessiert haben. Er unterhielt sich gerne mit den Seeräubern von der Küste Hispaniolas.

»Wir haben eine Menge Schwierigkeiten«, sagten diese Männer. »Die Spanier stoßen immer häufiger von der Inselmitte bis hierher vor. Sie machen es sich zunutze, daß wir auf Kaperfahrt sind und stören uns hier. Man müßte eine Strafexpedition gegen sie unternehmen.«

»Ja nun, worauf wartet ihr noch?«

Monbars, ein Edelmann aus der französischen Provinz Languedoc, las die Bücher von Las Casas, begeisterte sich für die Sache der Indianer und wurde schließlich Freibeuter, um so viele Spanier wie möglich umzubringen. Er interessierte sich weder für Geld noch für Saufen oder Frauen. Sein Schicksal wurde zur Legende.

Monbars ist zu der Zeit bestimmt nicht älter als 17 oder 18 Jahre, und wahrscheinlich mustern ihn die Seeräuber mit recht scheelen Blicken, als er sich anbietet, die Führung des Trupps zu übernehmen. Wie dem auch sei, er fährt mit ihnen nach Hispaniola, kämpft an ihrer Seite, tötet Spanier, befreit ihre indianischen Sklaven und läßt sich von ihnen feiern. Sein Traum, den er als Kollegschüler geträumt hat, ist Wirklichkeit geworden.

Und wenig später hat Monbars es schon geschafft. Er ist Schiffskapitän und hat eine Mannschaft aus Eingeborenen angeheuert, die bereit sind, ihm bis in den Tod zu folgen. Kapert er einen Spanier, wirft er Mann und Maus ins Meer. Er gibt keinen Pardon und pfeift auf die Beute. Er ist der »Unerbittliche«. Die Geschichte gab ihm diesen Beinamen.

Man muß wohl oder übel auch von den abgeschmackten Foltermethoden berichten, die ebenfalls ein Teil der geschichtlichen Wahrheit sind. Monbars gilt als der Erfinder der grausamsten Todesart.

Einem spanischen Gefangenen wurde der Bauch aufgeschlitzt, ein Darmende herausgezogen und an einen Baum genagelt. Dann brachte man den Unglücklichen zum Laufen, indem man ihm eine Fackel an die Fersen band. Die Gedärme wurden wie ein Strick herausgezogen, und der Tod erfolgte beileibe nicht sehr schnell.

Man findet in den Berichten spanischer Chronisten des 17. und 18. Jahrhunderts eine oft fast pervers anmutende detaillierte Beschreibung dieser unmenschlichsten aller Foltern, wobei ausdrücklich auf Monbars als ihren Erfinder hingewiesen wird. Auch die neuere Geschichtsschreibung der Piraterie akzeptiert das als Faktum.

Nun muß aber folgendes dazu gesagt werden: Schaut man in mehrere ältere und auch neuere Bücher, die sich mit den Religionskriegen befassen, so findet man eine Darstellung, die zeigt, in welcher Form Hugenotten damals die Katholiken hinrichten ließen. Man stößt auf genau dieselbe Todesfolter. Die Variante liegt nur darin, daß die Henker dem Hingerichteten eine noch ungemütlichere Haltung zugedacht haben ... Der Originalstich befindet sich im »Theatrum crudelitatum haereticorum nostri temporis«, erschienen 1587 in Antwerpen.

Man sollte sich deshalb endgültig klarmachen, daß die Berichte oder Darstellungen aus dieser Zeit, ob es sich um Religionskriege, um Kämpfe zwischen Spaniern und Piraten oder sonstigen verfeindeten Parteien handelte, von jeweils engagierten Leuten der einen oder anderen Seite verfaßt wurden, um die Unmenschlichkeit des Gegners anzuprangern. Wenn damals auch nicht der Begriff, sondern nur das Phänomen bekannt war – mit einem Wort: es handelte sich um Propaganda.

Viele charakteristische Züge an Monbars entsprechen sicherlich voll der Wahrheit, aber die ganze Gestalt steht außerhalb einer biographischen Würdigung; man weiß nicht einmal das Jahr, in dem er zum letzten Mal mit seinen treu ergebenen Leuten von der Schildkröteninsel ablegte, um dann mit Mann und Maus für immer zu verschwinden – so als ob dieser Würgeengel in irgendwelche, vielleicht mit spanischen Totenschädeln gepflasterte, paradiesische Gefilde entrückt worden wäre.

Auch diese legendenbildende Art, irgendwann einmal zu verschwinden, darf uns nicht an der Historizität seiner Gestalt zweifeln lassen. Von anderen berühmten Piraten haben wir einen genauen Lebenslauf vorliegen, aber auch sie stechen eines Tages von der Schildkröteninsel aus in See, um nie mehr zurückzukehren.

Diese Männer setzten fast ununterbrochen ihr Leben ein, und das bißchen Gold, das man ihnen von der Beute ließ, zerrann ihnen schon nach wenigen Tagen unter den Fingern, während sich eine breite Schicht von Händlern, Wucherern und Sklavenhändlern an ihren Beutezügen gewaltig bereicherte. Und nicht zu vergessen die Gouverneure, hohen Funktionäre und Standespersonen, die weit weg vom Schuß von der Freibeuterei profitierten.

Schon 1541 schickt der spanische Botschafter eine Eilmeldung aus Paris, in der er schreibt, daß eine Kommanditgesellschaft existiere, deren Aktionäre bewaffnete Schiffe ausrüsteten, um sie unter der Totenkopfflagge auf spanische Schiffe loszulassen. Stille Teilhaber an der Sache sind der König von Navarra, der Admiral von Frankreich, der Kardinal von Tournon und die reizende Anne de Pisseleu, eine Freundin Franz I. Wir haben gesehen, daß die Saint-Christophe-Kompanie aus dem Jahre 1626 den Kardinal Richelieu zu ihren Aktionären zählte. Aus ihr entstand dann 1626 die Kompanie für die amerikanischen Inseln, die durch königliches Dekret am 17. April 1664 zur Westindienkompanie ernannt wurde, mit dem alleinigen Handelsprivileg für die Neue Welt.

Im Prinzip wollten diese Handelsgesellschaften den Reichtum, den die Kolonien als Landwirtschaftsgebiete und Erzlieferanten gewonnen hatten, in friedlicher Weise ausbeuten. Aber wenn man so will, erhöhten alle irgendwie erzielten Profite die Dividenden, und schon ganz besonders die Piratengeschäfte. Daneben befaßten sich die Gesellschaften auch mit dem Sklavenhandel, wobei die Siedler im Schnitt 200 Livre für einen Neger zu zahlen hatten. Die Profite aus dem Menschenhandel flossen reichlich, und noch heute trifft man in französischen Hafenstädten einflußreiche Persönlichkeiten, die lächelnd und mit leicht affektiertem Unterton einen solchen Vorfahren nennen, der durch diesen Handel nicht gerade an Armut gewonnen hat – im Gegenteil.

In England hatten die Lords, die Minister und die Königin Elisabeth I. rasch erkannt, daß es lächerlich war, die Profite aus der Seeräuberei irgendwelchen unbedeutenden, dahergelaufenen Leuten zu überlassen, die es nicht einmal verstanden, ihr Geld mit ein wenig Genie auszugeben. Sie bestückten ungeniert Schiffe mit schweren Waffen – trotz der erbitterten Proteste des spanischen Botschafters. Konnte man einem ihrer Kapitäne nachweisen, daß er sich als Pirat betätigte, wurde er persönlich vor einem englischen Gericht zu schweren Strafen verdonnert. Später verließ jeder dieser Kapitäne den Audienzsaal der Königin als freier Mann, und die Sache war aus der Welt geschafft. Der erste Raubzug unter Hawkins brachte so viel ein, daß die illustren Reeder schon im nächsten Jahr sechs weitere Segler für ihn fertigstellen ließen, und die Königin Elisabeth sah selbst darauf, daß das Admiralsschiff sozusagen bis an die Zähne bewaffnet wurde. Es kam aus Deutschland und trug den Namen *Jesus von Lübeck*.

Der Kerkermeister stieg in das tiefste Verlies hinunter, wo kaum ein Lichtstrahl hinkam, wo es entsetzlich stank. Schreie ertönten hinter den vergitterten Eisenkäfigen, Flüche und ein verzweifeltes Wimmern. Man hörte, wie sich ein Schlüssel im Schloß drehte.
»Raus hier, ein bißchen schnell.«
Der Gefangene sagte nichts. Vielleicht hätte er sich gerne beeilt, aber sein steifer Körper wollte ihm nicht mehr recht gehorchen. Nach den Worten des Gouverneurs war dieses Gefängnis eine Art Purgatorium, das Fegefeuer, doch wer wollte sagen, daß es nicht die Hölle selbst war! Man konnte weder aufrecht stehen noch bequem sitzen. Es ist bekannt, daß diese Art, Menschen zu Tode zu quälen, eine faszinierende Wirkung auf die sadistische Phantasie vieler Potentaten ausübte. Das geschah zu allen Zeiten und in sehr vielen Ländern.
»Hier entlang.«
Der Kerkermeister öffnete Türen, versperrte sie wieder, öffnete neue. Das Zeremoniell, das sich seit Jahrhunderten am wenigsten verändert hat, herrscht auch heute noch in den Gefängnissen. Die Tradition ist makaber. Kaum war nun der Gefangene in dem Raum hinter der folgenden Türe angelangt, als er einen hilflosen, flehenden Schrei ausstieß.
Diese Szene, die sich in den Jahren 1650–1651 mehrmals in ähnlicher Form abspielte, ereignete sich nicht in einer Festung in Europa, sondern im Fort von La Roche auf der Schildkröteninsel. Das Gefängnis und die Käfige waren auf Veranlassung jenes Le Vasseur gebaut worden, der die Engländer 1641 von der Insel vertrieben hatte. Als erstes zeigte sich bei ihm eine Art von Größenwahn: Er trug Kleider wie am Hof zu Versailles, ließ sich auf goldenen Tellern servieren, und man mußte fast auf die Knie gehen, wenn man mit ihm sprach. Und dann seine Grausamkeit!
Diese Maschine, die den Lippen der Gefangenen ein erbärmliches Wimmern entlockte, war eine Art Eisenkran, erfunden von Le Vasseur. Der Patient mußte sich Kopf, Füße und Hände in zangenähnliche Vorrichtungen einspannen lassen, worauf dann die Maschine nach hinten zurückschnellte und ihm sämtliche Glieder ausriß. Die Gefangenen, die die Folter überlebten, blieben lebenslang Krüppel.

Für Le Vasseur waren diese Unglücklichen, die er so zurichten ließ, aufsässiges Volk. Es waren in der Regel Einwohner, die Steuern hinterzogen hatten; ihre Zahl hatte innerhalb von zwei Jahren dermaßen zugenommen, daß man sich an Zustände in modernen Staaten erinnert fühlt. Oder es waren auch Katholiken darunter, die es gewagt hatten, gegen den Gouverneur wegen der Brandschatzung ihrer Kirchen zu protestieren.

Schon bei Nennung seines Namens spuckten die Piraten der Schildkröteninsel aus. Nicht daß sie sich von ihrem Metier her über den Tyrannen beklagt hätten. Es entsprach den Gesetzen, die dort herrschten, daß der Gouverneur den Löwenanteil an der Beute einsteckte, und kein Mensch fragte danach, was er damit im Namen des Königs alles anstellte. Aber sein despotisches Gehabe und die Eisenkäfige machten ihn nicht sonderlich beliebt, und schon gar nicht die Foltermaschine, von der noch weit schlimmere Gerüchte im Umlauf waren.

Während des Sommers 1652 erfuhren die spanischen Behörden auf Kuba, daß die beiden Leutnants Martin und Thiébaut erfolgreich gemeutert und die Macht übernommen hatten. Wenig später gaben die beiden Nachfolger ihr Regime ohne Widerstand an Henri de Fontenay ab, der vom Chevalier de Poincy im Namen des französischen Königs zum neuen Gouverneur ernannt wurde. Dieser Fontenay stammte aus altem französischem Adel und war Ritter von Malta. Er hatte sich lange Zeit mit den Türken herumgeschlagen – für sein kämpferisches Naturell eine sehr gute Schule.

In der Tat! Wenige Monate später hatte der Gouverneur auf Kuba nichts anderes mehr zu tun, als sich mit langem Gesicht eine Hiobsbotschaft nach der anderen anzuhören. »Zwei Galeonen auf dem Weg von Porto Bello nach Havanna von französischen Piraten angegriffen und ausgeraubt; die Oktoberflotte bei der Meerenge von Gaye de la Plata in eine Falle gelaufen: drei Schiffe verloren, eines Raub der Flammen. La Vega von gelandeten Trüppchen geplündert; noch eine Galeone geht zwischen Cartagena und Porto Bello verloren ...«

Unter der energischen Führung von Monsieur de Fontenay bekam die französische Piraterie wieder neues Selbstbewußtsein. Dieser vornehme Mann aus altem Adel hatte den etwas verkommenen Seeräubern mächtig imponiert. Madrid, das über die Verluste informiert war, drohte seinen Gouverneuren. Kuba versuchte sich zu entlasten: »Unsere Galeonen sind maximal mit Waffen gerüstet.« Doch das entsprach nicht den wirklichen Verhältnissen. Wären die Galeonen nicht so mit Waren und über die Zulässigkeit hinaus mit Passagieren überladen gewesen, hätten sie mehr Kanonen und Soldaten aufnehmen können. Aber Schleichgeschäfte und Bestechungen waren gang und gäbe – das Gold hatte schon alle korrumpiert. Eines schönen Tages fragte Madrid an, warum man das Übel nicht an seiner Wurzel packe und die Piratennester angreife.

»Ja, wir haben auch schon daran gedacht.«

Es stimmte. Der Gouverneur auf Kuba hatte in seinem Schreibtisch einen Lageplan von Basse Terre, worauf alle Informationen, die er von Spionen und entlaufenen Flüchtlingen erhalten hatte, maßstabgetreu eingetragen waren. Monsieur de Fontenay seinerseits ließ, als ob er etwas geahnt hätte, die Verteidigungslinien des Forts von La Roche verstärken. Sklaven und selbst Leute aus den Mannschaften bauten zwei Bastionen auf den Flanken und eine auf höhergelegenem Gelände, wo zwei zusätzliche Batterien aufgestellt wurden.

»Wir brauchen uns dadurch noch nicht den Mut nehmen zu lassen«, sagte der Gouverneur von Kuba, und im Sommer oder Herbst 1653 war es dann soweit.

Das spanische Geschwader bestand aus fünf größeren Galeonen und zwölf kleinerer Bauart mit geringem Tiefgang und in gutem Allgemeinzustand. Es war von Havanna aus in See gestochen, war in großem Bogen um Jamaika herumgesegelt und drehte dann, ohne der Insel zu nahe zu kommen, auf Hispaniola ab. Um jede frühzeitige Entdeckung auszuschalten, wurden die Häfen gemieden. Endlich kam man in die Meerenge zwischen Hispaniola und der Schildkröteninsel, und am 10. Januar näherte man sich langsam Basse Terre.

Bevor die Seestreitmacht dort ankam, teilte sie sich in zwei Gruppen; vier Galeonen und einige der kleineren Schiffe nahmen Richtung auf den Hafen. Man hörte schon Kanonendonner von La Roche, worauf die Spanier das Feuer erwiderten.

Man trifft vom Lande besser als von der See – das galt damals noch mehr als heute. Die Kanonen des Forts verwehrten den Zugang zum Hafen, was aber die Spanier nicht hinderte, ihre Richtung langsam weiterzuverfolgen.
Schwarze Rauchschwaden lagen über Basse Terre, aber der Seewind löste sie immer wieder auf. Nun konnten die Spanier verfolgen, wie bewaffnete Mannschaften zum Hafen hinunterliefen, wo alles in Bewegung war. Einige Piratenschiffe wurden durch Ruderer in Schaluppen flottgemacht.
Die spanischen Kapitäne trafen Vorkehrungen, um einen Enterangriff zu parieren. Aber bald merkten sie, daß die Schiffe den Hafen nicht verlassen sollten. Monsieur de Fontenay ließ sie versenken, um den Hafen zu blockieren.
Nun, dieser Angriff auf Basse Terre war ein Ablenkungsmanöver.
Während die wilde Schießerei andauerte, setzte sich die zurückgebliebene Galeone mit einigen kleineren Schiffen ab und nahm Kurs auf einen Küstenpunkt, der etwa eine Meile von Basse Terre entfernt lag. Hier war der Strand ungedeckt. Mit den Begleitschiffen wurde eine Expeditionsmannschaft abgesetzt, die Maultiere, Kanonen und Munitionskisten bei sich hatte. Dieser ganze Aufmarsch war mit einer Geschwindigkeit ausgeführt worden, die vermuten läßt, daß die Operation minutiös vorbereitet, vielleicht an anderem Ort schon mehrmals durchgespielt worden war.
Man weiß nichts Genaues darüber, wie die Kanonen an dem steil ansteigenden Berg hochgeseilt worden sind. Die steinigen Abhänge konnten von zwei wagemutigen Männern nur mit Mühe erklommen werden, und so hatten die Franzosen von dieser Seite her nie mit einem Angriff gerechnet. Doch entgegen allen Berechnungen brachten die Spanier zehn Kanonen in Stellung und eröffneten von der rückwärtigen Linie aus das Feuer auf das Fort von La Roche. Die Spanier hatten nun darauf vertraut, daß dieses Überraschungsmoment und die Schnelligkeit der Aktion den Franzosen jeden Mut zum Weiterkämpfen nehmen würde.
Die Soldaten und Sklaven, die auf Fontenays Anordnung hin unter feindlichem Beschuß Schutzwälle bauen mußten, zeigten bestimmt

keine große Begeisterung. Die Wälle bestanden aus zwei Reihen von Pfählen mit zwei Meter Abstand voneinander, die Zwischenräume waren mit Erde aufgefüllt. Eine solche Technik galt zu dieser Epoche schon als erprobt und hat sich auch seither immer wieder bewährt. Im Ersten Weltkrieg haben Truppen Unterstände gehalten, die bedeutend leichter gebaut waren. Wen will es deshalb wundern, daß die Verteidiger des Forts mehrere Tage Widerstand leisteten!
Die spanischen Schiffe feuerten aus allen Rohren. Der Hafen und die Siedlung lagen für damalige Verhältnisse unter unerhörtem Beschuß. Aus Angst um ihre Schiffe versuchten die Piraten, zur See das Freie zu gewinnen. Die Siedler und Kaufleute, die einfach zusehen mußten, wie ihre Häuser und Warenmagazine zerstört wurden, hatten allem Anschein nach gemerkt, woher der Wind wehte, und eine pazifistische Clique nahm Kontakte zu den Spaniern auf.
Fontenay hielt die Kämpfenden im Fort unter eiserner Kuratel und scheute selbst keine Gefahr. Als man ihm eine Abordnung aus der Bürgerschaft gemeldet hatte, glaubte er, die Leute wollten sich ihm als Verstärkung anbieten.
»Herr Gouverneur, wir sehen jetzt keine andere Möglichkeit mehr, als zu kapitulieren ...«
Kaum hatte der Mann den Satz ausgesprochen, als ihn eine Pistolenkugel in den Kopf traf und zu Boden stürzen ließ. Offenbar hatte der Rest der Delegation noch Zeit zu fliehen.
Als der Angriff auf das Fort begonnen hatte, waren die Magazine noch prallvoll mit Munition. Das Fassungsvermögen der Munitionskammern auf den spanischen Schiffen übertraf den Vorrat des Forts jedoch gewiß um das Fünf- bis Sechsfache. Der spanische Admiral, der genau wußte, wieviel Kugeln und Pulver er verschossen hatte, blickte erleichtert auf, als er merkte, daß die Kanonade der Franzosen nachließ. Schließlich verstummten die Batterien. Kurz darauf brachte man ihm die Meldung, daß sich der Gouverneur der Insel ergab.
Fontenay wurde ein ehrenvoller Abzug gewährt: Fahnen und Gewehre durfte er bei sich behalten, es gab keine Gefangenen, man ließ ihn mit seinen 300 Soldaten und Negern abziehen.

Es war ein glühendheißer Tag, an dem Monsieur de Fontenay an der Spitze seiner Leute zwischen einem Spalier spanischer Soldaten mit salutierenden Gewehren zum Hafen hinuntermarschierte, während die Flagge Kastiliens über dem Fort hochging. Die meisten Insulaner wohnten dem Abzug bei. Mitten in dem Schweigen wurden einige Rufe laut: »Bis bald!«

Im Frühjahr 1654 wurde in Paris der Verlust der Schildkröteninsel bekannt. Doch die Nachricht machte kaum Eindruck. Frankreich, das immer noch unter den schrecklichen Umtrieben der Fronde litt, blickte voll Erwartung auf den jungen König, den man gerade in Reims gekrönt hatte. Wer schon, außer den Aktionären der Kompanie, einigen Bankiers und solchen, die die Neue Welt kannten, interessierte sich dafür? Unter den wenigen Neugierigen befand sich Jérémie Deschamps, von Geburt ein du Rausset. Obwohl er adliger Abstammung war, hatte er doch als jüngster Sohn seiner Familie keine Aussicht, irgendwelche Erbrechte geltend zu machen. Also war Jérémie 1641 nach den Inseln ausgewandert und hatte sich auf der Schildkröteninsel einer Bande angeschlossen. Danach war er mit einem schönen Stück geraubten Geldes nach Frankreich zurückgekehrt, und sein Name geriet in Vergessenheit.

Im Laufe des Jahres 1654 hatte er bestimmt erfahren, wie die Schildkröteninsel verlorengegangen war, und gewiß auch, daß Fontenay bei einem Rückeroberungsversuch gescheitert war. Allem Anschein nach hatten ihn die Ereignisse nicht gleich zum Handeln gereizt. Erst 1656 betritt Jérémie du Rausset das Büro des Staatssekretärs im Handelsministerium. Die Unterredung ist kurz und bündig.

»Monsieur de Fontenay ist seit über einem Jahr tot und ohne Nachfolger geblieben. Ich ersuche um die Ernennung zum Gouverneur der Schildkröteninsel.«

»Aber ich bitte Sie, die Insel gehört nicht mehr zu uns.«

»Ich weiß. Ich werde sie eben erobern.«

»Wir können Ihnen aber nicht die geringste Unterstützung geben.«

»Ich kann darauf verzichten.«
»Gut, dann meinetwegen.«
Diese Gouverneurs-Urkunde, die man dem Adligen du Rausset am 26. November 1656 ausgestellt hat, ist erhalten geblieben. Man weiß ebenfalls, wieviel Zeit der soeben Beförderte mit nutzlosen Appellen verbrachte, als er in Pariser Kreisen um eine finanzielle Unterstützung seines Unternehmens nachsuchte: ganze zwei Jahre. Dabei erkaltete seine Begeisterung für die Inseln etwas. Rausset beschloß nun, ganz auf eigene Faust loszuziehen, und fuhr nach La Rochelle.
Dieser Hafen war der wichtigste und internationalste aller Häfen an der Westküste Frankreichs. Der Seigneur du Rausset betrat die Hafenkneipen und redete mit den abenteuerlichsten Gestalten. Als Mann aus dem Südwesten Frankreichs, vom Typ her intelligent und mit einem erstaunlichen Redetalent begabt, verstand er es gut, mit den verschiedenartigsten Menschentypen umzugehen. Dann war es soweit. Mit 30 Burschen, die alle das Herz auf dem rechten Fleck hatten und ihm in den Tod zu folgen bereit waren, heuerte er auf einem Transportschiff an und fuhr nach Jamaika.
Jérémie du Rausset, der einmal redselig, einmal verschwiegen sein konnte, erzählte nichts über seine Bemühungen, die er bei der Durchreise in Port Royal auf Jamaika unternommen hatte. Aber im britischen Kolonialarchiv konnte man aus Korrespondenzen erfahren, daß er es geschafft hatte, sich vom Gouverneur Sir Charles Lyttelton eine Vollmacht als Gouverneur der Schildkröteninsel ausstellen zu lassen, im Namen des englischen Königs. Zweifellos hatte er nichts von der Vollmacht durchblicken lassen, die er schon besaß.
Es wäre falsch, hier von einem unmoralischen Doppelspiel zu sprechen. Bedenkt man, daß die beiden Vollmachten nicht einmal einen Pfifferling wert gewesen wären, wenn die Spanier die Schildkröteninsel behalten hätten, wer wollte ihm da seine Taktik verübeln!
Von Port Royal aus nahm er mit seinen 30 Piraten Richtung auf Port Margot, einer Insel vor der Westküste Hispaniolas. Hispaniola, heute Haiti, hieß für die Piraten damals Santo Domingo.
Die Seeräuber, die nach dem spanischen Überfall die Schildkröteninsel hatten verlassen müssen, waren in Schlupfwinkeln an der West-

küste untergetaucht. Sie richteten neue Häfen und Siedlungen ein, die insgesamt wieder eine Art unabhängige Republik ohne höhere Autorität oder feste Gesetze darstellten. Ironischerweise hatten sie einen ihrer Häfen »Hafen des Friedens« getauft, während das ganze Gebiet die »Sackgasse« hieß, weil hier sozusagen der Traum vom Seeräuberleben zu Ende gegangen war. So ganz stimmte das aber nicht. Der Kleinkrieg gegen die Galeonen ging weiter, und man verschacherte die Beute entweder in Saint-Christophe oder auf Jamaika bei den Engländern.

Wie sieht es nun mit dem Häufchen von Abenteurern aus, die mit Jérémie de Rausset angekommen waren? Diejenigen unter ihnen, die den Ton angeben, sind ohne Zweifel bereit, sich dem Leben in der freien Seeräuberrepublik, genannt »Die Sackgasse«, anzupassen. Ein biederes, schlaues Bandenleben scheint für sie die erstrebenswerteste Sache freier Leute zu sein. Nicht so Jérémie. Er will ihnen die Augen öffnen, zeigt ihnen am Horizont die Silhouette, die sich wie ein buckliges Wesen vom Himmel abhebt: die Schildkröteninsel, Wiege der Seeräuberei! Das Ehrgefühl und die Interessen gebieten, diese Insel zurückzuholen. Bei allem in der Welt, hier lockt das große Abenteuer! Endlich wieder große Beutezüge, nach denen man sich im Gold nur so wälzt. – »Alles wird möglich, wenn wir erst wieder von der Schildkröteninsel aus operieren können!« Der Magie der Worte erliegen nicht nur die 30 Neuankömmlinge, sondern nach und nach 500 oder 600 Piraten aus der Umgegend. Jérémie erinnert sie an ihre einstige Größe und ihre Heldentaten, die schon legendär klingen. Begeistert und voller Selbstbewunderung hören sie ihm zu. Wahrhaftig, der Mythos der »Brüder-von-der-Küste« darf nicht gestorben sein – »bald sind wir wieder auf der Schildkröteninsel!«

Wer zum Kreuzzug aufruft, schickt gewöhnlich seine Truppen unüberlegt in den Kampf. Nicht so Jérémie de Rausset. Während er für seine Sache Propaganda machte, dachte er an die taktische Durchführung und an die Mittel, die ihm zur Verfügung standen. Er wußte: Wollte er die Spanier überraschen, mußte er seinen Plan absolut für sich behalten.

Der Tag, an dem der Überfall stattfand, ist nicht genau bekannt, auf jeden Fall war es gegen Ende Dezember 1659. Strahlendes Wetter, ruhige See, leichte Brise, Mondstand im ersten Viertel – Jérémie hatte den Tag X mit Bedacht gewählt und all diese Faktoren mit einkalkuliert.

Für die Spanier war das ein Tag wie jeder andere. Die Sonne ging in voller Schönheit über dem funkelnden Meer unter. Spähtrupps des Forts von La Roche meldeten dem diensthabenden Offizier: »Keine besonderen Vorkommnisse!« Die Patrouillen verschwanden im Fort. In wenigen Minuten war die Nacht da. Die 600 Mann Jérémies waren schon auf der Insel.

Keine Kanonen, nur Gewehre hatte der Chef angeordnet. Genauso keinen Segler, keine Schaluppe, sondern – Pirogen. Das war das Geniale an seinem Plan. So war eine unsichtbare Armada von 150 dieser kleinen Nußschalen auf die felsige, unzugängliche Nordküste zugesteuert. In der Tat, sie war unzugänglich für alle Seeschiffe – aber nicht für Pirogen. Dort hatten sie sich versteckt und die Nacht abgewartet.

Bei Mondschein begann der Aufstieg. Jérémie wußte, daß er seinen Männern viel abverlangte, aber er wußte auch, daß der Mond noch nicht verschwunden sein würde, wenn sie den Gipfel erreichten. Die Rechnung erwies sich als richtig. Noch außer Atem sahen sie vom Gipfel aus weit unter sich den dunklen Festungskomplex von La Roche und darüber in einer Waldlücke den strategischen Punkt, wo die Spanier vor sechs Jahren ihre Kanonen in Stellung gebracht und die Insel eingenommen hatten.

Man durfte jetzt keine Zeit verstreichen lassen und mußte das letzte Mondlicht ausnützen. Ein größerer Teil der Mannschaften stieg bis in die Ebene hinunter und umzingelte das Fort, während sich die anderen bis auf 20 Schritt an die Batterie heranmachten. Man hörte nicht das leiseste Geräusch. Der Mond verschwand, und nun setzte eine längere Wartezeit ein. Die Männer, die bei der Batterie standen, hatten den Auftrag, sie beim ersten Morgengrauen zu nehmen.

Beim Auftauchen der Piraten schrien die Wachen laut auf, aber die Artilleristen waren mit einem Handstreich überrumpelt.

Vom Fort her ertönten Schüsse, die Offiziere riefen zu den Waffen.

Doch die Soldaten waren noch nicht aus den Quartieren getreten, als in der Festung schon Geschosse einschlugen, die die hochgelegene Batterie abfeuerte. Ein Teil der Garnison stürzte hinunter auf das nieder gelegene Land, vielleicht um gelandete Truppen abzuschlagen. Da fielen auch schon 40 Spanier unter den Gewehrsalven jener Abteilung, die sich dort mit ihrem Kommandanten Jérémie du Rausset aufgestellt hatte. Unerwartet zwischen zwei Fronten zu geraten, ist für eine Truppe eine demoralisierende Sache. Die Spanier kapitulierten innerhalb einer halben Stunde.

Der Adlige du Rausset, der zwei Gouverneursbriefe in der Tasche hatte, entschied sich unverzüglich für eine mögliche dritte Autorität: für seine eigene. Die spanische Flagge wich der französischen, aber alle Einwohner mußten ihm einen persönlichen Treueschwur leisten.

Die Leute sagten sich: »Warum nicht?« Sie hatten sich genauso mit dem spanischen Besatzungsregime zurechtgefunden. Die Rückkehr unter französische Oberhoheit löste weit weniger Beunruhigung aus als das Wiederauftauchen der Piraten. Nur die Gastwirte in den Tavernen machten gute Miene, als sie den Galgenvögeln wieder begegneten.

Jérémie du Rausset begriff, daß die Situation für ihn ungemütlich werden konnte. Seine loyalen Kameraden konnte er natürlich nicht wieder ausweisen, andererseits lag ihm daran, die Einwohner zu beschwichtigen. Das Leben als Gouverneur war hier nie einfach, erst recht nicht, als der Pyrenäenfriede zwischen Frankreich und Spanien geschlossen wurde. Die Staatsinteressen erlaubten keine Kaperfahrten mehr, so daß die Freibeuterei notgedrungen wieder zur gewöhnlichen Piraterie wurde.

Du Rausset rang sich schließlich zu einem Kompromiß durch: er ließ die Seeräuber gewähren, gab sich aber Mühe, ihre Lebensart langsam der der ansässigen Bevölkerung anzupassen. Bei seinen Kumpanen, denen er zuerst das genaue Gegenteil gepredigt hatte, löste das einige Heiterkeit aus.

Diese schwierige Regentschaft dauerte drei Jahre, dann wurde Jérémie krank. Niemand, der sein Leben kennt, glaubt, daß, wie er beteuerte, das Klima schuld daran war. Etwas anderes nagte an dem Mann aus dem Périgord: Es war ein ungelöster Konflikt. Einerseits wollte er die Schildkröteninsel zu einem zivilen Gemeinwesen machen, andererseits mußte er seiner Verpflichtung gegenüber den Piraten entsprechen. Alles deutet darauf hin, daß er sich dadurch ein Magengeschwür holte. Oktober 1662 gab er provisorisch seinen Posten an seinen Neffen Fréderic Deschamps de la Place ab und reiste nach Europa, genauer: nach London.

London war 1662 mit 500 000 Einwohnern die größte Stadt der Welt, hier existierten die größten Bankhäuser, und hier wurde alles gehandelt, was sich nur denken ließ – warum also nicht auch Inseln, dachte Jérémie; er hatte die Absicht, die Schildkröteninsel an irgend jemand loszuschlagen. Was ihm natürlich etwas einbringen sollte, denn er hatte ja, ganz auf sich gestellt, die Insel wiedergewonnen und auch später von Frankreich keine Unterstützung bekommen. Trotzdem, bei seinem Eintreffen in London verspürte er wie damals, als er die Flagge Frankreichs hatte aufziehen lassen, eine gewisse Verpflichtung: Zuerst ging er zur französischen Botschaft.
»Ich verstehe recht, es geht um diese Schildkröteninsel?«
Jérémie erklärt alles, erzählt die Geschichte der Insel unter französischer, dann unter spanischer Besatzung und wie sie wieder von ihm, dem Seigneur du Rausset, besetzt wurde. Der Botschafter hört ihm freundlich zu, zeigt sich schweigsam und bittet seinen Besucher, doch noch einmal wiederzukommen. Als dieser wiederkommt, läßt er ihn durch einen seiner Sekretäre empfangen.
»Ich verstehe recht, es geht um diese Schildkröteninsel?«
Als Jérémie du Rausset nochmals anfängt, den Fall zu erklären, gibt man ihm zu verstehen, daß Westindien inzwischen nicht mehr aktuell ist: Spanien darf nicht verärgert werden.
»Aber«, so setzt der Sekretär hinzu, »die Westindienkompanie unterhält in London ein Büro. Dahin können Sie sich wenden.«
Jérémie trifft sich mit einigen ihrer Agenten und atmet erleichtert auf. Das sind Leute, die etwas vom Wert der Insel verstehen, und sie lauschen ihm sehr aufmerksam, als er von ihrer Wiedereroberung

und ihrem jetzigen Zustand berichtet. Sie wundern sich nicht darüber, daß du Rausset die Besitzung verkaufen möchte. Und als er um ein Angebot bittet, beraten sie kurz, und einer von ihnen sagt:
»Wir bieten 10 000.«
»Wie? – Pfund?«
»Nein, Livres.«
Das wären 400 Pfund nach Londoner Kurs. Der Vorschlag ist so lächerlich, daß du Rausset nichts mehr dazu sagt. Am nächsten Tag läßt er sich vom britischen Handelsminister empfangen. Er ist voller Hoffnung, seiner Sache sogar sehr sicher, denn es hat genügt, daß er seinen Namen genannt und gesagt hat, woher er komme, um eine Audienz zu erlangen. Verglichen mit den anderen Empfangsräumen, die er in London betreten hat, ist das Bürozimmer des Ministers grandios. Jérémie erzählt wieder von der Schildkröteninsel, und man hört ihm zu. Dieser Engländer weiß genauso wie die Leute von der Kompanie, worum es geht.
»Die Schildkröteninsel ist in der Tat eine sehr schöne und florierende Kolonie.«
Jérémie nennt einige Zahlen, der Engländer macht sich Notizen.
»Ich könnte Ihnen die Insel für 6000 englische Pfund verkaufen.«
»Nun, ich sehe nicht so recht, was wir mit der Insel anfangen könnten.«
Jérémie Deschamps ist wie betäubt. »Ich sehe nicht recht!« Diese Engländer! Gerade sie, deren ganze Politik in der Karibischen See darauf angelegt ist, sich Stützpunkte zu schaffen, sozusagen von allen Seiten her an einem großen Netz zu bauen, in das die Galeonen nur noch wie dicke Karpfen einlaufen sollen.
»Herr Minister, scheint Ihnen der Preis übertrieben?«
Jérémie weiß sehr wohl, daß es nicht stimmt. 6000 englische Pfund, für ihn ein Vermögen, waren für das englische Schatzamt eine kleine Sache.
»Es geht nicht um den Preis.«
Der Minister erhebt sich, die Audienz ist beendet. Jérémie geht, ohne daß sich seine Verwirrung legt. Noch weiß er nicht, daß er mit diesem Schritt gefährliches Terrain betreten hat, voll diplomatischer

Intrigen und Falltüren. Er merkt es später, und zwar in dem Moment, als er in Paris mit recht gedämpftem Optimismus das Außenministerium betritt, um über seine Insel zu verhandeln.
»Ich bin sehr erfreut, Sie zu sehen, Monsieur du Rausset. Sie hatten vor, die Schildkröteninsel der englischen Regierung zu verkaufen. Das ist Verrat. Ich bedaure, Sie dafür in die Bastille einliefern zu müssen.«

Man übertreibt nicht, wenn man behauptet, daß damals ein Gefängnisaufenthalt in der Bastille für viele so etwas wie einen sozialen Aufstieg bedeutete, indem sie zum Pensionsgast dieses großen Gefängnisses avancierten. Es konnte 42 Personen aufnehmen. Man traf dort ausschließlich Adlige, die, wenn sie wollten, zwischen ihren eigenen Möbeln wohnen durften. Sie hatten ihre eigenen Diener und sogar Privatküche. Im Vergleich zu unseren modernen Strafanstalten war fast alles ganz anders – bis auf den einen Punkt: man war eben nicht frei. Und die in der Bastille Eingesperrten wußten nie, wie lange sie bleiben mußten.

Abgesehen von Ausnahmen, verbot man ihnen nicht, ausgiebige Kontakte nach außen zu pflegen. Jérémie du Rausset blieb fast zwei Jahre in der Bastille, von denen er die letzten Monate beinahe ausschließlich einer Beschäftigung widmete: den Verkauf der Schildkröteninsel perfekt zu machen.
Die Agenten der Westindienkompanie hatten ihn sehr wahrscheinlich wegen seines Vorsprechens beim englischen Minister denunziert. Nun warteten sie darauf, daß die Situation für den Kauf reifte. Sie ließen es aber nicht bis zum Äußersten kommen, und als er dann ihren letzten, endgültigen Vorschlag angenommen hatte, veranlaßten sie seine Entlassung: du Rausset bekam 15 000 Livres, dazu 100 Pistolen, die als Geschenk für seinen Neffen gedacht waren.
15 000 Livres – ein lächerlicher Preis, aber eine schöne Stange Geld für einen, der eben aus dem Gefängnis kommt. Über die wenigen Wochen, in denen der Adlige du Rausset es schaffte, sein ganzes Geld wieder zu verprassen, erfährt man aus den Geschichtsbüchern

nichts. Nach dieser durchfeierten Zeit erklärte er, daß die zwei Jahre in der Bastille wieder seine volle Gesundheit hergestellt hätten. »Also reise ich wieder zurück zur Insel.« Sprach's, ließ sich überfahren und verlebte dort friedlich seine letzten Tage.

Während der letzten Monate des Jahres 1665 mehrten sich die Streitereien und Schlägereien in den Tavernen auf der Schildkröteninsel, ähnlich wie gegen Ende der großen Feste nach den Beutefahrten. Man konnte eine Spannung beobachten, wie sie bisweilen von Sonnenflecken hervorgerufen wird.

Gewöhnlich fing alles mit einer harmlosen Anspielung an, die ein Lachen nach sich zog, worauf dann aber nicht gerade prüde Witze fielen. Dann warf sich einer der Piraten in Pose, erklärte lautstark, was er alles anstellte, wenn die Mädchen kämen, und was er mit der täte, die er sich nehme, so und so, und das die ganze Nacht, den ganzen Tag, jeden Tag in der Woche und sogar am Sonntag, und eine sei ihm überhaupt nicht genug. Und an dem Punkt, wo die schlüpfrige Phantasie des Mannes sich immer mehr erregte, konnten auch die anderen sich nicht mehr zurückhalten – auch sie wollten eine Frau, oder gleich ein paar, oder gleich alle, die das Schiff aus Frankreich bringen sollte. Und so endete alles damit, daß sie sich fürchterlich stritten und prügelten. Das Schiff, das die Mädchen bringen sollte, hatte noch nicht einmal La Rochelle verlassen.

Aber es würde kommen, Monsieur d'Ogeron hatte es feierlich versprochen. Bertrand d'Ogeron, ein Adliger aus dem Anjou, war von der Westindienkompanie als Gouverneur und oberster Verwaltungsbeamter auf der Schildkröteninsel eingesetzt worden.

Genauso wie Jérémie du Rausset war ihm die Seeräuberei nicht unbekannt, als seine Karriere begann. Als Sträfling hatte er schon bei den Spaniern arbeiten müssen, war mit knapper Not dem Tod entgangen und war zu den Brüdern-von-der-Küste gestoßen.

Ohne Zweifel begünstigte Bertrand d'Ogeron die Raubexpeditionen der Seeräuber, sogar noch bevor Frankreich und Spanien 1667 wieder in den Krieg traten. Ungeachtet dessen wünschte er ein geordnetes Zusammenleben auf der Insel.

»Ich werde euch in ganz neuartige französische Ketten legen lassen.« Mit diesen Ketten waren Frauen gemeint, und er hatte darauf gedrängt, daß man ein ganzes Schiff herüberschicken solle. Sein Gesandter war mit einer formellen Zusage wiedergekommen.
»In ein bis zwei Monaten werden sie eintreffen.«
Die Frauen hatten bei der Abfahrt zwei Zusicherungen erhalten: Die Reise war kostenlos, und es war für eine Unterkunft nach dem Eintreffen gesorgt. Auch wußten sie, daß sie sich dort verheiraten sollten. Die Männer, die auf sie warteten, waren nicht von dem Schlag, daß sie schüchterne, unberührte Mädchen vorzufinden hofften. Die Polizeiberichte von den ersten 150 weiblichen Einwanderern sagten eindeutig aus, daß es sich um verkommene Prostituierte und Mädchen handelte, die wegen Räuberei verurteilt waren.
Man weiß nicht viel über den Verlauf der Überfahrt. Nur aufgrund ähnlicher Transporte aus späteren Jahren kann man schließen, daß der Kapitän trotz eiserner Strenge nur halbwegs die Disziplin aufrechterhalten konnte. Die Reise war lang, und es herrschte ein buntes Durcheinander an Bord. Vielleicht bedeutete den Prostituierten die Fahrt eine willkommene Erholungszeit, da sie sich in wenigen Wochen neuen Männern zuwenden sollten, aber für die jungen Mädchen, die man soeben aus dem Gefängnis geholt hatte, war es bestimmt ein unerträglicher Zustand, daß sie mit den Matrosen nur Blicke und Worte wechseln sollten. Man kann sich denken, daß der Kapitän mit Erleichterung das Auftauchen der Inseln vor dem Wind am Horizont feststellte. Man war in der Karibischen See.
Nach Aussagen einiger Zeugen waren die Passagiere von großer Neugier und Hoffnung beseelt. Ein neues Leben zu beginnen, wieder eine geachtete Frau zu werden – welcher von den gefallenen Engeln hätte diesen Traum nicht gehegt! Sie hatten die unverhoffte Gelegenheit ergriffen und nahmen das große Wagnis auf sich. War es nicht der Beweis, daß sie doch nicht so schlecht waren? Ganz abgesehen davon, wer ist schon so schlecht?
Das Schiff strich die Segel und glitt sachte bis zur Mitte des Hafens. Der Anker war noch nicht ausgeworfen, als man schon von einer Menge in Windeseile bestiegener Boote umgeben war. In jedem die-

ser kleinen Boote – Männer. Sie waren schlecht gekleidet oder halbnackt, mit bizarr verformten Hüten.
Alle starrten auf die Frauen, die sich auf der Schiffsbrücke drängten. Dabei fiel kein Wort. Viele hatten mit voller Glut diesen Augenblick erwartet. Sie hatten es selbst geglaubt, womit sie sich immer wieder wortreich brüsteten, daß sie sich nicht zurückhalten könnten und das Schiff auf der Stelle stürmen würden, so sehr hatte sie die Idee besessen, eines dieser Opfer zu schnappen. Und jetzt war das Schiff mit den Frauen da – und alle schwiegen. Sie standen stumm und regungslos wie Statuen.
Die Frauen ihrerseits beobachteten die Männer und merkten sofort, daß sie keine Angst zu haben brauchten. Es flößte ihnen keinen Schrecken ein, so viele Blicke auf sich gerichtet zu fühlen, im Gegenteil, sie fühlten sich umworben. Sie waren Frauen in einer Welt, in der es bis dahin keine Frauen gegeben hatte. Jede konnte sich als Eva betrachten, die Adam begegnen sollte.
Jetzt richteten die Männer die ersten Worte an sie. Keine obszöne Bemerkung fiel. Sie fragten nach der Reise, ob sie gerne hierbleiben wollten, und wie ihnen Basse Terre gefiele. Jene waren um Antworten nicht verlegen, sie machten spaßige Kommentare, und die Stimmung wuchs. Aber in dem Augenblick traf ein halbes Dutzend größerer Schaluppen mit 60 Garnisonssoldaten ein, die die Landung der Passagiere übernehmen sollten. Monsieur d'Ogeron hatte alles bis auf die Details durchorganisiert.
Die Frauen wurden etwas abseits von der Siedlung in abgesonderten Häusern untergebracht. Monsieur d'Ogeron besuchte sie persönlich und sagte ihnen, daß sie erst noch 48 Stunden zum Ausruhen hätten und daß man ihnen dann zeigen würde, für welchen Gatten und welches Zuhause sie sich entscheiden könnten. Sie sollten auf keinen Fall die Quartiere verlassen und ihm melden lassen, wenn es an etwas fehle. Monsieur d'Ogeron wirkte sympathisch, sprach freundlich mit ihnen und gewann sie durch seine Art.
Zum angekündigten Tag fanden sie sich auf einem großen Platz ein. Hier sollte die Versteigerung stattfinden. Als die Frauen um sich blickten, ahnten sie, was ihnen bevorstand. Es gab ein leichtes Mur-

ren. Wein wurde herumgereicht, man mußte ihn trinken; doch die Versteigerung ging schnell vonstatten, und das in einer Weise, die den Betroffenen nicht ganz unlieb sein konnte.
Sie stellten eine Ware dar – für viele Menschen waren sie ja nie etwas anderes gewesen –, deren Preis in Gold ausgehandelt wurde. Der Leutnant der Garnison ließ eine Dame nach der anderen vortreten und nahm sie dann bei der Hand, fast als wolle er sie zum Tanz führen. Kaum war eine von ihnen in den Gesichtskreis der Umstehenden getreten, als sie zum Objekt von so schmeichelhaften und sich jagenden Angeboten wurde, daß sie ihren Ohren nicht traute. Es gab keine Mindestpreise, jemand nannte eine Summe, die als solche meist schon enorm war, denn nicht nur das Verlangen nach einer Frau, sondern auch der Wille, sich vor anderen großzutun, beherrschte wie gewöhnlich die Piraten.
Diese Heiraten wurden standesamtlich eingetragen, doch auch kirchliche Trauungen fanden statt, denn die Piraten waren selten völlig unreligiös. Man bedenke, daß sie vor Kaperfahrten gemeinsam beteten, die Beichte absolvierten und die Kommunion empfingen. Aber eine kirchliche Trauung war für die Männer nicht von gleichem Rang wie später in Europa.
Der Frauenkauf ist kein außergewöhnliches Faktum in der Geschichte menschlicher Gesellschaften. Anders an diesen Bräuten war nur ihr spezifisches Vorleben. Nun, es ist ohne Ausnahmen bestätigt, daß fast alle diese Verbindungen glücklich waren, zumindest ohne Skandale blieben. Die Frauen erwiesen sich als treue Gattinnen – womit sie übrigens nicht unklug handelten – und erzogen wie alle Frauen ihre Kinder.
Der Gouverneur der Schildkröteninsel hatte das Geld aus der Versteigerung zur Deckung der Überfahrtskosten verwendet. Das Unternehmen erwies sich als so rentabel, daß die Westindienkompanie bald darauf eine weitere Überfahrt organisierte. Mehrere folgten, bis eines Tages auch Frauen auf eigene Faust herüberkamen, die man nicht zur Gattin bekommen konnte. Es waren Straßenmädchen, die erfahren hatten, daß man als Frau ohne Risiko auf der Schildkröteninsel leben konnte. Sie hatten sich gesagt, daß die Männer auf die-

ser Insel einen kleinen Zeitvertreib hin und wieder nicht gerade ablehnen würden.
Unter diesen Straßenmädchen befanden sich Eingeborene und Mestizen, die mit Hilfe verschlagener Vermittler eingeschleust wurden. Es gab bald Bordelle. Eine Art westlicher Gesellschaft entstand.
Doch historische Berichte gibt es lediglich von den zuerst angekommenen Frauen, die ein ehrbares Leben führten. Ausnahmen waren sehr selten und wurden hart bestraft.
Denkt man an ihre Herkunft und das Milieu, in dem sie jetzt lebten, so konnte man das Leben dieser Frauen gewiß kaum gutbürgerlich nennen. Die Bretonin Anne mit dem Beinamen »So-Gott-will« – sie wiederholte nämlich gern diese drei Worte – war die Angetraute des »Langen Peter«. Während ihr Gatte Jagd auf Spanier machte, bereicherte sie den häuslichen Küchenzettel, indem sie Wildschweine und Büffel schoß. Als sie Witwe wurde, gab es gleich wieder eine Anzahl neuer Bewerber. Sie ließ sie abblitzen und beschloß, mit ihren Kindern allein zu bleiben.
Ihr Nachbar, ein bekannter Bruder-von-der-Küste, nannte sich de Graf. Er machte eines Tages eine Bemerkung über sie, die man ihr wieder zutrug und die sie verletzend fand. Er sah sie mit gezogener Pistole zu sich herüberkommen.
»De Graf, wir werden uns duellieren.«
Sie war schön in ihrem Zorn. De Graf schob die Pistole zur Seite und umarmte sie. Die Kinder aus dieser Ehe standen den Eltern in nichts nach. Als ein Bewerber gegenüber der ältesten Tochter zudringlich wurde, forderte sie ihn zum Duell, woraufhin man sie in Ruhe ließ.
Alles in allem bedeutet das Eintreffen von Frauen einen Wendepunkt in der Geschichte der Insel. Sie wird dadurch einer Art von Zivilisation etwas näher gebracht. Die Frauen verlangen einen gewissen Komfort, und der Handel mit Europa verstärkt sich. Kleider, Möbel, Haushaltsgeräte werden gegen Tabak und Anbauprodukte, aber auch gegen Beuteware getauscht. Bertrand d'Ogeron, der immer noch die Absicht hat, die Verhältnisse zu stabilisieren, fordert von allen Händlern, sich auf der Insel anzusiedeln.

Die Piraten bilden dennoch eine Kaste für sich, obwohl sie durch ihre Familien etwas Kultur annehmen. Die Frauen können es kaum verhindern, daß sich ihre Männer nach Beutezügen in wilde Orgien stürzen. Versuchen sie es, riskieren sie leicht das Leben. Die Männer brauchen diese Enthemmung, wenn eine Zeit ständiger Alarmbereitschaft auf See hinter ihnen liegt. Schweigend hören die Bürger der Schildkröteninsel dem Lärm zu, der bis spät in die Nacht aus Tavernen und öffentlichen Häusern dringt.

4

Mit Feuer und Schwert

Starke Ostwinde blasen das ganze Jahr auf dem Paso de los Vientos, einer 80 Kilometer breiten Meerenge, die Kuba von Santo Domingo trennt. Kurze, harte Wellen jagen dort über die See, und tückische Querströmungen erschweren die schwierige Arbeit der Seeleute.

An einem Dezembermorgen des Jahres 1665 begegneten sich in dieser Durchfahrt zwei Schiffe: eine starke Galeone mit Westkurs, die offenbar auf der Fahrt nach Santiago de Cuba war, und eine einfache kleine Schaluppe, die Segel gesetzt hatte und mühsam gegen den Wind kämpfte. Keine zwölf Kabellängen trennten die beiden Schiffe.

Die Männer auf dem Boot beobachteten mit gespannter Aufmerksamkeit die Galeone. Der Steuermann hatte eingefallene Gesichtszüge und einen wild wuchernden Bart. Trotz des Segels bedienten noch sechs Mann die Ruder, alle Neger, mit vor Erschöpfung grauen Gesichtern.

Die Galeone, die mit dem Wind fuhr, wollte wegen des kleinen Schiffes nicht von ihrem Kurs abweichen. Hätte sie es getan, so wäre dem Kapitän einer der gefährlichsten Feinde der spanischen Macht im karibischen Raum in die Hände gefallen.

Der Steckbrief und Lebenslauf dieses Mannes: Nau, Jean-François, genannt l'Olonnois, geboren 1630 in Sables d'Olonne, Poitou, Frankreich. Blaue Augen, kastanienbraunes Haar, mittelgroß, keine besonderen Kennzeichen. Mit 20 Jahren fährt er als Zwangsarbeiter von La Rochelle nach Westindien, setzt sich dann ab nach Santo Domingo zu den Piraten, zahlreiche Kämpfe gegen die »Lanceros« (spanische Reitertruppen); schließt sich den Seeräubern auf der Schildkröteninsel an (1655), viele erfolgreiche Beutefahrten. 1662 erhält er vom Gouverneur Jérémie Deschamps du Rausset das Kapitänsdiplom, dazu ein Schiff, macht gute Beute, läuft aber mit seinem Schiff auf einem Riff auf und verliert es. 1664 wieder Kapitän eines neuen Schiffes, sticht damit im August des gleichen Jahres in See und wird drei Wochen später 250 Seemeilen westlich der Schildkröteninsel zum letzten Mal gesehen, als er sich der Meerenge von Yukatan nähert. Danach keine Nachrichten mehr.

24 Stunden nach dem Zusammentreffen mit der Galeone erreichte Jean-François Nau mit seinen sechs Negern Basse Terre und erzählte höchstpersönlich sein Abenteuer.

Es begann mit einem Schiffbruch vor der Küste Yukatans. Mit einigen Kameraden konnte er sich an Land retten, wurde aber sofort von den »Lanceros« gefaßt und sollte nach Campeche, einer benachbarten Stadt, gebracht werden.

»Es gelang uns«, fuhr l'Olonnois fort, »einige unserer Bewacher zu überrumpeln, ihnen ihre Waffen zu entreißen, und ein verzweifeltes Handgemenge folgte. Alle meine Männer wurden niedergemetzelt. Ich selbst wurde verletzt, stellte mich aber tot, bis die ›Lanceros‹ abzogen. Wenig später stand ich auf, zog meine Kleider aus, schlüpfte in die Uniform eines spanischen Soldaten und lief nach Campeche. Dort hatten die Einwohner bereits Freudenfeuer angezündet. Sie tanzten um sie und feierten die vernichtende Niederlage, die sie uns zugefügt hatten. Ich gesellte mich dazu, tanzte und sang mit ihnen. Nach einigen Tagen gelang es mir, diese Schwarzen, die jetzt hier neben mir sitzen, für mich zu gewinnen. Sie arbeiteten als Sklaven bei einem reichen Fischer, und es war nicht schwierig, eines seiner

Boote zu stehlen. Die Schwarzen besorgten genügend Proviant, und eines Nachts stachen wir in See.«

1200 Seemeilen trennen Campeche von der Schildkröteninsel. Man muß zuerst die Halbinsel Yukatan umfahren, dann die 200 Kilometer breite Meerenge gleichen Namens überqueren, um Kuba zu erreichen. Schließlich mußte der zweimal vom Pech verfolgte Kapitän mit seinem kleinen Schiffchen, das nicht einmal ein Hinterdeck hatte und nur ein mittelgroßes Segel setzen konnte, 1200 Kilometer entlang der kubanischen Küste segeln, wo es nur so von Spaniern wimmelte.

Die Zuhörer in der Taverne von Basse Terre, wo l'Olonnois sich mit seiner schwarzen Schiffsmannschaft stärkte, bemerkten jetzt, daß er immer noch Teile einer spanischen Uniform trug. Das bewies, daß seine Geschichte stimmte.

L'Olonnois wandte sich an seine Schwarzen: »Und ihr seid nun frei, so wie ich es versprochen habe.«

Man traf auf der Schildkröteninsel immer mehr ehemalige Sklaven, die entweder von den Seeräubern freigekauft worden waren oder die sich nach der Teilnahme an einer erfolgreichen Beutefahrt selbst hatten freikaufen können.

Trotz des ungewöhnlichen nautischen Geschicks, das Jean-François Nau unter Beweis gestellt hatte, war sein Ruf als Seekapitän doch etwas erschüttert: Zwei verlorene Schiffe innerhalb von zwei Jahren waren dem Gouverneur zuviel. Nau trug es mit Fassung. Er wußte, daß er noch mal von vorne anfangen mußte. Ihm blieben eine größere Barke und einige Kumpane, 21 Mann an der Zahl. Schließlich fand er sogar noch einen Schiffsarzt. Jean-François ließ die Segel setzen und nahm Kurs auf die kubanische Küste. Kaum war er angekommen, da begegnete ihm schon eine spanische Barke, die er sofort kaperte. Jetzt verfügte er über zwei Schiffe.

Bei einer Flußmündung, der eine spitze Landzunge vorgelagert war, sollte l'Olonnois und seiner bescheidenen Expedition der erste große Fang gelingen. Hier trafen sie Eingeborene, die behaupteten, daß an diesem Landeplatz schon in wenigen Stunden eine spanische Fregatte eintreffen würde. Woher konnten die Eingeborenen das um

Jean-François Nau, genannt l'Olonnois. An Land ein guter Heerführer, aber auf dem Wasser ein schlechter Steuermann. Unter den Freibeutern war er wegen seiner unmenschlichen Grausamkeit berüchtigt.

alles in der Welt bloß wissen? Hatten sie nicht sogar davon gesprochen, die Fregatte hätte 90 Mann und 10 Kanonen an Bord? Das blieb ein Rätsel – aber was machte es! L'Olonnois baute eine Falle.
Von ihren Barken aus, die die Freibeuter nahe des Flusses im Unterholz verborgen hielten, erspähten sie die Fregatte. Sie näherte sich langsam dem Anlegeplatz, fuhr in den Mündungsarm des Flusses ein und ging vor Anker. Hier lag sie von den Uferbäumen eingehüllt wie unter einem Baldachin, denn der Mündungsarm war schmal und die Vegetation sehr üppig. In dieser Position war die Fregatte manövrierunfähig. Nachts kamen die Piraten.
Wie sich der gegen Morgengrauen beginnende Kampf genau abspielte, ist nicht eindeutig geklärt. Sicher ist, daß die Angreifer, von gut getarnten Posten aus, gegen den Dreimaster ein Kleingewehrfeuer eröffneten, während die blindlings abgefeuerten Schüsse der aufgescheuchten Spanier fast nur ins Leere trafen. Als sie sich dann endlich entschlossen, ihr Schiff aus dem Hinterhalt herauszuholen und wieder flott zu bekommen, war es schon zu spät. Sie hatten zu viele Leute verloren und waren demoralisiert. L'Olonnois hatte leichtes Spiel.
»Ich habe nicht vergessen, wie die ›Lanceros‹ bei Campeche alle meine Leute massakriert haben«, sagte er. »Gebt den Verwundeten den Rest und werft sie ins Meer. Mit den anderen ab in den Laderaum!«
Da wirft sich ihm ein spanischer Sklave erregt zu Füßen: »Herr, verzeiht, schont mein Leben! Ich muß Euch ein schreckliches Geständnis machen!«
L'Olonnois mustert ihn. »Du sollst dein Leben behalten, rede!«
Der Mann sagt, daß die Spanier ihn als Henker eingestellt hätten, um alle Franzosen ausnahmslos aufzuknüpfen, die in spanische Hände fielen. Der Gouverneur von Kuba hätte diese Entscheidung zur Abschreckung der französischen Piraten offiziell getroffen.
»Das ist aber sehr interessant«, ruft l'Olonnois und greift nach seinem Säbel. »Laßt unsere lieben spanischen Gefangenen einen nach dem anderen wieder an Deck kommen!«
Sobald einer der Todgeweihten in der Deckluke sichtbar wird, da

rollt auch schon sein Kopf, l'Olonnois schleckt mit der Miene eines Feinschmeckers das Blut von seinem Säbel und scherzt über die unterschiedlichen Geschmacksrichtungen.
L'Olonnois' Vorliebe für makabre Blutorgien war weithin bekannt. Die Chronisten – oder wer immer in den letzten 300 Jahren ein Geschichtsbuch über die Piraterie schrieb –, sie alle berichten darüber. Einige Männer über die Klinge springen zu lassen, gehörte oftmals zum Tagesgeschäft eines Seeräuberkapitäns. Und eine blutige Säbelklinge abzulecken, war nicht außergewöhnlich; gehörte es doch zum guten Ton, daß ein Kapitän den anderen immer wieder mit neuen kraftmeierischen Taten übertrumpfte.
Man kann einwenden, daß ein Säbel schnell stumpf wird und selbst ein Seeräuberkapitän nicht imstande sein werde, 50 Köpfe hintereinander von ihrem Rumpf zu trennen. Das mag stimmen – doch lassen wir das.
Dagegen dürfen wir folgendes glauben, denn es war zu jener Zeit durchaus üblich: Nach dem Massaker schickte Jean-François Nau durch den letzten, noch lebenden spanischen Gefangenen eine provozierende Nachricht an den Gouverneur von Kuba. Der zum Henker bestimmte Sklave überbrachte diesen Brief: »Ich habe Ihren Befehl, keine Gefangene zu machen, ausgeführt. Doch diesmal traf es leider Ihre eigenen Leute, und beim nächsten Mal, so hoffe ich, sind Sie an der Reihe.« Der Gouverneur schäumte: »Hängt die Kerle, hängt sie! Keine Gnade!« Noch einmal bestätigte er offiziell seine Order, als die Garnisonskommandeure und Schiffskapitäne unerwartet Einspruch erhoben. Sie machten ihrem Vorgesetzten klar, daß diese Maßnahme unrealistisch sei, da die Freibeuter bedeutend mehr Gefangene machten als sie selber. Der Befehl wurde zurückgenommen, außer für Jean-François Nau, genannt l'Olonnois.

Der einzige, auch heute noch malerische Platz in der Stadt Maracaïbo (500 000 Einwohner) in Venezuela ist der Großmarkt. Hier werden exotische Früchte, Fische, Töpferwaren und geflochtene Körbe feilgeboten. Indios, Schwarze und Mischlinge laufen in bunten Kleidern vorbei, und zwischendurch trifft man Weiße, meistens amerikanische Touristen, die selten einmal ihre Kameras aus der Hand legen. Der größte Teil der Stadt hat ein modernes Gesicht. Sie wird von vielen geradlinigen Straßen unterteilt, und selten sieht man ein Haus, das nicht »General Motors« oder irgendeiner Ölgesellschaft gehören würde: Der ganze Reichtum des Landes beruht auf dem Öl. Bohrtürme umringen die ganze Lagune, von Maracaïbo bis zum 270 Kilometer entfernten Südzipfel des Sees.

Die Spanier, die zu Beginn des 16. Jahrhunderts mit den Konquistadoren in das Land gekommen waren, hatten von einem Eldorado geträumt. Doch sie fanden kein Gold. Wer blieb, lebte dennoch ganz gut. Merida, eine Zwischenstation auf dem Weg der Goldtransporte von Peru zum Atlantik, lag nicht weit entfernt. Die Einwohner betrieben Viehzucht, und im Südteil der Lagune, bei Gibraltar, gediehen Kakao, Zuckerrohr und Tabak. Mitte des 17. Jahrhunderts hatte Maracaïbo etwa 6000 Einwohner, Gibraltar 3000. In beiden Städten gab es Kirchen, Klöster und auch Krankenhäuser.

Weil die spanischen Eroberer kein Gold gefunden hatten, ließen sie die Eingeborenen auch meist in Ruhe. Diese wohnten friedlich in Pfahldörfern, die sie in der Lagune errichtet hatten.

An einem Morgen im Mai 1667 sahen die Bewohner von Maracaïbo mehrere dieser Eingeborenen auf Pirogen eilends über den See paddeln. Und alsbald verbreitete sich eine alarmierende Nachricht: Eine Piratenflotte hatte vor der Laguneneinfahrt Anker geworfen und ein Landungskorps auf der Insel Palomas abgesetzt. Palomas ist eine der beiden Inseln, die vor jener Schiffspassage liegen, die die Lagune mit dem Atlantik verbindet. Wer hindurchfahren wollte, mußte zuerst das Fort von La Barra passieren, das die Spanier auf Palomas gebaut hatten. 14 Kanonen verwehrten die Einfahrt.

Das Fort war auch die einzige Verteidigungsanlage der Stadt. Wenn es fiel, waren die Einwohner dem Feind schutzlos ausgeliefert. Neue schlechte Nachrichten trafen an diesem Morgen ein und steigerten die Nervosität der Einwohner: Der Kommandant des Forts hatte vergeblich versucht, die gelandeten Piraten in eine Falle zu locken. Dabei hatte er sogar einen Großteil seiner Truppe verloren, die er zur Verteidigung der Festung dringend gebraucht hätte.

Panik breitete sich unter der Bevölkerung aus. Viele Bewohner wollten sich auf dem Seeweg evakuieren lassen. Das Ziel der Flüchtlinge war Gibraltar, die nächste befestigte Stadt mit einer Garnison.
Obwohl die schwarzen Sklaven (zwei- bis dreitausend) damals auch zu den »Wertgegenständen« zählten, wollten sich ihre Eigentümer in dieser Situation nicht mit ihnen belasten. Sie rieten ihnen, sich in den umliegenden Wäldern zu verbergen. Das war eine Fluchtmöglichkeit, die auch alle Spanier wählten, denen die Fahrt auf den überladenen Schiffen zu gefährlich war.
Schließlich wurden etwa 1000 Familien auf dem Wasserweg evakuiert. Zurück blieben die Kranken, die nicht transportfähigen älteren Leute, einige Fatalisten und eine nicht näher bestimmte Anzahl von Sklaven, die in dem Glauben waren, daß sie von den Piraten nichts zu befürchten hätten.
Am nächsten Morgen tauchten große Segel über der Lagune auf. Das Fort war gefallen. Langsam näherten sich die Schiffe.
Eine Meile vor dem Ufer hielten sie, warfen Anker, und alsbald ging eine wilde Kanonade über der Stadt nieder. Die schwarzen Sklaven und einige neugierige Eingeborene, die sich noch in dem verlassenen Hafen aufhielten, sahen, daß die Piraten Schaluppen bestiegen und sich dem Strand näherten. Noch immer dröhnten die Kanonen der Schiffe. Schleunigst suchte jeder das Weite.
Es gab nicht einmal weiße Frauen, die man hätte vergewaltigen können. Nichts als schwarze Sklaven und einige Eingeborene, von denen absolut nichts zu erfahren war. Verschüchtert deuteten sie immer wieder auf die Lagune in Richtung Süden. Also waren die Einwohner in eine andere Stadt geflüchtet und hatten Gold und Silber mit sich genommen.
Aber zu essen und zu trinken: Da gab es alles, was sich die Seeräuber nur wünschten! Die Häuser waren voll von Lebensmitteln, die Geschäfte mit Waren überhäuft und die Keller voller Flaschen und Weinfässer.
L'Olonnois hatte sich zu dem Unternehmen entschlossen, nachdem er sich mit Michel dem Basken zusammengetan hatte. Dieser genoß unter den Freibeutern hohes Ansehen. Sie arbeiteten gemeinsam einen

sorgfältigen Plan aus, und die Expedition begann schon sehr erfolgversprechend, als sie, nach wenigen Tagen auf See, zwei Galeonen begegneten, die sie mühelos kaperten. Die erste, mit einer Ladung Kakao an Bord, schickten sie umgehend zu d'Ogeron zurück, wogegen sie die zweite, mit Pulver und Gewehren beladene Galeone gleich mit sich führten. Doch warteten die Kapitäne noch, bis das Handelsschiff gelöscht war und sich ihnen samt einer neuen Mannschaft Freiwilliger anschließen konnte. Diese Freiwilligen stürzten sich begeistert in das Unternehmen. Kolonisten, die bislang friedlich auf der Schildkröteninsel gelebt, und ehemalige Piraten, die ihr unstetes Dasein aufgegeben hatten, verfielen wieder ganz dem Reiz des Abenteuers. Dazu gesellten sich junge Burschen aus Europa, die soeben angekommen waren. Überschwengliche Stimmung herrschte auf diesem Schiff, ähnlich der Begeisterung von Kreuzfahrern, die sich schnell auf die anderen Schiffe übertrug. Niemals war eine so große französische Freibeuterflotte in See gestochen: etwa 700 Mann auf 7 Schiffen. Und nun hatten diese verrückten Abenteurer kein anderes Verlangen mehr, als sich Tag für Tag vollzufressen und sich zu betrinken.

Die Anführer der Expedition wollten allerdings nicht nur wilde Gelage feiern. Unter Gewaltanwendung hatten sie einige Sklaven zum Reden gebracht, und Suchkommandos durchkämmten jetzt die Savanne und den angrenzenden Dschungel. Die ersten aufgegriffenen Spanier gestanden unter der Folter, wo sie ihr Geld verborgen hatten, und denunzierten andere flüchtige Mitbürger.

Zweifellos setzte sich l'Olonnois mit seiner Unbeherrschtheit und Grausamkeit wieder durch. Chronisten berichten, daß er eigenhändig Gefangene erdolchte, um die anderen noch vor den Foltern zum Reden zu bringen. Doch eine langsame, qualvolle Folter war wahrscheinlich noch wirksamer als die grausamen Exempel mit dem Dolch. Daumenschrauben waren schon immer ein klassisches Mittel gewesen. Man stirbt nicht, aber der Schmerz wird bald unerträglich. Andere uns überlieferte Foltermethoden entspringen aber auch offensichtlich der Phantasie propagandistisch begabter Chronisten. Einer schreibt: »Dem Gefangenen wird eine kräftige Schnur um die Stirn festgezogen, bis die Augen aus den Höhlen springen.« Wie dem auch sei, die Jagd auf die Flüchtlinge dauerte 14 Tage, mit unbefriedigendem Erfolg. L'Olonnois wußte, daß mindestens dreiviertel der Einwohner nach Gibraltar geflüchtet waren. Also ließ er Segel setzen: Auf nach Gibraltar!

Wo immer Flüchtlinge erscheinen, sie werden selten mit Begeisterung aufgenommen. Die Einwohner von Gibraltar hatten aber mit Recht wenig Grund zu großer Freude, als sie die Bürger von Maracaïbo auf ihren Booten ankommen sahen. Erstens riskierten sie, daß ihnen die enttäuschten Piraten selbst auf den Pelz rücken würden, zweitens hatten sie nicht genügend Lebensmittel auf Lager.

Der Gouverneur von Gibraltar hatte rechtzeitig erfahren, daß die Seeräuber La Barra angegriffen und Maracaïbo eingenommen hatten. Sechs indianische Läufer waren bereits auf dem Weg in das 120 Kilometer entfernte Merida.

Fünf Tage später traf der Gouverneur von Merida an der Spitze von 400 Soldaten in Gibraltar ein und verstärkte die dortige Garnison von 500 Mann. Und der Gouverneur von Gibraltar war inzwischen nicht untätig geblieben. Er hatte alle verfügbaren Männer für Schanzarbeiten eingesetzt und alle strategisch wichtigen Batterien verstärkt. In seinem Verteidigungsplan ist eine List bemerkenswert. Dazu muß man sich die geographische Lage der Stadt vergegenwärtigen: Die eine Seite Gibraltars liegt zum Meer hin, die andere wird von einem Sumpfgürtel umschlossen, der undurchdringlich ist und durch den nur ein Pfad führt. Diesen Weg ließ der Gouverneur an mehreren Stellen durch Gräben unterbrechen und durch Hindernisse versperren. Ferner ordnete er den Bau eines Scheinpfades an, der vom eigentlichen Weg abwich, auf die Stadt zuführte und in einem tückischen Sumpfloch endete.

Während der zwei Wochen, die die Piraten untätig in Maracaïbo verbrachten, blieb dem umsichtigen Mann Zeit, alle Vorkehrungen zur Verteidigung zu treffen. Als dann im Norden die ersten feindlichen Schiffe auftauchten, wurden Frauen und Kinder in die am besten geschützten Häuser gebracht. In der Stadt waren Trinkwasserdepots angelegt worden. Die Verteidiger hatten sich auf ein Bombardement eingestellt, das aller Wahrscheinlichkeit nach dem eigentlichen Angriff vorausgehen würde.

Von der Stadt aus konnte man sehen, wie die Piratenschiffe plötzlich eine dreiviertel Meile vor dem Ufer die Segel strichen und vor Anker gingen. Es war später Nachmittag. Der Tag war drückend schwül gewesen, der Himmel immer noch wolkenverhangen, und bald setzte ein heftiger Regen ein. Die Seeräuber eröffneten das Feuer nicht. Auch die Kanonen der Stadtbatterien blieben stumm. Der Grund: Die Reichweite der Geschütze war zu gering, um den Gegner zu treffen.

Die Nacht brach herein. Der Gouverneur von Merida hatte das Oberkommando über die spanischen Streitkräfte übernommen und wartete auf die ersten Nachrichten seiner Spione. Gegen Mitternacht meldeten sie, daß die Piraten östlich der Stadt gelandet seien. Sie hatten keine Kanonen an Land gebracht. Der Befehlshaber konnte sichergehen, daß sich die Feinde nicht vor Tagesanbruch in das unwegsame Gelände wagen würden.

Während der Nacht hörte der Regen auf. Als der Gouverneur kurz vor Tagesanbruch die Lage überprüfte, mußte er feststellen, daß die Seeräuber die Stadt bereits umgangen hatten und auf den Zugangsweg gestoßen waren, und zwar auf den richtigen – ein Beweis dafür, daß ihre Führer die Gegend kannten. Da sie aber diesen Weg versperrt fanden, zögerten sie zunächst. Eine halbe Stunde später passierte, was der Gouverneur selbst nicht zu hoffen gewagt hatte: die ganze Meute der Piraten stürmte in den als Falle angelegten Scheinpfad hinein.

Es waren 380 Mann, nur mit Pistolen, Säbeln und Fangmessern bewaffnet. »Unsere Stärke«, hatte l'Olonnois gesagt, »liegt allein in unserer Entschlossenheit und Schnelligkeit.«

Aber der Vormarsch kam bald ins Stocken, der Zug der Piraten wand sich wie eine todwunde Schlange durchs Gelände. Das Unterholz rechts und links des Weges war zwar nicht sehr hoch, aber undurchdringlich. Dazwischen erblickten die Piraten die Stadtmauern Gibraltars.

An der Spitze des Zuges marschierten die beiden Anführer, gefolgt von l'Olonnois und Michel dem Basken. Die eingeborenen Führer anzuschreien oder ihnen gar die Köpfe abzuschlagen, hätte in dieser Situation nichts genützt. Sie hatten ihr Bestes getan, und l'Olonnois hatte selbst vorgeschlagen, diesen Weg zu benutzen. Nach 200 Schritten standen sie schon vor dem Morast. Das Wasser ging ihnen zwar vorerst nur bis zu den Knöcheln, aber die angriffslustigen Piraten mußten mühsam einen Fuß nach dem anderen aus dem Sumpfboden ziehen und konnten sich nur im Schneckentempo vorwärtsbewegen.

»Wir müssen vorankommen«, rief l'Olonnois, »vor den Stadtmauern wird der Boden sicher wieder fest sein.«

Kaum hatte er geendet, als er bis zu den Knien in dem schlüpfrigen Boden versank. Jetzt blieb dem Anführer keine andere Wahl mehr, als zu einem Mittel zu greifen, das in den Tropen zur Zeit der Regenfälle oft angewandt wird. Er drehte sich um und rief: »Männer, wir müssen Äste auftreiben und sie vor uns in den Morast werfen, sonst kommen wir nicht durch.« Ein mühsames Unterfangen ... Plötzlich hörten die Piraten das dumpfe Böllern von Kanonen und sahen schwarzen Rauch über den Befestigungswällen aufsteigen. Und hinter ihnen schlugen Kugeln im Sumpfwasser ein.

Die Kanonen schossen zu jener Zeit nur auf geringe Entfernungen genau, und das Nachladen dauerte geraume Zeit. L'Olonnois, den Säbel in der Hand und mit grimmiger Miene, trieb seine Leute zum Weitergehen an. Sie gehorchten. Die Zeit verstrich, und immer seltener verfehlten die Kanonen ihr Ziel, je näher die Truppe den Stadtmauern kam. Dann blieben die Männer wie vom Blitz getroffen stehen: Über eine Minute dauerte das Gewehrfeuer, das über sie hereinbrach. Sie stürzten im Morast und schrien. Da überbrüllte l'Olonnois den Lärm:

»Vorwärts!«

Bis zu den Knien im Wasser, schwang er seinen Säbel, stieß wilde Schreie aus und kämpfte sich unter dem Kugelregen weiter vor. Michel der Baske folgte ihm auf den Fersen, dahinter die Männer in kleinen Gruppen, die durch den Beschuß dezimiert wurden. Hätten sich die spanischen Schützen nicht durch den Rauch ihrer eigenen Musketen die Sicht genommen, hätten die Piraten unübersehbare Verluste erlitten. Plötzlich sprang l'Olonnois selbst in diesen Qualm hinein. Seine Kameraden sahen ihn zuerst mit Umsicht gehen, dann vorwärtsstürmen. Wie er es vorausgesehen hatte, trug der Boden vor der Stadt wieder. Da blieb er wie vom Donner gerührt stehen. Vor sich sah er einen tiefen, breiten Graben, über den sechs schwarze Kanonenrohre drohend ihre Hälse vorstreckten.

Die Geschütze waren mit Eisenschrot geladen, und ihre erste Salve wirkte verheerend. Aber die Piraten marschierten in Einerreihen und boten nur ein schmales Angriffsziel. Wären sie in Massen herangestürmt, hätte das Unternehmen für sie katastrophal geendet.

L'Olonnois, der todesmutige Soldat, sah, daß die Situation aussichtslos war. Mit einer Wendung seines Säbels gab er das Zeichen zum Rückzug.

Will man den Wert einer Truppe beurteilen, muß man ihren Gehorsam und ihre Disziplin prüfen, wenn sie sich nach einer Schlappe mit blutigen Köpfen zurückzieht. Halten wir uns vor Augen, wie sicher l'Olonnois seine Leute in der Hand hatte, so erscheinen uns die militärischen Qualitäten der Seeräuber doch in anderem Licht. – Gewöhnlich galten sie als Kämpfer, die sich von ihrem Temperament her nur für Handstreiche und schnelles Überrumpeln des Feindes eigneten.

Hier zogen sie sich geordnet auf dem Unglückspfad zurück, schleppten die Verwundeten mit und begaben sich außerhalb der Reichweite der spanischen Musketen und Kanonen. Noch währenddessen gruppierte l'Olonnois seine Truppe neu und gab neue Order:

»Wir versuchen jetzt, über den anderen Weg an die Stadt heranzukommen.«

Der andere Weg, der richtige, der auf festem Boden lag, war durch Hindernisse mehrmals unterbrochen. Die Seeräuber räumten in mühsamer Arbeit die Hindernisse beiseite. In welchem Zustand konnten die Männer unter diesem ununterbrochenen Beschuß vor der Stadt anlangen?

»Hören wir auf«, entschied l'Olonnois. »Ich zweifle jetzt nicht mehr, daß wir am besten nochmals über den ersten Weg angreifen sollten. Die Spanier werden vollkommen überrascht sein. Also schnell, greifen wir an!«

Die Truppen, die bei solch einer Gegenorder nicht meutern, lassen sich wahrscheinlich an den Fingern abzählen. Das will nicht heißen, daß diese Männer nicht lästerlich fluchten, als sie den Befehl hörten. Doch im gleichen Moment schlossen sie sich l'Olonnois an. Was stand hinter dieser grimmigen Entschlossenheit? Sie kämpften weder für Ruhm und Ehre noch für ein Vaterland, weder für eine Ideologie noch für einen Glauben. Nein, sie waren unter vielen Gefahren bis hierher vorgedrungen, um sich ihre Taschen zu füllen, und der Gedanke, mit leeren Händen wieder abziehen zu müssen, war ihnen genauso unerträglich wie ihrem Anführer.

Von ihren Bollwerken aus beobachteten die Spanier alle Bewegungen ihrer Feinde genauer, als sich das l'Olonnois vorstellen konnte. Sie waren nicht wenig verblüfft, als sie die Piraten wieder den Sumpfweg einschlagen sahen, aber die Kanonen und Gewehre standen immer noch bereit, und die Angreifer erlitten eine noch schlimmere Abfuhr als das erste Mal. Fast sah es so aus, als würde die Piratengruppe innerhalb weniger Minuten vollständig ausgelöscht werden, da machte sie wieder blitzschnell kehrt und flüchtete Hals über Kopf. Jeder dachte nur noch daran, sein Gaunerleben in Sicherheit zu bringen und seine verfluchte Seele zu retten, die einmal gnadenlos in der Hölle schmoren würde.

Da ließen sich die triumphierenden Verteidiger zu einer Leichtsinnigkeit hinreißen. Die Stadttore gingen auf, und eine Verfolgungsjagd begann.

»Auf die Piraten! Laßt keinen entkommen!«

Es ist berauschend, einen fliehenden Feind – vor allem, wenn man vor ihm so lange gezittert hat – zu verfolgen und ihm den Rest zu geben. Aber da wendete sich bereits das Blatt.

L'Olonnois, vielleicht von Michel dem Basken beraten, heckte einen neuen Plan aus. Als die Spanier die Flüchtenden eingeholt hatten, glaubten sie immer noch, mit den demoralisierten Feinden schnell fertig zu werden. Es wurde ihnen aber ein ungewöhnlicher Empfang bereitet. Im Kampf von Mann gegen Mann waren die rauhen Piraten weit überlegen und gewannen bald die Oberhand. Rechts und links des Weges tauchten nun Gestalten auf, die sich in dem undurchdringlichen Dickicht verborgen gehalten hatten. Damit war die Schlacht auch schon entschieden. Die Piraten hatten bisher an die 50 Tote und 100 Verletzte zu beklagen, die Spanier dagegen in kurzer Zeit 200 oder 300 Soldaten, darunter die beiden Gouverneure und fast alle ihre Offiziere. Die Artilleriestellungen wurden erobert, der Rest der Garnison ergab sich.

L'Olonnois, allgemein als unkultivierter Haudegen beschrieben, zeigte in gewissen Dingen verantwortungsvolle Umsicht. Seine erste Sorge nach dem Sieg galt dem hygienischen Problem. Er ließ die Leichname, die vor und in der Stadt lagen, zusammentragen und mit zwei Schiffen aufs offene Meer hinausschaffen.

Die Plünderung der Stadt spielte sich in der üblichen Art und Weise ab. Die Eindringlinge vergewaltigten Frauen und trugen alle Wertsachen aus den Häusern zusammen. Nur das Kirchengut wurde diesmal fein säuberlich zur Seite gelegt. Sie wollten es einem Gelübde zufolge einer neuerbauten Kapelle auf der Schildkröteninsel vermachen, um, wie es heißt, »Gott und den Heiligen zu danken«.

Wie gewöhnlich ist es den Piraten – selbst unter Anwendung grausamer Folter – auch hier nicht gelungen, die reichen Bürger zur völligen Herausgabe ihrer versteckten Geldvorräte zu bewegen. Studiert man die Geschichte mehrerer geplünderter Städte, so stellt man erstaunt fest, wie schnell sie wieder zu einem natürlichen, geregelten Alltagsleben zurückkehren. Das läßt auch hier darauf schließen, daß die Bewohner zumindest einen Teil ihres Reichtums vor den Piraten verbergen konnten.

Die Seeräuber, die sehr wohl wußten, daß sie die Einwohner nie ganz wie Zitronen auspressen konnten, gingen deshalb dazu über, statt einzelner die Gemeinschaft zu erpressen.

»Wir wollen so und so viel Lösegeld. Wenn nicht, werden wir die Stadt brandschatzen.«

Und dieses Mittel zog. Wenn die Stadtväter auch noch so lamentierten, am Ende wurde die geforderte Summe gezahlt. In Gibraltar hatte l'Olonnois gesagt: »2000 Piaster stehen noch zur Debatte. Zwei Tage habt ihr Zeit, später gibt es keinen Pardon mehr.« Als zur abgemachten Zeit noch kein Geld da war, legten die Piraten die ersten Brände. Einige Stunden später gab es keinen Grund mehr, das Feuer weiter zu schüren. In den spanischen Chroniken liest man sogar, daß die Piraten damals selbst mithalfen, die Brände wieder zu löschen.

Noch hatte l'Olonnois nicht genug – schon träumte er davon, Merida anzugreifen, eine größere und noch reichere Stadt. Aber seinen Brüdern-von-der-Küste schien dieser Vorschlag zu phantastisch. Sie lehnten ab. L'Olonnois gab auf.

Bei der Rückfahrt machten sie auf der Insel Gonava halt und teilten sich die Beute: 250 000 Piaster in Bargeld und schätzungsweise weitere 100 000 in Form von Wertgegenständen. Daneben war ihnen ein Schiff mit einer Tabakladung in die Hände gefallen, und die mitgeführten schwarzen Sklaven ließen sich bei Versteigerungen ebenfalls zu Geld machen.

Noch ein Jahrhundert später, sogar bis nach der Französischen Revolution, konnte man in den Häfen der französischen Atlantikküste älteren Leuten begegnen, die von den Erzählungen ihrer Eltern oder Großeltern her noch wußten, wie es nach der Rückkehr der Beutefahrt auf der Schildkröteninsel zugegangen war. Drei Wochen lang war das Hafenviertel geradezu ein Tollhaus. Jede Nacht wurde durchgefeiert, die Musikkapellen übertönten noch das Lärmen und heizten die Stimmung an. Am frühen Morgen sammelte man die Trunkenbolde, die irgendwo an einer Ecke umgesunken waren, auf und legte sie am Strand nebeneinander. Die besonders eitlen Seeräuber kauften sich massenweise Schmuck. Unter diesen abenteuerlichen Gestalten gab es viele lächerlich herausgeputzte Gecken, die an jedem Finger einen Ring und um den Hals glitzernde Kolliers trugen und deren Kleider mit funkelnden Steinen benäht waren.

Auch die Spielleidenschaft entbrannte: Mehrmals in der Stunde wechselten enorme Summen ihren Besitzer. Wer abends noch die

Taschen voller Geld hatte, war nicht selten am nächsten Morgen total verschuldet. Während dieser unvergeßlichen drei Wochen sah man Vent en Panne wahrscheinlich zum letzten Mal auf der Schildkröteninsel. Dieser Mann galt weit und breit als einer der größten Draufgänger im Glücksspiel. Meist war er nach jeder durchspielten Nacht pleite. Damit hatte er es im Laufe der Jahre zu ungewöhnlicher Berühmtheit gebracht.

Einige Jahre zuvor war Vent en Panne nach einer geglückten Beutefahrt mit 500 Silbertalern hier eingetroffen. In einer halben Nacht hatte er alles verspielt. Nun zog er von Taverne zu Taverne: »Bruderherz, leih mir 100 Pistolen.«

Wenn seine Kumpane die Anrede »Bruderherz« vernahmen, wußten sie Bescheid: Jetzt war wieder Not am Mann. Wenn ihm jemand die erbetenen 100 Pistolen gab, waren sie in weniger als zwei Stunden wieder verspielt. Aber das Allerschlimmste war: Wollte er seine Schulden begleichen, mußte er einmal oder zweimal ohne persönlichen Gewinn an einem Raubzug teilnehmen. Das Glück schien ihm jedoch gewogen: Schon nach dem ersten Handstreich war er wieder fein heraus.

Als er seine Schulden beglichen hatte, blieben ihm sogar noch 50 Pistolen übrig. Die setzte er wieder ein und gewann 12 000 hinzu.

»So, jetzt habe ich die Nase endgültig voll!« sagte Vent en Panne. »Schluß mit dem Abenteurerleben! Ich gehe zurück nach Frankreich.«

Er suchte auf Barbados ein Schiff nach Europa, denn von hier fuhren regelmäßig größere Schoner zurück nach England, und schließlich fand er einen, der in sechs Stunden in See stechen sollte. Vent en Panne brachte sein Gepäck an Bord und ging dann in eine Taverne, um sich bei einem Glas Wein die Zeit zu vertreiben. Dort saßen ein paar Spieler, die gerade mit einer Partie zu Ende waren. Einer von ihnen ging auf Vent en Panne zu.

»Wie wär's, Freund?« fragte er. »Machen wir zwei ein Spielchen?«

Dieser Mann, ein reicher Jude, hatte in den Augen des Fremden den leidenschaftlichen Ausdruck bemerkt, den kein wahrer Spieler verleugnen kann. Er lud Vent en Panne zu sich nach Hause ein.

»Aber mein Schiff fährt doch in wenigen Stunden ab«, entgegnete Vent en Panne.
»Macht nichts. Wir sind bald fertig. Komm!«
Und nach kurzer Zeit hatte Vent en Panne auch schon 12 300 Silbertaler gewonnen.
»Ich habe leider kein Geld mehr für den Einsatz«, sagte der Jude. »Aber hier ist ein Warenschein über eine Ladung Zucker, die einen Wert von 100 000 Pfund besitzt. Spielen wir weiter!«
Vent en Panne, dessen Glückssträhne immer noch nicht riß, verpaßte die Abfahrt seines Schiffes. Als es Nacht wurde, ließ der Jude Essen und Getränke bringen, und noch vor Mitternacht hatte Vent en Panne die ganze Ladung Zucker gewonnen.
»Fluch nicht so!« herrschte er den Juden an. »Selbst wenn deine Religion es dir erlaubt. Es ändert doch nichts an den Tatsachen.«
Ohne auf seine Worte zu achten, schlug der Jude nochmals mit der Faust auf den Tisch. Er zog erneut einen Wertschein aus der Tasche: »Jetzt wird um meine Zuckermühle gespielt. Weiter!«
Auch die Zuckermühle fiel an Vent en Panne. Anschließend gewann er noch 20 Negersklaven, um die sie gewürfelt hatten.
Der Jude, ein leidenschaftlicher Spieler, stand auf: »Erlaub mir, daß ich bei einem Freund noch etwas Geld hole. Die Diener stehen dir inzwischen zur Verfügung.«
Es war Morgen geworden. Die Diener, die bereits ahnten, daß sie den Herrn wechseln würden, hatten die Kerzen gelöscht. Da kam der Jude zurück und warf einige Ballen golddurchwirkten Tuches auf den Tisch.
»Hier, das ist 1500 Jakobiner wert«, sagte er. »Wenn du sie gewinnst, bleibt mir nichts anderes mehr übrig, als mich aufzuhängen.«
Langsam und bedächtig schüttelte er den Würfelbecher, warf – und zweimal die Sechs!
»Es scheint so, als würdest du dich heute doch nicht aufhängen«, sagte Vent en Panne.
Drei Stunden später war er es, der sich die Frage stellen mußte, ob er sich nicht aufhängen sollte: Der Jude hatte alles zurückgewonnen.

»Machen wir noch ein Spielchen?« fragte dieser.
»Selbstverständlich!«
Eine neue Mahlzeit wurde aufgetragen, und während des Nachmittags verlor Vent en Panne auch noch die 12 000 Pfund, die er mit nach Frankreich hatte nehmen wollen, dazu seinen Stock mit dem Goldknauf und alle seine Kleider.
Was blieb dem armen Tropf anderes übrig, als wieder zur Schildkröteninsel zurückzukehren! Der Jude war so großzügig, ihm eine Fahrkarte zu verschaffen. Vent en Panne kam in Basse Terre an, ergriff gleich die erste Gelegenheit, die sich ihm bot, und schloß sich dem Raubzug von l'Olonnois nach Maracaïbo an.

Wie alle Teilnehmer hatte er bei der Rückkehr die Taschen voller Geld. »Für wie lange?« fragte man sich. Doch d'Ogeron nahm sich seiner an. Der Gouverneur kannte die Geschichte Vent en Pannes, und wie er schon öfters labilen Charakteren geholfen hatte, so versuchte er auch hier sein Bestes. Mit Einwilligung des Piraten tauschte er dessen Geld bei einer französischen Bank gegen einen Pfandbrief um und behielt nur noch so viel zurück, daß es für eine Schiffskarte nach Frankreich reichte.
Jetzt endlich sah Vent en Panne seine Heimat wieder. Er hätte jetzt von seinen Zinsen leben können, aber er war ein unsteter Geselle. In Dieppe eröffnete er ein Kaufmannskontor und importierte Waren aus der Karibischen See. Bald tat er sich mit einem portugiesischen Reeder zusammen. Dieser rechnete ihm vor, daß ihr Gewinn an den Einfuhren weiter steigen würde, wenn Vent en Panne sich an Ort und Stelle um die Waren kümmerte.
Gewinn hin, Gewinn her, Vent en Panne hatte nur einen Gedanken: die Karibischen Inseln wiederzusehen. Sein Schiff hatte noch nicht den Ärmelkanal verlassen, als es von zwei spanischen Kriegsschiffen gekapert wurde. Vent en Panne verlor bei dem Gefecht sein Leben.

Noch bevor Vent en Panne sein Export-Import-Unternehmen aufgemacht hatte, war l'Olonnois mit den meisten seiner Leute – keiner hatte auch nur noch einen Pfennig Geld in der Tasche – bereits wieder auf See. Die Siedler und Pflanzer in Basse Terre hatten ihnen zwar geraten, ihr Geld anzulegen, Land zu kaufen oder nach Frankreich zurückzukehren, aber die Piraten lachten nur höhnisch.

Fast alle von ihnen standen wie unter einem Zwang. Und eines gewissen Mythos, der sie umgab. Außerdem existierten nicht wenige Halsabschneider, die daran interessiert waren, daß die Piraten ihr unstetes Leben weiterführten: die Tavernenwirte, die Zuhälter, Krämer, Händler und Wucherer, kurz, alle, die an ihnen verdienten. Diese Hintermänner hatten sich mehr oder weniger organisiert und tauschten ihre Informationen aus. Sobald sie merkten, daß einer der Kapitäne sich auf seinen Lorbeeren ausruhen wollte, gaben sie ihm einen diskreten Wink. Der Erfolg ihrer Bemühungen blieb um so weniger aus, als dem Betreffenden oft ohnehin das Geld gerade ausgegangen war, zum Beispiel l'Olonnois.

»Wollt Ihr nicht einmal nach Granada fahren?« sprach ihn eine dieser »grauen Eminenzen« an.

»Ja, ich habe von dieser Stadt schon gehört«, erwiderte l'Olonnois. »Sie liegt an der oberen Hälfte des Nikaraguasees. Aber der Engländer Morgan hat sie doch meines Wissens vor zwei Jahren erst geplündert.«

»Eben, zwei Jahre ist das schon her. Die Einwohner haben sich wieder erholt, und eigentlich solltet Ihr wissen, daß Morgan nur einen kleinen Teil seiner Beute mitnehmen konnte. Er hatte doch nur drei kleine Schiffe bei sich und nicht mehr als 100 Mann. Ein neuer Überfall ließe sich in viel größerem Rahmen organisieren.« Der Händler fügte noch hinzu, daß l'Olonnois ein Eingeborener begleiten sollte, der die Gegend gut kannte.

L'Olonnois ging darauf ein. Bei seiner Berühmtheit und dem Ansehen, das er genoß, fiel es ihm nicht schwer, innerhalb von drei Wochen eine neue Armada von 7 Schiffen und 600 Mann auszurüsten.

Die Mündung des Rio San Juan, von wo aus sie zum Nikaraguasee vorstoßen wollten, lag etwa 820 Seemeilen südwestlich der Schildkröteninsel. Um diese Strecke zurückzulegen, brauchte ein Segelschiff damals fünf mal 24 Stunden, oft sogar weniger, vorausgesetzt, man behielt genauen Kurs bei.

»Gegenwinde trieben die Flotte in die Bai von Honduras«, liest man in den Chroniken. Dabei segelte l'Olonnois nicht in stürmischen Gewässern, sondern in einer Meeresgegend, in der während des ganzen Jahres Passatwinde blasen. Diese hätten die Flotte mit Leichtigkeit an ihren Bestimmungsort gebracht. Daß l'Olonnois sich 350 Seemeilen nach Norden abtreiben ließ, beweist, daß er nicht einmal in der Lage war, durch nautische Berechnungen seinen Standort zu bestimmen. Dieses Unvermögen war selbst für einen Kapitän jener Zeit sonderbar.

Erstaunlicher war noch, daß die Flottille über ein Jahr im Golf von Honduras auf- und abkreuzte und wie in einer Falle dort festsaß. Dieses Rätsel blieb ungelöst. Die beiden Kapitäne Moise Vauquelin und Pierre le Picard, die beide eines der Piratenschiffe kommandierten, zeigten zwei Jahre später, unter dem Engländer Morgan, ein brillantes seemännisches Geschick. War etwa keiner von beiden in der Lage, die abgeirrte Flotte wieder auf richtigen Kurs zu bringen?

Inzwischen werden die Nahrungsmittel knapp. Die Piraten räuberten kleine Dörfer aus, fanden aber nur das Nötigste für ihren Lebensunterhalt. Ein größerer »Coup« will ihnen nicht gelingen. Endlich verriet ihnen ein spanischer Händler, den sie folterten, daß nur sechs Meilen von hier entfernt eine reiche Stadt im Innern des Landes liege. Ihr Name: San Pedro.

Es gibt Dutzende oder Hunderte von San Pedros im spanischen Sprachraum. Das hier genannte war nichts anderes als ein größerer Marktflecken, zu dessen Verteidigung aber doch ein paar Kanonen bereitstanden, weil dort ein Indigo-Depot existierte. Die Einwohner von San Pedro waren auf der Hut, seit sie erfahren hatten, daß Piraten die Gegend unsicher machten. Auf der Straße, die zur Küste führte, hatten sie Gräben oder andere Hindernisse angelegt, die den Weg versperrten, während sich im Unterholz Gewehrschützen verbargen, die hinterrücks auf die Angreifer schossen. Der erste Posten hatte dem Alkalden das Nahen der Seeräuber bereits gemeldet.

L'Olonnois kannte selbstverständlich solche Hinterhalte. Einige dieser Heckenschützen waren seinen Leuten in die Hände gefallen. Sie wurden bedroht, gefoltert – sie sagten kein Wort über den Standort weiterer Hinterhalte. Da stürzte sich l'Olonnois wütend auf einen der Gefangenen, öffnete ihm mit seinem Säbel die Brust, riß ihm das Herz heraus und verschlang es vor den Augen der anderen Gefangenen. »Diese gaben schnell ihr Geheimnis preis«, vermerkte ein Chronist. Nach anderer Version biß l'Olonnois lediglich in das Herz und warf es dann zu Boden. Es existiert auch noch ein spanischer Kupferstich, auf dem die Szene folgendermaßen festgehalten ist: Der gräßlich Hingerichtete, mit aufgerissener Brust, ist an einen Baum gefesselt, während l'Olonnois einem entsetzten Spanier gewaltsam das Herz in den Mund zwingt.

Sicher haben diese Begebenheiten einen gewissen Wahrheitsgehalt. Geschichtsschreiber und Kommentatoren haben dieser, in ihrer Grausamkeit unüberbietbaren Tat lediglich einige Details eingeflochten und sie variiert, um den Effekt zu steigern.

Die Freibeuter überrannten daraufhin einen Straßenposten nach dem anderen und griffen schließlich San Pedro an. Um ihre Stadt besser verteidigen zu können, hatten die Einwohner eine Hecke dichtstehender Kaktusbäume angelegt, die sich wie eine Mauer um den Ort zog. Den Angreifern fiel der Sieg nicht in den Schoß, sie verloren 20 Mann, und 30 wurden verletzt.

Über die Plünderung San Pedros erfährt man keine Details. Trotzdem wissen wir, daß dieser Überfall weltweites Aufsehen erregte und bald als Beispiel schlimmster Barbarei galt. Die spanische Regierung schlachtete das brutale Vorgehen der französischen Piraten propagandistisch so aus, daß das Seeräuberunwesen in Frankreich und sogar bei Ludwig XIV. in Mißkredit geriet.

Die Einwohner wurden gefoltert und massakriert, die Kirche und das Kloster gebrandschatzt, mitsamt dem Indigo-Depot. Nicht einmal mit dieser Ware, die einen reellen Wert darstellte, wußten die Barbaren etwas anzufangen. Sie dachten nur an Gold und Silber. Dieser Vandalismus läßt sich höchstens noch mit dem Mißgeschick erklären, das die Piraten gezwungen hatte, über ein Jahr in dieser trostlosen Ecke der Karibischen See herumzuvagabundieren.

Nachdem der Alkalde verraten hatte, daß bald ein spanischer Drei-

L'Olonnois reißt einem spanischen Gefangenen das Herz aus dem Leib. (Englische Ausgabe eines spanischen Stichs.)

master eintreffen würde, zogen sich die Seeräuber wieder auf ihre Schiffe zurück. Doch der Dreimaster ließ auf sich warten. Ihre Lebensmittelvorräte wurden immer knapper. Es blieb ihnen nichts anderes mehr übrig, als Wasserschildkröten zu fangen, die nun täglich auf der Speisekarte standen. Endlich zeigte sich ein Segel am Horizont, und alles eilte Hals über Kopf an Bord der Schiffe, schon rasselten die Ankerketten, und die Flotte war klar zum Gefecht.

Der Dreimaster machte ihnen schwerer zu schaffen, als sie erwartet hatten. Der Spanier hatte 56 Kanonen an Bord, feuerte aus allen Rohren und wehrte erfolgreich den ersten Ansturm der Piratenschiffe ab. Erst in den frühen Morgenstunden, als noch die dichten Nebelschwaden der tropischen Breiten auf dem Wasser lagen, gelang es den Piraten, sich unbemerkt dem Dreimaster zu nähern und ihn im Handstreich zu kapern.

Doch zwei Stunden später herrschte heller Aufruhr auf den Seeräuberschiffen. In den Ladekammern des Spaniers befanden sich nur 20 000 Bögen weißen Papiers und Eisenbarren. Den Kapitänen platzte der Kragen, allen voran Vauquelin und Le Picard.

Vauquelin stellte sich drohend vor seinen Anführer und tobte: »Wir sind vor 18 Monaten in See gestochen, um Granada zu plündern und nicht, um uns in diesem trostlosen Winkel von Honduras zum Narren halten zu lassen!«

Als l'Olonnois sie mit einem halbherzigen Vorschlag hinzuhalten versuchte, erntete er Schmährufe. Die Kapitäne wandten ihm grußlos den Rücken zu und begaben sich auf ihre Schiffe. Alsbald ließen sie aus San Pedro und Umgebung die letzten auffindbaren Lebensmittel holen und machten ihre Schiffe zur Abfahrt bereit. Fünf abtrünnige Schiffe traten die Heimreise an, mit ihnen der gekaperte Spanier.

Bemerkenswert ist, daß nach dem brüskierenden Abfall aller Kapitäne immer noch 250 Mann l'Olonnois die Stange hielten und bei ihrem alten Anführer zurückblieben. L'Olonnois versprach seinen Getreuen:

»Wir lassen uns nicht von unserem Plan abbringen, Granada zu plündern. Dabei bleibt's! Aber ich muß mein Schiff wieder überholen

lassen. Wir müssen deshalb zuerst zur Schildkröteninsel zurückkehren.«
Das war leichter gesagt als getan. In den eineinhalb Jahren hatte sich ein dicker Panzer von Algen und Muscheln am Kiel des Schiffes festgesetzt, das mit seinen 250 Mann Besatzung ohnedies überbesetzt war. Zudem mußte das schwerfällige Schiff diesmal wirklich gegen den Wind segeln. Sie schafften nur 30 Meilen am Tag und oft weniger, denn aus Proviantmangel waren sie gezwungen, öfters Trupps an Land zu schicken, die das Nötigste beschafften. Der Golf war in der Tat ein Gefängnis.
Niemand weiß, wann es l'Olonnois schließlich gelang, das Kap Gracias a Dios zu umsegeln und Südkurs einzuschlagen. Zuletzt war er nicht weiter als 100 Meilen vom Rio San Juan entfernt, von wo aus er zum Nikaraguasee hatte vorstoßen wollen, als ein heftiger Stoß das Schiff plötzlich erschütterte. Es ertönte ein Krachen, die Schiffsmasten stürzten: Jean-François Nau hatte sein Schiff bei den Kais von Las Perlas auf Grund gesetzt. Der dritte Schiffbruch!
Diese Kais liegen östlich der Lagune beziehungsweise des Kaps gleichen Namens und 100 Meilen nördlich der Mündung des Rio San Juan. Was tun, wenn man auf einem dieser Eilande festsaß? Gewiß hätten die Piraten aus den Trümmern ihres Schiffes und aus den Stämmen von Kokospalmen ein Floß bauen können, um damit die Küste zu erreichen. Aber was hätte das bedeutet? Sie wären unweigerlich den Spaniern oder den Eingeborenen in die Hände gefallen. Nachdem sie nun schon seit zwei Jahren die mittelamerikanischen Küsten plünderten und brandschatzten, wäre niemand mit ihnen sehr zart umgegangen. L'Olonnois entschied daher:
»Männer! Ihr wißt, der Weg aufs Festland ist uns verwehrt. Unsere einzige Chance liegt also darin, über das Meer zu entkommen. Wir bauen ein neues Schiff! Macht euch an die Arbeit!«
Ich weiß nicht, ob sich l'Olonnois diesen Befehlston noch leisten konnte. Es ist anzunehmen, daß sein Ansehen unter all den Fehlschlägen stark gelitten hatte. Wir können das bereits der Tatsache entnehmen, daß der Bau des Schiffes ohne Eile verlief: er dauerte ein ganzes Jahr.

So lange dauerte auch die Robinsonade auf der Insel! Die Männer bauten Hütten, fingen Krabben und jagten Rollschwanzaffen, die einzigen Tiere, deren Fleisch genießbar war. Einer von ihnen entdeckte bald, daß verschiedene Arten von Erbsen in der Gegend wuchsen, deren Früchte man wegen des günstigen Klimas schon nach sechs Wochen ernten konnte. So legten sie Gärten an und hegten sorgsam ihre Gemüsekulturen. Welcher der Seeräuber hätte sich noch vor wenigen Wochen träumen lassen, daß sie, die sonst alle Welt zittern machten, sich zu solchen Arbeiten herablassen würden!
Es ist unbekannt, wie viele Leute am Schluß noch bei l'Olonnois blieben und wie groß das Schiff war, mit dem er die Insel wieder verließ. Ein noch größeres Geheimnis bleibt aber, wie l'Olonnois – bedenkt man die Verfassung seiner Leute – den Versuch wagen konnte, Granada anzugreifen. War es totale Selbstüberschätzung, oder scheute er sich davor, mit einem geschlagenen Häufchen zur Schildkröteninsel zurückzukehren? Das Unternehmen schlug jedenfalls kläglich fehl. Die französischen Piraten wurden auf halbem Wege von Spaniern und Eingeborenen gemeinsam zurückgeschlagen und ins Meer geworfen.
Nun folgte ein unstetes Auf- und Abkreuzen vor den Küsten Mittel- und Südamerikas. Dann kam l'Olonnois' unrühmliches Ende. Erneut lief er mit seinem Schiff bei den Baru-Inseln auf ein Riff auf, wenige Meilen südlich Cartagenas. Gehen wir mit seinen seemännischen Fähigkeiten nicht zu sehr ins Gericht – wer vermag zu sagen, ob das Mißgeschick diesmal nicht vielleicht mit Absicht geschehen war? Mit seiner stark dezimierten Mannschaft von zwei bis drei Dutzend Leuten ging er an Land, und wenn nicht alles täuscht, hatte er den wahnwitzigen Plan gefaßt, Cartagena anzugreifen – eine Stadt, die damals einer der am besten ausgebauten Militärstützpunkte in Spanisch-Südamerika war. Aber dazu kam es nicht mehr.
Nahe der Landungsstelle lag schon eine Anzahl Eingeborener auf der Lauer, die sofort Pfeil und Bogen anlegten.
Zu der Zeit, als l'Olonnois zum vierten Mal mit seinem Schiff auf Grund saß, galten die Bewohner der Baru-Inseln als die wildesten und grausamsten Eingeborenen Südamerikas. Wir können uns vor-

stellen, wie sie unbeweglich, ohne sich durch einen Laut zu verraten, hinter den ersten Bäumen entlang der Inselküste standen und zusahen, wie sich ihre Opfer müde den Strand heraufschleppten. Und plötzlich ging ein Pfeilhagel über die ausgemergelten, bärtigen Männer nieder, begleitet von dem Kampfgeschrei der Wilden, die sich unverzüglich auf die überraschte kleine Truppe warfen.

Allem Anschein nach konnte mindestens einer dieser unglücklichen Piraten seine Haut retten, denn das Ende Jean-François Naus, genannt l'Olonnois, ist uns aus den Annalen der Seeräubergeschichte bekannt. So wird berichtet, er sei gefangengenommen, in Stücke zerteilt und verspeist worden. Das makabre Mahl fand im Jahre 1671 statt. L'Olonnois ist 41 Jahre alt geworden.

Man kann nicht sagen, daß mit dem Tod l'Olonnois' auch eine Epoche der karibischen Freibeuterei zu Ende gegangen wäre. Aber es ist offensichtlich, daß bald nach seinem Tod ein neuer Geist entstand. Es kam nicht mehr zu solch brutalen Exzessen, wie man sie in der bisherigen Seeräubergeschichte verfolgen konnte. Die Kapitäne und Abenteurer, denen wir ab jetzt begegnen, erscheinen uns weniger grausam – oder sagen wir: ihre Grausamkeit ist in ihrem Ausmaß nicht weit von der unsrigen entfernt, wie sie uns auch in ihrem Denken und Handeln näherstehen als ihre Ahnherren.

Doch bevor wir uns dieser neuen Generation zuwenden, müssen wir uns noch mit einem anderen Piratenführer beschäftigen, der nur fünf Jahre jünger war als l'Olonnois und wie dieser sein Handwerk auf der Schildkröteninsel gelernt hatte. Zu der Zeit, als l'Olonnois' Karriere unvermutet zwischen den Zähnen einiger Kannibalen endete, stieg der Stern dieses Mannes bereits steil auf. Er sollte zu einem der profiliertesten Männer werden, die es in der Geschichte der Seeräuberei gab: Henry Morgan.

Zweite Epoche

HENRY MORGAN
HELD DER KARIBISCHEN SEE

Henry Morgan, Held der englischen Freibeuter. Seine Großtat war die Eroberung von Panama.

1

Die Gang von Jamaika

Wie an jedem Tag wurden die schwarzen Sklaven von San Iago vor Morgengrauen zur Arbeit aus ihren Hütten gerufen, die dicht vor der Stadt lagen und die zum Meer führende Straße säumten. Weiter draußen in der Savanne hörte man, wie die Hunde plötzlich wütend anschlugen. Man schrieb Aschermittwoch des Jahres 1659.

San Iago auf Santo Domingo zählte damals 200 Seelen und war ein Städtchen mit einem sogenannten Gouverneurspalast, mehreren Kirchen und einigen Geschäften.

Die Einwohner wußten sehr wohl, daß Piraten im Dienste der Franzosen sich an der Westküste der Insel niedergelassen hatten, aber sonst waren die Spanier Herren der Insel, und San Iago befand sich ganz im Zentrum. Die Leute sagten sich: »Hier kann uns nichts passieren.«

Die Nacht war mondlos, aber klar, im Osten verschwanden gerade die ersten Sterne, und immer noch war das wütende Gebell der Hunde zu hören.

Einige Schwarze, die schon ihre Hütten verlassen hatten, bemerkten plötzlich im ersten Dämmerlicht, wie mehrere undeutliche Gestalten geräuschlos die Straße heraufkamen. Instinktiv verschwanden die Sklaven wieder in ihren Hütten. Sie waren hier immer wie Hunde behandelt worden. Was sollte sie das kümmern, was man mit den Einwohnern vorhatte!

Die Ankömmlinge waren fast die ganze Nacht unterwegs gewesen, ihre Augen waren scharf wie die von Luchsen. Da krachten auch schon die ersten Schüsse, Fenster wurden aufgerissen, und kaum war der Spuk vorbei, befand sich die Stadt auch schon in der Hand der Angreifer.

Der Gouverneur machte einen Sprung aus dem Bett. Er zündete ein Talglicht an, als er ein Dutzend Dolche blitzen sah.

»Mach dich bereit zu sterben!«

Nur mit seinem Nachthemd bekleidet, warf er sich zu Boden:

»Laßt mich bitte am Leben: Ich verspreche Euch mein ganzes Hab und Gut!«
»Gut, sagen wir 60 000.«
»Ja, Ihr bekommt sie.«

Die Piraten waren mit 400 Mann von der Schildkröteninsel gekommen. Unter der kleinen Truppe von 15 Mann, die in das Gouverneurspalais eingedrungen war, befand sich auch ein kleiner Rotfuchs von kräftiger Statur.
Der Bandenchef behielt die Lage im Auge. Er ließ den Gouverneur und mehrere Notabeln der Stadt, die bereit waren, Lösegeld zu zahlen, in Gewahrsam nehmen; Frauen und Kinder konnten die Stadt verlassen. Dann setzte er eine vierundzwanzigstündige Plünderung an, bei der alle leicht tragbaren Wertsachen mitgenommen werden sollten. Das Beste fand sich wie immer in den Kirchen.
»Los, nehmen wir auch die Glocken mit. Wir schmelzen sie ein zu Kugeln.«
»Unsinn! Wir vermachen sie einer unserer Kirchen auf der Schildkröteninsel.« Aber auf Anordnung des Chefs ließen die Piraten diesen Plan fallen.
Nachts wurde gezecht und gefeiert, der Gründonnerstag kam. Am Nachmittag wollte man mit den Geiseln abziehen.
1000 spanische Soldaten fingen die ganze Truppe auf der Straße zum Meer ab. Die Spanier konnten ihnen zwar ihre Beute nicht abjagen, setzten ihnen aber hart zu. Bei diesem Kampf von Mann gegen Mann wurde folgendermaßen gefeilscht und gedroht:
»Mit den Geiseln werden wir kurzen Prozeß machen, wenn ihr nicht bald verschwindet.«
»Gebt sie uns frei, dann lassen wir euch in Ruhe!«
»Wir sind doch nicht verrückt! Erst müssen wir bei unseren Schiffen sein, und dann wollen wir Lösegeld sehen. Also haut jetzt ab!«
Auf diesen Rat hin machten die spanischen Soldaten kehrt und brachen den Kampf ab. Die Piraten erreichten die Küste und warteten in der Tat mehrere Tage auf das Lösegeld. Die Geiseln rangen die Hände:

»Habt bitte noch ein bißchen Geduld, das Geld wird bestimmt kommen.«

Nichts kam. Schließlich erlebte man etwas, was in den Annalen der Seeräuberei einmalig war. Die vor Freude heulenden Geiseln wurden ohne Entgelt freigelassen und unter Flüchen zurückgeschickt.

Der Rothaarige, dem wir einen Moment lang im Gouverneurspalast begegnet waren, hatte sich bei dem Handgemenge mit den spanischen Soldaten durch seine Kühnheit und Kaltblütigkeit hervorgetan. Er hieß Henry Morgan und sprach nur wenig Französisch. Aber er war ohnedies kein Mann vieler Worte. Später, als das Gespräch einmal auf das Unternehmen in San Iago zurückkam, bekannte er, daß er viel daraus gelernt hatte.

Wenn man einen zahlungskräftigen Notabeln vor sich habe, müsse man ihm gleich das Messer an die Kehle setzen, und schon sprangen Zigtausende an Lösegeld heraus. In seinen Augen war es ein Fehler gewesen, daß man Frauen und Kinder laufen ließ. Man hätte die ganze Bande einsperren und unter Druck setzen müssen: dann hätte es Lösegelder vom Himmel geregnet.

Zehntausende von Walisern tragen den Namen Morgan. Dutzende von walisischen Gelehrten haben Jahre ihres Lebens darauf verwandt, herauszufinden, ob der später Glorreichste unter den Brüdern-von-der-Küste in Pencarn, Monmouthshire, oder in Lhanrhymni, zwischen Monmouthshire und Glamorganshire, geboren wurde (das Geburtsjahr 1635 ist nicht umstritten). Der Betroffene selbst sagte nur aus, er sei in der Grafschaft Monmouth geboren, ohne genauere Angaben zu machen.

Morgan kam aus einer begüterten und weitverzweigten Familie, in der er es wegen der Enge und Bürgerlichkeit des Milieus nicht aushielt. Er ging auf Abenteuer. Um die Kosten für die Überfahrt zu den Barbados Inseln zu sparen, hatte er sich für fünf Jahre arbeitsverpflichten müssen. Das bedeutete zunächst keine rosige Existenz, im Gegenteil, es war eine Form besserer Sklaverei. Dann aber, 1658, als er 23 Jahre alt war, ging er zur Schildkröteninsel, um all das noch zu verlernen, was ihm an Skrupeln und Anstand von seiner Erziehung her geblieben war.

Als er 1664 erfuhr, daß sein Onkel, der Oberst Edward Morgan, zum Zweiten Gouverneur von Jamaika avanciert war, packte er die erste Gelegenheit beim Schopf, um mit ihm Verbindung aufzunehmen. Kaum hatte das Schiff, mit dem er fuhr, vor der monderhellten Küste Kingstons Anker geworfen, da spürte er, wie ihm warm ums Herz wurde: Hier mußte der Ort sein, wo er seine ehrgeizigen Pläne in die Tat umsetzen konnte.

Der indianische Name für Jamaika ist Xaymala, was soviel bedeutet wie Land der Wälder und Flüsse. Diese Insel ist vergleichsweise etwa sechs- bis siebenmal so groß wie Luxemburg. Cromwell hatte 1655 eine kleine Expedition ausgesandt und sie den direkten Erben von Christoph Kolumbus weggenommen. Kolumbus hatte sich nämlich die Insel, nachdem er sie entdeckt hatte, als seinen persönlichen Besitz ausbedungen. Jetzt, im Jahre 1664, konnte man auf den ersten Blick erkennen, daß diesem englischen Piratenstützpunkt die Zukunft gehörte. Im Vergleich mit der Schildkröteninsel war die Flächenausdehnung Jamaikas bedeutend größer, der Hafen war tiefer und konnte mehr Schiffe aufnehmen. Noch heute zählen die Seeleute den Hafen von Kingston zu den sechs besten der Welt. Ein langer Pier auf Pfählen zog sich weit ins Meer hinein. An ihm hatten immer irgendwelche Schiffe festgemacht, um Waren zu löschen. Oberhalb der Kaimauer waren schwarze Sklaven und spanische Gefangene mit dem Bau von Häusern beschäftigt. Leichten Mädchen aller Hautfarben konnte man hier begegnen, von denen einige sich sorgfältig herausgeputzt hatten.

Sir Thomas Modyford war in diesem Jahr (1664) zum Gouverneur der Insel ernannt worden. Die politische Lage zwischen England und Spanien war wieder einmal sehr gespannt. Offiziell hatte man Modyford zwar den Auftrag gegeben, die Seeräuberei zu beenden, aber wohl niemand hätte seinen Ohren getraut, wenn so etwas tatsächlich geschehen wäre.

Wie die Schildkröteninsel war Jamaika verwaltungsmäßig eine Kolonie, in Wirklichkeit aber so etwas wie ein Tummelplatz für Marodeure. Die Kaufleute von Kingston kauften den Piraten gestohlenes Kirchengut, Stoffe und andere Wertsachen ab, die sie in Europa wie-

der um das Zehnfache des Preises verhökerten. Auch die Gouverneure machten gemeinsame Sache mit den Piraten und steckten ihren Anteil in die eigene Tasche.
Jamaika profitierte im übrigen von seiner strategisch günstigeren Position. Es lag wie eine Bombe, die jeden Augenblick losgehen konnte, inmitten all der spanischen Besitzungen, die sich kreisförmig darum scharten: Santo Domingo, Kuba, Florida, im Westen Mittelamerika und südlich davon das südamerikanische Kolonialreich. Panama, von wo regelmäßig die großen Überseeflotten ausliefen, lag nur 180 Seemeilen entfernt.
Jamaika wurde einer der wichtigsten Brückenköpfe des späteren britischen Weltreiches. Allerdings konnte das damals, 1664, kaum jemand ahnen.

Nach weniger als einem Jahr hatte es Morgan mit Hilfe der Protektion seines Onkels geschafft, Kapitän und Besitzer eines Schiffes zu werden. Es war nicht sehr groß, von älterer Bauart, miserabel bestückt; aller Wahrscheinlichkeit nach hatte sich lange Zeit niemand gefunden, der es kaufen wollte – doch Morgan hing mit ganzem Herzen an diesem Kahn.
In jenem Frühjahr kamen zwei andere Kapitäne zu ihm an Bord: Morris und Jackman. Es gab etwas zu besprechen.
»Mehrere spanische Schaluppen, mit Blauholz an Bord, haben an der mexikanischen Küste festgemacht«, sagte Jackman. »Wir kennen den Platz. Wollt ihr mitkommen?«
»Wie? Holz?«
Morgan kannte sehr wohl den Wert des Blauholzes, aus dem man gewöhnlich Farbstoff herstellte. Aber die Farbe, die in seinen Träumen auftauchte, war die des Goldes. Jackman, der den Widerwillen Morgans bemerkte, lächelte und zeigte seine schwarzen Zähne:
»Nichts wird uns davon abhalten, noch einiges Geld dazu in den Fischerdörfern zu holen.«
Einiges Geld. Morgan mußte sich beherrschen, bis er dann doch einwilligte. Er hatte allen Grund, denn seit Wochen hatte sich keine Gelegenheit mehr zu einer Kaperfahrt geboten. Seine Leute warfen

schon böse Blicke auf ihn, weil sie fanden, daß er sich reichlich Zeit ließ, ihnen zu Reichtum zu verhelfen.
Die kleine Expedition machte sich auf den Weg, und die Piraten fanden die Schiffe mit ihrer kostbaren Ladung. Das Kapern machte nicht viel Mühe. Eine Mannschaft hatte soeben die eroberten Schiffe besetzt, als Morris, der Älteste von den dreien, eine Einladung an seine Kameraden ergehen ließ.
»Nun, fahren wir weiter die Küste ab? Die Spanier sind hier überall sehr schwach. Hinter den Siedlungen beginnt gleich der Dschungel, und außer den spanischen Schiffen haben wir nichts zu fürchten.«
Durch eine Schiffsluke betrachtete Morgan den flachen Strand, an dem sich die Wellen brachen.
»Ich hätte da eine andere Idee«, sagte er und wandte sich um. »Schicken wir eine Botschaft an den Gouverneur und bitten ihn um Verstärkung. Wenn sie eingetroffen ist, marschieren wir los nach Mexiko. Sind wir schnell genug, überraschen wir die Spanier und schnappen uns alles, was in ihrer Schatzkammer ist.«
Es gab keine Piraten, die nicht beim Wort »Schatzkammer« in ein angespanntes Schweigen verfallen wären, bei dem jeder des anderen Herzschlag hören konnte. Auch die Kameraden vermochten sich diesem Zauber nicht zu entziehen, aber dann spürte Morgan aus ihren Worten, daß ihnen die Sache doch zu phantastisch war.
Ein Überfall auf Mexiko erforderte einen gewaltigen Aufwand. Bis dahin hätten die Spanier schon alles durch ihre Spione erfahren. Und die Hoffnung, man könne den Dschungel schnell durchqueren, war illusorisch. Aus diesen Gründen würde der Gouverneur nie seine Erlaubnis geben – und schon gar nicht für eine Sache, die sich einige Kapitäne ausgedacht hatten. Morgan gab seinen Plan auf.
Die folgende Kaperfahrt entlang der Küste bis hinunter nach Nikaragua interessierte ihn nur wenig, bis auf ein Detail, dessen Wichtigkeit ihm langsam zu Bewußtsein kam. Er bemerkte, daß ihnen überall, wo sie hinkamen, die großen Sympathien der Eingeborenen entgegenschlugen, weil sich die Spanier verhaßt gemacht hatten. Bei einer kleinen Expedition ins Landesinnere, nach Villa Hermosa, boten sich die Einheimischen willig als Führer an.

An der Steuerbordseite zog langsam die Küste vorbei, über der die meiste Zeit schwere, bleierne Wolken hingen. Es war Regenzeit. In einer Meeresbucht stießen die Schiffe auf eine kleine Ansiedlung fester Häuser, um die sich die Hütten der schwarzen und indianischen Sklaven scharten. Die Einwohner flüchteten in Windeseile in die Wälder, die Sklaven blieben. Als erstes plünderten die Männer die Kirche, sonst war, wie fast immer, nicht mehr viel aufzutreiben.

Die Eingeborenen, denen sie begegneten, zeigten sich wie gewöhnlich sehr zuvorkommend. Wild gestikulierend standen sie an der Mündung des San-Juan-Flusses, deuteten flußaufwärts und nannten wiederholt den Namen Granada. Da spitzten Morgan und seine beutehungrigen Genossen die Ohren.

Der San-Juan-Fluß, der vom Nikaraguasee herkommt, bildet heute die Grenze zwischen den Staaten Costa Rica und Nikaragua.

Weder Morgan noch seine Kameraden hatten je von einem anderen Granada sprechen hören als der Stadt in Spanien. Die Eingeborenen gaben nicht auf, bis alle begriffen hatten, daß sich jene neue Stadt an einem großen See im Inneren des Landes befinden mußte. Mit Hilfe von Pirogen, die den Fluß hinaufgerudert wurden, konnte man dort hingelangen. Granada mußte also eine bedeutendere Ansiedlung sein. Sogar sieben Kirchen gäbe es dort, bedeuteten die Eingeborenen.

Die Piraten spürten, wie der Dämon der Besitzgier sich ihrer bemächtigte, aber was die Eingeborenen ihnen über die Entfernung bis Granada erzählten, gab ihnen doch zu denken. 150 Kilometer trennen die Mündung des San Juan vom Nikaraguasee, und weitere 150 Kilometer gilt es auf dem See zurückzulegen, um Granada zu erreichen. Nun, die Eingeborenen maßen die Entfernungen nach Tagesreisen zu Fuß oder mit der Piroge, was die Sache noch etwas komplizierte. Trotz der lockenden Beute wurden Jackman und Morris unsicher. Morgan sagte mit seiner festen Stimme: »Komme, was da wolle, wir gehen!« Die anderen faßten wieder Mut.

100 Mann brachen auf, die restlichen 30 mußten bei den Schiffen zurückbleiben. Länger als eine Woche war man mit den Pirogen unterwegs. Der San Juan war befahrbar bis auf einige Strom-

schnellen. Die Männer mußten dann aussteigen und die Boote das starkbewachsene steile Ufer entlang tragen. Ob zu Wasser oder auf dem Land, die ganze Unternehmung wurde schweigend durchgeführt. Dabei fiel den Piraten auf, daß die Spannung der Eingeborenen um so mehr wuchs, je weiter sie in das Landesinnere vordrangen.

Ganz offensichtlich waren die Eingeborenen mit der Fahrtroute und den Plätzen, wo sie nachts kampieren konnten, gut vertraut. Schon am ersten Abend merkten die Piraten, welches Risiko es bedeutet hätte, ohne diese Führer an Land zu gehen. Die ganze Gegend war von Alligatoren verseucht, riesigen Bestien, die unbeweglich und unsichtbar im Schlamm lauerten. Tagsüber lagen sie wie tot am Strand oder auf Inseln. Dann, ganz plötzlich, glitten sie wie dicke Planken ins Wasser und sperrten ihren gewaltigen Rachen auf.

Im Verlauf des letzten Tages trat der Dschungel rechts und links des Flusses zurück, und sie fuhren unter den hellen Strahlen der Sonne in den See ein. Der Nikaraguasee war von einer schillernden, tiefen Bläue, am Ufer umrahmt vom Grün der üppigen Vegetation, die sich im Wasser spiegelte. An einigen Plätzen waren weidende Rinder und Pferde zu sehen, auch Obstbäume gab es. Die Gegend war umrahmt von hohen Bergen, die in ein zauberhaftes Blau getaucht waren, vor dem leichter Rauch aufstieg. Die Weißen hielt dieses Schauspiel einige Zeit gefangen, doch was ihnen als Paradies erschien, war für die Eingeborenen die Hölle gewesen. Sie erklärten den Piraten, daß die Spanier sie wie Tiere abgeschossen hätten, wenn sie sich weigerten, als Sklaven zu arbeiten. Sie seien deshalb nach Osten in den Dschungel geflüchtet. Deshalb war es nicht verwunderlich, daß ihnen dort alle Wege und Flüsse bekannt waren.

Die Piraten stießen mit ihren Führern auf Hunderte von kleinen vulkanischen Inseln im See. Auf ihnen konnten sie sich tagsüber geschickt verstecken. In der Nacht zogen sie weiter gegen Nordwesten. Da Neumond war, konnten sie nur einige Stunden lang vordringen und brauchten ganze fünf Nächte, bis sie den See überquert hatten.

Mit Beginn der sechsten Nacht betraten sie zum ersten Mal wieder Land. Unter dem fahlen Licht des aufgehenden Mondes zeigte sich den schwerbewaffneten Männern ihre Beute – die Stadt. Weiß und

schön lag sie da, genau wie die Eingeborenen sie beschrieben hatten. Sieben Kirchtürme hoben sich vom Horizont ab.
Alles schlief, kein Mensch auf den Straßen, kein Laut. Die Piraten zitterten vor Aufregung, als sie an den vornehmen Steinhäusern vorbeigingen. Dieses Granada war vor 100 Jahren entstanden, es zählte 3500 Einwohner.
Hunde rannten unter lautem Gebell herbei, aber die Truppe war darauf eingespielt, Ortschaften oder was immer es sei, im Handstreich zu nehmen. Schon erreichten sie die Stadtmitte, wo sich 18 Kanonen befanden. Sie waren unbewacht, und nicht einmal vor der Kaserne und dem Pulvermagazin standen Posten. Die ersten erschrockenen Soldaten, die sich zeigten, wurden abgeknallt wie Hasen. Inzwischen füllten sich die Straßen mit geisterhaften Gestalten, mit Frauen und Männern, die im Halblicht des Mondes aufgescheucht umherliefen. Die Piraten machten sich einen Spaß daraus, an die 300 von ihnen in die Kathedrale zu sperren. Die anderen flüchteten, sofern sie den Dolchen der Eingeborenen entkommen konnten, in die angrenzenden Wälder. Auf seiten der Angreifer gab es keine Verluste.
Morgan veranlaßte, daß die Stadt systematisch geplündert wurde. 16 Stunden brauchten sie, um aus Häusern und Kirchen all die Kruzifixe, Meßkelche, das Gold, den Schmuck, die golddurchwirkten Stoffe und die Seiden zu holen. Granada – das war ein kleines Peru. Die Eingeborenen waren begeistert, als sie sahen, wie diese Gegenstände den Besitzer wechselten, und boten sich eifrig an, beim Rücktransport zu helfen. Sie waren allerdings enttäuscht, als Morgan ihnen nicht erlauben wollte, die eingesperrten Bewohner, vor allem die Priester und Mönche, niederzustechen. Mit Mühe machte er ihnen klar, daß nach ihrem Abzug die Repressalien von seiten der Spanier schrecklich sein würden.
Auf unerklärliche Weise eilte den Siegern die Botschaft ihres triumphalen Erfolgs voraus. Als die drei Expeditionsschiffe langsam und majestätisch in den Hafen von Kingston einliefen, wurden sie von einer großen Menschenmenge empfangen, die sich auf dem Pier und entlang des berühmten Sandstrandes drängte.

Das Gerücht war umgelaufen, daß die Schiffe eine Ladung Gold an Bord hätten. Das war durchaus keine Legende. Morgan ging zum Gouverneur und erklärte ihm, daß sie die Hälfte der Schätze Granadas hätten zurücklassen müssen. Sir Thomas, der sah, was dieser kleine Feldzug auch für ihn selbst einbrachte, setzte sofort eine Meldung nach London auf. Er führte alle möglichen Argumente ins Feld, damit die Instruktionen zu Beginn seines Amtsantritts sich erübrigten. Er schloß: »Mittelamerika bietet sich zur Zeit als Angriffsziel gegen Spanisch-Westindien geradezu an.«
Henry Morgan hatte bei seiner Ankunft erfahren, daß sein Onkel Edward auf Saint Eustatius, einer holländischen Insel östlich der Jungfern-Inseln, den Tod gefunden hatte. Nichts deutet darauf hin, daß ihn das sehr berührte. Der Mohr hatte seine Schuldigkeit getan und dem Neffen den Weg für seine Karriere bereitet.
Die Helden der Nikaragua-Expedition hatten ihren Rausch noch nicht ausgeschlafen, als Morgan erneut in den Gouverneurspalast gerufen wurde. Edward Mansfelt, der englische Piratenadmiral, erwartete ihn an der Seite von Sir Thomas.
»Kapitän Morgan«, sagte Mansfelt, »wollen Sie mein Erster Offizier werden?«
Der alte Mansfelt. Der berühmte, alte Freibeuter. Edward Mansfelt, dessen Name in aller Munde war. Morgan blickte ihn überrascht an.
Wir wissen wenig über diesen Mann, der unter den Piraten Jamaikas eine überragende Rolle gespielt haben muß. Er war holländischer Abstammung, geboren auf Curaçao, doch über den meisten seiner Taten liegt der Schleier der Geschichte.
Morgan wußte genau, wer dieser Mansfelt war, als er vor ihm stand und dieses schmeichelhafte Angebot vernahm. Sir Thomas lächelte erwartungsvoll. Vizeadmiral unter einem so bekannten Mann zu sein, das war schon eine Beförderung. Sogar ein Bursche wie Morgan geriet da aus der Fassung. Natürlich sagte er zu.
Sogleich wurde ihm ein neues Unternehmen vorgeschlagen. England und Holland befanden sich seit Januar 1665 offiziell im Krieg. London hatte Befehl gegeben, mit den holländischen Besitzungen im

karibischen Raum nicht zimperlich umzugehen. Saint Eustatius, eine kleine Insel, auf der sich ein reiches Warendepot befand, war geplündert und in Brand gesteckt worden. Jetzt wollten die englischen Piraten einen Anschlag auf Curaçao machen.
Im Januar 1666 stachen die 15 Schiffe unter Führung des alten Admirals und seines Ersten Offiziers in See. Man hatte gutes Wetter, klare See und eine leichte Brise im Rücken. Das Geschwader nahm Richtung auf die »Cays« von Kuba.
Cays, das sind leicht unter der Meeresoberfläche versteckte Korallenriffe. Sie umringen zahlreiche kleine, bewohnbare Inseln vor der Küste Kubas. Diese Inseln waren ein so hervorragend geschützter Unterschlupf, daß viele Piraten, die sich gewöhnlich auf der Schildkröteninsel aufhielten, dort Etappe machten. Mansfelt rechnete damit, daß einige von ihnen sich der Expedition anschließen würden, denn er wollte seine Truppenstärke erhöhen. Zwei Wochen lang pendelte er von Insel zu Insel, setzte mit Ruderbooten über, und selbstverständlich mangelte es bei den Unterredungen nie an Alkohol. Eine stattliche neue Truppe wurde rekrutiert. Mansfelt nahm Kurs auf Curaçao.

Die Insel Curaçao gleicht einem langen, felsartigen Tafelberg (60 Kilometer lang, 11 Kilometer breit), der bis auf 400 Meter ansteigt. Curaçao stand nicht im Ruf, große Reichtümer zu bergen. Aber die Männer waren zu diesem patriotischen Unternehmen aufgebrochen, um nebenher noch einiges aufzutreiben, was man daheim auch vorzeigen konnte. Mansfelt hatte ihnen im übrigen angekündigt, daß Curaçao nicht das einzige Angriffsziel sei. Andere würden folgen. Wer anders konnte damit gemeint sein als die Spanier, die einzigen, die hier das große Geld hatten.
Welchen »Coup« man immer machen wollte, wichtig war, die Sache mit einem Überraschungsangriff einzuleiten. Das galt um so mehr für Curaçao, da die Holländer seit der Plünderung von Saint Eustatius gewarnt waren.
Wer beschreibt also die Verwunderung, als das Admiralsschiff, nach dem alle anderen Schiffe ihren Kurs richteten, die Nordseite der Insel

abfuhr, dann abrupt wendete und genau dieselbe Strecke wieder hochfuhr. Wollte sich der alte Mansfelt den Angriffspunkt noch einmal überlegen? Auf drei Meilen Entfernung war nicht viel von der Küste zu erkennen, aber es erschien wahrscheinlich, daß sie von den Holländern schon lange gesichtet worden waren.

Es gab ein gewisses Aufatmen, als das Admiralsschiff an der Nordwestspitze der Insel vorbeifuhr (die Insel verläuft von Nordwesten nach Südosten) und an der dem Kontinent zugewandten Küste weitersegelte. Aber auch hier fuhr die Flotte an der Insel in ihrer ganzen Länge vorbei, ohne daß etwas passierte. Dann erfolgte nochmals eine Kehrtwendung, und man nahm neuen Kurs über die Nordwestspitze zur anderen Seite des Inselfelsens.

Die absolute Befehlsordnung an Bord zwischen Offizieren und Mannschaften, zwischen Führungsschiffen und dem Troß hat sich mit der Zeit gewandelt. Herman Melville hat in seinem Buch *Weißjacke* meisterhaft gezeigt, wie in den Augen der Offiziere eines amerikanischen Kriegsschiffs im 19. Jahrhundert die Mannschaft nur ein blind gehorsamer Haufen war, den man mit brutaler Arroganz und Kaltschnäuzigkeit auf Vordermann brachte. Der einzelne hatte überhaupt keinen Anspruch darauf, eine Erklärung über Kurs, Kurswechsel oder wenig einleuchtende Befehle zu erhalten. Diese Praxis existierte schon lange vor dem 19. Jahrhundert und überdauerte es auch noch lange. Zu meiner Zeit verboten die Dienstvorschriften der Marine jede körperliche Züchtigung, das stimmt, doch war jedes Auslaufen auf See oder jeder Kurswechsel ein Schritt ins Ungewisse. Unsere einzige Aufgabe bestand darin, zu gehorchen und überglücklich über jeden kleinen, erklärenden Hinweis zu sein, den sich die Offiziere meist selber zusammengereimt hatten. Das löste bei uns dann wieder die wildesten Spekulationen aus. Dieser Absolutismus hat sich inzwischen etwas gemildert, zuerst auf den amerikanischen Schiffen während des Zweiten Weltkriegs.

Die Befehlshaber haben verstanden, daß der Mensch keine Maschine ist und daß er mehr leistet, wenn man ihm wenigstens sagt, wohin die Reise gehen soll.

Im Verlauf unseres Berichts hat sich schon gezeigt, daß auf den Pi-

ratenschiffen andere Gesetze herrschten. Insbesondere bei den Brüdern-von-der-Küste gab es nie diese Zuchthausatmosphäre. Als eine Bande von Räubern hatten sie alle die gleichen Ziele, sie waren Gesinnungsgenossen, und so erwarteten auch die Mannschaften von ihren Vorgesetzten eine gewisse Kollegialität. Was nicht ausschloß, daß während der Navigation und bei Kämpfen eiserne Disziplin herrschte. Der vom Gouverneur ernannte Admiral war in der Regel von ihnen selbst auserwählt worden und blieb immer einer der ihrigen, auch wenn er gelegentlich einige von ihnen über die Klinge springen ließ. Sie erwarteten, daß ihr Anführer, Kapitän oder Admiral ihnen von Zeit zu Zeit einige Erklärungen abgab.
Nun, die unverständlichen Kreuzfahrten, die Mansfelt vor der Küste Curaçaos veranstaltete, dauerten mehrere Tage. Die meisten anderen Kapitäne hätten bei einem derart kapriziösen Verhalten eine Menge riskiert. Nicht so Admiral Mansfelt. Sein Prestige schien unerschütterlich. Natürlich liefen auf den Schiffen eine Menge Gerüchte um: Eine holländische Flotte mit reicher Ladung sei angekündigt worden. Der Alte warte nur, um sich auf sie zu stürzen. Oder: Eine holländische Delegation käme noch heute nacht zu Verhandlungen auf das Admiralsschiff. Der Alte wisse genau, daß sich die Holländer bald ergeben würden, er verhandle. Die Kapitäne, die mit Fragen überschüttet wurden, zuckten nur die Schultern und spähten nach einem Signal vom Führungsschiff. Endlich, am vierten Tag: Der Vizeadmiral wurde auf das Admiralsschiff beordert. Als Morgan auf sein Schiff zurückkam, wurde er von allen mit gespannten Blicken empfangen. Er sagte nur: »Wir fahren jetzt weiter. Wir haben noch etwas mit den Spaniern vor.« Jubel brach aus, und die Nachricht ging schnell von Schiff zu Schiff. Bald sah man den länglichen Felsen von Curaçao am Horizont verschwinden.
Einige Historiker haben sich darüber den Kopf zerbrochen, warum der alte Mansfelt die Insel nicht angegriffen hat. Auch die Piraten dürfte dieser klägliche Abzug etwas gestört haben. Immerhin; nach dem sinnlosen Hin und Her vor der Küste hatten sie jetzt wieder ein konkretes Ziel vor Augen. Sie fuhren nach Santa Catalina.
Der Name dieser Insel wird heute auf internationalen Seekarten mit

Vieja Providencia angegeben, während der alte Name in Vergessenheit geraten ist. Vieja Providencia ist geographisch ein kleines Kuriosum. Inmitten einer Reihe trostloser Sandbänke ragt es auf wie eine Perle der Schöpfung. Überall schattige und fruchtbare Täler, tropische Früchte und Gemüse wachsen im Überfluß, das Meer ist voller Fische. Der kolumbianische Beamte, der dort heute wie ein kleiner Despot über etwa 1000 schwarze Pflanzer und Fischer bestimmen könnte, langweilt sich schier zu Tode. Die einzige Verbindung zum Festland ist ein kleines Motorboot, das zweimal im Monat hier anlegt, und das Radio. Dieses Eiland, sechs Kilometer lang, fünf Kilometer breit, in der Südwestecke der Karibischen See, scheint von der Umwelt vergessen zu sein.

Damals, 1666, gab es allerlei Gründe, die das Interesse an der Insel erregten. Santa Catalina lag zwei Drittel des Weges zwischen Jamaika und Panama und war von hervorragender strategischer Bedeutung. Es war als vorgeschobener Posten den spanischen Besitzungen vorgelagert, besaß einen guten Hafen, die nicht gerade kleine Garnison konnte jeden Angriff abschlagen. Jetzt waren noch die Spanier Herren der Insel.

Es ist möglich, daß Morgan bei seiner Rückkehr Thomas Modyford oder jemand anderem die Gründe meldete, warum Mansfelt wider den Befehl Curaçao nicht angreifen wollte. Überliefert ist jedenfalls nichts. Wollte er die Insel, seinen Geburtsort, nicht angreifen? Hatte er Skrupel, gegen seine eigenen Landsleute zu kämpfen? Sehr wahrscheinlich hätten sich die großen Kapitäne jener Zeit vor Lachen geschüttelt, wenn sie das gehört hätten. Vaterländer in unserem Sinn gab es damals noch nicht. Das wirkliche Vaterland Mansfelts war die Seeräuberei, in deren Diensten er groß geworden war.

Santa Catalina war lange Zeit eine friedliche, von Kämpfen unberührte Insel gewesen. Um das Fort herum lagen Gemüse- und Blumengärten, die Wassergräben um die Festung waren halbleer, die spanische Regierung hatte nur wenige Soldaten zur Verteidigung der Insel abgestellt. So hatten die Piraten leichtes Spiel.

Zu plündern gab es nichts, fast nichts. Die Enttäuschung darüber, vor allem bei den unterwegs rekrutierten Piraten, war zunächst groß.

Da erklärte Mansfelt die Insel zu einem Piratenstützpunkt mit provisorischer Regierung, auf der jeder Siedler willkommen sei. Alles drängte sich. Die Insel war ein Paradies! Der Admiral selbst wählte die Siedler aus und setzte einen französischen Piraten namens Simon selbst an die Spitze der provisorischen Regierung.
Manche Historiker wollten Mansfelt in einem anderen Licht sehen als die übrigen Piratenführer. Ihnen zufolge wollte der Pirat Mansfelt weniger auf Beute ausgehen, als auf den Ruinen der spanischen Besitzungen ein großes Reich der Seeräuber errichten. Aber träumte Mansfelt tatsächlich davon? Daß er sich für eine Annektionspolitik einsetzte, das zeigte sein Vorgehen auf Santa Catalina (übrigens der einzige Beweis, den wir haben), doch warum – um alles in der Welt – setzte er dann einen Franzosen als provisorischen Gouverneur ein? Mußte er sich nicht sagen, daß dies dem Gouverneur auf Jamaika mißfallen würde? Und dann gab es noch einen Vorfall, der mit jener Theorie nicht übereinstimmt.
Kurz vor der Abfahrt von Santa Catalina kam es auf dem Admiralsschiff zwischen Mansfelt und Morgan zu einer Unterredung. Auf dem Tisch lag eine Karte Mittelamerikas ausgebreitet. Auf ihr waren Eintragungen verzeichnet, die Morgan während seiner Kreuzfahrt mit Morris und Jackman gesammelt hatte. Mit dem Finger fuhr der alte Admiral die Küstenlinie nach, bis er bei der Mündung des San Juan innehielt. Morgan war schon mehrmals bis hier hinuntergefahren, sogar noch weiter. Darüber hinaus war er der einzige, der jene strapaziöse Expedition nach Granada unternommen hatte und über die Verhältnisse im Innern des Landes informiert war. Der Admiral lauschte aufmerksam, was Morgan über das einzigartige Abenteuer zu berichten hatte: die Fahrt flußaufwärts in den Pirogen, umlauert von den Gefahren des Dschungels, die Überquerung des Sees – Morgan erzählte viel, denn durch eine neue Expedition sollte der Teil der Schätze, die sie damals hatten zurücklassen müssen, erbeutet werden. Da traf es den Vizeadmiral wie ein Keulenhieb: Nicht er sollte der Führer dieser zweiten Expedition nach Granada sein!
»Morgan, Sie fahren mit zwei Schiffen auf dem schnellsten Wege nach Kingston zurück. Melden Sie die Einnahme von Santa Catalina.«

Gewiß dürfen wir annehmen, ohne daß der Verdacht der Geschichtsklitterung aufkommt, daß Morgan als erstes der Gedanke durchs Gehirn schoß: »Also will der Alte den Schatz ganz für sich allein!«
Läßt sich das mit dem soeben entworfenen Bild von Mansfelt in Einklang bringen? Wohl schlecht. Noch etwas anderes will uns nicht ganz eingehen. War es nicht ein Risiko für ihn, wenn er gerade Morgan beauftragte, seinen Ungehorsam vor Curaçao zu entschuldigen und zu erklären? Gab es strategische Gründe dafür, wer konnte sie besser erläutern als er selbst? Und wer würde sie tendenziöser darlegen als ein Vizeadmiral, der ungeduldig darauf wartete, ihm im Amt nachfolgen zu können! Auch wenn wir es recht überlegen, werden wir nicht schlau daraus, warum Mansfelt Morgan allein nach Jamaika zurückschickte. Wir können uns nur vorstellen, mit welch nachdenklichem Gesicht Morgan an Bord seines Schiffes stand, als er die Rückreise antrat. Ein schönes, harmonisches Gesicht, von den ständigen Gefahren etwas gezeichnet, mit zwei auseinanderstehenden blauen Augen, die intelligent und unternehmungslustig blitzten.

Es war Januar 1667. Morgan war seit zwei Monaten wieder in Kingston. In Jamaika dauert die Trockenzeit, wie auf allen Inseln der Antillen, von Dezember bis März. Der Januar ist einer der angenehmsten Monate. So strahlte über der Stadt die Sonne, das Meer vor dem Sandstrand glitzerte bis an den Horizont. Nur einige Schiffe lagen vor Anker, gelegentlich sah man Sklaven vorbeilaufen, die Waren zu den Anlegeplätzen hinuntertrugen. Der Hafen machte einen verlassenen Eindruck.
Ganz im Gegensatz dazu herrschte auf der Küstenpromenade ein lebhaftes Treiben. Die Leute, die dort kamen und gingen, bildeten eine bunt durcheinandergewürfelte Schar. Man traf dort klassische Seeräubertypen, so wie man sie aus dem Film kennt – sonnenverbrannt, mit grimmigen Gesichtern, die Augenbinde im Gesicht. Andere wieder im Sonntagsstaat, den Rock und die Weste ganz spleenig mit Diamanten und Schmuck übersät. Aber es gab auch andere, die vom materiellen Aufschwung der Insel zeugten und ein gewisses Standesbewußtsein an den Tag legten.

Schwarze Sklaven und Sklavinnen, die meist halb- oder fast ganz nackt mit ihren Kindern umherliefen, mischten sich in die Schar weißer Frauen und Männer, die nach schickster europäischer Mode gekleidet waren. (»Schick« ist in unserem Fall gewiß ein relativer Begriff, denn die Mode kam hier immer mit Verspätung an.) Dazwischen Straßenmädchen jeder Hautfarbe.

Die Prosperität dieser Gesellschaft basierte eindeutig auf der Piraterie, doch muß hinzugefügt werden, daß die Stadt mit ihren Warenmagazinen, Kaufleuten, Bankiers, mit ihren Schulen und Kirchen ein sehr ordentlich verwaltetes Gemeinwesen war. Kingston zählte zu der Zeit 30 000 Einwohner, mitgerechnet die schwarzen Sklaven, die sich auf 800 Häuser verteilten. New York bestand damals nur aus etwa 500 Häusern.

An diesem Morgen blieben immer neue Spaziergänger vor dem Haus Henry Morgans stehen. Es war neu erbaut worden und stand in der Front jener Häuser, die zum Hafen blickten. Morgan hatte zu einem schwindelerregenden Preis Ziegelsteine aus England herübertransportieren und ein feudales einstöckiges Haus errichten lassen. Die Bodenpreise an der Hafenpromenade waren dermaßen hoch, daß niemand sich einen Garten leisten konnte. Die Häuser berührten sich. Die Mietpreise in Kingston waren zu der Zeit höher, als in den Wohnvierteln Londons.

Morgan hatte das Haus für sich und seine junge Frau bauen lassen. Es war festlich mit Blumen und Palmwedeln geschmückt, denn an diesem Tag heiratete er seine Kusine Elisabeth Morgan.

Die Menschen, die das Gebäude umringten, bewegten sich langsam auf die reformierte Kirche zu, einen einfachen, länglichen Holzbau, in dem die Trauung stattfinden sollte. Der Gottesdienst begann, das Portal öffnete sich, Gesänge und Musik drangen nach draußen.

Als der Hochzeitszug erschien, wurde von allen Seiten Beifall geklatscht, während 200 Gewehre Salut schossen – eine wahrhaftige »Fantasia«. An der Spitze des Zuges das Paar: die zierliche Braut in einem herrlichen durchwirkten Kleid, auf der hochgesteckten Frisur einen riesigen Federhut mit flatternden Bändchen, er in langer, roter Weste mit Silberstickereien, weißer Samthose, niederen Schnallenschuhen, mit einem Schwert an der Seite und einigen Damaszenerpistolen im seidenen Gürteltuch. Er hatte einen ebenso großen Federhut in der Hand, wie seine Frau auf dem Kopfe, und lange blonde Haare wallten ihm bis zu den Schultern herab. Diese befremdliche Perücke löste im ersten Augenblick einige lustige Zurufe unter der Menge aus, die aber schnell wieder unter dem allgemeinen Beifall untergingen. Hinter Morgan ging ein hübschgekleideter, kleiner Neger, der den seidenen Paletot des Vizeadmirals trug. Morgan hatte bestimmt gute 30 Pfund zugenommen, seit er in Jamaika war, und das war erst drei Jahre her. Doch verbürgte ihm seine Leibesfülle, wie es heißt, zugleich eine zusätzliche Autorität, die von allen geschätzt wurde. Der Gouverneur Thomas Modyford hatte es ihm übrigens nicht nachgetragen, daß er mit Mansfelt vor Curaçao gekniffen hatte und mit dem Admiral nach Santa Catalina gefahren war. Der Beweis: Sir Thomas war persönlich bei der Hochzeit anwesend, stand in der ersten Reihe der Notabeln und blickte heiter in die Runde. Mansfelt war für den Moment vergessen.

Da die rund 150 Hochzeitsgäste in Morgans Haus nie Platz gefunden hätten, war schon am Vortage ein großes Zelt eine Stunde Wegstrecke vor der Stadt aufgeschlagen worden. Dort fuhren die geladenen Gäste hin. Doch sie kamen nicht in vornehmen Karossen. Die meisten fuhren in klobigen, zweirädrigen Karren, die sonderbar von der feiertäglichen Aufmachung ihrer Insassen abstachen.

Die Karawane erreichte das Festzelt. Braut und Bräutigam wurden von ihrem Wagen heruntergehoben. Morgan nahm als erstes seine Perücke ab und band sich sein rotes Piratenhalstuch um, ohne das man ihn noch nie gesehen hatte. Diese Geste wurde mit lautem Gelächter und Bravorufen bedacht.

Im Zelt war eine üppige Tafel aufgestellt worden. Damastene Tischdecken, silbernes und goldenes Tafelgeschirr – der Luxus war kaum zu überbieten. Was wäre ein solches Fest, wenn nicht auch die reichen Spanier für einen prunkvollen äußeren Rahmen sorgten! Die Tischgesellschaft setzte sich, und ein Trupp von Negern und Negerinnen servierte; saftige Krabben, Hühner und Schwein vom Spieß, hochgetürmte Obstplatten.

Ein idealisiertes Porträt Henry Morgans als Feldherr. So aufgeputzt erschien der Pirat wohl nur anläßlich seiner Hochzeit.

Bei diesem bacchantischen Mahl gaben Morgans Waffengefährten, seine Kapitäne, Leutnants und Maate schnell den Ton an. Sie fühlten sich, als hätten sie soeben eine spanische Stadt gestürmt und stimmten Piratengesänge an. Die einen brüllten Flüche, andere umarmten sich, und so wurden alle, die hier im vornehmsten Sonntagsstaat angetreten waren, wieder in die Realität versetzt – nämlich daß sie in einer Gesellschaft lebten, die einzig und allein auf der Piraterie aufgebaut war, auf Mord und Totschlag.

Das Fest hatte am frühen Nachmittag begonnen und dauerte noch an, als die Bäume schon lange Schatten warfen und die Luft frisch wurde; doch keinen der Tischkumpane kümmerte das. Bis heimlich und rasch die Dämmerung kam, wie es in den Tropen üblich ist. Fackeln und Lampen wurden angezündet. Diener brachten neue Gerichte und immer neue Flaschen mit Wein herbei. Das Gelage ging weiter, bis eine Anzahl Trinker auf dem Boden lag und die ersten Paare sich davonmachten. Da verabschiedete sich auch Henry Morgan mit seiner jungen Frau.

Der Gouverneur hatte dem Paar für die erste Nacht seinen Landsitz San Iago de la Vega angeboten, aber Morgan hatte sein eigenes Haus schon so liebgewonnen, daß er hier in den Ehestand treten wollte. Elisabeth Morgan hatte das wilde Fest tapfer durchgestanden. Sie wußte, was sie sich nebenbei mit dieser Heirat eingehandelt hatte, auch machte sie sich keine Illusionen darüber, daß die Treue, die der Gatte ihr versprochen hatte, nicht länger als einige Monate halten würde. Doch in dieser Hochzeitsnacht war sie ganz die brave, ihm ergebene junge Braut.

Elisabeth lauschte still den festen Atemzügen des Mannes neben ihr, den nichts davon abhalten konnte zu schlafen, wenn er es sich einmal vorgenommen hatte. Später würde sie oft allein in diesem großen Bett liegen und dem unruhigen, nie abbrechenden Ansturm des Seewinds zuhören müssen.

Januar, Februar, März gingen vorbei. Dann, an einem frühen Nachmittag gegen Mitte April, erhob sich plötzlich ein eigenartiger Wind, der den Sand vor der Küste hoch aufwirbelte und über das Land trug. Und gegen fünf Uhr nachmittags fiel Regen, langsam und schwer, der Wind hatte aufgehört. Es regnete bis in die Nacht. Dieses Schauspiel wiederholte sich jeden Tag, mit dem Unterschied, daß der Regen lediglich von Tag zu Tag etwas früher fiel. »Es ist Regenzeit«, sagten die Leute, »die Piratengeschäfte werden nachlassen.« Manchmal kam am Morgen die Sonne etwas heraus und trocknete den Boden, manchmal auch nicht, und alles watete im Schmutz. Die spanischen Gefangenen hatten es schwer, sich durchzuschlagen, viele starben irgendwo in einem Winkel.

Die Geschäfte gingen in diesem Jahr 1667 tatsächlich sehr schlecht. Die beiden Dreimaster Morgans lagen untätig im Hafen, und vielen Brüdern-von-der-Küste war die offensichtliche Gleichgültigkeit des Vizeadmirals ein Rätsel. Doch konnte Morgan nicht in Ungnade gefallen sein, denn Sir Thomas empfing ihn bei sich und behandelte ihn wie einen Freund. Von Zeit zu Zeit sah man ihn im Hafen, wo er seine Schiffe inspizierte und Befehle für deren Wartung gab. Abends tauchte er gelegentlich in den Tavernen auf, machte Sauftouren und zeigte sich wie immer spendierfreudig. Aber keiner wußte so recht, was er eigentlich vorhatte.

Da, eines Tages, kam Mansfelt, von dem man so lange nichts mehr gehört hatte, von seinem erfolgreichen Raubzug nach Granada zurück. Morgan verschwand.

Sir Thomas hatte den zurückgekehrten Admiral schon zum wiederholten Mal empfangen wollen, und immer noch war keine Spur von Morgan zu finden. Es hieß, der Admiral und sein Erster Offizier hätten sich im Verlauf der letzten Expedition zerstritten. Mansfelt versuche nun gegenüber dem Gouverneur die Vorwürfe zu entkräften, die Morgan gegen ihn erhoben habe, und wollte darüber hinaus dessen Entlassung erwirken. Der Umstand, daß Morgan unauffindbar blieb, verstärkte das Gerücht, daß es mit seiner Karriere zu Ende war.

Und plötzlich, eines Morgens, wurde die ganze Stadt in Erstaunen versetzt: Mansfelt hatte Jamaika verlassen. Schon beim ersten Tageslicht war er mit einem einzigen Schiff abgefahren, niemand wußte wohin. Oder niemand wollte davon reden.

Dieses Gespensterschiff sollte nicht mehr zurückkehren. Der Admiral verschwand genauso plötzlich von der Bühne, wie er gekommen war, und nahm sein Geheimnis mit sich fort. Stammte er aus einem alten deutschen Grafengeschlecht? War er der Sohn des berühmten Landsknechts Ernst van Mansfelt, der im Dreißigjährigen Krieg bekannt geworden war? Hatte er wirklich den Plan verfolgt, ein Reich der Seeräuber zu gründen? Verließ er etwa deshalb so unerwartet Jamaika, weil ihm der Gouverneur die Mittel zur Verwirklichung seines Traums verweigerte? Alles, was sich über diesen letzten Punkt aussagen läßt, lesen wir andeutungsweise bei Exmelin, der schreibt, Mansfelt sei nach Jamaika gekommen, um »Verstärkung für Santa Catalina« anzufordern.

Mansfelt wurde noch einmal auf der Schildkröteninsel gesehen. Wenige Monate, nachdem er von Jamaika aus in See gestochen war, kam die Nachricht, daß er dort angelegt hatte und bald darauf gestorben war – möglicherweise durch Gift.

Während ein Stern am Himmel verschwand, stieg ein anderer kometengleich auf. Morgan hatte sich nach der Abreise Mansfelts wieder in Kingston gezeigt, und kaum daß der Tod des Alten bekannt geworden war, wurde er vom Gouverneur Thomas Modyford zum neuen Admiral ernannt. Beifall und Zustimmung auf allen englischen Piratenschiffen, Morgan trat seine Karriere an.

2

Kampf um die Macht

Der Admiralsdreimaster lag jenseits der Zwölf-Meilen-Kais, einer Kette von Korallenriffen südlich Kubas, vor Anker. Durch ein Bullauge seiner Kajüte sah Morgan über den Korallenbänken die grüne Inselkette der Jardinos de la Reina. Plötzlich tauchte vor seinem Schiff eine kleine Flottille von etwa zwölf Schaluppen auf, die Kurs auf den Dreimaster genommen hatte. Auf ihnen kamen die Kapi-

täne und Abordnungen, welche die Piraten zu einer Besprechung abgesandt hatten.
Morgan war entschlossen, Kuba zu überfallen. Der erste Schritt war bereits getan, denn listig hatte er sich der Unterstützung des Gouverneurs versichert. Wochenlang hatten seine Leute das Gerücht ausgestreut, die Spanier wollten in Jamaika einfallen. Als schon jedermann daran glaubte, hatte der Admiral leichtes Spiel mit seinem Vorgesetzten. Dieser gestattete die Aktion gegen Kuba. Dann mußte er das Unternehmen mit den Piraten diskutieren. Er brauchte ihre Zustimmung und mußte sie für die Sache begeistern: ein Gedanke, der Morgan das Blut in den Kopf schießen ließ. Für ihn war alles klar. Was er in Angriff nehmen wollte, würde gelingen. Sie mußten es nur entschlossen und gewitzt anpacken, es gab ungeahnte Möglichkeiten! Morgans Plan war, Havanna anzugreifen.
Das war die Art der Piraten: Hatten sie ihr Wort gegeben, gingen sie durch dick und dünn mit und machten nicht viel Federlesens. Ihr Leben bedeutete ihnen wenig. Fiel einer im Kampf, dann starb er mit einem wilden Fluch auf den Lippen, aber nie stieß er Verwünschungen gegen den Anführer aus. Genauso verlangten die Schwerverletzten nichts weiter, als was man ihnen von vornherein als Entschädigung zugestanden hatte. Die Piraten wollten nur das Ziel der Expedition kennen. So verlangte es die Tradition, und das waren sie ihrem Selbstbewußtsein und ihrer Ehre schuldig.
Morgan war Anfang Februar 1668 mit seinen beiden Dreimastern von Kingston aus in See gestochen. Morris mit seinem Schiff begleitete ihn. Der alte Kamerad, mit dem er schon Granada erobert hatte, wollte bei dem neuen Abenteuer nicht fehlen. Diese drei Schiffe hatten sich 250 Meilen gegen den Wind gearbeitet, bis sie bei den Kais eintrafen. Morgan hatte seine Boten in das Labyrinth von Inselchen ausgesandt, von wo sie mit der Nachricht zurückgekommen waren, daß drei englische und sechs französische Seeräuberschiffe ihre Teilnahme zugesagt hätten. Der Admiral errechnete, daß ihm etwa eine Truppe von 700 Männern zur Verfügung stehen würde, unter ihnen 450 Engländer.
Die Delegation aus Kapitänen und Seeräubern hätte bestimmt auch

in dem großen Privatzimmer Morgans Platz gefunden, doch das hatten nur privilegierte Persönlichkeiten von innen gesehen. Er lud seine Besucher auf das erhöhte Hinterdeck, wo er sich von einem goldenen Tisch aus an die Anwesenden wandte. Morris saß an seiner Seite.

Morgan sprach langsam, mit fester Stimme, in einem allgemeinverständlichen Englisch, das er mit französischen und spanischen Ausdrücken vermischte. Zwischendurch mußte er kleine Pausen einlegen: Unter lebhaftem Gemurmel erklärten die Piraten einander die ihnen unbekannten Wörter.

Ohne viel Umschweife kam Morgan auf seinen Plan zu sprechen: »Ihr wißt, daß Havanna einiges zu bieten hat. Es ist eine große und reiche Stadt. Vielleicht interessiert sich der eine oder andere dafür, was sich da aufstöbern ließe?!«

Selbstverständlich wußte jeder in der Versammlung, was es mit Havanna auf sich hatte. Alle schwer beladenen Galeonen aus Mittelamerika gingen hier längere Zeit vor Anker und sammelten sich, bevor sie in geschlossenen Verbänden nach Europa abfuhren. Es müßte nicht mit rechten Dingen zugehen, wenn sie keine einzige Galeone antreffen würden.

»Hört zu!« fuhr Morgan fort. »Wie ich es sehe, liegen die Vorteile auf unserer Seite, wenn wir sofort angreifen und die Stadt vom Meer her stürmen.«

»Und wie nehmen wir die Forts?« warf einer ein.

»Wir greifen bei Nacht an. Wenn wir nicht gerade trödeln, haben wir die Stadt schon geplündert, bevor die Forts gefechtsbereit sind.«

Beifälliges Gemurmel. Nachts anzugreifen, das gefiel ihnen. Handstreiche waren ohnedies ihre Sache. Sie hatten Luchsaugen und waren flink wie Wiesel – welcher gewöhnliche Soldat war ihnen darin ebenbürtig!

»Unsere Chancen liegen um so besser, als ich weiß, daß unter euch einige sind, die Havanna aus ihrer Gefangenenzeit her gut kennen. Die sollen uns führen. Tretet vor!«

Mehrere Männer folgten der Aufforderung, und einer von ihnen, groß, blond, mager, das Gesicht von Narben übersät – wandte sich ungeniert an den Admiral. Er stammte aus Curaçao und hatte Havanna zuerst als Matrose auf einem Handelsschiff kennengelernt. Später hatten ihn die Spanier mit der Mannschaft eines Piratenseglers geschnappt. Dieser Mann sagte geradeheraus, daß sie mit weniger als 1500 Leuten nichts Ernsthaftes gegen Havanna ausrichten könnten.

»Was soll das! Warum gerade 1500 Mann?« rief Morgan erregt.

»Admiral! In den Garnisonen der Forts stehen mehr als 7000 Soldaten bereit, nicht zu zählen die Mannschaften der übrigen Kasernen. Als ich Gefangener bei den Spaniern war, ließ man mich Munition von einem Fort ins andere schleppen. Ich habe immerhin zwei Augen im Kopf und gemerkt, was los ist.«

Havanna, großer spanischer Seestützpunkt, wo die Spanier ihre mit Gold vollbeladenen ›flotas‹ sammelten und von wo aus sie ihre gefährlichen Seereisen zurück ins Mutterland antraten.

Das folgende Schweigen zeigte Morgan, daß der Einspruch des Holländers nicht ohne Wirkung geblieben war. Aller Augen waren auf diesen gerichtet. Dann wandten sich die Blicke gespannt dem Admiral zu.
»Von mir aus sollen es 7000 Spanier sein, einer gegen zehn. Bei unserem nächtlichen Angriff werden wir sie überrumpeln. Wenn ich an unseren Überfall auf Granada zurückdenke: Damals war das Verhältnis zwischen uns und den Verteidigern nicht annähernd so günstig wie jetzt.«
Mit dieser Antwort hatte Morgan den schärfsten Pfeil aus seinem Köcher abgeschossen. Viele der anwesenden Piraten wollten ihm vor allem ihre Dienste anbieten, weil sie von der Plünderung dieser herrlichen Stadt am Nikaraguasee gehört hatten. Morris unterstrich nach Kräften, was sein Chef gesagt hatte. Da zog der Holländer wieder die allgemeine Aufmerksamkeit auf sich zurück:
»Es gibt nur eine Möglichkeit, Havanna zu nehmen. Ich habe lange darüber nachgedacht.«
»Gut, dann laß hören.«
Morgan bemühte sich, seine Gereiztheit zu verbergen.
Der Holländer hatte sich erneut in Pose geworfen: »Wir müßten eine große Streitmacht bei der Pinieninsel zusammenziehen, dann in kleineren Abteilungen den Golf von Batabano überqueren, auf dem Landweg nach Havanna marschieren und die Stadt von hinten überraschen.«
»Dieser Plan ist nicht schlecht. Ich werde ihn mir durch den Kopf gehen lassen.«
»Aber, mein Admiral, wir brauchen dazu mindestens 1500 Mann.«
Diese Antwort löste erneut ein Gemurmel aus, das diesmal nicht enden wollte. Wenn Morgan in jenem Augenblick den Lauf der Dinge hätte voraussehen können – er hätte dem Holländer mit einigen Worten den Mund gestopft. Aber an diesem Tag war das Glück nicht auf seiner Seite.
Innerlich kochte Morgan, denn er war in der Annahme hierhergekommen, daß die Beratung nur noch eine Formsache wäre. Aber noch setzte Morgan auf sein Ansehen, das er allseits genoß. Un-

geduldig stellte er die Frage: »Gehen wir nun nach Havanna oder nicht?« Nur einige Hände hoben sich. Morgan hörte, wie Morris neben ihm fluchte und auf den Boden spuckte.
»Dann gut«, sagte der Admiral und grinste. »Greifen wir Havanna noch nicht an. Ich weiß, wir sind hier, um einen Plan zu beratschlagen. Ich lasse euch für eine Stunde allein und höre mir später eure Vorschläge an.«
Damit drehte ihnen der Waliser den Rücken zu und verließ das Hinterschiff. Morris blickte wütend vor sich hin und blieb.
Morgan war vor allem wütend auf sich selbst. Wohl war er in einer Weise abgetreten, die keinen Zweifel an der Autorität seiner Person aufkommen ließ, aber ihm war das Gesetz des Handelns aus der Hand gerissen worden. Warum hatte er nur diesen Burschen nicht gleich mit eiserner Faust seinen Willen aufgezwungen! Der Admiral hatte in dieser Pause eine Menge Ärger hinunterzuschlucken.
Als er wieder auf die Brücke hinaufstieg und Morris ihm erklärte, auf welchen Vorschlag sich die Versammlung geeinigt hatte, stimmte er ohne Zögern zu, als wäre ihm selbst dieser Plan schon im Kopf herumgegangen. Nur wenige bemerkten, daß Morgan lediglich allen weiteren unersprießlichen Diskussionen aus dem Weg gehen wollte.
Nach diesem Plan war das Angriffsziel Puerto Principe, eine Stadt im mittleren Kuba, etwa 15 Meilen vom Meer landeinwärts gelegen. Ein ziemlich großmäuliger Pirat, der wie der Holländer bei den Spaniern in Gefangenschaft gewesen war, versicherte, daß Puerto Principe für einen »Coup« großen Stils ideal sei. Diese Stadt hätte noch nie einen Überfall der Seeräuber erlebt, die Einwohner wären arglos, und man hätte leichtes Spiel mit ihnen.
»Sie treiben mit Havanna einen schwungvollen Fellhandel. Die Schatzkammern der Händler sind randvoll mit Gold- und Silbermünzen, und der Landungsort ist nicht einmal weit von hier entfernt.«
In Wirklichkeit stimmte kaum eine dieser Angaben. Puerto Principe war früher eine Hafenstadt gewesen, die von den Bewohnern wegen dauernder Überfälle der Piraten ins Landesinnere verlegt worden

war. Dieses Dorf von kaum 100 Häusern hatte den anspruchsvollen Namen »Stadt« kaum verdient. Und die »randvollen« Tresore existierten nur in der Vorstellung des Erzählers – aus dem einfachen Grund, weil der »schwungvolle Handel« ein ganz normaler Tauschhandel war. Gewiß hatte der Pirat kein Interesse daran, irgendwelche Märchen zu erzählen und bei solch einem zweifelhaften Unternehmen gar sein Leben aufs Spiel zu setzen. Doch für Mythomanen gelten andere Gesetze. Er wollte nur dem Holländer das Wasser reichen können.
Die kleine Armada Morgans verließ also, mit dem Admiral an der Spitze, die Kais und segelte zur Bai von Santa Maria, wo sie vor Anker gehen wollte. Sie hatte gerade die Kais in westlicher Richtung umfahren, als auf allen Schiffen erstaunte Rufe und Flüche ertönten: Anstatt nach Norden zu drehen, behielt das Admiralsschiff weiterhin Westkurs bei und steuerte die Westspitze Kubas an. Bei denen, die an der Expedition Mansfelts und Morgans nach Curaçao teilgenommen hatten, wurden bestimmt unangenehme Erinnerungen wach.
Doch keines der Schiffe scherte aus, Morgan umfuhr das Kap San Antonio und steuerte direkt Havanna an. Das heißt nicht, daß er Havanna angriff. Vielmehr segelte er mit seiner Streitmacht an der Stadt vorbei und jagte den Spaniern einen gehörigen Schrecken ein. Seine Brüder-von-der-Küste lachten und schlugen sich auf die Schenkel, als sie sahen, wie die Handelsschiffe schleunigst in die hintersten Winkel des Hafens flüchteten und die Kanonen wild losböllerten. Aber sie durchsiebten nur das Meer, denn die Flotte war außer Reichweite der großen Batterien. Eine Übermacht derart an der Nase herumgeführt zu haben, schmeichelte den Piraten gewaltig. Begeisterungsstürme brachen aus, als wäre ein Sieg zu feiern. Überall erschallte der Ruf: »Es lebe Admiral Morgan!«
Morgan war erstaunt über diese Reaktion seiner Leute. Er hatte nur seinem Ärger Luft machen wollen. Noch wußte er nicht, daß er später von dieser erfolgreichen Demonstration profitieren sollte.
Darauf machte die Seeräuberflotte kehrt und fuhr tatsächlich zur Bai von Santa Maria, wo die Piraten landeten.

Sie waren noch keine Meile in Richtung Puerto Principe marschiert, als sie bemerkten, daß die Einwohner des kleinen Städtchens doch nicht so arglos waren, wie sie glaubten, und von der Sache Wind bekommen hatten. Der Weg war an mehreren Stellen mit gefällten Bäumen verbarrikadiert, und aus dem Unterholz wurde mit Gewehren geschossen. Jemand mußte den Plan verraten haben, während sie nach Havanna gefahren waren.

Morgan instruierte seine Leute, wie sie sich nach geglücktem Überfall zu verhalten hatten: Notabeln und Reiche als Geiseln festnehmen und erst gegen hohes Lösegeld freilassen. Bei Weigerung tödliche Foltern anwenden, möglichst exemplarisch und vor aller Augen, damit die übrigen Geldsäcke sich um so eher öffneten. Dann: wenig Gefangene machen. Rabiat vorgehen, wenn durch ein Blutbad irgendwelchen Revolten vorgebeugt werden müßte.

Morgan hat später geleugnet, solch grausame Befehle gegeben zu haben. Sie stehen in der Tat in einem seltsamen Kontrast zu seinem fast gentlemanhaften Auftreten in Granada. Doch ist auch bekannt, daß es in jenen Jahren zu einer Eskalation der Gewalttätigkeiten gekommen war.

Die Spanier hatten kurz zuvor Santa Catalina wieder erobert und alle Siedler, die Mansfelt zurückgelassen hatte, aufgeknüpft oder erschossen. Die Offiziere waren in die Minen Perus verschleppt worden. In Cartagena waren englische Gefangene von Inquisitionstribunalen abgeurteilt worden – und Cartagena blieb kein Einzelfall. Das alles hatte die Atmosphäre angeheizt.

Morgan und seine Leute ließen sich beim Anmarsch durch Hindernisse nicht lange aufhalten. Bald erreichten sie eine mit Bäumen bestandene Ebene, in deren Mitte die seltsame Stadt Puerto Principe lag: eine kleine Befestigungsanlage, zwei Kirchen und schäbige, kleine Häuschen.

Und noch etwas anderes erregte das Erstaunen der Männer. Die Spanier hatten sich nicht in ihrem Fort verschanzt. Der Alkalde hatte seine Truppe in offenem Gelände vor dem Marktflecken aufgestellt, an die 800 Mann, was die Einwohnerzahl Puerto Principes bei weitem überstieg. Zweifellos hatten die umliegenden Dörfer und Gehöfte Verstärkungen entsandt. Diese Miniaturarmee war in klassischer Schlachtordnung aufmarschiert. Die Infanterie stand im Zentrum, die Kavallerie auf den Flügeln, ihnen voran wehte eine große spanische Flagge.

Von dem ausbrechenden Kampf hat Exmelin eine ziemlich ungenaue Beschreibung gegeben, wie immer, wenn er von einem Ereignis berichtet, das er nicht selbst miterlebt hat. Er schreibt: »Die Piraten rückten in geschlossener Formation vor, die Feldzeichen standen im Wind, und man hörte den Schlag der Trommeln.« Die Wirklichkeit sah so aus: Die Piraten hatten an dem Tag weder Fahnen noch Trommeln, noch marschierten sie in fester Formation, im Gegenteil. Sie schwärmten aus, versuchten, den Pferden hinterrücks die Fesseln durchzuschneiden, griffen lieber von der Seite und von hinten an oder ließen sich wie tot zu Boden fallen, um im geeigneten Augenblick aufzuspringen und einen überraschten Gegner niederzustechen. Mit einem Wort: Sie kannten keine militärische Disziplin, waren aber pfiffige und wirkungsvolle Kämpfer.

Die spanischen Verteidiger, die zu Beginn eine recht drollige Figur gemacht hatten, zeigten sich ebenfalls als tapfere Soldaten. Als der Kampf zu Ende ging, bedeckten zwei- bis dreihundert ihrer Gefallenen die Savanne. Die Seeräuber hatten weniger Verluste erlitten. Sie drangen in das Dorf ein, wo nur noch einige wenige Bewohner Widerstand leisteten. Der Rest wurde ohne viele Umstände in die beiden Kirchen gesperrt.

Die Mauern des Forts von Puerto Principe stehen noch heute. Sie dienen jetzt als Umfassungsmauer für die Bar und den Eßsaal des ›Hotel Camaguey‹. (Camaguey ist der neue Name für Puerto Principe.) Welcher der Touristen, die dort essen und trinken, weiß, in welch historischen Gemäuern er sich befindet?!

Während Morgan, ärgerlich über die nicht eingeplanten Zwischenfälle, in dem unscheinbaren Fort seine Kommandozentrale aufschlug, trafen immer neue schlechte Nachrichten ein. Die einzigen Wertsachen befanden sich in den Kirchen. In den Häusern der Einwohner ließ sich nicht ein Heller auftreiben. Gefangene, die grausam gefoltert wurden, bekannten, daß sie gerne ihre Qualen abkürzen und

ihre verborgenen Schätze zeigen wollten – wenn sie nur welche hätten!
»Gut, dann sollen sie ihre Freunde verständigen und sich Lösegeld schicken lassen. Ich gebe ihnen acht Tage Zeit«, erwiderte der Admiral.
Die Methode ist bewährt, und Morgan gedachte, sie noch wirkungsvoller zu gestalten, indem er einige Gefangene vor den Augen der Boten foltern ließ. Das sollte ihren Eifer anstacheln. Die Männer kamen zur festgesetzten Frist zurück: mit leeren Händen ...
Sie sagten: »Bitte, gewährt uns noch zwei Wochen Zeit.«
Inzwischen wurden die Nahrungsmittel knapp. Die Bauern aus der Umgebung waren geflüchtet und hatten ihr Vieh mitgenommen. Das ganze Unternehmen drohte eine Pleite zu werden. Morgan setzte noch knapp zehn Tage an, um vielleicht doch noch an das Lösegeld heranzukommen. Für das Nahrungsproblem gab er eine unzweideutige Order: »Die spanischen Gefangenen werden weitere Boten aussenden. Wenn sie nicht binnen zwei Tagen mit Rindern bei uns eintreffen, werden alle Gefangenen auf der Stelle hingerichtet.«
Kaum hatte der Admiral das gesagt, als einige seiner Männer einen gefesselten Neger anschleppten. Er war erwischt worden, als er Briefe an Bürger des Städtchens zustellen wollte. Signiert hatte sie der Gouverneur von Santiago. Ihr Inhalt: »Haltet die Seeräuber noch ein paar Tage hin, und verliert nicht den Mut. Ich rücke mit einem starken Regiment aus und komme euch zu Hilfe.«
»Dann warten wir nicht mehr länger. Transportiert die Beute aus den Kirchen auf dem schnellsten Weg zu den Schiffen!«
Mit anderen Worten: Morgan ließ zum Rückzug blasen. Es war für einen richtigen Piratenanführer nicht unehrenhaft, sich zurückzuziehen. Seine Ehre und sein Ruhm bestanden darin, sich mit einer ansehnlichen Beute zurückzuziehen. In diesem Fall aber war die Beute mehr als bescheiden. Der Admiral dachte daran, zusätzlich einige Spanier als Sklaven in Jamaika zu verkaufen, verwarf den Plan jedoch wieder. Die englischen Siedler bevorzugten seit neuestem schwarze Sklaven. Außerdem waren die seit Tagen hinter herme-

tisch verschlossenen Türen gehaltenen Gefangenen in einem so schlechten körperlichen Zustand, daß mit ihnen kein großes Geschäft zu machen war.
Morgan bestand nur noch auf folgendem: »500 Ochsen wollen wir noch. Diese verfluchten Boten, die keinen einzigen Peso auftreiben konnten, sollen mir 500 Ochsen auftreiben, sie eigenhändig ans Meer treiben, schlachten, pökeln und auf die Schiffe bringen. Wenn sie jetzt nochmals Zicken machen, werden hier alle Leute ohne Ausnahme umgelegt und sämtliche Häuser in Brand gesteckt. Das ist mein letztes Wort!«
Erstaunlich! Dieser Mann, der drei Jahre zuvor als kleiner Kapitän noch rot angelaufen war, als man ihm vorschlug, eine Ladung Blauholz zu kapern, Morgan, der die Schatzkammer in Mexiko ausräubern wollte – wie kam er jetzt dazu, eine Kontribution von 500 Ochsen zu verlangen? Eine solch miserable Expedition, wie die nach Puerto Principe, mußte noch lange als Alptraum seine Mannschaft verfolgen.
Zu aller Überraschung trafen die Ochsen schon am nächsten Tag ein. Als es sich darum gedreht hatte, Gold zu finden, hatten die Boten jedesmal gemeldet, sie hätten keinen Menschen getroffen, die Gehöfte wären verlassen und die Savanne wie leergefegt. Und nun mit einem Male die 500 Tiere! Passiver Widerstand hatte sich organisiert. Die Spanier aus der Umgebung waren bestimmt nicht abgeneigt, ihren Landsleuten zu helfen, aber nur, solange sie nicht um Gold gebeten wurden. Ochsen ja, das ließ sich machen. Doch selbst die Berichte über grausamste Folterungen bewirkten nicht, daß sich der Riemen an irgendeinem Geldsäckel gelockert hätte.
Die Türen der beiden Kirchen wurden geöffnet, und die Überlebenden schleppten sich aus ihren Gefängnissen, die halb Leichenhäusern, halb Kloaken glichen. Die Wenigen, die halbwegs bei Kräften waren, wurden so lange mit Fußtritten traktiert, bis sie wieder auf die Beine kamen. Sie mußten die Ochsen zum Strand treiben.
Das gute Wetter dauerte an. Kleine Wellen umspülten den weißen Sandstrand, der Himmel war tiefblau. Unter den wilden Flüchen und Tritten der Seeräuber schlachteten die Spanier die 500 Ochsen

in zwei Stunden. Der Strand wurde zu einem Schlachtplatz von 3000 Schritt Länge. Der Sand färbte sich rot, Dampfwolken stiegen auf, die gewaltigen Kadaver wurden ausgeweidet und schließlich zum Einsalzen zerschnitten. Die Sonne brannte, ganze Wolken von Fliegen schwirrten aus der Savanne heran. Tausende von Vögeln balgten sich unter höllischem Gekreische um die weggeworfenen Eingeweide. Ein makabres Nachspiel einer widerwärtigen Abschlachterei.

Inzwischen stand Morgan mit Morris und einigen anderen Männern nahe bei den Kanus, die das Fleisch zu den Schiffen transportieren sollten. Neben ihm sein Pferd, mit dem er von Puerto Principe bis hierher geritten war. Wortlos, mit verschlossener Miene betrachtete er das scheußliche Schauspiel am Strand. Da sah er plötzlich, wie weiter unten das Treiben stockte. Eine Gruppe von Seeräubern hatte dort einen Kreis gebildet. Hier war offensichtlich eine Messerstecherei im Gange!

Um so schnell wie möglich an den Tatort zu kommen, bestieg Morgan sein Pferd, gab ihm die Sporen und jagte mit ihm dicht am Wasser vorbei den Strand entlang. Der Admiral sah, wie das Menschenbündel hin und her wogte, einige bückten sich, andere droschen mit den Fäusten aufeinander los. Morgan gab mit seiner Pistole einen Schuß in die Luft ab. Die Männer, die ihn erkannten, ließen voneinander ab. Morgan sah einen Mann mit dem Gesicht nach unten im Sand liegen, in seinem Rücken ein Messer, das man ihm bis zum Griff hineingestoßen hatte. Einige Schritte davon entfernt lag eine andere Gestalt, anscheinend verletzt, den Kopf in den Armen vergraben. Dieser müßte der Mörder sein. Morgan blieb im Sattel und hörte sich die Erklärungen der Umstehenden an. Nach und nach wurde er aus dem Gewirr von Meinungen und Gegenmeinungen schlau.

Bei den französischen Piraten war es Brauch, das Knochenmark frischgeschlachteter Tiere auszulutschen. So konnten die wilden Gesellen der Meere zeigen, was für harte Burschen sie waren und daß sie den Vergleich mit den legendären Piraten längst vergangener Zeiten nicht zu scheuen brauchten.

Da wollte nun ein englischer Seeräuber seinen französischen Kollegen zeigen, daß solch ein bluttriefendes »Knochenlunch« auch Vertretern seiner Nation sehr wohl anstünde, und hatte darauf einem Franzosen sein Mahl aus den Händen gerissen. Das gab böses Blut. Beleidigungen fielen, und schon war man drauf und dran, ein Duell zwischen den beiden Kontrahenten zu arrangieren. Da stieß der Engländer dem Franzosen hinterrücks seinen Dolch in den Rükken. Morgan kam gerade noch rechtzeitig, um zu verhindern, daß der Mörder gelyncht wurde.

Unter Angehörigen der gleichen Nation hätte Morgan den Vorfall schnell bereinigen können. So aber standen sich zwei feindselige Gruppen von Franzosen und Engländern gegenüber, deren eine Partei den Kopf des Attentäters forderte, und zwar auf der Stelle.

»Diesen Mann werden wir uns vornehmen«, rief Morgan mit lauter Stimme. »Sobald wir in Kingston eintreffen, wird er vor Gericht gestellt und als Meuchelmörder abgeurteilt werden. Bringt ihn sofort auf mein Schiff und legt ihn in Ketten.«

Einige Franzosen protestierten, andere wollten vor Gericht aussagen.

»Wer als Zeuge aussagen will, soll mitkommen. Ich werde alle vorladen lassen, keiner soll zu kurz kommen.«

Daraufhin zeigten sich die französischen Piraten versöhnlicher. Sie stiegen langsam das Ufer hinauf, trugen ihren toten Kameraden mit sich und beerdigten ihn nahe der Küste. Nach einer weiteren Stunde hatten die Schiffe ihre Ladung an Bord und machten klar zur Abfahrt. Der Strand, der mit Heeren von Vögeln bedeckt war, blieb hinter ihnen und verschwand am Horizont.

Das Verteilen der Beute fand auf einer kleinen Insel nahe der Südwestspitze Santo Domingos statt. Dieses Eiland war ein beliebter Treffpunkt der Seeräuber und hieß damals »Insel der Kühe«.

Morgan war sich darüber im klaren, daß seine Leute nicht eben aufjauchzen würden, wenn sie erfuhren, was diese Expedition ihnen eingebracht hatte. 50 000 Pesos hatten sie insgesamt erbeutet. Nach Abzug der Teile, die an den Gouverneur und den Admiral gingen, und nach Auszahlung der Entschädigung für die Schwerverletzten

blieben ganze 60 Pesos pro Mann übrig. Eine lächerlich geringe Summe im Vergleich zu den Strapazen und Gefahren, die sie auf sich genommen hatten.
Morgan hielt vor versammelter Mannschaft eine Rede und erklärte den Fall. Es dauerte lange, bis er das Aufmucken unterdrücken konnte. Dann sagte er, daß er in Kürze ein neues, erfolgreicheres Unternehmen in Angriff nehmen wolle. Er selbst könne sich sogar für dessen Erfolg verbürgen, wenn sie ihm nur in der Wahl des Angriffsziels freie Hand ließen.
Wieder wurden Proteste laut. Seit wann hatte es das gegeben, daß der Anführer einer Raubexpedition eigenmächtig über sie verfügte?! Vorschläge dürfte er wohl machen, sie selbst aber nicht einfach vor vollendete Tatsachen stellen! Überhaupt waren die Meinungen über das Unternehmen Puerto Principe geteilt. Die einen zeigten sich enttäuscht und wollten ihrem Ärger Luft machen, die anderen hatten noch gut in Erinnerung, welchen Schrecken der Admiral den hasenfüßigen Spaniern eingejagt hatte. Sie hielten dagegen, daß niemand von ihnen leer ausgegangen wäre, wenn sie nur Havanna geplündert hätten, so wie es Morgan vorgeschlagen habe.
Kurz und gut, die Expedition endete damit, daß ein kleiner Teil der Seeräuber Morgans Flotte verließ und der Rest bereit war, ihm nach Kingston zu folgen. Als er wieder in seinen Heimathafen einfuhr, erregte er gewaltiges Aufsehen. Zum einen war er mit drei Schiffen ausgefahren und kehrte nun mit acht zurück. Dazu hatte er alle Schiffe prächtig schmücken lassen. Alle Fahnen waren aufgezogen, überall flatterten lange, spitze Wimpelchen, und auf dem Aufbau des Hinterdecks waren Musikkapellen postiert, die recht und schlecht, aber mit viel Lärm aufspielten, was dem Ganzen den Charakter eines triumphalen Einzugs verlieh. Morgan hatte dies angeordnet, weil er seine Leute kannte und wußte, wie jeder fürchtete, ihr »Image« als ruhmvolle Herren der Meere könnte verblassen.
Die Piraten verpraßten schon während der ersten Nacht in den Tavernen und Freudenhäusern alles Geld, das sie erbeutet hatten, und doch dauerte die Orgie fast eine ganze Woche. Admiral Morgan gab jedem großzügig Kredit, und er wußte sehr wohl, warum.

Schließlich galt es nur noch, den Gouverneur über die nicht ganz gelungene Expedition zufriedenzustellen.
Morgan hatte vorausgesehen, daß der Gouverneur nicht voll begeistert sein würde, wenn er erfuhr, welche Beute ihm zufiel. Dabei belief sich sein Anteil immerhin auf acht Prozent der Bruttosumme. Aber der Gouverneur zeigte sich weiter nicht enttäuscht, Morgan bemerkte sofort, daß ihn etwas anderes beschäftigte: die spanische Flotte, die Kingston hatte angreifen sollen. Wo war sie geblieben? London hatte die Frage gestellt.
Sir Thomas sagte: »Unsere Spione auf Kuba haben mir neue Nachrichten überbracht, aber sie sind nicht ganz eindeutig. Ihr seid bis Havanna vorgestoßen. Habt Ihr etwa eine spanische Flotte in den Grund gebohrt?«
Morgan verstand, daß er von der Situation profitieren mußte, ohne zu übertreiben. Er sagte nicht, daß er gegen eine spanische Flotte gekämpft hätte – früher oder später wäre das Gegenteil publik geworden. Nein, er hatte einer spanischen Flotte, die bereit war, nach Jamaika zu fahren, einen solchen Schrecken eingejagt, daß sie sich Hals über Kopf in den Hafen zurückzog und im Schutz der Forts von Havanna Zuflucht suchte. Kein Mensch konnte diesen Bericht widerlegen, am wenigsten die Teilnehmer selber, deren Phantasie, vom Alkohol beflügelt, das Ereignis schon legendär ausgeschmückt hatte. Morgan erkannte die Genugtuung des Gouverneurs und leitete über zu dem Vorfall, der sich zwischen den Engländern und Franzosen abgespielt hatte.
»Eure Autorität und die meinige würden sich weiter festigen, wenn wir bald ein gerichtliches Exempel statuieren könnten.«
Sir Thomas willigte in alles ein. Schon seit mehreren Monaten war niemand mehr in Kingston gehängt worden, und es ist nie gut, wenn ein Galgen zu lange leer steht. Der öffentliche Prozeß fand im ganzen Land ein positives Echo, obwohl der Angeklagte ein Engländer war. Morgan hatte zuvor dem Staatsanwalt einen kleinen Wink gegeben, und dieser demonstrierte daraufhin mit viel Geschick, welcher Schandtaten der Angeklagte sich schuldig gemacht hatte. Zum ersten hätte der Attentäter diese kindische und abstoßende Angewohnheit der

Franzosen, blutige Knochen auszuschlotzen, nachgeäfft (Entrüstung des Auditoriums), zum zweiten hätte er die englische Ehre beschmutzt, indem er die Formalitäten eines regelgerechten Duells nicht eingehalten habe. Beifall von allen Seiten.

Die Leiche blieb drei Wochen am Galgen hängen, an einem Platz dicht beim Meer, wo die Stadt ins Land überging. Man hatte den von Raben und anderen Vögeln zerfressenen Leichnam noch nicht abgenommen, als Morgan an einem Nachmittag im Mai zu einer neuen Expedition aufbrach. Seine Flotte von neun Schiffen hatte ungefähr 500 Mann an Bord. Niemand, weder die Kapitäne noch die Schiffsmannschaften, noch die Kampftruppe wußten, wohin der Kurs ging. Die Steuerleute hatten nur den Befehl erhalten: »Kurs südliche Richtung.« Seit dem Fehlschlag von Puerto Principe hatte Morgan das Zepter einer absoluten Macht und Unterordnung errichtet.

3

Wie die Tiger und Geier

Am Fuße des Festungswalls von San Jeronimo patrouillierten die Schildwachen auf und ab; sie bildeten einen Sicherheitsgürtel rund um die Festung. Die Posten begegneten sich regelmäßig auf den Rundgängen. Dasselbe galt für die Wachen der drei anderen vorgeschobenen Befestigungsanlagen, die Porto Bello verteidigten: San Diego de la Gloria, San Felipe und San Fernando.

Porto Bello – so hatte Kolumbus diese in allen Regenbogenfarben schillernde Wasserfläche genannt, die sich am Fuße der Berge erstreckt. Der Wasserspiegel glitzert noch immer, aber nichts zeugt mehr von der einst berühmten Stadt, von ihren Festungen und Wällen.

1668 war Porto Bello über 300 Tage im Jahr eine kleine, ziemlich trübselige Stadt mit 3000 Einwohnern. Aus den nahen Sümpfen stiegen zu jeder Jahreszeit dichte Moskitowolken auf – das Gelbfieber gehörte hier zur Tagesordnung.

Warum wurde die Stadt dennoch an dieser Stelle erbaut? Aus einem einfachen Grund: Die weite Wasserfläche erstreckte sich am Ende des einzigen damals gangbaren Weges, auf dem man von Panama aus die Landenge durchqueren konnte. Zweimal im Jahr benützte der berühmteste und am schärfsten bewachte Mauleselzug der Welt diesen Weg. Er brachte Schätze aus Peru und Chile nach Porto Bello. Wenn er eintraf, wurde in Porto Bello der Goldmarkt eröffnet. Er dauerte zwei Wochen und veränderte die Stadt völlig.

Die Galeeren brachten aus der Alten Welt die Waren, die Spanien zu überhöhten Preisen an seine Kolonien verkaufte, darunter zahlreiche Produkte, die auch in Amerika angepflanzt oder hergestellt hätten werden können. Doch die habgierige *Casa de Contratacion* verbot deren Erzeugung in den Kolonien. Die Gold- und Silberbarren, die der Mauleselkonvoi in die Stadt brachte, waren zu zwei Dritteln für die Schatzkammer bestimmt, der Rest wurde auf dem Markt gehandelt – zum Profit des Vizekönigs, seiner Kreaturen und anderer Ausbeuter. Porto Bello, in dessen Stadtmauern es jetzt von Menschen wimmelte, war während dieser 14 Tage der lebhafteste Handelsplatz der damals bekannten Welt; hier wechselten zweifellos die größten Schätze den Besitzer. Neben der Stadt wuchs eine weitere Stadt aus Baracken und Zelten aus dem Boden. Hier fanden die Männer mit den prallen Geldkatzen ihr Vergnügen: Alkohol, Frauen und Spiel.

Wenn der Markt zu Ende war, verfiel Porto Bello wieder in seinen Halbschlaf. Bis jetzt hatten die Freibeuter es nicht gewagt, die Stadt anzugreifen. Die spanischen Soldaten führten das langweiligste Garnisonsleben der Welt.

Man schrieb den 15. Juni 1668. Den ganzen Tag über hatten die Wächter von San Felipe, dem höchsten der vier Festungswerke, enttäuscht und griesgrämig ihren Blick über die weite, leere Fläche des Meeres schweifen lassen. Bei einbrechender Nacht trat die Schildwache ihren Dienst an. Die Routine nahm ihren Lauf.

In den Tropen sind die Juninächte kaum kürzer als die anderen Nächte. Die auf Wache stehenden Männer zerstreuten sich hauptsächlich damit, einander einen Klaps auf das Gesicht oder die Hände zu geben, um sich der Moskitos zu erwehren, die das Gelbfieber übertrugen. Rauchen wäre ein besserer Schutz gewesen, doch für die Nachtwache bestand Rauchverbot.

Die Mauern von San Jeronimo waren nicht hoch; über sie hinweg hätten sich die Wachtposten in den Wehrgängen mit den Gesellen Witze erzählen können, doch es herrschte strenges Sprechverbot; nur Befehle waren zu hören, Losungsworte wurden weitergegeben. Eine lächerliche Maßnahme, dachten die Soldaten. San Jeronimo war das am weitesten vom Meer entfernte Festungswerk – um bis hierher vorzudringen, hätte der Feind zunächst die anderen Befestigungsanlagen einnehmen müssen. Die Männer der letzten Nachtwache blickten nach Osten und sehnten die über den Wäldern aufziehende Morgendämmerung herbei. Sie brachte stets etwas Abkühlung, und die Moskitos verzogen sich.

Der im Wehrgang von San Jeronimo überraschte Soldat begriff überhaupt nicht, was ihm widerfahren war: ein Schlag traf seinen Kopf, ein Knebel schob sich in seinen Mund, um die Arme schlangen sich

Fesseln. Eiligst wurde er fortgeschleift und in den Wald gestoßen – er glaubte, er sei inmitten einer gewaltigen Gespensterschar. Lautlos huschten unter den Bäumen Männer hin und her. Plötzlich wurde ihm eine blendende Laterne vor das Gesicht gehalten, dann sogleich wieder entfernt, und eine metallene Stimme verhörte ihn. Das Spanische hatte einen ausländischen Akzent. Sollte das Unwahrscheinliche eingetreten sein?

Als der überrumpelte Soldat wieder zu sich kam und Mut faßte, sprudelte er listig einen Wortschwall hervor. Doch da spürte er eine Messerspitze auf seinem Bauch:

»Ich kann es nicht ausstehen, wenn man mir Märchen erzählt! Ich habe den Stadtplan und die Pläne der vier Festungswerke. Dies hier ist San Jeronimo. Wieviel Mann? Wie viele Gewehre?«

Die Freibeuter, die Morgan im Dunkel des Waldes umgaben, bewunderten den Scharfsinn und die rasche Entschlußkraft ihres Anführers. Die in Port Royal in See gestochene Flotte der Seeräuber war am Vorabend in Sichtweite der Küste gelangt, weit westlich von Porto Bello. Dann fuhr sie in großem Abstand von der Küste zum Ostkap und erwartete an der Mündung des Guanchaflusses, einige Meilen von der Stadt entfernt, den Einbruch der Nacht. Der Admiral hatte alles vorausgesehen, sein Plan war längst geschmiedet: Er wollte mit Kanus flußaufwärts fahren, dann mit 480 Mann durch den Wald dringen, um Porto Bello von hinten anzugreifen. Er besaß tatsächlich einen Plan aller Befestigungsanlagen und einen Stadtplan, auf dem sämtliche Straßen eingezeichnet waren. Noch nie in seinem Leben hatte er den Fuß auf diese Landenge gesetzt, aber er bewegte sich mit einer Sicherheit, als kenne er diese Gegend von Kindesbeinen an.

Schweigend folgten die Freibeuter dem gefangenen Soldaten in Richtung San Jeronimo. Bald mußte die Nacht der Morgendämmerung weichen – der unbestimmte Augenblick, in dem der versteckte Angreifer die Silhouetten der Wachtposten erkennen würde. Die Soldaten gähnten, ihre Lider wurden schwer. Morgan teilte seine Truppe auf, und ein Teil der Männer glitt schlangenartig am Festungswall entlang. Weitere überrumpelte Wachtposten fanden nur noch Zeit, ihren letzten Seufzer auszustoßen.

»Und du schreist jetzt aus Leibeskräften!«
Der Soldat spürte die Spitze eines Schwertes an seiner Seite und schrie, daß er sich in der Gewalt der *Luteranos* befände, daß eine ganze Armee aufmarschiert sei, daß den Soldaten kein Pardon gegeben würde, wenn sich nicht sofort die Tore öffneten. Mehrere Gewehrschüsse antworteten, Befehle erschallten.
Schon kletterten bis an die Zähne bewaffnete Palisadenstürmer rechts und links über die Brustwehr. Der Kampf im Inneren der Feste war heftig und kurz, bei Sonnenaufgang war alles vorbei. Die schräg einfallende Sonne schien auf einige Dutzend Spanier, die in ihrem Blut lagen, die Hände weit geöffnet oder um die Waffen gekrallt. Sie trugen ein ärmelloses, an der Hüfte geschnürtes Lederwams und lederne Hosen. Im Fallen hatten sie den Helm verloren.
»Admiral, jeder Widerstand ist gebrochen! Was sollen wir mit den Gefangenen machen?«
»Schließt sie in den mittleren Raum ein. Ansonsten haltet euch an meine Anweisung!«
Nach einigen weiteren Befehlen verließen die Eroberer im Laufschritt die Festung. Die Länge der Zündschnur, die sie in der Nähe der Pulverkammer ausgelegt hatten, mußte genau berechnet gewesen sein. Die Männer befanden sich in sicherer Entfernung, als die Feste in die Luft flog. Aus dem Mittelpunkt der Erde drang ein dumpfes Grollen, dann schlug der Ausbruch einer gewaltigen Feuersäule auf das Trommelfell, die riesigen Steinquader flogen in den rotleuchtenden Himmel. Die sterblichen Überreste der Gefangenen waren nicht zu erkennen. Brüllend und schießend eilten die Seeräuber der Stadt zu. Einzelne Kommandos des wilden Haufens drangen in Kirchen und Klöster ein.
Dann nahm für einige Stunden Satan persönlich das Kommando in die Hand. Der vorhergehende Raubzug war enttäuschend gewesen. Und jetzt lag in Reichweite all das, was ihnen ihre von Gier beflügelte Phantasie seit Wochen vorgegaukelt hatte – auch Frauen, die vor Schreck erstarrt waren oder wie von Furien gehetzt auf den Wald zurannten. Vor der Plünderung und dem Zechgelage widmeten sich die Freibeuter der Vergewaltigung. Wer um Schonung flehte oder Wider-

Zeitgenössische Darstellung von Folterszenen der Freibeuter.

stand leistete, wurde erdolcht oder geköpft; auch die Leichen von Kindern lagen auf der Straße.

Die ersten gewaltigen Steinkugeln prasselten auf die Häuser in der Stadtmitte nieder, zugleich ertönte Kanonendonner. Eine dichte Rauchwolke hing über der Feste Santiago de la Gloria.

Der Gouverneur von Porto Bello war ein betagter Mann namens Castellon. Durch die Explosion von San Jeronimo aus dem Schlaf geschreckt, hörte er einen Augenblick später das Grölen und die Schüsse der Piraten, hörte er das Stöhnen der vergewaltigten Stadt. Die gräßlichen Szenen spielten sich direkt am Fuß der Festung ab. Sollte er einen Ausfall wagen und sich auf die wilden Tiere stürzen? Sie waren zahlreich und im Straßenkampf geübt. Man konnte das Los der Einwohner nur verschlimmern. Castellon erteilte Befehl, so viele Kanonen wie möglich auf die Stadt zu richten und in die Menge zu schießen. Das Martyrium der Einwohner würde vielleicht aufgeschoben, wenn die Freibeuter bei der Schändung gestört würden und wutschäumend die Festung berannten.

Castellon hatte die Lage richtig eingeschätzt. Morgan kam diese Wendung der Dinge in gewissem Sinn zustatten; das Durcheinander hörte auf, und er konnte seine Truppe wieder straff am Zügel nehmen und die Festung Gloria stürmen.

Die Angreifer versuchten, das 15 Zentimeter dicke, aus massivem Mahagoniholz gefertigte und mit Nägeln beschlagene Tor einzurennen oder Feuer zu legen – vergeblich. Die Freibeuter hätten eine Kanone gebraucht. Die Spanier beschossen sie, gossen siedendes Pech, kochendes Wasser auf sie herab und warfen Bomben. Diese primitiven Bomben bestanden aus Tonbehältern, die mit Pulver gefüllt waren.

Der Ansturm wurde abgeschlagen. Morgan sah, wie seine Männer ermüdeten, und er zählte immer mehr Tote und Verwundete am Fuße der Festungsmauer. Morgan mußte Gloria nehmen oder abziehen; soviel Beute wie möglich zusammenraffen, zu den Schiffen eilen und die Anker lichten: unter Kanonenbeschuß die Anker lichten.

Morgan hatte sich etwas entfernt, um die Kampfhandlungen besser beobachten zu können. Meistens marschierte er an der Spitze seiner

Schar, doch jetzt hätte sich nur ein Dummkopf in den herabprasselnden Sturzbach aus Kugeln, Bomben und siedendem Pech gestürzt, anstatt zu überlegen. Und letzteres tat Morgan.

Die in ihren Klöstern eingeschlossenen Mönche und Nonnen knieten vor den Kruzifixen und Madonnenstatuen, die die Seeräuber noch nicht gestohlen und entweiht hatten. Sie hatten die Explosion gehört, die Gewehrsalven, die verzweifelten Schreie. Schließlich den Kanonendonner – und jetzt lokalisierte sich der Kampfeslärm um Gloria. Die Mönche und Nonnen beteten laut, und in die Gebete der Frauen mischten sich Schluchzer.

Sie hielten die Stunde ihres Martyriums für gekommen, als die Türen aufschlugen und die pulvergeschwärzten Freibeuter auftauchten. Diese umzingelten die Nonnen und trieben sie wie eine Schafherde ins Freie. Völlig verschreckt, bemerkten sie nicht, daß der Schlachtenlärm immer lauter wurde. Dann sahen sie, noch immer verdutzt, wie aus einer anderen Straße eine Herde von Mönchen herausdrängte. Die immer schneller vorangetriebenen Scharen näherten sich einander, vermischten sich, und schließlich standen die bestürzten Mönche und Nonnen vor einer Rauchwand, hinter der sich das ungefüge Mauerwerk der Festung Gloria erhob.

»Nehmt die Leitern! Lehnt sie gegen die Mauer!«

Haufenweise lagen hier in aller Hast gefertigte, plumpe und ungewöhnlich breite Leitern.

Es hagelte Schläge. Die Leitern waren sehr schwer. Die ungeschickten schwachen Männer und Frauen der Kirche konnten sie kaum bewegen. Während die Hiebe auf sie herabprasselten, griffen sie schließlich zu und schleppten die Leitern mühsam vorwärts. Unter der unablässigen Wucht der Schläge auf ihre Köpfe und den von allen Seiten auf sie einstechenden Messern brachen Männer und Frauen in schwarzen und braunen Kutten zusammen, die anderen mußten über sie hinwegtrampeln. Durch einen Tränenschleier erblickten die Unglücklichen die gelbe Festungsmauer, von deren ganzer Länge siedendes Pech floß und Brandbomben herabfielen.

»Legt die Leitern an!«

Von der Mauer herab ertönten Schreie, der Pech- und Bombenregen hatte aufgehört. Weitere Mönche und Nonnen aus anderen Klöstern wurden zu den Leitern gestoßen, deren Sprossen so breit waren, daß vier Personen nebeneinander auf ihnen stehen konnten.
»Steigt die Leitern hinauf!«
Die vor Angst bebenden Mönche und Nonnen kehrten um und liefen auf die Seeräuber zu. Diese streckten sie mit Pistolenschüssen nieder.
»Steigt die Leitern hinauf!«
Die Verteidiger hatten ihren Beschuß noch nicht wiedereröffnet. Voller Schrecken sahen sie, wie die Mönche und Nonnen, von den Freibeutern vorgestoßen, einen Klumpen dicker Ameisen bildeten, der sich langsam zur Brüstung der Feste hochschob. Und hinter ihnen die Freibeuter – die Messer zwischen den Zähnen.
Ein lauter Befehl ertönte, und der Geschoßhagel prasselte von neuem herab. Schwarze und braune Kutten lösten sich von den Leitern, schlugen auf dem Boden auf und blieben verrenkt liegen. Mitleidlos und schreckerfüllt schossen die spanischen Soldaten auf diese Reihen flehender Gesichter. Doch schon schwangen sich die ersten Freibeuter über die Brustwehr.

Drei Wochen später überblickte Morgan von der Zitadelle herab, die er zu seinem Sitz gewählt hatte, das ganze Ausmaß der wie ausgestorben wirkenden Stadt. Die auf den Straßen liegenden Leichen waren von den Überlebenden begraben oder von den Aasgeiern bis aufs Skelett abgenagt worden. Diese Vögel kreisten auch über dem Wald: Dort hatten die Seeräuber in aller Hast ihre vom Gelbfieber dahingerafften Gefährten verscharrt. Man lief Gefahr, daß die Moskitos von Porto Bello den Eroberern größere Verluste zufügen würden als zuvor die Gewehrkugeln und Bomben.
Morgan sagte, das eindrucksvollste Bild, das ihm von der Eroberung der Stadt im Gedächtnis haften blieb, sei der Anblick des in die Enge getriebenen alten Castellon gewesen. Er stand an die Wand seines befestigten Zimmers gedrückt, hielt das blutbeschmierte Schwert in der Hand und lehnte es ab, sich zu ergeben.

»Ich will lieber als Soldat sterben, als wie ein Feigling gehängt werden.«
»Männer wie Sie hänge ich nicht!«
Frau und Tochter des Gouverneurs, die vor Morgan auf den Knien lagen, flehten ihn an, nicht den Tod zu suchen. Doch vergebens: Sein Schwert durchstieß alles, was sich ihm näherte. Morgan wandte sich um: »Tötet ihn mit der Pistole!«
Morgan war erbost, daß sich die Folterungen der Einwohner, die das Versteck ihrer Schätze verraten sollten, derart in die Länge zogen. Nicht daß er an Gefühlsduselei litt – doch er hatte einen Raubzug von entschieden kürzerer Dauer vorausgesehen. Seine Informanten – spanische Deserteure, entflohene Sklaven, Kaufleute und Prostituierte – hatten ihm peinlich genaue Informationen über die Anlage der Stadt und der Festungswerke geliefert, doch sie hatten versäumt ihm mitzuteilen, daß vor allem nach der Ankunft des Konvois aus Panama die Stadt mit Schätzen überhäuft war. Nur in jenen Tagen stapelten sich die Goldbarren auf der Straße. Da er diese Schätze also nicht vorfand, mußte er nach altbewährter Methode Lösegeld fordern.
Das Lösegeld für die Stadt wurde auf 100 000 Goldstücke festgesetzt. Sonst war nichts zu holen: Die Häuser waren eingeäschert, ihre Bewohner hingerichtet.
Die Überlebenden klagten: »Uns ist nichts geblieben, Ihre Leute haben uns die letzte Dublone [spanische Goldmünze, Wert rund 17 Mark] aus der Tasche gezogen. Stimmen Sie zu, daß wir zwei angesehene Bürger eiligst nach Panama entsenden, um beim dortigen Gouverneur das Lösegeld zu holen!«
Morgan akzeptierte: »Nun gut, ich gewähre euch zwei Wochen.«
Vor Ablauf dieser Frist wird dem Admiral zugetragen, daß sich von Panama aus eine Heerschar nähert, um Porto Bello anzugreifen. An ihrer Spitze steht der Gouverneur Don Augustin de Bracamante. Morgan entsendet 100 Freibeuter, die den Spaniern in einem Engpaß auflauern und sie in die Flucht schlagen. Jetzt werden Briefe gewechselt:
Bracamante: »Wenn Sie nicht unverzüglich mit all Ihren Streitkräften abziehen, wird Sie das teuer zu stehen kommen!«

Morgan: »Eine lächerliche Drohung, nach allem, was sich ereignet hat. Nichts wünsche ich mehr, als dieses fieberverseuchte Land zu verlassen. Doch ich brauche das Lösegeld.«
Bracamante: »Ich habe keinen roten Heller. Ich vergeude nicht das Geld des Königs von Spanien für eine Stadt, die so dumm war, sich einnehmen zu lassen. *Post Scriptum:* Ich wäre dem Admiral Morgan dankbar, wenn er mir ein kleines Modell der Waffen schicken könnte, mit denen er eine so große Stadt hat einnehmen können.«
Diese Botschaft überbrachte ein spanischer Offizier, den Morgan gut behandelte. Das etwas rätselhafte *Post Scriptum* – war es ironisch oder als Lob gemeint? – schien den Admiral nicht zu überraschen. Er gab dem Offizier eine Pistole und einige Kugeln:
»Damit habe ich Porto Bello eingenommen. Bitten Sie Don Augustin, dieses Pfand zwölf Monate aufzubewahren. Dann werde ich es mir persönlich einlösen. In Panama!«
Diese mit Jahresfrist gestellte Herausforderung war ein strategischer Fehler. Aber Morgan kostete seinen Triumph aus, und er wollte mit dem Spanier spielen wie die Katze mit der Maus. Doch etwas später ließ Bracamante wissen, daß er mit der Rolle der Maus durchaus nicht einverstanden war. Der Botschafter brachte Morgan einen goldenen Ring:
»Möge Admiral Morgan diesen Ring im Tausch für die Pistole annehmen. Das wird ihm eine Reise nach Panama ersparen. Denn Don Augustin läßt den Admiral Morgan wissen, ja er versichert ihm, daß er in Panama nicht so viel Glück wie in Porto Bello haben würde.«
Damit war der Dialog beendet. Morgan stand auf dem höchsten Punkt der Zitadelle, steckte sich den goldenen Ring an den Finger und betrachtete die Stadt und seine in der Bucht vor Anker liegenden Schiffe, die bereit waren, die Anker zu lichten. Sie waren mit reicher Beute beladen: 250 000 Goldstücke, die Schätze der Kirchen und Klöster, Schmuck, Edelsteine, kostbare Stoffe sowie andere Waren und dazu noch 300 Sklaven. Die 100 000 Goldstücke Lösegeld waren wie durch ein Wunder vom Himmel geregnet, nachdem Morgan bekanntgegeben hatte, daß Bracamante nicht willens sei, auch nur einen Heller zu bezahlen.

Nach der Rückkehr wurde die Beute auf der Insel der Kühe aufgeteilt. Die Orgie, die man nach der Ankunft in Port Royal feierte, übertraf alles Bisherige. Die Tavernenbesitzer zählten unter Freudentränen jeden Morgen ihre Einnahmen, während vor ihnen die Betrunkenen ebenso unbeweglich auf dem Boden lagen wie zuvor die Leichen von Porto Bello. Die erschöpften Freudenmädchen stopften ganze Hände voll Goldstücke in ihre Strohmatten, die Wucherer und Kaufleute verbrachten schlaflose Nächte vor ihren Zahlenkolonnen und ließen ihre vollgestopften Läden von kräftigen Burschen bewachen. Gouverneur Thomas Modyford sah seinen Admiral halb bewundernd, halb ängstlich an:

»Noch niemals ist in Port Royal solch ungeheure Beute zusammengetragen worden. Der Reichtum unserer Insel hat sich dadurch um ein Drittel vermehrt.«

»Ich wüßte nicht, wer sich darüber beklagen könnte.«

Morgan spielte unmißverständlich auf die enormen Summen an, die heimlich in Sir Thomas' Tasche geflossen waren.

»Ihr Briefwechsel mit Bracamante beunruhigt mich ein wenig«, sagte der Gouverneur. »Diese Ankündigung, nach Panama zu ziehen! Wie Ihnen wohl bekannt ist, hat London mit Spanien eine Art Waffenstillstand abgeschlossen. Es ist vereinbart worden, daß wir weiterhin die Galeeren angreifen, aber keine Niederlassungen zu Lande.«

»Wenn es nur das ist, so lesen Sie meinen Bericht über die Ereignisse in Porto Bello. Sie können ihn unbekümmert nach London schikken.«

In diesem wiederaufgefundenen Dokument steht zu lesen, daß Morgan die Stadt »in dem Zustand belassen, in dem er sie vorgefunden« habe. Er habe die Einwohner so gut behandelt, daß »einige angesehene Damen«, die er nach Panama schicken wollte, dies mit der Begründung abgelehnt hätten, »sie seien Gefangene von Männern, bei denen ihre Ehre besser geschützt sei als in Panama«.

Charles II. und seine Minister, in deren Ohren noch die Proteste des spanischen Botschafters hallten, lasen mit einiger Verblüffung dieses schier unglaubliche Lügendokument. Doch die Goldflut aus Jamaika, die sich in ihre Tresore und Taschen ergoß, unterdrückte jegliche

Rüge. Zumal Morgan ankündigte, daß es sich erst um einen Anfang handelte. Damals wie heute läßt sich die in der Gesellschaft herrschende Moral in einem Wort zusammenfassen: Erfolg.

1668 war London ein großes verletztes Tier, das seine Wunden leckte. Eine Feuersbrunst hatte zwei Jahre zuvor die Stadt zu 80 Prozent zerstört, und im vergangenen Jahr hatte die Pest 70 000 Einwohner hinweggerafft. Und Charles II. dachte an seine ferne Besitzung Jamaika, die er sich als einen goldenen Garten Eden jenseits der Nebel vorstellte. Und da fiel ihm die von Kuba ausgehende Bedrohung ein, von der ihm Lord Modyford berichtet hatte. Und zum Schutz entsandte er die unter dem Kommando Edward Colliers stehende *Oxford*, ein gutes, mit 36 Kanonen bestücktes Schiff. Die Mannschaft, die einer eisernen Disziplin unterworfen war, rekrutierte sich – wie damals üblich – aus dem Abschaum der Menschheit.
Nach einer teils stürmischen Überfahrt sahen die Matrosen der *Oxford* Jamaika aus dem Meer auftauchen. Beim Anblick dieses von hellem Sand eingefaßten Edelsteins, dessen Namen für sie identisch mit Schlaraffenland war, verspürten sie unbändigen Appetit nach brutaler Wollust. Doch Kapitän Edward Collier griff unerbittlich durch – er forderte eine tadellose Ankunft in Port Royal, würdig der Königlichen Marine.
Die Einfahrt in den Freibeuterhafen wurde ein voller Erfolg: Wie von einer Hand wurden die Segel gerefft, und mit voller Fahrtgeschwindigkeit näherte sich das Schiff dem berühmten, halbkreisförmigen Strand; auf ein Pfeifensignal hin wurde der Anker geworfen. Bewundernde Ausrufe der versammelten Menge. Kaum war der Dreimaster vor Anker gegangen, wurde auch schon ein weißes Beiboot ausgesetzt, dessen zwölf Ruderer sich unverzüglich in die Riemen legten. Im Heck saß der mit einem Federbusch geschmückte Kapitän. Dann ritt Collier durch die von Menschen aller Hautfarben wimmelnden Straßen Port Royals in Begleitung einer von Sir Thomas gestellten Eskorte zum Wohnsitz des Gouverneurs.
Modyford ließ ihn wissen, daß er als Befehlshaber zu Lande und zu Wasser auch die in der Karibischen See operierenden englischen See-

streitkräfte befehligen würde. Collier antwortete ihm, daß er seine Mission – Schutz der Insel gegen einen Angriff vom Meer – unter dem Oberbefehl von Sir Thomas durchführen würde.

Einige Tage später überbrachte ihm ein Offizier ein Schreiben Sir Thomas'. Darin wurde ihm mitgeteilt, daß er mit seinem Schiff zum Ankerplatz der Insel der Kühe fahren und sich dort dem Kommando Admiral Morgans unterstellen sollte, der seine Flotte dort zusammengezogen hatte.

»Danke«, sagte Collier. »Ich werde dem Gouverneur den Erhalt des Briefes bestätigen.« Er empfand das dumpfe Gefühl, in eine Falle getappt zu sein. Für einen Offizier der Königlichen Marine ist es verletzend, zu einem Freibeuter »Yes, Sir« sagen zu müssen. Die *Oxford* war auf Befehl des Königs nach Jamaika entsandt worden, um die Insel zu beschützen, und nicht um Piratenstücke durchzuführen. Doch Collier schickte sich in das Unvermeidliche, zumal in Port Royal die Pest wütete. Edward Collier klang noch das Knarren der schweren Karren in den Ohren, die, beladen mit Leichen, zur Nachtzeit durch London gefahren waren.

Am 2. Januar 1669 lag der Dreimaster *Oxford* der Königlichen Marine vor der Insel der Kühe vor Anker, um ihn herum 15 Schiffe der Seeräuber. Man feierte.

Ein ohrenbetäubendes, von Kanonenschüssen noch übertöntes Gebrüll erhob sich. Auf jedem der Tische an Deck standen mehrere Rumfässer. Rund 200 Freibeuter stopften sich mit erlesenen Speisen voll und schütteten den Alkohol in sich hinein. Die meisten von ihnen waren in Lumpen gekleidet, doch manche trugen stolz dicke Ohrringe, goldene Broschen und Ringe an jedem Finger. Sie waren Vertreter der vor dem Ankerplatz liegenden anderen Schiffe. Unter diesen bunten Haufen mischten sich die Matrosen der *Oxford*, die endlich dem Zwangskorsett der eisernen Disziplin entkommen waren und augenscheinlich nach den Genüssen des irdischen Daseins lechzten.

Mindestens jede halbe Minute hob einer der Geladenen sein Glas und stieß ein Grunzen aus, das ein Trinkspruch auf Admiral Morgan sein sollte, den größten Seefahrer aller Zeiten. Die Kanonen donnerten dazu ihren Salut.

Zur gleichen Zeit gab der Held dieses Festes für die Offiziere in der rückseitigen Kajüte der *Oxford* ein Essen. Auch er hob sehr häufig das Glas und trank auf die Gesundheit des Königs, des Gouverneurs Thomas Modyford und der anwesenden Kapitäne. Und schließlich trank er noch auf die Einwohner von Cartagena, ein Toast, der jedesmal stürmische Heiterkeit auslöste.

Das Gesicht Kapitän Colliers war wie das der anderen Gäste vom Alkohol erhitzt, doch verhältnismäßig unbewegt. Niemand hätte seine Gedanken erraten können. Kaum war er bei der Insel der Kühe angekommen, als ein Leutnant Morgans an Bord gekommen war und ihn nach seinem Begehren gefragt hatte. Collier hatte ihm den Brief von Sir Thomas an Morgan überreicht.

»Wunderbar«, hatte der Admiral geantwortet. »Ich werde Ihnen also das Ziel unserer Expedition mitteilen.«

Diesmal verbarg Morgan nichts. Das Ziel hieß Cartagena, die Stadt an der südamerikanischen Küste (im heutigen Kolumbien), die schon von dem berühmten Drake geplündert worden war. Doch seither waren 80 Jahre vergangen, und Cartagena hatte sich wieder erholt. Der glänzende Erfolg von Porto Bello hatte die Seeräuber vor Stolz geschwellt, und man feierte im voraus den Erfolg von Cartagena. Am 4. Januar sollten die Anker gelichtet werden.

Morgan wollte, daß das Fest auf der *Oxford* gefeiert werde, weil dieses Schiff das größte und schönste der ganzen Flotte war. Den Oberbefehl hatte er dennoch Collier überlassen, der nach Gott der uneingeschränkte Herr an Bord war.

Collier richtete auf Französisch das Wort an seinen linken Tischnachbarn. De Vivon, so hieß er, befehligte den *Fliegenden Hirsch,* ein französisches Kriegsschiff, das in La Rochelle in See gestochen und gleichzeitig mit der *Oxford* am Ankerplatz der Insel der Kühe eingetroffen war. Allerdings gegen seinen Willen! Collier hatte auf der Überfahrt zum Treffpunkt der Freibeuter den *Fliegenden Hirsch* dabei überrascht, wie er ein englisches Handelsschiff aufbrachte und plünderte. So brachte er seinerseits den *Fliegenden Hirsch* auf, bei der überlegenen Bewaffnung der *Oxford* ein leichtes.

Auch auf allen anderen Schiffen wurde gefeiert. Der *Fliegende Hirsch*

machte dabei keine Ausnahme. Das noch an Bord befindliche Prisenkommando wollte von den leiblichen Freuden nicht ausgeschlossen sein, und schließlich feierten auch die französischen Matrosen des gekaperten Schiffes.
Die Männer der um die *Oxford* herum ankernden Schiffe spürten die Planken unter ihren Füßen leise erbeben, als habe das Meer ihrem Schiff einen Stoß versetzt. Dann betäubte sie eine gewaltige Explosion, und gleichzeitig stieg vom Vorderteil der *Oxford* eine riesige Feuersäule hoch. In Sekunden war das Meer von dichten schwarzen Rauchschwaden überzogen, während Holzstücke und andere Trümmer, auch menschliche Körperteile, im ganzen Umkreis herabprasselten. Als sich der Rauch verzogen hatte, war nur noch das Hinterteil der *Oxford* zu sehen, das langsam im Meer versank. 20 oder 30 Mann schwammen schreiend im Meer, andere klammerten sich an Holzstücke und schrien noch lauter: die Gäste Morgans, die der Explosion entkommen waren, da diese sich in der Pulverkammer im vorderen Teil des Dreimasters ereignet hatte. Alle Zecher auf der Brücke, rund 200 Mann, waren umgekommen – die einen wurden völlig zerrissen, die anderen als Leichen ins Meer geschleudert. Schon lösten sich Rettungsboote von den Segelschiffen. Morgan und fast alle seine Gäste wurden aufgefischt, auch Collier und de Vivon.
Die Leichen trieben vor dem mit Kokospalmen bestandenen Strand der Insel der Kühe. Die mit kräftigen Ruderschlägen von allen Schiffen ankommenden Rettungsmannschaften blieben lange an der Unglücksstelle. Von weitem hatte es den Anschein, als zögen die Bootsinsassen nur diejenigen ihrer Gesellen aus dem Meer, die noch Lebenszeichen von sich gaben. Doch näherte man sich dem Ort des Geschehens, sah man, daß sie die Leichen fledderten: sie zogen ihnen die Stiefel von den Füßen, rissen ihnen die Schmuckstücke ab und schnitten den im Meer Treibenden Finger und Ohren ab, um schneller in den Besitz der Beute zu gelangen. Und dann kamen die Haie – ihnen konnte man nichts streitig machen.

Selbst am hellichten Tag ist es beklemmend, eine völlig ausgestorbene Stadt zu betreten. Sogar eine bewaffnete Truppe empfindet beim Ein-

zug in eine solche Geisterstadt tiefes Mißtrauen. Die Schritte hallen seltsam wider. Eine schwarze Katze, die über die leere Straße huscht, erscheint als böses Omen. Die Tür eines verschlossenen Hauses wird unvermittelt aufgestoßen: keine Menschenseele. Auf dem Tisch stehen die Reste einer Mahlzeit, der Herd qualmt noch. Rufe bleiben ohne Antwort. Das gleiche Bild bietet das nächste Haus – die gleiche Stille, und hier gewinnt man den Eindruck, daß seine Bewohner vor knapp einer Stunde weggegangen sind. Und immer noch diese leeren Straßen. Da plötzlich bleiben die Männer wie versteinert stehen und lauschen: Aus einem Haus dringt ein Geräusch, irgend etwas bewegt sich. Durch die weitaufgestoßene Tür dringen die Männer ein, die Pistole in der Hand. Was sehen sie? Neben einem Lager liegt ein Siecher. Offensichtlich ist dieser im Stich Gelassene bei einem Fluchtversuch von seiner Pritsche gefallen. Er wird mit Fragen überschüttet, gestoßen und geschüttelt – er schweigt; sein Gesicht ist schreckerfüllt, der Mund aufgerissen. Vielleicht ein Stummer? Nein: Beim ersten Stich, den er erhält, heult er auf. »Wirst du sprechen, du Rabenaas!! Wo sind die anderen? Wo ist das Gold versteckt?« Die Männer sind zu barsch vorgegangen: Der Sieche ist plötzlich tot.
Die verlassene Stadt heißt Maracaïbo, und wir schreiben den 9. Februar 1669.
Der Angriff auf Cartagena ist wenige Tage nach der Explosion der *Oxford* abgeblasen worden: Außer den zu beklagenden Opfern war beträchtlicher Schaden entstanden, und Morgan gebot nur mehr über acht Schiffe und 500 Mann.
Da erscheint eines Tages ein Kapitän der Seeräuber-Armada bei Morgan: Pierre Le Picard, ein weithin bekannter Freibeuter, der tadellos Englisch spricht: »Wir sollten Maracaïbo angreifen. Dort ist genug zu holen, um die ganze Flotte zu bereichern. Ich habe vor zwei Jahren unter l'Olonnois an einem Raubzug gegen die Stadt teilgenommen. Ich kenne den Zugang zur Lagune und die Verteidigungsanlagen.«

Das auf einer Insel im Laguneneingang nahe dem Festland errichtete Fort eröffnete, wie vorauszusehen, beim Auftauchen der Flotte das

Feuer. Doch unverhofft verstummten die Kanonen wieder, nachdem Morgan eine Breitseite abgeschossen hatte. Als die Seeräuber mit ihren ausgesetzten Ruderbooten an der Feste ankamen, war sie verlassen. Zu ihrem Glück entdeckte einer der Männer die schwelende Zündschnur, die in die Pulverkammer führte. Am nächsten Tag drangen sie in die ebenfalls verlassene Stadt ein. Morgan und seine Truppe schäumen vor Wut.

»Das letzte Mal«, sagte Le Picard, »hatten die Einwohner bei unserem Erscheinen die Flucht ergriffen, aber nicht alle. L'Olonnois verstand sich darauf, sie zum Reden zu bringen. Dann sind wir auf die andere Seite der Lagune nach Gibraltar gefahren und haben dort zahlreiche Flüchtlinge mit ihrem Gepäck in die Hände bekommen. Warum sollen wir nicht auch jetzt dorthin?«

»Schauen wir erst hier nach.«

Der Plünderung von Maracaïbo, der Geisterstadt, folgte zwölf Tage später der Raubzug nach dem 100 Kilometer entfernten Gibraltar. Diese Geierarbeit brachte zunächst wenig ein. Dann sandte Morgan Kommandotrupps in die Savanne, um die Flüchtlinge zu hetzen. Die verschreckten Familien lebten wie Tiere in dem kleinen feuchten Dschungel, durch den sich unzählige Wasserläufe zogen. Widerstandslos vor Erschöpfung lieferten die Unglücklichen ihre Habe aus, die sie hatten in Sicherheit bringen oder verstecken wollen. Die Menschenjäger verrichteten harte Arbeit, und sie fluchten gotteslästerlich, wenn eines ihrer mit Beute und Geiseln beladenen Boote in einem Strudel kenterte. Kinderleichen trieben wie ersäufte Katzen um sie herum. Morgan selbst führte dieses grausige Unternehmen an. Die Gefangenen, die Lösegeld zahlen mußten, wurden wie stets in Kirchen eingeschlossen. Von den schönen Frauen forderte Morgan nichts – die konnten mit etwas anderem bezahlen.

»Wir fürchten«, sagte eines Tages Le Picard zu Morgan, »daß die spanischen Soldaten des Gouverneurs von Merida bald auf den Plan treten werden.«

Da die Freibeuter mittlerweile beachtliche Beute gemacht hatten, gab Morgan den Befehl zum Rückzug nach Maracaïbo. Merida liegt nur 100 Kilometer südlich von Gibraltar, der Gouverneur müßte längst vom Auftauchen der Seeräuber unterrichtet sein. Noch griff er nicht ein. Vielleicht wußte er auch, daß Morgans Schar eine andere Gefahr drohte: Seit zwölf Tagen hatte Alonso del Campo d'Espinosa vor der Lagune seine drei mächtigen Schiffe vor Anker gehen lassen. Ihr Tiefgang hinderte sie zwar daran, in den seichten Meeresarm einzulaufen, doch sie schnitten den Freibeutern den Rückweg ab. Morgan erfuhr diese schlechte Nachricht am 23. April auf dem Rückweg nach Maracaïbo. Er hielt die Nachricht für schlecht – konnte er doch nicht ahnen, daß diese Intervention seinem bislang schmutzigen Feldzug ein Glanzlicht aufsetzen sollte.

Das ungewöhnlich hohe, mit vergoldetem Schnitzwerk geschmückte Heck des Admiralsschiffes *Magdalena* – es war mit 38 Kanonen bestückt – war zusätzlich mit einer veritablen Galerie kleiner Säulen versehen. Und auf dieser Theatergalerie schritt Don Alonso auf und ab – kostbar gekleidet, das Schwert an der Seite, federbesetzter Hut. Ein faszinierender Kontrast: dieser Mann vor dem prunkvollen Dekor und die Wildheit der Landschaft; der graue Spiegel der Lagune unter dem grauen Himmel, umgeben von der wildwuchernden Vegetation. Auf beiden Seiten des Admiralsschiffes lagen die *San Luis* mit 26 und die *Marquesa* mit 14 Kanonen. Die *Magdalena* war genau in der Mitte des Fahrwassers vor Anker gegangen, zwischen der Insel und dem Festland, wo sich die Festung als schwarzer Fleck abhob: ein kleines, aber solide gebautes Bollwerk, das die Spanier nach dem Abzug der Freibeuter wieder besetzt hatten. Schwer verständlich, warum Morgan diese Verteidigungsanlage nicht gesprengt oder mit einer Besatzung versehen hatte.
Von seiner Galerie aus konnte Don Alonso die vor Maracaïbo liegende Seeräuberflotte genau ausmachen: acht Schiffe, von denen lediglich drei diesen Namen verdienten; der Rest bestand aus häßlichen Barken. Welcher Dämon gab diesen Piraten ihre Unverwundbarkeit, die sie zum Schrecken aller werden ließ?
Diesmal aber waren die Piraten in die Falle gegangen; sie zappelten ohnmächtig wie Ratten im Tellereisen. Keines ihrer Schiffe war ausreichend bewaffnet, um sich auch nur in Schußnähe der Fregatten

wagen zu können. Doch eines Tages würden die Freibeuter einen Ausbruchsversuch unternehmen müssen. An ihrem Untergang war nicht mehr zu rütteln.

Am Nachmittag des 24. April hatte Morgan zwei gefangene Spanier mit einer Botschaft zu Don Alonso geschickt. Ihr Inhalt:

»Wenn die Stadt Maracaïbo nicht ein Lösegeld von 20 000 Goldstücken zahlt, werde ich sie niederbrennen. Sie können mich nicht daran hindern. Wenn Sie dann meine Schiffe nicht passieren lassen, werden alle Geiseln, die sich in meiner Hand befinden, hingerichtet. Auch daran können Sie mich nicht hindern.«
Mit flehenden Gesichtern wandten sich die beiden Botschafter an Don Alonso: »Die Geiseln sind die vornehmsten Einwohner von Maracaïbo. Sie sind entschlossen, das Lösegeld zu zahlen, um die Zerstörung ihrer Stadt zu verhindern. Sie flehen Eure Herrlichkeit an, die Schiffe der Seeräuber passieren zu lassen. Andernfalls werden sie auch ihr Leben verlieren, nachdem sie bereits ihrer Habe beraubt wurden.«
Nach kurzem Nachdenken verfaßte Don Alonso einen Brief. Er verdient, in Auszügen zitiert zu werden, da er sowohl eine unnachgiebige Härte gegenüber der klassischen Erpressung der Freibeuter, zum anderen die tiefe Menschlichkeit Don Alonsos enthüllt: »Nachdem unsere Verbündeten und Nachbarn mich überzeugt haben, daß Sie so verwegen waren, ungeachtet des herrschenden Friedens und der unverrückbaren Freundschaft zwischen dem König von England und Seiner Katholischen Majestät, dem König von Spanien, in die Gewässer von Maracaïbo einzudringen, um die Untertanen auszuplündern und Lösegeld zu erpressen, hielt ich es für meine Pflicht, unverzüglich einzugreifen ... Wenn Sie jedoch zurückgeben, was Sie genommen haben – Gold und Silber, Gefangene und Sklaven, Waren aller Art –, werde ich Sie in Ihr Land zurückkehren lassen. Wenn Sie das Leben verweigern, daß ich Ihnen darbiete, dann werde ich Sie unerbittlich aufstöbern und euch alle über die Klinge springen lassen ...
D. Alonso del Campo d'Espinosa«

Don Alonso fügte seinem Brief eine mündliche Botschaft bei: »Sagt dem Admiral Morgan, daß wir ihm Lösegeld nur in Form von Kanonenkugeln zahlen werden und daß ich höchstpersönlich kommen werde, um ihm die Münze auszuhändigen.«
Am nächsten Tag überbrachten die beiden spanischen Gefangenen neue Vorschläge Morgans. Don Alonso weigerte sich, sie anzuhören, doch die Boten hinterließen den Brief einem Offizier an Bord. Morgan ließ wissen, »daß er Maracaïbo ohne einen Schaden anzurichten verlassen werde; daß er die Gefangenen und die Hälfte der Sklaven übergeben werde; daß er die Geiseln auch ohne Lösegeld übergeben würde, wenn das Lösegeld von Gibraltar noch nicht bezahlt wäre ...« Dies alles, wohlgemerkt, wenn man seine Schiffe passieren lasse. Diese Änderung der Tonart bestärkte Don Alonso in dem Glauben, daß alle Trümpfe in seiner Hand seien.
Mittlerweile schrieb man den 2. Mai. Die meisten Seeräuber warfen nicht einmal einen Blick auf die Galeeren, diese schwimmenden Kolosse schienen für sie nicht mehr zu existieren. Vom Morgen bis zum Abend, selbst in der Nacht beim Schein der Fackeln widmeten sich die Freibeuter einer unverständlichen, offensichtlich verrückten Tätigkeit. Sie bastelten Puppen in Lebensgröße, die sie bekleideten, mit Hüten und Stirnbändern versahen. Andere fertigten Holzkanonen an, die sie dann auf eines ihrer Schiffe schleppten, dessen Stückpforten geöffnet waren. Und auf dieses Schiff brachten sie auch die Strohpuppen. Zu gleicher Zeit wurde auf diesem Schiff eine andere Vorbereitung getroffen: Die Piraten füllten den Schiffsraum mit Laubwerk, das in Pech getaucht worden war; über diese Ladung stapelten sie Pulverfässer.
Das Schiff gehörte nicht zu den drei großen der Seeräuberflotte, es war die größte der kleineren Barken. Morgan bat um Meldung von Freiwilligen, um die Mannschaft dieses Schiffes aufstellen zu können. Zwölf der Freibeuter wählte er schließlich aus.
Am Nachmittag des 3. Mai meldete der wachthabende Offizier an Bord der *Magdalena* dem Admiral, daß die vor Maracaïbo liegenden Freibeuterschiffe sich in Bewegung setzten. Unverzüglich stieg Don Alonso auf das Oberdeck.

Es herrschte eine unfreundliche Jahreszeit. Zwar herrschte am Vormittag schönes Wetter, aber im Lauf des Tages bedeckte sich der Himmel regelmäßig, und dann öffnete er seine Schleusen. Die Schiffe der Seeräuber lichteten in der Tat die Anker, einige richteten bereits den Bug auf die Wasserstraße hin. »Wollen sie wirklich die Durchfahrt mit Gewalt erzwingen?« fragte sich Don Alonso. Das hatte er nicht zu hoffen gewagt. Seine Kanonen würden die Piraten buchstäblich in Stücke zerfetzen. Durch den Regenvorhang hindurch war zu sehen, wie sich die Schiffe auf dem grauen Wasser langsam vorwärts bewegten; die Mannschaften nahmen lange Ruderstangen zu Hilfe, denn es regte sich fast kein Lüftchen.
Trotz ihrer langsamen Fahrt kamen die ersten Schiffe bald in Schußweite. Die drei spanischen Fregatten waren so verankert, daß sie sich nicht gegenseitig verdeckten, die *Magdalena* lag in der Mitte.
Plötzlich strichen die Piraten die Segel und stoppten ihre Fahrt ab. »Sehr schön! Sie werden die Nacht abwarten und dann ihr Glück versuchen. Seien wir wachsam! Selbst in der Nacht werde ich sie vernichten!« Zur höchsten Überraschung des Admirals Don Alonso leuchteten nach Einbruch der Nacht an allen Masten der Freibeuterschiffe Positionslichter auf. Die Lichter bewegten sich nicht und leuchteten in der Dunkelheit. Die Nacht schritt voran, und die Piraten rührten sich nicht. Eine Kriegslist? Don Alonso konnte sich nicht vorstellen, was sie im Schilde führten. Er gab Befehl, die Wachen zu verdoppeln, und legte sich schlafen.
Bei Tagesanbruch löschten die Piraten ihre Positionslichter. Der Regen hatte aufgehört, der Himmel war blankgefegt, im Osten ging die Sonne über den fernen Bergen auf, und eine frische Brise kräuselte das Wasser der Lagune. Die Piraten hißten die Segel, und dieses Mal trieben sie entschlossen auf die spanische Linie zu.
Eigenartig: Ihre drei größten Schiffe hielten sich im Hintergrund. Diese hatten übrigens nicht alle ihre Segel gesetzt. Auch die vor ihnen fahrenden Schiffe schienen keine Eile zu haben, nur eines hatte sich aus der Formation gelöst und gewann an Vorsprung. Da schrie eine Wache der *Magdalena*, daß dieses Schiff das Zeichen Admiral Morgans trage.

Die spanischen Kanoniere standen neben ihren geladenen Geschützen, die Lunte in der Hand. Don Alonso zögerte, den Feuerbefehl zu geben, obwohl das vorausfahrende Schiff jetzt in Reichweite seiner Geschütze war. »Es wäre ritterlich, es so nahe herankommen zu lassen, daß es mein Geschützfeuer erwidern kann«, sagte sich der Spanier.

Das Admiralsschiff der Freibeuter schwamm stolz vor den anderen. Dann stellte es sich schräg zu der spanischen Linie. Es war nahe genug herangekommen, um das Feuer eröffnen zu können, doch kein Feuerstrahl zuckte aus den Mündungen seiner Kanonen, die aus den Luken ausgefahren wurden. Auch auf der Brücke waren Kanonen aufgefahren, sogar das Bedienungspersonal war zu erkennen. Aufrecht und steif standen die Männer hinter ihren Geschützen. Wie üblich mußten sich die anderen Piraten im Schiffsraum verborgen halten oder flach auf der Brücke liegen. Bis zum letzten Augenblick würde man sie nicht zu Gesicht bekommen. Dann nahm das Schiff eine geringfügige Richtungskorrektur vor, und sein großes dreieckiges Stagsegel verdeckte die Sicht auf die Brücke.

Die Entfernung zwischen den beiden feindlichen Schiffen verringerte sich immer mehr. Jetzt hätte eine einzige Breitseite der *Magdalena* genügt, um das Admiralsschiff der Freibeuter in den Grund zu bohren. Doch dieses setzte tollkühn seinen Kurs fort. Von Minute zu Minute widerstrebte es Don Alonso mehr, »Feuer!« zu befehlen – die Herausforderung war jetzt klar verständlich: »Wagen Sie den Kampf Bord an Bord?« Der spanische Admiral gab Befehl, die anderen, ziemlich weit zurückgebliebenen Seeräuberschiffe zu beschießen. Der Admiral der Freibeuter, der den Kampf Mann gegen Mann anbot, sollte verschont werden. Kastilien konnte sich von einem Freibeuter keine Lektion in Sachen Ehre erteilen lassen.

Das Folgende spielte sich blitzschnell ab. Das vorausfahrende Seeräuberschiff drehte nach rechts ab und nahm direkten Kurs auf die Fregatte Don Alonsos. Die Spanier, die den Kampf Mann gegen Mann annahmen, beschossen den Angreifer mit Gewehren und Pistolen. Plötzlich war der Freibeuter direkt vor der *Magdalena* und rammte das spanische Schiff, die Piraten warfen Enterhaken. Vom

Oberdeck der *Magdalena* aus sprangen die Spanier auf das Deck des Angreifers; sie feuerten ihre Pistolen ab, hieben mit ihren Schwertern nach allen Seiten und töteten einige Seeräuber. Die anderen hatten sich ins Meer gestürzt und schwammen um ihr Leben. Verdutzt standen die Spanier vor den Strohpuppen und hölzernen Kanonen. Ihr ungläubiges Staunen dauerte vier Sekunden. Das Deck des Piratenschiffes öffnete sich unter ihren Füßen, ein blendender Lichtblitz riß sie hinweg. Der Wind trug einen Flammenvorhang auf die *Magdalena.*

Der Einsatz solcher Brander ist seit langem üblich. Als Don Alonso sah, wie die Flammen seine Fregatte verzehrten, blieb ihm keine andere Möglichkeit mehr, als in eine Schaluppe zu springen, die ihn an den Strand brachte. Auf den anderen Fregatten entstand Panik. Als den Matrosen der *Marquesa* die Hitze der brennenden *Magdalena* ins Gesicht schlug, schnitten sie die Ankertaue durch und ließen ihr Schiff auf dem Strand auflaufen. Die Mannschaft der *San Luis* verteidigte sich kaum gegen die Seeräuber, die in voller Fahrt näherkamen. Sie hielten sie gleichfalls für Brander. Die *San Luis* wurde gekapert. Zahlreiche Seeleute und spanische Soldaten gerieten in die Gefangenschaft der Freibeuter.

Vom höchsten Punkt des Forts aus hatte Don Alonso, vor Verzweiflung weinend, den Ablauf des Desasters verfolgt. Zwei der schönsten Schiffe seiner Katholischen Majestät zerstört, das dritte in den Händen der Piraten! Diese zogen ihre Flotte nach Maracaïbo zurück und verankerten nur ein Wachschiff in der Nähe der Wasserstraße.

Durch seine Spione erfuhr Don Alonso Tag für Tag, was sich in Maracaïbo abspielte. Morgan forderte 20 000 Goldstücke und 500 eingepökelte Ochsen – und er bekam alles. Der Admiral ohne Schiff schäumte vor Wut, weil er dieser Erpressung ohnmächtig zusehen mußte. Die in der Feste stationierte Garnison war viel zu schwach, um eingreifen zu können. Das Fort von den Truppen zu entblößen, wäre heller Wahnsinn gewesen, hätte seine letzte Chance vernichtet: die Piraten bei der Durchfahrt durch die Wasserstraße mit Kanonen

zu beschießen und aufzureiben. Schließlich konnten die Freibeuter nicht ihr ganzes Leben in der Lagune verbringen ...
Die Tage zogen sich endlos dahin. Am 22. Mai sah Don Alonso, wie die Piratenflotte wieder einmal die Anker lichtete und auf die Wasserstraße zufuhr, und wieder einmal warf sie außerhalb der Reichweite der Kanonen die Anker. Der spanische Admiral erhielt eine neue Botschaft Morgans:
»Lassen Sie mich passieren, dann werden alle Eure Gefangenen unversehrt ausgeliefert werden. Andernfalls lasse ich sie an der Takelage meiner Schiffe festbinden, damit sie den Kugeln Eurer Kanonen ausgesetzt sind. Haben wir erst einmal passiert, werde ich sie hinrichten und ins Meer werfen lassen.«
Die Antwort des Spaniers: »Ihr werdet nicht durchkommen!« Die Piraten schienen keine Eile zu haben. Mit aufreizender Ruhe ließen sie noch einige Tage verstreichen. Dann wurde die Stille jäh gebrochen. Don Alonso erkannte an unübersehbaren Anzeichen, daß Morgan entschlossen war, das Fort anzugreifen. Don Alonso bereitete die Verteidigung vor.

Der 30. Mai 1668 war ein schöner, regenloser Tag gewesen. Der Mond würde vor Mitternacht aufgehen. Wie am Tag der Seeschlacht wehte eine leise Brise. Alle Schiffe waren bereit, in See zu stechen.
Alle Mann waren an Bord. Kein einziger Seeräuber war im Wald verborgen, von wo Don Alonso den Angriff erwartete. Er war auf eine strategische List hereingefallen. Der Mond stand über dem Gebirge, die Anker wurden hochgezogen, die Segel gehißt. Während die Flotte im Mondlicht lautlos auf die Wasserstraße zufuhr, wurden im Bauch eines jeden Schiffes Zimmerleute postiert. Neben ihnen lagen im gelblichen Schein der Laternen Bretter und Werkzeuge. So könnten die Breschen gestopft werden, wenn Don Alonsos Kanonen schießen würden.
Die Männer hörten das Wasser am Schiffsrumpf vorbeiströmen, das Geräusch wurde immer lauter, steigerte sich zu einem wahren Freudenlärm, den aber jeden Augenblick der Donner der Geschütze unterbrechen konnte.

Die Minuten verstrichen, die Zimmerleute und ihre Gehilfen sahen sich im bleichen Licht der Laternen an. Nichts. Das Wasser strömte immer schneller vorbei, dann schlugen auch die ersten harten Wellen an den Rumpf. Jetzt wußten die Männer, daß sie die Wasserstraße passiert hatten – die Flotte schwamm im Golf. Das offene Meer lag vor ihnen.

4

Die Eroberung von Panama

Am 29. September 1513 stach ein kleiner stämmiger Mann in See. 9 Grad, 5 Minuten nördlicher Breite und 79 Grad, 35 Minuten westlicher Länge. Er war bärtig, trug einen Helm, die Brust war mit einem Harnisch bedeckt. Am Strand beobachteten 27 Männer das Geschehen, ebenfalls geharnischt, mit Spießen und Armbrüsten bewaffnet und von einem Dutzend großer Hunde umringt.

Der Anführer trat vor und schrie etwas, was seine Kameraden beklatschten. Vasco Numez de Balboa, Gouverneur der spanischen Kolonie Darien, hatte soeben im Namen des spanischen Königs den Pazifik in Besitz genommen. Dieses riesige Gewässer hieß nun Südsee.

Balboa und seine 27 Kameraden waren die Überlebenden der 190 Männer, die vor zwei Wochen von der atlantischen Küste losgesegelt waren zu dem engen Isthmus, der die beiden Teile des amerikanischen Kontinents verbindet.

Kurz danach wurde Balboa infolge einer geheimen Machenschaft, die sein treuer Leutnant Perdrarias angezettelt hatte, enthauptet. Dieser kniete sechs Jahre später, am 15. August 1519, bei der Feier des Maria Himmelfahrtstages an derselben Küste nieder, die Balboa erreicht hatte. Dies war die offizielle Gründungsfeier von Panama, der ersten von Weißen erbauten Stadt auf dem amerikanischen Kontinent.

Im Jahre 1669 beschrieben alle Reisenden Panama als Golkonda, als einen Ort unaussprechlicher Freude. In der Tat, es war eine sehr reiche Stadt von fast 10 000 Einwohnern. Schiffe aller Ladekapazitäten liefen unaufhörlich im Hafen ein und aus. Holzhäuser, hübsch angestrichen, standen in einer weiten Bucht am Ufer entlang. Zahlreiche aus Stein erbaute Klöster und Kirchen trugen ebenso die Bezeichnung »Königlich« wie die auf der ganzen Insel verstreuten Gebäude. Die Insel ragte weit ins Meer und war vom Festland durch einen langen tiefen Graben getrennt. Besonders das Schatzhaus, die Lagerstätte des aus Peru stammenden Goldes, fiel dem Besucher auf. Die Wohnstätten der Kaufleute sowie der hohen Beamten und des Militärs waren von großartiger Pracht, ihre Frauen trugen überaus wertvollen Schmuck.

Hafenansicht von Panama.

Ein einziges Fort verteidigte die Stadt und die ganze Insel, wo sich die Regierungsschiffe befanden. 1573 war ein Kommando von 18 Weißen und fast 30 Schwarzen, befehligt vom berühmten Francis Drake, bis auf zwei Meilen an die Ausläufer der Stadt herangerückt, um die Maultierkarawane anzugreifen, die regelmäßig Goldbarren transportierte und auf dem Weg nach Porto Bello war. Aber die Piraten hatten es nicht gewagt, etwas gegen die Stadt zu unternehmen.

Panama war das neue Ziel Admiral Morgans.

»Euer Plan gefällt mir«, sagte der Gouverneur Thomas Modyford, »aber ich möchte gerne, daß uns die Spanier zuerst provozieren. Denn es handelt sich schon um ein starkes Stück, das London nicht so leicht schlucken wird.«

»London wird es schlucken, wenn ihm die Sache schmackhaft gemacht wird.«

Ende 1669 wandte sich Morgan zuversichtlich an den Gouverneur. Er wollte von Jamaika eine große Besitzung, La Terre de Danke, kaufen, die in der Folgezeit »Morgans Tal« hieß. Die Beute von Maracaïbo, obgleich geringer als die von Porto Bello, hatte ihn und Sir Thomas nochmals bereichert, hatte ein weiteres Mal dem Hof und den Bankiers in London erlaubt, eine große Geldsumme in die Tasche zu stecken. Und wieder hatte Modyford zwischen seiner Freude am Reichtum und seiner Furcht, seine Stellung zu verlieren, geschwankt.

»Das Unternehmen bedarf einer minutiösen Vorbereitung.«

»Ich habe Spione in Panama und werde mich dort genau umsehen. Ich brauche mehr als 1000 gut bewaffnete und gut befehligte Kämpfer, denn ich will einen erfolgreichen Kampf liefern. Ich werde einige unserer Pflanzer verdingen, die in England Offiziere gewesen sind. Nichts werde ich unversucht lassen, aber sobald ich fertig bin, werde ich handeln.«

Morgan vermied es, den Umstand zu erwähnen, der ihn so ungeduldig machte: die Herausforderung des Gouverneurs von Panama, die von Porto Bello aus gefördert werden sollte. »In einem Jahr werde ich in Panama ankommen.« Es wurden 17 Monate daraus. Jetzt war ein Erfolg unbedingt nötig, um diese Verspätung vergessen zu machen.

Der Winter verging, dann der Frühling 1670. Während dieser Zeit hatte man keineswegs den Eindruck, daß Port Royal schlief. Der Auftrieb, den der Handel durch den Erfolg von Maracaïbo erfahren hatte, dauerte noch an. Jamaika importierte aus Europa handgearbeitete Waren und Baumaterial und exportierte seine landwirtschaftlichen Produkte. Die kleinen und mittleren Unternehmen der Seeräuber schienen nicht in Gefahr; unter den Frachtschiffen, die im Hafen vor Anker lagen, tauchte von Zeit zu Zeit ein mit Kanonen wohlversehenes Segelschiff auf, und abends wütete die Negertrommel in einigen Tavernen und Bordellen. Aber das war nicht mit den Ausschweifungen zu vergleichen, die den großen Unternehmungen zu folgen pflegten.

Mitte Juni erschien Morgan beim Gouverneur, um ihm zu melden, daß er bereit wäre. Die von Modyford gewünschte Herausforderung fand in den nächsten Tagen statt – offensichtlich, unzweifelhaft und ohne Beteiligung Morgans. Ein spanisches Kriegsschiff schickte an der nördlichen Küste Jamaikas eine kleine Truppe an Land, die Häuser in Brand steckte und Gefangene machte. Am 29. Juni nahm der von Morgan einberufene Rat der Insel einstimmig einen Beschluß an. Dieser bewilligte dem Admiral einen Erlaubnisbrief, zu Wasser und zu Land die spanischen Streitkräfte zu bekämpfen und »alles zu tun, was die Sicherheit und Ruhe dieser Insel garantiert, die von primärem Interesse Seiner Majestät im westlichen Indien ist«.

Am 5. Juli heftete ein spanischer Kapitän, der sich »Admiral gegen die Engländer« betitelte, einen Zettel an einen Baum im westlichen Jamaika. Er verriet den Urheber der vor drei Wochen begangenen Gewalttätigkeiten und forderte den Admiral der Seeräuber heraus, ihn niemals zu bestrafen. Morgan leitete die Mobilmachung ein.

Die großen Zusammenkünfte auf der Insel der Kühe vor der Abfahrt der Armada nach Panama ähnelten wohl nur entfernt denjenigen, die man an der englischen Küste vor dem Unternehmen Overlord gesehen hatte. Aber auch hier herrschte diese ständige Erregung, die diese

Männer noch stärker miteinander verschmolz als die Befehle des Admirals, wenn ein großes Abenteuer bevorstand. 20 Schiffe stachen von Port Royal aus gemeinsam in See, andere versammelten sich im Hafen von Port Gogon an der südlichen Küste von Santo Domingo, und fast jeden Tag trafen neue Schiffe ein. Einige lagen in der Mitte der Bucht, andere am Strand vor Anker. Andere hißten oder kappten ihre Segel, und in der Savanne am Ufer sah man Zelte und Holzhütten zwischen den Palmen, der Rauch der Lagerfeuer stieg auf, und an Land und auf dem Meer herrschte ständiges Treiben.

Morgan befahl, daß alle Schiffe ausgebessert werden sollten, um am Tag des Aufbruchs vollzählig lossegeln zu können. Er erwartete auch noch die Schiffe der französischen Boucaniers, die ihn unterstützen wollten.

Nicht nur die französischen Seeräuber von der Schildkröteninsel gingen hier vor Anker, sondern auch Engländer, die verspätet eintrafen, weil ein Unwetter sie verstreut hatte. Einer ihrer Kapitäne erzählte, daß er in einer Bucht westlich Kubas eine spanische Truppe unter dem Befehl von Rivero Pardal getroffen hätte. Das war der Kapitän, der die prahlerische Herausforderung an den Baum in Jamaika genagelt hatte. Im Verlauf eines kurzen Kampfes war er nach einem Halsschuß gestorben.

Am übernächsten Tag wurde wieder mit Begeisterung ein Schiff empfangen, das ein spanisches, mit Mais beladenes Frachtschiff hinter sich herzog. Man hatte es 50 Meilen von hier gekapert. Die Schiffsladung wurde in die Vorratsräume gebracht, denn Morgan war der Meinung, daß man an Lebensmitteln nie genug haben könnte. »Ich brauche einen Vorrat an Nahrungsmitteln für die Dauer des ganzen Unternehmens.«

Er rief die Kapitäne von vier Schiffen zusammen: »Macht euch morgen segelfertig! Ihr fahrt nach Rancheria, dort gibt es genug Mais.«

Rancheria liegt nicht auf den Antillen, sondern an der südamerikanischen Küste, nicht weit von Cartagena. 1000 Seemeilen hin und zurück! Das schien den vier Kapitänen zu weit, nur um den Vorrat an Mais aufzufüllen. Aber sie änderten ihre Meinung, als Morgan seine Befehle genauer definierte: Spanier gefangennehmen, von ih-

nen neueste Auskünfte über die Verteidigungsanlagen von Panama erhalten, auskundschaften, ob die Spanier einen Überfall auf Jamaika vorbereiten.
»Sollten sie nichts dergleichen vorbereiten, werde ich es übernehmen, die Gefangenen vom Gegenteil zu überzeugen. Sie werden es vor Zeugen schwören und eine schriftliche Erklärung abgeben.«
Morgan traf diese Vorsichtsmaßnahme für den Fall, daß die vorhergegangenen Herausforderungen Modyford und London nicht genügten.
6. Oktober. Die aufgehende Sonne zeigte eine häßliche, dunkelgelbe Farbe, vollkommene Stille, kein Vogelgezwitscher. Eine Stunde später beugten sich die Bäume unter einem Orkan zu Boden, eine Sintflut überschwemmte alles, die Karibische See wurde weiß, und riesige Wellenbrecher rollten auf die Küste. Fast alle vor Anker liegenden Schiffe wurden an den Strand geworfen und stark beschädigt. Am nächsten Morgen ging eine strahlende Sonne über der Verwüstung auf. Es dauerte drei Wochen, um die Schäden zu reparieren.
Morgan hatte während dieser Zeit andere Sorgen. Die vier Segelschiffe, die er nach Rancheria gesandt hatte, waren noch nicht zurückgekehrt. Waren sie auf Grund gelaufen oder gekapert worden? Hatten die Kapitäne so viel erbeutet, daß sie alleine operieren wollten? Endlich signalisierte die *Satisfaction* die Rückkehr der vier Schiffe.
Morgan überflog nochmals die Anweisungen, die mit dem Erlaubnisbrief des Königs von England verbunden waren. Das Dokument gestattete ihm, Santiago de Cuba einzunehmen, die männlichen Sklaven zu töten, die Frauen nach Jamaika zu schicken und »die Spanier in die Zivilisation und Menschlichkeit zurückzuführen«. Gouverneur Modyford bedeutete dem Admiral, im Namen des Rates der Insel den Befehl zum Aufbruch zu geben.
Anfang Dezember versammelte Morgan seine Kapitäne und teilte ihnen mit, daß er in acht Tagen nach Panama auslaufen wollte. Einer der Kapitäne hörte besonders aufmerksam zu. Es war Edward Collier, Exkapitän der *Oxford*, vor kurzem zum »Vizeadmiral auf Zeit« gewählt.

Der Admiral befahl, zuerst Kurs auf Old-Providence-Santa Catalina zu nehmen, gleichzeitig die Hinterschiffe zu sichern und auf der Insel Sträflinge als Führer durch den Isthmus von Panama anzuwerben. Von dort wollte er weiter zum Chagres-Fluß vorstoßen und sich des Forts San Lorenzo bemächtigen; dann den Isthmus überqueren: Man müßte in den Pirogen den Fluß hinauf bis zu dem befestigten Marktflecken Cruces fahren, dann nach Panama auf dem »Goldweg« marschieren, dem berühmten Zug der Maultiere folgend.

Die Armada stach am 16. Dezember 1670 in See. Sie zählte 28 englische Schiffe und 8 französische, zusammen 1585 Tonnen. Sie hatten 239 Kanonen und 1846 Männer an Bord. Diese Zahlen erscheinen uns heute klein, aber damals hatte man in der Karibischen See noch nie eine so mächtige Flotte segeln gesehen.

Morgan hatte es sich reichlich überlegt, den Befehl, Santiago de Cuba einzunehmen, nicht durchzuführen, vielleicht mit dem geheimen Einverständnis Modyfords. Er hielt sich an das Grundprinzip seiner Politik: Ein großer Erfolg läßt alles übrige vergessen.

Sorgfältig bewahrte er seinen Erlaubnisbrief auf. Er wußte nicht, daß dieses Dokument seit fünf Monaten ungültig und wertlos war. – Aber vielleicht hatte er beschlossen, dieses Detail nicht zu wissen. Der Vertrag von Madrid zwischen Spanien und England war nämlich am 8. Juli unterzeichnet worden. Seit diesem Zeitpunkt befanden sich die beiden Mächte im Friedenszustand.

Modyford wurde von London »im Herbst« darüber unterrichtet. Am 18. Dezember schrieb er an Lord Arlington, daß er an Admiral Morgan eine Kopie des Vertrags geschickt hätte. Wann, das sagte er nicht. Der Kapitän des Schiffes, das die Botschaft hatte überbringen sollen, war mit »gebrochenem Herzen« aus Jamaika zurückgekehrt: »Ich bin auf der Insel der Kühe erst einige Tage nach Morgans Abfahrt eingetroffen.« Modyford teilte Lord Arlington mit, er würde ein weiteres Schiff zu Morgan schicken, und er hoffte, daß dieser »den neuen Friedensvertrag erhalten würde, bevor er einen feindlichen Akt beging«. In Wirklichkeit war Morgan von

Anfang August bis zum 15. Dezember auf der Insel der Kühe geblieben.

Old Providence, 22. Dezember 1670, zehn Uhr morgens. Die Kanonen aller Piratenschiffe waren auf die beiden Forts der Insel gerichtet. Schwarze Rauchwolken schwebten über dem Meer und umwölkten die Festungen, und die wilden Salven der Musketen ertönten. Eine Truppe wurde an Land geschickt und machte sich unter dem Feuer der Verteidigung ans Werk. Ein klassisches Bild, ein Bild, das uns in seiner Banalität vielleicht langweilt, aber bei näherem Hinsehen konnte man einen höchst seltsamen Kampf beobachten. Die Piraten feuerten Schüsse ab und lachten gleichzeitig, denn sie schossen in die Luft, in alle Richtungen, nur nicht auf die Forts. Auch die Verteidiger schossen in die Luft und scherzten.
Es handelte sich um einen simulierten Kampf, den der Gouverneur von Old Providence vorgeschlagen hatte. Er hatte Morgan eine in der spanischen Kriegsgeschichte vielleicht einmalige Botschaft geschickt: »Ich habe beschlossen, die Insel an Euch abzutreten, denn ich verfüge nicht über genügend Kräfte, um sie gegen eine so große Flotte zu verteidigen. Aber ich verlange von Admiral Morgan, daß wir eine Kriegslist anwenden, um meinen guten Ruf und den meiner Offiziere zu wahren, in diesem Gebiet und in England.« Es folgte ein so detailliertes Programm für die Scheinschlacht, daß man annehmen mußte, der Gouverneur hätte mehrere Monate lang seine ganze Zeit darauf verwendet. Morgan gab seine Zustimmung, und die falsche Schlacht wurde geschlagen. Das einzig Betrübliche an dieser unvergleichlichen pazifischen Episode war, daß der Gouverneur sein Schwert weinend übergab.
Welche Gewaltakte würden einer so leichten Eroberung folgen? Morgan ließ die Befestigungen der Insel zerstören. Nur ein Schloß wurde verschont, in dem er eine kleine Garnison unterbrachte. Wie gewünscht, fand man auch einige eingeborene Stäflinge, die über den Isthmus gut Bescheid wußten.
Zur gleichen Zeit beauftragte Morgan eine Vorhut von 400 Mann unter dem Kommando des Kapitäns der *May Flower*, Joseph Brad-

ley, das Fort San Lorenzo an der Mündung des Chagres-Flusses einzunehmen. Ihre Kameraden feierten inzwischen noch einige Tage auf Old Providence fröhliche Feste. Der operettenhafte Kampf, die Schönheit der grünen Insel gaben dem Anfang des ganzen Unternehmens einen Anflug heiterer Leichtigkeit. Man fühlte sich im Begriff, mühelos von Sieg zu Sieg zu eilen.

Dieser Eindruck verstärkte sich noch, als die Armada am 11. Januar 1671 am Chagres ankam und man feststellte, daß Bradley mit seiner Truppe das Fort San Lorenzo bereits erobert hatte. Als die Piraten die englische Flagge vom Fort wehen sahen, brach an Bord aller Schiffe ein wahrer Freudenrausch aus. Die Männer trampelten, hüpften herum, und die Begeisterung reichte von den Kapitänen bis zu den Lotsen. Die Schiffe an der Spitze stürzten sich wie verrückt in die Flußmündung, dann kam Rückenwind auf, blies in die gehißten Segel – Ergebnis: Die *Satisfaction* und drei weitere Schiffe strandeten. Ein Windstoß aus dem Norden zerstörte sie in der Nacht vollkommen. Dabei gab es zwar keine Todesopfer zu beklagen, aber Morgan hatte inzwischen erfahren, daß die Eroberung von San Lorenzo mit der von Old Providence nicht zu vergleichen war: 110 Tote und 80 Verletzte auf seiten der Seeräuber. Von den 340 Verteidigern hatten 30 überlebt, darunter kein Offizier.

»Sofort mit den Reparaturen anfangen«, befahl Morgan. 300 Männer und die vor Anker liegenden Schiffe bewachten San Lorenzo. Von diesem Fort aus, das auf der Spitze einer Steilküste lag, überblickte der Admiral die tiefblaue, in der Sonne glänzende Karibische See. Zu seinen Füßen erstreckten sich die bunten Häuser eines Ortes, der als der ungesündeste der Welt galt: gelbes Fieber und Cholera wüteten das ganze Jahr hindurch. Im Süden begann der Dschungel.

Die Arbeiten am Durchbruch des Panamakanals haben inzwischen das Aussehen des Chagres verändert. Damals, 1671, war seine Mündung sehr weit, flußaufwärts verengte er sich. Nur 40 Meter breit, lief er zwischen zwei steilen Ufern, unnahbar durch eine Mauer aus Pflanzen.

1400 Männer, 7 Schaluppen, 36 Kanus und Pirogen – das Verladen hatte Zeit gekostet, es war Mittag. Eine tiefe Stille lag über dem Dschungel. Beide Ufer verbreiteten den Wohlgeruch von Mimosen, Stechäpfeln und Jasmin. Die Seeräuber atmeten erstaunt diesen Duft ein, der für sie sehr unangenehm wurde, da er sich mit dem Geruch ihrer schwitzenden Körper vermischte. »Wir sind in unsere Kanus eingezwängt wie die Heringe.« Morgan hatte kein anderes Mittel gefunden, um den ganzen Bestand mitzunehmen, den er für seinen Eroberungszug zu brauchen glaubte. Er hatte aber zu wenig kleine Fahrzeuge zum Chagres mitgeführt, und so beschloß er, auf die Nahrungsmittel zu verzichten, die für die Durchfahrt des Isthmus bestimmt waren. Man würde »auf Kosten der Umgebung leben«, vor allem, indem man die Dörfer plünderte und die spanischen Wachtposten ausraubte, die Morgans Spione ausfindig gemacht hatten.

Schließlich schliefen sie in der Hitze und unter dem monotonen Geräusch der Ruderschläge ein. Bald weckte sie ein ungeheurer Lärm, der wie auf ein Zeichen von beiden Ufern her erscholl. Störche, bunte Papageien und Affen schrien alle auf einmal los, die mittägliche Ruhe des Waldes war gestört. Riesige Schmetterlinge flatterten über die Schiffe hinweg, alle Welt schien sich miteinander zu unterhalten. Die eingeborenen Ruderer unterbrachen das Geschrei der Affen mit gellenden Lauten. Auch die Seeräuber begannen in ihren Booten zu singen, und der lange Zug auf dem Fluß glich einer fröhlichen Schlange.

Man kam nur langsam voran. Die eingeborenen Lotsen, ehemalige Häftlinge, beobachteten die Wipfel der Bäume, um dem Kurs der Sonne zu folgen. Schließlich kam man in eine noch undurchdringlichere Gegend. Ein Modergeruch verdrängte den Blumenduft. Der Fluß wurde dunkel, der Gesang der Vögel erstarb, und die Nacht brach herein. Auf einer kleinen Insel mitten im Fluß errichteten die Seeräuber ihr Nachtlager. Unruhig erwarteten sie die Nacht mit den Dschungelgeräuschen. Plätschern, Quaken, Eulenschreie, kurze Vogelrufe und undefinierbare Laute. Ab und zu das Heulen eines Pumas.

Am nächsten Morgen erreichten sie den Marktflecken Juan Callego (heute Gatun). »Hier werden wir Nahrungsmittel finden.« Aber nichts. Keine lebende Seele, die ärmlichen Hütten waren verlassen. Kein Mais, kein Schwein, kein Hund. Mit leerem Magen mußte man weiterziehen. Im Verlauf des folgenden Tages starben einige Männer an Schlangenbissen. Der Fluß wurde sehr seicht, und man mußte die Kanus verlassen. Nur die Kranken (Opfer von Moskitos) blieben in den Booten. Man kam immer langsamer voran.

Morgan schickte Füsiliere nach vor und zur Seite, um die Spanier aus dem Dickicht zu locken. Alles war verlassen. Kein Vieh, kein Federvieh, kein Getreide, das Gemüse herausgerissen, die Früchte gepflückt, oft waren die Bäume abgesägt. Das war die Taktik der Spanier, das Land zu verwüsten. Es war eigentümlich, daß die Piraten mitten in der dichtesten Vegetation der Welt hungern mußten wie in der Wüste. In diesem Dschungel zu jagen, wäre Wahnsinn gewesen: Die Mutigsten kamen nur schrittweise voran, von Lianen behindert und in ständiger Furcht vor Schlangen.

Am vierten Tag dieses grauenvollen Marsches entdeckte man einen spanischen »Hinterhalt«, ohne Verteidigung, wie immer ohne den geringsten Vorrat. Nur leere Tabakskisten aus Leder. Die Männer waren so ausgehungert, daß sie das Leder aßen. Die keine Tabakskisten hatten, machten sich über Gras und Blätter her. Glücklicherweise fand man am nächsten Morgen ein Versteck, mit Mais gefüllt, den Morgan unter den Schwächsten verteilte.

Der Admiral sagte sich, daß Cruces, an dem Punkt der Strecke, an dem man den Fluß verlassen und den Landweg einschlagen mußte, ein zu wichtiger Platz war, als daß die Spanier ihn verlassen würden. Diese Annahme schien sich zu bestätigen, denn am Morgen des sechsten Tages zeigten sich die Spanier endlich. Ein Kleingewehrfeuer vertrieb sie, aber bald wurden die Seeräuber angegriffen.

Einige Piraten fielen getroffen zu Boden, aber ringsum herrschte völlige Ruhe, und kein Feind zeigte sich. Die Verwundeten versuchten, aus ihren Körpern kleine, befiederte Stäbe zu ziehen, die Pfeile der Eingeborenen. Selbst die Mutigsten waren verwirrt, denn wie sollte man sich gegen etwas Unsichtbares verteidigen. Morgan postierte seine Männer an verschiedenen Standorten, und sie schossen sofort auf alles, was sich zwischen den Bäumen bewegte. Eine Stunde später stieg eine große Rauchwolke auf. Die Spanier hatten Cruces in Brand gesteckt. Nur die »Speicher des Königs und die Pferdeställe« blieben von den Flammen verschont, wo die Piraten einige Kisten Zwieback fanden. Dazu aß man dann geröstete Hunde und Katzen, die man in der Umgebung gefangen hatte. Außerdem fanden sie noch Fässer voll peruanischen Weins. Den ersten, die tranken, wurde so schlecht, daß man annahm, der Wein sei vergiftet. »Es lebe das Gift!« schrien die Seeräuber und wandten sich den vollen Gläsern zu.

Acht Meilen trennten Cruces von Panama. Inzwischen waren die Männer auf den »Königlichen Weg« gelangt, den Weg des Goldes. Er war nur zwölf Schritt breit, mit Schlangenlöchern übersät, und hie und da fanden sie weiße Maultierkadaver, von Geiern abgenagt. Der Anblick dieser Knochen ermutigte die Abenteurer, da er ihnen bestätigte, auf dem Weg zur Quelle des Reichtums zu sein, auf dem Maultierpfad nach Panama.

Auf diesem Weg schritten sie vorwärts, zerlumpt, mit Schlamm bedeckt, bis auf die Knochen abgemagert. Sie trugen ihre Waffen und ihr Pulver, ihre Fahnen, ihre Blechinstrumente und ihre Trommeln, denn Morgan wollte den Spaniern eine Truppe entgegenstellen, die nach einer von ihm erdachten Taktik kämpfen sollte. Er bestand auch auf Fahnen und Musik, denn diesmal, im Namen des Königs (den Friedensvertrag mit Spanien kannte er nicht, vergaß ihn, oder wollte ihn vergessen), befehligte er richtige Offiziere, die mehr waren als gewöhnliche Seeräuber.

Einige Ruhepausen und Scharmützel mit Eingeborenen oder Spaniern unterbrachen den Marsch. Letztere zeigten sich nur, unternahmen aber nichts, sondern begnügten sich mit spöttischen Herausforderungen: »Kommt nur erst in die Savanne, ihr Hunde, dann werdet ihr schon sehen!« Als sie in der Savanne anlangten, fingen sie Pferde, Rinder und Maultiere, und der Rauch von gegrilltem Fleisch umwehte ihre Zelte. Mit den wiedergewonnenen Kräften wuchs ihr Wunsch, zu kämpfen und zu siegen, von Stunde zu Stunde.

In der vorletzten Nacht wurden die Seeräuber von einem schrecklichen Gewitter bis auf die Knochen durchnäßt. Aber sie konnten ihr

Schießpulver retten. Am nächsten Morgen hielt der Admiral auf dem Gipfel einer Erhöhung an. Von hier aus konnte man das Meer sehen, auf dem Morgan 53 Masten zählte.
Noch eine Nacht – und am Morgen plötzlich eine Kanone. Auf beiden Seiten des Weges fielen die Kugeln, aber die Piraten beachteten sie nicht mehr als Süßkirschen und marschierten weiter, keuchend vor Begierde, ihren Wunsch verwirklicht zu sehen. Dann erschien die Beute vor ihren Augen, betörender als eine schöne, schlafende Frau; bemalte Häuser entlang des Ufers, Kirchtürme, große reiche Gebäude. Die Piraten schrien auf vor Freude, tanzten, sprangen in die Luft, umarmten sich und hielten nochmals inne, um die Beute zu betrachten. Vor der Stadt segelten einige Schiffe, die im Hafen ein- oder ausliefen und scheinbar gleichgültig jeder Drohung entgegensahen.

In Panama läuteten die Glocken der Kirchen und Klöster, religiöse Gesänge stiegen in einer Weihrauchwolke zum Himmel; ein Menschenstrom zog durch die Stadt, an der Spitze der mit goldenen Ornamenten geschmückte Klerus, dann die Gläubigen mit gefalteten Händen und am Ende des Zuges nochmals Priester und das Heilige Sakrament unter einem Baldachin. Die Glocken läuteten ohne Unterlaß, und ein Besucher konnte meinen, daß man einen Sieg feierte. Aber um die wahre Ursache zu erfahren, mußte man das Gesicht des neuen Gouverneurs, Juan Perez de Guzman, sehen, der an der Spitze einer Gruppe hinter dem Klerus schritt. Sein Gesicht war finster und angstvoll. Das Ziel der Prozession war die Kathedrale, wo Don Juan Perez de Guzman verzweifelt vor dem heiligen Bild der Jungfrau Maria die Hilfe des Himmels anflehte, denn nur durch diese hoffte er, die Stadt noch retten zu können.
Seine Briefe an die Königin Anna Maria, die für ihren Sohn Carlos II. regierte, waren ignoriert worden. Er hatte Panama von Cruces aus verteidigen wollen, als er von der Ankunft der Piraten am Chagres gehört hatte. Aber eine Abordnung hervorragender Persönlichkeiten hatte gemeint: »Wir verteidigen unsere Hauptstadt mit unseren Truppen nur an Ort und Stelle.« Guzman schrieb der Köni-

gin, ein solcher Schlachtplan wäre töricht, und erwähnte die Schwäche der Verteidigungsanlagen. Dennoch evakuierte er Cruces und zog seine Truppen in die Stadt zurück. Man wollte einen Kompromiß schließen und in der Savanne vor den Ausläufern der Stadt kämpfen, was Guzman ebenso sinnlos erschien. Nun betete er zum Himmel. Am Hafen luden einige Priester die wertvollsten Schätze des Allerheiligsten schnell an Bord eines Schiffes.

Am 18. Januar ging Guzman an der Spitze seiner Armee vor die Stadt: 1200 Fußsoldaten, 200 Reiter, eine zahlreiche Truppe bewaffneter schwarzer Sklaven, über 30 Eingeborene. Dazu kamen 1500 Kämpfer von einer Art, wie sie Morgans Seeräuber noch nie zu Gesicht bekommen hatten: eine Masse mehr oder weniger wilder Büffel, die, von Cowboys angetrieben und Staub aufwirbelnd, langsam voranmarschierte. Der Himmel war blau, die Sonne schien.

Als Guzman und seine Offiziere einen Hügel überstiegen, entdeckten sie die Piratenarmee, und überrascht hielten sie an.

Morgan hatte seine Truppe rautenförmig aufgestellt: an der Spitze ein Dreieck von 300 Männern, die Dreieckspitze zum Feind gerichtet; im Zentrum 600 Männer, rechteckig ausgerichtet; dann links hinten ein weiteres Dreieck von 300 Männern, die Spitze rückwärts gerichtet. Ein Hügel schützte die eine Flanke der Piratenarmee, ein Sumpf die andere. Alle Männer rückten langsam vor und entfalteten unter Trommelwirbel ihre Flaggen.

Don Francisco de Haro, der Anführer der spanischen Reiterei, blickte auf Guzman, der befahl: »Laden!«

Das war ein Fehler. Die Spanier waren in ihrer Stellung nicht so gut geschützt wie die Piraten, denn sie mußten, um anzugreifen, Schlammlöcher und Sumpf überwinden. Die Avantgarde der Seeräuber kniete nieder und eröffnete das Feuer. Guzman sah seine Kavallerie ausfallen, und das Feuer der Piraten wurde immer mörderischer. Haro wollte die zerstreute Reiterei versammeln und einen neuen Versuch wagen. Aber als der schwarze Rauch der Musketen verflogen war, sah man, daß die spanische Reiterei nicht mehr existierte.

Die Seeräuber rückten weiter vor und griffen Guzmans linke Flanke an. Die Spanier benützten Armbrüste, die nicht so genau trafen wie die Musketen und schlechter zu tragen waren. Der Gouverneur befahl seiner Infanterie, auf der Stelle zu kämpfen, was aber nicht befolgt wurde. Die einen flüchteten unter dem Feuer der Piraten, andere warfen sich wie die Wahnsinnigen nach vorne und sangen das Magnificat. Nach einer Weile ließ Guzman die Büffel in Aktion treten.

»Den Hügel umgehen und die Tiere von rückwärts auf die Piraten hetzen.«

Er hoffte, daß die Büffel heftig angreifen und den Feind zertrampeln würden. Aber sie trotteten nur langsam vorwärts, und bei der ersten Salve der Seeräuber kehrten sie um und begannen in einiger Entfernung zu grasen. Währenddessen traten die meisten Spanier die Flucht an. »Wir haben den Feind so nah verfolgt«, schrieb Morgan, »daß sein Rückzug einem Wettlauf glich.« Der Kampf hatte zwei Stunden gedauert.

»Llegan! Llegan!«

»Sie kommen, sie kommen!« Dieser Schrei war kein Freudenruf, sondern der Ausdruck panischen Schreckens. Als die Piraten die Vorstadt erreichten und bald in die Hauptstadt eindrangen, wurde allen klar, daß die Schlacht verloren war, und in weniger als einer halben Stunde herrschte im Hafen wildes Durcheinander.

Die Menschen sprangen vom Hafendamm in die Barken, wateten durch den Fluß, um sie zu erreichen, schwammen zu den größeren Schiffen, die in weiterer Entfernung ankerten. Man kämpfte verbissen um einen Platz, ertränkte sich gegenseitig und kannte kein Mitleid mit den Schwachen, Frauen und Kindern. Die Barken entfernten sich schon, und die einen Platz auf einem Schiff gefunden hatten, stießen die keuchenden Schwimmer zurück, schlugen sie auf den Kopf und traten auf die Hände, die sich an der Bordwand festklammerten. Der Hafen war erfüllt von Schreien, Schluchzen und dem Lärm der neu aus der Stadt ankommenden Menschen. Das erste Schiff, das davonsegelte und bald das offene Meer erreichte, war mit den Reichtümern des Klerus beladen, darunter ein Altar aus massivem Gold von unschätzbarem Wert. Dieses Stück, das niemals wiedergefunden wurde, erlangte in der Folgezeit einen sagenhaften Ruf. »Es wurde nie wiedergefunden, weil ein Gottesfürchtiger es mit weißer und blauer Farbe bestrich. In Peru wurde es in Stücke geteilt.«

Unter diesen Flüchtenden befand sich eine Frau, jung verheiratet mit einem Mann, der auf der Reise nach Peru war. Sie war sehr schön, hatte schwarze Haare, eine weiße Haut und samtene Augen. Der Name dieser Frau ist uns nicht überliefert (»Die Dame von Panama«, sagen die Chronisten), aber ihre Existenz ist von vielen Zeugen bestätigt worden. Ich werde sie der Einfachheit halber Doña Hermosa nennen.

Die Insel Taboga liegt weniger als zehn Seemeilen von Panama entfernt. Kaum waren die ersten Barken der Flüchtlinge dort angelangt, als eine rötliche Rauchwolke am Himmel aufstieg.

»Sie zerstören alles! Sie sind Ungeheuer!«

Bei nüchterner Betrachtung hätten sich die Flüchtlinge sagen müssen, daß die Piraten wohl kaum eine Stadt anzündeten, die sie unter solchen Entbehrungen erreicht hatten und die sie ausbeuten wollten. Tatsächlich kam der verhängnisvolle Befehl von Guzman, der sich mit seinem Stab in die Eingeborenenstadt Penonomé zurückgezogen hatte, eine Meile westlich von Panama: »Wenn die ersten Piraten die Stadt erreichen, sprengt die Munitionskammer in die Luft.« Einige Angreifer wurden von der Explosion getötet, aber dieser Vulkan steckte auch die Holzhäuser in Brand.

Für die Flüchtlinge am Strand von Taboga waren die Piraten nichts anderes als zerstörerische Ungeheuer. Besonders unter den Einwohnern Panamas und einiger Städte in der Karibischen See herrschte die Überzeugung, daß die Piraten von Jamaika oder von der Schildkröteninsel auf ihren Menschenkörpern Hunde- oder Affenköpfe trügen. Religiös eifernde Priester hatten ihren Schäfchen eingeredet: »Die gräßlichen Instinkte dieser Menschen haben sie auf diese Weise verwandelt.«

Die größten Segelschiffe, auch das mit dem Kirchenschatz beladene, hatten die offene See erreicht und langten in Peru oder in anderen spanischen Häfen im Pazifik an. Die kleinen Fahrzeuge kamen nicht weiter als bis Taboga, denn das Meer schlug hohe Wellen. Aber eine kindische Hoffnung hatte seit einigen Tagen die Flüchtlinge erfaßt: Alles, was sich auf dem Wasser bewegen konnte, hatte Panama sicher verlassen, der Hafen war verlassen, warum sollten die Piraten nicht auch an Bord gegangen sein? In der Tat, den ganzen Tag über blieb das Meer zwischen Panama und Taboga verwaist. »Die Ungeheuer sind endlich verschwunden. Nun werden wir zurückkehren.« Die närrische Hoffnung sank, Angst ließ ihre Herzen erstarren, als Segel aus dem Nebel vor der Küste hervorbrachen, und es waren viele Segel.

Die Ungeheuer hatten sich nicht nur der Barken, sondern auch größerer Segelschiffe bemächtigt. Wieder stürmte alles zum Strand (die Insel hatte keinen Hafen), und es spielten sich ähnliche Szenen ab wie zuvor im Hafen von Panama. Die Flüchtlinge versuchten, ihre Barken ins Wasser zu stoßen. Aber der Pazifik warf riesige Wellen an den Strand, und die kleinen Schiffe kenterten. Viele ertranken, während andere irgendwo ein Versteck suchten.

Der 48 Stunden währende Überfall auf Taboga wurde berühmt. Trotz ihrer großen Beute, die sich in den Trümmern der Stadt aufgehäuft hatte, trauerten die Piraten um den Teil, der den Flammen zum Opfer gefallen war. Morgan richtete sich im steinernen Palast des Gouverneurs ein, den das Feuer verschont hatte, und befahl: »Wir müssen alle, die übers Meer geflüchtet sind, verfolgen und zurückholen.« Vor allem wollte er den sagenhaften Schatz des Klerus in seinen Besitz bringen, von dem die ersten »befragten« Einwohner gesprochen hatten. Nun wollte man von den Flüchtlingen in Taboga wissen – den meisten war es nicht gelungen, erneut zu fliehen –, welches Versteck dieses wertvolle Schiff angelaufen hatte. Die Piraten stürzten auf die Insel wie Geier – begierig nach Gold und Frauen.

Doña Hermosa und einige andere Frauen, die schönsten, verstanden nicht, warum man mit ihnen eine Ausnahme machte. Sie wurden in ein Haus gesperrt, beteten und weinten und hörten von draußen Schreie. Jeden Augenblick erwarteten sie die vor Wollust rasenden Männer zu sehen, die sie hier eingeschlossen hatten. Aber nein, man kam nur, um ihnen Essen und Getränke zu bringen. Den Grund ihrer Bevorzugung konnten die Gefangenen nicht ahnen: Die Piraten waren sicher, sich den Zorn des Admirals zuzuziehen, da sie die Suche nach dem spanischen Schatz auf Taboga beschränkt hatten, und dachten, dies wieder gutzumachen, wenn sie zum persönlichen Amüsement ihres Anführers schöne Frauen mitbrachten. Sie führten sie aus ihren Gefängnissen, ohne sie zu berühren, und segelten mit ihnen nach Panama. Auch die anderen Flüchtlinge wurden an Bord gebracht, aber nicht so rücksichtsvoll wie die Frauen.

»Der Admiral schickt Euch das. Er schickt es Euch von seiner Tafel.«
Es war ein Tablett mit Speisen und Fläschchen. Die Dienerin war eine hübsche, gutgekleidete Schwarze, sicher von Guzmans Personal. Der Palast des Gouverneurs schien nicht gelitten zu haben. Durch die zwei Fenster ihres Zimmers sah Doña Hermosa einen Teil des Gartens, sandige Wege, farbige Sträucher, Vogelkäfige und Wasserbecken, in denen Schildkröten schwammen. Der Duft der Blumen vermischte sich mit dem Brandgeruch, der noch immer über der ganzen Stadt schwebte. »Kann ich in den Garten gehen?«
»Nein, Señora. Bleibt hier in dem Zimmer.«
Gefangen. Am Abend führte man Doña Hermosa in dieses Zimmer, wo sich der Admiral für einige Minuten zeigte. Er verbeugte sich und zog seinen Hut. Die Señora hätte nur zu sagen, was sie wünschte. Aber der Señora mangelte es an Geistesgegenwart: »Ich möchte frei sein und zu meinem Mann zurückkehren.« Aber nein, sie hatte es nicht gesagt. Immer noch bestürzt, ein wenig verschämt. Der Admiral war nicht groß, aber ein gutaussehender Mann, ein breites, braungebranntes Gesicht, überhaupt kein Hundekopf. Er war gut gekleidet und sprach sehr gut Spanisch. Doña Hermosa dachte sofort daran, ihm zu sagen, daß sie mit den anderen gefangenen Frauen bevorzugt wohnte. Der Admiral zog sich lächelnd und ohne Antwort zurück.
Nun verstand Doña Hermosa sehr gut, warum die Piraten in Taboga sie geschont hatten und was das rücksichtsvolle Benehmen

des Admirals bedeutete. Seine Tugend erschreckte sie, aber sie konnte eine weibliche Neugier nicht vollkommen bezähmen: »Wie würde er seine Werbung beginnen?«

Es kamen zwei andere Mädchen, Spanierinnen wie Doña Hermosa. Sie sagten, daß der Admiral sie erwählt hätte, der Señora zu Diensten zu sein. Sie waren sehr zuvorkommend.

»Warum kann ich nicht in den Garten gehen?«

»Das schickt sich nicht für Euch.«

Und die Mädchen sagten ihre Lektion auf; sie wußten, daß der Admiral in die Señora vernarrt war und ihr alles erlauben würde, wenn sie seine Wünsche erfüllte. Ach, warum sich entrüsten, warum seufzen? Alle Frauen von Panama, außer den Greisinnen, haben diesen brutalen Begierden nachgegeben, sehr glücklich, um diesen Preis ihr Leben retten zu können. Der Gewalt zu weichen, wenn man sich nicht anders schützen kann, ist bestimmt keine Sünde.

Morgan ließ sich einige Tage Zeit, was für einen Seeräuber überraschend war. Es überraschte selbst Doña Hermosa. Sie konnte nicht hören, was im Zimmer des Admirals geschah.

Auf den Festschmaus wartend, stillte Morgan seinen Appetit mit einigen Vorspeisen. Dann ging er zu ihr und begann mit unglaublicher Geduld, ihr den Hof zu machen.

»Diesmal, Madame, bin ich persönlich gekommen.«

Doña Hermosa hatte genug Zeit gehabt, um sich darüber klar zu werden: »Das mußte kommen, warum ist es nicht schon früher eingetreten?« Die beiden Dienerinnen waren in einem Atemzug verschwunden, und nun war da nichts mehr, nur dieses große, kalte, reich ausgestattete Zimmer, Stille, der Schrei der Papageien im Garten, und da ganz in der Nähe dieser Piratenführer, stark und hitzig, mit seinen schönen Augen, seinem feinen Schnurrbart, ein rotes Seidentuch um den Kopf. Aufrecht zwischen Doña Hermosa und der Tür stehend, betrachtete er sie mit unausstehlicher Höflichkeit, schweigend, eine Art menschlicher Stein, auf dem die ununterbrochenen Worte der Gefangenen wie winzige Wellen zerschellten, eine ergreifende kleine Rede der tugendhaften Ehegattin.

Doña Hermosa wußte von ihren Dienerinnen, die es wiederum von den Seeräubern erfahren hatten, daß der Admiral auf Jamaika eine rechtmäßige Ehefrau hatte, die er gut behandelte. Aber so etwas hinderte einen Mann keineswegs, sich anderswo Vergnügen zu verschaffen. Die Piraten wären entsetzt, würde ihr Führer anders handeln. Wenn Doña Hermosa auch gehofft hatte, ihre betörte Tugend neu zu festigen, je länger sie sprach, desto mehr wurde diese Hoffnung getäuscht. Sie fühlte sich verschwindend klein werden angesichts dieses mächtigen Mannes, der jetzt Schritt für Schritt auf sie zukam.

Sie lag in seinen Armen und sträubte sich gegen die männliche Kraft und gegen die Schwäche, die sie erfaßte. »Wie viele Minuten, wie viele Sekunden?« Und plötzlich ließ der Admiral sie los, er stieß sie so roh von sich, daß sie zurückfiel, und ohne sie anzusehen, verließ er mit gotteslästerlichen Flüchen das Zimmer.

Doña Hermosa war völlig außer Fassung, als die beiden Dienerinnen zurückkehrten, und weinend vertraute sie sich ihnen an, erzählte alles, wiederholte alles, was sie gesagt hatte. Dadurch wurde später der Verlauf dieser erstaunlichen Zusammenkunft bekannt. »Ich habe den Admiral den Namen Gottes beschwören gehört, also ist er Christ«, sagte die Gefangene naiv. »Ich halte ihn keineswegs für einen Ehebrecher.« Die Dienerinnen, an ein verruchtes Leben gewöhnt, waren gerührt über diese Einfalt. Dann verstrichen mehrere Tage (Morgan war nicht wieder erschienen). Nun gaben die Dienerinnen der Gefangenen zu verstehen, ja sie sagten es ihr schließlich ganz entschieden, daß ihre Tugend ihnen auf die Nerven ging: Wenn Doña Hermosa das Begehren des Admirals erfüllt hätte, wäre er schon längst mit seinen Seeräubern abgezogen. Statt dessen saugte er die Stadt aus, und man hörte noch immer die Schreie der gefolterten Opfer.

Doña Hermosa hörte diesen Äußerungen mit stummem Schrecken zu. Die Dienerinnen glaubten, die Situation gerettet zu haben. Nun, an dem Tag, als der Admiral wiederkam, um die Angelegenheit endgültig zu bereinigen, zog Doña Hermosa ein Messer, das sie von einer Tischplatte genommen und bei sich versteckt hatte. Sie setzte die Klinge an ihre Brust:

»Lieber töte ich mich!«
Sie war so entschlossen, daß Morgan auch diesmal wieder das Zimmer verließ. Aber am selben Abend erhielt sie nur Wasser und Brot. Am folgenden Tag brachte man sie in einen finsteren Kerker und legte die »Dame von Panama« in Ketten. Dort blieb sie einige Tage, und Morgan ließ ihr sagen, daß sie 30 000 Piaster Lösegeld zahlen müßte, sonst würde er sie als Gefangene nach Jamaika mitnehmen.

Am 14. Februar 1671 sah Doña Hermosa das Tageslicht wieder. An diesem Tag gab Morgan seiner Expedition den Befehl, Panama zu verlassen. Mehrere britische Historiker waren wie sachkundige Buchhalter eineinhalb Jahrhunderte lang damit beschäftigt, den Wert der Beute zu beziffern: Sie kamen auf ein Minimum von 400 000 Goldstücken und auf ein Maximum von 750 000. Die Karawane führte auf ihrem Rückweg 175 Lasttiere mit sich, hauptsächlich Maultiere.
Die Seeräuber nahmen sehr viele Gefangene mit, vor allem schwarze Sklaven, die nicht nur eine gute Handelsware darstellten, sondern noch dazu den Vorteil brachten, daß sie sich zu Fuß bewegen konnten. Außerdem marschierten noch einige Dutzend Spanier mit, Männer, Frauen und Kinder, für die Morgan kein Lösegeld erhalten hatte. »Noch habt ihr Zeit, uns nicht weiter als bis Jamaika zu begleiten.« Wie er es im Verlauf anderer Beutezüge gehandhabt hatte, ermächtigte der Admiral die Geiseln, Boten an Eltern und Freunde zu senden, um das Lösegeld zu erbitten.
Die Menschenmenge schleppte sich auf dem Maultierpfad dahin. Jeden Tag starben einige Kinder. Doña Hermosa wanderte alleine, ohne hilfreichen Gatten, in schrecklicher, moralischer Einsamkeit. Ihre Landsleute wollten auf einmal dieselben Rücksichten genießen, die Morgan ihr eine Zeitlang gewährt hatte (damals, als sie noch den ganzen Palast für sich hatte und ihren unerhörten Luxus aufs Spiel setzte, lagen ihr alle zu Füßen). Nun machten sie Doña Hermosa für ihr jammervolles Los verantwortlich. Warum hatte sie sich dem Piratenführer nicht ergeben und damit die Stadt gerettet? Der Kerker und die harte Behandlung, die sie erlitten hatte, zählten nicht, und man glaubte dies auch gar nicht. Nur Rachegefühle und

Verachtung bekam sie zu spüren. Man warf ihr vor, daß sie beim Admiral nicht einige Vergünstigungen erwirkt hatte: keine so schnellen und weiten Tagesmärsche durchzuführen und die Nahrungsmittel weniger grausam zu rationieren.
»Aber der Admiral marschiert an der Spitze, ich sehe ihn nie!«
»Das sollte für Euch kein Hindernis sein!«
Erschöpft, bedroht und entmutigt sandte Doña Hermosa ein Billett an den Admiral. Keine Antwort. Zweifellos hatte Morgan an diesem Tag andere Sorgen, als sich um das Schicksal der Gefangenen zu kümmern. Unter den Seeräubern war ein Mißverständnis aufgetreten, das sich ständig vergrößerte: »Einige von uns haben ihre Taschen zu voll gefüllt.« Morgan fühlte sich genötigt, eines Tages in einer Waldlichtung eine allgemeine Durchsuchung anzuordnen, vor den Augen der Gefangenen, der er sich selbst unterwarf. Alle mußten sich entkleiden. Die stickige Luft des Dschungels zerstörte die Rangordnung und ließ in diesen Menschen ihre angeborenen Begierden hervorbrechen, die alle gleich machten. Die Durchsuchung konnte niemanden zufriedenstellen, und die Seeräuber beklagten, nicht nach Peru weitergesegelt zu sein. In Peru hätte man mit vollen Händen Gold geschöpft, sich in Gold gewälzt: Abgestumpft durch ihre ungeheuer große Beute bestand ihr Hauptgenuß in wilden Ausschweifungen.
Als die Expedition drei Tage in der abgebrannten Stadt Cruces hielt, erlangte Doña Hermosa eine Audienz bei Morgan. Die Negersklaven trieben die Maultiere den Fluß entlang und verluden die Beute auf die Schaluppen und Kanus, die man hier zurückgelassen hatte. Der Admiral empfing Doña Hermosa in einem der »Königlichen Lager«, das von den Flammen verschont worden war. Er wirkte müde und sorgenvoll. Zuerst bat sie ihn, das Los ihrer Landsleute zu mildern, worauf er antwortete, daß die Mehrzahl ihr Lösegeld abgeliefert und noch am selben Tag die Freiheit wiedererlangt hätte. Nun erzählte Doña Hermosa, zwei Mönche hätten sie verraten und ausgebeutet. Sie hätte die beiden ausgesandt, um Lösegeld für sie aufzutreiben. Mit dem Geld zurückgekehrt, hätten sie dieses verwendet, um andere Gläubige zu befreien.

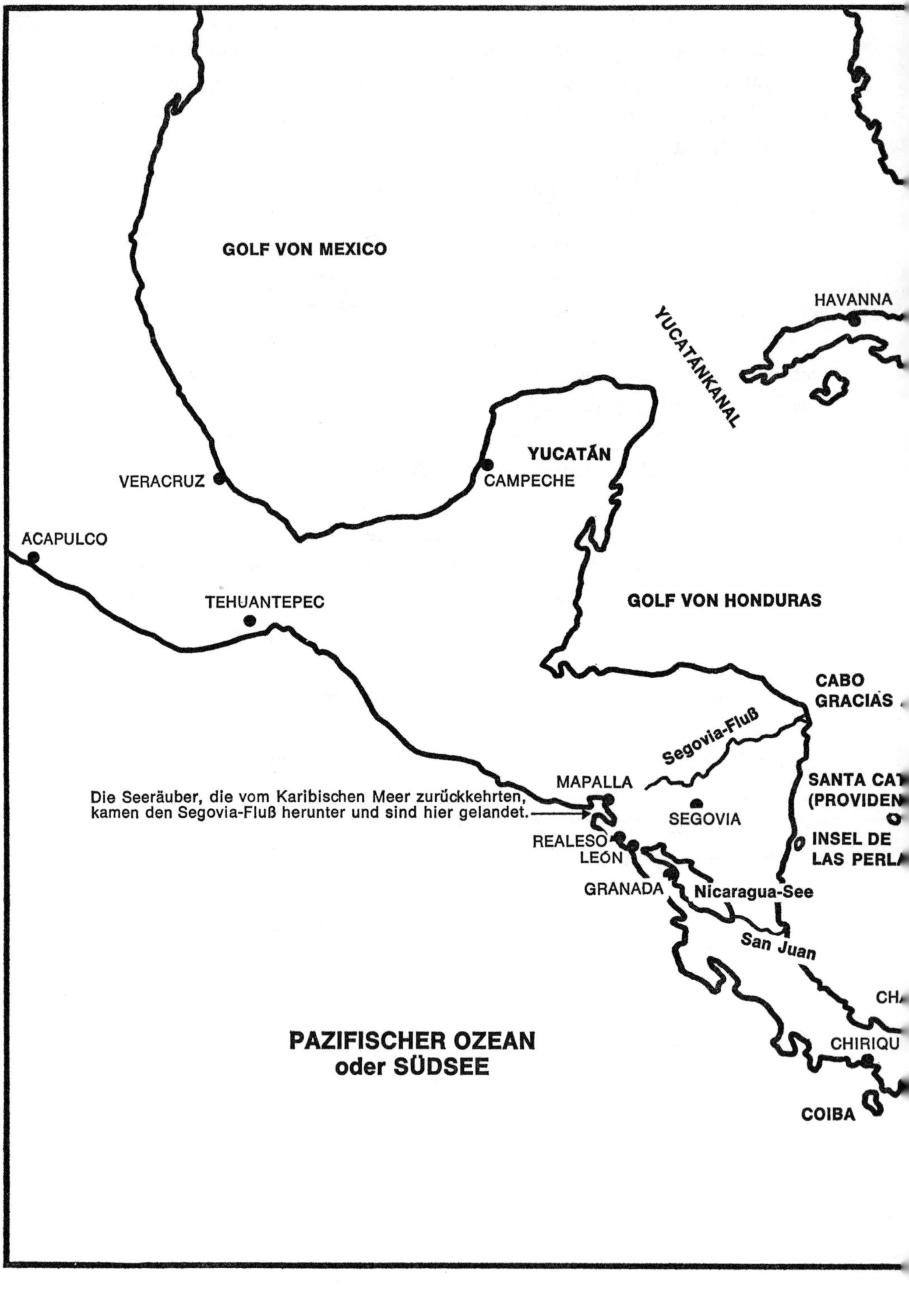

GOLF VON MEXICO
HAVANNA
YUCATÁNKANAL
YUCATÁN
VERACRUZ
CAMPECHE
ACAPULCO
TEHUANTEPEC
GOLF VON HONDURAS
CABO
GRACIAS
Segovia-Fluß
MAPALLA
SANTA CA
(PROVIDEN
Die Seeräuber, die vom Karibischen Meer zurückkehrten,
kamen den Segovia-Fluß herunter und sind hier gelandet.
SEGOVIA
REALESO
LEÓN
INSEL DE
LAS PERL
GRANADA
Nicaragua-See
San Juan
CH
PAZIFISCHER OZEAN
oder SÜDSEE
CHIRIQU
COIBA

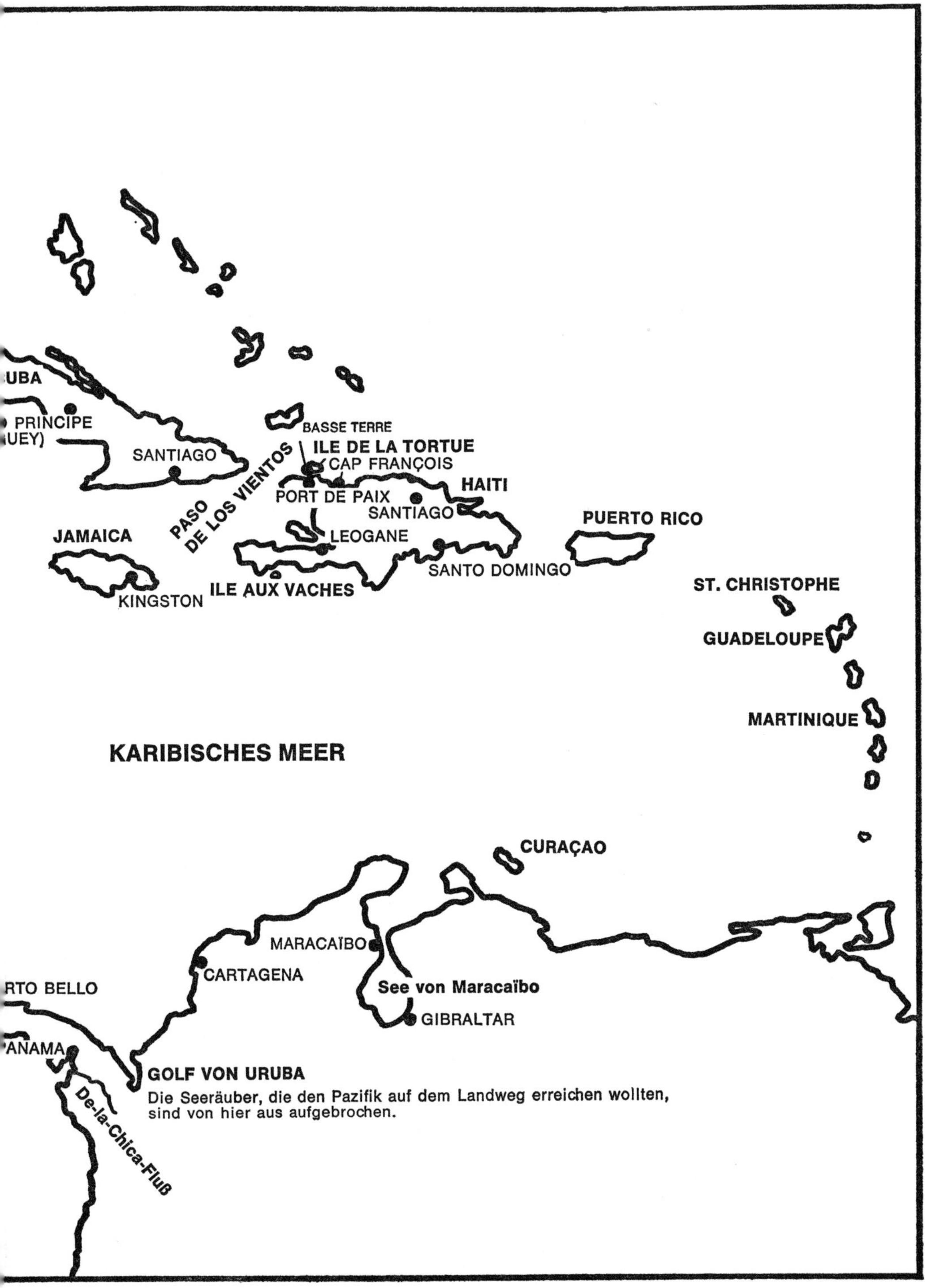

UBA
PRINCIPE
UEY)
SANTIAGO
BASSE TERRE
ILE DE LA TORTUE
CAP FRANÇOIS
PASO DE LOS VIENTOS
PORT DE PAIX
HAITI
SANTIAGO
JAMAICA
LEOGANE
PUERTO RICO
SANTO DOMINGO
KINGSTON
ILE AUX VACHES
ST. CHRISTOPHE
GUADELOUPE
MARTINIQUE
KARIBISCHES MEER
CURAÇAO
MARACAÏBO
CARTAGENA
RTO BELLO
See von Maracaïbo
GIBRALTAR
ANAMA
GOLF VON URUBA
Die Seeräuber, die den Pazifik auf dem Landweg erreichen wollten, sind von hier aus aufgebrochen.
De-la-Chica-Fluß

»Wann sind sie aufgebrochen?«
»Vor knapp zwei Stunden.«
Man holte die Mönche ein und verhörte sie eingehend, worauf sie alles eingestanden.
»Ihr habt bis zum nächsten Morgen Zeit«, sagte Morgan, »eure Seelen Gott zu empfehlen.«
Doña Hermosa setzte sich vergebens dafür ein, daß man den beiden ihr Leben ließ. Sie lehnte ab, der Hinrichtung zuzusehen, die bei Sonnenaufgang stattfand. Die beiden reglosen Körper hingen oberhalb von Abfallbergen, um die Raubvögel kreisten. Dann führten die Seeräuber die Gefangenen zum Fluß. Unter diesen waren einige Spanier, denen Morgan mitteilte, daß sie noch einige Tage Zeit hätten, um sich freizukaufen.
»Warum weint Ihr?« fragte er Doña Hermosa.
»Ich bin verloren. Der Verrat dieser beiden Mönche raubt mir jede Hoffnung, noch von irgend jemandem neues Lösegeld zu erhalten. Ihr hättet besser daran getan, mich an ihrer Stelle aufzuhängen!«
Es ist wohl kaum genau vorstellbar, was sich in diesem Augenblick im bedrückten Herzen des Admirals abspielte. Unter seinesgleichen, unter den Seeräubern, hatte ihn die Wollust oft besinnungslos gemacht, ihn außer sich gebracht, und jetzt sah er diese Frau vor sich, die ihm widerstanden hatte und die er gewiß immer begehren würde. Aber im Unterschied zu seinen Seeräubern war Morgan überdies ihr Anführer, ein Mann, der seine Autorität in diesem disziplin- und grundsatzlosen Haufen behaupten und pausenlos Erfolg haben mußte: alles vorhersehen und bedenken, einen Ausweg aus jeder Sackgasse finden. Ganz bestimmt konnte Morgan sich nicht dazu entschließen, diese schöne Spanierin als Sklavin in Jamaika verkauft zu sehen. Sie für sich selbst freizukaufen, war aus mehreren einleuchtenden Gründen unmöglich. Schon die bloße Anwesenheit der Doña Hermosa unter den Gefangenen warf ein Problem auf, denn sie war zahlungsunfähig, also ein Tauschobjekt. Und dieses Problem wurde immer schmerzhafter für Morgan, je näher die Beuteteilung heranrückte. Er beschloß, etwas zu unternehmen, bevor man das Fort San Lorenzo an der Mündung des Chagres erreichen würde. Aber was?

Ich glaube, man muß einer ritterlichen Geste, wie sie in der Legende möglich ist, eine nüchterne Lösung vorziehen. Für eine solche entschied sich dieser Mann wohl, dessen Gehirn so unermüdlich und gut funktioniert hatte, seit dem Tag, an dem er im Halbmond in Port Royal angekommen war – vor sieben Jahren.

»Doña Hermosa kehrt mit ihren Landsleuten, die Lösegeld bezahlt haben, nach Panama zurück. Man soll für sie ein Maultier besorgen.«

Hier endet die abenteuerliche, aber wahre Geschichte der »Dame von Panama«. Die Seeräuber haben das gebrandschatzte Cruces verlassen und sich zum Fluß gewandt. Eine kleine Reitergruppe schlägt die entgegengesetzte Richtung ein. Die Reittiere sind elende, von Wunden und Fliegen bedeckte Maultiere. Die völlig verarmten Reiter kehren in ihre zerstörte Stadt zurück, aber das ist unwichtig, die Freude über die Freiheit läßt ihre Herzen aufatmen. Sie werden ihre Stadt wieder aufbauen. Das geschah tatsächlich. Allerdings konnten diese Heimkehrer damals noch nicht ahnen, daß das wiedererstandene Panama 15 Jahre später erneut Lösegeld an Seeräuber zahlen mußte, die diesmal vom Meer kamen.

Auf einem ebenso ärmlichen, fliegenbedeckten Maultier wie ihre Gefährten sitzt die »Dame von Panama«, eine Amazone, graziös trotz ihrer abgerissenen Kleider. Wir sehen sie langsam davonreiten, ein- oder zweimal wendet sie sich um, wir sehen ihr weißes Gesicht, eines der seltenen Frauengesichter, die aus dieser Epoche der rohen, grausamen Männer herausragen.

5

Henry Morgan

Ach, Henry Morgan, warum bist du damals nicht gleich gestorben, nach dieser Rittertat, nach diesem schwierigen Meisterstück der Seeräuberei, das für eine ganze Epoche einmalig dasteht! Nur ist dein Ruf leider nicht fleckenlos geblieben, wie die Geschichte bezeugt.

Zunächst gibt es nach der Rückkehr nach San Lorenzo unablässige Meutereien, bis endlich der Admiral den Anteil bekannt gibt, den jeder Offizier erhält, nämlich ganze 200 Goldstücke. Exmelin trägt ein: 10 Pfund, also erwarten alle mindestens 1000 Franken. Die gesamte Beute betrug 6 Millionen Kronen, der Anteil Morgans 400 000 Pesos. Ich nenne die verschiedenen Währungen mit Absicht, denn ich halte es für unwichtig, ob uns irgendein Buchhalter den exakten Wert in heutiger Währung angeben kann. Mit Verhältnis- und Prozentzahlen fährt man besser. Jeder Hauptmann erhielt ein Achtel aus dem Anteil seiner Matrosen oder Soldaten. Der König hatte ein Anrecht auf ein Fünfzehntel der Gesamtsumme, und der Herzog von York, erst vor kurzem zum Obersten der britischen Admiralität ernannt, durfte ein Zehntel für sich beanspruchen. Morgan stand ein Hundertstel zu, insgesamt 750 000 Goldstücke, die er sich in Dollars umwechseln wollte.
Wie gesagt, Morgans Leute hatten eine Wut im Bauch, und die Historiker aus Wales, besonders W. Llewelyn Williams, nahmen an dieser Wut Anstoß. Sie sagten, angesichts der Tatsache, daß Abzüge üblich wären, seien 200 Dollar für jeden Freibeuter durchaus angemessen. Überdies hätten diese Typen gar kein Recht, sich zu beklagen, sie seien einfach unverschämt. Morgan habe genau nach ihren eigenen Gesetzen gehandelt und seinen hohen Anteil durch sechs Monate Arbeit, immerwährende Wachsamkeit und unwandelbaren Mut redlich verdient. Kurz, er habe, was seinen Anteil betrifft, durchaus ehrenwert gehandelt. Hier sei eingefügt, daß diese Rechtfertigung zu Beginn unseres Jahrhunderts, nämlich 1905, und nicht während der Blütezeit der Seeräuberei niedergeschrieben wurde, zu einer Zeit also, als die britischen Gerichte arme Witwen ins Gefängnis warfen, weil sie verschuldet waren und ihre Miete nicht bezahlen konnten.
Exmelin berichtet, die Unzufriedenen in Port Lorenzo hätten ihren Admiral wie einen Betrüger behandelt. Er selbst jedenfalls schlägt sich in seiner Niederschrift auf ihre Seite, was nicht weiter verwundert, denn sein Vorurteil gegenüber den Walisern ist bekannt. Aber auch ein anderer Zeitgenosse, Richard Browne, lange Zeit ein Bewunderer Morgans, änderte unvermittelt seine Meinung. Seine an den

Staatssekretär Williamson in London gerichteten Protestbriefe gegen den Betrug sind noch heute in den Archiven einzusehen. Die Brüder-von-der-Küste waren sogar so unzufrieden, daß sie eine radikale Gruppe bildeten. Binnen weniger Tage mußte der Admiral um seinen Kopf fürchten.

Unter diesen Umständen wurde ihm der Boden in der Umgebung vom Chagres zu heiß. Ohne vorherige Ankündigung setzte er die Segel und ließ sich nur von vier Schiffen begleiten, deren Kapitäne seine Vertrauten und an dem widerrechtlichen Raub beteiligt waren. Exmelin verurteilt diese Flucht und fährt fort: »Einige französische Abenteurer wollten ihn verfolgen und angreifen, aber das fiel ihnen zu spät ein. Morgan nahm schnellen Kurs auf Richtung Jamaika.«

Triumph auf Jamaika. Die an Bord befindlichen Kapitäne, Matrosen und seeräuberischen Landser, mit denen Morgan einen so schnellen Abschied auf Französisch genommen hatte, gehörten gewiß nicht zu den Betrogenen. Zweifellos waren sie von Anfang an bestochen, denn sie hatten sich aus allen Meutereien herausgehalten. Doch blicken wir nach Port Royal. Zum letzten Mal bot sich dort das bekannte Schauspiel: Die Menge drängte sich an der Mole, auf dem vom Halbmond beschienenen berühmten Strand. Gleichzeitig refften die vier großen Schiffe ihre Segel und fuhren langsam auf das Gewimmel von kleinen Barken zu, die ihnen entgegenkamen. Tausend Fragen und Antworten flogen hin und her, und kaum hatten die Männer den Fuß auf festen Boden gesetzt, da stritten sich schon schamlose Freudenmädchen um sie. Negertänze wurden aufgeführt, große Saufgelage fanden statt, und Dukaten wechselten in Windeseile den Besitzer. Morgan und Gouverneur Modyford hielten sich mit offiziellen Begrüßungszeremonien nicht lange auf. Bald lachten sie schallend und klopften sich auf die Schulter. Kein Zweifel, an jenem Abend unterhielten sie sich über einzigartige Geldbeträge, und Modyford beschloß damals, allein oder gemeinsam mit seinem Freund, den Beuteanteil des Königs und des Herzogs von York etwas zu verkleinern. Denn ob fünfzehnter oder zehnter Teil einer so großen Beute, in jedem Fall handelte es sich um gewaltige Summen, ja Löwenanteile. Nie-

mand würde angesichts solcher Zahlungseingänge auch nur den geringsten Verdacht schöpfen, daß etwas fehlen könnte.
Ein sehr umständlicher und sehr überzeugender Brief über die mit der Beutefahrt verbundenen beträchtlichen Unkosten begleitete die Geldsendung nach London, was die folgenden Ereignisse zwar nicht allein auslöste, aber auch keineswegs verhinderte.
Auf Jamaika triumphierte man noch immer, in London jedoch zog das Unwetter in Gestalt eines Mannes namens Molina, spanischer Botschafter in England, auf.
Er äußerte: »Niemals wird mein Land die Plünderung von Panama hinnehmen, wir werden Sanktionen fordern, und der Krieg wird aufs neue beginnen.« Nach und nach trafen auch die Briefe der unzufriedenen Mitkämpfer in London ein, und so wurde der genasführte Charles II. allmählich über die Freiheiten informiert, die sich Modyford und Morgan bei der Berechnung der Beute genommen hatten. Es kommt nicht allein darauf an, wie groß man vor der Welt dasteht, vor allem dann nicht, wenn persönlicher Reichtum die Bedrohung des Friedens nach sich zieht. Charles blickte um sich und suchte instinktiv nach einem Opfer, das er unverzüglich töten konnte. In seinem düsteren Palast, den die wärmende Junisonne nicht erreichte, diktierte er seinem Sekretär einen offiziellen Brief an den Botschafter von Spanien: »Der Gouverneur Modyford hat Henry Morgan widerrechtlich einen Kaperbrief für seinen Feldzug gegeben. Und er hat Schuld auf sich geladen, weil er Morgan nach dem Friedensschluß zwischen England und Spanien nicht zurückbeorderte. Noch diese Woche werde ich Sir Thomas Lynch nach Jamaika schicken mit dem Auftrag, Thomas Modyford sofort zu arretieren und zur Verurteilung nach London zu schicken.«
Am 22. August des Jahres 1671, etwas mehr als vier Monate nach dem Fest anläßlich der Rückkehr vom Panamafeldzug, sahen die Einwohner von Port Royal bestürzt zu, wie ihr vielgeliebter Gouverneur mir nichts dir nichts an Bord des Frachtschiffes *Jamaica Merchant* ging. Er wurde nicht gewaltsam abgeführt, sogar rücksichtsvoll geleitet, doch jedermann wußte, daß Sir Thomas das Schiff nicht freiwillig betrat. Nur geschah alles so schnell, daß den Gemütern

keine Zeit blieb sich zu erhitzen. Außerdem war dies erst der Anfang.

»Die Kaperfahrt von Panama hat die Seeräuber sehr erniedrigt, man täte gut daran, Morgan gegenüber Härte walten zu lassen. Die Piraten klagen ihn an, er habe sie Hungers sterben lassen, ausgeraubt und schließlich ganz im Stich gelassen.« Dies schrieb Thomas Lynch an Lord Arlington, den Minister des Königs. Der Brief aber entsprach nicht den Tatsachen. Vielmehr erfüllte der erfolgreiche Feldzug sogar jene Seeräuber mit Stolz, die Morgan bei der Beuteverteilung einen Betrüger genannt hatten. Sie beschimpften Morgan nicht mehr, sie bewunderten ihn genauso wie später die alten Haudegen, die nur als Kanonenfutter dienen sollten, ihren Napoleon. Aber Lynch wußte, was er wollte, für ihn heiligte der Zweck die Mittel. Übrigens war er bereits ein hoher Beamter in Port Royal gewesen, als die Angelegenheit mit Modyford an die Öffentlichkeit drang.

Morgan bluffte noch, er nahm die Angelegenheit auf die leichte Schulter und glaubte, man könnte die überstürzte Abreise seines Freundes als kleinen Zwischenfall abtun, der ihn selbst überhaupt nicht berührte. Tatsächlich war seine Popularität auf Jamaika so groß, sein Kredit auch bei Hofe in London noch so solide (schließlich war man ja durch ihn reicher geworden), daß Lynch über sechs Monate brauchte, um von der Regierung den Auftrag zu erhalten, den großen Seeräuber nach England zu verfrachten. Dort sollte er sich für die dem König und der Krone gegenüber begangenen Beleidigungen verantworten.

Nachdem Lynch diese Order einmal empfangen hatte, kostete es ihn noch zwei weitere Monate, bis die Einschiffung organisiert war. Es brauchte eben alles seine Zeit. Morgan ging als Gefangener auf Ehrenwort. In Port Royal kannte man die Einzelheiten, und die Einwohner fühlten sich fast mitschuldig an dem Geschehen. Und als seine Komplizen bereiteten sie ihm einen triumphalen Abschied. Die Vivats und Zurufe aus der Menge ließen eher die Vermutung zu, der Admiral ginge nach London, um Auszeichnungen entgegenzunehmen. Alle wahrten den Schein, als die *H. M. S. Welcome* am 4. April 1672 den Anker lichtete.

»Die *Welcome* ist ein altes Schiff, und wenn sie in ein schlimmes Unwetter gerät, wird sie mit Mann und Maus untergehen.« Nie würde ein Seemann solche Zeilen schreiben. Überdies finden sich auf den Listen untergegangener Schiffe ebenso viel neue wie alte.
Die *Welcome* benötigte drei Monate, vom 4. April bis zum 2. Juli 1672, um den Atlantik zu überqueren, denn sie geriet wiederholte Male in von Lynch heraufbeschworene (erhoffte?) Unwetter. Alle litten unter den Unannehmlichkeiten damaliger Schiffsreisen: die Nahrungsmittel waren rationiert und verdarben mit der Zeit, das Trinkwasser wurde immer knapper und ungenießbarer, die Passagiere wurden von Skorbut und Darmentzündungen befallen. Und am Ziel herrschte schließlich einer der häßlichsten, trüben, kalten, englischen Sommer. So triumphal die Abfahrt gewesen war, so unerfreulich gestaltete sich die Ankunft. Morgan blieb an Bord der *Welcome* eingesperrt und wartete darauf, daß der König Zeit für ein Gespräch mit ihm fände.
Endlich schrieb Kapitän John Keene an den Minister Lord Clifford: »Meine beiden Gefangenen sind noch immer an Bord, und weil sie schon sehr lange interniert sind, befindet sich besonders Oberst Morgan in schlechter gesundheitlicher Verfassung.« Den Namen des anderen Gefangenen konnte ich nicht feststellen. Immerhin ist es bemerkenswert, daß sich Keene der Titulierung »Oberst« bedient. Vom Admiral ist keine Rede mehr. Die Dauer der Gefangenschaft auf der *Welcome* ist nirgends festgehalten, aber einige Tage nach dem obigen Brief betrat Kapitän Keene die Kajüte des Gefangenen, in der Hand einen Brief mit dem königlichen Siegel. Morgan mußte sich tatsächlich nicht sehr wohl gefühlt haben, denn der Text besagte lediglich: »Oberst Morgan wird hiermit freigelassen. Doch muß er in London Aufenthalt nehmen und dort auf seine Kosten leben.«
Drei Jahre lebte Morgan in der englischen Hauptstadt, über sein Leben in jener Zeit existiert kein Bericht. Lediglich aus Zeitungsartikeln und Erinnerungen läßt sich ein Bild gewinnen. Im Jahre 1672 war Morgan 37 Jahre alt. Heute bedeutet das Jugend, doch damals reifes Mannesalter, überdies hatte Morgan nicht gerade ein gesundes Leben geführt, und die Überfahrt war sehr strapaziös gewesen. Dennoch

sah man ihn einige Wochen nach seiner Ankunft in London aufgeputzt und wie ein Prinz gekleidet gewisse Etablissements des öfteren aufsuchen.

London befand sich damals im Zeitalter der Restauration. Die Menschen waren ausgelassen und fröhlich und versuchten, die Pest und die Feuersbrünste zu vergessen. Unter dem Druck des Königs von Frankreich, Ludwigs XIV., hatte man den Krieg gegen die Holländer wiederaufgenommen, doch niemand schien diesen Konflikt ernst zu nehmen. Die Boulevardpresse beschäftigte sich hauptsächlich mit den Mätressen des Königs, zum Beispiel mit der Französin Louise de Kérouaille, die ausgepfiffen wurde, sobald sie sich in der Öffentlichkeit zeigte. Man schwärmte von den exotischen Ländern, war närrisch auf Affen und Papageien, und als letzter Schrei galt es, einen Neger als Dienstboten zu besitzen. Schwarze Domestiken waren Gold wert, leider starben sie leicht an Tuberkulose.

In einer solchen Umgebung mußte Morgan binnen kürzester Zeit zum Salonlöwen werden. Irgendwo steht: »Bei Lord Berkeley mit Sir Thomas Modyford, dem ehemaligen Gouverneur von Jamaika, diesen Oberst Morgan getroffen, der den großartigen Feldzug von Panama geführt hat.« Auch Modyford tauchte also wieder auf. Nach der Intervention eines entfernten Verwandten hatte man ihn aus dem Gefängnis, dem berüchtigten Tower von London, freigelassen. Als sein Fürsprecher war der junge Herzog Albemarle aufgetreten (Christopher von Albemarle, Erbe eines Herzog-Titels, der einst dem General Monck zuerkannt worden war), erst 19 Jahre alt, steinreich und einer der bekanntesten Salonlöwen. Christopher besaß offensichtlich wenig Ambitionen, bei einem Tugendwettbewerb zu konkurrieren. Von Hofdamen bis zu Prostituierten kam ihm alles recht, je nach Laune und den jeweiligen Umständen. Er war auch kein unbeschriebenes Blatt mehr, denn im Verlauf einer wilden Party hatte er einen Polizeioffizier getötet. Solche Zwischenfälle gibt es in allen Epochen. Selbstverständlich war dieser talentierte junge Mann Morgan und Modyford überaus sympathisch. Alle drei unterhielten sich ausgezeichnet auf diversen Londoner Abendgesellschaften.

»Alles schön und gut«, sagte eines Tages Morgan zu Modyford,

»doch wir sind dabei, uns zu ruinieren. Ich will den König bitten, meinen Prozeß voranzutreiben.«
Der vermaledeite Prozeß! Niemand dachte mehr an ihn. Anscheinend nicht einmal der Botschafter von Spanien. Ein seltsamer Prozeß! Es gab weder einen Prozeßtermin noch ein Gericht. Die Wirtschaftsminister der Kolonien trugen Material gegen Morgan zusammen, das dem König unterbreitet wurde. Gleichzeitig trafen Briefe aus Jamaika ein, die Morgan als Wohltäter feierten, der stets um das Gedeihen der Kolonie besorgt gewesen sei.
Morgan nahm an der Schlußsitzung des Rates teil. Der König führte den Vorsitz, und Morgan mußte ein paar Fragen beantworten. Der Urteilsspruch lautete schließlich: »Eine strafbare Handlung kann nicht nachgewiesen werden.«
Zwei Tage später wurde Morgan bei Hofe empfangen. Da er sehr unter dem Londoner Klima litt, wollte er gern auf seine Insel zurückkehren. »Reisen Sie zurück – als Vizegouverneur«, sprach der König und wünschte ihm eine gute Reise. Sir Thomas Lynch wurde abberufen und durch den Grafen von Carlisle ersetzt.
Lynch las den Brief, der ihn seines Amtes enthob, mit bitterem Lächeln. Einen noch härteren Schlag versetzte ihm allerdings die Nachricht, daß auch Modyford zurückkehren sollte – als oberster Richter!
»Die Habgier der Seeräuber kennt keine Grenzen mehr, eigentlich sollten die Behörden strenger durchgreifen. Statt dessen soll Henry Morgan, der selbst Seeräuber war, jetzt als Vizegouverneur regieren!«
Diese beiden Sätze enthalten alles, was es über das Ende der Karriere Morgans zu sagen gibt. Sein Leben endete jedoch noch ganz anders: es sollten noch eine ganze Reihe trauriger Ereignisse stattfinden.
Die Raffgier der Seeräuber auf Jamaika war so groß wie eh und je geblieben. Alle träumten von riesigen Beutezügen und gewaltigen Gelagen. Nur war leider der Moses, der sie von einem gelobten Land ins andere geführt hatte, mit 40 Jahren physisch so verbraucht, daß er Heldentaten nur noch bei festlichen Gelagen vollbringen konnte, und es gab auch keinen Josua, der sein Nachfolger hätte werden können. Kleine und mittlere Unternehmungen mit bescheidener

Beute – die Seeräuberei wurde wieder, was sie lange Zeit gewesen war, eine Art Handwerk.

Noch etwas spielte eine bedeutende Rolle: Jamaika ließ sich nicht mit Spanien vergleichen, das seiner Energien beraubt war und durch das amerikanische Gold ruiniert wurde. Der Reichtum, den die Seeräuberei gebracht hatte, bedeutete für Jamaika das Grundkapital, mit dem sich die landwirtschaftlichen Güter voll nutzen ließen. Gleichzeitig mit den Kaperschiffen, die ihre Beute nach London bringen sollten, liefen von Port Royal mit Zucker, Rum, Kakao, Ananas, Zitrusfrüchten und Gewürzen beladene Frachtschiffe aus. Andere Schiffe, die Sklaven (das »schwarze Elfenbein«) von Afrika nach Nordamerika beförderten, machten in Port Royal Station. Es gab immer weniger Seeräuberschiffe im Hafen, und sie wurden immer unerwünschter. Die Bevölkerung wollte Handel treiben, sich bürgerlich einrichten und um jeden Preis gute Verbindungen nach London unterhalten.

So verlief die wirtschaftliche Entwicklung, mit der sich Morgan konfrontiert sah. In den Staatsarchiven von Jamaika und London findet man die unterschiedlichsten Berichte über ihn; und je nach der biografischen Station nehmen sie entweder leidenschaftlich Partei oder geben nur magere Auskunft über den Mann, der beinahe zum Nationalhelden wurde. Leider gingen die Dokumente aus der interessantesten Epoche durch ein Erdbeben und eine Sturmflut im Jahre 1692 verloren. Wie bei seinem Londoner Aufenthalt ist also die Berichterstattung über Morgans Schicksal zeitweise unterbrochen.

Morgan blieb auf Jamaika. Die Gouverneure kamen und gingen, und alle waren diesem Bruder-von-der-Küste mehr oder weniger feindlich gesonnen. Nie wurde er ein solider Bürger, alle wußten, daß er seinen Unterhalt mit kleinen Seeräubereien verdiente. Aber trotz vieler Anfeindungen und mancher unvorteilhafter Berichte, die nach London geschickt wurden, hielt sich Morgan als Ratsmitglied, Vizegouverneur, Interimsgouverneur und eine Zeitlang sogar als ordentlicher Gouverneur. Freilich war das alles nur durch Bestechung und allerlei zweifelhafte politische Manipulationen möglich.

Morgan war schon lange nicht mehr der grausame und skrupellose

Held, dem dieser Abschnitt eigentlich gewidmet sein sollte. Aber weil wir sein strahlendes Banditentum bewunderten, als er auf dem Gipfel des Ruhms stand, müssen wir auch seinem moralischen Verfall beiwohnen bis hin zum unwürdigen Ende.

Es gibt nur wenige Anhaltspunkte über Morgans Finanzlage, doch seine Lebensführung ließ immerhin erkennen, daß er keine Not litt. Er besaß ein Haus in Port Royal und drei Güter, auf die er sich häufig zurückzog. Dort züchtete er Pferde, Rinder, Schweine und baute Gemüse, Früchte für den Export, Kartoffeln und Maniok an, das in jenen Breiten als Brot diente. Ein Kapitän berichtet, daß der Vizegouverneur für seine Gäste Jagd- und Angelpartien veranstaltete. Auch Mrs. Morgan lebte noch, allerdings sehr zurückgezogen und ohne Kinder. Rechtmäßige Nachkommen besaß Morgan demnach nicht, doch konnte man angelegentlich einer Jamaikarundreise im Yayah-Tal seinen Abkömmlingen begegnen: Mulatten oder ganz Schwarzen mit schönen, ebenmäßigen Gesichtern und bemerkenswert weit auseinanderliegenden Augen.

Der genaue Zeitpunkt ist nur schwer zu bestimmen, aber plötzlich änderte Morgan seine Gesinnung und stellte sich gegen seine alten Kumpane. Im Jahre 1697 starb völlig unerwartet Modyford, und Morgan wurde zum Obersten Richter ernannt. Kaum im Amt, hatte er eine ziemlich üble Angelegenheit am Hals. Ein gewisser Francis Mingham hatte den jamaikanischen Zoll umgehen – sprich: schmuggeln – wollen. Morgan hatte ihn verurteilt und sein Schiff verkaufen lassen. So weit, so gut, nur hatte Morgan den Verkaufserlös statt in die Staatskasse in die eigene Tasche fließen lassen. Die Sache ging aber schief, denn Mingham wandte sich nach London, wo das Urteil prompt aufgehoben wurde. Mingham bekam sogar Schadenersatz zugesprochen, nur erhielt er ihn nie. Anscheinend beschloß Morgan nach dieser beschämenden Affäre, ein betont gesetzestreues Leben zu führen.

Anfang 1680 wurde er neuerlich Interimsgouverneur, denn Carlisle war nach London zurückberufen worden. Sofort wurde der Hafen von Port Royal für alle verdächtigen Seeräuberschiffe geschlossen. Und wenig später konnten die ehemaligen Gefährten, die jede Gefahr mit ihm geteilt und auf seinen Befehl geplündert, gebrandschatzt, gemordet, vergewaltigt und gefoltert hatten, folgendes von Morgan unterzeichnetes Ultimatum lesen: »An alle Seeräuber! Euch wird nur Pardon gewährt, wenn ihr für immer dem Metier der Seeräuberei entsagt. Ihr bekommt sogar Land auf Jamaika zugewiesen. Diejenigen allerdings, die sich in drei Monaten vom heutigen Tag an gerechnet nicht ergeben haben, werden als Feinde des Volkes betrachtet. Sie müssen unnachsichtiger Verfolgung gewärtig sein, zu Lande als auch zu Wasser. Das Hohe Gericht der Admiralität wird entscheiden, ob sie gehenkt werden. Denn nur außergewöhnliche Umstände können den Einzelnen vor einem solchen Urteil retten.«

Diesem Aufruf hatte Morgan noch folgenden unglaublichen Satz eigenhändig hinzugefügt: »Alle Piraten, die mir in die Hände fielen, habe ich getötet, eingesperrt oder den spanischen Behörden übergeben.«

Die Bevölkerung hatte gegen so strenge Maßstäbe nichts einzuwenden. Dabei waren es die gleichen Menschen, die Morgan als dem großen Piraten zugejubelt hatten, als er mit einer Schiffsladung Beute nach Port Royal zurückgekehrt war. Anpassung ist alles, man muß mit der Zeit gehen.

Keine Sinnesänderung geht ohne Schwierigkeiten vor sich, und schlechte Gewohnheiten verschwinden langsamer als die guten.

Anfang des Jahres 1683 geriet ein gewisser Flood, ein Helfer des Kapitäns Mingham (jener, den Morgan um sein Schiff gebracht hatte), in Streit mit Kapitän Churchill, dem Kommandanten der *H. M. S. Falcon*. Flood warf den Kapitän ins Wasser, worauf jener eine Lungenentzündung bekam und starb. Bei der Gerichtsverhandlung spielte Morgan eine zwielichtige Rolle. Als Mitglied des Schwurgerichts schüchterte er die Geschworenen ein, und obgleich 20 Zeugen mit eigenen Augen gesehen hatten, wie Churchill ins Hafenbecken gefallen war, lautete der Urteilsspruch: »Nichts ist passiert. Kapitän Churchills Tod ist auf eine Bronchitis zurückzuführen, die er sich an Land zugezogen hat.« Eine so himmelschreiende Rechtsverdrehung mußte blutige Auseinandersetzungen zwischen Floods und Churchills Leuten befürchten lassen.

Als Gouverneur amtierte wieder Lynch, derselbe Lynch, der Morgan schon vor acht Jahren am Schlafittchen gehabt hatte. Man kann sich leicht vorstellen, mit welch erlesenem Vergnügen Lynch nach London meldete: »Morgan hat eine Partei von Dummköpfen und Trunkenbolden gegründet. Sie treffen sich in betrunkenem Zustand und beschimpfen und verleumden alle, die dieser Partei nicht angehören. Der Name, den sich dieser Kreis zugelegt hat, ist eine einzige Provokation: Loyal Club.«

Viele Regierungen drücken angesichts von Ausschweifungen und Ehrlosigkeiten beide Augen zu, sobald aber das Wort Partei fällt, spitzen sie die Ohren. Überdies war Jamaika eine blühende Kolonie, in der London keinen Aufruhr wünschte. Lynch erhielt den Befehl, Morgan auf der Insel vor Gericht stellen zu lassen. Auch die wenigen Freunde, die ihm noch geblieben waren, fanden, daß Morgan sich diesmal wirklich in eine mißliche Lage gebracht hatte. Seine guten Seiten verteidigten nur noch seine treuesten Anhänger, doch auch sie mußten zugeben, daß er ein Säufer war; er zahlte ihre Rechnungen in den Tavernen. Auch daß er ein pflichtvergessener Beamter war, konnten sie nicht leugnen, denn sie selber nahmen von ihm Geld an, ohne nach der Herkunft zu fragen. Alle waren sich in der Meinung einig, daß er besser daran getan hätte, die Regierung nicht herauszufordern.

Der Angeklagte, der sich im Rathaussaal erhob, wo er einst geherrscht hatte, war erst 43 Jahre alt, aber in seiner Haltung und seinen Bewegungen war er ein Greis. Seine Verteidigungsrede hielt er mit gebrochener, keuchender Stimme.

»Ich hoffe, daß man mir die Fehler der anderen nicht anlastet. Ich habe sie häufig bestraft. Niemals hatte ich die Absicht, General Lynch zu beleidigen, ich werde mich mit ihm aussöhnen.«

Eine miserable, bemitleidenswerte Verteidigungsrede. Peinliches Schweigen. Ein paar Minuten später wurde Henry Morgan aus dem Rat ausgeschlossen und fast einstimmig aller Ämter enthoben.

Ein Jahr lang war es völlig still um ihn. Dann, im Jahre 1685, tauchte der Name Morgan plötzlich wieder auf – heute würde man sagen: in den Schlagzeilen aller Zeitungen – und zwar im Zusammenhang mit einem Prozeß.

Exmelin veröffentlichte ein Buch über die Abenteuer der Piraten und hatte großen Erfolg. Gleich zweimal wurde es aus dem Holländischen ins Englische übersetzt: *The History of the Bucaniers* und *Buccaneers of America*. Ein umfangreiches Kapitel war Morgan gewidmet. Selten ist eine bedeutende Persönlichkeit mit dem zufrieden, was man über sie schreibt, es sei denn, das Buch ist als ausgesprochenes Auftragswerk entstanden. Morgan las den Bericht über sich selbst sehr genau durch, und sein Vergnügen schwand in dem Maße, in dem er sich dem Ende und damit der Schilderung seines schlechten Rufs näherte.

»Ist es denn geschickt, die Erinnerung an die vielen ausgeplünderten spanischen Städte und die toten Spanier in einem Augenblick wachzurufen, wo über die englischen Besitzungen der Nachfolger Charles' II., der Katholik und Freund Spaniens, Jakob II., herrscht? Ich verlange eine Gegendarstellung und Schadenersatz!« schrieb Morgan an John Greene, seinen Londoner Anwalt.

Das Buch hatte zwei Herausgeber, und der eine erklärte sich sofort bereit, eine revidierte Ausgabe mit einem Vorwort herauszubringen, das Morgan Genugtuung verschaffen sollte. Der andere, Malthus, protestierte aber. Er war sicher, daß es für ein Buch keine bessere Publicity gab als einen Prozeß.

Alle Einzelheiten des Prozesses wurden protokolliert, die Kopien kann man in den großen Bibliotheken Londons einsehen. Dem Text der von Greene geforderten Gegendarstellung mangelt es nicht an Komik: »Sir Henry ist ein guter und treuer Untertan des jetzigen Königs und seiner Vorgänger. Zu Lande und zu Wasser ist er als ein Mensch von gutem Ruf bekannt. Gegen alle bösartigen Handlungen wie Piraterie, Raub etc. hegt er eine tiefe Abneigung. Seit jeher hat er die Seeräuber gehaßt, die wider alle göttlichen und menschlichen Gesetze bloß von der Piraterie leben, von Plünderungen und Brandschatzungen der Häuser und Städte des spanischen Königreiches.«

Die Richter hörten unter ihren schweren Perücken ungerührt zu. Niemand dachte im entferntesten daran zu fragen, wie es überhaupt da-

zu gekommen war, daß sich jemand über diesen offensichtlich Heiligen beklagen konnte.
»Wir verlangen 10 000 Pfund Schadenersatz«, schloß Greene.
»Das Wort erhält die Verteidigung.«
Niemand ergriff das Wort, denn der Herausgeber Malthus blieb stumm – er war erst gar nicht vor Gericht erschienen und hatte sich auch nicht vertreten lassen. So endete die Verhandlung mit 10 Pfund Ordnungsstrafe und 200 Pfund Schadenersatz.
Dieser Prozeß ist sowohl historisch als auch juristisch bedeutsam. Er war nämlich der erste Prozeß gegen einen Autor. Malthus war nicht wegen Beleidigung oder Lüge verurteilt worden, sondern wegen Verleumdung. Das englische Recht urteilte noch lange nach dem Grundsatz: »Je größer die Wahrheit, desto größer die Verleumdung.« Einzige Genugtuung für Morgan blieben die 200 Pfund. Aber es ist nicht sicher, ob er sie jemals erhalten hat.

Heutzutage sind die rauchigen Kneipen von Cardiff und Newport immer noch von mächtigem Bierdunst eingehüllt, aber die Seeleute singen keine rauhen Lieder mehr: sie starren in den Fernsehapparat, der in der Bar aufgestellt ist. Noch vor 40 Jahren konnte man manchmal alte Matrosen ein Lied anstimmen hören, das kurz nach dem Tode Henry Morgans entstanden sein muß:

Die schwarze Fahne weht am Mast
Old Morgan kommt als grauser Gast
Hoiotoho die Segel hoch
Die schwarze Fahne sank hinab
Old Morgan liegt im kühlen Grab
Hoiotoho die Segel hoch

Im Dezember des Jahres 1687 hißte Morgan schon lange keine Segel mehr, aber unter der Erde lag er auch noch nicht. Ein paar Tage vor Weihnachten saß er an einem reich gedeckten Tisch dem Herzog von Albemarle gegenüber. Albemarle war gerade in Port Royal eingetroffen, um den Posten des Gouverneurs von Jamaika zu übernehmen, der augenblicklich nicht besetzt war.

Morgan trank auf die Gesundheit seines alten Saufkumpans aus London. Er freute sich sehr, Albemarle wiederzusehen, und gemeinsam erinnerten sie sich der schönen, alten Zeiten. Plötzlich mußte Morgan mitten im Erzählen innehalten, ein heftiger Hustenanfall schüttelte ihn. Albemarle sah schweigend zu und suchte sein Erschrecken zu verbergen. Er merkte bestürzt, welch ein Wrack Morgan geworden war. Wenige Tage später erschien Medizinaloberst Hans Sloane mit großem Gefolge, um Morgan zu untersuchen. Er diagnostizierte, daß Morgan tatsächlich schwer krank war. Abgemagert, talgige Haut, gelbe Augen und fliegender Atem – das war Tuberkulose, zu der wahrscheinlich noch eine Leberentzündung als Folge des allzu starken Alkoholgenusses kam. Morgan hatte sich bisher der Pflege eines schwarzen Heilpraktikers anvertraut, der ihm jeweils zwischen zwei Orgien Klistiere und Tonerdeumschläge verabreicht hatte. Sloane las ihm die Leviten, und Morgan akzeptierte eine vernünftige Therapie.

»Trotzdem ist er nicht mehr zu retten«, berichtet der Arzt dem Herzog.

Treue Freundschaft ist eine Tugend, bei der es nicht darauf ankommt, von wem sie ausgeht und an wen sie sich richtet. Die Beschützerrolle, die der einst leichtfertige Christopher Albemarle für den inzwischen gealterten und verfallenen Morgan übernahm, muß man ihm hoch anrechnen, denn außer gemeinsamen Saufgelagen hatte sie nichts verbunden. Albemarle bewunderte lediglich Morgans militärische Heldentaten und die Seeabenteuer. Er wollte versuchen, die Ehre des Verdammten wiederherzustellen, und bemühte sich um eine Art Rehabilitation. Unverzüglich schrieb er nach London und bat um Wiederaufnahme Morgans in den Rat. Dabei setzte er bewußt seinen eigenen Ruf aufs Spiel. London ließ sich viel Zeit, doch am 27. April 1688 wurde eine zustimmende Entscheidung gefällt.

Es dauerte bis in den Juli hinein, dann erfuhr man auch in Port Royal von dieser Maßnahme. Morgan mußte sich von hilfsbereiten Zeitgenossen in die Ratsversammlung tragen lassen, wo er die Entscheidung vernahm und mit mühsamer, keuchender Stimme für die Glückwünsche dankte.

»Ich glaube, er macht es nicht mehr lange«, schrieb Albemarle an den Kolonialminister.

Dann wurde Morgan ganz bettlägerig und begann Blut zu spucken. Doktor Sloane ließ ihn in sein Haus an der Küste bringen, nach Passagefort, ein Gut im Landesinneren. Gestützt von mehreren Kissen im Rücken verfaßte Morgan noch eigenhändig sein Testament: »Ich hinterlasse mein ganzes Vermögen zur Nutzung meiner lieben Frau, zum Besitzer aber wird Charles Byndlos eingesetzt, zweiter Sohn meines Schwagers, und zwar unter der Bedingung, daß er seinem Namen den Namen Morgan hinzufügt.«

Auf der königlichen Fregatte *Assistence*, die unter dem Befehl von Kapitän Wright stand, konnte man am 25. August in der Zeitung folgende Meldung lesen: »Heute, am 25. August gegen elf Uhr vormittags, ist Sir Henry Morgan gestorben.« Am 26. hieß es: »Man hat die sterblichen Überreste von Sir Henry Morgan im Gouvernementsgebäude von Port Royal aufgebahrt. Nach den Trauerfeierlichkeiten in der Kirche wurden sie auf dem Friedhof von Palisadoes unter großer Anteilnahme der Bevölkerung beigesetzt.«

Denn auf ausdrücklichen Befehl von Christopher, des zweiten Herzogs von Albemarle, erhielt Morgan ein Leichenbegängnis wie der Vizekönig. Schwarzer Rauch von den Böllerschüssen aller Schiffe lag über der Reede.

Vier Jahre nach Morgans Begräbnis rollte und donnerte die Erde, Spalten öffneten sich, spieen Feuer, Häuser verschwanden, und zum Schluß brauste eine ungeheure, alles verschlingende Flutwelle heran.

Das Port Royal von damals gibt es heute nicht mehr. In einiger Entfernung auf der anderen Seite des Hafens hat man die Stadt neu errichtet. Aus der Halbinsel Palisadoes ist eine Insel geworden, der alte Friedhof ist verschwunden. Ob die sterbliche Hülle Morgans vom Meer oder vom Land verschlungen wurde, das weiß niemand. Doch können Meer und Land den alten Haudegen mit gutem Recht für sich beanspruchen. Und daß eine Katastrophe das Grab vernichtete, paßt viel besser zu Henry Morgan als eine gewöhnliche, langweilige Friedhofsruhe.

Dritte Epoche

DIE LETZTEN KLASSIKER

Grammont, ein Edelmann aus der Gascogne, hier als Haudegen dargestellt, war in Wirklichkeit ein bemerkenswerter Stratege. Auf dem Höhepunkt seines Ruhms segelte er mit unbekanntem Ziel davon und wurde nie wieder gesichtet.

1

Grammont oder Die Seeräuberei als Kunst

Im Jahre 1543 brandschatzten 300 französische und englische Piraten zum ersten Mal Cartagena. 1853, mehr als drei Jahrhunderte später, starb François Jean Lafitte, das Pirategenie des Golfs von Mexiko, ein außergewöhnlicher Mann, der am Ende seiner Karriere sogar mit Marx und Engels sympathisierte. Aber die beiden Hochburgen der Seeräuberei, die Schildkröteninsel und Jamaika, standen nur gut 30 Jahre lang in voller Blüte.

Wir wissen heute, daß Henry Morgan der bedeutendste englische Abenteurer war, auch wenn er mit scheinheiligen Ausflüchten schließlich ins gegnerische Lager überwechselte und so zum Untergang der englischen Seeräuberei beitrug. Die Gouverneure der Schildkröteninsel mußten sich sehr gegen ihren Willen dem Befehl des Sonnenkönigs beugen, der sich die Unterwerfung der Brüder-von-der-Küste vorgenommen hatte. Besonders auf der Schildkröteninsel und Santo Domingo glich der langsame Niedergang der Seeräuberei einem riesigen Feuer, dessen Flammen immer kleiner werden, bis nur noch ein roter Schein vorhanden ist, das aber plötzlich einen neuen flammenden Ausbruch hervorbringt.

Frankreichs letzter klassischer und berühmter Seeräuber verfügte nie über so große Fähigkeiten wie Morgan, schadete nie seinem Ruf wie dieser, und auch seine Piratenkarriere war viel kürzer. Vor allem aber ließ er sich nie zu Verleumdungen hinreißen. Es ist unverständlich, warum ein Rohling wie l'Olonnois weit bekannter ist als Grammont. Doch bevor wir die Taten dieses bedeutenden Kapitäns richtig würdigen können, müssen wir unser Augenmerk auf eine andere Persönlichkeit richten.

Eines der wenigen, wenn nicht das einzige französische Monument, das an die grausame Epoche der Seeräuberei erinnert, befindet sich in der Kirche Saint Séverin in Paris. Links vom Eingang ist oberhalb eines Weihwasserkessels eine einfache Tafel mit folgender Inschrift angebracht: »Am letzten Januartag des Jahres 1676 starb in der

Gemeinde von Saint Séverin in der Straße Maçons-Sorbonne der ehrenwerte Bertrand d'Ogeron, Monsieur von Bouère in Jallais, der von 1664 bis 1665 begonnen hatte, eine bürgerliche und religiöse Gemeinde unter den Seeräubern der Schildkröteninsel und Santo Domingos zu gründen. Er bereitete damit, von geheimnisvollen Stimmen der Vorsehung geleitet, das Schicksal der Republik Haiti vor.« Diese Tafel wurde im Oktober 1864 auf Veranlassung des Monsieur Margry, Konservator des Marinearchivs, angebracht.

Vielleicht hatte man nicht vergessen, daß Bertrand d'Ogerons erste Tat als Administrator gewesen war, Männer aus Frankreich als Seeräuber anzuheuern. Diese Aktion brachte ihm das Wohlwollen der Westindiengesellschaft ein, worauf er noch eine Reihe ähnlicher Unternehmungen folgen ließ. D'Ogeron sowie die wichtigen Aktionäre der Gesellschaft verweigerten den Seeräubern keinesfalls deren Gewinnanteile. Die Leute allerdings, die nur auf Profit bedacht waren, betrachteten die Schildkröteninsel lediglich als Pfründe, die es, soweit wie möglich, auszubeuten galt. Bertrand d'Ogeron aber opferte seinen Besitz dem Wohl der Kolonie.

Das uneigennützige Verhalten dieses Mannes ist in der fast immer unmoralischen Geschichte der Seeräuberei einmalig. Viele Jahre hindurch stellte er nicht nur seine Gewinne, sondern auch seinen persönlichen Besitz zur Verfügung, damit die Bauern und Handwerker ihr Auskommen finden und sich ansiedeln konnten. Er gab ihnen Darlehen, wenn sie einen Betrieb gründen, vergrößern oder wieder in Gang bringen wollten, oder wenn es ihnen einmal schlecht ging. Er war selber Abenteurer, fuhr schon mit 15 Jahren zur See, wurde später Seeräuber, dann Siedler und Kaufmann. Dabei bewies er immer großes Geschick. Die Ernennung zum Gouverneur veränderte ihn jedoch so sehr, daß er sich zum Kolonisationsapostel berufen fühlte.

Als Gouverneur war er immer mehr bestrebt, seine tropische Provinz zu vergrößern und zu bevölkern. 1667 sicherte er das Bestehen der ersten französischen Niederlassungen von Santo Domingo, indem er die Spanier von Santiago de Los Caballeros aus dem Zentrum in den Süden der Insel drängte. Rund um die Häfen von Cul de Sac,

Port de Paix, Cap Français, Léogane, Port de Margo, wo die Seeräuber ihre Schiffe verbargen, bauten friedfertige Siedler Zuckerrohr, Baumwolle, Ingwer und Tabak an, den man dort unten Petun nannte. Die Schildkröteninsel mit ihrer Festung, ihrer Garnison, ihrer Streitmacht aus großen, gut bewaffneten Schiffen ließ sich in etwa mit Malta vergleichen.

1668 reiste Bertrand d'Ogeron nach Frankreich, um seine Machtbefugnisse zu erneuern. Dabei versprach er Colbert, auf Florida französische Niederlassungen zu gründen. Der Plan wurde aufgegriffen, verschwand später jedoch wieder in der Versenkung. 1669 kehrte der Gouverneur auf die Schildkröteninsel zurück, begleitet von 400 Männern aus Angers (er selbst stammte aus Rochefort-sur-Loire, aus der Umgebung Angers'), denen er die Überfahrt bezahlte. Er sagte, er habe mit den Reedern vereinbart, daß jedes Jahr 300 weitere Siedler auf seine Kosten die Überfahrt machen sollten. Aber dieses Vorhaben fand kaum Unterstützung, was sich später rächen sollte.

Die wichtigsten Handelspartner der Einwohner der Schildkröteninsel waren die Holländer. Jahr für Jahr kamen etwa 60 bis 80 holländische Schiffe und brachten Geräte, Baumaterial, Stoffe und gutes Handwerkszeug, alles Dinge, die die Bewohner notwendig brauchten. Auf der Rückreise transportierten die Schiffe Nahrungsmittel aus der Kolonie.

»Von heute an ist es streng verboten, mit den Holländern Handel zu treiben!«

Dieses Verbot vom Mai 1670, Teil der großen Politik Ludwigs XIV., die er nach dem Abkommen von Aix la Chapelle in Europa begonnen hatte, verfolgte das Ziel, die Niederlande politisch und wirtschaftlich zu isolieren und dann anzugreifen. Es traf die Kolonie wie ein Blitz aus heiterem Himmel.

In Cul de Sac und Léogane kämpften die Siedler mit Soldaten, die das Verladen der bereits auf dem Kai befindlichen Waren verhinderten. Die holländischen Schiffe stachen in See, und die Nahrungsmittel verdarben. Daraufhin besorgten sich die Siedler Gewehre und griffen die erste Patrouille, die ihnen in die Quere kam, an. So

mußte Bertrand d'Ogeron noch kurz vor seinem Tode auf Menschen schießen lassen, die sich auf sein Zureden hin dort angesiedelt und seinen Versprechungen geglaubt hatten.
Im Jahre 1673 – der Krieg gegen Holland war bereits erklärt und sollte sieben Jahre dauern – wurde Bertrand d'Ogeron aufgefordert, gemeinsam mit dem Gouverneur von Martinique an einem Kriegszug gegen die holländischen Besitzungen teilzunehmen. Sein Schiff kreuzte noch vor Santo Domingo, als es ein plötzlicher Hurrikan auf die spanische Seite der Insel warf. Man nahm d'Ogeron gefangen, doch er floh an Bord eines Kanus. Halbverhungert fand man ihn schließlich am Strand der Insel Samana, fast 200 Meilen nördlich. Möglicherweise handelte es sich um eine Insel in der Bai von Samana, nordwestlich von Santo Domingo. Aber gab es denn dort keine Spanier? Das einzige, was man sicher weiß, ist, daß d'Ogerons Gesundheit ruiniert war, als er auf die Schildkröteninsel zurückkehrte. Er ging nach Paris und überließ den Posten seinem Neffen, dem Ritter von Pouancey, der 1676 offiziell zum Gouverneur ernannt wurde.
»Ich möchte den König sprechen. Ich weiß einen sehr guten Plan, wie die Insel Santo Domingo ganz und gar erobert werden kann.« Das sagte der kranke, bettlägerige Bertrand d'Ogeron in der Rue des Maçons-Sorbonne zu seiner aufopferungsvollen Wirtin. Ähnliches sagte er noch einmal am Vorabend seines Todes am 31. Januar 1676.
Die Inschrift auf der Tafel in der Kirche Saint Séverin schließt mit den drei Buchstaben R. I. P.: Requiescat in pace. Sicher kommt von den wenigen Besuchern und Gläubigen, die diese Tafel lesen, nicht einer auf die Idee, ein kurzes Gebet für den tapferen Mann zu sprechen. Denn Bertrand d'Ogeron nahm tatsächlich eine Ausnahmestellung unter den Piraten ein. Er hatte sich mit ihnen verbündet und starb doch ohne einen Sou. Die Geldbörse, die er hinterließ, war vollgestopft mit Schuldscheinen – er hatte sie niemals eingelöst.

Im Laufe des Jahres 1677 schickte Jacques Nepveu, Ritter von Pouancey, seit einem Jahr Gouverneur der Schildkröteninsel und Santo Domingos, an Colbert die alarmierendste Nachricht, die eine Provinz oder Kolonie nach Hause melden kann: Die Bevölkerung wandert aus! Dies waren keine vereinzelten oder gar zufälligen Abreisen, sondern es fand eine ständige, einem Aderlaß vergleichbare Abwanderung statt. Pouancey nannte klipp und klar die Gründe dafür: immer weniger freier Handel und immer häufigere Zwangsmaßnahmen. Der Erlaß von Ludwig XIV. – er hatte als Fortführung der Kompanie der amerikanischen Inseln die Westindiengesellschaft gegründet, die ihm das ausschließliche Handelsrecht mit der ganzen Neuen Welt einbrachte – stammte aus dem Jahr 1664. Er war also schon seit 13 Jahren in Kraft. Was einmal gedruckt vorliegt, das büßt nur langsam an Wirkung ein – dieser Satz galt schon im 17. Jahrhundert. Das Netz des Monopols war aber großmaschig. Und auch auf der Schildkröteninsel verfuhr man stillschweigend nach einem besonderen Gesetz. Viele bezogen ihre Einkünfte aus der Seeräuberei, und die Kolonisten verkauften ihre Produkte an wen und wie sie wollten – auch an die Holländer. Daraufhin wurden die Handelsbeschränkungen, die bereits den Aufstand von Cul de Sac hervorgerufen hatten, verschärft.

Eine neue Verordnung versetzte die Siedler in Aufruhr, denn sie betraf den Tabak, dessen Anbau auf den französischen Antillen sehr verbreitet war. Die Pflanze beanspruchte keinen besonderen Boden, wie etwa das Zuckerrohr, für das man überdies noch Mühlen brauchte. Auch der Anbau von Indigo war mühsamer, denn man mußte ihn in Bottichen kochen.

Die Westindiengesellschaft, die das Monopol auf Tabak verwaltete, entwickelte ein System, das auf eine Handelsbeschränkung hinauslief und mit der *Casa de Contratación* vergleichbar war. Eine Gruppe privilegierter Aktionäre konnte nach Zahlung einer Pauschalsumme an die Handelsgesellschaft Tabak bei den Pflanzern erwerben. Gleichzeitig hatte die Gruppe ihrerseits Treuhändern ein Kaufrecht eingeräumt. Diese waren selbstverständlich daran interessiert, bei den Pflanzern zu einem Spottpreis einzukaufen – denn die Pflanzer durften sich ja sonst an niemanden wenden.

»Die verzweifelten Pflanzer wandern nach Curaçao und nach Jamaika aus«, schrieb Pouancey. »Um die noch Verbliebenen zurückzuhalten, habe ich einen Brief von Monsieur Belinzani, dem Verwalter des Königs für die amerikanischen Inseln, unter den Einwohnern kursieren lassen. Dieser Brief verspricht die Tabakpacht nicht zu erneuern. Doch kann ich keine Verantwortung übernehmen, daß dieses Versprechen eingehalten wird.«

1677 war Colbert Finanzminister, Staatssekretär am Königshof, Sekretär der Marine und Oberaufseher für das Bauwesen. Er war für alles verantwortlich, ausgenommen für außenpolitische Angelegenheiten und das Kriegsministerium; also ein vielbeschäftigter Mann. Sein berufliches Gewissen, die gute Organisation seines Büros und das Interesse, das er dem Handel der überseeischen Besitzungen entgegenbrachte, legen die Vermutung nahe, daß er den Brief Pouanceys selbst lesen und sich zur Lockerung des Monopolgesetzes etwas einfallen lassen würde. Doch es verlief anders. Der König richtete seine Aufmerksamkeit vor allem auf Europa und versuchte, dort alles in seinem Sinne zu ordnen. Durch eine Lappalie wie die Schildkröteninsel wollte er sich seine Geschäfte nicht verderben lassen. Außerdem verfügten die Aktionäre der Westindiengesellschaft über Protektion von höchster Stelle. So erzielte Pouanceys Bericht keinerlei Wirkung.

Ein verschlissenes Tuch zerreißt nicht nur an einer Stelle. Der Aufstand der schwarzen Sklaven, der 1697 in Port de Paix ausbrach, stand allerdings in keiner Beziehung zur Westindien-Kompanie und zur Tabaksperre. Der Schwarze, der diesen Kampf schürte und anführte, gab weder Motiv noch Vorwand an, sondern unterbreitete seinen Partisanen nur ein brutales, blutrünstiges Programm: Man sollte die Weißen niedermachen, sich ihrer Habe bemächtigen und sich dann zu den Spaniern zurückziehen. Zu den Spaniern, bei denen man neuerlich Sklave wäre, aber das war gleichgültig. Von einer Sklavenrevolte durfte man damals keine weitreichende Strategie erwarten. Glücklicherweise fuhr Pouancey, der sehr hellhörig war, beim ersten Versuch wie ein Blitz dazwischen. Er unterhielt Nachrichtenagenten, wie es in einer gärenden Kolonie zur Unterbindung einer Revolte nötig war. Rädelsführer wurden festgenommen und hingerichtet.

Kaum war Pouancey auf die Schildkröteninsel zurückgekehrt, warnten ihn seine Agenten aufs neue. Diesmal waren es die Siedler, die mal hier, mal dort Unruhe stifteten. Ein Gerücht verbreitete sich:

»Die Senegalesische Handelsgesellschaft scheint den gesamten Handel an sich reißen zu wollen.«

Die Senegalesische Handelsgesellschaft betrieb den afrikanischen Sklavenhandel, der für die Antillen bestimmt war, und stellte eine anerkannte Macht dar, vor der die Bankiers den Hut zogen. Ihr Ziel war es, den gesamten Antillenhandel an sich zu reißen – zwar bisher nur ein Gerücht ohne jegliche Grundlage, aber böse Zungen wirbeln immer trübes Wasser auf.

»Die Senegalesische Handelsgesellschaft, die ist schlimmer als die indische! Diese Leute werden uns wie Neger behandeln, und uns wird nichts übrig bleiben, als zu verhungern.«

Diesmal entstanden die ersten Unruhen in Cap Français; dort bildeten sich bewaffnete Banden, später auch in anderen Häfen. Vor allem die Bevölkerung der Schildkröteninsel sollte aufgeputscht werden – noch nicht mit Rufen wie: »Es lebe die Republik! Es lebe die Freiheit!« Die Losung hieß vielmehr: »Nieder mit den Handelsgesellschaften!« Die Schildkröteninsel und Santo Domingo konnten als freie Republik gelten. Alles, was nach königlicher Macht aussah, wurde von jetzt an verabscheut.

»Durch seine sichere Führung dämpfte Monsieur de Pouancey den Aufruhr, aber mittendrin ist er nicht gewesen.« Seine Standhaftigkeit verband sich mit sehr geschickten diplomatischen Schachzügen. Der Gouverneur der Kolonie mit ihren paar 1000 Einwohnern bewies in dieser Situation alle Qualitäten eines Staatsmanns. Pouancey hatte aus den Erfahrungen seines Onkels und Vorgängers gelernt. Dabei waren die äußeren Umstände zu seiner Amtszeit weitaus diffiziler als zur Zeit seines Onkels.

Schon oft in der Geschichte meisterten verdienstvolle Männer große Schwierigkeiten, doch die Zentralregierung übersah ihre Anstrengungen oder schlug ihre Wünsche in den Wind. Pouancey hegte diesbezüglich keine Illusionen mehr. Dennoch erlitt er, als er Mitte Juli 1681 in der aus Frankreich angelangten Zeitung die letzten königlichen Befehle für die Kolonie las, einen Schock. Entgegen den Versprechungen des Verwalters Belinzani wurde die Tabaksperre noch verschärft. Die Pflanzer mußten an die »Parteigänger« bestimmte Mengen von Tabak zu festgesetzten Preisen liefern (beides bestimmten die Bevollmächtigten), widrigenfalls sie Ordnungsstrafen in Kauf zu nehmen hatten. Die Verpflichtung, die Erzeugnisse der Kolonie nur noch an die Westindiengesellschaft abzugeben, mußte unbedingt befolgt werden, andernfalls wurden Strafmaßnahmen angedroht. Gleichzeitig ließ der König die Seeräuber wissen, daß sie keine Jagd mehr auf spanische Schiffe machen durften. Ohne Verzug hätten sie siedelnde Bürger zu werden, und wenn sie nicht freiwillig Folge leisteten, würde man Zwang ausüben.

Monsieur Pouancey entschloß sich, diese neuen Bestimmungen am 21. Juli 1681 zu veröffentlichen. Es gibt zwei Gründe, warum nicht sogleich neue Aufstände ausbrachen: Mehr und mehr Einwohner hatten sich bereits entschlossen, nach Curaçao oder Jamaika auszuwandern, und der Gouverneur versprach anläßlich der Veröffentlichung der neuen Erlässe, daß er Minister Colbert bitten wolle, die Gesetze zu mildern.

Ende des Jahres 1681 wurden mit den Verträgen von Nimwegen die ersten Erfolge Ludwigs XIV. in Europa sichtbar. Der Sonnenkönig bereitete sich vor, seinen Hof in Versailles einzurichten. Rings um ihn glänzte der Widerschein seiner Macht und seines Ruhmes, und die Beschwerden des Gouverneurs einer kleinen, weit entfernten Kolonie nahm er gar nicht mehr zur Kenntnis. Monsieur de Pouancey kehrte im Mai 1682 vollkommen entmutigt auf die Schildkröteninsel zurück.

In weniger als einem Jahr hatte sich die Situation der Kolonie weiter verschlechtert. In Basse Terre standen zahlreiche Häuser und Magazine leer, alles war schon verlassen. Über die Plantagen wucherte bereits die tropische Vegetation, Ruinen und Dachstühle waren schwarz vom Feuer, das die Siedler im Aufbruch noch gelegt hatten. Daß Monsieur de Pouancey kurze Zeit darauf starb, kam nicht überraschend. In seinem Kummer und in dem Gefühl, wie sein On-

kel alles versucht zu haben, sich dem unaufhaltsamen Untergang vergeblich in den Weg gestellt zu haben, war ihm wohl der Tod der einzige Ausweg.
In den Häfen der Schildkröteninsel und ihrer Umgebung ankerten immer weniger Schiffe. Nur die Piraten blieben, die Tiger, die der König in Schafe verwandeln wollte. Als sie seine Befehle hörten, brachen sie in lautes, höhnisches Gelächter aus. Und mit am lautesten lachte Grammont.

Eigentlich müßte man den Namen Grant-mont aussprechen, wie es die Leute im Südwesten Frankreichs tun, die ungern den Nasallaut gebrauchen und lieber Grand-Mère statt Grammaire sagen – aber das nur nebenbei.
Grammonts Karriere begann wie ein Drama Lope de Vegas. Der Vater, Gascon, Gardeoffizier des Königs, starb jung, die Mutter verheiratete sich wieder. Ihr zweiter Mann, ebenfalls ein Offizier, hatte einen Kollegen, der machte sich Hoffnungen auf die Tochter, die Schwester unseres Grammont, der damals 14 Jahre alt war. Eifersucht, ein beinahe korsisches Gefühl, wuchs in dem Jungen, als er die Aufmerksamkeiten des Offiziers seiner Schwester gegenüber beobachtete. Eines Tages wollte er dem Offizier den Zutritt zum Haus verwehren. Daraufhin behandelte die Mutter ihren Sohn wie einen schlecht erzogenen Straßenjungen, und der Anbeter nannte ihn: »Kleiner Trotzkopf!« Der Junge wurde scharlachrot und zog sein Schwert, das er trotz seiner Jugend als Adeliger schon tragen durfte. Der Offizier zog ebenfalls blank, um sich zu verteidigen. Grammont versetzte ihm drei tödliche Hiebe.
Der tödlich getroffene Offizier konnte gerade noch sein Testament machen. Man reichte ihm Feder und Papier. »Zuerst hinterlasse ich 10 000 Pfund dem Fräulein Grammont.« Eine weitere Summe, ich weiß nicht wieviel, hinterließ er dem Mörder. Nein, seinem Besieger, denn so drückte er sich aus, was immerhin seine beispielhafte Großmut zeigt. Die Nachricht von dem Duell war bis zum König durchgesickert, der dem Verwundeten einen Gardemajor sandte, Monsieur de Castellan.

»Sagt Seiner Majestät«, flüsterte der Sterbende, »daß an mir kein Mord begangen wurde. Ich selbst bin der Urheber meines Unglücks, und alles ist ganz ehrenhaft vonstatten gegangen.«

Es gab keine Strafe und keine Gerichtsverhandlung, der König verlangte nur, daß der vierzehnjährige Raufbold in der Seefahrtsschule auf Vordermann gebracht werden sollte.

Dort lernte der adlige Grammont Dialektausdrücke und Flüche, wovon er in der folgenden Zeit recht häufig Gebrauch machte.

Er lernte die Anfangsgründe der Seefahrt und wurde Kadett der Königlichen Marine. Seine Begabung zeigte sich sehr bald. Denn Grammont war nicht nur für Duelle geeignet, auch in anderen Dingen erwarb er sich recht bald einen guten Ruf.

Seine größten Leistungen in den folgenden Jahren vollbrachte er auf einer Fregatte, die als Kaperschiff ausgerüstet war. In der Gegend von Martinique bemächtigte er sich einer holländischen Flottille, die so reich beladen war, daß man sie den Geldbeutel von Amsterdam nannte. Er erhielt ein Fünftel der gesamten Beute, was eine Summe von 80 000 Pfund bedeutete.

Unmittelbar darauf vollbrachte er eine Heldentat, die ihn, ebenso wie der Sieg, in Seeräuberkreisen berühmt machte: Innerhalb von acht Tagen gelang es ihm, das ganze Geld bis auf 2000 Pfund zu verjubeln. In allen Tavernen der französischen Antillen und sogar in Jamaika schlugen die Säufer vor Begeisterung mit der Faust auf den Tisch: »Mein Gott, so etwas hat es noch nicht gegeben!«

Die Begeisterung wuchs noch, als man erfuhr, daß der Held im Spiel seine letzten 2000 Pfund riskiert und soviel gewonnen hatte, daß er sich ein Schiff mit 50 Kanonen kaufen konnte. Er gab dem König seine Offizierstressen zurück und ging auf die Schildkröteninsel, um eine Besatzung anzuheuern. Die Abenteurer schlugen sich um einen Platz auf seinem Schiff.

Robust, aber klein, dunkel, sonnenverbrannt, mit lebhaftem Blick und schneller Zunge – so gefiel Grammont den Seefahrern, und nicht zuletzt wegen seiner Heldentaten. Sie warfen ihm allerdings vor, daß er Freidenker, Atheist war. »Solange ich Gott, die Engel und die Teufel nicht mit eigenen Augen gesehen habe, kann ich nicht daran glauben!« Dieser Ausspruch schockierte die meisten Seeräuber, obwohl sie selber Priester ermordet und Klöster geplündert hatten. Aber schließlich überwog die Sympathie für diesen Mann.

Viele große Beutezüge machten Grammont berühmt: Maracaïbo 1678, Cumana 1680, Vera Cruz 1682 und Campeche 1686.

Von Maracaïbo kehrten seine Leute enttäuscht zurück: Die Beute war mager gewesen. L'Olonnois und der Engländer Morgan hatten schon abgesahnt, Grammont war zu spät gekommen. Doch hatte er im Laufe seines Raubzugs die Piraten durch seine Autorität und sein Geschick so sehr beeindruckt, daß sie mit ihm einen neuen Versuch wagen wollten. Er schlug ihnen vor, in Richtung Cumana zu segeln, das an der gleichen Küste wie Maracaïbo, nur 500 Seemeilen weiter östlich lag.

Monsieur de Pouancey war noch Gouverneur und empfing aus Frankreich die Nachricht von den Verträgen von Nimwegen, die unter anderem den Frieden mit Spanien enthielten. Der Kaperbrief, der Grammont für das Unternehmen Maracaïbo ausgehändigt worden war, war nur solange gültig, bis eine neue Anweisung erfolgte. Mußte er ihn jetzt zurückgeben? Pouancey, der sich schon mit ganz anderen Schwierigkeiten plagen mußte, wollte lieber alles laufen lassen und in Paris den Glauben erwecken, daß Grammont vor der Ankunft der Nachrichten bei ihm gewesen sei. Tatsächlich protestierten die Pariser Behörden erst nach der Plünderung von Cumana, als der dem König regulär zustehende Anteil der Beute überwiesen worden war. Grammont hatte sich diesmal noch besser geschlagen, seine Leute nannten ihn nun »General Grammont«.

Pouancey wollte gerade nach Paris zurückkehren, als der »General« wegen der Fahrt nach Vera Cruz bei ihm vorsprach.

Und Pouancey, schon entmutigt und dem Ende nahe, ließ Grammont seinen Kaperbrief, obwohl der Friedensvertrag schon seit zwei Jahren unterzeichnet war.

Vera Cruz war nicht gerade ein armseliges Ziel. Es lag umgeben von Verteidigungsanlagen im Golf von Mexiko und galt als eine der am besten befestigten spanischen Städte: eine Garnison von 3000 Mann, die 600 Soldaten der Hafenbefestigung Saint-Jean d'Ulloa noch nicht mitgezählt. Vera Cruz besaß 60 Kanonen, und 15 000 bis 16 000 Soldaten konnten in einigen Tagen aus anderen mexikanischen Landesteilen zusammengezogen werden. Grammont hatte für seinen Angriff sieben Schiffe zur Verfügung. Sein Schlachtschiff besaß allerdings auch 50 Kanonen.

Der General hatte zwei Leutnants ausgewählt: Van Doorn und Laurent De Graf. Van Doorn, Holländer in französischen Diensten, trug gewöhnlich ein Perlenkollier »von ungewöhnlicher Größe, mit einem Rubin von überwältigender Schönheit und von unschätzbarem Wert«. Trotz seiner Vorliebe für Schmuck wirkte er nicht weibisch, im Gegenteil, er war ein verdammt tüchtiger Kerl. Als Pirat im Dienste Frankreichs plünderte er seine eigenen Landsleute aus. Van Doorn hatte vorher auf den Antillen ein kleines Geschwader befehligt, mit dem er offen auf Raub ausgegangen war, gleichgültig, welcher Nationalität die gekaperten Schiffe waren. Einmal schlug er sich sogar auf die Seite der Spanier, und als er das Weite suchte, geschah es unter Mitnahme einiger reichbeladener Galeeren. Verlockt vom Ruhm Grammonts, der seinerseits Van Doorns seefahrerische und militärische Qualitäten schätzte, erklärte er sich bereit, unter ihm zu dienen.

De Graf stammte ebenfalls aus Holland, doch da er nicht adlig war, mußte er sich mit einem großen D schreiben, wie De Gaulle. Ich habe ihn bereits einmal erwähnt, als von der Witwe LeLongs, der berühmten bretonischen Seeräuberin Marie »So-Gott-will« die Rede war. Mit ihr hatte er lange Zeit in Gütergemeinschaft gelebt.

Auch De Graf hatte eine Zeitlang bei den Spaniern gedient. Seinen Ruf hatte er bei der Artillerie erworben. Im Gegensatz zum groben, oft recht schlampigen »General« und zum jähzornigen Van Doorn hatte De Graf »ein hübsches, aber nicht feminines Antlitz, goldblondes, doch nicht rotes Haar und einen spanischen Schnauzbart, der ihm sehr gut zu Gesichte stand« und feine Manieren. Für ihn befand sich immer ein Orchester mit Streich- und Blechinstrumenten an Bord, dem er in seinen Ruhepausen lauschte.

Die reiche Stadt Vera Cruz forderte zur Eroberung geradezu heraus, obwohl sie ein harter Brocken war. Ein Historiker des 18. Jahrhunderts hatte über Grammonts Unternehmen geschrieben, daß es etwa so riskant sei, als wollten 1200 Basken in zehn kleinen Handelsschiffen Bordeaux angreifen. Grammont gelang ein zur damaligen Zeit seltener Streich: unbehelligt ging er nachts, einige Meilen von seinem Eroberungsziel entfernt, an Land. Die gelandete Mannschaft brach zeitig auf und befand sich bei Morgengrauen vor der Stadt. Schon nach der ersten Aufforderung öffneten die erschreckten Wächter die großen Tore. Im Stadtinnern schlugen die Piraten wild drauflos, besetzten das Fort und umzingelten die Hauptgebäude. Grammont holte die wichtigsten Bürger aus den Betten und trieb sie in die Kathedrale, die seine Leute schon mit Pulverfässern umstellt hatten.

»Ein Lösegeld von zwei Millionen Silbermünzen für den Magistrat, andernfalls fliegt alles in die Luft.«

Die erste Million traf noch am gleichen Tag ein, bei der zweiten dauerte es drei Tage länger. In der Zwischenzeit aber wurde geplündert und vergewaltigt, wie es bei Seeräubern so üblich war. Alles in allem belief sich die Beute auf vier Millionen, wozu noch 1500 Sklaven kamen. In Windeseile wurde alles auf die vier größten Schiffe verladen. Als die Sonne am Morgen des vierten Tages aufging, war die Flotte zum Aufbruch bereit. Doch plötzlich meldeten drei Kanonenschüsse Alarm: Die spanische Flotte mit 17 Schiffen kam in Sicht. Und nur zwei Minuten später gab es erneut Alarm: Ein spanisches Regiment ging an Land.

Die Schlacht war bestens organisiert und lohnte sich in jeder Beziehung. Das Unternehmen Vera Cruz wurde zu einem vollen Erfolg. Denn die an Land gegangene Armee zögerte zu lange, die 17 spanischen Schiffe hatten beim Setzen der Segel zu viel Zeit verschwendet. Beide kamen zu spät. Die schwer mit Beute beladene Piratenflotte war schon außer Schußweite. Es kam aber noch besser: Da die Schiffe sehr langsam vorankamen, wurden die Nahrungsmittel knapp. Eine einzige Galeere kreuzte den Weg der Piraten und ergab sich unverzüglich, eingeschüchtert wie die Wächter von Vera Cruz. Zum geradezu unverschämten Glück der Piraten war das Schiff mit Mehl beladen.

Den Aufzeichnungen nach hatten die Seeräuber keine Verluste erlitten, lediglich Van Doorn wurde getötet, allerdings nicht durch die Hand eines Spaniers.
De Graf hatte von einem Engländer gehört, daß Van Doorn »etwas Beleidigendes gegen ihn gesagt hätte«, und verlangte von seinem Landsmann Genugtuung. Van Doorn versicherte zwar, daß er unschuldig wäre, doch der Engländer beharrte auf seiner Aussage. Man zog die Degen. Van Doorn wurde am Arm verletzt und starb an den Folgen. An der Küste von Yucuta gingen sie vor Anker.
Die Wirtsleute und Prostituierten, die Schmuckhändler, Zwischenhändler und alle Arten von Schmarotzern in den Seeräuberhäfen von Santo Domingo hatten ihre Waffen geölt, ihr Sonntagslächeln aufgesetzt und erwarteten die Rückkehr des »Generals«.
Denn sie waren überzeugt, daß Giganten der Seeräuberei wie Grammont und seine Leutnants die Lage der Kolonie verbessern, ihr neuen Glanz verleihen und den Behörden ein Schnippchen schlagen könnten. Sie behaupteten sogar, die Auswanderer seien zu Unrecht fortgegangen. Jeden Tag flehten sie die himmlischen Mächte an, ihre in die Seeräuber gesetzten Hoffnungen möchten in Erfüllung gehen. Doch dann blieben die Seeräuber immer länger aus, und man wurde zusehends mutloser. Obwohl sich der Erfolg von Vera Cruz längst herumgesprochen hatte, tauchten immer noch keine Segel am Horizont auf. Die Tage vergingen, ängstliche Stille bedrückte die Kolonie.
Das wilde Geschrei und die dröhnenden französischen Gesänge der betrunkenen Piraten erschallten oberhalb von Port Royal in Jamaika, und das bedeutete Untreue, ja geradezu eine Herausforderung des Königs. Grammonts Leute verschleuderten ihre Beute bei den Engländern! Sie suchten sich also ihr Land nach Gutdünken aus!

Bei den Einwohnern der Schildkröteninsel herrschte Untergangsstimmung. Ihre Insel erschien ihnen immer trübsinniger, immer verlassener. Dieser Eindruck verstärkte sich noch, als sie sahen, daß der Gouverneur Pierre Paul Tarin de Cussy, Nachfolger von Pouancey, sich nicht in Basse Terre, sondern in Port de Paix an der Nordküste von Santo Domingo niederließ.

Die Einwohner der beiden Inseln kannten diesen Cussy, der unter Bertrand d'Ogeron Vizegouverneur für die Nordküsten Santo Domingos gewesen war. Die gehofft hatten, daß es nach seiner Rückkehr mehr Freiheit geben würde, wurden enttäuscht. Er kam als Staatssekretär der Marine mit genauen Anweisungen von Monsieur Seignelay, dem Nachfolger seines Bruders Colbert. Es blieb dabei: Die Einwohner hatten sich gefügig dem Monopol zu unterwerfen, und die Seeräuber sollten seßhaft werden oder in den Dienst der königlichen Marine treten.

Wenig später erhielt der Gouverneur einen Brief aus Versailles, der die Ankunft des Monsieur de Saint Laurent ankündigte, des Generalleutnants der französischen Inseln und der Küsten Amerikas. Auch Monsieur Bégon sollte kommen, der Justiz-, Polizei- und Finanzminister. Beide hatten die Aufgabe, sich über die Zustände auf der Schildkröteninsel und Santo Domingo zu informieren und dem Ministerium zu berichten.

Die Untersuchungen erstreckten sich über mehrere Wochen, dann verfaßten sie an Ort und Stelle ihren Bericht und zeigten ihn freundlicherweise Cussy. Der Gouverneur las und rieb sich die Augen. Der Bericht schien von zwei Bewohnern fremder Planeten geschrieben zu sein, auf denen nur Tugend existierte, peinliche Ehrenhaftigkeit, Gehorsam und Respekt vor jeder noch so kleinen Anordnung. Monsieur de Saint Laurent und Bégon deckten alle Missetaten der Piraterie auf: daß die Seeräuberkapitäne spanische Schiffe und Niederlassungen angriffen, daß sie Beute machten und sich mit fränkischen Banditen einließen, die zum Teil von Galeeren geflohen waren. Sie entrüsteten sich darüber (was nach der Aufzählung der erwähnten Verbrechen seltsam anmutet), daß die Abenteurer den zehnten Teil der Beute an den Gouverneur der Schildkröteninsel nur lieferten, wenn es ihnen paßte. Der ganze Bericht sollte dem König gefallen, obwohl es längst feststand, daß diese »Schädlinge«, die unverschämterweise seinem Willen nicht Folge leisteten, ohne Pardon bekämpft werden sollten.

Der unglückliche Cussy wußte den Anschuldigungen des Berichts offensichtlich nichts entgegenzusetzen, außer daß die Abenteurer regelmäßig das zahlten, was sie dem Gouverneur schuldig waren, der wiederum seinen Teil regelmäßig nach Paris abführte. Cussy dankte den Abgesandten für ihre Höflichkeit und versprach ihnen, daß er alles tun wollte, um dem Willen des Königs Respekt zu verschaffen.

Genau zu diesem Zeitpunkt – Ende 1685 – erfuhr Cussy, daß Grammont einen neuen Feldzug plante.

»Er hat sogar schon eine Flotte vor der Insel der Kühe zusammengezogen«, berichtete ihm ein Nachrichtenagent.

»Ich werde hinfahren und ihm einfach verbieten, in See zu stechen!« Damit begab er sich an Bord eines großen Schiffes, das mit 200 Soldaten besetzt war.

Ein großes Schiff, drei kleine und zwanzig große Kanus lagen am Strand vor Anker. An Bord des großen Schlachtschiffs besprach Grammont mit Laurent De Graf, den er wiederum als Partner engagiert hatte, sein Vorhaben. Er verfügte über 1100 Mann. Ziel war die Stadt Campeche, deren Bewohner sich angeblich durch den Handel mit wertvollen Hölzern gewaltig bereichert hätten. Grammont empfing Cussy mit offenen Armen: »Gerade wollte ich Euch einen Boten schicken und Euch bitten, meinen Kaperbrief zu erneuern.«

Dem Gouverneur verschlug es den Atem. Die damaligen Chronisten überliefern folgenden Dialog, der, wortreich ausgeschmückt, nicht eines gewissen Humors entbehrte.

Grammont: »Wie sollte Seine Majestät von unserer Absicht wissen, wenn noch nicht einmal der größte Teil unserer Flotte davon weiß? Wahrscheinlich denkt Ihr an die Grausamkeiten, die wir den Spaniern antun könnten, und seid darum entrüstet. Herr Gouverneur, ich verspreche Euch, daß nichts Derartiges geschehen wird. Wir werden die Stadt Campeche erobern und hoffentlich auch plündern. Aber wir wollen die Einwohner in keiner Weise belästigen. Wir werden das Schaf scheren, ohne es zu häuten, es wird nicht einmal blöken!«

Cussy: »Kapitän Grammont, glaubt Ihr denn, es sei angebracht, sich in diesen Angelegenheiten den Befehlen des Königs einfach zu widersetzen? Der König mißbilligt ausdrücklich Angriffe wie die Eurigen! Ihre Majestät stellt mir sogar Fregatten zur Verfügung, um gegen Euch zu kämpfen. Ich ermahne Euch, von Eurem Unterfangen abzulassen. Dafür verspreche ich jedem Eurer Männer, daß er je nach Verdienst und Können einen einträglichen Posten bekommt.«

Darauf stellte Grammont einige Fragen an seine Piraten: »Sollen wir von unserem Vorhaben ablassen?« Die Antwort lautete natürlich: »Nein.« Und zwar erst recht in einer Krisenzeit wie dieser, wo man überhaupt nicht wissen konnte, wie sich die Situation entwikkeln würde. Grammont argumentierte weiter:

»Wenn der Gouverneur nicht will, daß wir gegen die Spanier auslaufen, dann setzen wir uns einfach darüber hinweg und legen das Jagd- und Fischfanggesetz zu unseren Gunsten aus, das reicht uns völlig!«

Die Spanier hatten den Franzosen in der Tat weder das Fischfang- noch das Jagdrecht an irgendeiner Küste der Neuen Welt eingeräumt. Der König von Frankreich hatte es sich einfach genommen. Nun war es natürlich eine erhebliche Provokation, an einem solchen Ort fischen zu wollen. Tatsächlich wollte man die Spanier zu einem Gefecht herausfordern.

Monsieur de Cussy unterbrach abrupt die Unterhaltung:

»Denkt jedenfalls noch einmal über alles nach und zwingt mich nicht, Euch auf Eure Pflichten hinzuweisen. Andernfalls müßte ich Euch mit Gewalt unterwerfen.«

Doch war das lediglich eine formelle Drohung, das wußten sowohl Grammont als auch der Gouverneur.

Da die Chronisten oft effektliebend sind, ist der Wahrheitsgehalt dieser Darstellung zweifelhaft. Offensichtlich nahmen die Leute von Campeche an, daß Grammont wie in Vera Cruz vorgehen würde, wo er seinen großen Erfolg erzielt hatte, nämlich eine heimliche nächtliche Landung mit nachfolgendem Blitzangriff. Doch diesmal ankerten seine Schiffe am hellichten Tage an 14 verschiedenen Stellen vor der Stadt. 800 Mann gingen von Bord, stiegen in große Kanus um und ruderten die Küste entlang, wobei sie ihre Standarten setzten – ein wunderschönes buntes Schauspiel. In der Nacht blieben die Männer in den Barken. Sie gingen erst bei Tag

an Land und näherten sich völlig offen dem Feind, der nicht wußte, was er davon halten sollte. War es etwa die königliche Armee, die sich näherte?
Nachträglich läßt sich nicht klären, ob Grammont tatsächlich versuchte, den Feind durch einen solchen Aufmarsch einzuschüchtern, oder ob ihn Schwierigkeiten daran hinderten, wie in Vera Cruz vorzugehen. Jedenfalls hatten die Bewohner von Campeche reichlich Zeit, sich außerhalb der Stadt auf die Lauer zu legen – dennoch leisteten sie nicht lange Widerstand – auch nicht innerhalb ihrer Stadtmauern. Die Campechianer mit ihren Kanonen hätten Grammont schnell besiegen können, wenn er nicht beim Straßenkampf auf eine besondere List verfallen wäre. Er schickte seine Schützen auf die Hausdächer. Die geschickten Füsiliere beschossen so die Verteidiger der Barrikaden aus dem Hinterhalt und zwangen sie bald zur Kapitulation. Die Kriegsberichte schildern dieses Ereignis in malerischer Überschwenglichkeit. Aus den Quellen geht hervor, daß die Seeräuber absolut kein Stalingrad erlebten: Sie verloren nur vier Mann.

Grammont – Musketier und Künstler der Seeräuberei.

Drei Tage später stürmten sie die Festung der Stadt, die gleichzeitig als Gefängnis diente. Weder auf seiten der Seeräuber noch auf seiten der Verteidiger gab es Verluste. Die Garnison hatte heimlich das Weite gesucht und nur einen Engländer zurückgelassen, der sich recht tapfer schlug. Grammont nahm ihn gefangen, ließ ihn später frei und lud ihn zum Essen ein.

Während die Verteidiger der Barrikaden alle Kräfte aufboten, hatten sich die Einwohner der Stadt nach altem spanischem Rezept, unter Mitnahme aller Habe, die sie nur schleppen konnten, aufs Land geflüchtet. Schnelle Stoßtrupps verfolgten sie und brachten zwischen 600 und 700 Einwohner von Campeche im Laufe einiger Tage in die Stadt zurück. Die Piraten wandten kaum Gewalt an und verteilten nur ein paar Stöße mit ihren Gewehrkolben. Die große Zeit der Grausamkeiten war vorbei.

In finanzieller Hinsicht brachte der Raubzug jedoch nicht den erhofften Erfolg, wie Exmelin berichtet. Vielleicht lag es daran, daß Grammont und seine Leute keine Folterknechte im herkömmlichen Sinne mehr waren. Es klingt zwar unwahrscheinlich, daß die Piraten ihre Gefangenen kaum noch schikanierten, aber ihre Lebensart hatte sich inzwischen gewandelt. Nach der Einnahme der Stadt feierten Grammonts Leute fast zwei Monate lang, denn die Keller und Speicher waren reichlich gefüllt. Schlemmend trösteten sie sich über die magere Ausbeute des Raubzugs hinweg. Patrouillen streiften in der Umgebung der Stadt, um flüchtende Einwohner zurückzutreiben. Sie durchsuchten zwölf oder fünfzehn Orte, immer noch in der Hoffnung, die Leute zur Herausgabe verborgener Schätze zwingen zu können. Man fing aber lediglich ein paar Nachzügler, denn die schnelleren Flüchtlinge hatten längst das 150 Kilometer entfernte Merida erreicht, den Gouverneurssitz der Provinz.

Verständlicherweise ärgerte sich der Gouverneur sehr darüber, daß Campeche von Piraten besetzt war. Jeden Tag schickte er neue Patrouillen aus, die gegen Grammonts Truppe kämpfen sollten.

Es war August, die Regenzeit hatte begonnen. Die Seeräuber wühlten sich gruppenweise bei tiefhängenden Wolken und strömendem Regen durch den Schlamm. Sie besaßen nur Maultiere oder Esel.

Eines Tages stieß der Gouverneur von Merida, der höchstpersönlich an der Operation teilnahm, auf einen dieser jämmerlichen Haufen, tötete 20 Piraten, darunter einen Kapitän, und nahm zwei Männer gefangen. Wenige Tage später klopfte ein Unterhändler an seine Tür.

»Unser General schlägt einen Austausch vor: die zwei Gefangenen gegen den Stadtrichter und die Verwaltungsbeamten von Campeche, die als Geiseln gefangen sind. Wenn Ihr nicht zustimmt, werden sie hingerichtet und die Stadt niedergebrannt.«

»Gut, Ihr werdet von mir hören und könnt Euch einstweilen vorbereiten.« Die Gouverneure und der Kriegsrat freuten sich über den neuen Kontakt. Nach der Art mittelalterlicher Herolde setzten sie ihre Botschafter in Marsch. Die Antwort des spanischen Gouverneurs war brutal: »Spanien ist reich genug, die Stadt wiederaufzubauen. Ebenso gibt es genug Spanier, um die Stadt wieder zu bevölkern, wenn Ihr sie zerstört habt. Und überdies verhandle ich nicht mit Banditen.«

Grammont las den Brief mit erhobener Stimme seinen Offizieren vor.

»Der Herr Gouverneur von Merida ist ein blutgieriger Mensch!« fügte er hinzu. »Wir werden ihm das gewünschte Schauspiel bieten, nur wird Ihre Majestät leider nicht persönlich zugegen sein können.«

Der spanische Botschafter auf dem Platz vor dem Palast sah fünf seiner Landsleute mit gebundenen Händen aufmarschieren. Gleichzeitig stieg der Rauch eines großen Feuers über einem der Stadtviertel auf.

»Man hat die Leute zufällig gefangengenommen«, sagte Grammont. »Jetzt werden sie für den Hochmut Eures Gouverneurs büßen.«

Die Unglücklichen wurden mit Schwertern geköpft. »Jetzt geht und meldet Eurem Herrn, daß dies nur der Anfang ist. Wenn er auf seiner Weigerung beharrt, die Gefangenen auszutauschen, werde ich zahlreiche Geiseln hinrichten und die ganze Stadt anzünden lassen.«

Die Geiseln warteten voller Angst. Tatsächlich war die Antwort des

Gouverneurs ebenso unverschämt wie die erste. Zum Glück befand sich Grammont an diesem Tag in recht guter Laune, denn er hatte eine ausgezeichnete Idee. »Die Geiseln werden wir freilassen, aber die Stadt wird eingeäschert.« Doch nicht alle Häuser wurden zerstört, ein ganzes Stadtviertel blieb stehen.

Die Piraten hatten folgenden Plan:

»In vier Tagen feiern wir den Heiligen Ludwig. Und zwar wollen wir das Fest des Königs von Frankreich würdig begehen, es soll an nichts fehlen!«

Tatsächlich gab es genug Speisen und Getränke. Es war eigentlich völlig gleichgültig, ob der König von Frankreich oder des Teufels Großmutter gefeiert wurde. Hauptsache, man feierte überhaupt, und die Piraten erhielten Gelegenheit, sich die Bäuche bis zum Umfallen vollzustopfen.

Doch wir wollen der Reihe nach berichten. Der Sonnenkönig, der den Untergang der Seeräuber sehnlich herbeiwünschte, wäre erstaunt gewesen, hätte er »sein« Fest miterleben dürfen. Salut mit Kanonen wurde ihm zu Ehren geschossen, und am Morgen des 25. August marschierten die Piraten mit Trommeln und wehenden Fahnen durch die Straßen. Es machte ihnen ein kindliches Vergnügen, zu beweisen, daß sie dem Anlaß gemäß eine brillante Parade auf die Beine stellen konnten.

Erst gegen Ende des Tages begannen die Gelage. Tische wurden aus den halbverbrannten Häusern gezerrt und mitten auf den Straßen mit Tüchern, Servietten, Deckchen und geraubtem Geschirr gedeckt. Als die Nacht hereinbrach, tafelte man im Schein der brennenden Häuser, was viele neben dem Alkohol als zusätzliches Vergnügen empfanden. Selbstverständlich wollten die Zecher nicht ohne Gäste feiern. Und weil die Piraten sehr zurückhaltend tranken, waren zum Schluß die einheimischen Gäste betrunkener als ihre Gastgeber. Grammont präsidierte, umgeben von seinen Offizieren, an einem der reichgedeckten Tische:

»Und jetzt ein Freudenfeuerwerk!«

Das Feuerwerk wurde berühmt. Der General hatte alles, was man in den Lagerhäusern von Campeche an Hölzern hatte finden kön-

nen, sammeln lassen. Es waren die kostbarsten Hölzer der Welt, ein Scheiterhaufen von ungeheurem Wert. Riesengroße Flammen schossen krachend empor, und wohlriechender Rauch verbreitete sich in der Nacht. Mit dieser wahnwitzigen Verschwendung flackerte die Seeräuberei einer großen Epoche zum letzten Mal provozierend auf, und was Grammont dabei sagte, läßt vermuten, daß er sich dieser Tatsache bewußt war: »Was können uns die in Versailles schon anhaben, die wissen doch nicht einmal, welchen Essig wir kochen!«
Einige Tage später gingen die Piraten wieder an Bord, und die Flotte umschiffte, langsam gegen den Passat ankreuzend, das Kap in Richtung auf Santo Domingo. Von entgegenkommenden Barken erfuhren sie, daß die Spanier die Nachricht von der Feuersbrunst in Campeche schon überall verbreitet hatten.

»Ich frage mich«, sagte De Graf zu seinen Offizieren, »ob tatsächlich Fregatten aus Frankreich gekommen sind, um uns zur Raison zu bringen. Wir werden nicht gerade freundlich empfangen.«

Nun wollte er keine Musikanten mehr bei Tisch. Grammont entgegnete nichts. Nach seiner Rückkehr auf die Schildkröteninsel hielt er einige Wochen Ruhe. Auch als ihn Monsieur de Cussy nach Port de Paix schickte, trat er die Reise ohne besondere Eile an. Offenbar war er entschlossen, jeder Gefahr vorsichtig zu begegnen.

»Ich habe das Vergnügen«, sagte der Gouverneur, »Euch mitzuteilen, daß Ihr zum Leutnant des Königs für die südliche Zone Santo Domingos ernannt seid. Hier ist Eure Urkunde.«

Laurent De Graf war man fast dafür dankbar, daß er Van Doorn umgebracht hatte. Er bekam die französische Staatsbürgerschaft zuerkannt und wurde Polizeikommandant von Santo Domingo. Die beiden Ernennungen geschahen auf Ersuchen de Cussys, der hoffte, auf diese Weise die letzten großen Seeräuber zu entwaffnen. Er wollte ihnen beweisen, daß sie doch als Siedler enden würden, wie der Wille des Königs es befahl.

Grammont ließ es bei einem höflichen Dankeschön bewenden, als er seine Urkunde erhielt. Hegte er die Absicht, die Funktion eines königlichen Leutnants auch nur einen Tag auszuüben? Hatte er noch ein Abenteuer im Sinn, ehe er zum braven Bürger wurde? Und was

Szene auf Santo Domingo — zeitgenössische Darstellung.

sagte er zu den 200 Männern, die ihm gefolgt waren? Niemand könnte diese Fragen beantworten.

An einem Nachmittag im Oktober des Jahres 1686 lichtete Grammont vor der Schildkröteninsel die Anker und segelte in westlicher Richtung hinaus. Lange noch starrten die Bewohner von Basse Terre den immer kleiner werdenden Segeln nach. Die Sonne versank hinter dem Horizont, die Karibische See verschmolz zu einem goldenen Meer, in dessen Sonnenglut drei dunkle Punkte in der Ferne verschwammen. Dann sah man nichts mehr. Ein Künstler der Seeräuberei war in die Geschichte eingegangen.

2

Das Abenteuer in der Südsee

Die Eingeborenen hockten regungslos unter den Bäumen und beobachteten die Schiffe, die im ruhigen Wasser des Golfs von Uraba vor Anker gegangen waren. Überall reichte die tropische Vegetation bis herunter an den Strand. Schwärme von Mücken tanzten ständig über den Mündungen der kleinen Flüsse und Bäche. Der Golf von Uraba ist eine tiefe Bucht an der kolumbianischen Küste, genau am Isthmus von Panama, auf acht Grad nördlicher Breite.

Inzwischen war die Zahl der vor Anker gegangenen Schiffe auf gut 30 angewachsen. Sie lagen ebenso unbeweglich da wie die Eingeborenen, die sie aufmerksam betrachteten. Alles sah wie tot aus, die Segel waren eingeholt, niemand zeigte sich an Deck. Nacheinander, in Gruppen zu zweit, zu viert oder fünft, waren die Schiffe eingetroffen, dann waren die Weißen gelandet. Die Eingeborenen konnten weder schreiben noch lesen, ihr Zahlensystem und ihr Kalender sind uns unbekannt, trotzdem wußten sie Bescheid über das genaue Ankunftsdatum eines jeden Schiffes und die jeweilige Truppenstärke. Sie fischten mit ihren Kanus und fuhren an den verlassenen Schiffen vorbei, aber niemals ging einer der Eingeborenen an Bord, denn die bewegungslos daliegenden Schiffe waren tabu für sie, erschienen ihnen verzaubert.

Sie wußten nicht, ob noch mehr Weiße mit noch mehr Schiffen kommen würden. Die Eingeborenen am Golf von Uraba waren Sambas, ein friedfertiger Stamm, der bisher noch nichts gegen die Weißen unternommen hatte. Im Gegenteil, sie hatten Stoffe, Garn, Nadeln, Messer, Scheren, Äxte, Gartengeräte und Kämme erhalten, alles nützliche und wunderbare Dinge. Sie kannten noch nicht den Unterschied zwischen nützlich und wunderbar. Die Eingeborenen hatten die Weißen an den Chica-Fluß geführt und dabei den Namen oft wiederholt, um das Ziel verständlicher zu machen.

Am Chica-Fluß endete das Gebiet der Sambas. Sie hatten die Weißen dort einem befreundeten Stamm übergeben und waren selber wieder zum Golf zurückgekehrt. Sie konnten nicht ahnen, daß sie es mit den letzten Abenteurern der klassischen Seeräuberei zu tun hatten.

»Seit uns die Regierung die Karibische See verboten hat, halten wir uns im Südseegebiet auf. Hier gibt es kein Reglement, das uns die Seeräuberei verbietet oder gestattet.«

Diese Erklärung gilt für Jamaika, die Schildkröteninsel und Santo Domingo etwa in der gleichen Zeit, nämlich von 1684 bis Anfang 1685. Die Seeräuber nannten den Pazifischen Ozean die Südsee, weil er sich südlich vom Isthmus von Panama in Ost-West-Richtung erstreckte.

Die Südsee reichte bis Peru, wo die Quellen allen Reichtums dieser Welt lagen. Ein Wasserlauf dieses Landes hieß Smaragdfluß. Mit einem Schlag war für ein Drittel aller Seeräuber die Karibische See vergessen, sie suchten sich ein neues Eldorado.

Bevor wir ihren Weg verfolgen, müssen wir uns ein wenig mit dem amerikanischen Kontinent beschäftigen.

Die ersten, die sich kopfüber in das Abenteuer der Seeräuberei stürzten, waren etwa 700 bis 800 Engländer. Von Port Royal auf Jamaika aus stachen sie in See, durchquerten die Karibische See in östlicher Richtung und erreichten nach 3000 Seemeilen den östlichsten Punkt des amerikanischen Kontinents. Nach weiteren 4000 Seemeilen in südlicher Richtung kamen sie nach Patagonien. Von dort aus umschifften sie das Südkap und gelangten nach insgesamt 12 000 Seemeilen durch den Pazifik zurück nach Panama.

Weitere 120 seeräuberische Engländer verließen Jamaika, sie segelten aber nicht so weit, sondern begaben sich nach Süden und verließen ihre Schiffe am Golf von Uraba. Dort lagen ihre Schiffe vor Anker, bevor sie die Sambas zum Chica-Fluß geleiteten. Andere Eingeborene brachten sie längs des Flußlaufs bis zur Mündung in den Pazifik. Damit standen sie auf der anderen Seite des Golfes von Panama.

Die dritte Expedition, 430 Franzosen, wurde von den Piratenkapitänen Grognier, l'Ecuyer und Le Picard geführt und schlug die gleiche Route ein. Ihren Spuren folgten wiederum weitere Banden Engländer und Franzosen von unterschiedlicher Größe. Alle zusammen, also etwa 1100 Piraten, trafen sich schließlich auf den Iles du Roi im Golf von Panama.

Sie verfügten mit den Schiffen der Engländer, die übers Meer gefahren waren, und ein paar Beuteschiffen über insgesamt zehn Fahrzeuge: acht Segler und zwei Barken.

Wenig später kam noch ein Schiff mit 200 Franzosen unter Kapitän Le Sage dazu. Auch er hatte den südamerikanischen Kontinent umschifft. Bevor ich fortfahre, will ich noch einiges über diese weiten Seereisen sagen.

Die Fahrt des Magellan hatte um 1520 stattgefunden, lag also rund 150 Jahre zurück. Seit dieser Entdeckungsreise konnte man die Kapitäne an den Fingern einer Hand abzählen, die diese schwierige Fahrt gewagt hatten und gesund ans Ziel gekommen waren. Mir fallen nur Drake im Jahre 1577 und die *Golden Hind* ein, die durch den Pazifik segelte. 1663 folgten noch Grueber und d'Orville. Übrigens kehrte ein Teil der Piraten, die durch die Magellan-Straße bis in den Golf von Panama gelangt waren, später auf dem gleichen Weg zurück in die Karibische See.

Diese für die damalige Epoche sensationellen Leistungen haben die Chronisten der Seeräuberei immer nur ganz nebenbei und kommentarlos erwähnt, trotz aller Liebe zum Detail in anderen Fragen. Auch die Schulbücher, Nachschlagewerke, Enzyklopädien und Entdekkungsgeschichten berichten nicht über diese Taten. Als Schüler von Glênans, als leidenschaftlicher Segler und Bewunderer von Chichester und Tabarly, halte ich den Augenblick für gekommen, eine historische Ungerechtigkeit aus der Welt zu schaffen: Ein dreifaches Hurra auf den Ruhm der Seeräuberei – zumindest aber ein respektvolles »Hut ab!«

Unglücklicherweise besitzen wir kein Zeugnis über die Leistungen dieser Männer, doch befand sich unter den Gruppen, die den Isthmus von Panama zu Fuß erreichten, ein Berichterstatter. Er hieß Raveneau de Lussan, war Hugenotte aus guter Familie und stammte aus der Gegend von Nîmes. Seinen Berichten nach zu schließen, muß er ein sehr netter Bursche gewesen sein, den man gern wieder zum Leben erwecken würde, um mit ihm ein Gläschen auf die guten alten Zeiten zu trinken. Obwohl die Hugenotten allgemein als mürrisch galten, war er es nicht. Vielmehr liebte er das Leben und verabscheute nichts mehr als bürgerliche Sicherheit. Er hatte seine Laufbahn in der Armee begonnen, doch dann kam der Friede, und sein guter Papa mußte erst einmal die Spielschulden begleichen. Dann lief Lussan zu Fuß nach Dieppe und heuerte auf einem Schiff an, das ihn zu den »Iles« bringen sollte.

Nach dreijähriger harter Arbeit fand er immer noch Geschmack am Abenteuer, und weil er sich im Fegefeuer bewährt hatte, schaffte er es auch, von Laurent De Graf in Dienst genommen zu werden. Er beteiligte sich an einem Raubzug, der unglücklicherweise erfolglos verlief. Es handelte sich um eines jener kleinen Mißgeschicke, die den Einsichtigen verstehen lassen, daß die Seeräuberei nicht nur äußeren Angriffen, sondern auch einer inneren Anarchie ausgesetzt war, die an den Fundamenten rüttelte. Als De Graf nach dieser Kreuzfahrt nach Santo Domingo zurückkehrte, hatte Lussan bereits mit 263 anderen Piraten den Golf von Uraba erreicht, wo die Wandung von etwa 20 Schiffen den Zähnen des tropischen Bohrwurms zum Opfer zu fallen drohte. Von dort aus ging es zum Chica-Fluß.

Es war offenbar nicht schwer gewesen, die Berge zu überqueren, doch hatte ein gütiges Geschick in Gestalt der Eingeborenen seine Hand im Spiel. Die friedfertigen Sambas trugen den Piraten Waffen und Gepäck. Erst als die Spanier von den ersten Überquerungen der Seeräuber erfuhren, gaben sie den Eingeborenen zu verstehen, daß sie Geschenke bekämen, wenn sie die Reisenden, denen sie jetzt als Führer dienten, umbrächten. Nicht alle hielten sich daran, ob sie die Piraten ermordeten oder nicht, das hing vom Tag ab, von den Mondphasen, vom Gemurmel der Zauberer, also ganz vom Zufall.

Am Fluß angekommen, brauchten die Seeräuber Boote, um zum Meer zu gelangen. Die eingeborenen Freunde der Sambas wollten Boote besorgen oder lieber auf Bestellung bauen, denn Vorratswirtschaft kannten sie noch nicht. Dazu brauchten sie zwei Wochen. In mehr oder weniger großer Anzahl gingen sie ans Werk, und wenn sie in zwei Wochen fertig waren, hatten die Piraten Glück. Oft genug kam es anders. Während der Zeit des Bootsbaus gingen die Seeräuber auf die Jagd, zum Glück gab es genügend Wild, sogar Rebhühner und Fasane.

Dann traten die Seeräuber die Flußfahrt an. Häufig mußten die Kanus am Flußufer entlanggetragen werden, denn es gab flache Stellen und Stromschnellen, und manchmal versperrten niedergestürzte Bäume den Weg. Oft mußten sie auch anhalten, um ein Grab auszuheben. Die Leute starben an einer Art Darmbluten, an einer Ruhr, die sich mit dem Genuß von Wildbret allein nicht erklären läßt. In Berichten aus alter Zeit ist häufig davon die Rede, daß Menschen an heftigen Koliken sterben.

Auf der letzten Etappe versperrten weniger Hindernisse den Weg, doch mußten die Piraten in der Nacht fahren, weil die Eingeborenen im Küstenbereich von den Spaniern bestochen und damit Feinde waren. Kaum hatten die Boote den Pazifik erreicht, da paddelten die Eingeborenen schon zu den vor Anker liegenden Schiffen der Abenteurer hinüber und trafen eine Verabredung. Ostern fiel 1685 auf den 22. März. Zehn Schiffe trafen sich an diesem Tag mit den insgesamt schon erwähnten englischen und französischen Piraten auf den Iles du Roi, etwa 30 Meilen östlich von Panama. Die Engländer hatten den Franzosen bereits ein Schlachtschiff und ein Ruderboot verkauft.

Alles, was diese kleine Armada besaß, war der verwegene Mut der Abenteurer. Er bildete das eigentliche Fundament dieser Gemeinschaft, denn die Schiffe waren klein und praktisch unbewaffnet. Grogniers Schiff war für 50 Kanonen bestimmt, hatte aber keine einzige an Bord. Überdies fehlte es an Munition und Lebensmitteln. Jene Schiffe, die den amerikanischen Kontinent umsegelt hatten, sahen recht mitgenommen aus. Algen und Muscheln bedeckten ihre Planken, sie gingen aus den Fugen und hatten Lecks. Die Piraten waren sich ihrer schwierigen Lage bewußt und hatten eine großartige Idee, um sich aus der Affäre zu ziehen.

»In Kürze wird die spanische Flotte unseren Weg kreuzen, um das

Gold und die Schätze Perus nach Panama zu transportieren. Die Spanier fahren ohne Argwohn, denn sie wurden noch nie angegriffen. Wir legen uns also in den Hinterhalt und stürzen uns auf sie. Es müßte doch mit dem Teufel zugehen, wenn es uns nicht gelingt, zwei oder drei Schiffe der spanischen Flotte zu kapern. Uns winkt nicht nur Reichtum, sondern auch eine richtige, gut ausgerüstete Flotte, mit der wir andere Beutefahrten starten können.«

Es gab einige kleine Inseln im Golf, die sich besonders für einen Hinterhalt eigneten. Die Spanier aus Panama nannten sie »Die Gärten der Königin« und betrachteten sie als Erholungsinseln, wo immer eine frische Brise wehte, Palmen Schatten spendeten, wo Bäume reiche Früchte trugen, herrliche Blumen wuchsen und vereinzelt prachtvolle Villen standen, die schwarze Sklaven bewachten und in Ordnung hielten.

Die Piraten stürzten sich so begierig auf das kleine Paradies, als handele es sich bereits um die spanische Flotte aus Peru. Nun begannen sie, sich zu amüsieren und sechs Wochen ein bequemes Leben zu führen. Eines Tages segelte eine spanische Barke von Panama vorbei, die die Piraten kaperten. Langsam wurden sie ungeduldig und fragten den Kapitän:

»Nun, wann endlich kommen die Galeonen von Peru?«

»Die Goldflotte? Die ist doch schon vor einer Woche vorbeigefahren. Ihre Ladung ist schon in Panama an Land gebracht.«

Die Hiobsbotschaft ging wie ein Lauffeuer von Insel zu Insel, und überall hörte man die schlimmsten Schwüre und Flüche. Man betrachtete dieses Mißgeschick als die größte Enttäuschung und Blamage in der Geschichte der Seeräuberei.

Drei Tage später erschienen Schiffe der Peruflotte auf dem Rückweg von Panama, um die Piraten anzugreifen. Sie versenkten eine Barke und töteten zwei Piraten. Nach diesem kleinen Schicksalsschlag faßten die französischen Kapitäne einen Entschluß: Sie wollten die alten Schiffe ausbessern, auftakeln und in den bestmöglichen Zustand bringen. Sie hatten auch schon einen Platz für die Reparaturarbeiten gewählt: die Insel San Juan de Cueblo, 80 Meilen westlich von Panama.

Eine wunderbare Gelegenheit war verpaßt. Aber eine Seemacht in gutem, wenn auch nicht übermäßig schlagkräftigem Zustand war immer noch ein brauchbares Werkzeug in den Händen wagemutiger Männer. Mit kleinen Raubzügen würde man anfangen, um dann zu größeren überzugehen, denn jeder Erfolg würde die Kraft der Seeräuber steigern. Die ersten Brüder-von-der-Küste waren auf dem gleichen Weg zu Ruhm gelangt. Etwa zwei Drittel der 1100 Abenteurer, die wieder ganz von vorn beginnen wollten, waren Engländer, ihnen gehörten auch fast alle Schiffe. Welche Mehrheit besitzt nicht den Wunsch, die Führung zu übernehmen?

»Ich werde der Anführer sein«, sagte der englische Kapitän zu Kapitän Grognier. »Aber gebt mir zuerst das Schiff zurück, das ich Euch überließ, denn meins leckt wie eine Gießkanne. Wenn Ihr wollt, könnt Ihr es haben.«

Zum ersten Mal zeigte sich hier der britische Dünkel, und zwar ausgerechnet auf der Insel, auf der man gemeinsam arbeiten wollte. Diese Ungeschicklichkeit ließ Emotionen entstehen, die besser unterblieben wären.

Die französischen Piraten, in der Mehrzahl Katholiken, nahmen immer wieder Anstoß am Antikatholizismus und der Bilderstürmerei ihrer englischen Verbündeten. Die Engländer plünderten Kirchen, schlugen Kruzifixen die Arme ab und benutzten die Standbilder der Jungfrau Maria und der Heiligen als Zielscheiben für ihre Pistolenschüsse. So trennte die beiden Partner trotz gemeinsamer Raubgier und Gewalttätigkeit eine Kluft, die durch einen kleinen Streit oder ein paar verletzende Worte während gemeinsamer Expeditionen immer wieder aufgerissen wurde. Schließlich waren die Freibeuter so zerstritten, daß sie bei der ersten Gelegenheit aus religiösen Motiven übereinander herfielen.

Diesmal kam es noch nicht so weit, aber die hochmütigen Engländer wollten ihre Forderung nach dem Oberbefehl unbedingt durchsetzen. Sie zogen sich auf eine fünf Meilen entfernte Insel zurück und überließen ihren ehemaligen Verbündeten lediglich zwei Barken. Das bedeutete für rund 400 Männer zwei Schiffe von der Größe eines Thunfischs. Zwar besaßen die Franzosen noch das Schiff von Grognier, das er nur gegen teure Bezahlung hergegeben hätte, doch Kanonen, Proviant und Munition hatten sie nicht. Das Abenteuer begann für sie nicht bei Null, sondern bei Minus.

Die Regierung von Panama erfuhr von den Eingeborenen, daß die Piraten den Isthmus von Panama überschritten hatten. Zunächst schwieg man darüber, aber die Invasion der »Gärten der Königin« konnte nicht lange verborgen bleiben. Die Frauen bekreuzigten sich vor Entsetzen.

Tausendmal wiederholte man den Namen Morgans, des schrecklichen Morgan. Die Erwachsenen erzählten den Kindern und Jugendlichen seine Geschichte, erzählten von der erdrückenden Zahl der Piraten und von ihren blutrünstigen Grausamkeiten. Sie berichteten von den Männern, die ihre Schiffe bestiegen hatten, um sich mit dem Schwert Gold zu erkämpfen, und zum Schluß nach einer Niederlage über das Meer geflohen waren. 16 Jahre war das her.

Der Gouverneur ließ wiederholt verbreiten, die neue Gefahr sei mit der damaligen nicht zu vergleichen. Tatsächlich beruhigten sich die Gemüter, als in den folgenden drei Monaten nichts geschah.

Im Oktober erfuhr der Gouverneur, daß die Engländer zwei Städte, Realeguo und Léon in der Provinz Nikaragua, geplündert hatten. Zwei Wochen später kamen die Franzosen auf ihrem Raubzug in die gleichen Städte, und weil sie nichts mehr vorfanden außer Ruinen und Trauerzügen, raubten sie eine weiter südlich gelegene Stadt aus. Dann herrschte bis zum Dezember Ruhe.

Der Gouverneur der Stadt Granada im Nikaraguasee (sie war 1664 von Morgan geplündert worden) berichtete, ein Pirat katalanischen Ursprungs hätte sich an seinen Kommandanten gewandt, um zu melden, daß die französischen Seeräuber die Stadt angreifen wollten.

Hier zunächst genauere geographische Angaben: Um Granada zu erreichen, war Morgan von der Karibischen See her dem San-Juan-Fluß, der den Nikaraguasee mit dem Atlantik verbindet, gefolgt. Vom Pazifik ist der See etwa 20 Kilometer entfernt und nur durch eine Hügelkette getrennt. Der katalanische Deserteur sprach davon,

daß seine Kameraden Granada über diese Hügelkette erreichen wollten. Darauf beschloß der Gouverneur, seine Garnison zu verstärken und die Verteidigungsanlagen zu befestigen.
Zunächst verschwieg man die Gefahr, in der Granada schwebte. Doch einige Tage später erzählten Matrosen einer Galeone aus Guayaquil in Peru, englische Piraten hätten an der peruanischen Küste mehrere Orte und Schiffe angegriffen. Sie hätten keine wirklich kostbare Ladung erbeutet. Aber, so versicherten wenigstens die geschwätzigen Matrosen, die Behörden hätten sofort alle Galeonen mit mehr Waffen ausgestattet und beschlossen, die gesamte Schiffahrt zwischen Peru und Panama einzustellen.
Ende Januar veröffentlichte der Gouverneur von Panama einen anderslautenden Bericht folgenden Inhalts: »Am siebten dieses Monats (7. Januar 1686) griffen die französischen Piraten Chiriquita an, das 20 Meilen westlich ihres Stützpunktes San Juan de Cueblo liegt. Obwohl die kleine Garnison tapfer Widerstand leistete, drangen sie bis in die Stadt vor, plünderten sie und machten bemerkenswert viele Gefangene, für die sie Lösegeld forderten. Ich schickte ein Geschwader aus, das sie auf dem Rückweg angreifen sollte. Die Seeräuber verloren ein großes Schiff.
In ihrem Lager in San Juan de Cueblo arbeiten die französischen Freibeuter derzeit an Pirogen, die sie aus Mahagonistämmen schneiden. Sie leben vom Fischfang und von der Jagd. Die Regenzeit macht ihnen gehörig zu schaffen. Nicht wenige sterben an Schlangenbissen, andere werden von Alligatoren gefressen. Es scheint nicht so, als seien sie augenblicklich in der Lage, Granada anzugreifen.«

»Wir werden Granada angreifen. Wir können nicht immer wieder kleine Marktflecken ausrauben, sonst müssen wir hier weiter dahinvegetieren und können diese Küste nie verlassen. Granada ist eine reiche alte Stadt, vor mehr als 100 Jahren erbaut. Wir können die Stadt vom Land aus angreifen und haben so, trotz unserer schwachen Flotte, eine gute Siegeschance. Wir werden siegen, wenn wir ohne Todesfurcht kämpfen und Disziplin bewahren. Ich habe

beschlossen, daß diejenigen ihren Beuteanteil verlieren, die die Truppe unerlaubt verlassen, feige sind, nicht gehorchen und sich der Notzucht oder Trunkenheit schuldig machen.«
Diese Befehle Kapitän Grogniers wurden veröffentlicht und vor dem Abmarsch am Lagerplatz von San Juan de Cueblo angeschlagen. Das Verbot von Vergewaltigung und Trunkenheit war revolutionär. In der Karibischen See hätte es noch vor wenigen Jahren eine Revolte hervorgerufen. Denn wofür riskiert man sein Leben, wenn nicht für Saufen und Wollust! Doch inzwischen waren die Männer vernünftiger geworden und hatten eingesehen, daß ihre einzige Chance darin bestand, sich an die strengen Vorschriften zu halten.
»Ab sofort wird mit Pulver gespart. Vor unserer Abreise geht keiner mehr auf die Jagd. Und weil wir aus diesem Grund nur wenig Nahrungsmittel mitnehmen können, müssen wir noch die Bananenplantage von Caldeira plündern.«
Die Räuber mußten also von Bananen leben, und mit Bananen als Bordverpflegung begab sich die Flotte in den ersten Apriltagen 1686 auf die Reise: das Segelschiff von Grognier, eine große Barke und ein Dutzend Pirogen. Unterwegs schloß sich noch die Barke des Engländers Townley an, der sich damals bei der Trennung in San Juan de Cueblo den Franzosen gegenüber besonders rüpelhaft verhalten hatte. Doch die Franzosen hatten nichts gegen seine Beteiligung. Mit seinen 115 Männern war die Zahl der Piraten auf 365 angewachsen.
»Das Segelschiff und die Barken werden im Schutz des Cap Blanc Anker werfen. Die Mannschaft geht an Bord der Kanus und Pirogen. Sechs Tage später wird die Wachmannschaft des Seglers und der Barken dorthin nachfolgen, wo wir an Land gegangen sind und die Kanus und Pirogen zurückgelassen haben.«
Die Piraten gelangten ohne Schwierigkeiten an Land. In Gluthitze führte sie ein Eingeborener durch den hügeligen Dschungel. Plötzlich durchweichten ungeheure Platzregen die Männer, doch eine Stunde später waren sie wieder trocken und staubig wie zuvor. Als die Piraten am 8. April den Nikaraguasee inmitten einer Hügel-

kette liegen sahen, schrien sie begeistert auf. Der See wirkte majestätisch wie ein Meer, und an der Südspitze konnte man zwei herrliche Segelschiffe erkennen. Am 9. April erreichte die Truppe eine große Zuckerplantage, die nur vier Meilen von Granada entfernt lag. »Der Chevalier von Santiago, dem sie gehörte, entkam uns und konnte Alarm schlagen.« Aber das Militär von Granada war ohnehin seit drei Monaten auf dem Posten.

Der Marktplatz der Stadt, oder besser der Exerzierplatz, seit Morgans Plünderung von Mauern umgeben, hatte sich in ein regelrechtes Feldlager verwandelt. Vierzehn Kanonen und sechs Mörser verteidigten es, 6000 Soldaten fanden darin Platz. An jenem Tag schien die Festung mit 1000 bis 1500 Männern besetzt. Sechs Kompanien Kavallerie operierten verstreut in der Umgebung. Sie hatten die Aufgabe, den auf die Stadt losmarschierenden Feind von der Seite und von hinten anzugreifen.

Das französisch-englische Piratenheer startete seinen Angriff nicht überraschend im Mondschein (wie vor 22 Jahren Morgan und seine Leute), sondern am hellichten Tage, um zwei Uhr nachmittags. Die Soldaten von Granada waren seit 24 Stunden auf den Überfall vorbereitet. Dennoch brauchten die Piraten keine drei Stunden, um die Unfähigkeit des gegnerischen Heeres nachzuweisen. Vor Ende des Nachmittags hatten sie ohne eine einzige Kanone die Schanze des »Feldlagers« eingenommen und damit die ganze Stadt unter Kontrolle. Ihre Verluste beliefen sich auf vier Tote und acht Schwerverletzte. Sie hatten nicht nur sehr entschlossen, sondern auch taktisch sehr geschickt gekämpft, besonders was den Einsatz von Wurfbomben betraf.

Als Angreifer hatten sie nichts zu verlieren und alles zu gewinnen. Die Spanier zeigten wenig Mut, vielleicht weil sie ohnedies mit einer Niederlage gerechnet hatten: Eineinhalb Millionen Goldstücke Lösegeld für die Stadt lagen in einer Mauer des Gouverneurspalastes verborgen.

Die Piraten ignorierten das. Sie wußten, daß die beiden Schiffe, die sie bei der Ankunft auf dem See erblickt hatten, den größten Teil des Reichtums der Stadt fortschaffen wollten. Es hatte wenig Sinn, diese Schiffe mit den Pirogen oder Barken, die im Hafen lagen, zu verfolgen. Es half nur die klassische Methode: »Lösegeld, oder wir brennen alles nieder.« Doch dieser Forderung widersetzten sich die spanischen Räte der Stadt viel hartnäckiger als zuvor ihre kämpfenden Soldaten: »Wir haben nichts mehr, alles ist evakuiert.«

Zu Zeiten Morgans und l'Olonnois' hatten diese Worte die bekannten Vorgänge ausgelöst: Einige Stunden lang ertönten die Schreie der gefolterten Besiegten, dann gaben sie ihre Goldquellen preis – vielleicht öffneten sich nicht alle Tresore der Stadt, doch kam ein beachtliches Lösegeld zusammen. Diese Zeiten schienen vergangen zu sein. Die Piraten hielten sich an die Befehle. Sie plünderten nicht, sie mordeten nicht. Sie sprachen mit den Granadiern, die mit allen Wassern gewaschen waren, sie drohten ihnen, doch ohne ihnen das Messer an die Kehle zu setzen. Soweit war alles in Ordnung, aber sie setzten doch einige Häuser in Brand, um ihren Forderungen etwas mehr Nachdruck zu verleihen. Endlich gaben sich die Piraten mit einer Abfindung zufrieden, deren Höhe unbekannt blieb. Allzu beachtlich dürfte die Summe nicht gewesen sein, denn man verteilte sie zur Gänze unter den Verwundeten.

Auf dem Rückweg zur Küste wurden die Seeräuber von 500 Infanteristen und Kavalleristen überfallen. Der verräterische Katalane hatte die Spanier alarmiert und befehligte sie nun. Doch die Piraten verjagten die Angreifer mühelos, und ihre Boote vereinten sich wieder am Sammelplatz. Klein und zerbrechlich schaukelten sie über den weiten Ozean und mußten eng zusammenhalten, wenn sie nicht Robinsons Schicksal teilen und eines Tages in die Karibische See als Landstreicher zurückkehren wollten. Sie legten großen Wert darauf, ihr Gesicht zu wahren und ehrenvoll zurückzukehren. Noch am verlassenen Strand, als sie ihre Pirogen wieder festmachten, besprachen sie dieses Thema: »Wir müssen auf alle Fälle in Richtung Panama segeln, im Golf können wir sicher Beute machen. Die Einwohner von Panama glauben doch, daß wir weit weg sind.«

»Die Gewässer um Panama sind um diese Jahreszeit äußerst unwirtlich – wir werden nur Tornados und Unwetter antreffen. Wir müssen nach Westen zur mexikanischen Küste segeln.«

»Was sollen wir dort? Krokodile fangen?«
Kapitän Grognier war offensichtlich enttäuscht, daß eine so gut geplante und geleitete Beutefahrt so gut wie nichts eingebracht hatte. Seit der Ankunft im Pazifik ging alles schief: Sicher verfolgte sie ein böser Geist. Dann teilte sich die Flotte: 148 Franzosen segelten mit Grognier nach Mexiko. Townley machte sich mit ebenfalls 148 Franzosen und den Engländern in Richtung Panama auf. Die französische Flotte spaltete sich später ebenfalls in zwei Gruppen auf.

Bei den Iles du Roi waren rund 1100 Seeräuber versammelt gewesen. Inzwischen hatten sich daraus verschiedene Banden gebildet. Die größte Gruppe um Kapitän Townley bestand aus etwa 250 Mann, die kleinste war nur etwa 40 Mann stark. Die meisten Banden befanden sich in bejammernswertem Zustand. Keine verfügte über eine militärische Ausrüstung, die mit jener der Piraten in der Karibischen See vergleichbar gewesen wäre. Trotzdem reichten die Seeräubertruppen, die entlang der Pazifikküste Amerikas verstreut waren (von Kalifornien bis Peru waren das mindestens 600 Seemeilen), aus, um das spanische Gebiet in Angst und Schrecken zu versetzen.
Wo die englischen und französischen Seeräuber auftauchten, war ihnen der Ruf besonderer Brutalität vorausgegangen. Überall waren die übelsten Gerüchte im Umlauf, vornehmlich in Panama.
»Französische und englische Piraten griffen Villia an, plünderten es, folterten die Bewohner und steckten alles in Brand. Trotz mutiger Verteidigung konnten die Einwohner das Unheil nicht verhindern. Weil das Lösegeld nicht schnell genug eintraf, schlugen die Piraten mehreren spanischen Gefangenen die Köpfe ab und steckten sie auf Spieße.«
Inzwischen war es Juni 1686 geworden. Die abgeschlagenen Köpfe von Villia waren für die Einwohner von Panama zum Alptraum geworden. Einen Monat später verbreitete sich im Morgengrauen in Windeseile ein Gerücht. Piraten wären in der Nacht in den Hafen eingedrungen und hätten unter Führung von Verrätern eine spanische Barke geraubt. Wer gleich zum Hafen hinuntereilte, konnte feststellen, daß die Barke tatsächlich fehlte.

»Oder ist sie bloß zum Fischfang ausgelaufen.«
Diese Vermutung konnte man natürlich nur mit einem Schulterzucken beantworten. Jedenfalls bekräftigte das Verschwinden eines verdächtigen Griechen die Geschichte vom Verrat. Von nun an beherrschten Mißtrauen und Furcht die Stadt.
In den nächsten zwei Wochen geschah nichts. Es wurde sogar gemeldet, spanische Soldaten hätten mehrere Piraten, die durch den Isthmus wieder in die Karibische See gelangen wollten, getötet und vier Engländer festgenommen.
Doch am 22. August kehrten Fischer aus dem Golf zurück und berichteten, sie hätten eine halbverbrannte, von den Piraten gekaperte spanische Fregatte gesehen. Die Fischer waren über den Sieg der Piraten sehr erstaunt, denn diese hätten trotz kräftiger Gegenwehr der Fregatte gesiegt, ohne auch nur einen einzigen Kanonenschuß abzufeuern.
Die mutigen Fischer wollten das Geschehen genau beobachten und den Kampf aus der Nähe verfolgen. Das Seeräuberschiff überwand seinen Gegner durch ein Manöver, das an Geschicklichkeit seinesgleichen suchte. Die Piraten wichen einer Geschützsalve aus und segelten so haarscharf an einem Felsvorsprung vorbei, daß die spanische Fregatte nicht zu folgen vermochte. Darauf wurden die Piraten kühner, sie kehrten um und wagten sich so nahe an die Spanier heran, daß sie Wurfbomben werfen konnten, die die Fregatte in Brand steckten.
Während die Fischer in den Tavernen ihren Bericht wiederholten, tauchten, angelockt durch ein Schiff mit spanischer Flagge, zwei ahnungslose spanische Barken auf. Plötzlich wurden sie unter Musketenbeschuß genommen und merkten zu spät, daß sie den Piraten zum Opfer gefallen waren. Die unrühmliche Kriegslist mit den falschen Flaggen hatten die Seeräuber schon des öfteren angewendet. Sie raubten die zwei Barken.
Bei den beiden beschriebenen Kämpfen waren den Seeräubern auch 50 Gefangene in die Hände gefallen. Dafür wollten sie kein Lösegeld, sondern die Auslieferung der fünf Männer, die bei Boca de la Chica gefangengenommen worden waren. Ein recht aufwendi-

ger und blumenreicher Briefwechsel entspann sich. Zum Beispiel verfaßte der Erzbischof von Panama ein überaus salbungsvolles Schreiben, in dem die Piraten gar mit »Sehr geehrte Herren« angeredet wurden: »Ich bitte Sie inständig, nicht noch mehr Blut Unschuldiger zu vergießen, als schon an Ihren Händen klebt. Ich werde alles tun, was in meinen Kräften steht, damit Ihre Leute zurückkehren können. Vertrauen Sie meinen Worten, Sie werden es nicht bereuen. Ich setze Sie hiermit in Kenntnis, daß alle Engländer römisch-katholisch geworden sind, daß es auf Jamaika eine Kirche gibt und daß die vier Gefangenen seit ihrer Konvertierung bei uns bleiben wollen.«
Diese letzte Behauptung, ganz offensichtlich eine Lüge, versetzte die Piraten in eine wahnsinnige Wut. Zuerst dachten sie den Briefwechsel mit ein paar abgeschlagenen Köpfen zu beenden, doch mäßigten sie sich schließlich, und nach zwölftägigen Verhandlungen statteten die Piraten dem Hafen von Panama einen wenige Stunden dauernden Besuch ab, um 2000 Goldstücke Lösegeld in Empfang zu nehmen.

Die Honoratioren und Bürger der über 10 000 Einwohner zählenden Stadt blickten mit Erleichterung auf das Meer hinaus, wo die fünf oder sechs bejammernswerten Schiffe der Sieger entschwanden. Die Sieger – das waren etwa zehn Dutzend arme Kerle ohne ein Dach über dem Kopf und ohne eine Kanone an Bord. Die Stadt war reich genug, um Lösegelder zu zahlen, was einem Blutbad vorzuziehen ist. Diese Philosophie war an der spanischen Pazifikküste weitverbreitet. Übrigens verlangten die Piraten an Abgaben pro Kopf wesentlich weniger, als wir heute stillschweigend dem Staat an Steuern bezahlen.
Die meisten Seeräuber empfanden die Bilanz des großen Abenteuers in der Südsee gar nicht so negativ, einige hatten sogar heimlich ganz beträchtliche Schätze angehäuft.
»Es wird jetzt Zeit, in nördlichere Breiten zurückzukehren«, meinten sie.
»Auf keinen Fall!«
Die noch nicht zurückkehren wollten, hatten ihre Beute beim Spiel verloren. Sie lechzten nach neuen Raubzügen.

»Warum ziehen wir nicht gegen Guayaquil? Dort finden wir, was uns reich macht.«

Guayaquil liegt im heutigen Ekuador und war damals die nördlichste Stadt von Peru. Die Piraten wählten vornehmlich Orte auf dem Festland als Ziele aus, wenn man von dem mißlungenen Versuch absieht, die Goldflotte anzugreifen. Nach diesem großen Fehlschlag hätten sie Guayaquil sicher noch angreifen können – wenn sie zusammengehalten und sich nicht aufgesplittert hätten.

Doch im Frühjahr 1687 trafen sich fast alle Piraten ohne Verabredung für kurze Zeit am Kap Sainte Hélène, dem westlichsten Punkt des südamerikanischen Kontinents. Der Himmel war verhangen, und es regnete, wie in diesen Breiten fast immer um diese Jahreszeit. Die Seeräuber begrüßten sich, ihre Schiffe fuhren aufeinander zu, und man fragte: »Woher des Wegs – wo fahrt ihr hin?«

Sie besuchten einander auf ihren Schiffen, und die Kapitäne tranken ein Gläschen zusammen.

»Guayaquil, selbstverständlich! Das wär' etwas für uns!«

»Eben. Machen wir's zusammen!«

Über dem Binnenhafen Guayaquil qualmen heute Fabrikschornsteine, und die Sirenen der Motorboote, die zwischen den Bananendampfern, den mit Kakao beladenen Frachtschiffen und den Lagerhallen hin und her tuckern, heulen ohne Unterlaß. Wegen der Gezeiten können die Frachtschiffe nicht tiefer in den Hafen hineinfahren.

Im 17. Jahrhundert war Guayaquil eine eigenartige Stadt. Größtenteils auf Pfählen gebaut, schirmte sie sich zum Fluß hin mit einer Mauer ab. Reichverzierte Kirchen und Klöster zeugten von ihrem Reichtum, der auf Goldminen und Kakaoexport beruhte. Wie in Granada war der Exerzierplatz das Verteidigungszentrum gegen eventuelle Angriffe.

Besonders die Erstürmung der Mauer gestaltete sich wie in Granada zu einer beispielhaften taktischen Demonstration. Ein heftiges Feuer, viel wirksamer als das jedes anderen Regiments auf der Welt, gab den Piraten, die wie Katzen die Mauer erkletterten, volle Deckung. Es folgte ein Straßenkampf, in dem die Seeräuber vor nichts zurückschreckten. Am schwierigsten war die Einnahme des Exerzierplatzes. Die Seeräuber verloren neun Mann und hatten außerdem zwölf Schwerverletzte; daraus läßt sich ersehen, daß die Spanier etwas mutiger gekämpft haben als in Granada, denn dort war weniger Blut geflossen. Leichen blieben auf den Straßen liegen, und fürchterlicher Verwesungsgeruch verpestete bald die Stadt, die auf dem zweiten Grad südlicher Breite liegt. Als der Widerstand verebbte, verfolgten die Engländer die Einwohner, die mit ihren Schätzen aufs Land flüchteten. Die Franzosen dagegen versammelten sich in der Kathedrale und ließen ein leidenschaftliches Te Deum erschallen. Während sie dem Himmel dankten, schweiften ihre Blicke über die Statuen aus Silber und Gold sowie einige andere wertvolle Gegenstände, die sie sofort nach dem Dankgesang abmontierten. Das schönste Stück war die Tür des Tabernakels. Sie war mit einem wunderschön gearbeiteten rotgoldenen Adler verziert, dessen Augen aus zwei ungewöhnlich großen Smaragden bestanden. Die Tür wog allein 68 Pfund.

Im Palast des Gouverneurs standen so viele prachtvolle Möbel, wie man sie in dieser Anzahl in Europa noch nicht gesehen hatte, denn die verschiedensten Künstler kamen aus Europa in das Goldgräberland. Die Piraten bedauerten sehr, daß sie nicht alles mitnehmen konnten. So war wie immer das Lösegeld der Hauptgewinn, denn sie hatten 700 prominente Bürger, darunter die Familie des Gouverneurs, gefangengenommen. Wie jedesmal begannen die Verhandlungen mit Drohungen und Einschüchterungsversuchen. Beide Seiten wendeten Kriegslisten an. Alles zog sich endlos hin – insgesamt einen Monat. Ins Detail zu gehen wäre langweilig, ebenso langweilig, wie die Verhandlungen den Piraten erschienen wären, hätten sie nicht die glorreiche Idee gehabt, das Ergebnis auf der Insel Puna im Golf von Guayaquil abzuwarten.

Die Seeräuber begaben sich dorthin, weil die Leichen in den Straßen von Guayaquil, die die Spanier nicht beseitigten, einen fürchterlichen Gestank verströmten. Auf der Insel Puna, einer herrlichen Sommerfrische, erlebten sie den Frühling. Es war frisch und angenehmer als in der feuchten Luft Guayaquils. Die Insel Puna diente wie die »Gärten der Königin« vor Panama als Erholungsort, nur war sie wesentlich größer und viel reicher. Raveneau de Lussan berichtet freimütig, daß die Piraten dort unvergeßliche Tage verbrachten, obwohl sie andererseits ungeduldig auf das Lösegeld warteten und wußten, daß die Spanier absichtlich zögerten, um noch Hilfe aus Quito herbeizuholen.

Sie ergötzten sich an Gelagen in wunderschönen Villen und lauschten den Klängen von Lauten, Gitarren und Harfen, denn unter den Gefangenen befanden sich ausgezeichnete Musiker. Doch waren dies keineswegs die einzigen Vergnügungen.

Guayaquil war eine Stadt, in der es den Priestern den Gläubigen weiszumachen gelungen war, die Piraten hätten Affenköpfe und würden ihre Opfer auffressen. Sie wiederholten diese Geschichten besonders oft vor Frauen, um sie sich gefügig zu machen. Dann bekamen sie von den Frauen leichter Geldgeschenke sowie Seidenbänder, die nichts mit den blauen Bändern der »Muttergotteskinder« gemein hatten. Kurz, die Männer in Guayaquil beklagten sich, daß die Priester ihnen oft genug Hörner aufsetzten. Und plötzlich sahen sich die Beichtkinder dieser Verleumder solchen Schreckgestalten ausgeliefert, aber sie entdeckten bald, daß sich unter den Seeräubern schöne Männer befanden, die gar nicht so grausam waren.

Solange die Seeräuber auf ihr Lösegeld warten mußten, verführten sie Tänzerinnen und Musiker zu allerlei seltsamen Belustigungen. Zufällig ausgewählte Gefangene durften um ihren Kopf knobeln. Viermal wurde gewürfelt, und wer weniger als zwölf Augen warf, verlor buchstäblich den Kopf. Solche Grausamkeiten verbreiteten Entsetzen und tauchten die Liebesbeziehungen zwischen Piraten und Einwohner in ein makabres Licht.

Raveneau de Lussan hatte ein Abenteuer mit der Witwe des Schatzmeisters, den man am Tag des Angriffs getötet und mit vielen anderen in den Fluß geworfen hatte. Die Witwe hatte ihren Mann bereits vergessen und war ganz wild auf den Franzosen.

»Bleib bei mir, bis deine Freunde wegfahren. Ich werde dich heiraten und dir die Stellung meines Mannes verschaffen.«

»Eines Tages werden meine Freunde abreisen, und die Spanier werden mich töten.«

»Dann verstecke ich dich. Außerdem werden der Gouverneur und die Ratsmitglieder tun, was ich ihnen sage.«
Tatsächlich erhielt sie von den besagten Autoritäten folgende schriftliche Zusicherungen: »Lussan wird geschont und zum Schatzmeister ernannt.« Der zu solchen Ehren gelangte Pirat betrachtete mißtrauisch das Papier. Schließlich segelte er doch mit seinen Kumpanen ab und ließ die Dunkelhäutige, die er im Grunde gern mochte, in Tränen zurück. Die Seeräuber hatten in Guayaquil eine phantastische Beute gemacht und ein großartiges Lösegeld erhalten. Die Spanier versuchten zwar in einer Seeschlacht, ihren Besitz zurückzuerobern, sie kämpften sogar direkt vor ihrer Stadt, doch sie waren weder mutig genug, noch beherrschten sie ausreichend die Kunst des Manövrierens. Die Aufteilung der Beute an einem verlassenen Strand, etwa 50 Seemeilen nördlich vom Kap Sainte Hélène, bot einen grotesken Anblick. Die Piraten breiteten Segeltücher auf dem Strand aus, und darauf lagen die schönsten Juwelen der Welt. Sie wurden versteigert, da man sich niemals mit Experten über einen Schätzpreis geeinigt hätte. Die Liebhaber konnten mit ihren Goldstücken erbeutete Wertgegenstände kaufen. Dabei erzielten die Juwelen hohe Preise, denn sie ließen sich wesentlich leichter transportieren als Säcke voller Goldstücke. Die Käufer steckten die Kostbarkeiten mit einer Mischung aus Begierde, Stolz und Furcht ein. Sie glichen lebenden Schatztruhen und bemerkten ängstlich die Blicke ihrer weniger gut weggekommenen Freunde. Ein Unglück war schnell geschehen.

Am 2. Januar 1688 verließen 280 französische und englische Seeräuber, in Lumpen gehüllt und mit Säcken und Bündeln beladen, zu Fuß die Bucht von Mapalla (heute Amapalla genannt, an der pazifischen Küste von Honduras) und marschierten ins Landesinnere.
Nach dem Überfall auf Guayaquil hatten sich die Seeräuber erneut aufgesplittert. Die Engländer reparierten auf den Galapagos-Inseln ihre Schiffe. Sie wollten die Karibische See über die Magellanstraße erreichen. »Was uns betraf«, schrieb Raveneau de Lussan, »so waren unsere Schiffe zu klein und zu schwach, so daß wir nicht südlicher

als bis Peru fahren konnten. Wir hätten nicht einmal den nötigen Wasservorrat mitnehmen können.«
Wäre man mit diesen schwächlichen Segelschiffen nordwärts gefahren, hätte man trotzdem eine Strecke von 1200 Seemeilen von Guayaquil nach Panama zurücklegen müssen. Aber es wäre unmöglich gewesen, in der Gegend von Panama zu landen und sich zur Karibischen See durchzuschlagen, denn von Anfang an hätten die Spanier die Piraten daran gehindert. Die einst friedfertigen Eingeborenen, die von den Spaniern monatelang mit Geschenken und Branntwein bestochen worden waren, träumten davon, die Köpfe dieser Reisenden zu kochen. Die Seeräuber mußten also noch weiter nördlich segeln.
Unterwegs hatten sie eine traurige Begegnung. In einer großen Piroge fanden sie 40 Franzosen zusammengepfercht, fast verhungert und verdurstet, die berichteten, daß sie auf der Suche nach 55 Kameraden seien. Diese hätte der Sturm in einer leckgeschlagenen Piroge abgetrieben. Diese 40 erschöpften Männer gingen mit der Gruppe von Lussan in Mapalla an Land.
Die Zeichner von Touristenkarten, die für die Karten von Zentralamerika nach einer Verzierung suchten, konnten nichts Treffenderes finden als einen Pelikan, um die Bucht von Amapalla, ehemals Mapalla, zu charakterisieren. Man kann sich mit eigenen Augen überzeugen, daß dieses Symbol der Wahrheit entspricht. Schwärme von schreienden Meeresvögeln kreisen über einer unfruchtbaren Küste. Von Zeit zu Zeit macht sich ein Pelikan daran, einen Fisch zu verschlingen.
Die erschöpften Abenteurer, hungrig und hohläugig, suchten die ganze Küste samt Umgebung mit dem Gewehr in der Hand ab, doch es gab kein Wild. Sie fischten und töteten Meeresvögel, deren Fleisch wie Fisch schmeckte. Und immer wieder redeten die 40 Überlebenden der Piroge von ihren 55 Kameraden. »Wenn wir sie aufgeben«, erklärten sie, »werden 55 Blicke uns für immer in Alpträumen verfolgen.«
»Gut, machen wir uns auf die Suche!«
Wieder wurden die Segel gesetzt, und es ging 400 Seemeilen die Kü-

ste entlang nach Norden. Mit von Salz geröteten Augen suchten die Männer das Meer und die Küste ab. Nichts. Und wieder mußten sie an Land gehen, um nicht Hungers zu sterben.
Die Überlebenden behaupteten, die Gegend zu kennen. »15 Meilen von hier gibt es eine Stadt, Tehuantepec. Wir werden dort Nahrungsmittel finden und Gefangene machen.«
Der Überfall auf Tehuantepec war geradezu tollkühn. Die Piraten überquerten einen Fluß, bis zu den Schultern im Wasser, und als sie am Ufer einen kleinen Marktflecken entdeckten, fielen sie dort wie Wölfe ein. Vor Hunger hätten sie fast die Ziegel verspeist, aus denen die ärmlichen Häuser gemauert waren. Sie konnten sich die Bäuche vollschlagen, mußten aber gleich zurückkehren, denn der Fluß trat über die Ufer. Man verwüstete ohne viel Gewinn noch das Nachbardorf Chiloteca, wo man einige Gefangene machte, dann ging es zurück in das unglückselige Mapalla.
Sie wählten Mapalla, weil diese Bucht des Unglücks Ausgangspunkt für die Rückkehr in die Karibische See sein konnte. Das hatten sie von einigen Spaniern erfahren, die sie in Chiloteca gefangengenommen hatten. Von Mapalla aus konnte man über die Berge die Stadt Ségovia erreichen und auf dem Fluß gleichen Namens zum Atlantik gelangen, ganz in die Nähe des Kaps Gracias a Dios.
Die Seeräuber beschlossen, aufzubrechen. Die 55 Verschollenen sahen sie nie wieder, wahrscheinlich fanden diese ihre letzte Ruhestätte in den finsteren Bäuchen der Haifische. Um eine Sinnesänderung von vornherein auszuschließen, ließen die Piraten ihre Schiffe auf Grund laufen und machten sich zu Fuß auf den Weg.
Sie hatten nicht nur viele schwere Geldbeutel und -säcke zu schleppen, sondern auch goldene Kandelaber, goldene und silberne Statuen, Kruzifixe und Kelche, all das, was sie nach dem Te Deum in Guayaquil erbeutet hatten. »Was mich betraf«, schrieb Lussan, »so mußte ich zwar kein schweres Gewicht tragen, aber doch beträchtliche Werte, denn ich hatte 30 000 Goldstücke in Perlen und Juwelen umgetauscht. Es war nicht weniger mühsam, diesen Schatz mit sich zu tragen, denn immer drohte der Dolchstoß eines Neiders. Ich entschloß mich deshalb, meinen ganzen Besitz vor aller Augen auf mehrere Leute

zu verteilen, und zwar unter der Bedingung, daß ich bei der Ankunft die vereinbarte Summe wiederbekam. Das rettete mir zwar das Leben, doch ich mußte diese Vorsichtsmaßnahmen teuer bezahlen.«

Der Weg von Mapalla nach Ségovia über die Berge war weder eine Straße noch ein Pfad, dem Pferde oder Maultiere folgen konnten, aber die Piraten besaßen auch keine Pferde und Maultiere. Zu beiden Seiten umgab sie dichter Wald, fast ein Dschungel. Anders ausgedrückt: dies waren ausgezeichnete, gleichbleibende Bedingungen für einen Hinterhalt. Am Ende des ersten Tages verließen die Seeräuber den Wald und erreichten eine Plantage. Das große Wohngebäude stand leer, nur im großen Saal lag ein offener Brief: »Wir freuen uns, daß Sie durch unser Land kommen und bedauern lediglich, Sie nicht noch reicher zu wissen.« Unverkennbar klang aus dieser ironischen Wendung eine Drohung. Die Seeräuber zweifelten nicht, daß man sie angreifen würde. Günstigerweise fanden sie auf der Plantage einige Pferde.

Etwas später gerieten sie in den ersten Hinterhalt. Der Weg war mit Bäumen verbarrikadiert, Spanier waren darum postiert und schossen. Sie waren nicht sehr geschickt und nicht sehr tapfer, das Hindernis war schnell aus dem Weg geräumt. Kurz darauf lauerte in der Savanne der nächste Feind: ein Feuer. Die Spanier hatten trockene Blätter, Maisfelder und andere Kulturen in Brand gesteckt. Die Pferde strauchelten, wieherten und stürzten im Rauch auf die geschwärzte Erde. Kurz darauf erreichten die Piraten wieder den Wald und gerieten an einen neuen, womöglich noch unangenehmeren Feind.

Zunächst war nur ab und zu ein Geräusch zu hören. Die Seeräuber waren erfahrene Kämpfer und wußten, daß es auf feindlichem Gebiet im Interesse der Sicherheit wichtig war, sich schweigend vorwärts zu bewegen. Die Geräusche waren sowohl rechts als auch links des Weges deutlich hörbar. Äste knackten, Stimmen murmelten, Pferde wieherten. Die Piraten entsandten Kundschafter und entdeckten durch die Bäume einige Berittene und Fußvolk, die den gleichen Weg nahmen. Weiter vorne erscholl wiederum Lärm. Spanier marschierten in Deckung immer parallel zur Kolonne und flohen, wenn die Piraten sich ihnen näherten, doch nur, um sogleich zurückzukehren. Abends vernahmen die Seeräuber in der Umgebung des Lagers die gleichen Geräusche. Die Posten hielten die Augen auf, entdeckten aber nichts. Der nächste Tag bescherte ihnen die gleiche Begleitung. Der Weg wurde immer steiler, man konnte keine Patrouillen mehr ausschikken. Doch blieben die Seeräuber wachsam, sie ließen eine Vorhut vorausmarschieren. Am dritten Tag, als die Reisenden gerade rasteten, wurden die herausfordernden Geräusche lauter. Und plötzlich erklangen von rechts und links Trompeten. Zwar weiter entfernt, als man die versteckten Begleiter wahrgenommen hatte, doch immer der Kolonne folgend und immer in gleichbleibendem Abstand. Sie trompeteten und verstummten immer in gleichen Zeitabständen. Die Überlebenden dieses Südsee-Abenteuers sollten sich zeitlebens an dieses herausfordernde Trompeten erinnern. Die Piraten stoppten, die Trompeten schwiegen. Die Piraten gingen weiter – kurz darauf schmetterte auch wieder das Blech. Schon vor sechs Tagen hatten die Piraten den Flußlauf verlassen. Eine Patrouille nahm einen Spanier gefangen, der sich zu nahe herangewagt hatte, doch er besaß keine Trompete. Man folterte ihn rücksichtslos und erfuhr auf diese Weise, daß die Truppe, die die Seeräuber begleitete, 300 Mann stark war. Wann der Angriff geplant war, wußte er nicht. Das war sein Pech, denn eine Kugel in den Kopf bestrafte seine Unwissenheit.

Das Land wurde immer bergiger. Tagsüber war es entsetzlich heiß, die Nächte brachten Kälte. Am Vormittag war alles dunstverhangen. Tag für Tag legten die Seeräuber unter Führung der Gefangenen von Chiloteca ihren Weg zurück. Am 8. Januar sollte man nach Ségovia gelangen.

Heute existiert diese Stadt in Honduras nicht mehr. Ameisen und Ungeziefer aus dem Dschungel haben die Ruinen jener Holzhäuser längst zerfressen, die die Piraten damals in einer Senke erblickten. Diese Senke wurde vom Schnittpunkt mehrerer tiefer Täler gebildet, deren Hänge mit Nadelbäumen bewachsen waren. Die Piraten rückten sehr vorsichtig auf Ségovia zu, denn es war ja möglich, daß die unsichtbaren Begleiter gerade dann angreifen würden, wenn sich die Piraten mit den Stadtbewohnern beschäftigten. Gleichzeitig litten sie unter quälendem Hunger. So waren sie, obwohl mit Gold,

Juwelen und Kleinodien beladen, in der gleichen Lage wie die ärmsten Bettler.

In der Stadt rührte sich keine Seele, niemand leistete Widerstand. Alle Häuser waren durchwühlt, alle Magazine leer. Die Säcke waren aufgeschnitten, das Korn verstreut, die Reste verbrannt. Alle Nahrungsmittel waren vernichtet, verwüstet, die Rinder und Schweine weggetrieben, sogar das Federvieh. In den Straßen streunten nur Hunde in jämmerlichem Zustand, die mit eingekniffenem Schwanz herumschnüffelten. Die Seeräuber, die Millionen besaßen, schlachteten und aßen die Hunde.

»Wann kommen wir endlich zum Fluß?«

»Noch gut zwei Tage Marsch, ein paar Berge liegen noch dazwischen.«

Einen halben Tag, nachdem die Seeräuber Ségovia verlassen hatten, erklangen die unsichtbaren und herausfordernden Trompeten aufs neue. Einen Tag später machten sich noch mehr Trompeten bemerkbar. Am Abend, als die Piraten ihr Lager aufschlugen, entdeckten sie plötzlich Pferde: hoch an einem Hang über einem engen Tal; zuerst hatten sie wie Schweine ausgesehen. In diesem wilden Bergland gab es sonst keine Pferde – es sei denn, Pferde von Soldaten. Die Verfolgungsstreitmacht schien es nicht mehr nötig zu finden, sich zu verstecken. Offenbar stand der Angriff bevor. Die Spanier kannten die nächste Wegstrecke und damit einen geeigneten Ort für einen Überraschungsangriff oder einen Hinterhalt. Was nun?

Es ist nebensächlich, ob Raveneau de Lussan am Plan, den Spaniern zuvorzukommen, mitgearbeitet hatte oder nicht. Er war an dem Projekt beteiligt und bewies viel Mut und gesunden Menschenverstand. Es ging darum, eine Stelle zu finden, wo 45 Bewacher für die Pferde, die Gefangenen und die wertvollen Gepäckstücke zurückgelassen werden konnten. Die anderen Piraten sollten den Spaniern überraschend in den Rücken fallen.

Dazu mußte zunächst der Standort des Feindes festgestellt werden. Erkundungen ergaben, daß nur von einem hohen Berg aus alle spanischen Truppen entdeckt werden konnten, denn sie befanden sich in einem Nachbartal, nur durch einen Bergrücken von den Seeräubern getrennt. »Um ein Uhr nachts brachen wir im Mondschein mit 200 Mann auf.« Sie mußten wie Tiger höher als die Spanier klettern und sie umzingeln. Als sie hinter den Spaniern vorbeischlichen, hörten die Seeräuber, daß auch die Feinde beteten und den gleichen Gott um den Sieg anflehten. Weil sich die Spanier besonders stark fühlten, beteten sie besonders laut, sangen Litaneien und schossen nach jedem Wechselgesang eine Musketensalve ab. Nachdem die Seeräuber aus den Gebeten alles Wichtige erfahren hatten, stiegen sie noch höher in die Berge, was sehr mühsam war. Auf allen vieren kriechend schafften sie zeitweise nur 1000 Schritte in einer Stunde. Bei Tageseinbruch stiegen sie immer noch, doch der Nebel schützte sie vor jeder Entdeckung.

Die Piraten wollten kein Pulver verschwenden und eröffneten den Angriff erst, als sich der Nebel aufgelöst hatte. Eigentlich hätte man damit rechnen müssen, daß die Spanier, die ihnen so mühelos in die bewaldeten Berge gefolgt waren, das Gelände besser zu nutzen und sich gegen einen Überraschungsangriff vorzusehen wußten. Doch es kam ganz anders. Die furchterregende spanische Infanterie, die in Europa noch brillant operiert hatte, hatte wie die Kavallerie bei der Überfahrt über den Ozean ihr Können verloren. Kurz, die von hinten angegriffenen Spanier flohen in wildem Durcheinander und wurden niedergemetzelt. Sie ließen sogar ihre Kirchenschätze im Stich. 17 Tage, nachdem sie den einsamen Strand von Mapalla verlassen hatten, erreichten die Piraten den Ségovia-Fluß. Heute heißt er Rio Ségovia oder Rio Coco. Anscheinend feierten sie auch ein Wiedersehen mit den gefangenen Kameraden. Vor drei Jahren waren die Seeräuber mit Kanus, die Eingeborene gebaut hatten, den Chica-Fluß stromabwärts gefahren. Sie selbst hatten im Laufe ihres Südsee-Abenteuers zahlreiche kleine Kanus und Pirogen gebaut. Jetzt hätten sie für ihre abschließende Fahrt auf dem Ségovia-Fluß nochmals Boote bauen müssen. Doch der Oberlauf des Flusses war so wild und voller Wasserfälle und Stromschnellen, daß sie lieber Flöße benutzten.

Jedes Floß bestand aus mehreren sehr leichten, miteinander verbundenen Baumstämmen und war von einer Art Reling oder Geländer umgeben. Die Seeräuber besetzten zu zweit oder zu dritt ein Floß und versuchten, es mit Stangen zu lenken und die Felsen zu umschiffen. Vor Wasserfällen – die Wasserfläche war hier vorher immer besonders glatt – gingen die Piraten an Land, ließen das Floß hinabschießen und holten es unten wieder. Manchmal ging das Floß verloren, oder Besatzungen wurden mit fortgerissen und getötet. Häufiger entpuppten sich die überladenen Floße als Unterwasserfloße, und mancher Pirat band sich an seinem unsinkbaren Floß wie an einem Rettungsring fest. »Die vielen Bananenstauden am Ufer lieferten unsere einzige Nahrung.«

Inzwischen entschlossen sich jene, die ihre Beute beim Spiel verloren hatten, keineswegs als arme Leute in die Karibische See zurückzukehren und erdachten eine neue Strategie. Sie wählten ihre Opfer unter den eigenen Kameraden, fuhren mit ihren Floßen voraus und versteckten sich dort, wo die Opfer wegen einer Stromschnelle an Land gehen mußten. Auf diese Weise metzelten sie fünf Engländer nieder und raubten sie aus. Lussan, der die Leichen entdeckte, kniete erschüttert nieder: um für die Opfer zu beten und Gott zu danken, daß er dank seiner Vorsicht noch am Leben war. Bekanntlich hatte Lussan seine Besitztümer auf mehrere Kameraden verteilt.

Der Fluß wurde ruhiger, je näher man der Mündung kam. Noch einmal hielten die Seeräuber an. Sie verließen die unbequemen Floße und bauten Kanus. Sie fanden dafür einen wunderbaren Halteplatz und ahnten, daß sich ihre kühnsten Hoffnungen, nur mehr wenig durch Befürchtungen getrübt, bald erfüllen würden: kein Zweifel, man würde die ersehnte Karibische See erreichen. Nur waren es vom Kap Gracias a Dios nach Santo Domingo immer noch 700 Seemeilen. Woher und wann sollten sie ein Schiff für die Überfahrt bekommen?

Sie fanden einen jämmerlichen englischen Seelenverkäufer, der 40 Mann an Bord nehmen konnte. Die Franzosen entdeckten ihn zuerst und stürzten sich wie wahnsinnig auf ihn. Die übrigen mußten auf ein anderes Schiff warten. Tatsächlich fuhr das Frachtschiff mehrmals hin und her. Zwar hatte der Kapitän Port Royal auf Jamaika als Ziel angegeben, doch eine ausreichende Zahl Goldstücke bestärkte

ihn schnell in der Ansicht, daß es eigentlich nicht so wichtig war, wohin er nun fuhr.
Als Raveneau de Lussan und seine Freunde am 8. April in Petit Goave auf Santo Domingo an Land gingen, weinten sie vor Freude und spendeten viele Kerzen. Ein paar Monate später, als Raveneau de Lussan wieder in Frankreich war und sein Bankier ihn mit großem Respekt empfing, malte er mit einer Gänsefeder nach der damaligen Mode folgende recht ausführliche Überschrift: »Tagebuch einer Reise mit den Seeräubern von Amerika, unternommen in der Südsee im Jahre 1684 und den folgenden.«

3

Der Schatz von Cartagena

Im 18. Jahrhundert war das Leben der Galeerensträflinge eine Hölle, sie wurden geprügelt und lebten im Schmutz. Denn die Galeeren, von ferne so schön anzusehen, stanken dermaßen, daß die Offiziere im Knauf ihrer Spazierstöcke Moschus aufbewahrten, an dem sie von Zeit zu Zeit rochen. Dennoch trugen diese hohen Herren einen Hochmut sondergleichen zur Schau – ich frage mich, ob nicht ursprünglich der Ausdruck »vor Eitelkeit stinken« damit zusammenhängt.
Die Offiziere der königlichen Schiffe, deren Mannschaften fast unter den gleichen skandalösen Bedingungen lebten wie die Galeerensträflinge, waren genauso hochmütig. Untereinander, aber auch in aller Offenheit bei Hofe, machten sie sich über die rauhen Sitten der Kaperkapitäne lustig. Daß Seeräuber für diese Herren zum Abschaum der menschlichen Gesellschaft zählten, erübrigt sich fast zu sagen. Die Mißachtung der Seeräuber hatte in verstärktem Maße 1681 begonnen, als Ludwig XIV. aus politischen Gründen das Ende ihrer Tätigkeit verlangte. Alles, was der König stirnrunzelnd verdammte, traten die närrischen Speichellecker sogleich mit Füßen. Einer der Edelleute, die in Versailles sehr schlecht über die Seeräuber spra-

Monsieur de Pointis, Ritter des St. Louis-Ordens und Kapitän eines königlichen Schiffs. Die obige Legende berichtet ganz unbefangen von Absicht und Ziel seiner berühmten Expedition nach Cartagena.

chen, war Jean Bernard Louis Dejean, Baron de Pointir, der Kapitän des Flaggschiffes eines Admirals. Er hatte unter Duquesne und Tourville hervorragende Dienste geleistet und hielt damit nicht hinter dem Berg. Er pflegte sich wie ein Fürst aufzuführen.

Nur wenige Höflinge wußten, daß Pointir, Ende 1694, als er in der Gunst des Marineministers Pontchartrain stand, selber einen Feldzug gegen die Spanier in Westindien vorgeschlagen hatte. Pontchartrain favorisierte diesen Kurs. Jean Bart, Duguay-Trouin und Furbin zeichneten sich auf dem Meer aus, und der Krieg der Augsburger Liga brach den Waffenstillstand von Ratisbonne zwischen Frankreich und Spanien.

Zu Beginn dieses Buches wurde deutlich, daß die besagte Taktik hauptsächlich darin bestand, den Handel der feindlichen Länder zu stören, und daß sie weder Kaperkapitänen noch ihren Reedern und Kommanditisten Schaden brachte.

Im Juli 1696 stimmte Ludwig XIV. der Ausrüstung von Kaperschiffen zu. Zum Verständnis der folgenden Episode müssen wir uns etwas näher mit der geschichtlichen Entwicklung befassen.

Die französische Regierung mußte Pointir Kriegsschiffe in gutem Zustand zur Verfügung stellen, »voll ausgerüstet mit Ersatzteilen, Tauwerk, Instrumenten, Kanonen, Waffen und Munition für einen Feldzug von neun Monaten«. Dazu noch die Marineoffiziere. Die Mannschaft mußte der Baron erhalten, denn er mußte für Sold und Nahrung aufkommen. Für die Seesoldaten wiederum zahlte der König nur den Sold.

Die Beute sollte folgendermaßen aufgeteilt werden: Ein Fünftel fiel dem König zu. Die Offiziere und die Mannschaften der Schiffe teilten sich den zehnten Teil des Nettogewinns, alle Ladungen abgerechnet (diese Ladungen enthielten den zehnten Teil, der dem Kapitän der Kaperfahrt zugesprochen wurde), allerdings nur, wenn die Beute eine Million Pfund nicht überstieg. Lag er über einer Million, wurde der 30. Teil aufgeteilt. Der übrige Gewinn kam abzüglich der Unkosten, wie bei allen Unternehmungen dieser Art, den Kommanditisten zugute. Ludwig XIV. setzte Pointir als eine Art Pächter dieses Unternehmens ein, das ihm Geld bringen sollte.

Der Baron setzte sich mit Schatzmeister Vanolles in Verbindung, von dem er wußte, daß er allerlei Unternehmungen betrieb und über gute Beziehungen verfügte. »Kaum war über das Projekt gesprochen«, berichtet Pointir, »wollte sich Vanolles nicht mit dem zufrieden geben, was man ihm zugestanden hatte. Er glaubte vielmehr ablehnen zu müssen, weil wir eine bestimmte Summe als Grenzwert festgesetzt hatten.«

Zwei Monate später benachrichtigte Vanolles den Baron, die Kommanditisten seien beunruhigt, weil von Frieden gesprochen würde. (Die Friedenskonferenz sollte tatsächlich im Mai 1697 beginnen.) Um das Kapital zu vermehren, sei Eile geboten. Auch wollten die Aktionäre jetzt genauer wissen, wie man ihr Geld zu investieren gedachte.

»In die Galeonen!« rief Pointir. »Wir werden dem König den Gewinn verschaffen, den bisher immer die Seeräuber eingestrichen haben.«

Der letzte Teil des Satzes enthielt eine verleumderische Vereinfachung: Die Seeräuber, zumindest die Besitzer eines Kaperbriefs, hatten den Anteil des Königs immer pflichtgemäß abgeführt. Weiter erklärte Pointir, er wolle, noch bevor seine Flotte den Anker lichtete, Herrn de Saint Vandrille an Bord der Fregatte »Marin« vorausschicken. Saint Vandrille solle mit Ducasse, dem Gouverneur von Santo Domingo, Kontakt aufnehmen und im Namen des Königs französische Unterstützung für den Beutezug organisieren. Diese Unterstützung bestand aus Nahrungsmitteln und Schiffen mit Besatzung – und zwar absichtlich Piratenbesatzung.

Im großen und ganzen wünschte der König, der die Liquidierung der Seeräuber im Grunde gewollt hatte, daß die Dinge in Westindien wie bisher weiterliefen. Unter einer Bedingung jedoch: Er wollte den Oberbefehlshaber bestimmen. Und Pointir fühlte sich stark genug, die Seeräuber unter Kontrolle zu halten.

Jean Ducasse oder auch »Du Casse«, der nach Tarin de Cussy (1690 im Kampf gegen die Spanier getötet) Gouverneur von Santo Domingo wurde, schrieb am Ende seiner Regierungszeit: »Die

Schildkröteninsel ist ein unzugängliches Felseneiland, dessen Bewohner im Jahr nicht einmal 7000 Taler aus dem Handel erwirtschaften. Die zuerst von den Franzosen eroberte Insel war über 40 Jahre lang der Unterschlupf von Seeräubern. Sie ist überhaupt nichts wert.« Wenn Ducasse strikt alle Anordnungen aus Versailles befolgt hätte, wäre Santo Domingo genauso verlassen und wirtschaftlich schwach geworden wie die Schildkröteninsel. Nicht ein einziger Seeräuber wäre geblieben, ganz abgesehen von den Pflanzern, die bekanntlich unter den unsinnigen Bestimmungen der Westindiengesellschaft litten. Doch der ehrenhafte Ducasse, im Innersten seines Herzens ein Seefahrer, hegte eine unbesiegbare Schwäche für die Piraten. Er nahm sich, so gut es ging, ihrer an und versuchte, ihre Lebensmöglichkeiten zu verbessern. So stoppte er die Landflucht oder hielt sie wenigstens in Grenzen.

Bei der Ankunft Saint Vandrilles Anfang Januar 1697 entnahm er dessen ersten Worten, daß man mit dieser Strategie nicht unzufrieden war, denn man rechnete mit den auf Santo Domingo verbliebenen Seeräubern.

»Ich werde mein Bestes tun«, versprach Ducasse.

Am 4. März wurde ihm gemeldet, daß Pointirs Flotte mit 15 Schiffen am Vorabend bei Kap Français angekommen war. Monsieur de Galifet, der Kommandeur von Kap Français, hatte bereits Order, den Leiter der Beutefahrt würdig zu empfangen. Am 6. März erschien Pointir persönlich in Leogane, wo Ducasse residierte. Hier die Unterhaltung der beiden Männer:

Pointir: »Ich bin äußerst unzufrieden! Man hat mir Hoffnung gemacht, Ihre Insel würde mir mindestens 2500 Männer zur Verfügung stellen. Statt dessen finde ich ganze 800, unter denen sich, wie ich sah, sogar noch Schwarze befinden. Unglaublich! Ich frage mich, ob es nicht besser ist, nach Frankreich zurückzukehren und dem König Meldung zu erstatten.«

Ducasse: »Ich dachte, Monsieur de Galifet hätte Euch wissen lassen, daß Euch außer den 800 Männern der Kolonie noch 600 Seeräuber zur Verfügung stehen, die auf meine Veranlassung in Petit Goave versammelt sind. Reist Ihr ab, werde ich sie sicherlich nicht noch einmal zusammenholen können. Überdies habe ich sie zur Teilnahme an Eurem Beutezug nur überreden können, weil ich ihnen versprach, daß die Beute nach ihren Gepflogenheiten aufgeteilt würde, das heißt, daß jeder etwas bekommt, ohne Rangunterschied. Ein paar haben nämlich ab und zu in der königlichen Marine gedient und sind mißtrauisch, weil man sie dort sehr schlecht entlohnt hat. Bedenkt, was wir von diesen Leuten wollen, und bedenkt auch, wie sie sind und wie man sie anpacken muß.«

Pointir: »Sehr gut, sehr gut. Ihr könnt den Seeräubern ausrichten, daß sie keinen Grund zur Klage haben werden, denn ich rechne damit, daß sie mich bei mehreren Beutezügen begleiten. Und mein Wort darauf, daß ich sie nach ihren Regeln, Mann für Mann, wie die Besatzung des Königs, an der Beute beteilige.«

Und Pointir wiederholte: »Mann für Mann, wie die Besatzung des Königs.« Am nächsten Tag verließ sein Geschwader Leogane, um sich in Petit Goave mit den Seeräubern zu treffen.

Von ihren Schiffen oder Kais aus sahen die Piraten der Ankunft der königlichen Schiffe mit verschlossenen Mienen entgegen. Auch äußerten sie sich nicht gerade wohlwollend über die Manöver der Ankerung. Die Begegnung der Seeräuber mit den Offizieren gestaltete sich ausgesprochen kühl. Die Offiziere schritten gravitätisch durch die Menge und bemühten sich, es so zu machen, wie später die britischen Offiziere in Indien: Sie trugen die Reitgerte in der Hand, um die Lumpenkerle auseinanderzutreiben. Man vernahm nicht nur Gemurmel, sondern lautstarke Auseinandersetzungen. Ducasse warnte Pointir, der mit seinen Leuten höhnisch grinste, daß die Sache übel ausgehen könnte.

»Was, diese Banditen wagen es, Hand an königliche Offiziere zu legen?«

»Nein, nein, es könnte aber sein, daß sie noch diese Nacht ohne ein Wort absegeln.«

In seinem Bericht über diese Beutefahrt schrieb Pointir, er habe die Seeräuber gezwungen, ihn zu begleiten und ihre Schiffe zu verbrennen. Eine lächerliche Behauptung, denn dies hätte sofort eine Revolte bewirkt. In Wahrheit ordnete er seinen Hochmut seinen Interessen unter und scheuchte einen Haufen Leute einfach in die Tavernen. Zusätzlich ließ er die mit Ducasse ausgehandelten Bedingungen noch einmal ausdrücklich bestätigen: Die Aufteilung der Beute sollte Mann für Mann ohne Ansehen der Person erfolgen. Zahlreiche Seeräuber fühlten sich trotz aller Voreingenommenheit geschmeichelt, daß sie mit den königlichen Besatzungen gleichgestellt sein sollten. Und alle, auch Ducasse, ließen sich darüber hinwegtäuschen, daß der König bereits mit Pointir eine andere Vereinbarung getroffen hatte: Der Beuteanteil für die Mannschaften war bei einer Million auf ein Zehntel und für alle folgenden Millionen auf ein Dreißigstel begrenzt. Dieser Anteil war fünfzehnmal niedriger, als es bei den Seeräubern sonst üblich war.

Die Beutefahrt brach unter folgendem Kommando auf: Pointir führte den Oberbefehl, unter seinem direkten Befehl stand das gesamte französische Geschwader. Ducasse, Kapitän eines Kriegsschiffes, hatte den Befehlen Pointirs zu gehorchen und befehligte seinerseits seine Hilfstruppe, die aus drei Gruppen bestand: den Piraten unter Monsieur Page, den Einwohnern und Soldaten von Santo Domingo unter Galifet, und den Schwarzen unter Paty, dem Kapitän der Garnison von Santo Domingo.

Das Geschwader lichtete am 19. März 1697 bei Petit Goave die Anker. Fracht und Art der Bewaffnung der sieben Schiffe mit den Seeräubern und den Hilfstruppen von Santo Domingo sind nicht im einzelnen bekannt geworden, denn die Schiffe standen in keiner offiziellen Liste. Unter dem Befehl von Ducasse stand auch das Schiff *Pontchartrain* und die von einem Reeder von Saint-Malo geliehene *Française*.

Das Verzeichnis des französischen Geschwaders dagegen ist uns sehr detailliert überliefert. Insgesamt handelte es sich um sieben große Schiffe: die *Sceptre*, das Flaggschiff des Admirals mit 84 Kanonen und 150 Mann Besatzung; die *Saint Louis* mit dem Vizeadmiral, 64 Kanonen und 430 Besatzungsmitgliedern; die *Fort*, 64 Kanonen, 450 Mann. Weiter die *Vermandois, Apollon, Furieux* und *Saint Michel*, alle mit 64 Kanonen und 350 Leuten an Bord; ferner ein erbeutetes spanisches Schiff, die *Christ* mit 34 Kanonen

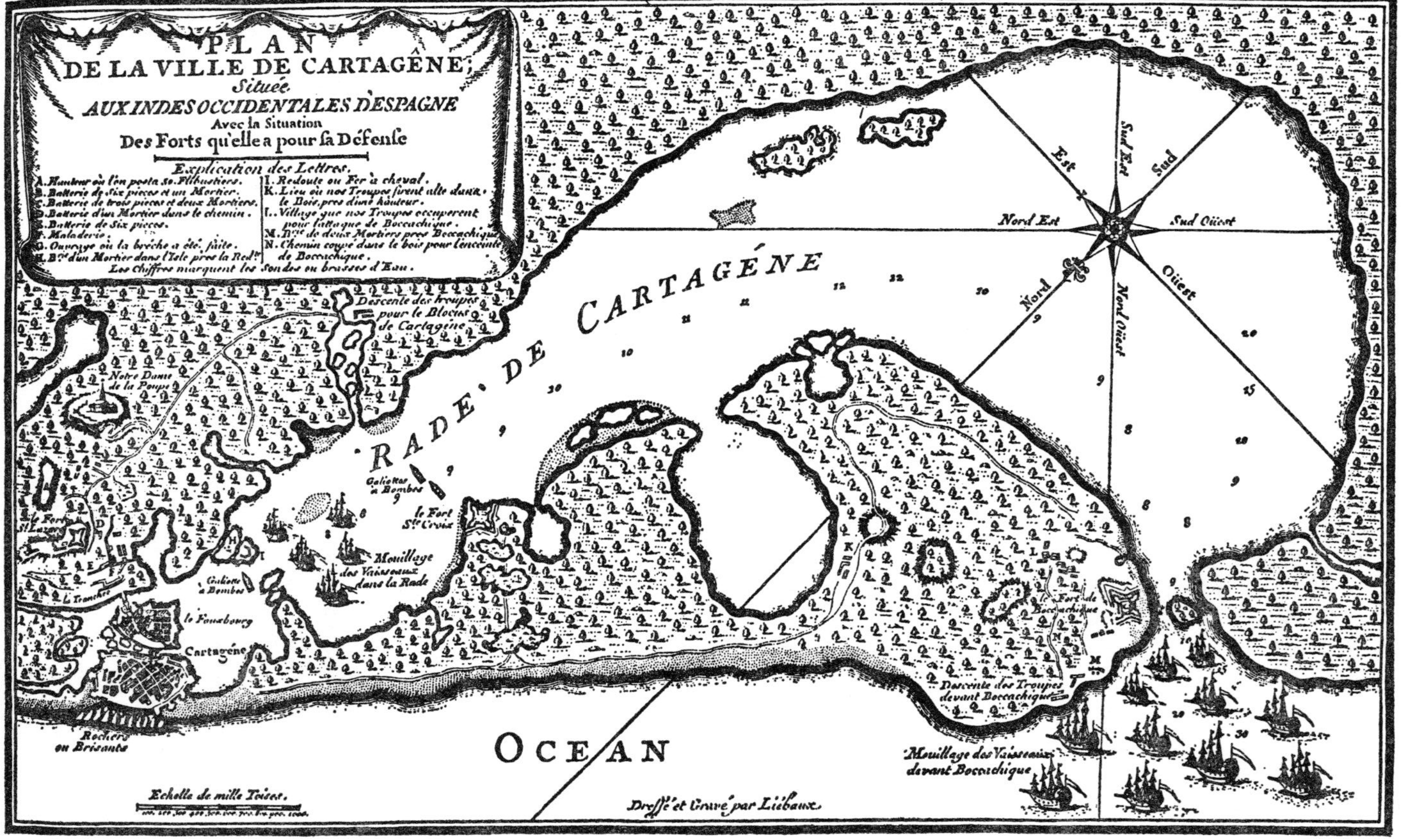
PLAN
DE LA VILLE DE CARTAGÊNE,
Située
AUX INDES OCCIDENTALES D'ESPAGNE
Avec la Situation
Des Forts qu'elle a pour sa Défense
Explication des Lettres.
A. Hauteur où l'on posta 50. Flibustiers.
B. Batterie de Six pieces et un Mortier.
C. Batterie de trois pieces et deux Mortiers.
D. Batterie d'un Mortier dans le chemin.
E. Batterie de Six pieces.
F. Maladerie.
G. Ouvrage où la bréche a été faite.
H. Bie. d'un Mortier dans l'Isle pres la Redte.
I. Redoute ou Fer à cheval.
K. Lieu où nos Troupes firent alte dans le Bois, pres d'une hauteur.
L. Village que nos Troupes occuperent pour l'attaque de Boccachique.
M. Bie. de deux Mortiers pres Boccachique.
N. Chemin coupé dans le bois pour l'enceinte de Boccachique.
Les Chiffres marquent les Sondes ou brasses d'Eau.
RADE DE CARTAGÉNE
Descente des troupes pour le Blocus de Cartagène
Notre Dame de la Poupe
Galiottes à Bombes
le Fort Ste. Croix
Mouillage des Vaisseaux dans la Rade
Galiotte à Bombes
le Fauxbourg
Cartagêne
La Tranchée
Rochers ou Brisants
OCEAN
Echelle de mille Toises.
Dressé et Gravé par Liébaux
Mouillage des Vaisseaux devant Boccachique
Descente des Troupes devant Boccachique
le Fort de Boccachique
Nord Est
Sud Oüest
Est
Sud
Sud Est
Nord
Nord Oüest
Oüest

und 220 Mann. Hinzu kamen weitere drei Fregatten, die *Mutine, Avenat* und *Marin* mit 34, 30 und 28 Kanonen und jeweils 280 Mann an Bord. Es folgten noch ein Bombenschiff und eine Brigantine namens *Providence* mit 30 Mann und vier Kanonen. Zwei Fleutschiffe, vier Fähren und kleine Hilfsschiffe begleiteten das Geschwader mit etwa 2000 bis 3000 Matrosen, 1730 Seesoldaten und 53 Seekadetten.

Ihr Ziel war Cartagena. Pointir hatte Ducasse lediglich wissen lassen, daß die Überwachung der Anlagen das alleinige Recht des Geschwaderkommandanten sei. Doch Ducasse war wütend, denn er wußte wohl, daß es nach Cartagena ging, nur hatte Saint Vandrille ihn in dem Glauben gelassen – und zweifelsohne glaubte er selbst daran –, daß man Jagd auf Galeeren machte. Man stieß auf eine Goldflotte, die gerade Porto Bello verließ, um nach Kuba, nach Cartagena zu segeln. Es wäre ein Kinderspiel gewesen, durchs Meer zu pflügen und die Galeeren mit einer so starken Streitmacht anzugreifen. Warum also sollte man statt dieser Galeeren einen so gut befestigten Hafen wie Cartagena angreifen?

»Ich habe Cartagena gesagt«, wiederholte Pointir einsilbig. Ostern, den 7. April, ging das Geschwader in Sambé, zehn Meilen Luftlinie von der befestigten Stadt entfernt, vor Anker. Die erschreckten Einwohner von Sambé verließen sofort ihre Häuser, rafften ihre kostbarsten Schätze zusammen und flohen nach Cartagena.

Man werfe einen Blick auf die Karte und vergegenwärtige sich die Lage von Cartagena. Die Stadt liegt einerseits direkt am Meer, andererseits aber tief in einer geschlossenen Bucht. Vom Meer her ist sie kaum einzunehmen, weil Felsen die Küste schwer zugänglich machen. Die Bucht selbst wird von drei Festungen aus verteidigt: Bocachique ganz an der Einfahrt, Sainte Croix im Innern und Saint Lazare auf der gegenüberliegenden Seite, der Stadt schon sehr nahe. Bevor man Cartagena einnehmen konnte, mußten diese drei Forts fallen. Doch Pointir hatte eine andere Idee:

»Wir dürfen auf keinen Fall zuerst in die Bucht einlaufen. Beim Anblick unserer furchteinflößenden Flotte werden die Spanier sofort ihre Reichtümer, vor allem Gold und Smaragde, ins Landesinnere schaffen. Die Seeräuber sollen überraschend vor Cartagena an Land gehen, bevor wir uns mit den Schiffen zeigen. Sie marschieren durch die Wälder und erobern das Kloster Notre-Dame-de-la-Poupe, das gegenüber der Stadt auf einer Anhöhe liegt. Von dort aus sind alle Straßen von Cartagena ins Landesinnere einzusehen, und von dort aus werden wir die Flüchtlinge unter Beschuß nehmen.«

Als guter Kommandant verlor der Baron weder die Interessen seiner Aktionäre noch die eigenen jemals aus den Augen.

»Die Seeräuber werden im Dunkeln die Schaluppen besteigen und um Mitternacht an Land gehen. Monsieur Ducasse und ich werden vorausgehen und den Landeplatz auswählen.«

Einige Stunden nach diesem Befehl mußten sich die Ruderer des Kundschafterbootes wie Galeerensträflinge in die Riemen legen, damit das kleine Boot inmitten hoher Wellen nicht an verborgenen Felsen zerschellte. Es war unmöglich, an Land zu gehen. Pointir war sehr verärgert, denn er mußte sich nach seinem gesunden Menschenverstand richten: also in die Bucht eindringen und die Forts unterwerfen.

Sein Kampfbericht geht, besonders was seine eigenen Verdienste betrifft, sehr ins Detail. Dieser Bericht ließ ihn auch in die große Geschichte eingehen. Tatsächlich aber waren viele tapfere Männer beteiligt, die Kanonaden und wütende Kämpfe lieferten. Glücklicherweise blieb Pointir nicht der einzige Berichterstatter.

Ohne bis zur Einfahrt der Bucht vorzudringen, gingen die Truppen an einem bewaldeten Küstenstrich hinter dem Fort Bocachique an Land. Zu ihrer aller Erstaunen verteidigte kein einziger Soldat das Fort. Man schlug das Lager für die Nacht auf. Pointir schickte einen Spähtrupp aus, der die Breite des Wassergrabens auskundschaften sollte, der das Fort umgab. Die Männer kamen zurück und berichteten:

»Im Graben ist überhaupt kein Wasser, jedes Kind kann ihn passieren. Das Fort scheint unbewohnt.«

Als am nächsten Tag die Kanonen zunächst zurückhaltend dem Bombardement der Schiffe antworteten, wußte man, daß es sich anders verhielt. Als die Truppen auf Bocachique zurückten, brachten sie an der Lagune eine Piroge auf, die von Cartagena kam. Ein Jesuit saß darin. Pointir sprach ihn an: »Ihr geht sofort zum Fort und sagt dem Kommandanten, er soll sich ergeben. Jeder Widerstand ist zwecklos, das seht Ihr ja wohl selbst.«

Der Baron ließ seine gesamte Streitmacht vor dem Jesuiten aufmarschieren und brachte es fertig, zweimal die gleichen Reihen zu zeigen, nachdem er sie hinter einer Baumgruppe hatte verschwinden lassen.

»Gut«, sagte der Jesuit, »ich sehe es.«

Der Kommandant des Forts erwiderte, daß er sich auch bei einem Angriff nicht ergeben würde. Die Angreifer verloren etwa 20 Mann an Toten und Verletzten. Sie wurden aber nicht von spanischen Musketenkugeln getroffen, sondern von Kanonenkugeln der Schiffe niedergemäht. Auch Ducasse wurde auf diese Art verletzt. Ein großer Steinsplitter, den ein spanisches oder französisches Geschoß losgerissen hatte, traf ihn am Oberschenkel, und er war kampfunfähig.

Nach zweistündigem Gefecht warfen die spanischen Soldaten ihre Flinten über die Brüstung, und der Kommandant des Forts ließ erkennen, daß er sich ergeben wollte.

Kapitän Sanchez Ximenez, ein kahlköpfiger, weißbärtiger Mann von mindestens 70 Jahren, den das feuchte Klima gelähmt hatte, war schon seit seinem 55. Lebensjahr Kommandant des Forts. Pointir ließ ihn und vier seiner Offiziere frei. Der alte Offizier ging würdig ab. Er wirkte keineswegs wie das Haupt einer geschlagenen und gefangenen Truppe, sondern wie der Herrscher über Truppen, Domestiken und Sklaven. Ihm folgte ein kleiner Konvoi Maultiere, der das Gepäck transportierte. Ximenez wollte sich auf die andere Seite des Sees zurückziehen, wo er sein Quartier hatte.

Der erste Streich war geglückt. Jetzt hieß es, das in einiger Entfernung liegende Fort Sainte Croix zu erobern. Der Flotte fiel es schwer, in die wenig tiefe und versandete Lagune einzulaufen. Zwei Tage brauchte man für dieses Manöver. In dieser Zeit konnten sich die Truppen und Seeräuber erholen. Schon jetzt entstand zum erstenmal Unruhe unter den Abenteurern, vor allem weil sie Ducasse nicht mehr sahen. Sie wunderten sich ein wenig über die Art und Weise, in der Pointir sein Kommando ausübte. Zum Beispiel verbot er ihnen, in das eroberte Fort einzudringen, so als habe er sich das Recht vorbehalten, als erster die Beute in Augenschein zu nehmen. Pointir schauspielerte den Seeräubern eine Art Komödie vor und schaffte es, diesen Streit beizulegen. Voller Großmut begnadigte er einen Seeräuber, den er vorher zum Tode verurteilt hatte. Dennoch blieb Mißtrauen zwischen den Partnern.

Man brach nach Fort Sainte Croix auf. Als die Truppe erkannte, daß sich dort niemand verbarg, war sie schon viel weniger beeindruckt als im Falle des Forts Bocachique. Gleichzeitig entdeckten die von Pointir ausgeschickten Piraten, daß auch das Kloster Notre-Dame-de-la-Poupe nicht besetzt war. Es blieb nur noch das Fort von Saint Lazare, das an einem Hügel mit Blick auf Cartagena lag. Also dorthin!

Die ersten des Aufklärertrupps hörten eine Glocke. Sie läutete langsam, dehnte die Töne wie am Ende des Abendläutens. Doch um Abendläuten konnte es sich kaum handeln, denn je näher die Soldaten heranrückten, desto heftiger und schneller erklang das Läuten. Sicher sollte die Glocke die Cartagener warnen, denn als die Truppe schließlich auf dem Schutzwall angekommen war, läutete sie ganz gewaltig Sturm. Man konnte kaum die Schüsse hören, die vom Fort aus abgegeben wurden. Dann war es plötzlich still.

Als man in das Fort eindrang, verteidigte es niemand mehr. Ducasse schrieb: »Man fand die Tore geöffnet, einen Soldaten verletzt und den Kommandanten getötet – vielleicht im Kampf, vielleicht hatte die Garnison aber auch einen Mann gebraucht, der sich beherzt im Dienst opfern wollte.« Der letzte Satz klingt schrecklich, doch glaube ich nicht, daß Ducasse ihn leichtfertig niederschrieb, denn er war ein Ehrenmann. Aber durch diesen Satz wirkt die Erzählung über das Unternehmen von Cartagena weniger abstrakt als vorher.

In der Stadt, auf zehn Grad nördlicher Breite, herrschte feuchte Hitze, und die Hügel, die die Bucht umgaben, ließen kaum eine frische Brise vom Meer her wehen. Sechs Monate im Jahr regnete es, wodurch alles verfaulte.

In Cartagena, wo die Galeonen Zwischenstation machten, lebten die Reichen sehr gut, jedenfalls für die damalige Zeit. Ihre Häuser lagen geschützt und boten Kühle. Alle hatten ihre Besitztümer von ebenso knauserigen wie lüsternen Priestern segnen lassen. Und rund herum standen die ungemütlichen, verfallenen Forts, auf deren Mauern der Regen Moos wachsen ließ und in deren Lücken die Leguane reichlich Schaben fingen. Man stelle sich vor, welch heilige Vaterlandsliebe dazugehört, die lahmen Besatzungen in Schwung zu versetzen! Die einzige Zerstreuung der Fortsoldaten bildeten die Kämpfe mit Eingeborenen. Und plötzlich rückt ein Feind mit einer Flotte und einer für die damalige Zeit eindrucksvollen Truppe an – warum sollte man sich von ihm töten lassen? Hatte sich doch sogar der alte Sanchez Ximenez samt seiner Habe still zurückgezogen! So dachten die Fortsoldaten von Saint Lazare, läuteten Sturm und nahmen anschließend die Beine in die Hand. Der Kommandant, der sich ihnen in den Weg stellte, starb als Held. Niemand würde erfahren, daß die eigenen Leute ihm eines aufgebrannt hatten.

Cartagena besteht aus zwei verschiedenen Stadtteilen, beide von Mauern umgeben: die untere Stadt, deren ursprünglicher Name Hihimani lautet, und die obere, das eigentliche Cartagena. Wenn man vom Fort Saint Lazare hinabsteigt, stößt man direkt auf die untere Stadt.

Man bekommt einen Eindruck von der Friedfertigkeit dieser Stadt, wenn man sich alte Kupferstiche und Bilder ansieht, die Belagerungen und Vorbereitungen zu Schlachten darstellen: ein paar Soldaten tragen Reisigbündel und wollen davon große Hütten bauen (das werden Schanzkörbe) oder transportable Holzgerüste. Andere bauen Lafetten für die Kanonen – wieder andere stehen auf den Festungswällen und sehen der Belagerung mit verblüffender Gelassenheit zu, so als ginge sie das alles gar nichts an.

Soviel als Prolog zum großen Angriff in den Tagen vom 20. bis zum 30. April 1697. Das Wetter war sehr heiß. Am Nachmittag fiel ein sehr heftiger Platzregen und kündete die beginnende Regenzeit an. Die Truppen hatten ihr Lager direkt vor der unteren Stadt auf-

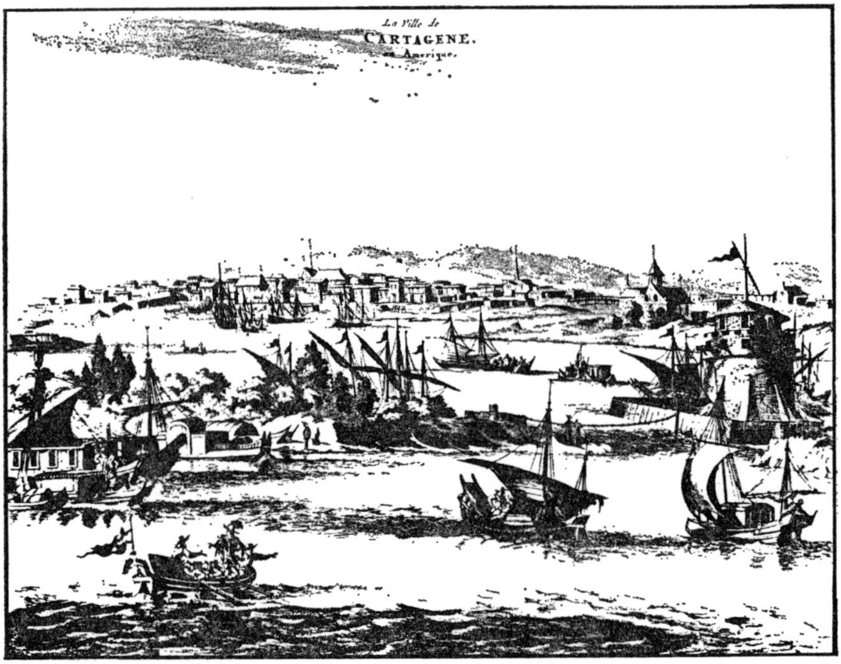

Cartagena in Kolumbien, innerhalb von eineinhalb Jahrhunderten dreimal überfallen und ausgeraubt. Das war das Schicksal vieler Städte des Spanischen Amerikas.

geschlagen. Morgens riefen die Trommeln ans Werk. Sie mußten ihre Kanonen von den Schiffen holen. Die Offiziere kamen und gingen, erteilten Befehle, kurz, sie taten sehr beschäftigt und machten sich wichtig. Es war ja nicht schlecht, wenn man sich immer wieder blicken ließ und besonders häufig Monsieur de Pointir unter die Augen kam, der immer jene in seinen Berichten lobend erwähnte, die er am häufigsten gesehen hatte.

»Ich sehe dort unten den Baron de Pointir, was treibt er denn gerade?«

»Er überwacht die Konstruktion eines Daches, mit dem man ein Geschütz überdecken will.«

Schauen wir uns die Szene genauer an. Soldaten in ihren bunten Wämsern wimmelten in Grüppchen umher, lustig leuchteten die Farben in der prallen Sonne, heiter wippten die Federbüsche an den Helmen. Plötzlich gab es einen fürchterlichen Knall, ein spanischer Kanonier hatte bei Reparaturarbeiten versehentlich an der Reißleine gezogen und das Ding abgefeuert. Unglücklicherweise stand ausgerechnet Monsieur de Pointir in der Schußbahn, und eine Kartätsche traf ihn in den Bauch. Eilig trug man ihn fort und versorgte ihn. Der Chirurg meinte später, es sei nichts Ernstes, lediglich einige Tage Ruhe seien nötig. Aber wie konnte Pointir ausruhen, wenn ausgerechnet an diesem Tag Ducasse wieder auf der Bildfläche erschien. Er humpelte zwar noch, war aber soweit wiederhergestellt, daß er seine Befehle erteilen konnte. Wer würde den ersten Platz einnehmen? Pointir war wütend, daß er in seinem Zelt bleiben mußte.

Die Kanonen auf den Schlachtschiffen und an Land feuerten auf die Stadt. Die spanischen Kanoniere schossen genauso flau zurück wie jene von Fort Bocachique. Wer hier getroffen wurde, mußte sehr viel Pech haben. Am 28. April gab Ducasse den Befehl, das Stadttor unter Beschuß zu nehmen, worauf es sofort auseinanderfiel. Ducasse respektierte die Hierarchie und meldete Pointir, die geschlagene Lücke sei groß genug für einen Angriff.

»In drei Tagen«, antwortete Pointir, »dann hoffe ich auch, wiederhergestellt zu sein.«

Der Angriff mußte jedoch am nächsten Tag unbedingt erfolgen, denn die Spanier begannen, die günstige Lücke wieder zuzumauern. Pointir gab seine Zustimmung, ließ sich in einem Sessel zum Kampfplatz tragen und gab von diesem ›Feldherrnsessel‹ aus seine Befehle.

»An die Spitze die Grenadiere. Dann Ducasse mit seinen Hilfstruppen von Santo Domingo, dann ein Bataillon Seeräuber und die anderen Truppen, ihrem Rang entsprechend.«

Liest man die Berichte, merkt man gleich, daß das Theater, das man veranstaltet hatte, um die günstigste Stelle für den Durchbruch zu finden, bedeutungslos war. Denn man hatte auf dem schmalen Arm der Lagune nur einen vier Fuß breiten Pfad zur Verfügung. Eine weitaus größere Schwierigkeit ergab sich aus der Rivalität der

ausgezeichneten Offiziere. Wie schon berichtet, wollten sich ja immer alle zugleich in den Vordergrund spielen. Wer als erster die Bresche schlug, darüber entbrannte ein Wettstreit wie noch nie zuvor.
Ihre schmucken Uniformen blieben am Tor hängen, was den Spaniern Gelegenheit bot, ein paar Offiziere mit Schwert oder Lanze zu töten oder zu verletzen. Das versperrte wiederum den Grenadieren des Vortrupps den Weg. Diese stiegen schließlich über die Leichen der Offiziere hinweg, brachten die spanischen Reihen durcheinander, und Ducasse passierte die Lücke. »Er war nicht so flink wie die anderen«, schrieb Pointir, »er zeigte zwar viel guten Willen, aber es fiel ihm schwer, dort hinaufzuklettern, er bekam keine Luft mehr und erstickte fast.« In Wirklichkeit schaffte Ducasse den Aufstieg mit etwas Nachhilfe ganz gut, und es war Pointir, der vor Wut schnaubte und nach Luft rang, weil er nicht dabeisein konnte.
Die Spanier wurden aus Hihimani vertrieben und flohen in die obere Stadt, wo sich das Stadttor noch einmal hinter ihnen schloß.
Am nächsten Tag, dem 1. Mai, wurde auch die obere Stadt unter Beschuß genommen. Pointir hatte sich mit seinem Sessel in ein Haus der unteren Stadt bringen lassen. Kaum war er dort angelangt, stürzte ein Soldat herein: »Die Spanier ergeben sich!«
Vier weiße Fahnen wehten von der Festungsmauer herab, und Pointir ließ das Feuer einstellen. Ducasse näherte sich bereits auf der Straße, die von der oberen Stadt herunterführte. Er brachte einen spanischen Offizier zu Pointir. »Der Gouverneur ist bereit, zu ehrenhaften Bedingungen zu kapitulieren.«
Ducasse dachte: »Er wird mich zu den Verhandlungen schicken.«
Pointir aber behauptete, er hätte von einem der auf Fort Bocachique stationierten Offiziere einen Brief bekommen, in dem stand, daß etwa 1200 spanische Soldaten auf dem Weg an der Lagune einen Angriff vorbereiteten. »Geht ihnen mit den Seeräubern entgegen!«
Im strömenden Regen und auf morastigem Boden marschierte Ducasse an der Spitze seiner Leute. Sie hatten die Nase voll von dieser Art Aufträgen. »Und wer wird sich inzwischen in der Stadt die Taschen füllen? Die Herren Offiziere und Mannschaften des Königs! Welches Spiel treibt man mit uns?« Sie marschierten und mar-

schierten die Lagune entlang und durch die umliegenden Wälder. Von den Spaniern keine Spur. Da schöpften sie Verdacht. In der Nacht kehrten sie zurück, und Ducasse erstattete Pointir Bericht: »Gut«, sagte der Baron, »Eure Leute sollen in das Lager zurückkehren.« Die Seeräuber sahen rot vor Wut. Ducasse konnte sie kaum beruhigen, als er ihnen mitteilte, daß ihn Pointir zu den morgigen Verhandlungen mit dem Gouverneur schicken wollte.

»Ihr wißt genau, daß ich euch nicht verrate.«

Seine Leute vertrauten ihm. Am Abend des 3. Mai kam er als Bevollmächtigter aus Cartagena zurück und hatte einen Vertrag geschlossen. Der Gouverneur hatte eigenhändig unterschrieben, was bei Edelleuten der damaligen Zeit nicht üblich war. Dem Namenszug folgte sogar noch ein schöner Schnörkel: »Graf Ugnès de Las Rios.« Der Vertrag enthielt folgende Bedingungen:

Der Gouverneur durfte mit allen bewaffneten Soldaten und dem Trommler die Stadt verlassen, auch ein Viertel der Kanonen durften sie mitnehmen.

Alles Geld fiel ohne Ausnahme an Monsieur de Pointir in seiner Eigenschaft als Kommandant und im Namen des Königs von Frankreich. Alles Vermögen, auch das der abwesenden Stadtbewohner, fiel ebenfalls Monsieur de Pointir zu. Die Einwohner durften bleiben, wenn sie wollten, unterstanden aber ab sofort dem König von Frankreich.

Die Kirchen und die Klöster sollten unangetastet bleiben.

Der Gouverneur hatte zäh für diesen Passus gekämpft. Ducasse fürchtete, dem Baron würde dieser Paragraph nicht gefallen, doch jener hörte aufmerksam zu und erklärte sich schließlich einverstanden.

Bedauerlicherweise war am 6. Mai in Cartagena kein Maler zur Stelle, der das großartige Bild hätte festhalten können: Die Spanier verließen die Stadt, und das war eine feierliche und zugleich sehr komische Angelegenheit, gleichermaßen triumphal für Sieger wie Besiegte.

Pointir, der immer noch nicht ganz gesund war, ließ sich von seinem Sessel auf ein Pferd heben. Auf seinen Befehl stellten sich die Truppen am Stadttor in zwei Reihen auf. Die Seeräuber wurden aus dem Lager geholt, damit es nach mehr aussah. Zuerst zogen die Damen vorbei, die Gattinnen der Militärs, danach die Kinder und Sklaven. Die Damen wirkten sehr elegant und würdig unter den Schirmen, die Negerfrauen hielten. Es war früher Nachmittag, der Regen hatte aufgehört. Die Schönheiten ließen noch einmal ihre schwarzen Augen nach links und rechts über die Franzosen blitzen und vergaßen für einen Augenblick, daß Pointir seine Leute dort aufgestellt hatte, um allen Flüchtenden ohne Ausnahme die Taschen durchwühlen zu lassen. Der Baron zeigte Haltung trotz der Schmerzen, die er auf seinem Pferd erduldete, beobachtete die Spanier und zwirbelte an seinem Bart.

Über drei Stunden wirbelten die Trommeln. Der Gouverneur machte eine gute Figur an der Spitze seiner etwa 2000 Mann, die ihre Standarten wehen ließen. Er begrüßte Pointir, der seinen Gruß mit erhobenem Schwert erwiderte. Anschließend wechselten beide einige persönliche Worte. Es folgte der Graf Ugnès de Las Rios, ihm voraus die Fahne der Stadt, hinter ihm, wie vereinbart, die vier Kanonen. Kurz darauf begann es wieder in Strömen zu regnen. Pointir stieg vom Pferd, denn nach der Garnison folgten die Zivilisten, die es vorzogen, die Stadt zu verlassen. Sie kamen nur langsam voran, und die Leibesvisitation verzögerte die Angelegenheit zusätzlich. In der Nacht wurde gemeldet, daß einige sich die Dunkelheit zunutze machten und undurchsucht davonschlichen. »Schluß für heute, wir schließen das Tor«, befahl Pointir.

Er hatte es eilig, in die Stadt zurückzukehren. Der Regen trieb zum Aufbruch, und es gab zu wenige Fackeln, um die Szene zu beleuchten. Außerdem war Pointirs Sessel besser in der Kirche aufgehoben, wo man sich zu einem Te Deum versammelte. Die Spanier brüllten sich heiser, als hätten sie den Sieg ihrer Nation zu feiern. Immer wieder blickten sie unsicher auf die sie bewachenden französischen Offiziere. Pointir hatte übrigens den Marinesoldaten die Karabiner gelassen, eine Ehre, die eigentlich nur Admiralen zustand. Auch ein paar Seeräuber waren in der Stadt, Ducasse wollte etwa 100 seiner Männer versammeln, mehr wurden nicht zugelassen. Dieses Verbot rief Unmut hervor. Vom Lager aus erhielt der Baron die Meldung, daß die Abenteurer mit einem Angriff drohten.

»Sagt ihnen, daß ...«

Ein Offizier erklärte den Seeräubern, daß man sie wegen ihres schlechten Rufes nicht in die Stadt lassen könnte, um die Bevölkerung nicht noch mehr zu verschrecken.

»Meine Herren, diese Maßnahme ist doch nur vorläufig. Machen Sie sich klar, daß es von Ihnen abhängt, ob Sie bei der Verteilung der Beute dabei sind oder nicht.«

Gleich nach dem Te Deum ließ sich Pointir ins Rathaus tragen. Jetzt erst begann für ihn das eigentliche Unternehmen Cartagena. Er hatte selbst gesagt, daß die Sammlung der Schätze – Gold, Geld, Silber und Juwelen – am schwersten sein würde. »Wie soll ich das bloß anstellen?« Sollte man die Nachforschungen den Offizieren überlassen? Er hatte nicht genug, um alle Häuser gründlich zu untersuchen, das hätte sechs Monate gedauert. Und die Leute? Man mußte sie immer wieder einzeln durchsuchen, oder sollte man etwa den Bewohnern vertrauen? Ein lächerlicher Gedanke!

»Ich habe eine Idee«, sagte Ducasse, »gebt den Leuten, die ihre Schätze freiwillig abliefern, zehn Prozent. Den anderen nehmt alles ab.«

»Sehr gut, vielleicht kann man Ihren Plan sogar noch verbessern.«

Der Baron teilte seine »Verbesserung« auf folgendem Anschlag mit: »Ein zusätzliches Zehntel erhalten jene, die alle ihnen bekannten Personen anzeigen, die ihr Vermögen nicht abgeliefert haben.« Die Hoffnung auf die zehn Prozent und die Angst vor eifersüchtigen Nachbarn, die aus einer Anzeige möglicherweise Nutzen ziehen könnten, machten Tilleul, dem erwählten Finanzverwalter, reichlich Arbeit.

Über einem Eingang des Rathauses wurde ein Plakat »Verkaufskasse« angeschlagen. Dorthin mußten die Leute ihre Schätze tragen, dort erließ man ihnen den zehnten oder zwanzigsten Teil und händigte ihnen eine Quittung aus. Pointir beauftragte Ducasse, diese Empfangsbescheinigungen zu unterschreiben. Die Einziehung der Vermögen dauerte vom 7. bis zum 19. Mai. Wenige Tage danach

So stolzierten die anfangs sehr tapferen Verteidiger Cartagenas einher, die später alle Kraft und allen Mut verloren.

kam einer der Leutnants des Gouverneurs von Santo Domingo und warnte Ducasse:

»In der Stadt kursiert eine gemeine Verleumdung gegen Euch. Pointir sagt, sie sei ihm von verschiedenen Seiten zugetragen worden. Mich sollte allerdings nicht wundern, wenn die ganze Sache seine Erfindung ist. Man sagt, daß Ihr den Spaniern mehr Vermögen gelassen habt, als ihnen zusteht.«

Ducasse erbleichte und sagte, er wollte mit all dem nichts mehr zu tun haben, und zog sich in ein Haus in der Vorstadt zurück.

Eine Abordnung der Seeräuber suchte ihn dort auf.

»Euer spontaner Zorn war gerechtfertigt, aber jetzt können wir überhaupt nicht mehr kontrollieren, was an der Einzahlstelle vor sich geht. Einer von uns muß auf alle Fälle bei der Abrechnung der Beute zugegen sein.«

Ducasse ließ Pointir ein Schreiben in diesem Sinne zukommen und erhielt eine Stunde später folgende Antwort: »Ich habe als Mann von Ehre keine Kontrolle nötig und schon gar nicht von solchen Banditen wie den Seeräubern. Ich habe mein Wort gegeben, und wenn der Augenblick gekommen ist, sollen sie ihren gerechten Anteil bekommen.« Ducasse las seinen Leuten vorsichtshalber nur den letzten Satz vor. Aber die Situation blieb gespannt.

In seinem nüchternen Büro mit weißgekalkten Wänden lauschte der Jesuitenpater von Cartagena, ein magerer, fiebrig aussehender Mann, aufmerksam dem Verwalter des Klosters.

»Wir glaubten, daß der Artikel in der Kapitulationserklärung, der die Kirchen und Klöster betrifft, sehr günstig für uns ist. Zuerst sah es auch so aus. Unser Besitz bleibt unangetastet. Nun haben, wie Ihr wißt, die wohlhabenden Familienväter einen großen Teil ihres Vermögens uns anvertraut und hier deponiert. Das war ein Akt der Wohlfahrt von unserer Seite aus. Unglücklicherweise legt Pointir sein Versprechen sehr unehrenhaft aus. Er hat befohlen, daß alles Vermögen der Stadt der Kirche zugute kommen soll und daß die Verwalter der Kirchen und Klöster wie die anderen Einwohner ihre Schätze an der Zahlstelle vorzuweisen haben. Es war legitim,

daß wir uns gegen diese Aktion wehrten und so wenig wie möglich dorthin brachten. Jetzt ist der Baron wütend und will unsere Häuser durchsuchen.«
»Das alles«, sagte der Rektor, »ist nur eine Unterlassungssünde.«
»Das hat auch Pater Granelli dem Baron gesagt, und Sie kennen Granellis lebhaftes Temperament. Ich habe nun die traurige Aufgabe, Euch mitzuteilen, daß er gestern festgenommen wurde. Ich weiß das aus sicherer Quelle.«
»Wo hält man ihn gefangen?« fragte der Rektor erregt.
»Das weiß niemand. Soldaten erschienen an der Zahlstelle und nahmen ihn mit. Aber es hätte schlimmer kommen können. Der Verwalter von Cordeliers, der sich ebenfalls weigerte, mehr abzuliefern, als er schon abgeliefert hatte, wurde eine Stunde nach Pater Granelli festgenommen. Nun droht der Baron noch härtere Maßnahmen an, wenn es noch mehr Widerspruch gibt.«
Der Rektor der Jesuiten hielt seinen Kopf in den Händen.
»Ich habe mich inzwischen durchgerungen, zuzustimmen«, fuhr der Verwalter fort. »Der Baron Pointir hat mehrere Seeräuber geschickt, die das Kloster Cordeliers durchwühlen sollen.«
»Seeräuber!«
»Man weiß noch nicht, was diese Ungeheuer in der Stadt ausrichten konnten. Aber ich glaube, wir müssen sofort etwas unternehmen, wenn wir unserem Haus eine so schreckliche Invasion ersparen wollen. Ich habe unseren ganzen Besitz auf dieses Blatt geschrieben. Ihr müßt jetzt entscheiden, ob wir soviel opfern können, ohne Schaden zu nehmen.«
Der Rektor nahm das Blatt in die Hand und las es aufmerksam durch. Sein Gesicht war undurchdringlich. Nur einmal seufzte er: »Bringt 20 000 Taler zur Zahlstelle.«
Pater Granelli wurde einige Stunden später freigelassen. Andere Rektoren religiöser Gemeinden aber zeigten sich weniger einsichtig, und Pointir entschied daraufhin, daß ohne Ausnahme alle Kirchen und Klöster durchsucht werden sollten. »Ich werde Kapitäne auswählen, die diese Durchsuchungen überwachen sollen, bis Gewißheit über die zurückbehaltenen Schätze gewonnen ist.«

Als der Baron diese Zeilen schrieb, konnte er seine innere Genugtuung nicht verbergen, denn Plünderer, die bei ihrer Arbeit Handschuhe trugen, hatte es noch nie gegeben. Tatsächlich soll Pointir bis in die Gräber nachgesucht und den Gläubigen sehr übel mitgespielt haben.

Die Kapitäne fanden aber nur wenig, worauf sich der Baron sagte, daß so diesseitige Männer vielleicht nicht recht wußten, was es in Klöstern und Kirchen an heimlichen Verstecken gab. Er stellte zusätzliche Suchtrupps auf. »Nachdem ich ausdrücklich befohlen hatte, keine Gefäße zu berühren, die etwa heiligen Handlungen dienen könnten, gab ich jetzt den Befehl, ein Auge auf jene Gegenstände zu haben, die womöglich nur der Dekoration dienten.«

Um wenigstens einen Teil meiner Leser zu befriedigen, hätte ich gern berichtet, daß sich zumindest die Feldgeistlichen weigerten, einen solchen Befehl zu befolgen, oder – für die anderen Leser – daß sie mit den Soldaten wetteiferten und schamlos Klöster und Kultstätten plünderten. Leider weiß man nichts Genaues. Nehmen wir zum Beispiel Pater Paul, einen Dominikaner. Er war Feldgeistlicher der Seeräuber, was vielleicht merkwürdig klingt, aber warum sollen Piraten keine Feldgeistlichen haben! Pointir berichtet, daß Pater Paul sich unter die anderen Prediger mischte und als einer der Eifrigsten die Kirchenschätze einsammelte – bis man daranging, das Dominikanerkloster von Cartagena zu durchsuchen.

»Er glaubte, die Durchsuchung verhindern zu können, und empfand plötzlich Grauen vor solchen Taten. Er rief Gott an, warnte vor dem Zorne des Allmächtigen, doch man achtete nicht auf seine Beschwörungen.«

Es ist bekannt, daß sich jeder Gläubige seinem Orden verbunden fühlt, manchmal bis zum Fanatismus. Die Weigerung des Pater Paul, seine Brüder in Cartagena zu berauben, ist also durchaus glaubwürdig. Und eines ist ganz sicher: Als die Engländer Pater Paul kurz darauf gefangen nahmen, besaß er keinen Pfennig.

Pointir berichtet über die eifrige Suche nach kirchlichen Schätzen: »Zum Schluß hatten wir so viel gefunden, daß uns das Ergebnis über alle Unannehmlichkeiten hinwegtröstete.« Vor der Öffentlichkeit jedoch jammerte er in ganz anderen Tönen: »Wir verlieren Geld! Wie vorauszusehen war, haben die Stadtbewohner vor der Ankunft meiner Flotte alles fortgeschafft. Alle einigermaßen reichen Frauen sind mit ihren Juwelen auf und davon. Auch die Priester haben mit den Schätzen ihrer Klöster das Weite gesucht. 20 Maulesel beladen mit Gold sind uns auf diese Weise verlorengegangen. Aber das ist noch nicht das Schlimmste. Mir ist zu Ohren gekommen, daß Nacht für Nacht Spanier die Wache bestechen und mit Schmuck und Säcken voller Münzen entkommen. Welch eine Schande!«

Wer diese Klagen hörte, enthielt sich wohlweislich jeden Kommentars, denn die Angelegenheit war äußerst delikat. Böse Zungen behaupteten, daß Pointir selber eine Gruppe organisiert hatte, die in seine Tasche wirtschaftete. Selbst wenn man den verschiedenen Gerüchten keine Bedeutung zumaß, war offenkundig, daß das finanzielle Gebaren des Barons durchaus zwielichtig war.

Am 18. Mai schickte Ducasse Galifet zu Pointir, der sich gerade in der Zahlstelle befand.

»Wir wissen, daß Ihr jeden Tag Beute auf Eure Schiffe bringen laßt. Monsieur Ducasse weist nochmals darauf hin, daß er auf der Einhaltung aller Abmachungen, die Beuteteilung betreffend, bestehen muß.«

Sofort geriet Pointir in Wut und brüllte Galifet an, er wäre unverschämt und sollte gefälligst auf seine Worte achten.

»Ich habe mir meine Worte besser überlegt, als mir lieb sein kann. Unsere Leute haben im Augenblick nur noch einen einzigen Gedanken. Sie wollen nämlich alles rauben, was noch hier in der Zahlstelle ist. Hätte Monsieur Ducasse nicht zur Mäßigung aufgerufen, das Unglück wäre schon geschehen.«

Pointir berichtet, er habe die Piraten im Laufe der Unterredung beruhigt und den Kapitänen, die er brauchte, wenn die Anker gelichtet werden sollten, Geld gegeben, ohne das Grundkapital anzutasten. Mit »Grundkapital« war hier der Anteil der Aktionäre gemeint, an die sich der Bericht wandte. Er wollte sich selbst damit entlasten. Die französischen Seeräuber waren bei der Aufteilung der Beute sehr gewissenhaft, sicher nahm keiner der Kapitäne Schmiergelder an. Ich glaube auch, daß Pointir nicht einmal versuchte, sie zu bestechen. Vielleicht erfand er diese Geschichte bloß, um höhere Unkosten glaubhaft zu machen. Doch von jetzt an überstürzten sich die Ereignisse.

Der 20. Mai. Pointir ließ die gesamte Beute von der Zahlstelle auf die Schiffe bringen. Ducasse war sehr beunruhigt und erschien persönlich: »Ich habe den meinen Leuten zustehenden Anteil errechnet. Bei einer Gesamtbeute von rund acht bis neun Millionen Pfund – Ihr habt die Summe vor einigen Tagen bestätigt – macht das für uns zwei Millionen Pfund. Ich fordere hiermit, daß Ihr die Summe unverzüglich herausgebt!«

»Alles wird genau wie vereinbart abgewickelt, doch ich werde nichts herausgeben, bevor nicht der Schatzmeister alles ganz genau ausgezählt hat. Ihr erhaltet Euren Anteil innerhalb von drei Tagen.«

Noch einmal beruhigte Ducasse seine Leute. Denn sie sprachen bereits davon, den schwimmenden Geldschrank, zu dem Pointirs Schiff *Sceptre* geworden war, zu entern. Fluchend, aber noch folgsam, spazierten sie gruppenweise am Hafen, in der Stadt und vor dem Feldlager auf und ab. Sie beobachteten die königlichen Soldaten, die alle Kanonen an Bord schafften, ebenso die Munition und die Nahrungsmittel. Sie trugen auch Bahren mit Kranken – 800, wie Pointir behauptet, aber es ist nicht gut möglich, daß so viele an Ruhr und Fieber erkrankt waren. Pointir ließ die zuschauenden Seeräuber fragen, ob sie einen Handstreich planten, diese aber fragten zurück: »Wann bekommen wir unser Geld?«

Der 24. Mai. Alles war an Bord verstaut, und die letzten Schaluppen mit Soldaten entfernten sich von den Kais. Die Einwohner von Cartagena sahen, daß nur noch die Seeräuber in ihrer Stadt weilten, und fühlten sich nicht recht wohl dabei. Aber die Piraten beobachteten nur die Schiffe, die im Hafen vor Anker lagen und auf denen sich auch ihr Beuteanteil befand. Sie wußten, daß Pointir nicht riskieren würde, sich aus dem Staube zu machen. Die Schiffe sollten sich gemächlich längs der Lagune bewegen und auf die Seeräuber warten. So war es vereinbart. Doch die Verwirrung wuchs.

Zwei Tage verstrichen mit solch feindlichen Beobachtungen. Am 28. Mai schickte Pointir endlich einen Boten zu Ducasse, der immer noch an Land in seinem Haus residierte. Der Schatzmeister sei mit dem Geld an Bord der *Pontchartrain,* worauf Ducasse dorthin eilte. Der Kommissar erwartete ihn in seinem Zimmer, vor dessen Tür er Wachen aufgestellt hatte. Auf verschiedenen Möbelstücken standen Leinensäcke mittlerer Größe.

»Wieviel ist das alles zusammen?«

Der Kommissar blätterte in seinen Papieren:

»Hier. Der Baron de Pointir entläßt Euch am 1. Juni. Er rechnet für jeden Pirat vom Tag der Anheuerung an 15 Pfund pro Monat, das sind insgesamt 24 000 Pfund. Die Aufteilung der Beute ist nach den Abmachungen des Königs und des Barons de Pointir errechnet worden. Für Eure Leute kommt eine Summe von 135 000 Pfund heraus.«

Schweigen. Ducasse wiederholte die Zahlenreihen im Geiste. Er hatte gut zugehört.

»Das ist unmöglich, da liegt ein Irrtum vor. Unser Beuteanteil beträgt mindestens zwei Millionen, ich habe das neulich schon mit Monsieur de Pointir besprochen, und er hat nichts Gegenteiliges gesagt. Und auch das, ich wiederhole es, ist noch zu Euren Gunsten gerechnet.«

Man kennt die Geste, wenn jemand die Arme ausbreitet, weil er sein Bedauern darüber ausdrücken will, daß er nur höheren Befehlen folgt.

»Monsieur de Pointir hat mir gesagt, daß dies Euer Anteil sei und daß ich ihn Euch überreichen soll.«

Ducasse stand zwischen zwei Herren: seinen Leuten und der Macht des Königs, der ihn durch Pointir, den Repräsentanten, so schlecht behandelte.

»Unterwerft Euch der Gerechtigkeit des Königs«, hatte er den Piraten gesagt, worauf sie gemeint hatten, die *Sceptre* anzugreifen wäre wesentlich rühmlicher als dieser verzweifelte Coup.

Nach der Unterredung mit dem Kommissar erkannte Ducasse, daß er nichts mehr vermochte, außer vielleicht zu verhindern, daß die Seeräuber ihre Wut an der Stadt Cartagena ausließen. Er gab Order, an Bord zu gehen und brachte seinen Leuten schonend bei, daß das

Unternehmen nur 135 000 Pfund anstelle von zwei Millionen eingebracht hatte. An Bord eines jeden Schiffes reagierten die Piraten auf die gleiche Weise:
»Wir entern die *Sceptre*, in einer Viertelstunde ist alles erledigt.«
»Bedenkt, welche Folgen es haben kann, ein Schiff des Königs anzugreifen!«
Die Männer schimpften: »Der Baron de Pointir hat sich nicht wie ein General des Königs benommen, sondern wie ein Spitzbub. Er hat sein Wort gebrochen!«
Ein gegebenes Wort hatte in primitiven Gesellschaftsformen große Bedeutung. Es gab in Streitfällen den Ausschlag und war unerläßlich, weil man geschriebene Gesetze meist einfach ignorierte, sie nicht kannte oder ganz einfach verachtete. Ein Wortbruch war für die mordenden und raubenden Piraten eine Ungeheuerlichkeit, für die es kein Pardon gab. Es war das Glück Pointirs, daß auf einem der Seeräuberschiffe ein Mann mit mächtiger Stimme ausrief:
»Freunde! Pointir, dieser Hund, hat uns unrecht getan! Er hat unseren Anteil der Beute in Cartagena gelassen, wir müssen ihn uns dort holen!«
Jede größere Menschenansammlung ist launisch und leicht zu beeinflussen. Oft genügt ein Schrei, eine Geste, ein Gesicht, um Ereignisse zu beschleunigen. Für die auf der Brücke des Schiffes zusammengedrängten Abenteurer kam der Ruf, Cartagena auszuplündern, wie eine Erlösung, denn sie hatten sich lange zurückhalten müssen. Eine Welt von bunten Bildern erschien vor ihren Augen: die Schätze, die Festgelage und die Frauen der Stadt. In wenigen Augenblicken ging diese Nachricht wie ein Lauffeuer von Schiff zu Schiff. Pointir war vergessen und gerettet. Die Seeräuber aber ruderten in ihren Schaluppen und Kanus nach Cartagena.

Schwer fiel der Regen auf die Lagune und die Stadt nieder. Die Einwohner hatten die Stadtwälle bestiegen und beobachteten ängstlich, wie die Seeräuber ihre Schiffe verließen und auf sie zukamen. Die kleinen Schiffe sahen aus wie schwarze Fische im grauen Wasser. Nichts ist schlimmer als ein Übel, mit dem man schon nicht mehr gerechnet hat. Schon sprangen die Seeräuber auf die Kais. Die Stadtbewohner konnten sehen, daß sie bewaffnet waren. Doch was sollte man anderes tun, als sich in den Häusern verschanzen und abwarten? Nach kaum einer Viertelstunde dröhnten die ersten Schläge an den Toren.

Überraschenderweise drangen die Piraten zwar in die Stadt ein, doch mordeten, vergewaltigten und plünderten sie nicht. Mit Gesten und einigen Püffen bedeuteten sie den erwachsenen Männern, ihre Häuser zu verlassen und sich in der Kathedrale zu versammeln.

Als sich die Männer in der Kirche eingefunden hatten, schickten die Seeräuber Abgeordnete, die ihre Forderung bekanntgaben. Charlevoix – R. P. Pierre-François-Xavier de Charlevoix vom Jesuitenorden – hat in seiner »Geschichte der spanischen Insel oder Santo Domingos« dieses Ultimatum so brillant geschildert, daß ich meinen Lesern das Vergnügen eines längeren Zitats nicht entgehen lassen möchte:

»Wir wissen sehr wohl, daß Ihr uns als Männer ohne Glauben und Gewissen betrachtet und uns mehr für Teufel haltet als für Menschen. Wenn von uns die Rede ist, gebraucht Ihr zu jeder Gelegenheit beleidigende Worte. Ein anderer Beweis Eurer Gefühle ist die Weigerung, uns in das Fort Bocachique einzulassen und gemeinsam die Übergabe der Stadt zu besprechen. Ihr seht uns hier bewaffnet. Wenn wir wollten, könnten wir uns rächen und Ihr müßtet Euch auf eine grausame Rache gefaßt machen. Eure bleichen Gesichter zeigen übrigens, daß Ihr das genau wißt. Wir werden Euch die Augen öffnen und klarstellen, daß all die häßlichen Dinge nicht auf uns zutreffen, sondern auf jenen General, unter dessen Befehl wir gegen Euch kämpfen mußten. Der Heimtückische hat uns hinters Licht geführt, denn die Eroberung der Stadt verdankt er nur uns. Er aber hat sich geweigert, den Gewinn mit uns zu teilen, wie er es versprochen hatte, und so sehen wir uns gezwungen, der Stadt einen zweiten Besuch abzustatten, was nicht ohne Bedauern unsererseits geschieht. Dennoch geben wir unser Wort, daß wir keinerlei Unordnung anrichten werden, wenn Ihr uns fünf Millionen Pfund übergebt. Solltet Ihr allerdings diesen vernünftigen Vorschlag nicht akzeptie-

ren, dann macht nicht uns, sondern Euch selbst und den General Pointir für das Unglück verantwortlich.«
Selbstverständlich bedienten sich die Seeräuber keiner so blumenreichen, sondern einer viel knapperen Sprache. In der Versammlung gab es Männer mit gesundem Menschenverstand. Ein Geistlicher stieg auf einen Stuhl und predigte über das alte Thema, daß ein Menschenleben mehr wert sei als jede Summe Geld. Man erklärte sich bereit, Männer in die Häuser zum Sammeln zu schicken. »Spendet fünf Millionen für die Versammlung, bitte schön!« Leider war das Ergebnis mehr als mäßig. Und das lag ohne Zweifel daran, daß die Piraten nicht wie gewohnt verfahren waren. Man übergab ihnen die gesammelte Summe. »Meine Herren, das ist wirklich alles, mehr ist uns nicht geblieben, glaubt uns das! Wir haben keinen einzigen roten Heller mehr!« Es war das alte Lied, Generationen von Seeräubern hatten es schon gehört, und jedesmal hatten die Seeräuber ihre spezielle Überzeugungskunst angewandt, wie auch dieses Mal. Schon dachten sich die Piraten einige Grausamkeiten aus, verübten sie aber nicht. Vielmehr besannen sie sich auf eine List, die man im 20. Jahrhundert »seelische Grausamkeit« nennen würde. Sie holten finsteren Blicks einen hochgestellten Bürger aus der Kirche, ließen einen Kanonenschuß böllern und kehrten dann mit Scharfrichtermiene in die Kirche zurück, um das nächste Opfer seinen letzten Gang antreten zu lassen:
»Marsch voran!«
Das half. Nur in wenigen schwierigen Fällen waren rauhere Erpressungsversuche vonnöten, um für jeden Piraten 1000 Taler sowie Waren und Sklaven einzuhandeln.
Inzwischen wurde es höchste Zeit abzusegeln, denn Ducasse hatte durch einen Boten mitteilen lassen, daß eine englische Flotte von 24 Schiffen die Insel Barbador verließ, um sich auf die Suche nach Cartagenas Angreifern zu machen. Als Treffpunkt bestimmte Ducasse die Insel der Kühe.

Das Wetter war wie zu jeder Regenzeit, ein schwerer Regenschauer folgte dem anderen, und das bei Tag und Nacht. Von der Lagune

und der durchweichten Erde stieg dichter und warmer Dunst auf. Langsam entfernten sich die Schiffe der Seeräuber. Ihre Segel hingen schlaff herunter, denn die Hügel nahmen ihnen den Wind. Das Meer lag regungslos.
Trotz der beträchtlichen Ausbeute herrschte unter den Piraten keine Siegesfröhlichkeit, sondern Schweigen wie nach einer Niederlage. Früher, und das war noch gar nicht so lange her, fuhr man los, siegte oder siegte nicht, hielt aber zusammen. Zusammen lieferte man erbitterte Kämpfe und hatte sich gegen nichts anderes zu verteidigen als gegen den gemeinsamen Feind. Diesmal aber hatte man sie verraten und gedemütigt, und das zählte mehr als die errungene Beute.
Ein Schiff nach dem anderen verließ die Lagune und wartete, bis das vorherige in den Wind gegangen war. Der schwere, undurchsichtige Regen ging auf das Meer nieder, und von jedem Mastkorb tönte der monotone Ruf der Wache: »Keine Sicht – keine Sicht!«
»Keine Sicht!« hätte auch die neue Devise der Seeräuberei sein können, denn sie war am Ende. Was sollte nach der Rückkehr nach Santo Domingo geschehen? Unter dem Kommando eines Pointirs würde man auf keinen Fall mehr etwas unternehmen. Wenn man weiterhin gegen die wenig furchteinflößenden Spanier vorging, hatte man gleichzeitig immer die Engländer gegen sich. Zunächst hatte sich die englische Seeräuberei nicht offen mit der spanischen verbündet, das geschah erst, nachdem Spanien und England ein Bündnis gegen Frankreich geschlossen hatten. Seit diesem Bündnis aber mußte man mit dem massiven Einsatz der gesamten königlich-britischen Flotte rechnen, wenn man bloß eine schäbige Galeone aus Jamaika mit ein paar Strolchen kaperte. Die englische Flotte aber war eine gigantische Maschinerie mit Mannschaften, die sich recht handgreiflich auch mit Stockschlägen Respekt verschafften und deren Kapitäne strategische Meister waren. Weiter durfte man die Holländer nicht unterschätzen, denn sie waren recht beachtliche Seefahrer. Lange Zeit hatte man sich mit ihnen gut verstanden. Daß sie jetzt Feinde waren, gehörte zu den dummen Launen des Krieges.
Kein Horizont am unsichtbaren Himmel, kein günstiger Stern leuchtete. In manchen Zeiten geht einfach alles schief, und den Anfang

dazu hatte das Unternehmen Cartagena gebildet. Ein schwarzer Fleck im eintönigen Grau, ein Windstoß, und die Schiffe waren getrennt. Wenn ein Kapitän sich überraschen ließ und auf die großen Felsen zutrieb, würde er sich an die letzte Erkundungsfahrt erinnern? Meist aber blieb einem nicht die Zeit, irgend etwas zu begreifen. Man konnte nur das Beste aus der Situation machen, sich schnaufend über Wasser halten, inmitten der Überreste des gekenterten Schiffes. Wer kommt zu Hilfe? Höhnisch grinsende Männer mit Knüppeln und Messern? Die Seeräuber glaubten ein Lachen zu hören, wie sie es von den Spaniern kannten, und sahen sich ihrem Ende nahe.
Die anderen Seeräuber hatten das Unglück von ihren Schiffen aus nicht sehen können. Kurz darauf klarte es ein wenig auf. Sie zählten ihre Schiffe und stellten fest, daß eines fehlte. Das war noch kein Grund zur Beunruhigung, denn das Meer war groß, man würde später wieder zusammentreffen.

Der wachthabende Offizier einer englischen Fregatte hatte scharf in die von seinem Steuermann angegebene Richtung geblickt. Jetzt setzte er sein Fernrohr ab und ging zur Kapitänskajüte.
»Schiffe in Sicht, Kapitän. Sieben oder acht Seemeilen entfernt. An Backbord, sie machen Fahrt auf uns.«
»Das ist Pointir«, sagte der Kapitän.
Die englische Flotte hatte ihren Weg von Barbados nach Westen mit dem Passat zurückgelegt. Sie hatten nichts entdeckt, und der Admiral hatte schon gesagt: »Was auch immer Monsieur de Pointir tut, ob er in Santo Domingo Station macht oder nicht, auf jeden Fall will er nach Frankreich zurück. Darum können wir ihn gut in der Passage abfangen.« Er wollte die Gewässer östlich der Bahamas sperren und hatte sehr gut kalkuliert. Nachdem Pointir Cartagena verlassen hatte, war er zum Kap von Santo Domingo gesegelt. Dann aber hörte er von Ducasse, daß 24 englische Schiffe Barbados verließen, und er beschloß, Jamaika zu umschiffen. Er wollte die nördliche Route nehmen und zwischen den beiden Bahamas passieren. Er fiel den Engländern genau in die Hände, am 7. Juni 1697, bei halbbedecktem Himmel und leichter Brise aus Nordwest.

Kaum hatte er die große feindliche Flotte erblickt, begriff Pointir, daß seine einzige Chance in der Flucht bestand. Angesichts der englischen Übermacht, war das nicht einmal unehrenhaft. Überdies hatte Pointir einen großen Schatz zu verteidigen und viele Kranke in der Mannschaft.

Jedenfalls erwies sich der Baron mit seiner Entscheidung als guter Stratege. Er ließ sich ein bißchen abfallen, nicht zu viel, und kam mit Kurs Nord-West wieder in den Wind. Die Engländer unterschätzten die Schnelligkeit ihres Gegners, mußten zusätzlich einen ganzen Schlag machen und brachten nur ein kleines dreimastiges Fleutschiff auf, das hinterhergetrödelt war. Der Baron aber konnte in der Dunkelheit der Nacht fliehen. Am 27. August 1697 traf er in Brest ein.

Der englische Admiral war zwar enttäuscht, segelte aber hartnäckig in die Karibische See zurück, wo er nach anderen Opfern Ausschau hielt. Es gab ja noch die Seeräuber, die mit Pointir Cartagena geplündert hatten. Zwei holländische Schiffe kreuzten den Weg und schlossen sich den Engländern an. Und immer noch standen die Seeräuber unter einem schlechten Stern: Sie wurden total überrumpelt und merkten das erst, als die Engländer ihnen direkt gegenüberstanden.

Über den Kampf sind keine Einzelheiten bekannt geworden. Man weiß nur, daß zwei Seeräuberschiffe gekapert wurden, eins von den Engländern, das andere von den Holländern. Und ausgerechnet diese beiden Schiffe hatten den größten Teil der Beute an Bord.

Die anderen Seeräuber konnten entkommen und versammelten sich bei der Insel der Kühe. Ein Schiff allerdings lief noch an der Küste von Santo Domingo auf Strand, und das war genauso unverständlich wie der Schiffbruch auf den Felsen von Cartagena. Fischer hatten das Schiff gesehen, wie es genau an der Südspitze der Insel auftauchte, sich treiben ließ – wahrscheinlich um zwischen der Insel und der Küste zu passieren – und dann von einer plötzlichen Windbö gepackt auf die Felsen krachte.

Kurz darauf schossen Flammen empor, genau an der Stelle, wo das Schiff auf Grund gelaufen war. Die Fackel schien immer heller in der kurzen tropischen Dämmerung und brannte die ganze Nacht hindurch. Die Fischer kehrten in den kleinen Nachbarhafen Cayes zurück und meldeten den Schiffbruch, aber die Einwohner zögerten lange, sich das Schauspiel anzusehen. Als sie sich bei Tage endlich an den Strand wagten, sahen sie nur noch einen schwarzen verkohlten Schiffsrumpf, den man nicht mehr reparieren konnte. Die Überlebenden waren ins Landesinnere nach Leogane marschiert, und von ihnen erfuhr man auch, um welches Schiff es sich gehandelt hatte.

»Die bemerkenswerteste Tat des Krieges der Augsburger Liga«, so steht es in der Mehrzahl der historischen Handbücher, »war die Eroberung der Stadt Cartagena durch Admiral Pointir.«

Als Belohnung für diesen Beutezug wurde Pointir zum Chef des Geschwaders ernannt, und der Ärger, den er in der Zwischenzeit gehabt hatte, trübte sein Glück in keiner Weise: Ducasse, der unermüdliche Anwalt seiner Leute, hatte Galifet mit den Unterlagen über die Beuteteilung nach Versailles geschickt. Und diesem war es tatsächlich gelungen, vom König empfangen und angehört zu werden. Die Aktionäre der Beutefahrt von Cartagena wurden dazu verurteilt, den Seeräubern soviel zu zahlen, daß sie die ihnen zustehenden zwei Millionen Pfund erhielten.

Vierte Epoche

JEAN LAFITTE — VON DER SEERÄUBEREI ZUM MARXISMUS

1

Die *Soeur Chérie*

Am Morgen des 18. April 1804 fuhren zwei Kauffahrteischiffe im Gefolge einer Brigg den Mississippi stromaufwärts. Sie befanden sich etwa fünf Meilen oberhalb von New Orleans. Die Brigg hatte die französische Flagge gehißt, ebenso eines der Frachtschiffe, das andere segelte unter spanischer Flagge. Der Himmel war blaßblau, und die Sonne brannte heftig auf das flache Land hernieder. Die Landarbeiter und die Soldaten vom Fort Saint Philippe beobachteten ganz aus der Nähe die mächtigen Anstrengungen der drei kleinen Schiffe, gegen den Strom anzukämpfen.

Die Eingeborenen nannten den Fluß Meschacebe, den »Vater der Wasser«. Direkt an der Flußmündung ist der Mississippi etwa eineinhalb Kilometer breit, heftige Winde wirbeln seine Oberfläche auf, ebensooft wie den Golf von Mexiko. Auch im heutigen New Orleans, wo hohe Brücken und Bauwerke das Bild beherrschen, ruft der Anblick des Flusses den Eindruck ungeheurer Gewalt hervor. Rotbraun ist seine Farbe von der Erde, die seine Nebenflüsse bringen. Entwurzelte Bäume schwimmen an der Oberfläche und bilden Hindernisse für Dutzende und Aberdutzende von Schleppern, die von früh bis spät zwischen den unzähligen Kais hin und her fahren. Ebenso unaufhörlich fahren die Autofähren gischtbespritzt von einer Seite zur anderen. Und große Dampfer drängen sich mächtig durch die vom Wind wildbewegten Wassermassen. Große Schiffe benötigen heute zum bloßen Anlegen eine geschlagene halbe Stunde.

Doch zurück zu den drei Schiffen, die hier am Anfang des 19. Jahrhunderts dicht beim Wind segelten. Offenbar beabsichtigten sie, sich nicht zu weit vom linken Ufer zu entfernen, wo in einigem Abstand der Hafen und die Stadt zu sehen waren. Die schwarzen Plantagenarbeiter konnten auf den Schiffen Menschen ihrer Hautfarbe und auch Weiße erkennen. Dann blickten alle Beobachter zum Fort, von dort mahnte ein Kanonenschuß die Schiffe, sofort beizudrehen.

Die drei Schiffe operierten sehr schnell und geschickt, ihre Segel kamen in den Wind und begannen zu flattern. Dann warfen sie klatschend, eines nach dem anderen, ihre Anker in das rotbraune Wasser und blieben ruhig liegen, etwa 100 Meter vom Ufer entfernt und außerhalb der Strömung.

Kaum eine halbe Stunde später entfernte sich das Polizeiboot aus dem kleinen, genau unterhalb der Befestigungsanlagen gebauten Hafen. Das Boot legte nacheinander bei den beiden Frachtschiffen an. Der Besuch des Polizeioffiziers fiel in beiden Fällen sehr kurz aus, er brauchte nur eine Viertelstunde für jedes Schiff. Kurz darauf sah man die Schiffe wieder die Segel hissen und weiter stromauf fahren. Der Besuch auf der Brigg dauerte länger, gut eine Stunde. Dann entfernte sich das Ruderboot in Richtung auf das Fort, und die Brigg blieb vor Anker liegen.

Am Nachmittag machte der Kommandant des Forts, Kapitän Cooper, folgende Meldung an den Magistrat Clairborne, den Gouverneur von New Orleans:

»Ich habe dem spanischen Handelsschiff *Santa Maria* erlaubt, in den Hafen einzulaufen. Die Papiere waren in Ordnung. Ebenso kann das französische Schiff *Hector* von Saint Christophe im Hafen ankern, beide Kapitäne wollen verschiedene Waren an Bord nehmen. Nur die Brigg *Sœur Chérie* habe ich aus Sicherheitsgründen zurückgehalten, denn sie ist mit drei Kanonen bewaffnet. Der Kapitän, Monsieur Pierre Lafitte, hat erklärt, er wolle im Hafen einige Reparaturen an seinem Schiff vornehmen lassen. Die Masten und das Segeltuch müßten erneuert werden, denn man sei im Golf in einen fürchterlichen Sturm geraten. Die Brigg *Sœur Chérie* ist von Santo Domingo in See gegangen, um Jagd auf englische Schiffe zu machen. Monsieur Lafitte hat einen vom Gouverneur von Martinique unterzeichneten Auftrag vorgelegt. Ich habe Monsieur Lafitte wissen lassen, daß bewaffnete fremde Schiffe nur dann im Hafen ankern dürfen, wenn Ihr Eure Zustimmung gegeben habt. Er hat daraufhin erklärt, er wolle um diese Zustimmung nachsuchen. Die Mannschaft besteht lediglich aus 14 Leuten, wovon noch die Hälfte Schwarze sind. Alles in allem scheint mir das recht wenig für ein

Seeräuberschiff. Das Schiff scheint tatsächlich einige Schäden aufzuweisen. Sie sind aber bei weitem nicht so schwer, wie Monsieur Lafitte es darstellt. Bericht vom Fort Saint Philippe, den 18. April 1804.«
Vier Monate und zwei Tage waren vergangen, seit die französische Regierung Louisiana an die Vereinigten Staaten verkauft hatte und das Sternenbanner auf dem Exerzierplatz von New Orleans gehißt worden war. Der Gouverneur war erst vor wenigen Wochen eingesetzt worden und zeigte sich Fremden gegenüber äußerst zurückhaltend. Er studierte den Bericht von Kapitän Cooper immer wieder und sah ein, daß man der Brigg besondere Aufmerksamkeit widmen müßte.
Als die Schwarzen am nächsten Morgen an ihre Arbeit auf den Plantagen gingen, sahen sie, daß die Brigg immer noch an der gleichen Stelle vor Anker lag. Ein Tag verging, und dann noch einer. An Bord der Brigg war nichts zu erkennen. Erst am dritten Tag erschien ein Signal: »Wir brauchen Süßwasser.« Vom Fort wurden mehrere Fässer angeliefert. Am 24. April, etwa gegen neun Uhr, legte das Polizeiboot noch einmal am Schiff an, und kurz darauf setzte Pierre Lafitte die Segel und lief in den Hafen ein.
Er hatte endlich die Erlaubnis erhalten, sein Schiff vor dem Schlachthof festzumachen. Heute heißt der betreffende Teil des Hafens »French Market«.
Das Einzugsgebiet des Mississippi ist riesengroß, es nimmt etwa ein Drittel der gesamten Vereinigten Staaten ein. Im Hafen von New Orleans wurden die vielen landwirtschaftlichen Erzeugnisse der umliegenden Staaten umgeschlagen, besonders Baumwolle aus Louisiana und Mississippi. Jedes Jahr kamen Schiffe den Fluß hinunter und brachten ihre Ware in den Hafen, wo sie auf andere Schiffe umgeladen die Weiterreise in alle Welt antraten. Ganze Regimenter von Arbeitern und Sklaven waren auf den Kais und in den Lagerhallen beschäftigt. Manchmal stapelte sich soviel Ware, daß man selbst auf den Gängen keinen Platz mehr hatte. Der lebhafte Handel und die Wertpapierbörse machten New Orleans zu einer der reichsten Städte des Südens.

Kaum hatte Lafitte sein Schiff festgemacht, als ein Angestellter des Hafenkommandanten auf ihn zutrat, um ihm die Aufenthaltsbedingungen mitzuteilen. Der Aufenthalt wurde exakt auf die für die Reparaturarbeiten erforderliche Zeit begrenzt. Weder Kanonen und Waffen durften gekauft noch Mannschaftsmitglieder amerikanischer Nationalität angeheuert werden. Der Kommandant der *Sœur Chérie* antwortete, daß er alle Bedingungen befolgen und sich sofort mit dem Schiffsausstatter wegen der Reparaturen in Verbindung setzen wollte.

Ein Reisender, der zufällig in einem großen Hafen Station macht, versteht, daß eine unauffällige, gutausgebildete und starke Polizeitruppe tatsächlich vonnöten ist. Der vorsichtige Gouverneur Clairborne hatte befohlen, Pierre Lafitte besonders zu überwachen. In New Orleans jemanden zu überwachen, das hieß, eine bestimmte Biene in einem Schwarm nicht aus den Augen zu verlieren. Tatsächlich hätte die Polizei keine Chance gehabt ohne die stillschweigende Mithilfe der Hotel-, Café- und Restaurantbesitzer.

Werfen wir einen Blick aus der Vogelperspektive auf Gestalt und Geschichte dieser bemerkenswerten Stadt.

Das Mississippi-Delta ist eine Welt für sich. Der Fluß ergießt sich mit zahlreichen Mündungsarmen in den Golf. Der Spanier Hernando Soto aus Florida war 1540 der erste Weiße, der mit eigenen Augen den »Vater der Wasser« sah. 140 Jahre später kam der Jesuit La Salle, in Lumpen gekleidet, auf Entdeckungsfahrt zum Mississippi und konstatierte: »Dieses Land soll Louisiana heißen, ganz nach unserem Herrn.« Vom Meer aus dem Flußlauf zu folgen, schien fürs erste unmöglich. Die Entdecker verirrten sich jedesmal im Sumpf des vielarmigen Mündungsdeltas. Erst 1699 gelang Lemoyne d'Iberville die Überwindung dieses Hindernisses. Sein Bruder Bienville gründete 1717 die Stadt New Orleans. Und zwar nannte er sie nicht nach der Jungfrau von Orleans, sondern nach dem Regenten Louis-Philippe von Orleans.

Zwei- oder dreihundert Abenteurer von den Antillen oder aus anderen französischen Gebieten – unter ihnen 45 Verbannte – bauten unter der Anleitung einiger Zimmerleute Hütten direkt am Fluß, wobei ihnen die Schlangen und Alligatoren schwer zu schaffen machten. Die ersten Siedler nannte man Kreolen, aber sie besaßen nichts von deren angeblicher Faulheit. Als Frankreich 1762 alle seine Besitzungen westlich des Mississippi, einschließlich New Orleans, an Spanien abtrat, erklärten die Kreolen, daß sie sich davon nicht betroffen fühlten.

»Wenn wir nicht mehr dem französischen König gehorchen müssen, regieren wir uns eben selbst.«

Diese Revolte im Jahre 1768 unter dem ersten spanischen Gouverneur, das Festhalten an der französischen Sprache und den französischen Traditionen, die ganze geistige Einstellung zeigten deutlich, für wen das Herz dieses neuen Louisiana schlug. Am 20. Dezember 1803 nahm Napoleon es den Spaniern wieder ab und verkaufte es an die Vereinigten Staaten für insgesamt 80 Millionen Francs, ein fruchtbares Land, und fünfmal größer als Frankreich.

Die ersten Häuser, die man anstelle der Hütten baute, waren aus Pfählen und Backsteinen konstruiert und hatten Dächer aus Zypressenholz. 1770 unter spanischer Herrschaft änderte sich diese Architektur grundlegend. Man baute nur noch Backsteinhäuser mit Ziegeldächern. Viele Häuser hatten Balkons, und fast alle einen Innenhof, von den Kreolen »Cour« genannt. In den Innenhöfen pflegten die Bewohner liebevoll ihre kleinen Gärten, in denen eine über alles gehegte Pflanze blühte: die »Blume der Erinnerung«, eine Rosmarinart, von der die Rede ging, daß sie nicht welkte, solange es einem geliebten Menschen auf Reisen gutging. In der damaligen Zeit konnten Reisen jahrelang dauern.

Unter spanischer Herrschaft zerstörten zwei Feuersbrünste New Orleans, 1788 und 1794. Der Gouverneur schrieb vor, alle Häuser aus verputzten Backsteinen wiederaufzubauen, zum Schutz gegen die Feuchtigkeit. Auch sollte für das Fachwerk nicht irgendein beliebiges Holz verwendet werden, sondern bei Neumond geschlagenes Zypressenholz.

Wieviel Schwarze Anfang des 19. Jahrhunderts unter den Einwohnern waren, läßt sich nicht mehr feststellen. Außer den schwarzen

Plantagenarbeitern waren ja auch alle Domestiken dunkelhäutig. In den Häusern der Altstadt – dem alten französischen Viertel – findet man heute noch die Sklaven-Quartiere: Erdgeschosse, Stallungen, Remisen und Küchen.
Der Kapitän der *Sœur Chérie* wanderte jeden Morgen durch die Stadt und gab vor, sich um seine Reparaturarbeiten zu kümmern. New Orleans war eine überaus aktive Stadt, eine Weltstadt mit einem Viertel französischer und drei Vierteln spanischer Architektur. Die Verkehrssprache aber war Französisch. Die spanische Regierung war klug genug gewesen, die Straßennamen in französischer Sprache beizubehalten. So gab es die Rue Royal, die Rue d'Orleans, die Rue de Chartres (zu Ehren des Prinzen von Orléans), die Rue Bourbon, Rue Dauphine, Rue de Bourgogne, Rue Saint Louis, die Rue de Toulouse und die Rue du Maine (zu Ehren der königlichen Bastarde, der Herzöge von Toulouse und Maine, Söhne von Ludwig XIV. und Madame de Montespan), Rue des Ursulines und so weiter.

Einige Tage nach seiner Ankunft erhielt Pierre Lafitte morgendlichen Besuch:
»Ich heiße Doktor John Watkins. Ich habe hier einen Brief von Gouverneur Clairborne, ich soll Euer Schiff untersuchen und Euch einige Fragen stellen.«
»Ich stehe zu Eurer Verfügung.«
Die Inspektion dauerte einige Stunden. Am Tag darauf empfing der Gouverneur seinen Freund Doktor Watkins, einen Physiker, und ließ sich von ihm Bericht erstatten. Dieser Bericht ergänzte die Mitteilungen Kapitän Coopers: »Kapitän Pierre Lafitte hat mir erklärt, seine Mannschaft habe aus 60 Mann bestanden, als er von Santo Domingo in See gestochen sei. Daß er mit lediglich 14 hier eintraf, sei auf Desertionen in der Zwischenzeit zurückzuführen. Bei den Deserteuren habe es sich übrigens zum größten Teil um Schwarze gehandelt. Kanonen hatte er bei der Abfahrt zehn, sieben seien ihm bei einem Sturm über Bord gegangen.« Ebenso wie Kapitän Cooper fand auch Doktor Watkins keine eigentlichen Unwetter-

schäden, sondern eher von Lafitte mutwillig verursachte. »Meiner Meinung nach«, schloß der Untersuchungsbeamte, »läßt sich das Verschwinden von sieben Kanonen und die Desertion der Schwarzen folgendermaßen erklären: Waffenhandel mit Piraten und Sklavenhandel mit den Plantagenbesitzern. Doch müssen diese Hypothesen erst bewiesen werden. Der Kapitän der *Sœur Chérie* sagt aus, die Schiffsausstatter am Hafen seien beauftragt, bestimmte Arbeiten auszuführen, doch hat noch keiner von ihnen mit irgendeiner Arbeit begonnen. Ansonsten hat Lafitte während meines Besuches nichts unternommen, um mich in meiner Arbeit zu behindern. Er gab ohne Umschweife und ausführlich Auskunft auf meine Fragen.«

Der Gast und der Gastgeber hatten sich wirklich in bestem Einvernehmen getrennt. Pierre Lafitte war guter Laune und hatte offensichtlich ein ruhiges Gewissen. Wahrscheinlich wäre ihm etwas weniger wohl gewesen, hätte er gewußt, daß sowohl der Bericht von Kapitän Cooper als auch der des Doktor Watkins mit einem Begleitbrief des Gouverneurs Clairborne an das Justizministerium adressiert waren. Alle drei Briefe waren in einem fest verschlossenen Koffer bereits nach Washington unterwegs. Zuerst war der Aufenthalt der *Sœur Chérie* begrenzt gewesen. Jetzt erhielt die Polizei zusätzliche Order, darauf zu achten, daß das Schiff nicht den Anker lichtete, ohne daß man vorgewarnt war.

Was war an der Geschichte so geheimnisvoll? Welchen Verdacht hegte man? Um die Haltung Clairbornes ganz zu verstehen, müssen wir einen Blick zum Nordatlantik werfen.

Ende des 17. Jahrhunderts war die klassische Seeräuberei in Santo Domingo und Jamaika zugrunde gegangen. Später hatten die Verträge von Utrecht zwischen Frankreich, England und Spanien Frieden gestiftet und die letzten Seeräuber, die sich nicht an die neue Situation gewöhnen konnten, zu ganz gemeinen Piraten gemacht.

Einer der Begabtesten, der Engländer Jennings, hatte seither auf New Providence, einer Insel der Bahamas, eine Hochburg der Piraterie ins Leben gerufen. König Georg I. von England sah sich gezwungen, ihn mit einem mächtigen Geschwader unter Druck zu setzen: Wer die Seeräuberei an den Nagel hängte, erhielt Pardon. Allen anderen wurde der Strick versprochen.

Jennings hatte für die Unterwerfung plädiert, doch ohne jeden Erfolg. Die Piraten blieben unerschütterlich, nahmen ihre kriminellen Aktivitäten wieder auf, kehrten aber nicht nach New Providence zurück.

Im allgemeinen sah man dem Niedergang der Seeräuberei gleichgültig zu, doch wuchs eine andere Generation heran, die von der Tradition der Brüder-von-der-Küste nichts wußte und auch nicht die geltenden Gesetze ihrer Gruppe akzeptierte. Sie waren vielmehr Anarchisten, die den »Jolly Roger«, die schwarze Flagge mit dem Totenkopf, hißten.

Einer der Berühmtesten unter dieser Flagge war Edward Teach, den man wegen seines schwarzen Bartes »Black Beard« nannte. Jahrelang machte Teach mit seiner Bande die Küste von Carolina unsicher. Er versteckte sich in kleinen Schlupfwinkeln an der Küste, überfiel Schiffe und plünderte kleine Marktflecken und Plantagen aus. Er war gewalttätig und mordlustig. Die Lieblingsbeschäftigung des Trunkenboldes Teach war, nach jeder Mahlzeit Lichter anzuzünden und sich dem Glücksspiel hinzugeben. Seine Gefährlichkeit nahm immer dann grausige Ausmaße an, wenn wieder einmal jemand erfolglos versucht hatte, ihn ins Jenseits zu befördern. Eines Tages waren einige seiner Leute krank, und Black Beard fuhr mit einem Kommando nach Charleston, um Medikamente zu holen. Vorher fing er sich noch einige Männer als Geiseln, die er töten wollte,

wenn er keine Medizin bekam. Während der Stadtrat sich beriet, gingen seine Leute ungestraft in der Stadt spazieren.
In den gleichen Gewässern operierten Lewis, Low und Fly. Lewis, der fließend englisch, französisch, spanisch und einige karibische Dialekte sprach, war im Alter von zehn Jahren an Bord eines gefangenen Piratenschiffes gefunden worden. Seinen Vater und seine Mutter kannte man nicht. Jeden Abend kniete er zum Gebet nieder, allerdings betete er nicht zu Gott, sondern zum Teufel. Low folterte Menschen auf fürchterliche Weise – ganz im Stile von l'Olonnois. Es wird erzählt, daß er einen Gefangenen gezwungen hatte, seine eigenen Ohren gesalzen und gepfeffert zu verspeisen. Fly war vom gleichen Kaliber.
Die Mehrzahl dieser Banditen des Ozeans wurde gefangen und schließlich in Boston, New York, Charleston oder anderswo gehenkt. Merkwürdig bleibt nur, daß ihre schrecklichen Beutezüge Anhänger fanden. Selbst ein Mann wie der Major Stede Bonnet, ein als reicher und ehrenhafter Gentleman bekannter Herr von den Barbadosinseln, weihte sich noch mit 65 Jahren der Piraterie. Er kaufte ein Schiff und heuerte eine Mannschaft an. »Ich werde ein Gentleman des Glücks sein!« Allerdings traf das nicht auf seine seefahrerischen Künste zu, denn nicht weniger als sechsmal mußte man ihn aus Seenot retten. Ein einziges Mal gelang ihm ein Raubzug, leider bestand die gekaperte Ladung aus Pech. Rückte ihm die Regierung auf den Pelz, verteidigte er sich, das muß man ihm lassen, mit großer Tapferkeit. Zahlreiche Zuschauer verfolgten seinen Prozeß in Charleston. Im Laufe der Verhandlung gab der Richter ein paar Bibelsprüche zum besten, und nach kaum einer Stunde war der Exmajor zum Tode verurteilt.
Andere Piraten, wie zum Beispiel Bartholomew Rogers, erschienen nur gelegentlich in amerikanischen Gewässern. Sie waren lange verschwunden und tauchten dann plötzlich wie Kometen auf. Jeder hatte sein besonderes Revier. Die einen räuberten an den Küsten von Brasilien und Guinea, andere jagten in den Gewässern von Madagaskar nach Beute. Wieder andere wagten sich ins Rote oder Chinesische Meer, wo sie dem Küstenhandel stark zu schaffen machten.

Sie schmuggelten ihre kostbare Ware bis nach Nordamerika und verkauften sie dort.

Zur Zeit, als sich die *Sœur Chérie* im Hafen von New Orleans aufhielt, griffen die Piraten längst keine Städte und ihre Bewohner mehr an, sie beschränkten sich auf Schiffe. Dennoch waren ihre Überfälle auf Städte noch nicht vergessen. Den Berichten alter Leute ist zu entnehmen, daß in Charleston, Salem, Norfolk und Boston die Piraten wie Wölfe hausten, und noch Generationen später galt alles, was vom Meer kam, als verdächtig, sogar grauenerregend.

Den großen Piraten der ersten Hälfte des 18. Jahrhunderts folgten weniger berühmte und weniger begabte. Zum Ausgleich aber waren sie sehr zahlreich. Für die Behörden waren sie ebenso verabscheuungswürdig wie die großen Verwüster und Mörder, denn allein durch die vielen Schmuggelaffären litt der Staatsschatz beträchtlich. Es gab auch Gangster wie Al Capone, die Behörden und Polizei mit Wein oder Todesdrohungen bestachen bzw. erpreßten. Die das schmutzige Spiel nicht mitspielen wollten, wurden tatsächlich häufig hingerichtet. Zum Schluß holten sich die Piraten ihren Nachschub an Leuten direkt aus den Häfen. Dabei gingen sie so gewalttätig und räuberisch vor, daß die Marine bald nicht mehr wußte, woher sie ihre Mannschaften nehmen sollte.

Auch aus diesem Grund verbot Clairborne Lafitte, amerikanische Bürger anzuwerben. Darum verdächtigte man ihn, er sei ein Pirat, Waffenschmuggler und Sklavenhändler, und darum alarmierte der Gouverneur sogar die Regierung in Washington.

Washington hatte es nicht eilig. Clairborne wartete auf Instruktionen und drängte Pierre Lafitte nicht, seine Reparaturen zu beenden. Im Juli und August empfing der Gouverneur drei aufeinanderfolgende Berichte des Hafenkapitäns. Erstens hatte Lafitte seine Mannschaft mit Franzosen aus Santo Domingo komplettiert. Dagegen war an sich nichts zu sagen, doch jetzt konnte die *Sœur Chérie* im Bedarfsfall sehr schnell ihre Anker lichten. Zweitens sollte der Kapitän des spanischen Frachtschiffes *Santa Maria* auf einem Trajekt bei Plaquemine Bend eine Ladung Kaffee als Schmuggelware verkauft haben. Und eben dieser Kapitän hatte in häufig von Schmugglern und anderen finsteren Gestalten aufgesuchten Cafés Pierre Lafitte des öfteren getroffen. Und das, obwohl er behauptet hatte, Lafitte nicht zu kennen. Daraufhin versprach Clairborne, auch die *Santa Maria* zu beobachten, die bisher in keiner Weise verdächtigt worden war. Doch jetzt überstürzten sich die Ereignisse.

Die Hafenpolizei erhielt in regelmäßigen Abständen von zentraler Stelle viele nützliche Informationen, hauptsächlich eine Liste aller Schiffe, die in anderen Häfen ein- und ausgelaufen oder den Unbilden der Meere zum Opfer gefallen waren. Von Clairborne angestachelt, durchstöberte der Hafenkommandant mit besonderer Aufmerksamkeit dieses Informationsblättchen aus Washington. An einem Morgen im August, als er gerade die letzte Meldung las, hörten ihn seine Untergebenen plötzlich aufschreien. Er verlangte das Register der seit April eingelaufenen Schiffe, las die Liste durch, machte sich einige Notizen und ließ dann sein Pferd satteln. Eine Viertelstunde später war er beim Gouverneur: »Die Beschreibung des Frachtschiffes *Hector,* das unter französischer Flagge segelt und angegeben hat, aus Santo Domingo zu kommen, paßt genau auf das englische Segelschiff *Active,* das von einem französischen Piratenschiff in der Meerenge von Yucatan gekapert wurde. Die Einzelheiten des Schiffes *Santa Maria* stimmen genau mit denen des amerikanischen Seglers *Mary* überein. Die *Mary* wurde Ende März zwischen Havanna und Charleston als verschollen gemeldet.«

Clairborne rief sich immer wieder das Bild der drei am 17. April gemeinsam in den Hafen direkt unter dem Fort Saint Philippe eingelaufenen Schiffe in die Erinnerung zurück. Er überprüfte noch einmal die Erklärungen Pierre Lafittes. Die zusätzlich gesammelten Indizien ergaben plötzlich ein ganz klares Bild. Das französische Piratenschiff, das außerdem noch Schmuggelschiff war, hatte die Unverschämtheit besessen, in die Mississippimündung, ja sogar bis zum Fort Philippe zu segeln. Und die erbeuteten Schiffe begleiteten es ohne jede Tarnung – lediglich die Bordpapiere waren gefälscht. Und zu allem Überfluß war eines der gekaperten Schiffe ein amerikanisches! Damit war der Beweis krimineller Piraterie erbracht, für die gewiß kein Kaperbrief erteilt worden wäre.

Der Hafenkommandant wollte auf keinen Fall handeln, ohne mit Clairborne gesprochen zu haben. Der Gouverneur wiederum ließ einige Stunden verstreichen, bevor er sich zu einer Tat aufraffte. Er wartete erst einmal ab, was die Obrigkeit von New Orleans zu der Angelegenheit sagte. Unglücklicherweise galt er in der Stadt fast als Fremder, war kein typischer Amerikaner und besaß nur wenige Kompetenzen. Andererseits war er mit allen Behörden und den meisten Beamten der Stadt gut bekannt. Sie wagten es nicht, ihm etwas abzuschlagen. Clairborne hätte es sehr gern gesehen, wenn er vor der Festnahme der französischen Piraten von Washington offizielle Rückendeckung erhalten hätte. Doch es gab weder ein Telefon, noch konnte man telegrafieren. Endlich, nach neuerlichem Zögern, nahm er es auf sich, ganz allein zu entscheiden.

Der Hafenkommandant begab sich mit bewaffneten Polizisten vor den Schlachthof, schritt an Bord der *Sœur Chérie* und verlangte den Kapitän zu sprechen. Doch kein Kapitän und kein Offizier waren da, nur einige Matrosen und angeheuerte Schwarze, niemand also, den man hätte zur Verantwortung ziehen können. Eine weitere Gruppe von Polizisten war zur *Hector*, »geborene« *Active*, geeilt, fand aber dort genau die gleiche Situation vor: kein Kapitän. Auch der Kapitän der *Santa Maria* war verschwunden, allerdings mitsamt seinem Schiff. Zu spät hatte der Hafenkommandant erfahren, daß die *Santa Maria* am Morgen ausgelaufen war.

Der Hafenkommandant unterrichtete Clairborne. Die beiden Männer waren sehr betroffen. Waren die Schmuggler und Piraten wirklich abgesegelt und wenn ja, wohin? Hatten sie bemerkt, daß die Polizei ihnen auf der Spur war? Und was hatte sie so mißtrauisch gemacht?

Während die verantwortlichen Männer noch über ihre Probleme nachdachten, sah der Kapitän der ehemaligen *Mary* schon das herrliche blaue Wasser des Golfes. Er entfernte sich, doch nur, um später einmal zurückzukehren. Jetzt hatte er erst einmal die Gegend erkundet, in der er sein Glück machen wollte: Jean Lafitte, unsere Hauptfigur.

2

Barataria

In den Jahren 1809, 1810, 1811 waren die meistbesuchten Kaffeehäuser von New Orleans das Maspero, das Veau-qui-Tête, das Café des Refugiés, Les Tremoulet und das Jocundella, wo es auch noch Lebensmittel zu kaufen gab. Wenig später nannte man es in Absinthe House um, und so heißt es noch heute. In der damaligen Zeit trank man keinen Absinth, aber Kaffee, Wein und Rum in großen Mengen, Zuckerbranntwein und andere scharfe Schnäpse. Ganz abgesehen von Mixgetränken wie »Petit Goave« und »Pig and Whistle«, die als Spezialitäten im Café des Refugiés ausgeschenkt wurden.

Diese Cafés waren von zehn Uhr morgens bis zum Morgengrauen des nächsten Tages geöffnet. Man konnte dort Seefahrer treffen, die aus Kentucky kamen, Siedler aus Santo Domingo, die auf einer Kreuzfahrt nach Neuengland Station machten, Männer, die ganz eindeutig Piraten und Seeräuber waren, und Revolutionäre aus Europa, die hier im Exil lebten. Dazu kamen Deserteure von der Marine, und manches Mal kehrten auch Leute der besseren Gesellschaft, sogar Adelige dort ein. Nur Frauenröcke sah man dort nicht. Die tugendhaften Damen gingen nicht in Cafés, sie gingen überhaupt selten allein aus. Die schwarzen Domestiken wiederum hatten keine Zeit für Vergnügungen.

Die Besucher des Cafés des Refugiés saßen entweder an Tischen oder an der Bar, wo sie oft Ellenbogen an Ellenbogen hockten, weil es so voll war. Man sprach französisch, manchmal spanisch, und ganz selten englisch.

Wer zum ersten Mal den großen holzgetäfelten Raum mit den lederbezogenen Sitzbänken betrat, dem verschlug es wahrscheinlich vorerst den Atem vor Zigarrenrauch, Stimmengewirr, brüllendem Gelächter und lauten Ausrufen. Es kam selten vor, daß man keine lustigen Kerle antraf und die Tische nicht reichlich mit den Erträgen der umliegenden Ländereien gedeckt waren.

An der Wand hing lange Zeit ein Bild, das zwei Matrosen mit ausgesprochen hübschen Gesichtern darstellte. Ein bißchen fremdartig sahen sie aus und zugleich ein wenig durchtrieben. Arm in Arm standen sie da und sollten die erstaunliche Geschichte von Ann Bonny und Mary Read versinnbildlichen, die noch heute in allen großen Häfen des Westens erzählt wird. Hier ist sie:
John Rackam, wegen seiner Baumwollkleidung »Calico Jack« genannt, gehörte zu den Piraten von New Providence, die sich nicht dem Ultimatum Georgs I. unterwerfen wollten. Er floh vor dem Zugriff des mächtigen Königs und stach mit seiner Mätresse an Bord in See. Sie hieß Ann Bonny, war Tochter aus sehr guter, allerdings temperamentvoller Familie und hatte sich mit ihm zusammengetan, um ein unabhängiges Leben zu führen. Um seine Beziehung zu dem Mädchen vor der Mannschaft zu verbergen, hatte Rackam das Mädchen in einen Matrosenanzug gesteckt.
Doch eines Tages fand Ann Gefallen an einem der Seeleute an Bord und gestand ihm ihr Geschlecht. Als der junge Mann auf ihre Annäherungsversuche nicht einging, wollte sie ihn umarmen. Diese Situation stellt das Bild dar, sowie den Augenblick, in dem der angebetete junge Mann sagte: »Ich bin auch eine Frau, ich heiße Mary Read.« Das Leben der Ann Bonny war gar nichts im Vergleich zu Marys Werdegang. Mary war Engländerin, hatte sich Soldatenkleider angezogen und den Krieg in Holland und Flandern mitgemacht. Dann hatte sie wieder Frauenkleider angelegt und geheiratet. Als sie bald darauf Witwe geworden war, hatte sie neuerlich Männerkleider angezogen und fuhr nun zur See. Mary Read und Ann Bonny wurden Freundinnen. Bei einer Schlacht wurde ein Mann gefangengenommen, der Mary gefiel. Sie heiratete ihn auch, aber erst, nachdem sie einen eifersüchtigen Seeräuber mit einer Pistole erschossen hatte.
Wenig später griff die englische Flotte Rackams Schiff an. Die beiden Frauen erwiesen sich im Kampf als außerordentlich tapfer. Dennoch wurde das Schiff geentert, und alle Piraten sollten am Galgen sterben.
»Ich möchte ein letztes Mal meine Frau sehen«, sprach Calico Jack.

Der Abschied von Ann Bonny konnte ihn nicht viel froher stimmen. »Es tut mir sehr leid, dich in einem solchen Zustand zu sehen, aber wenn du wie ein Mann gekämpft hast, sollst du nicht wie ein Hund sterben.«

Die Obrigkeit zögerte, auch die beiden Frauen gefangenzunehmen, denn Mary Read war schwanger.

Um so erstaunter hörten die Beamten Marys Verteidigung der Todesstrafe: »Sollte man die Piraten nicht hinrichten, werden alle Feiglinge angstvoll das Meer meiden, und nur Verbrecher werden es bevölkern!«

Beide Frauen wurden ins Gefängnis gesteckt und starben wohl auch dort, obwohl man offiziell nur von Marys Tod erfahren hat. Die Bedingungen in den Gefängnissen waren damals nicht gerade die besten.

Es versteht sich, daß die Gäste im Café des Refugiés die Gemälde nicht betrachteten, um kunstkritische Studien zu treiben. Sie machten ordinäre Bemerkungen und klopften sich auf die Schultern. Man möbelte die Ausstattung noch ein bißchen auf, und es kamen auch bessere Kunden. Einige kräftige Burschen sorgten dafür, daß die lautesten Trunkenbolde hinausflogen.

»Ich habe die aristokratischste Kundschaft in Nordamerika«, behauptete der Besitzer.

Er zeigte sein Gästebuch, in das er selber seine berühmtesten Besucher eingetragen hatte: Graf Louis Philippe de Roffignac, Baron Henri de Saint-Gème, Bernard de Marigny de Mandeville und weitere Namen bekannter Familien aus Louisiana, Mitglieder des Magistrats, Beamte, Reeder und Kaufleute. Ganz an der Spitze standen Pierre und Jean Lafitte. Die beiden Brüder hatten nämlich das Café des Refugiés erst bekannt gemacht.

Jean Lafitte lebte in einem Hotel und veranstaltete dort häufig prunkvolle Diners. An warmen Oktoberabenden war im Innenhof unter künstlicher Beleuchtung eine riesige Tafel gedeckt. Die Domestiken servierten die leckersten und raffiniertesten kreolischen Gerichte. Man hatte für Musikanten gesorgt und Damen eingeladen.

Den Damen widmete Jean Lafitte soviel Aufmerksamkeit, daß die

Ehemänner ihn schließlich zu sich nach Hause einluden. Er war sehr klug, sprach fließend und elegant französisch, englisch, spanisch und italienisch. Er war damals gerade 30 Jahre alt, sah gut aus, war kräftig gebaut, besaß einen schwarzen Bart und schwarzes Haar, seine leuchtenden dunklen Augen funkelten und strahlten eine Art Männlichkeit aus, die die Frauenherzen dahinschmelzen ließ. Man wußte, daß er Witwer war, doch er ging keine neue Bindung ein. Manches Mal erzählte er in kleinem Kreis von dem Leben, das er geführt hatte, bevor er nach New Orleans gekommen war.

Er stammte aus Bordeaux, und seine Eltern waren nach Santo Domingo gekommen, um dort Handel zu treiben. Er hatte das Geschäft seines Vaters übernommen, geheiratet und wollte, nachdem er seinen Besitz zu Geld gemacht hatte, nach Europa zurückkehren. Spanische Piraten kaperten sein Schiff und setzten ihn mit seiner hochschwangeren Frau auf einer kleinen Insel aus. Zum Glück kam ein amerikanischer Schoner vorbei, der von dem unglücklichen Ehepaar erfuhr und es mit nach New Orleans nahm. Madame Lafitte brachte eine Tochter zur Welt, starb kurz darauf an den Folgen der Aufregungen und Anstrengungen. An dieser Stelle seiner Erzählung wurde der Witwer ein bißchen rührselig.

»Ich hatte nichts mehr, ich war bettelarm. Dann traf ich ein paar mutige Burschen, die genauso arm waren wie ich. Wir kauften ein Schiff und schworen den Spaniern ewige Feindschaft. Aber mit der Zeit begriff ich doch wieder, daß der Handel dem Krieg vorzuziehen ist. Ich wurde wieder ein Kaufmann.«

Offiziell war Jean Lafitte tatsächlich Kaufmann. Seine Zuhörer folgten schweigend seiner Erzählung und machten ihre Bemerkungen erst, nachdem er gegangen war. Sie wußten über die Art seines Handels genau Bescheid. Gleichzeitig waren ihm die meisten auf irgendeine Weise verpflichtet oder seine Schuldner.

Seinen Bruder Pierre Lafitte stellte er immer als seinen Kompagnon vor, aber man wußte ganz genau, welche Rolle dieser in dem Unternehmen spielte. Aber auch er wurde ebenso wie seine Frau, die er 1809 oder 1810 geheiratet hatte, in die oberste Gesellschaftsschicht aufgenommen. Seine Frau war die Tochter des Jean Baptiste Sel, eines Kunstmalers aus Santo Domingo, der als Miniaturenmaler einige Stammkundschaft in New Orleans hatte. Das Paar lebte einfacher als der Witwer.

Jean Lafitte galt lange Zeit als rätselhaft und mysteriös. Erst kürzlich lüftete sich der geheimnisvolle Schleier über seiner Herkunft und dem Ende seines Lebens. Stanley Clisby Arthur hat eine sehr wertvolle und zuverlässige Biographie über ihn veröffentlicht.

Er wurde gar nicht in Bordeaux, sondern in Port-au-Prince geboren, und zwar auf dem Teil der Insel Santo Domingo, der heute Haiti heißt. Sein Geburtsjahr ist 1792. Er war der jüngste von fünf Brüdern und drei Schwestern. In seiner Familie ging es recht drunter und drüber. Sein Vater Marius Lafitte, der aus Pontarlier stammte, übte den Beruf eines Gerbers aus und heiratete mit 22 Jahren Maria Zora Nadrimal, eine siebzehnjährige spanische Jüdin aus Dax. Ihr Vater stammte aus Bilbao und hatte dort eine zwar interessante aber nicht gerade ungefährliche Tätigkeit ausgeübt: Er war Alchimist gewesen. Die Heilige Inquisition, oder was davon übrig war, hatte ihn gefangengenommen und die Verhöre dergestalt durchgeführt, daß er 1760 im Kerker starb, als seine Tochter gerade zwölf Jahre alt war.

Marius und Zora verließen mit einer Tochter Frankreich und gingen nach Santo Domingo, wo sie noch sieben Kinder bekamen. Eines davon war Jean, unser Held. Sie hatten die Großmutter Nadrimal, die Witwe des Hingerichteten, mitgenommen. Die Großmutter erzog die beiden jüngsten Kinder, denn die Mutter starb sehr jung. Jean Lafitte bewunderte sie sehr: »Ich bin durch sie der geworden, der ich bin, ich habe von der spanischen Jüdin das Einfühlungsvermögen, von ihr, die der Inquisition entkommen ist.«

Mit 18 Jahren heiratete er Christine Levine, die von den dänischen Antillen stammte, aus Sainte Croix. Die beiden hatten eine Tochter miteinander. Die Frau starb tatsächlich, nachdem sie das Kind zur Welt gebracht hatte, aber ganz einfach am Kindbettfieber und auf einem Schiff, das sie von Santo Domingo nach New Orleans bringen sollte. Sie wurden keineswegs von einem spanischen Schiff angegriffen.

In dem alten Stadtviertel von New Orleans stößt man in der Rue Bourbon auf einen langen flachen Bau aus Ziegelsteinen und Pfählen, der aus der Zeit vor der spanischen Machtübernahme stammt. Dort ist eine Tafel angebracht, mit der Aufschrift: »Lafitte Smithy.« Die Hütte Lafittes. Das Haus steht noch, und alle Bewohner von 1805 an haben sie immer wieder hergerichtet. 1805 vertrieb die Polizei die Piraten und Schmuggler. Um zu erfahren, warum nicht schon eher etwas gegen die Lafittes unternommen worden war, müßte man ein Phantom fragen, nämlich Clairborne.

Zweifellos war Clairborne zu sehr mit seinen Aufgaben beschäftigt, als daß er Zeit gefunden hätte, sich einer Angelegenheit zu widmen, der auch Washington nicht viel Aufmerksamkeit schenkte.

Die beiden Brüder hatten sich in der Hütte niedergelassen und lebten dort ganz zurückgezogen. Als Dienstboten hatten sie einige Schwarze eingestellt. Sie hatten einige Auftraggeber, verwalteten ihre Kasse gut und galten als sehr beliebt. Man schätzte sie noch mehr, als sie begannen, den Weißen unter strengster Diskretion und zu günstigen Preisen Neger zu verkaufen, die in so gutem Zustand waren, daß man sie für härteste Arbeiten verwenden konnte.

1806 bemerkten die Brüder Lafitte wohl, daß ihnen die Obrigkeit auf die Finger sah. Sie stellten einen offiziellen Antrag, Sklavenhandel betreiben zu dürfen und bezahlten ihre Gewerbesteuer im voraus. Das hielt sie aber nicht davon ab, weiterhin Schwarzhandel zu treiben, mal machten sie es legal, mal illegal; das hing ganz vom Preis und von der Qualität ab. Die besten Familien bezogen ihre Sklaven aus dem Hause Lafitte. Zu den Abnehmern gehörten auch der Dekan der Kathedrale von Saint Louis und die Haushälterin des Ursulinenkonvents.

Ungewiß bleibt, ob die Brüder Lafitte damals schon in dieser Branche das Monopol besaßen. Wahrscheinlich hatten sie die Verwaltung des gesamten Handels in Händen und erstreckten ihre Aktivität weit über diesen Bereich hinaus. Um aber die Entwicklung genau zu verstehen, muß man wieder einen Blick auf die andere Seite des Meeres werfen.

Zwischen spanischen und französischen Piraten war in der Karibischen See ein regelrechter Krieg entbrannt: Die französischen Behörden von Martinique und Guadeloupe vermittelten ihren Leuten Männer, ganz gleich woher sie kamen. Abenteurer verschiedenster Nationen kämpften unter französischer Flagge gegen die Spanier.
Nachdem die beiden Inseln im Jahre 1809 und 1810 von den Engländern besetzt worden waren, gab es keine solchen Aufträge mehr. Doch jetzt wollte sich Kolumbien von den Spaniern befreien und löste die Franzosen gleichsam ab.
»Patrioten und Abenteurer, der Hafen Cartagena steht euch offen. Wenn ihr unter kolumbianischer Flagge segeln wollt, bedarf es keiner großen Formalitäten.«
Von neuem begann ein herrliches Leben. Man muß das alte Spanien fast ein bißchen bemitleiden. Zu Hause wurden die Spanier von den Napoleonischen Truppen bedroht, auf dem Meer wurden sie von gekauften Abenteurern verfolgt, die sich um die näheren Umstände keine Gedanken machten. Ihnen war es letzten Endes gleich, unter welcher Flagge sie gegen Spanien kämpften, wenn sie eine erfolgreiche Schlacht geschlagen hatten, machten sie sich ohnehin möglichst schnell aus dem Staube.
Das neuerliche Aufblühen der Seeräuberei war den Kapitalisten nicht entgangen, denn sie paßten ganz genau auf, wo sich eine Gelegenheit zu lohnenden Investitionen bot. Im Gefolge dieser Entwicklung sah man viele Leute sehr plötzlich zu Reichtum kommen. Zeitungen und Verbände, die auf strenge Sitten achteten, erhoben Widerspruch gegen diese Art legalisierter Plünderei, erreichten aber gar nichts. Aber das ist ja immer so, wenn man von den Kapitalisten Mäßigung verlangt.
Folgendes Problem stellte sich den Seeräubern: Sie mußten einen Platz finden, der Schutz vor heftigen Winden bot, den Kriegsschiffe nicht erreichen konnten und der einen natürlichen Markt für den Schwarzhandel mit erbeuteter Ware darstellte.

An einem Morgen des Jahres 1811 ging Jean Lafitte zu sehr früher Stunde in Begleitung von zwei Männern, die zur Garde zu gehören

schienen, hinunter zu den Schlachthallen, bestieg dort eine große Schaluppe mit Segeln und legte ab.
Wahrscheinlich vergnügte sich die Wache gerade in der Stadt bei ausgesuchten Schlemmereien. Lafitte jedenfalls hatte im Café des Refugiés seine Freunde getroffen. Er trug einen alten, zugeknöpften Mantel und saß hinten in der unbequemen Schaluppe, die langsam den Fluß überquerte.
Die beschwerliche Überfahrt hatte anscheinend schon häufiger stattgefunden, denn an der Anlegestelle empfingen mehrere Neger mit drei Pferden die Passagiere. Sie saßen auf und ritten flußabwärts durch zwei Ortschaften. Dann stießen sie auf einen Nebenfluß, einen sogenannten Bayou.
Die Bayous sind Wasserläufe, die vom Mississippi abzweigen, obwohl es bis zur Mündung noch recht weit ist. Bayous münden meist in den Golf von Mexiko, manchmal fließen sie aber auch in einen See oder verlieren sich einfach in den Sümpfen, im Dschungel oder in der Prärie des ungeheuren morastigen Deltas.
Jean Lafittes Reiseweg, den Bayou Barataria, bin ich 150 Jahre später mit einem kleinen Motorboot abgefahren. Abgesehen davon, daß die ersten drei Meilen Straße heute befestigt sind, hat sich die Landschaft überhaupt nicht verändert. Jean Lafitte war an Bord eines großen Kanus gegangen, das acht kräftige Ruderer voranbewegten.
Am späten Nachmittag hielten die Ruderer auf das Flußufer zu, um mehr im Schatten zu fahren. Lafitte ließ das Boot anhalten, damit sich die Mannschaft erholen konnte. Dann ging es weiter bis in die tiefe Nacht. In einer Bucht, in der einige Hütten standen, ging man an Land.
Am nächsten Morgen wurde die Fahrt fortgesetzt. Der Fluß wurde breiter und breiter. Schließlich sah man in der Ferne eine spiegelglatte Fläche, war dies das Meer?
Nein, es war ein See. Ein wilder Wald umgab ihn und ließ nicht einmal Platz für einen schmalen Strand. Hier und da waren Gruppen von kleinen kegelförmigen Hütten zu sehen: kleine Eingeborenendörfer. Im Wasser davor hielten sich einige Boote auf. Die

Reisegesellschaft war am großen Barataria-See angekommen, der etwa 20 Kilometer lang und 10 Kilometer breit war.
Von Ferne sah er ganz geschlossen aus, er war es aber nicht. An seiner südlichsten Stelle floß ein anderer Bayou. Lafitte fuhr in seinem Kanu jenseits des Sees weitere zehn Kilometer den Fluß entlang an einer Insel vorüber, auf der sich ein pyramidenartiger Hügel erhob. Dann ergoß sich der Fluß neuerlich in einen See, den kleinen Barataria-See.
Wahrscheinlich langweilen diese geographischen Einzelheiten den Leser, doch sie sind notwendig, wenn man wissen will, welchen Weg Jean Lafitte mit seinen Leuten nahm, und verstehen will, welches einzigartige Drama sich später auf dem See abspielte.
Zwei Seen waren durchquert; man war in einen weiteren Bayou gelangt und dann wieder in ein weites Wasser, das wohl so breit war wie der große Barataria-See. Allerdings roch es jetzt unverkennbar nach offener See, man war bereits in der Bucht von Barataria im Golf von Mexiko.
Von offenem Meer kann allerdings nicht ganz die Rede sein, denn zwei flache und lange sandige Inseln versperrten den Zugang zum Meer: Sie heißen zur Erinnerung an Santo Domingo Grande Terre und Grande Ile. Zwischen beiden hindurch führt eine enge Passage. Und gerade dieser schwierige Zugang machte die Bucht so interessant.
Wie die Seen, so umstanden auch die Bucht dichte Wälder und schirmten sie zum Meer hin ab. In der Richtung zum Festland aber ragten ganz andere, kahle und nackte Bäume auf: Schiffsmasten. Die Flotte, die dort vor Anker lag, bestand weder aus Flußschiffen noch aus Küstenseglern. Obwohl die Segel nicht gesetzt waren, konnte man allein an der Größe der Masten erkennen, daß es sich um Schiffe handelte, die Ozeane befuhren und nicht bloß von der Karibischen See aus hinter diesen Inseln Zuflucht gesucht hatten.
Hier war Jean Lafittes eigentlicher Bereich, und von hierher stammten sein Reichtum und sein Einfluß.
Einige Piraten ohne große Ambitionen hatten dies Domizil vor etwa zwölf Jahren aufgebaut. Zu einem etwas professionelleren Ausbau

Seeräuber im Golf von Mexiko.

Baratarias muß es etwa um 1807 gekommen sein. Man nutzte die Lage der Inseln aus, die den Zugang zur Bucht versperrten, die miteinander verbundenen Seen, die zu den vielen verzweigten Flußarmen führten. Von diesen aus konnte man das nicht weit entfernte New Orleans erreichen. Auf jeden Fall war das ein ideales Refugium, das folgende drei Bedingungen erfüllte: Der Platz war windgeschützt, Kriegsschiffe hatten keinen Zugang, und man konnte die erbeuteten Waren in New Orleans verkaufen.
Die Schiffe kamen bis zu einem versteckten Ankerplatz, wo die Piraten die Beute in ihre kleinen Schaluppen oder Kanus verluden. Dann fuhren sie durch die Bayous bis nach New Orleans und verkauften dort ihre Handelsware. Anschließend gingen sie in die Bordelle in der Rue des Bassins. Aus den niedrigen Türen schimmerte schwach das Licht, drangen Lärm und Rauch, und die fetten weißen, schwarzen und Mischlingshuren hängten sich wie Blutegel an die Männer.
Diese Regelung der freien Konkurrenz bestand mehrere Jahre lang.

Dann aber kamen die ersten Mißhelligkeiten auf. Immer mehr Männer verschiedener Rassen, verschiedener Hautfarbe und verschiedener Nationalität benutzten den Stützpunkt Barataria. Die zuerst Angekommenen sagten: »Wir sind viel zu viele geworden!« Die Kapitäne warfen sich gegenseitig Unterschlagung, Feindseligkeit und Abwerbung von Seeleuten vor. Es kam zu heftigen Streitigkeiten, ja zu blutigen Auseinandersetzungen. Den so primitiv zusammenlebenden Menschen wurde klar, daß ihnen ein Führer fehlte. Alle Blicke richteten sich auf Jean Lafitte.

Etwa im Jahre 1807 entdeckten Berufspiraten Barataria. Gleichzeitig nahmen die Brüder Lafitte ihren ersten Schoner in Betrieb. Sie überwachten die Operationen im Golf selbst und brachten wie alle anderen Händler ihre Beute nach New Orleans. Doch die Brüder Lafitte setzten ihre Beute schneller um als andere, man schätzte sie, weil sie geschickte und gute Verkäufer waren. Ihre Kundschaft wuchs. Zuerst hatten die Lafittes zwei Schiffe, später mehr. Als die Leute von Barataria sich nach einem Chef umsahen, dachten sie natürlich an jemanden, der blühende Geschäfte verhieß. So kam Jean eher in Frage als Pierre, denn er leitete ja sein Unternehmen bereits vorzüglich und war außerdem ein erprobter Kapitän. Pierre als Familienvater kam ohnehin seltener nach Barataria.

»Schmied, möchtest du unser Boß werden?«

Man nannte die Lafittes wegen ihrer Herkunft immer noch Schmiede. »Boß« bedeutete »Chef« im Piratenjargon; eigentlich hieß es ja mehr »Patron«. Das aber nur nebenbei.

Jean Lafitte stimmte ohne Zögern zu. In diesem Augenblick begann seine Karriere. Er entwickelte sich zu einem Piratengenie wie Henry Morgan, war aber viel fortschrittlicher.

Er war ein ganzer Kerl und einer der fähigsten Kapitäne. Begonnen hatte er als einfacher Ruderer an Bord eines kleinen Segelschiffes. Inzwischen war er zu einem großen Taktiker geworden, der wirkungsvoll Kanonen einsetzte und nicht zögerte, Schiffe selber zu entern. Auch half ihm seine Intelligenz, Unternehmungen erfolgreich zu organisieren.

Als sie ihn zum Führer ernannt hatten, mußte er als erstes allen

Kapitänen Arbeit verschaffen. Und er vermittelte ihnen in Cartagena antispanische Aufträge, die sogar einen legalen Anstrich hatten. Wenige Wochen, nachdem er das Kommando übernommen hatte, kamen keine Piraten mehr zu den Kaufleuten in New Orleans, um Beute schwarz zu verkaufen. Wer auf seiner Ware nicht sitzenbleiben wollte, mußte jetzt zum großen Beutemarkt erscheinen. Man hatte Lagerhallen gebaut, die alle herangeschaffte Beute aufnehmen konnten. Dort versteigerte man Stück für Stück. Außerdem wurden regelmäßig nach vorheriger Übereinkunft Märkte mit Lafitte gehalten, dem Agenten des Barataria-Trusts. Innerhalb eines Jahres verdoppelten sich die Gewinne der Piraten.

Die Brüder Lafitte hielten sich noch ihre eigene Flotte, die sich in sehr gutem Zustand befand und mit einer Elite besetzt war, hier sollen nur einige Namen genannt werden: Da waren *La Misere* und *La Dorade*, ihr Kapitän war Jean Lafitte, der immer noch zur See fahren wollte; *Le Petit Milan* mit Kapitän Gambie, der Gambino genannt wurde; da fuhr die *Espion* mit Kapitän René Beluche, einem Onkel der Lafittes; *Sancy Jack* mit Kapitän Pierre Sicard und die *Victoria* mit Kapitän Juan Juranvilles, genannt François Sapia.

Jean Lafittes Autorität war von Anfang an unumstritten. Der einzige, der Einwände erhob, war Gambie, genannt Gambino, ein temperamentvoller Italiener, der an der Bezeichnung »Korsaren« Anstoß genommen hatte.

»Warum nennen wir uns Korsaren? Ich bin Pirat und sonst nichts, und ich möchte, daß man das zur Kenntnis nimmt!«

Ein Leutnant trug deshalb einen Streit in der Öffentlichkeit aus, worauf ihn Jean Lafitte vor allen Kapitänen erstach. Zunächst war man nicht so sicher, ob das der Wahrheit entsprach, aber später wurde die Geschichte von Untersuchungsbeamten bestätigt. Lafitte war kein Mann, der sich öffentlich beleidigen ließ.

Jean Lafitte verbrachte einige Tage, vielleicht eine Woche oder zwei in Barataria, kehrte dann nach New Orleans zurück, ging wieder ins Café des Refugiés, speiste in der Stadt und lud seine Freunde ein. Er war den Persönlichkeiten von Rang nützlich, und sie wiederum ihm. Sie machten gute Geschäfte mit ihm, und wenn Lafitte Schwierigkeiten hatte, so waren sie ihm gerne behilflich. In der Stadt hatten die Amerikaner noch nicht alles in den Griff bekommen, man konnte also mit den Behörden, mit dem Zoll oder sogar mit der Polizei noch einig werden. Für einige Leute griff Lafitte auch gern einmal tief in die Tasche.

Jean Lafitte führte ein Doppelleben, einmal tauchte er in der Stadt auf, dann wieder in Barataria, und in der warmen Jahreszeit ging es bei ländlichen Festen in Dörfern am Mississippi oft wie ein Lauffeuer durch die Reihen: »Jean Lafitte ist da!« Er kam mit einem kleinen Segelboot und brachte noch Freunde mit. Er kam als liebenswerter, schöner Mann, freigebig, fröhlich, bot zu trinken an und tanzte mit den jungen Mädchen, denen das Herz höher schlug, und alle hatten ihn gern. Es gefiel ihm, wenn man ihn so feierte. Manches Mal konnte er bei diesen Anlässen junge Leute für sich gewinnen und sie für die Seefahrerei begeistern.

Einen besonderen Reiz übte der schöne junge Mann von 30 Jahren auf Frauen aus. Man sagte ihm nach, daß er eine große Vorliebe für Negerinnen hatte und daß jedesmal, wenn er sich blicken ließ, die bessere Gesellschaft von New Orleans ihre Türen abschloß. Sicher stimmt das nicht. Man wußte über sein Liebesleben eigentlich sehr wenig, und vielleicht machte das den Gentleman der Korsaren so anziehend.

Aber kommen wir auf das Wort Barataria zurück. Einige amerikanische Chronisten haben behauptet, daß dieser mysteriöse Name nichts anderes als »Enttäuschung« bedeutet. Es ist möglich, daß sie den alten französischen Ausdruck »baraterie« nicht kannten, der aber ist nichts anderes als ein Synonym für Piraterie. Tatsächlich findet man den Namen Barataria auf den französischen Karten von 1732. Das läßt darauf schließen, daß die Piraten sich bereits vor diesem Zeitpunkt dort versteckt gehalten haben. Es gibt eine Gruppe von Philologen, die baraterie von barater und barat ableiten, einem alten französischen Wort, das im 18. Jahrhundert gebräuchlich war und Betrug bedeutete. In keinem genannten Fall bedeutet Barataria etwas Ehrenhaftes, und auf jeden Fall läßt sich die Bedeutung von baratin ganz gut anwenden. Der Führer Jean Lafitte verstand es sicher von Zeit zu Zeit, recht gut zu »baratinieren«.

In New Orleans erschienen drei Zeitungen in französischer Sprache: *Le Courrier de la Louisiane, L'Abeille de La Nouvelle Orléans, La Gazette de la Louisiane.* Der Chefredakteur von der *Gazette* hieß Leclerc und war einer der engsten Freunde Jean Lafittes. In der letzten Aprilwoche des Jahres 1812 waren in seiner Zeitung auf der ersten Seite zwei Artikel erschienen: Der längere und besser placierte trug die Überschrift: »Die Dragoner schlafen.« Es handelte sich um einen sehr ironischen Bericht über ein Unternehmen des Zolls gegen Barataria, das Gouverneur Clairborne angeregt hatte. 40 Dragoner unter dem Befehl Kapitän Holmes' hatten nachts ihre Schaluppen bestiegen und waren den Baratariafluß hinuntergefahren, um den nächtlichen Schmuggelverkehr zu überraschen. Lafitte aber war rechtzeitig unterrichtet worden und hatte seinen Transport für die eine Nacht über andere Flußläufe umgeleitet. Auf diese Weise erreichte die Ware ihr Ziel, während der arme Holmes und seine Leute mit leeren Händen zurückkehrten. Der Redakteur der *Gazette* schrieb, daß die Dragoner nichts hätten sehen können, da sie bei ihrem »enormen Tempo« eingeschlafen wären. Der Artikel belustigte die Einwohner von New Orleans sehr und hatte auch deshalb einen Riesenerfolg, weil Leclerc in letzter Minute 1000 Exemplare der Nummer einziehen wollte.

Der andere Artikel war »Bald ist wieder Krieg!« überschrieben. Und darüber lachte keiner.

In Europa wollte niemand so recht glauben, daß der Versailler Vertrag (1783), der den Unabhängigkeitskrieg beendet hatte, lange in Kraft bleiben würde. England vor allem tat alles Erdenkliche, um den Vertrag ungültig zu machen. Zuerst forderten die Engländer offen die Revolte des Indianerhäuptlings Tecumseh (1810/1811) aus Indiana heraus. Dann ließen sie amerikanische Schiffe sogar in deren Häfen untersuchen und warben amerikanische Seeleute an. So entstanden die ersten Streitigkeiten zwischen den englischen Kommandos und den amerikanischen Truppen.

Die Bewohner von New Orleans lasen solche Nachrichten ohne Aufregung, obwohl das alles ein wenig alarmierend klang. Dieses Geplänkel hatte »im Norden« stattgefunden, gehörte der Vergangenheit an und hatte sich in einiger Entfernung abgespielt. Aber auch 1812 erschraken sie noch nicht, und damals begann wirklich der Krieg. Die Menschen in Washington mußten mit ansehen, wie die Engländer das Capitol in Brand steckten, die Einwohner von New Orleans aber waren noch zu sehr mit ihren eigenen Angelegenheiten beschäftigt, als daß der Krieg sie hätte beunruhigen können.
In diesem Sommer waren die Piraten und Schmuggler in New Orleans besonders aktiv. Die Insel mit dem Tempel wurde häufig angelaufen, und die Ware der Piraten traf im Überfluß und sehr regelmäßig ein. Der »großen Firma aus Barataria« fehlten wirklich nur noch Börsenanteile.

»Der Anwalt Pierre Morel, der seit mehreren Jahren die Brüder Lafitte vertritt, gab bekannt, daß die versehentlich festgenommenen Brüder sofort freigelassen würden.« So war es in der letzten Novembernummer der *Gazette de la Louisiane* im Jahre 1812 auf der zweiten Seite zu lesen. Als der Besitzer des Cafés des Refugiés das las, meinte er: »Morgen sind sie hier.« Das nahm man allgemein an.
Einen Tag später veröffentlichte der *Courrier de la Nouvelle-Orleans* allerdings Einzelheiten, die zu denken gaben. Denn es handelte sich keineswegs um ein Versehen. Kapitän Holmes hatte das Unternehmen, das im April fehlgeschlagen war, noch einmal wiederholt, und diesmal hatte er Erfolg. 24 Seeräuber und die beiden Lafittes saßen hinter Schloß und Riegel. Es verging eine Woche, und dann eine zweite. Die Bewohner von New Orleans verhielten sich abwartend. Als eine weitere Woche vergangen war, gab Pierre Morel offiziell bekannt: »Morgen sind meine Klienten frei.« Ein paar Leute begleiteten ihn, um sie an den Toren des Calaboosse-Gefängnisses zu empfangen. Im Hotel, in dem Jean Lafitte wohnte, wurde ein Essen gegeben, und im Café des Refugiés ein anderes. Ihre Befreiung war ein kleiner Triumph. Man war aber schweigend über-

eingekommen, daß niemand ein Wort darüber verlor, daß sie nur gegen Kaution frei waren. Morel wiederholte: »Es wird keine Anklage geben«, und er hatte recht, es wurde keine Anklage erhoben.

Schwärme von wilden Enten und Gänsen ließen sich in den Sümpfen von Louisiana nieder, und in New Orleans war man froh, daß der Winter so erträglich war. Die Nachrichten über den Krieg trafen nur sehr spärlich und ungenau ein. Dann wurden große Körner auf dem Fluß vom Meer her hereingetrieben, sie glitzerten und kündeten wie in jedem Jahr die Rückkehr des Frühlings an.

Mitte März sah man eines Morgens die Leute unbeweglich auf den Gehwegen stehen.

Sie lasen einen Anschlag, der in der Dämmerung angebracht worden war: »Der Gouverneur dieses Staates ermahnt die guten Bürger, Louisiana von einer Vereinigung zu befreien, die Schiffe der Nationen überfällt, die mit den Vereinigten Staaten Frieden geschlossen haben. Diese Leute respektieren weder Personen noch deren Eigentum. Sie beeinträchtigen den regulären Handel und die Einkünfte des Staates. Jeder, der von diesen auf unrechte Weise erworbenen Schätzen profitiert, wird entehrt und einer schweren Strafe ausgesetzt.«

Die meisten Bürger nahmen den Aufruf nicht ernst, und man lachte vor allem über den feierlichen Ton. Die Zeitungen – auch die *Gazette* – druckten den Text ab. Da die Brüder Lafitte nicht namentlich genannt waren, nahm man das alles nicht allzu ernst und war sowieso der Meinung, daß niemand etwas gegen sie ausrichten konnte.

Inzwischen war in New Orleans ein Mann aufgetaucht, der ganz anderer Meinung war. Es war der Distriktsanwalt John Randolph Grymes, ein junger und brillanter Richter, der sich in kurzer Zeit einen Namen machen wollte. Er stellte den Antrag, und der Gouverneur berief in der zweiten Aprilwoche das Gericht ein, um gegen die Brüder Lafitte Anklage zu erheben. Eine große Menschenmenge drängte sich im Zuschauerraum.

»Gerichtsdiener, ruft die Angeklagten herein.«

Mit lauter Stimme rief der Gerichtsdiener Name und Vorname der beiden berühmten Brüder. Es herrschte vollkommene Stille, dann fing man an zu lachen, und der Präsident mußte zum Schweigen ermahnen. Die Brüder Lafitte, die sich immer noch gegen Kaution auf freiem Fuß befanden, waren nicht gekommen und ließen sich auch nicht von einem Anwalt vertreten. Das war eine glatte Herausforderung. Der unparteiische J. R. Grymes erhob sich und verkündete, daß die Brüder Lafitte innerhalb der nächsten 24 Stunden eine Summe von 12 014 Dollar und 50 Cents für ihre Schmuggelware an die Staatskasse zu zahlen hatten. Wenn sie dieser Forderung nicht nachkämen, müßten sie mit weiterer Strafe rechnen. Darauf wurde die Sitzung sofort geschlossen.

In der nächsten Woche versammelte sich das Gericht noch einmal, und diese Sitzung verlief genauso wie die erste. Es lachten allerdings noch mehr Leute über die Abwesenheit der Lafittes, die ihre Macht auskosteten und die Richter wie Hampelmänner agieren ließen.

Die dritte Sitzung war wiederum eine Woche darauf anberaumt, und im Saal versammelten sich noch mehr feixende Zuschauer. Allerdings hatte man diesmal bewaffnete Wachen in den Gängen aufgestellt. Und der Präsident kündigte an, daß er gegebenenfalls den Saal mit militärischer Gewalt räumen lassen würde. Wieder rief der Gerichtsdiener vergeblich nach den Lafittes, und Grymes erhob sich: »Der Gerichtshof hat die Gendarmerie beauftragt, Jean und Pierre Lafitte gefangenzunehmen und sie vor dieses Gericht zu bringen. Die Polizei hat mitgeteilt, daß es ihr nicht gelungen ist. Jetzt muß das Urteil in Abwesenheit gefällt werden.«

Der Präsident erhob sich und sagte ganz einfach:

»Die Freiheit, die den Brüdern Jean und Pierre Lafitte gegen Kaution zugesprochen worden war, wird ihnen hiermit aberkannt. Die Sitzung ist geschlossen.«

Diesmal lachte niemand mehr. Denn die wenigen Worte des Präsidenten bedeuteten, daß die beiden Brüder arretiert würden.

An den folgenden Tagen ließen sie sich nirgends blicken. »Sie sind da, wo sie hingehören«, antwortete der Besitzer des Café des Refugiés, wenn jemand nach ihnen fragte.

Drei Tage später ging es wie ein Lauffeuer durch die Stadt: »Sie sind in Barataria.« Das heißt, daß die Versteigerungen beim Tempel weiter stattfanden.

So war es. Die Brüder Lafitte hatten sich in »ihr« Gebiet zurückgezogen. Sie ignorierten die Vorgänge in New Orleans, taten so, als ob man ihre Gesetze und die des Staates trennen könnte, und lebten weiter wie bisher. Einige Tage später fanden sich vor dem Tempel mehr Kunden ein als je zuvor.

Die ungeheure Macht und Autonomie der Lafittes zeigte sich gegen Ende Juni, als ein britisches Kriegsschiff vor Barataria unter Beschuß genommen wurde. Die Kanonen von Grande Terre leisteten gute Arbeit. Die Engländer mußten Hals über Kopf fliehen und waren fast manövrierunfähig. Sogar die Flagge des Heiligen Georg wurde von einem Schuß zerfetzt. Jean Lafitte hätte sich eigentlich »Kaiser von Barataria« nennen können. Die *Gazette de la Louisiane* hatte ihn halb spöttisch schon so betitelt.

»Dadurch, daß sie bei ihren früheren Gesetzesübertretungen ungestraft davongekommen waren, mißachten die Rechtsbrecher weiterhin die Regierung und setzen ihren Handel fort. Im Auftrag eines gewissen Jean Lafitte haben sie dem Zollinspektor und Assistenten von Walker schwere Verletzungen beigebracht. Hiermit werden alle militärischen und zivilen Offiziere im Staatsdienst aufgefordert, sehr scharf gegen Personen vorzugehen, die in irgendeiner Weise die Gesetze von Louisiana verletzen. Der Gouverneur bittet alle Bürger, Jean Lafitte und anderen, die das Recht verletzen, keinerlei Unterstützung zuteil werden zu lassen. Eine Belohnung von 500 (fünfhundert) Dollar wird demjenigen zuteil, der Jean Lafitte dem Sheriff von New Orleans oder irgendeinem anderen Sheriff übergibt. So erlassen vom Gouverneur von New Orleans am 24. November 1813. William C. C. Clairborne.«

Dieser Aufruf wurde noch am 24. November angeschlagen und auch in den Zeitungen veröffentlicht. 48 Stunden später kursierten mehrere Exemplare eines Flugblattes überall in der Stadt: »Jean Lafitte setzt eine Belohnung von 5000 (fünftausend) Dollar für

denjenigen aus, der ihm den Gouverneur William C. C. Clairborne ausliefert. Barataria, den 28. November 1813.«
Die ganze Stadt nahm diese Erwiderung amüsiert auf, und sogar Clairborne soll sie mit Humor hingenommen haben. Die Lafittes gewannen ihr Prestige zurück. Einen knappen Monat später gaben ihre Boten bekannt, daß am 15. Januar 1814 beim Tempel ein großer Verkauf von Sklaven und Waren aus Europa stattfinden würde. Alle, die Spaß daran fanden, waren herzlich eingeladen.
Der Verkauf fand statt. Es gab nur einen kleinen Zwischenfall. Der *Courrier* berichtete wie folgt (Leclercs Zeitung erwähnte das überhaupt nicht): »Die Zollwache hatte etwa zwölf Männer unter Leutnant Stout dorthin kommandiert, die die Ware beschlagnahmen und die Käufer auseinandertreiben sollten. Leutnant Stout wurde getötet, zwei seiner Leute schwer verletzt und der Rest gefangengenommen. Man ließ sie aber nach einigen Tagen wieder frei.«
Die Zeitungen hatten nicht den Mut, ein kursierendes Gerücht abzudrucken. Die freigelassenen Männer sollen mit Geschenken von Jean Lafitte in die Stadt zurückgekehrt sein.
Zwei Monate später besuchte der Distriktsanwalt Gouverneur Clairborne, in der Hand einen Bericht des Zollinspektors W. Gilbert aus Donaldsonville. Folgendes Gespräch fand statt: »In den letzten sechs Monaten haben die Baratarianer etwa für eine Million Piratenware geschmuggelt. Sie stapelten sie nicht nur im Tempel, sondern brachten sie bis in die Stadt. Etwa zehn Prozent der Bevölkerung hatte davon profitiert und den Piraten ohne weiteres Hilfe geleistet. An manchen Tagen konnte man etwa 500 Einwohner aus New Orleans beim Tempel zählen, unter ihnen honorige Bürger und Beamte. Sogar Zollbeamte waren Komplizen der Lafittes, wie Gilbert versichert. – Findet Ihr nicht, daß das Maß jetzt endlich voll ist?«
»Das Faß ist schon lange am Überlaufen. Mein Versuch, etwas dagegen zu unternehmen, ist daran gescheitert, daß der Staat mir keine Mittel zur Verfügung gestellt hat.«
»Man muß die Bande einfach umbringen! Ich weiß, daß Pierre Lafitte die Unverschämtheit besitzt, sich wieder in der Stadt zu zeigen. Wir müssen versuchen, ihn festzunehmen.«

»Wenn er festgenommen wird, zahlt er die 12 000 Dollar an die Staatskasse, denn darauf kommt es ihm ja nicht an, und uns bleibt nichts anderes übrig, als ihn auf freien Fuß zu setzen.«
»Ich werde schon ein Motiv für eine schwerere Anklage finden, und dann entkommt er uns nicht mehr.«
»Wenn die Sache so ist, halte ich es mit Euch.«
Grymes mußte noch zwei Monate warten, aber dann packte er die Gelegenheit beim Schopfe. Im Juni nahm ein Polizeischiff das Schiff Johannys aus Barataria unter Beschuß, als es dabei war, zwei spanische Handelsschiffe zu kapern.
Pierre Lafitte war nicht unter den Gefangenen, denn er war sicher vorher gewarnt worden. Der Gesuchte wurde zwei Wochen später auf offener Straße von einem Sheriff festgenommen und ins Calaboosse-Gefängnis gesperrt. Lafittes Anwalt bat, ihn nochmals gegen Kaution freizulassen. Vergebens. Am 18. Juli äußerte sich Richter Hall zum Fall Pierre Lafitte: »Er bleibt im Gefängnis, denn er ist wegen Piraterie und notorischer Schmuggelei angeklagt. Er war der Anstifter in der Angelegenheit ›Johanny‹. Außerdem hielt er es ja nicht einmal für nötig, vor Gericht zu erscheinen, um zu seinen verbrecherischen Taten Stellung zu nehmen.«
Der Verteidiger wandte sich an Hall: »Mein Klient ist krank, er hat vor kurzem einen Schlaganfall erlitten, und eine Gesichtshälfte ist seitdem gelähmt. Er ist in seiner Zelle angekettet, und ich beantrage, daß er von diesen Ketten befreit wird.«
John Randolph Grymes achtete darauf, daß Hall nicht wieder nachgab. Die beiden Ärzte, die man zur Untersuchung des Häftlings geschickt hatte, stellten fest, daß dieser sehr wohl in der Lage war, seine Ketten zu tragen.
»Glaubt mir«, sagte Grymes zu Clairborne, »jetzt ist es an der Zeit, auch seinen Bruder in Ketten zu legen und dann zu hängen.«
Der Gouverneur gab keine Antwort und machte ein nachdenkliches Gesicht. War er etwa anderer Ansicht?

3

Mißtrauen

Am 3. September 1814 lag Pierre Lafitte noch immer gefesselt im Gefängnis von New Orleans. Napoleon war inzwischen entthront und auf die Insel Elba verbannt worden. Völlig unerwartet kreuzte ein Schlachtschiff unter der Flagge der Royal Navy in der Bucht von Barataria auf. Bevor es den Korsaren möglich war, irgendeine Art von Reaktion zu zeigen, standen sie schon unter Beschuß. Ein Schiff wurde getroffen und lief sofort auf Grund. Die Engländer umsegelten das Kap, kamen zurück und drehten drei Längen vor der Flußmündung bei, wo sie vor Anker gingen.

Einige Minuten später ruderte Jean Lafitte mit seinem Boot auf das Schiff zu. Zur gleichen Zeit hißten die Engländer die weiße Flagge als Zeichen, daß sie zu Verhandlungen bereit waren. Sie kamen längsseits und fragten gleich nach Jean Lafitte.

»Er ist an Land«, antwortete Jean Lafitte selbst.

»Wir haben hier einen ganzen Packen von Botschaften an ihn.«

»Laßt sie passieren.«

Die Engländer übergaben das Paket und baten, es Lafitte direkt zu überreichen.

»Dessen könnt Ihr gewiß sein, aber vielleicht kommt Ihr mit und überzeugt Euch selbst.«

Die Engländer waren einverstanden. Als die beiden Boote nur noch 15 Meter vom Strand entfernt waren, gab sich Lafitte zu erkennen.

»Ich selbst bin Jean Lafitte, und Ihr seid meine Gäste.«

Kaum waren sie an Land, wurden die Engländer von einer feindlich tobenden Menge empfangen. Offensichtlich hielten es die Männer nicht für die richtige Methode, mit einem Kanonenschuß Verhandlungen anzufangen. Lafitte mußte eingreifen.

»Wir sind sehr höflich von Monsieur Lafitte empfangen worden«, schrien die Engländer die Piraten an. Aber dann zeigten sich ihre Gastgeber von der besten Seite und ließen es auf dieser sandigen Insel an nichts fehlen. Man trank außergewöhnlich guten französischen Wein. Die Gäste waren Kapitän Lockyer und sein Dolmetscher McWilliams. Das Paket, das man Jean Lafitte übergeben hatte, trug folgende Aufschrift: »An Monsieur Le Feete, der das Kommando über Barataria hat, oder an den Führer der Seeräuber, die auf Grande Terre an der Küste von Louisiana leben.«

»Das Paket schickt Euch Leutnant-Colonel Nicolls, der die Truppen Seiner Majestät in Florida befehligt. Bitte wollen Sie es öffnen und die Briefe lesen.«

Jean Lafitte nahm den ersten Brief heraus und warf einen Blick darauf. »Er ist ja englisch abgefaßt!«

Gleich zu Beginn der Verhandlung hatte er gesagt, daß er kein Wort dieser Sprache verstünde. Deshalb gab er den Brief dem Dolmetscher, der ihn übersetzte: »Quartier des Generals von Pensacola, am 31. August 1814. Mein Herr, ich bin nach Florida gekommen, um den augenblicklich einzigen Feind Englands aufzusuchen, seit Frankreich und England Frieden geschlossen haben . . .«

Der Krieg zwischen England und den Vereinigten Staaten dauerte inzwischen bereits 14 Monate an. Die Engländer hatten schon einen Plan, wie sie das reiche Louisiana erobern wollten. Auf jeden Fall bereiteten sie einen Angriff auf die Stadt Mobile vor. Der Oberbefehlshaber, Colonel Nicolls, hielt sich im Augenblick in Pensacola in Florida auf. Die Provinz war spanisch geblieben, da der spanische Gouverneur von Havanna sich geweigert hatte, mit den Engländern zu verhandeln. Nicolls hatte sich entschlossen, die Küste vor den Augen der Amerikaner zu erkunden und sich dabei vor allem Männern anzuvertrauen, die die Gegend gut kannten. Deshalb also wollte er mit Lafitte Kontakt aufnehmen. Der Dolmetscher las weiter.

Nicolls schlug Jean Lafitte vor, mit seinen »tapferen Kämpfern« in den Dienst Großbritanniens zu treten. Er sollte Kapitän eines Schiffes werden, und bei einem Sieg sollten er und seine Leute am Gewinn beteiligt werden.

Die Piraten sollten ihre Schiffe der britischen Flotte für den Kampf zur Verfügung stellen.

»Entscheidet Euch schnell, ob ihr mir helfen wollt oder nicht«, beendete Nicolls seinen Brief. »Der Überbringer dieses Schreibens wird über alle weiteren Einzelheiten Auskunft geben. Euer ergebener Diener E. Nicolls, Leutnant-Colonel, Kommandant der in Florida stationierten Royal Navy.«

Jean Lafitte hatte mit großer Aufmerksamkeit und ohne jede Regung zugehört. Er gab seinen Bediensteten ein Zeichen, die Gläser neu zu füllen.

Als nächstes Blatt zog der Dolmetscher einen Aufruf an die Bevölkerung von Louisiana hervor:

»Einwohner von Louisiana! Wir fordern Euch auf, Euer Land und das Eurer Vorfahren von einer dummen und unloyalen Regierung zu befreien. Spanier, Franzosen, Italiener und Engländer, auch wenn Ihr erst kurze Zeit in Louisiana lebt, bitte ich Euch um Hilfe, wir wollen gemeinsam die amerikanischen Usurpatoren bekämpfen und die legalen Besitzer wieder einsetzen . . .«

Es folgte ein ähnlicher Appell an die Einwohner von Kentucky, wo ja bereits der Krieg ausgebrochen war. Auch jetzt verzog Lafitte keine Miene.

»Ich sehe noch ein Dokument«, sagte er.

»Das ist weniger wichtig«, sagte Lockyer leicht irritiert. »Das ist ein Protest des Kapitäns Henry Percy, des Kommandanten der *Hermes*. Er beschwert sich darüber, daß Eure Leute einige seiner Matrosen gefangengenommen haben. Ich bitte Euch, keinen Anstoß an der Form dieses Briefes zu nehmen. Kapitän Percy ist ein alter Seemann, ein rauher Mensch . . .«

Jean Lafitte wollte, daß man auch diesen Brief las. Der Ton war allerdings unfreundlich, ja geradezu drohend. Man schwieg betreten. Lockyer kam wieder auf den Vorschlag von Nicolls zurück und bat Lafitte und seine Piraten nochmals, in den Dienst Seiner Majestät des englischen Königs zu treten.

»Ein bemerkenswertes Angebot, und sehr ehrenhaft. Ich bin darüber hinaus befugt, mit Euch noch ein mündliches Abkommen zu treffen, das in dem Brief nicht erwähnt wird.«

Jean Lafitte schwieg. Lockyer fuhr fort:

»Ihr persönlich bekommt noch eine Summe von 30 000 Dollar, die entweder in Pensacola oder in New Orleans ausgezahlt wird.«

Lafitte hörte immer noch schweigend zu. Die beiden Engländer redeten ja genug. Colonel Nicolls' Angebot würde sich wohl niemand, der vernünftig überlegte, entgehen lassen. Wem widerfährt schon das Glück und die Ehre, in die Royal Navy eintreten zu dürfen?
»Ich brauche ein oder zwei Tage Bedenkzeit«, sagte Lafitte schließlich.
»Aber da gibt es doch überhaupt nichts zu überlegen! Sie sind Franzose und somit ein Freund der Engländer. Was hat die amerikanische Regierung zu bieten? Ihr Bruder wird von ihr gefangengehalten. Ist er nicht sogar gefesselt? Denkt auch an den raschen Aufstieg, der Euch bei der Navy winkt. Da Ihr Louisiana so gut kennt, könntet Ihr uns gute Dienste bei der Einnahme von New Orleans leisten. Nach der Schlacht soll die Armee weiter nach Norden vordringen und schließlich mit den Truppen, die von Kanada nach Süden kommen, zusammentreffen.«
Das klang so, als wäre der Sieg nur von Lafittes Zustimmung abhängig.
»Zuerst muß ich diese Vorschläge mit meinen Kapitänen besprechen. Ich werde mit ihnen auf der Grande Ile reden. Wenn Ihr auf mich warten wollt, werde ich anordnen, daß man Euch gut versorgt.«
Er hatte sich kaum eine Stunde entfernt, als eine Gruppe von Piraten sich auf die Engländer stürzte. Die beiden wurden rücksichtslos in eine unbequeme Baracke gebracht und die Türen verbarrikadiert. Es half ihnen überhaupt nichts, daß sie sich immer wieder auf Monsieur Lafitte beriefen.
Jean Lafitte kehrte zur Grande Ile zurück und mußte sich die heftigen Auseinandersetzungen über den unverschämten Überfall der Royal Navy anhören. Der größte Gegner der Engländer war einer seiner älteren Brüder. Er war älter als Pierre und unter dem Namen Dominique You oder Kapitän Dominique bekannt (da er auf Santo Domingo geboren war). Auch er war Pirat gewesen und mit seinem Schiff *Pandoure* nach Barataria gekommen. Er organisierte gern, war aber doch meistens recht zurückhaltend. Kapitän Dominique und einige Freunde hatten beschlossen, sich am Abend an den Briten zu rächen. Jean Lafitte hatte fast lauter Rebellen vor sich, und ihm

blieb die ganze Nacht über nichts anderes zu tun, als die heißen Köpfe zu beruhigen.
»Ich liebe die Engländer genauso wenig wie ihr. Aber ich muß Zeit gewinnen und mehr über ihre Vorhaben erfahren. Möglicherweise haben wir heute die einzigartige Chance, dem Namen Barataria zu Ehre zu verhelfen. Möglicherweise können wir sogar bald erhobenen Hauptes durch die Straßen von New Orleans schreiten. Allerdings müßt ihr mir vertrauen.«
Das englische Kriegsschiff ankerte die Nacht über bei Grande Terre. Am nächsten Morgen befreite Jean Lafitte eigenhändig die beiden Engländer, führte sie zu ihrer Pinasse zurück und entschuldigte sich. Als Kapitän Lockyer sein Schiff bestieg, übergab Lafitte ihm einen versiegelten Brief. Eine Abschrift dieses Briefes fand sich nach dem Kampf um New Orleans in den Akten des Gerichtshofes:
»Sehr geehrter Herr! Die Verwirrung, die gestern und heute früh in unserem Lager herrschte und von der auch Ihr einiges verspürt hattet, läßt mich noch zu keiner Entscheidung kommen. Es tut mir leid, daß ich noch keine befriedigende Antwort geben kann. Wenn Ihr mir aber noch 14 Tage Zeit gebt, werde ich genau Bescheid wissen. Diesen Aufschub brauche ich unbedingt, um noch einmal mit meinen beunruhigten Leuten zu reden. Außerdem muß ich meine Angelegenheiten vorher noch ordnen. Danach aber können wir uns miteinander in Verbindung setzen. Wenn ein Boot ans äußerste Ende der Passage kommt, wird es mich dort finden.«

Am 6. September bat Jean Blanque aus New Orleans darum, von Gouverneur Clairborne empfangen zu werden. Er sagte, es wäre eilig und handelte sich um eine dringende Angelegenheit.
Er war Bankier, Kaufmann, Jurist, Ratsmitglied von Louisiana und durch Zeitungsmeldungen in New Orleans bekannt geworden. Man sagte ihm Handel mit Lafitte nach. Er stammte aus Bearn, war aber amerikanischer Staatsbürger. Clairborne hegte gegen die »Gesellschaft« von Orleans eine große Portion Skepsis. Er kannte Jean Blanque und ließ ihn hereinbitten. Kaum war Blanque eingetreten, holte er die wichtige Botschaft von Jean Lafitte hervor.

»Monsieur. Obwohl ich in meiner Wahlheimat verfolgt werde, habe ich keine Gelegenheit versäumt, ihr zu dienen, um zu zeigen, wie lieb sie mir ist. Das will ich jetzt unter Beweis stellen. Gestern, am 3. September, ist hier ein Schiff vor Anker gegangen ...« Jean Lafitte berichtete in allen Einzelheiten von der Ankunft der Engländer und von dem Vorschlag, den man ihm unterbreitet hatte – als Beweis hatte er den Brief von Nicolls und die englische Proklamation an die Bürger von Louisiana und Kentucky beigefügt. »Ihr habt hier die Unterlagen und erseht daraus, welche Chance mir die Engländer geboten haben. Ich gebe Euch ein Geheimnis preis, und von Eurer Entscheidung hängt das Wohl des Landes ab. Handelt, wie Ihr es für richtig erachtet. Ich hätte noch viel über meine Vaterlandsliebe zu sagen, will aber diese Tatsachen für sich sprechen lassen.«

Als Dank für seine Handlungsweise forderte Jean Lafitte nichts weiter als eine Verbesserung der Lage seines Bruders. Er beendete seinen Brief folgendermaßen: »Da die Engländer die Verhandlungsflagge gesetzt hatten, mußte ich mit äußerster Vorsicht vorgehen. Ich bat um 14 Tage Bedenkzeit und schob einige plausible Gründe vor. Ich hoffe, daß man diese 14 Tage von ihrer Seite auch respektiert. Ich warte jetzt sowohl auf die Antwort der Engländer als auf die Eure. Ich bitte Euch, mir in dieser schwierigen Angelegenheit beratend zur Seite zu stehen.«

Clairborne fragte Jean Blanque nicht, warum Lafitte ihm einen derartigen Brief anvertraut hatte, wahrscheinlich wußte er es. Die beiden hatten sich 1804 angefreundet, als Blanque die gesamte Ladung der *Sœur Chérie* gekauft hatte. Der Gouverneur wußte auch, daß dies nicht der Augenblick war, um Einzelheiten aus der Vergangenheit wieder wachzurufen. Die Lage, in die er sich durch die Engländer gebracht sah, war bedrohlich und machte ihm genug zu schaffen.

»Ich muß in aller Eile den Verteidigungsrat von Louisiana einberufen. Könnt Ihr in der Zwischenzeit eine mündliche Nachricht an Jean Lafitte übermitteln?«

»Ja, ich kann seinen Abgesandten treffen.«

»Sagt ihm, daß Lafitte den Engländern keine Nachricht zukommen lassen soll, bevor das Verteidigungskomitee einen Entschluß gefaßt

hat. Und versichert ihm auch, daß ich wegen seiner früheren Vergehen nichts gegen ihn unternehmen werde.«
Der Bote hieß Raucher. In der Nacht ließ Blanque ihn rufen und wiederholte alles, was Clairborne ihm gesagt hatte.
»Gut«, sagte Raucher, »ich mache mich unverzüglich auf den Weg.«
Er verließ New Orleans aber nicht allein. Am nächsten Tag konnte man im *Courrier de la Louisiana* lesen: »1000 Dollar für denjenigen, der Pierre Lafitte wieder einfängt. Er hat in der letzten Nacht seine Ketten zerbrochen und ist aus dem Stadtgefängnis entwichen. Pierre Lafitte ist fünf bis sechs Zoll groß, von kräftiger Statur, hat helle Haut und schielt ein wenig. Eine genauere Beschreibung Lafittes erübrigt sich, da er stadtbekannt ist. Er hat drei Neger mitgenommen, deren Namen und die ihrer Besitzer wurden angegeben. Der Unterzeichner will 1000 Dollar für Pierre Lafitte zahlen, 50 Dollar für jeden der drei Neger. Gezeichnet: Holland, Kerkermeister.«
Raucher hatte es für günstig gehalten, Pierre Lafitte jetzt mitzunehmen, wo er gerade im Auftrag des Magistrats unterwegs war. Aber am 7. September trat das Verteidigungskomitee bei Clairborne zusammen und legte diese Tatsache sehr zu seinen Ungunsten aus. Am Anfang der Sitzung zog der Gouverneur die Briefe hervor, die Lafitte geschickt hatte. Die Komiteemitglieder sollten zu folgenden Fragen Stellung nehmen: 1. Waren die Briefe echt? 2. Wenn ja, war der Gouverneur befugt, mit Jean Lafitte oder einem seiner Verbündeten Verhandlungen zu führen?
Drei Mitglieder verneinten die beiden Fragen sehr lautstark. Das waren der Kommodore Daniel T. Patterson von der amerikanischen Marine, Colonel T. Ross, Kommandant des 44. Infanterieregiments, und Pierre F. Dubourg, Zollinspektor.
Ihnen stellte sich nur eine einzige Stimme entgegen, und zwar die Jacques Villerés, des Kommandanten der Nationalgarde von Louisiana:
»Ich bin davon überzeugt, daß die Briefe der Engländer echt sind. Ich denke, daß die Brüder Lafitte und die Leute von Barataria sehr wirksam eingesetzt werden können, wenn gegen uns in New Orleans gekämpft wird.«

»Man muß diese Banditen so bald wie möglich umbringen«, schrie Dubourg.
Kommodore Patterson fügte recht heftig hinzu: »Ich habe von der Marine schon Instruktionen erhalten, wie man Barataria zerstört. Der Schoner *Carolina* ist dazu am besten geeignet. Ich habe mit Colonel Ross gesprochen, wie ich sein Regiment am besten verwenden kann, wenn wir Grande Terre angreifen. Am besten sollten wir gleich beginnen.«
Clairborne bedauerte diese Entscheidung außerordentlich und sagte, er sei einer Meinung mit Major Villeré. Aber er wußte, daß er nicht befugt war, sich den Befehlen der militärischen Obrigkeit zu widersetzen. Die Sitzung wurde geschlossen.
Jean Lafitte dachte nicht an die Flucht seines Bruders, sondern wartete ungeduldig auf die Rückkehr des Boten Raucher, der ihm eine Antwort von Clairborne bringen sollte. Am 7. September traf ein Boot mit einem Piraten ein, der von Pensacola zurückkehrte und ihm bestätigte, daß die Engländer die Absicht hatten, Louisiana bald anzugreifen. Diese Nachricht wurde auch an Blanque weitergeleitet. Lafitte fügte hinzu, daß er, falls die Engländer angriffen, auf jeden Fall Barataria verteidigen würde, jedoch brauche er dabei Hilfe aus New Orleans.
Die Korsaren auf ihrem Stützpunkt waren sehr vorsichtig. Küstenwachen suchten den Horizont ab, und andere lauerten auf der dem Land zugewandten Seite. Es war schon spät am Abend des 9. September, als man auf der Insel Grande Terre Schreie hörte. Es waren aber keine Alarm-, sondern Freudenschreie. Einige Minuten später schloß Jean Lafitte seinen Bruder in die Arme. In der Nacht wurde gefeiert, und am folgenden Tag unterrichtete Jean seinen Bruder von dem Vorhaben der Engländer.
»Du hast alles sehr gut gemacht«, sagte Pierre, »aber ich rate dir, schreibe persönlich einen Brief an Clairborne, und biete ihm deine Hilfe und die unserer Leute an.«
Der Brief wurde abgefaßt und trug das Datum des 10. September. Immer wieder bot Jean Lafitte sich und seine Männer für den Dienst am Vaterland an. Als einzige Belohnung forderte er die Freilassung

seiner Freunde. Seine nächsten Zeilen sind typisch für das 18. Jahrhundert:

»Ich bin das Schaf, das zu seiner Herde zurückkehren möchte. Wenn Ihr die Art meiner Vergehen kennt, so kann ich Euch doch nicht mehr schuldig erscheinen, sondern würdig, die Pflichten eines guten Bürgers wahrzunehmen. Ich bin niemals unter einer anderen Flagge als der von Cartagena gesegelt. Wenn ich meine Eroberungen in den Häfen dieses Staates hätte legal durchführen können, wäre ich meiner illegalen Taten wegen niemals zum Geächteten geworden.«

Zum Schluß erklärte Jean Lafitte, er würde Barataria verlassen, falls der Gouverneur ihm keine positive Antwort schickte, denn er wollte sich später nicht beschuldigen lassen, daß er den Engländern den Stützpunkt zur Verfügung gestellt hätte.

Als der Mann, der diese Botschaft überbringen sollte, in der Nacht des 11. September über die Bayous nach New Orleans fuhr, verließ eine Gruppe Yankees unter der Führung von Patterson die Stadt. Der Kommodore wollte die Bayous nicht benutzen, sondern an Bord der *Carolina* den Mississippi hinunterfahren. Die *Carolina* hatte drei Barken mit Soldaten ins Schlepptau genommen. An der Flußmündung stießen noch sechs Kanonenboote hinzu, deren Soldaten man mit an Bord nahm. Diese Flotte nahm Kurs auf Barataria und bereitete sich auf den Angriff vor.

Jean Lafitte wartete unterdessen noch auf eine Antwort der Amerikaner. Am Morgen des 15. September gaben die Späher Zeichen, daß der britische Schoner *Sophia* auf den äußersten westlichen Punkt der Passage zuhielt. Dort hatte Jean Lafitte ihnen die Antwort übergeben wollen.

Der Führer von Barataria ging hinaus an den Strand. Das Schiff kam genau auf den verabredeten Punkt zu. Es blieb dort ruhig liegen. Jean Lafitte blickte einen Augenblick hinüber, dann ging er in seine Behausung zurück. Kurz darauf meldeten ihm Beobachter, daß der Schoner wieder gedreht hatte und abgesegelt war. Die Engländer waren enttäuscht.

Lafitte wartete weiter auf Nachricht aus New Orleans, war aber bester Stimmung.

»Clairborne wird antworten, und er kann sich nicht gegen mich entscheiden.«

Am Nachmittag näherte sich ein Mann eilig in einer kleinen Piroge und wollte dringend mit Lafitte sprechen.

»Ich komme vom Tempel und habe eine schreckliche Nachricht.«

Er berichtete alles über Pattersons Flotte und sagte, Barataria könnte jeden Moment angegriffen werden.

Jean Lafitte gab allen Kapitänen Befehl, sich sofort zu versammeln. Was jetzt geschah, war einmalig in der Geschichte der Seeräuberei. Jean Lafitte, der nicht amerikanischer Staatsbürger war, hatte aus Loyalität zu den Vereinigten Staaten das britische Angebot ausgeschlagen. Er hatte die Amerikaner alarmiert und seine Hilfe angeboten, und nun schickte man ihm zur Belohnung eine Flotte, die gegen ihn kämpfen sollte. Was sollte er seinen Kapitänen vorschlagen, welche Befehle konnte er geben? Mußte er sich verteidigen?

Er wollte die Seeräuber, für die nichts anderes zählte als ihre Beute, anscheinend überzeugen, sich von den Yankees überfallen und berauben zu lassen und sich zu unterwerfen. Er wollte alles für diese Leute tun, die er gewarnt und denen er Hilfe angeboten hatte. Warum wollte er das? Bislang hatte er sie doch nur betrogen, gefoppt und lächerlich gemacht. Eine außergewöhnliche Wandlung vollzog sich da in ihm, und sie war nicht einfach mit dem Wunsch zu erklären, ab jetzt ein legales Leben zu führen: Meiner Meinung nach wollte Lafitte mit dem Vorschlag zur Unterwerfung erwirken, daß Gouverneur Clairborne den Baratarianern Pardon erteilte und ihre Ehre wiederhergestellt würde.

Die Mehrzahl der Kapitäne, darunter vor allem Kapitän Dominique, erklärten, daß für sie eine Unterwerfung überhaupt nicht in Frage käme. Im Gegenteil, sie würden kämpfen.

»Ein Kampf steht überhaupt nicht zur Diskussion. Niemals werde ich erlauben, daß wir die Waffen gegen die Vereinigten Staaten erheben«, antwortete Jean Lafitte.

Mehrere Kapitäne schlugen vor: »Wir können unsere ganze Handelsware auf die Schiffe laden, die Anker lichten und in Richtung Cartagena oder einen anderen neutralen Hafen auslaufen.«

»Nein, wir müssen mit unseren Schiffen und Kanonen hierbleiben, um Barataria gegen die Engländer zu verteidigen. So wie ich mich weigere, an ihrer Seite zu kämpfen, so werde ich auch jeden Angriff energisch abwehren.«

René Beluche, der Onkel der Brüder Lafitte, stellte eine Frage, die die Unruhe der zahlreichen Anwesenden ausdrückte:

»Wenn die Amerikaner alles, was wir hier besitzen, an sich reißen, haben wir dann noch eine Chance, jemals wieder etwas zu erobern oder so zu handeln, wie wir gerne wollen?«

Jean Lafitte antwortete, daß er keinen Zweifel an der Loyalität der Vereinigten Staaten hegte. Man müßte sie erst einmal von der Aufrichtigkeit der Bewohner Baratarias überzeugen.

Sie kamen zu keiner Lösung. Die Diskussionen am heißen Sandstrand direkt am blauen Meer waren erbittert, konfus und langwierig. Von Zeit zu Zeit verließen die Seeräuber das Forum, um in ihren mit Palmblättern gedeckten Hütten oder an Bord der Schiffe Schutz vor der Sonne zu suchen, und kamen nach einer Weile zurück. Noch spät in der Nacht debattierten die verschiedenen Gruppen.

Am nächsten Morgen, gleich nach Sonnenaufgang, erschien die Flotte aus New Orleans an der Passage. An Bord der Seeräuberschiffe und an Land wurden die Kanonen geladen, die Männer probierten ihre Musketen aus, denn sie konnten nicht wissen, was geschehen würde.

Jean Lafitte war nicht an den Strand gegangen, um auf die Ankunft der Amerikaner zu warten. Er hatte mit seinem Bruder Pierre während der Nacht Grande Terre verlassen, sie waren in den Bayou Lafourche gefahren und wollten Freunde auf einer Plantage aufsuchen.

Jean Lafitte hielt sich an das, was er geschrieben hatte: »Wenn die Antwort des Gouverneurs Clairborne negativ ausfällt . . .«

Die Kapitäne beobachteten am Strand mit ihrem Fernrohr das erste Schiff der Flotte. »Am Großmast die amerikanische Flagge, die weiße Fahne am Fockmast.« Sie hielten die weiße Fahne, die Verhandlungsbereitschaft ankündigte, für ein gutes Zeichen. Kapitän Dominique lief von einem Schiff zum anderen: »Wenn ihr kämpft, hißt die Flagge von Cartagena!«

Er war der Führer der Piraten während der Abwesenheit von Jean und Pierre. Aber am Strand und auch in den Köpfen der Korsaren herrschte großes Durcheinander. Sie waren deprimiert und aufgeregt. Einige Piraten wollten fliehen, andere lachten höhnisch: »Die sollen nur kommen!« Wieder andere wußten überhaupt nicht, was sie tun sollten. Eines der Korsarenschiffe, *The Lady of the Gulf*, hißte die amerikanische Flagge am Großmast, eine weiße am Fockmast und die von Cartagena an der Gaffel.

»Der Amerikaner hat die weiße Fahne eingeholt!«

Das war ein Augenblick höchster Spannung. Dann hißte der amerikanische Schoner eine andere weiße Flagge, auf der man durch die Fernrohre schwarze Buchstaben erkennen konnte. Man entzifferte: »Pardon für die Deserteure!« Es handelte sich nicht um eine Extraanfertigung für den Kampf gegen die Piraten, denn die Baratarianer waren ja keine Deserteure. Jedes Kriegsschiff der damaligen Zeit besaß eine solche Flagge, da die Zahl der Deserteure immer ganz erheblich war. Hier bedeutete die Flagge Amnestie für die Korsaren, zumindest interpretierten sie es auf diese Weise.

Mit einer geradezu feierlichen Langsamkeit näherten sich die *Carolina*, der Konvoi von Barken und die Kanonenboote mit den vielen Soldaten den Inseln.

Von seiner Kommandobrücke aus beobachtete Kommodore Patterson den Strand. »Ich sah, daß die Piraten ihre Schiffe verließen und nach allen Seiten auseinanderstoben. Ich ließ sie verfolgen. Am Mittag besetzte ich alle Schiffe im Hafen. Colonel Ross ging mit einer Truppe von Bord und nahm alle Gebäude an Land ein.«

Drei- oder vierhundert Baratarianer hatten sich in kleine Gruppen aufgesplittert und paddelten wie wild durch das Labyrinth der Bayous. Langsam verloren sie sich. Die amerikanischen Soldaten und die Marine nahmen die Verfolgung nicht auf. Erstens wäre ihnen dies nicht möglich gewesen, und zweitens waren alle, einschließlich der Offiziere, viel mehr an der Beute interessiert und träumten von großen Schätzen. Etwa 80 Seeräuber waren nicht geflohen, weil sie an die Milde der Amerikaner geglaubt hatten. Sie wurden gefangengenommen, unter anderen auch Kapitän Dominique und der Onkel der Lafittes, René Beluche. Das »Pardon für die Deserteure« hatte

Kommodore Patterson zwar gehißt, aber die Piraten wurden gefesselt und ins Gefängnis geworfen. Die Yankees, erbitterte Feinde des Südens und der Franzosen, ärgerten sich sehr, daß sie nicht auch Jean und Pierre Lafitte einsperren konnten. Aber die beiden hatten Aufnahme im Haus des Pflanzers Alex Labrance gefunden. Der Besitz lag versteckt hinter Magnolien und immergrünen Korkeichen und war vom Mississippi aus nicht zu sehen.

Im Namen des Gesetzes trugen die amerikanischen Soldaten und Seeleute vier Tage lang die Schmuggelware von Grande Terre und vom Tempel zusammen und beluden damit ihre Schiffe. Die Ware hätte eigentlich versteigert werden sollen, jetzt sollte der Zoll entschädigt werden (von den ehemaligen Besitzern sprach niemand). Die Soldaten und Seeleute beanspruchten ein Viertel von dem Gesamtwert der Beute, und Kapitän Patterson und Colonel Ross wollten sogar die Hälfte. Alle Krieger erhielten am ersten Tag gleich ihren Anteil in Naturalien.

Die Kanonen von Grande Terre und Grande Ile wurden mitgenommen und die Verteidigungswälle zum Meer hin dem Erdboden gleichgemacht. Es war niemand mehr auf den Sandinseln, nur die Sonne brannte darauf hernieder. Später setzte heftiger Regen ein, Wirbelstürme vom Golf her zerfetzten, zerrissen und zerstörten die Hütten aus Palmenblättern und die Häuser aus Holz. Das war das Ende des ruhmreichen Barataria.

»Die Baratarianer sind geflohen und im Gefängnis.«

»Die Engländer wollen New Orleans angreifen.«

Diese beiden Neuigkeiten breiteten sich gleichzeitig in der Stadt aus. Man nahm sie mit gemischten Gefühlen auf, und es herrschte Unruhe. Im Laufe einer Zusammenkunft im Café Trémoulet gründete eine Gruppe von aktiven Bürgern eine Art Bürgerrat, bestehend aus acht Männern. Sie wählten Edward Livingston, Jurist und ehemaliger Bürgermeister von New York, zum Präsidenten. Die erste Tat des Komitees war ein Aufruf. Dieser war sehr patriotisch und wandte sich an alle Bürger, die eine Verteidigung der Stadt vorbereiten sollten. Außerdem wollte man alle Unterlagen, die Jean Lafitte

hatte überbringen lassen, an General Jackson schicken. Jackson war der militärische Kommandant des 7. Distrikts in Alabama.
Andrew Jackson ritt auf roten Pferden und sah sehr verwegen aus. Er war in Tennessee geboren. Für die Soldaten war er »Old Hickory«. Er wenigstens mußte zur Kenntnis nehmen, daß die Engländer New Orleans angreifen wollten, und sicherlich waren ihm auch schon Nachrichten von anderer Seite über den bevorstehenden Krieg zugegangen. Von überallher erhielt man recht ungünstige Meldungen. Aus Washington erfuhr man, daß sich eine mächtige britische Flotte in der Negril Bucht in Jamaika versammelte. Die Besatzung bestand aus den Veteranen der Schlacht von Wellington, aber außer jenen war bereits eine komplette Regierung für die »Kronkolonie Louisiana« an Bord; sie sollte gleich nach dem Sieg über New Orleans dort eingesetzt werden. Die Absichten der Engländer waren also recht eindeutig, ihre Pläne sahen folgendermaßen aus: Louisiana war auf hinterlistige Art und Weise von Napoleon an Jefferson verkauft worden, es mußte auf jeden Fall an Spanien zurückfallen. Da Spanien seinerseits zu einer Eroberung nicht in der Lage war, mußte sich ganz einfach England darum kümmern.
Jackson wußte, daß für die Verteidigung von New Orleans etwa vier Kompanien und dazu noch ein halbes Dutzend mittelmäßig bewaffneter Schiffe zur Verfügung standen. Außerdem war er ziemlich sicher, daß Colonel Ross und Kommodore Patterson viel mehr daran interessiert waren, die in Barataria erbeutete Handelsware günstig zu verkaufen, als einen richtigen Krieg zu führen. Anscheinend richtete man sich also in New Orleans auf den Verteidigungsfall ein, die ehemaligen Baratarianer inbegriffen. Denn aus dem Aufruf an das ganze Louisiana und aus den Briefen von Lafitte an die Stadt ging hervor, daß auch die Piraten den Engländern wenig wohlgesonnen waren.
»Bewohner aus Louisiana, mißtraut den Engländern zutiefst! Sie wollten sich mit den Piraten verbünden, sie hatten angeboten, mit ihnen gegen uns zu kämpfen, und wer tut sich schon mit so höllischen Banditen zusammen!«
Oktober und November verstrichen. Es war gerade Mitternacht, als

am 30. November 1814 das Passagierschiff von Madisonville am Fort Saint Jean vorbeifuhr, um in New Orleans anzulegen. Es kam vom Pontchartrainsee und hatte unter anderem Jackson an Bord. Er trug eine schmutzige Uniform und blickte wild umher. Am nächsten Tag sollte er seinen Posten einnehmen.

»Ich brauche einen sehr guten Ingenieur, der mir erst einmal Verteidigungsanlagen baut; bisher ist hier ja überhaupt nichts geschehen.«

Livingston, der Präsident des vorher erwähnten Bürgerkomitees, empfahl ihm den Ingenieur und Architekten Arsène Latour, der seit 1810 in New Orleans lebte. Latour war 1778 in Auriac geboren, kam 1795 nach Santo Domingo und drei Jahre später nach New Orleans. Sein voller Name war Gérard-Calixte-Jean-Baptiste-Arsène La Charrière, Seigneur de Latour et Faleys. Als man ihm Einzelheiten über diesen Mann berichten wollte, murmelte Jackson bloß, es ginge ihm lediglich darum, einen guten Architekten zu bekommen, alles andere sei ihm völlig gleichgültig. Er ernannte Latour zum Bauherrn der Verteidigungsanlagen und erteilte ihm den Rang eines Majors.

Die Zeit der Botschaften und parlamentarischen Verhandlungen war vorbei. Am 14. Dezember wußten die Bewohner von New Orleans, daß für sie der Krieg begonnen hatte. Die fünf Segelschiffe ihrer Flotte wurde am Borgne-See von einem Schwarm englischer Ruderboote überfallen. Diese Boote hatten fast 1000 Seeleute an Bord. Es war windstill, und die Segelschiffe konnten nicht fliehen. Nach einem fürchterlichen Kampf wurden sie von den Engländern erobert, und die Amerikaner hatten 98 Tote und 77 Verletzte zu verzeichnen. Von diesem Tag an herrschte in der Stadt Untergangsstimmung, das Vaterland war in Gefahr. Freiwillige drängten sich vor den Büros, um sich für den Soldatendienst zu melden.

»Jeder, der ein Gewehr hat, wird angenommen«, sagte Jackson. Wenn man allerdings die Seeräuber von Barataria erwähnte, schüttelte er bloß den Kopf und murmelte: »Verflixte Banditen!« So vor sich hin zu brummeln, war eine besondere Eigenart von ihm. Viele angesehene Bürger von New Orleans wunderten sich über diese Weigerung, sie hätten gerne noch einige hundert Krieger mehr in den Kampf geschickt, und später, wenn sich die Piraten wacker geschlagen hätten,

gäbe es die Möglichkeit, sie aufgrund ihrer Leistungen frei zu lassen. Deshalb suchten sie den Richter Holmes auf, und der wiederum begab sich zu Clairborne, der dann mit Jackson über die Piraten aus Barataria verhandeln sollte. Nach einer Stunde hatte man den General so weit, daß er einsah, es sei wirklich an der Zeit, alle Hebel in Bewegung zu setzen. Clairborne sorgte dafür, daß gleich Unterschriften geleistet wurden. So hob man die Anklage gegen die Brüder Lafitte auf und machte die beiden mit all ihren Leuten zu Soldaten. Der Gouverneur fügte dem Erlaß folgende Ergänzung bei: »Die Baratarianer, die im Augenblick im Gefängnis ihre Vergehen büßen, können den Wunsch aussprechen, mit gegen den Feind zu marschieren.« Clairborne war von Jackson ermächtigt worden, ihnen zu sagen, daß man für sie, bei guter Führung im Kriege, den Präsidenten der Vereinigten Staaten um Pardon bitten wollte.
Dieser Erlaß trug das Datum vom 17. Dezember. Drei Tage später wurde Jean Lafitte, eingeführt von Latour, von Jackson persönlich empfangen. Diese historische Begegnung fand in der Rue Royal 106 statt. In den Memoiren Latours findet man einige Notizen über diese Unterredung. Ganz förmlich gab Lafitte zu, sie hätten den Zoll hintergangen, wären nun aber glücklich, alles wieder gutmachen zu können, indem sie unter amerikanischer Flagge kämpften.

Man schätzte die Seeräuber damals folgendermaßen ein: Sie waren sehr gut im Nahkampf, im Sturmangriff und in der Anwendung besonderer Kriegslisten. Diese Eigenschaften hatten sie sicherlich, aber sie hatten sich im Laufe ihrer seeräuberischen Praxis auch noch andere Fähigkeiten erworben: Sie waren ausgezeichnete Schützen. Trotz seiner ablehnenden Haltung sah Jackson doch ein, daß solche Fähigkeiten in einer Situation wie dieser nicht ungenutzt bleiben durften. So konnte er nicht umhin, die Piraten schließlich zu akzeptieren. Er teilte sie in drei Einheiten ein und unterstellte sie dem Kommando von Kapitän Dominique. Jean und Pierre Lafitte blieben vorerst im Hauptquartier und sollten Jackson immer zur Verfügung stehen, denn niemand kannte das Wasserlabyrinth, wo sich die Kämpfe abspielen würden, so gut wie diese beiden.

Die Piraten, die zur Artillerie abkommandiert waren, bildeten die Wachen des Forts Saint Jean. Jackson hielt diese Verteidigungsanlage im Norden der Stadt für einen wichtigen strategischen Punkt. Er hatte dort gleichzeitig noch ein Bataillon von Einwohnern aus New Orleans stationiert, fünf Kompanien Freiwillige in Uniform. Sie waren sehr gut bewaffnet und kamen fast alle aus der kreolischen Aristokratie der Stadt. Das bedeutete, daß sie eine sportliche Ausbildung hatten und zudem von dem Wunsche beseelt waren, die Reichtümer ihrer Familien zu verteidigen.

Diese jungen Leute vertrugen sich sehr gut mit den ehemaligen Piraten, über deren zahlreiche Beutezüge sie genau Bescheid wußten. Die Piraten aber waren sehr enttäuscht, als man sich am Nachmittag des 23. Dezember nicht an sie wandte. Ein Bote brachte nämlich folgende Nachricht von Jackson: »Das Bataillon, bestehend aus Einwohnern der Stadt, soll sich unverzüglich nach New Orleans begeben.« Der Feind war acht Kilometer unterhalb der Stadt an Land gegangen.

Zehn Kilometer lagen zwischen dem Fort und der Stadt. Die 372 Freiwilligen des Bataillons stürzten sich in einen Langstreckenlauf im Tempo von 800-Meter-Läufern. Sie stießen wüste Flüche aus, grölten »Le Chant du départ«, dazwischen den »Yankee Doodle« und die »Marseillaise«. Dieser Lauf ist so berühmt geworden, daß noch heute jedes Jahr am 23. Dezember ein Gedächtnislauf stattfindet. Die Jugend der Stadt läuft vom alten Fort zum Exerzierplatz, der inzwischen Jackson Square heißt und in dessen Mitte ein Standbild des Generals zu Pferde aufgestellt ist.

»Warum nicht wir?« fragten die Piraten angesichts dieses fluchtartigen Aufbruchs.

»Wir müssen die Befehle des Generals abwarten!« antwortete Kapitän Dominique, der inzwischen musterhaft Disziplin hielt.

In der darauffolgenden Nacht schlief keiner der Verteidiger des Forts, auch die nicht, die keine Wache halten mußten. Von Westen her hörten sie Kanonenschüsse und manchmal sogar Gewehrfeuer.

»Und wir müssen hierbleiben wie wartende Liebhaber!«

Kapitän Dominique hatte immer größere Schwierigkeiten, seine wütenden Piraten im Zaum zu halten, manche bezichtigten Jackson sogar des Betrugs. Aber am nächsten Tag mußten sie ihre Meinung ändern. Sie erhielten Nachricht, daß der General einen wuchtigen Angriff der britischen Kämpfer am Ufer des Borgne Sees abgefangen hatte. Die Brüder Lafitte, die sich in der Gegend bestens auskannten, hatten General Coffee, den Leiter der Operation, wunderbar geführt. Durch diesen Erfolg bekamen die Amerikaner ein wenig Luft und konnten die Pause dazu nutzen, am linken Ufer des Mississippi einen Schutzwall zu bauen. Die fünftägige Pause hätte die Verteidiger des Forts vor Langeweile halb verrückt gemacht, wenn nicht die Weihnachtsfeiertage dazwischen gekommen wären, die sie recht fröhlich begingen. Sie leerten eine Unmenge von Flaschen und sangen dazu.

Die Befestigungen, die in aller Eile an einem Kanal entlang errichtet wurden, waren nicht sehr imposant. Es waren simple Sandwälle, die zur feindlichen Seite hin sehr steil waren und zur anderen langsam abfielen. Alle Soldaten und Zivilisten, auch die Offiziere hatten bei dem Bau mitgeholfen. Am frühen Morgen des 28. Dezember war Jackson gerade dabei, die Wälle zu besichtigen, als sich die englischen Reihen langsam in Bewegung setzten.

»Sie wollen angreifen«, sagte ein Aussichtsposten. Alle Kräfte hinter dem Verteidigungswall wurden in Alarmbereitschaft versetzt.

Einen Augenblick später konnte der Kommandant feststellen, daß jeder seinen Posten eingenommen hatte. Er sah auch, daß die Artillerie über zuwenig Leute verfügte, um die schweren Kanonen richtig zu bedienen. Es war gerade acht Uhr morgens. Jackson knirschte mit den Zähnen und stieß einen Fluch aus. Dann warf er einen ängstlichen Blick auf den Weg, der in die Stadt führte, und da, mit einem Male änderte sich sein Gesichtsausdruck.

Die Truppe, die sich dort auf dem schlammigen Weg näherte, war alles mögliche, nur kein militärisches Bataillon. Zerfetzte Kniehosen in die Stiefel gestopft, oder Beine und Füße waren ganz nackt. Die blauen oder roten Hemden standen über der behaarten Brust offen, man trug riesige bunte Halstücher, die Haare hingen wild herunter. Diese Männer sahen wirklich aus wie Banditen. Sie waren vom Regen völlig aufgeweicht, Dampf stieg von ihnen auf, denn es war ein

kalter Dezembermorgen. Kaum hatten sie den Befehl erhalten, das Fort zu verlassen und zum Wall zu kommen, da waren die Baratarianer noch schneller den Weg entlanggestürmt als einige Tage zuvor die jungen Männer aus New Orleans.
»Batterie Nummer 3 wird vom Chef der Artillerie befehligt.«
Die Piraten bedienten die großen Kanonen, als hätten sie ein Leben lang in der Artillerieschule verbracht. Um 8.25 Uhr leuchtete eine Rakete am Himmel auf wie ein gelber Stern und zerfiel dann zu Asche. Die Kanonen der Engländer donnerten los, und die Infanteristen setzten sich in Marsch. Die Kämpfer in den roten Kleidern bildeten einen kompakten Block und bewegten sich auf Gras und Schlamm langsam voran. Auf Kommando antworteten die amerikanischen Krieger auf das englische Feuer. Als der Rauch etwas abgezogen war, sah man nur noch vereinzelte Rotröcke, und fast alle Kanonen der Engländer schwiegen. Sie waren von den präzisen Treffern der Baratarianer zerschossen worden. Die Piraten eröffneten bereits das Musketenfeuer, und die englischen Infanteristen zogen sich wie die Hasen zurück und warfen sich in den Schlamm. Die englische Artillerie konnte den Fliehenden keinen Schutz mehr bieten. Die Piraten zerstörten zwei weitere Kanonen und nahmen die, die von den Artilleristen verlassen worden waren, mit. Die kampferprobten Baratarianer hatten den zweiten Angriff der Engländer zurückgeschlagen.
Eine weiße Nebelbank lag über dem Mississippi, als der Morgen des 1. Januar 1815 graute. Die Männer konnten nicht weiter als 20 Fuß sehen, und nicht einmal der Feuerschein aus den Lagern drang durch den Dunst. Um 8 Uhr sandten die jungen Kreolen, die an der Befestigung ihrer Verteidigungsanlagen arbeiteten, eine Delegation zu Jackson. Sie sollte seine Erlaubnis erwirken, den 1. Januar feiern zu dürfen. Der Rothaarige blickte auf die Wolke, die noch immer über dem Land lag, und sagte: »Einverstanden. Wir werden eine Waffenparade abhalten.« Zum Bataillon von New Orleans hatte er die größte Zuneigung.
Um 10 Uhr wehten die Fahnen, und die Musikkapellen spielten den »Yankee Doodle«. Plötzlich, innerhalb von fünf Minuten, löste

sich der Nebel auf. Und weitere zwei Minuten später bombardierten englische Kanonen die amerikanischen Stellungen.
Die Projektile fielen in die Menge der Soldaten, die gerade auf ihre Posten rennen wollten. Diese unvermeidliche Konfusion machte die Amerikaner unterlegen.
Als die amerikanischen Kanonen schließlich antworten konnten, wurden aus den englischen Stellungen zwei Raketen abgeschossen, und das war das Zeichen für den Angriff der Infanterie.
Die Amerikaner hatten nur zehn Kanonen. Und es ist ganz klar, daß die Engländer die Oberhand gehabt hätten, wenn nicht ihr Richtkanonier und die Bedienungsmannschaft ihrerseits wieder den Amerikanern unterlegen gewesen wären. Gegen Mittag, als die Engländer ihr Feuer langsam einstellten und auch die Amerikaner den Befehl erhielten aufzuhören – denn die Kanonen mußten dringend abkühlen –, verzog sich langsam auch der Rauch, und das Ergebnis dieser Schlacht kam zutage. Die Erde vor dem Wall der Amerikaner war von einem roten Teppich bedeckt: Das waren die britischen Infanteristen, die vom Kanonenfeuer niedergestreckt worden waren. Die Engländer hatten 2230 Getötete, Verletzte und Vermißte zu verzeichnen. Von den Amerikanern waren 13 getötet worden, 12 waren verschollen und 39 verletzt. Mindestens die Hälfte der englischen Kanonen waren zerstört, bei den amerikanischen waren nur einige leicht beschädigt worden. Auch bei der dritten Attacke hatte somit General Sir Edward Palkenham nicht mehr taktisches Genie bewiesen als bei den vorherigen.

Am Sonntag, dem 8. Januar 1815, stand General Jackson um 3 Uhr morgens auf und rasierte sich bei Lampenlicht.
»General Butler soll so schnell wie möglich zu mir kommen!«
Butler war sein Sekundant. Seit einer Woche versuchten Jackson und er zu erfahren, wann der nächste Angriff der Engländer wohl stattfinden könnte, und sie fragten sich auch, was besser wäre, den Angriff abzuwarten oder selbst die Initiative zu ergreifen. Aber auf dem sumpfigen Gebiet nach einem ausgesprochen feuchten Winter einen Angriff zu starten, war nicht gerade verlockend. So befestigten

sie im Augenblick lieber die bestehenden Wälle und errichteten neue entlang dem Boisgervaiskanal auf der rechten Seite des Flusses.

»Ach, da seid Ihr ja, Butler. Gestern hat man mir spät am Abend berichtet, daß die Krebse noch bei ihren Vorposten waren. Ich frage mich, ob wir heute etwas herausbekommen. Wir wollen uns das mal ansehen.«

Draußen war noch schwarze Nacht, und eine feuchte Kälte schlug ihnen ins Gesicht. Die beiden Generäle begaben sich nah an die Frontlinie.

»Batterie Nummer 3«, sagte Jackson. »Die Baratarianer.«

Er wußte Bescheid. Kleine, sehr niedrige Feuer glühten in der Dunkelheit. Schon 20 Meter vorher konnte man einen aromatischen Duft wahrnehmen. Jackson ging näher heran.

»Dieser Kaffee riecht viel besser als der gewöhnliche. Verdammt noch mal, der ist schwarz wie Teer.«

»Wollt Ihr eine Tasse probieren, General?«

Das war Kapitän Dominique. Old Hickory musterte ihn scharf.

»Woher nehmt Ihr den Kaffee? Schmuggelware, was?«

»Wie wollt Ihr das wissen, mein General?«

Jackson lachte und trank, ebenso sein Sekundant. Dann entfernten die beiden Generäle sich wieder und mit ihnen ihr Spähtrupp.

»Ich hätte hier gerne noch 50 Kanonen aufgestellt mit 500 Teufeln wie denen da«, sagte Jackson.

Langsam wurde es Tag. Nebelschwaden bedeckten die ganze Gegend, genau wie am 1. Januar. In diesem Weiß zeichnete sich ein Phantom ab, das sich Jackson näherte. Es war Latour, der mit Arbeiten an der Verteidigungslinie beschäftigt war.

»Herr General, die Befestigungsarbeiten auf dieser Seite des Flusses sind abgeschlossen, und die auf der anderen Flußseite sind soweit, daß sie einem Angriff bereits standhalten.«

»Was haltet Ihr denn von diesem Nebel?«

»Herr General, der kann in gut einer Stunde weggezogen sein.«

Die beiden Generäle gingen oben auf dem Wall entlang, Jackson voran. Sie waren gut sichtbar. Wie gewöhnlich kam vom Fluß her eine frische Brise auf, sie wurde stärker und strich auch über das

Land. Der Nebel war noch nicht ganz verschwunden, als Jackson ausrief:

»Da seht!«

Man konnte die erste Reihe der Rotröcke bereits erkennen. Und im gleichen Augenblick waren am Himmel auch schon die Leuchtraketen zu sehen. Das Kanonenfeuer der Engländer begann. Jackson gab ein paar Anweisungen, und einer seiner Leute rannte den Wall entlang.

»Befehl des Generals! Nicht schießen, bevor der General Order gibt. Genau auf die Koppel der Gegner zielen.«

Die Rotröcke bewegten sich langsam vorwärts. Mühsam arbeiteten sie sich durch die Stoppelfelder von Zuckerrohr vor. Jetzt begannen die Kanoniere sie unter Beschuß zu nehmen. Jedesmal, wenn ein Projektil einschlug, spritzte der Schlamm auf. Viele explodierten inmitten der englischen Formation. Die Infanteristen aber schlossen die Reihen wieder und marschierten weiter, die Waffen versteckt und ohne zu schießen. Jackson stieg jetzt vom Wall herab und sagte zu dem Offizier neben sich:

»Jetzt sind sie nahe genug.«

Nachdem er Befehl gegeben hatte zu schießen, knatterten die Gewehre den ganzen Wall entlang los. Die Amerikaner standen in vier Reihen hintereinander, und jedes Mal, wenn die erste Reihe abgefeuert hatte, trat sie hinter die vierte zurück, und es wurde neu geladen. Auf diese Weise waren die Engländer ständigem Beschuß ausgesetzt, und es wurden weit mehr englische als amerikanische Soldaten getroffen.

Die Reihen der Engländer konnten nicht mehr weiter vorrücken. Aber diejenigen, die im Kampfe fielen, wurden immer wieder durch andere von hinten ersetzt. Durch diese verfehlte Taktik ruinierte Sir Edward Palkenham seine Armee.

Der Kampf hatte morgens um 6 Uhr begonnen, bereits gegen 8 Uhr hatten die Engländer aufgehört vorzurücken, und nach einer weiteren halben Stunde war klar, daß sie den Kampf aufgeben mußten. Jackson gab Befehl, keine Musketenschüsse mehr abzugeben, und bald darauf ließ er auch die Kanonen verstummen. Wieder bedeckte ein roter Teppich das flache Land. Aber diesmal gab es auch im amerikanischen Lager einige Tote. Baratarianer hatten ihr Leben für den amerikanischen Staat lassen müssen.

Jackson blieb wachsam. Er fürchtete, daß der Feind den Kampf erneut aufnehmen oder vielleicht vom Mississippi her angreifen würde. Nach einer Stunde machten die Engländer eine Kehrtwendung und entfernten sich in Richtung Lager. Außerdem wurde gemeldet, daß sich auch die Truppen vom anderen Flußufer zurückzögen. Damit war der Kampf um New Orleans beendet.

Einige Wochen später mußten die Kämpfer aus beiden Lagern erfahren, daß der Krieg umsonst geführt worden war: Die Bevollmächtigten beider Länder hatten sich während der Weihnachtstage in Gand, Belgien, zu Verhandlungen getroffen. Aber zur damaligen Zeit war die Nachrichtenübermittlung noch schlecht.

General Jackson ließ einen Anschlag veröffentlichen, in dem er den Kapitänen Dominique und Beluche, die jeweils die dritte und vierte Batterie befehligt hatten, sowie ihrer Mannschaft Lob aussprach: »Der General kann den Männern, die die ganze Zeit unter ihm gedient haben, seine Anerkennung nicht versagen. Er lobt ihren Mut und ihr Engagement, beides haben sie von Anfang an im Kampf für ihr Vaterland bewiesen. Die Brüder Lafitte haben ebensoviel Mut und Treue bewiesen. Der General verspricht, daß er die Regierung in gebührender Weise von ihren Verdiensten unterrichten wird.«

Am späten Vormittag des 31. März herrschte in New Orleans eine merkwürdige Stimmung. Viele Straßen waren wie ausgestorben, die Geschäfte geschlossen, die Jalousien an den Häusern heruntergelassen und die Tore fest verriegelt, so als fürchte man einen Aufstand oder irgendeine Art von Terror. In der Stille konnte man hin und wieder Stimmen vernehmen. Wenn man ihnen nachging, wurden sie lauter, und schließlich gelangte man vor ein kleines Gebäude, um das sich eine Menschenmenge versammelt hatte. Das Haus war mit roten Ziegeln gedeckt und diente als Sitz des obersten Gerichtshofes. Ausrufe wie: »Das ist eine Schande!« oder »Gerechtigkeit für alle!« waren zu hören. Viele warteten auf der Straße.

Um 9 Uhr ging eine Bewegung durch die Menge, und man rief: »Dort ist er!« Den Ankommenden konnte man nicht sehen, da sich die Menschen dicht um ihn drängten. Es war General Jackson, gegen den eine Verhandlung geführt werden sollte.
Jackson war wegen folgender Dinge angeklagt: Vor einigen Wochen hatte er angeblich alle Franzosen aus New Orleans ausgewiesen. Weiters sollte er ihnen verboten haben, sich der Stadt mehr als bis zum Baton Rouge zu nähern. Durch ihn wären ihnen materielle und moralische Nachteile erwachsen. Außerdem hätte er das Gericht in Person von Richter Hall beleidigt, diesen festgenommen und von einem Kommandanten der Kavallerie vor die Stadt bringen lassen.
Das alles war seit dem 8. Januar geschehen. Zunächst hatte man selbst den Sieg begossen, dann war noch einmal lärmend bei den Engländern gefeiert worden, als sie die Kunde vom Friedensschluß erhalten hatten. Und die Freiwilligen hatten ungeduldig auf die Demobilisierung gewartet.
»Aber nein«, hatte Jackson damals gesagt, »dieser Lärm ist vielleicht nur eine List unserer Gegner. Wir müssen warten, bis der Präsident der Vereinigten Staaten eine offizielle Erklärung abgibt.«
Viele Beispiele aus der Geschichte beweisen, daß es gefährlich sein kann, nicht die offizielle Demobilisierung abzuwarten. Am meisten waren die Freiwilligen über die strenge Disziplin unter Jackson erbittert. Sie waren ohnehin der Meinung, schon mehr als nötig geleistet zu haben, und konnten sich nur schwer damit abfinden, in Friedenszeiten noch unter so strenger Aufsicht zu leben. Deshalb hatten sie sich an den französischen Konsul gewandt, der daraufhin zu Jackson ging. Der General antwortete ihm mit der Verbannung. Clairborne hatte sich geweigert einzugreifen.
»Der Frieden ist nicht offiziell proklamiert worden. Bis dahin hat der General den Oberbefehl.«
Schließlich hatte der General denjenigen, der am lautesten und heftigsten protestiert hatte, festnehmen lassen. Es war der Richter Hall gewesen. Drei Tage nach dessen Festnahme kam die Friedenserklärung. Im Morgengrauen kam ein Bote mit der Nachricht, Präsident Madison habe den Friedensvertrag unterzeichnet.

Jackson besaß jetzt nicht mehr den Oberbefehl. Der Konsul und der Richter nahmen ihre Positionen wieder ein, und Hall leitete sogleich ein Verfahren gegen Jackson ein.
Die Menge, die sich um das Gerichtsgebäude drängte, war geteilter Meinung. Die Verbannung der Franzosen und ihres Konsuls hatte Mißstimmung hervorgerufen. Andererseits betrachtete man Jackson als Retter und Helden. Und sicher ist auch, daß der Kampf der Engländer gegen die Amerikaner unter den Einwohnern von New Orleans ein neues Gefühl hatte entstehen lassen: das amerikanische Nationalgefühl. Und einige, die zunächst die Verbannung der Franzosen mißbilligt hatten, mißbilligten jetzt ebenso, daß Hall den Helden Jackson angezeigt hatte. Es ist außerdem bemerkenswert, daß auch Kapitän Dominique, Onkel Beluche und die Mehrzahl der Baratarianer jetzt am 31. März 1815 Jackson applaudierten, als er zum Gerichtssaal schritt. Diese Männer hatten Jackson als ihren Anführer akzeptiert und ihm vor allem zu danken, daß sie nicht ihr Leben lassen mußten. Er hatte sie zudem an seinem Ruhm teilhaben lassen und sie sogar öffentlich als Gentlemen bezeichnet.
Kaum war Jackson in dem kleinen Gerichtssaal erschienen und hinter die Barriere getreten, wo schon viele Übeltäter gestanden hatten, erhob sich ein Beifallssturm, wie man ihn nicht für möglich gehalten hatte. Der General hob die Hand, um Ruhe zu gebieten.
Er hätte seine Verteidigungsrede gar nicht zu halten brauchen. Denn der Richter selber sagte, es sei unmöglich, seine Verdienste um das Vaterland zu vergessen, und aus diesem Grunde wolle er auch von einer Beleidigungsklage absehen und ihn nicht festnehmen und inhaftieren lassen. Jackson sollte lediglich eine Ordnungsstrafe von 1000 Dollar zahlen.
Es erhob sich kein Protest. Der Richter hatte seine Gründe vorgebracht und war zu einer akzeptablen Lösung gekommen. Es war eine Art Reparation gezahlt worden, und man hatte gleichzeitig dem Helden genügend Ehre erwiesen. Jackson zog sogleich sein Scheckheft aus der Tasche.
Nachdem er das Gerichtsgebäude verlassen hatte, mußte er auf einen Triumphwagen steigen. Die Pferde wurden ausgespannt, und Men-

schen zogen an den Deichseln. Wer? Oh, die Baratarianer. Kapitän Dominique und seine dritte Batterie. Der Triumphzug ging durch die Rue Royal, die Rue Saint Louis, die Rue de Chartres bis hin zum Café Maspero. Sie trugen Jackson zu einem Tisch und verlangten, er solle eine Rede halten. In diesem Augenblick hätte er wirklich alles sagen können.

»Wir müssen uns alle dem Gesetz unterwerfen«, rief er aus, »selbst wenn es nicht recht zu haben scheint. Ihr alle, wie Ihr da seid, folgt immer meinem Beispiel der Unterwerfung vor dem Gericht.«

Die Baratarianer applaudierten wie die Verrückten und schrien: »Es lebe General Jackson!« Sie initiierten eine Sammlung, damit der General seine 1000 Dollar zurückerstattet bekam.

Unter den so lautstarken Beifall spendenden Baratarianern hatte man weder Jean noch Pierre Lafitte entdecken können. Sie kamen nicht mehr ins Café Maspero, gelegentlich gingen sie noch ins Café des Refugiés, aber man sah sie selten in der Stadt.

Nicht, daß sie sich versteckt hätten. Den Tag nach dem Sieg hatten sie gefeiert, und Jean Lafitte hatte aus seinem Portemonnaie die Kopie eines Dokuments gezogen, das die offizielle Freiheit der Baratarianer bestätigte.

Mitte März hatte ein Bote aus Washington dem Richter in New Orleans ein großes Blatt Papier gebracht, das die Unterschriften des Präsidenten der Vereinigten Staaten, James Madison, und seines Staatssekretärs trug.

Es war eine feierliche Deklaration. Zunächst wurde an die Vergehen der Piraten erinnert, als sie in Barataria vom illegalen Handel gelebt hatten. Sie waren von den Vereinigten Staaten zur Auflösung ihrer Ansiedlung aufgefordert worden und hatten dann ihre Strafe bekommen. Jetzt aber wollte der Präsident wegen ihrer guten Führung bei der Verteidigung von New Orleans von weiteren Maßnahmen absehen. »Wenn ich, James Madison, diese außergewöhnlichen Umstände betrachte, so möchte ich hiermit für alle Delikte und Verbrechen, die vor dem 8. Januar 1815 begangen wurden, Pardon erteilen. Das betrifft vor allem den illegalen Handel und die Eroberung von Schiffen der Vereinigten Staaten und anderer Nationen ...«

Damit dieses Pardon wirklich erteilt werden konnte, sollte erst noch eine Bestätigung über die Verdienste der Piraten bei der Verteidigung vom Gouverneur persönlich vorgelegt werden.

Diese Bestätigung war das einzige, was die Lafittes noch besaßen. Aber sie resignierten nicht.

»Dieses Pardon und die Freiheit können nicht dazu da sein, uns ins Elend zu stürzen. Auch wenn wir zunächst nur Lob und Auszeichnungen bekommen haben.«

Sie verlangten deshalb eine Wiedergutmachung. Denn Kommodore Patterson und Colonel Ross, die Sieger der Schlacht von Barataria, waren wie die Teufel hinter den 50 Prozent der erbeuteten Ware her. Als sie schließlich wirklich ihren geforderten Anteil erhielten, waren die Lafittes wütend und strebten eine Gerichtsverhandlung an, die diese Angelegenheit klären sollte. Eigentlich waren die Lafittes mit ihrem Anwalt Morel bisher sehr zufrieden gewesen, aber er hatte nun offensichtlich nicht genügend Courage, sich gegen den Distriktsanwalt Grymes durchzusetzen; das war derselbe, dem es erst kürzlich gelungen war, die beiden Brüder ins Gefängnis zu bringen.

»Wir müssen diesen Grymes irgendwie auf unsere Seite bringen«, sagte Jean zu seinem Bruder. »Er muß sich mit Morel verbünden, auch wenn er dann unser erster Verteidiger wird.«

John Randolph Grymes war im Jahre 1808 nach New Orleans gekommen und hatte drei Jahre als Anwalt praktiziert. Als der Distriktsanwalt gestorben war, hatte er dessen Nachfolge angetreten. Er war ein sehr guter Verteidiger. Als er jedoch ankündigte, er wolle die Verteidigung der Brüder Lafitte übernehmen, die er vor kurzem noch so verbissen verfolgt hatte, schlug das natürlich wie eine Bombe ein. Die Empörung steigerte sich noch, als auch Edward Livingston, der ehemalige Präsident des Bürgerkomitees, Anwalt der Lafittes wurde.

»Livingston und Grymes sind gekauft! 20 000 Dollar für jeden!«

»Das ist unmöglich, die Lafittes haben nichts mehr – sie hätten höchstens noch Versprechungen machen können.«

»Das stimmt nicht, sie haben schon bezahlt, als sie noch in Barataria waren und Grymes Distriktsanwalt war.«
Grymes plädierte für die Lafittes und sprach sich für eine Wiedergutmachung aus. John Dick, der Anwalt Pattersons und Ross', verlangte 50 Prozent des Gewinns für seine Mandanten. Die Verhandlung dauerte den ganzen Tag. John Dick sprach mit erhobener Stimme von Korruption:
»John Randolph Grymes hat sich von diesen Blutsaugern, den Piraten, bestechen lassen!«
Es gab einen Tumult, und Grymes forderte Dick zum Duell, das auch ausgetragen wurde. Dick wurde an der Hüfte verletzt und mußte bis an sein Lebensende humpeln.
Das gerichtliche Duell aber zog sich in die Länge. Dem Frühling war ein heißer Sommer gefolgt, und ein schöner Oktober mit Bällen auf den Plantagen und großen Diners in den Innenhöfen der Häuser war verstrichen. Aber Jean Lafitte nahm an diesen Festen nicht teil. Je mehr Zeit verging, desto mehr fürchtete er, daß er nie Schadenersatz erhalten würde. New Orleans war zu leer und ruhig für ihn geworden, diese Stadt, die ihm einst so geschmeichelt hatte, als er noch der Piratenführer gewesen war und sich über die Justiz lustig gemacht hatte.
Im Dezember begab sich Jean Lafitte mit dem Architekten Latour, einem seiner wenigen Freunde, nach Washington. Es gelang ihm, eine Audienz beim Finanzminister zu bekommen, der ihm aber nicht half. Daraufhin schrieb Lafitte noch an Präsident Madison, der ihm ja schon Pardon erteilt hatte. Er verlangte nichts, was nicht eigentlich schon versprochen worden war, doch er erhielt niemals eine Antwort. Denn für die Vereinigten Staaten und für New Orleans war dieses Kapitel längst abgeschlossen. Jean Lafitte begriff schließlich, daß ihm nichts anderes mehr blieb als seine Intelligenz und die außergewöhnlich gute Kenntnis des Golfes von Mexiko und seiner vielen verborgenen Buchten. Sein Blick schweifte nach Westen, und er hatte sich bereits einen neuen Schauplatz für seine Taten erwählt.

4

Sonnenuntergang über Galveston

In der schönen Jahreszeit steigen die reichen Texaner aus Houston (drittgrößter Hafen der Vereinigten Staaten, Erdöl, Erdgas, über eine Million Einwohner) jedes Wochenende und wochentags am Abend in ihre Autos und gleiten in nicht einmal einer Stunde auf der Autobahn zum Vergnügungshafen Galveston (70 000 Einwohner, Universität, Industrie). Dort liegen ihre riesigen Chriscrafts vor Anker.

Houston existierte 1816 noch nicht. Galveston war der Name einer 50 Kilometer langen und sehr flachen Insel aus unfruchtbarem Sand. Nur im Westen der Insel befanden sich ein Moor und Grasflächen. Auf diesen Weiden lebten Hirschrudel trotz einer Unzahl von Schlangen und Indianern, die regelmäßig von der Küste her zur Jagd kamen. Trinkwasser gab es nicht.

1816 war Texas, damals unter dem indianischen Namen Techas bekannt, ebenso wie Mexiko, theoretisch noch Teil des Vize-Königreichs Neu-Spanien. Tatsächlich aber standen diese zwei Provinzen in offener Revolte gegen die Krone. Eine republikanische Regierung Mexikos hatte ihren Sitz in den Vereinigten Staaten. Sie erteilte an Piraten Kaperbriefe, die diese ermächtigten, den spanischen Seehandel zu stören. Sie führten die Flagge der Republik Mexiko und nannten sich Korsaren. Einer von ihnen war der Franzose Louis d'Aury, der sich in Galveston niederließ. Aus dem gleichen Grunde wie er, nämlich um einen geschützten Ankerplatz zu haben, wählten andere Barataria.

Im Golf leistete d'Aury so gute Arbeit, daß ihn die republikanische Regierung von Mexiko im September 1816 zum »General-Gouverneur von Texas und Galveston« ernannte. Er verfügte über eine Truppe von 500 Mann. Über der Insel wehte die Fahne des republikanischen Mexiko.

Im November 1816 sah d'Aury dieselben Farben an den Masten vierer ihm unbekannter Segelschiffe, die vor der Hafeneinfahrt vor Anker gingen.

Kurz darauf stellte sich ein sonnengebräunter Spanier vor: »Gestatten, Francisco Mina. Ich bin der Führer der republikanischen Befreiungsmacht. Die Regierung des republikanischen Mexiko hat beschlossen, daß Ihre Truppe sich der meinen zur Befreiung Mexikos anschließt.«

»Welch eine Neuigkeit«, sagte d'Aury. »Wer soll denn diese Expedition leiten?«

»Ich selbst.«

Über dieses Kommando und die Rangfolge entbrannten, wie die Freiheitsgedichte aussagen, monatelange Streitigkeiten. Schließlich akzeptierte d'Aury, Galveston mit seinen Truppen zu verlassen, doch behielt er sie unter seinem Kommando. Beide Anführer machten ihre Schiffe am 7. April 1817 segelfertig, doch jeder getrennt für sich. Nachdem ihre Segel am Horizont verschwunden waren, hißte ein kleiner Schoner, der seit einigen Tagen vor der Hafeneinfahrt geankert hatte, seine Segel und fuhr in den Hafen ein. Sein Kapitän war in den Geheimregistern des königlich-spanischen Spionagedienstes unter »Agent 13–2« eingetragen. Sein richtiger Name lautete Jean Lafitte.

Wenige Spionageromane enthalten so viele malerische Verwicklungen wie das finstere Abenteuer der Brüder Lafitte, und die in Havanna in den historischen Archiven Kubas aufbewahrte Korrespondenz liefert den Beweis, daß es sich dabei keineswegs um Erfindungen handelt.

Pater Antoine, Kapuzinermönch und Geistlicher der Kathedrale Saint-Louis von New Orleans, der sein Amt unter spanischer Herrschaft antrat und ausübte, tritt als erster in diesen Dokumenten in Erscheinung. Er schrieb jede Woche in der Abgeschiedenheit seiner Sakristei einen Bericht über das, was in der Stadt und im Hafen vor sich ging und was er über die Handlungen der amerikanischen Behörden erfahren konnte. Einige Tage später erreichte dieser Bericht dann auf sicherem Wege den spanischen Gouverneur von Kuba.

Der Pater war außerdem beauftragt, Agenten anzuheuern. Da die Lafitte-Brüder besitz- und arbeitslos waren, trat der Geistliche an sie heran, um ihnen eine interessante und gewinnbringende Aufgabe vorzuschlagen.

»Übrigens, einer Ihrer Freunde arbeitet schon für uns.« Die Lafitte-Brüder waren ziemlich überrascht zu hören, daß er den Architekten Arsène-Latour meinte, der in der Schlacht von New Orleans Chefingenieur des Generals Jackson gewesen war. Jean nahm das Angebot schließlich an, und sein Bruder stimmte ebenfalls zu.

Nachdem Pater Antoine beide unter der »Nummer 13« – Pierre unter 13–1 und Jean unter 13–2 – eingeschrieben hatte, machte man sie mit ihrer ersten ziemlich unbedeutenden Aufgabe vertraut. Um neuen Agenten die Technik des Auskundschaftens beizubringen, verfuhr man immer in folgender Weise: Sie mußten bestimmte Teile von Texas auskundschaften. Im Februar 1817 begab sich Latour selbst nach Havanna, um Rechenschaft über seine Mission abzulegen.

»Was uns jetzt vor allem interessiert«, sagte ihm der spanische Gouverneur, »ist, wie man der Ausplünderung unserer Schiffe im Golf von Mexiko entgegentreten kann.«

»Ich habe mir darüber schon Gedanken gemacht. Man könnte unter die Seeräuber zuverlässige Leute einschleusen, die über alle geplanten Anschläge Auskunft geben und zusätzlich die Raubzüge zum Scheitern bringen, indem sie sich verspäten oder falsche Zeichen geben. Dieses Verfahren wird zumindest eine Zeitlang helfen.«

Latour dachte, daß dafür die Lafitte-Brüder die richtigen Männer wären. Die aber waren, während er mit den spanischen Behörden in Havanna Pläne schmiedete, in New Orleans nicht untätig geblieben. Geheimagent hin oder her, Jean hatte nur eines im Kopf: wieder Seeräuber zu werden. Und wie jeder fähige Anführer hatte er vorgesorgt. Seit der Zeit des großen Aufschwungs in Barataria dachte er daran, daß er sich eines Tages einen anderen Stützpunkt suchen müßte. Er kannte Galveston und seine Bedeutung als geschützter und verborgener Anlegeplatz.

Am 23. März 1817 hielt er mit seinem Bruder Pierre auf seinem Schoner *Carmelita* vor der Sandinsel und ging außerhalb der Hafenbefestigung vor Anker. Dann begab er sich auf die Insel und begann mit den beiden rivalisierenden Freiheitskämpfern – d'Aury und Mina – eine Unterhaltung, gerade als deren Auseinandersetzung ihren Höhepunkt erreichte. Großmütig bot er seine Dienste an, führte sie an der Nase herum und bewog sie, mit ihren Truppen zur Befreiung Mexikos aufzubrechen. Wie man sah, segelten sie noch am gleichen Tage ab, jedoch nicht gemeinsam, sondern als Rivalen.

Der mißtrauische d'Aury hatte vor seiner Abreise seine gesamten Anlagen verbrannt. Er hatte den verkommenen Hütten aus Holz und Segeltuch wohl zu viel Bedeutung beigemessen. Jean Lafitte lächelte nur, als er die Trümmer sah.

Die erste Tat des spanischen Agenten 13–2 war, die »Bürger« von Galveston zu versammeln und sie ein Treuebekenntnis zur freien Republik Mexiko unterschreiben zu lassen. Da es auf der Insel kein passendes Gebäude für diesen Akt gab, ging man an Bord des Schoners *Carmelita*. Die Versammlung von insgesamt 40 »Bürgern« setzte sich zum einen Teil aus seiner Mannschaft und zum anderen aus Abenteurern zusammen, die d'Aury zurückgelassen hatte. Es gab keine Schwierigkeiten, und die Analphabeten machten das berühmte Kreuzchen. Die Brüder Lafitte unterschrieben wohlweislich nicht. Dies sonderbare Dokument vom 15. April 1817 befindet sich heute in den Archiven des Bundesgerichtshofes in New Orleans.

Die neue politische Lage trieb den Exanführer von Barataria keineswegs in einen für den neuen Anfang unbedingt notwendigen Krieg. Er mußte schon gewisse Vorstellungen haben, denn zwischen dem 18. April und dem Monatsende hatte er in New Orleans eine sehr interessante Zusammenkunft.

»Lieber Freund«, sprach Pater Antoine, »ich werde Sie dem Konsul von Spanien, der eben aus Havanna angekommen ist, vorstellen. Er interessiert sich sehr für unsere gemeinsamen Pläne.«

Dieser hohe Beamte erklärte Jean Lafitte, daß die spanischen Behörden von Havanna den von Latour vorgeschlagenen Plan zur Bekämpfung der Seeräuberei akzeptiert hätten. Die Agenten 13–1 und 13–2 seien mit der Ausführung beauftragt.

»Nichts geht ohne Geld«, sagte Jean Lafitte.

»Hier sind 18 000 Dollar. Später bekommen Sie mehr.«

Die spanischen Behörden ahnten offensichtlich nicht, wie gründlich Jean Lafitte nachgedacht hatte. Seine Uneigennützigkeit, als er die Vorschläge der Engländer, die New Orleans angreifen wollten, ablehnte und sich Barataria kampflos nehmen ließ, hatten ihm nur Undank gebracht. Der »Gentleman-Pirat« war nun entschlossen, nur noch eines zu erstreben: seinen eigenen Gewinn. Erneut erschien er vor den Inselbewohnern von Galveston und erklärte: »Wir werden hier ein großes und bequemes Lager errichten und es Campeche nennen.«

Dieser Name sollte einen alten Seeräuber ehren, den »General« Grammont. Einige Tage später, am 4. Mai, sah Louis d'Aury, der sich mit dem Spanier Mina (der kurz darauf in Mexiko getötet wurde) nicht verständigen konnte und wieder in Galveston erschien, mit Verwunderung, wie etwa 100 Burschen eifrig dabei waren, Häuser und Lager zu bauen.

»Wir haben eine neue Regierung«, sagten ihm die ersten, die er ansprach. Einen Augenblick später traf er Jean Lafitte.

»Alles, was hier während meiner Abwesenheit getan wurde, finde ich gut«, erklärte er ihm, »aber natürlich bleibe ich Gouverneur.«

Der Umfang der Arbeiten mußte ihm wohl klargemacht haben, daß die Finanzen stimmten, denn er fügte schnell hinzu:

»Und General-Schatzmeister.«

»Die Entscheidung trifft die neue Regierung«, entgegnete Jean Lafitte.

Louis d'Aury war unfähig, sich durchzusetzen. Von der »neuen Regierung« beiseite geschoben und verdrängt, verließ er wenige Tage später die Sandinsel an Bord seines Segelschiffes, das er in *Congres Mexicain* umgetauft hatte.

Es wäre falsch zu behaupten, der mexikanische Kongreß der Republikaner wäre von Jean Lafitte begeistert gewesen. Diese rechtschaffenen Revolutionäre ahnten zwar nicht, daß sie es in Wirklichkeit mit dem spanischen Agenten 13–2 zu tun hatten, aber er erschien ihnen zu selbstsicher und ihrer Autorität gegenüber etwas zu lässig. Dennoch war man erfreut festzustellen, daß Jean Lafitte das war, was man heute als »Zugpferd« erster Ordnung bezeichnen würde. Täglich stellten sich neue Seeräuber, die von Lafittes neuer Niederlassung erfahren hatten, im Lager Campeche vor. Ende 1817 bildeten etwas über 100 Mann den Kern seiner Mannschaft, dazu kamen die seefahrenden Piraten. Die Regierung der Vereinigten Staaten wurde mit Beschwerden der spanischen Behörden über den Terror, den die Piraten von Galveston im Golf von Mexiko ausübten, überschüttet. Die Mitglieder der freien mexikanischen Regierung lachten sich ins Fäustchen und sagten sich, daß Jean Lafitte ganz entschieden ihr Mann sei. Man richtete an ihn den ganz offiziellen Auftrag, im Namen des unabhängigen Mexiko zu handeln. Der Gouverneur von Havanna fand allerdings, daß 13–2 bei der Erfüllung seiner Mission längst in Verzug geraten war.

Campeche erlebte einen Aufschwung. Jean Lafitte hatte sich ein komfortables, ganz und gar rot gestrichenes Haus bauen lassen. Bald entstand zur Verteidigung des Hafens ein Fort, um das sich immer mehr Häuser drängten. Das gesamte Baumaterial, alle Lebensmittel, Trinkwasser eingeschlossen, kamen über das Meer aus New Orleans. Ein regelmäßiger ununterbrochener Dienst sicherte diese Versorgung.

Die Piraten ließen ihre Frauen oder Mätressen kommen. Die Beute, die auf den Fahrten gegen spanische Handelsschiffe gemacht wurde, verteilte man nach einem durchaus gemeinschaftlichen, man könnte gar sagen, kommunistischen Prinzip. Erstaunlicherweise gelang es Jean Lafitte, dessen Autorität in Barataria nicht mehr umstritten war, sehr schnell, auf dieser kleinen Pirateninsel strenge Moralgesetze durchzusetzen. Er verfügte z. B., daß Junggesellen getrennt von den anderen Haushalten leben mußten, und daß der erste, den man bei der Belästigung einer verheirateten Frau ertappte, gehenkt würde. »Er regierte mit dem Tau und der Pistole«, schrieben seine Zeitgenossen. Jean Lafittes innerstes Gefühlsleben aber blieb seiner Umwelt verborgen.

Der Indianerstamm der Karankawas, der Hirschjäger, machte einmal Schwierigkeiten, weil die Piraten eines Tages Indianerfrauen bei ihnen entdeckten, sie nett fanden und ein paar entführten. Zur Vergeltung töteten die Indianer einige Abenteurer. Lafitte erfuhr, daß sich im Westen der Insel 300 Rothäute zum Angriff auf das Lager rüsteten. Er marschierte ihnen mit 200 Mann und zwei Kanonen entgegen. Die Indianer mußten fliehen und ließen 30 Tote im Gras zurück.

Mehrere frühere Kapitäne von Barataria, unter ihnen Johanny Barbe en Feu, Vincent Gambie und Onkel René Beluche, besuchten die Bewohner von Galveston. Die Brüder Lafitte korrespondierten lange mit Onkel Beluche, der eine auch für einen Piraten sehr ungewöhnliche Laufbahn eingeschlagen hatte. Mit einem Kaperbrief vom berühmten Befreier Simon Bolivar ausgestattet, befuhr er an Bord seines Zweimastschoners das Meer längs des zentralen und südamerikanischen Festlandes. Er führte die Flagge der Vereinigten Kolonien von Venezuela und Neu-Granada. Er kaperte spanische Schiffe, die Zucker und Sklaven mit sich führten, so meisterhaft und brachte es darin zu solcher Berühmtheit, daß ihm oft Schiffe der Bundesmarine auf seinen Streifzügen folgten. Sobald er den Mississippi aufwärts fahren wollte, um seine Beute zu verkaufen, hielten sie ihn an und plünderten ihn aus.
1819 reihte Beluche sein Schiff in die Invasionsflotte ein, die Bolivar gegen Haiti leitete. Da der Admiral krank wurde, übernahm er das Kommando und bewährte sich glänzend. Der Freiheitskämpfer, der ihn auf seine Fahrten oft mitnahm, nannte ihn *Beluche el Bizarro* (Beluche der Verwegene). Aber er war nicht nur verwegen, er war tapfer.
Im Laufe der Jahre 1817 und 1818 gingen Jean Lafitte und sein Bruder Pierre trotz ihrer Verpflichtungen als Führer und Verwalter der Kolonie Galveston zur See und standen ihren Mann bei Angriffen auf spanische Frachter oder in Kämpfen gegen spanische Kriegsschiffe, die den Frachtern Geleitschutz gaben. Seefahrt und Kämpfe waren Jean Lafittes ganze Leidenschaft. Sein Ansehen beruhte sowohl auf seinem Mut und seinen Fähigkeiten als Kapitän als auch auf dem Wohlstand, den er der Kolonie gebracht hatte.
Oft begab er sich zwischen zwei Raubzügen mit seinem Bruder nach New Orleans, um den Reichtum dieser Stadt auszukundschaften. Die fortschreitende Amerikanisierung von Louisiana – immer mehr Yankees zogen dorthin – hinderte die Bevölkerung von Orleans keineswegs, sich nach wie vor an die Gebrüder Lafitte zu wenden, um alle Arten von Waren, besonders Sklaven – das schwarze Elfenbein – günstig einzukaufen. Der Handel mit Sklaven wurde immer umfang-

reicher. Die Kundschaft kam zum Einkauf gern nach Galveston, doch Jean fand bald, daß es vernünftiger wäre, in Donaldsonville, das am Mississippi, wo der Nebenarm des Lafourche beginnt, gelegen war, ein Kontor einzurichten. Die Einmündung des Stromes in den Golf von Mexiko lag nur 200 Meilen von Galveston entfernt, und an seinen Ufern erstreckten sich reiche Plantagen, die immer Sklaven brauchten. In Donaldsonville wohnten außerdem die Anwälte der Brüder Lafitte, die beauftragt waren, noch mehr aus dem Verkauf der in Barataria gekaperten Beute herauszuschlagen. Für einen Gentleman-Piraten gab es keine Hindernisse. Der Anwalt der Brüder Lafitte in Donaldsonville hieß Dumay Saint-Martin. Seine Frau erzog Jeans Tochter, die damals vierzehnjährige Denise-Jeannette, deren Anmut, Schönheit und gute Manieren den Vater mit Stolz erfüllten.

Jean Lafitte war jedoch nicht der einzige, der Männer des Gesetzes für seine Interessen arbeiten ließ. Im Außen- und Justizministerium von Washington zerbrachen sich Juristen den Kopf, um für eine widersinnige Lage, deren große Nutznießer die Brüder Lafitte waren, eine legale Lösung zu finden.
Washington erhielt von den spanischen Behörden fortwährend Protestschreiben: »Warum gewähren Sie der rebellischen Regierung Mexikos Asyl, die Piraten veranlaßt, unseren Seehandel zu vernichten?« Ohne auf die Frage des gewährten Asylrechts einzugehen, antwortete Washington: »Das Hauptlager der Piraten ist Galveston. Wollen Sie, daß wir eine Strafexpedition dorthin entsenden?« Spanien wollte das nicht, denn das hätte bedeutet, daß es Texas als zu den Vereinigten Staaten gehörend anerkannt hätte. Spanien nahm dieses Gebiet aber für sich in Anspruch. Es bleibt nachzutragen, daß der Gouverneur von Kuba seiner Regierung nahelegte, den Agenten 13–2 endlich auf seine Mission, die Vernichtung der Piraten, hinzuweisen. Einzige Konsequenz war, daß die Firma Lafitte und Lafitte weiterhin in aller Ruhe ihr Gewerbe betrieb.
Im Laufe des Sommers 1818 übermittelte der amerikanische Außenminister dem Präsidenten Monroe eine Note folgenden Inhalts:

»Wir müssen klar feststellen, daß die Insel Galveston zu Louisiana gehört und nicht zu Texas. Die königlich-spanische Regierung hat uns auf unsere Behauptung hin, das gesamte Land zwischen dem Fluß Sabine und dem Rio Bravo sei uns von Frankreich verkauft worden und gehöre darum zu Louisiana, bisher kaum Gegenbeweise geliefert. Galveston liegt in diesem Gebiet und gehört uns. Ein Angriff gegen die Brüder Lafitte wäre für uns eine ausgezeichnete Gelegenheit, unsere Souveränität zu demonstrieren.« Monroe antwortete in ganzen zwei Zeilen: »Ja, aber vorerst kein Aufsehen. Lassen Sie zuerst den Brüdern Lafitte einen Enteignungsbescheid überbringen.«

Oberst Graham kam mit einem friedlichen Zollschiff an und übergab Jean Lafitte dieses Dokument Ende des Sommers – den Befehl, die Insel und die Bucht zu räumen. Der Betroffene nahm davon Kenntnis und antwortete schriftlich und sehr ausführlich. Er hätte sich, sagte er, in Galveston niedergelassen im Vertrauen auf die freie mexikanische Regierung. Er hätte bis jetzt überhaupt nicht gewußt, daß die amerikanische Regierung Anspruch auf dieses Land erhob, und er würde ihr gegenüber seine volle Loyalität bekennen. Er würde dem Wunsche des Präsidenten Monroe ordnungsgemäß nachkommen.

Erfreut über den Ausgang seiner Mission verließ der Oberst die Insel. Lafitte wollte ihn nur abreisen sehen, und alles lief wie bisher. Nur ein Orkan, der einige Tage später ausbrach, richtete großen Schaden in der Ortschaft Campeche an, aber das Zerstörte wurde viel größer und schöner wieder aufgebaut, und die amerikanische Regierung hatte sicher wichtigere Sorgen als den kleinen Zufluchtsort der Piraten. Der Wohlstand der Firma Lafitte und Lafitte wuchs, und im Frühjahr des darauffolgenden Jahres ernannte die republikanische Regierung von Mexiko, immer zufriedener mit den Leistungen der Piraten, Jean Lafitte offiziell zum Gouverneur der Insel Galveston.

Wollte Jean Lafitte sich von spanischer Seite her Deckung verschaffen? Gefiel er sich noch in der gemeinen Rolle als Doppelagent oder amüsierte sie ihn? Im königlichen Archiv von Sevilla befindet sich ein Brief des Vizekönigs des Neuen Spanien vom 18. April 1819, aus dem hervorgeht, daß Agent 13–2 (inzwischen Agent 19) an den spanischen Gouverneur von Kuba geschrieben, seinen Plan über die Verwaltung der Insel dargelegt und darum gebeten hatte, offiziell zum *Gobernador de la Isla Galveston* ernannt zu werden!

Der Brief des Vizekönigs an seine Regierung war kaum verblüffender als die Kühnheit Jean Lafittes: »Unsere Militärbefehlshaber hegen zwar Argwohn gegen Agent 19, doch machten sie den Vorschlag, ihn solange herrschen zu lassen, bis wir eine Expedition entsenden, die Galveston vernichtet. Übrigens ist dieser Ort für die Gesundheit sehr abträglich, und ich halte Lafitte für verloren, wenn man ihn ohne das Lebensnotwendige dem Elend überläßt.« Wenn alle Informationen, die die spanische Regierung von ihren Besitzungen erhalten hatte, von der gleichen Qualität waren, dann kann man verstehen, daß dieses Reich keinen langen Bestand haben konnte. Die Firma Lafitte hatte noch nie so floriert wie in diesem Frühling 1819.

Das Unternehmen ging zu gut, das erregte wohl erneut Anstoß. Aber wenn man die Ereignisse verfolgt, wird klar, daß dieser Mann, so vielseitig und hervorragend begabt, einen verbotenen Punkt überschritten hatte: Er fand an seiner mutwilligen Doppelrolle Gefallen, seitdem er sich in seinem kleinen Reich Galveston so gut eingerichtet hatte. Direkt bestraft wurde er dafür nicht, aber wie es den vom Glück zu sehr Begünstigten geht, die das Spiel zum Vergnügen überreizen, von einem gewissen Augenblick wendet der kleine Gott des Erfolges, ohne den auch das größte Talent nichts vermag, sein Gesicht von ihm ab.

Im Sommer 1819 stellte ein urwüchsiger Abenteurer, ein Rohling, den Lafitte seit kurzem, übrigens zu seinem Bedauern, aufgenommen hatte – er hatte ihm sogar angekündigt, daß er ihn hängen würde, sollte er irgendein Verbrechen gegen die Amerikaner begehen –, im geheimen eine Bande zusammen, mit der er verschwand. Zehn Tage später fuhr der Schoner *Lynx* von der amerikanischen Marine im Hafen Galveston ein. Ihm entstieg Oberleutnant McIntosh, der sich sofort zu Jean Lafitte begab.

»Brown, der zu Ihren Männern gehört, hat mit vier Komplizen die Plantage des Herrn John Lyons an der Spitze der Schildkröteninsel angegriffen. Diese Banditen sind mit Sklaven entkommen, nachdem sie Herrn und Frau Lyons gefesselt und mißhandelt haben. Die Behörden von Louisiana fordern, daß diese Männer zur Verurteilung herausgegeben werden.«

»Ich weiß von dieser Affäre«, sagte Jean Lafitte. »Diese Männer sind vor einigen Tagen hier eingetroffen, verhört und vom Gericht Galveston verurteilt worden. Brown wurde als Hauptschuldiger erkannt. Sie werden ihn gleich sehen.«

Er führte den Oberleutnant weit hinaus ans Meer, wo ein hoher Galgen errichtet war. Dort hing der Kadaver von Brown, von den Geiern zerfressen.

»Sehr gut«, sagte der Oberleutnant, »aber die vier Komplizen müssen wir auch haben.«

Eine halbe Stunde später bestiegen die vier Männer aus dem Gefängnis Galveston mit hinter dem Rücken gebundenen Händen die *Lynx.*

Der Oberleutnant schrieb in seinem Bericht, daß er in Jean Lafitte einen Mann gefunden hätte, der »zwar Fehler, aber auch Tugenden habe und sehr höflich wäre. Ein Gentleman habe selten so gute, aber niemals bessere Umgangsformen als er«.

Am 1. September 1819 veröffentlichten alle Zeitungen von New Orleans den folgenden Text in fast gleicher Fassung:

»Das Schiff *El Bravo,* das die mexikanische Flagge führt, Kapitän: Jean Desforges, Mitglied der Piratenvereinigung von Galveston, hat am 29. des vergangenen Monats den spanischen Schoner *Filomena* auf seiner Fahrt von Pensacola nach Havanna angegriffen und gekapert. Der Pirat hat sich der gesamten Fracht der *Filomena* bemächtigt. Die Waren gehörten zwei Geschäftsleuten unserer Stadt, Bürgern der Vereinigten Staaten.

Etwas später verfolgten zwei amerikanische Zollkutter die *El Bravo.* Mit diesen kämpfte sie und ergab sich nicht eher, als bis sie völlig kampfunfähig war. Sie liegt jetzt im Hafen unter guter Aufsicht;

Kapitän Desforges und seine achtzehnköpfige Mannschaft befinden sich in Calaboosse hinter Schloß und Riegel.«
Einige Tage später gaben die gleichen Zeitungen bekannt, daß die Verteidigung der Piraten durch folgende Anwälte sichergestellt sei: E. Livingston, Jurist, Expräsident des Bürgerkomitees während des Krieges mit England; Grymes, ehemaliger Bezirksanwalt und persönlicher Anwalt der Brüder Lafitte; Samuel Livermore, der sich vor kurzem in New Orleans niedergelassen hat. »Man versichert, daß Jean Lafitte selbst aus Galveston gekommen ist, um die Verteidigung des Kapitäns der *El Bravo* und seiner Mannschaft zu organisieren.« Es stimmte. Jean Lafitte hatte auf einer kurzen, geheimgehaltenen Reise – in der Stadt hatte man ihn nirgends gesehen – diese Anwälte gebeten, mit vereinten Kräften das Bestmögliche aus dem Blätterwald der Gesetze herauszuholen. Das Honorar und die Unkosten spielten keine Rolle.
Die Sache um die *El Bravo* stand aber schlecht. Der Bezirksanwalt John Dick – derselbe, der Lafitte nach Barataria beordert und mit dem sich Grymes im Duell geschlagen hatte – brachte zwei Dokumente zum Vorschein, die auf der *El Bravo* gefunden worden waren: 1. Anweisungen in Lafittes Handschrift, an Kapitän Desforges gerichtet, über die zu gebenden Zeichen, wenn man sich mit einer Beute vor dem Hafeneingang befinde; 2. eine Aufstellung über das Frachtgut, auch von Lafitte geschrieben – die Piraten bezeichneten es nicht mehr als Beutegut! –, die auch die Verteilung der Ausbeute vorsah.
»Diese zwei Dokumente«, berichtete *Le Courrier de la Louisiane*, »beeindruckten das Gericht sehr, nachdem es der Bezirksanwalt darauf aufmerksam gemacht hatte, daß Jean Lafitte in dieser Angelegenheit die Verantwortung trug. Auf einen Einwand Grymes hin, der behauptete, die *El Bravo* wäre kein gemeines Piratenschiff, sondern ein Kaperschiff, weil sie die mexikanische Flagge führte, legte der Bezirksanwalt die Verteidigung nieder, um der Bildung einer Kommission der sogenannten mexikanischen Republik für Kapitän Desforges entgegenzutreten. Die nächste Sitzung findet am Montag statt.«
Die Sitzungen des 15. November und der darauffolgenden Tage waren der Vernehmung von Zeugen und der von den Piraten geschädig-

ten Opfer gewidmet. Die Verteidigung bemühte sich zwar um Entlastung und ließ Zeugen auftreten, die sich widersprachen, doch wurden die Angeklagten aufgrund der Aussagen noch mehr belastet. Die Öffentlichkeit und mehr noch die Presse haßten die Angeklagten ganz offen, nur *La Gazette de la Louisiane* blieb neutraler, vielleicht ein letztes Zeichen der Freundschaft, die Leclerc, den Direktor dieser Zeitung, mit Jean Lafitte verband.

Am 19. November brachte *Le Courrier de la Louisiane* mit dem Bericht der vorletzten Sitzung einen Leitartikel, der die Entscheidung des Gerichtes beeinflussen sollte. Der Autor endete: »Diese Fälle (der Piraterie) kommen so oft vor, daß sie bald beunruhigend werden. Sie beeinträchtigen die Interessen der Kaufleute und der Seehandelsversicherungen. Sie bedrohen die Sicherheit der Seeleute und Passagiere und schaden dem Ruf des Landes. Es gibt viele neue Regierungen, die, vom Standpunkt der Vereinigten Staaten gesehen wirklich oder nur scheinbar unabhängig, verlangt haben, daß das Piratentum offiziell und unverzüglich bekämpft werden muß, ehe es sich in unerträglicher Weise ausweitet. Mit jedem festgenommenen Piraten muß ein Exempel statuiert werden, und das sofort.«

Vielen Bewohnern von Orleans war es bequem und günstig erschienen, in Galveston einzukaufen, aber jetzt schwankte die Meinung über das Unternehmen Lafitte erneut, weil einer seiner Kapitäne eine amerikanische Schiffsladung geraubt und auf amerikanische Zollkutter gefeuert hatte, und weil die amerikanischen Versicherungen durch die Firma Lafitte ernsthaft geschädigt wurden.

Trotz eines letzten Versuches von Grymes und Konsorten, die in der letzten Sitzung mit juristischen Spitzfindigkeiten Sturm liefen, wurden der Kapitän Desforges und seine Mannschaft (bis auf einen Piraten, der bei der Kaperfahrt weniger gewalttätig gekämpft hatte) verurteilt »zum Hängen am Hals, bis der Tod eintritt«.

Nun war man gegen Jean Lafitte ganz offen feindlich gesinnt, und ein neuer Artikel im *Courrier* brachte die Enttäuschung vieler Bürger zum Ausdruck, die den »Mann an der Spitze« nicht verurteilt sahen. Dennoch legte er mehrere Male über seine Anwälte Berufung ein, gewann sogar verschiedene Geschäftsleute von New Orleans, die ihm eine Bittschrift für die Verurteilten an den Präsidenten Monroe unterschrieben, und es ging das Gerücht um, daß er sich nach Washington begeben hätte, um diese Bittschrift selbst abzugeben. Der einzige Erfolg dieser Bemühungen war, daß das Leben der Verurteilten um sechs Monate verlängert wurde. Sie wurden am 25. Mai 1820 kurz nach Mittag am Ende der Segelstange eines Zollkutters, der im Mississippi vor dem Waffenplatz angelegt hatte, erhängt. Eine große Menschenversammlung wohnte dieser Hinrichtung bei, während der ein Zwischenfall einige Erregung hervorrief. Als die Wachhabenden ein paar Sekunden unaufmerksam waren, sprang Kapitän Desforges über die Reling des Schiffes und tauchte in den Strom. Wieder eingefangen, naß und fröstelnd, weinend und bittend, wehrte er sich jetzt nicht mehr gegen seine Bestrafung. »Die Militärparade«, schrieb *La Gazette*, »die die Exekution begleitete, war die größte seit Beginn des Friedens. Kein Aufruhr störte die Öffentlichkeit.«

Man hatte tatsächlich Racheakte der Piraten befürchtet, daß plötzliche Auftauchen eines Kommandos aus Galveston. Jean Lafitte hatte jedoch andere Dinge im Kopf, wenn man das aus einem seltsamen Brief, den man unter den Dokumenten seines Urenkels fand, entnehmen darf. Diesen Brief hatte Manuel Lisa, damals oft der »größte Pelzhändler des Ostens« genannt, im Mai 1820 in Saint-Louis, Missouri, geschrieben. In diesem rätselhaften Brief teilt Lisa Jean Lafitte mit, daß er »ein gutes Versteck für Karten, Pläne und Instrumente gebaut und dort auch Dublonen versteckt hätte, von denen jetzt schon 20 000 vorhanden wären«. Übrigens wußten Jean Lafittes Männer, ja sogar die Polizei – die möglicherweise von ihnen befragt wurde –, daß Jean Lafitte seit Ende 1819 nicht nur in der Nähe seines Kontors, in Donaldsonville, sondern auch weit vom Golf entfernt, in Philadelphia, New Jersey und Saint-Louis geheime Warenlager errichtete. Alles deutete darauf hin, daß der Mann, der sich mit solchen Lagern ausstattete – mit Lagern gestohlener Waren und Reserven in klingender Münze – sich sagte, daß der Stützpunkt Galveston nicht mehr sicher war. Nicht nur die Überwachung durch oberste amerikanische Stellen, sondern auch die Tatsache, daß er mit ausdrücklichen persönlichen Bitten eine Mannschaft, die für ihn arbeitete, nicht vor dem Galgen hatte retten können, machten seine Lage unsicher, vielleicht auch die seiner Männer. Die Andeutung über die »Karten, Pläne und Instrumente« gab zu erkennen, daß er die Möglichkeit einer Auswanderung ins Auge faßte. Sein weiteres Schicksal hing jedoch wieder einmal nicht von seinem Willen ab.

Am 3. Januar 1821 streifte der Schoner *Enterprise*, der die Flagge der Bundesmarine führte, Steuerbord halsend entlang der flachen Sandinsel Galveston. Der Kommandant, Oberleutnant Kearny und sein Deckoffizier McKenny beobachteten die Küste. »Da sind wir«, sagte Kearny. »Ich sehe den Sog zum Hafeneingang.«
Einige Minuten später fügte er hinzu: »Hier liegt Campeche.«
Auch mit bloßem Auge erkannte man eine lange Reihe von Holzbaracken. Ein rot gestrichenes großes Haus fiel auf, auch das kleine Fort, das den Hafeneingang beherrschte.
»Das sieht nicht gefährlich aus«, sagte der zweite Offizier.
»Ein Nest schlafender Hornissen sieht auch nicht gefährlich aus.«
»Soll ich den Kampfposten mahnen, Sir?«
»Ja, wir legen nicht an. Vor dem Hafeneingang täuschen wir eine Panne vor. Sie hissen die Flagge und bitten um Verbindung mit dem Land. Die Kanonen bleiben auf das Fort gerichtet.«
Die *Enterprise* erreichte gerade die Hafeneinfahrt, als eine kleine Schaluppe mit vollen Segeln und großer Geschicklichkeit die Hafenbefestigung durchquerte und neben dem Kriegsschiff anhielt. Ein Mann richtete sich auf und nahm seine Kopfbedeckung ab.
»Ich bin Kapitän Jean Lafitte«, schrie er. »Möchte der Kommandant meine Gastfreundschaft annehmen?«
Oberleutnant Kearny begab sich mit einem Kadetten an Land, doch lehnte er die Einladung in das Haus des Führers von Galveston ab.
»Was ich Ihnen, Kapitän Lafitte, zu sagen habe, sage ich Ihnen lieber hier.«
Einige Männer, die aus ihren Häusern getreten waren, um den Schoner zu beobachten, machten Anstalten, näher zu kommen. Mit einer Geste hielt Lafitte sie fern. Kearny blieb vor den Holzbaracken im Sande stehen:

»Nun, die Mitteilung, die ich Ihnen im Namen der Vereinigten Staaten zu machen habe ...
Die Niederlassung Galveston muß alle Tätigkeiten einstellen, ja sie muß sogar verschwinden. Die Bauten müssen zerstört werden. Die Schiffe haben den Hafen zu verlassen, mit dem Verbot, nie dahin zurückzukehren.
Ich komme in zwei Monaten wieder, um zu sehen, ob diese Anweisungen ausgeführt sind. Sie selbst müssen dann den Ort verlassen. Ungehorsam oder Aufschub wird mit Kanonenfeuer beantwortet.«
Jean Lafitte hatte sich dieses Ultimatum angehört, ohne das geringste einzuwenden.
»Ich werde alle Maßnahmen treffen, Campeche in der vorgeschriebenen Frist zu zerstören und zu räumen«, sagte er.
»Ich werde in zwei Monaten auf den Tag genau wieder hier sein«, wiederholte Kearny.
»Ich füge mich dem Unvermeidlichen.«
Die Unterhaltung endete mit ein paar höflichen Worten.
Der Aufbruch von Barataria war ziemlich dramatisch gewesen. Dieser Vorgang, so schien es, ließ jetzt die Bewohner von Galveston resignieren, so daß Jean Lafitte keinen wirklichen Widerstand überwinden mußte. Die Piraten sprachen untereinander von einer neuen Niederlassung, die sie aussuchen würden. Ich gehe dort und ich dahin, der Wechsel gehörte zu ihrem unaufhörlichen Abenteuer. Der Chef sagte kein Wort über seine Pläne, wenn er welche hatte, nannte keinen Namen einer anderen Niederlassung, die Galveston ersetzen könnte und deren Chef er sein würde. Die Piraten waren sehr mit den Vorbereitungen zum Umzug beschäftigt. Große Mengen von Waren und Beute, die der Führer der sozialistischen Gemeinschaft genau aufteilte, mußten auf Schiffe verladen werden. Er versammelte seine Männer nach mehreren neuen Beutefahrten, um ihnen Geld zu geben, nachdem er eine sehr genaue Zahlungsliste erstellt hatte. Dies alles geschah, während die zwei Monate ohne Unruhe verstrichen.
Genau am vereinbarten Tag, am 2. März im Laufe des Vormittags, erschien die *Enterprise* am Hafeneingang. Dieses Mal legte sie an. Der Kommandant, Oberleutnant Kearny, Deckoffizier McKenny und ein

Seekadett kamen mit einem Ruderboot an. McKenny hat 18 Jahre danach, im Juli 1839, über diesen denkwürdigen Tag in der *United Staates Magazine and Democracy Review* berichtet.

Die Jolle der *Enterprise* fuhr in den Hafen ein und legte so nahe wie möglich an eine Brigg an. »Alle möglichen schmutzigen, weißen, schwarzen oder gelben Gesichter mit Hüten, Schirmmützen, Sombreros und spitzen mexikanischen Hüten blickten entlang der Reling oder an den Stückpforten wenig liebenswürdig auf unsere Dreispitze und Achselstücke.« Kearny fragte, ob Lafitte im Hafen wäre. Man zeigte ihm sein Schiff. »Es war ein schwarzer schmaler Schoner mit niedrigem, schwarzem Rumpf und erhobenen Masten, die dünn wie Angelruten waren. Das ideale Schiff für einen Piraten.«

Lafitte empfing die Besucher auf seinem Schiff und sagte, alles sei oder wird erfüllt, was man vor zwei Monaten verlangt habe. Alles würde am selben Tage fertig sein. Die Unterhaltung wurde dann sehr herzlich. »Auf die Gefahr hin, meine Leser zu enttäuschen, kann ich Lafitte doch nicht als einen melodramatischen Held, halb wild und zugleich grausam und sanft etc. darstellen. Er war ein starker Mann, fünf Fuß und fünf Zoll groß, sehr schlicht mit einem blauen Gehrock, der schlecht geschnitten war, bekleidet, aber der Gesamteindruck war dennoch gentlemanlike. Sein Teint war olivfarben wie der von manchen Kreolen. Sein volles Gesicht hatte einen freundlichen Ausdruck. Wenn er sich im Gespräch erhitzte, blitzten seine Augen so, daß man meinen mußte, *El Capitano* konnte, wenn er in Wut geriet, ein sehr schlechter Mensch sein. Das Schiff war ein Schoner mit einer Kapazität von 200 Tonnen und 16 Kanonen. Allem Anschein nach war es segelfertig. Auf diesem Schiff herrschte strenge Disziplin.«

Die gute Führung eines Schiffes erfreut das Herz eines Seefahrers immer, und als die amerikanischen Offiziere, die in die Kapitänskajüte eingeladen waren, den gedeckten Tisch sahen und den Duft des Essens verspürten, wurden sie freundlicher.

»Gutes Ragout, Fisch und geräucherte Pute«, französische Weine, untadelige Bedienung unter der Aufsicht eines spanischen Chefkochs – dabei hätten die Gäste nicht den Eindruck haben müssen, daß sie ihre Mahlzeit mit einem Piraten teilten, wenn nicht ihr Gastgeber in der

Unterhaltung immer wieder angefangen hätte, »vorbehaltlos von seinem wagnisreichen, abenteuerlichen Leben zu erzählen«. Er, der das Talent hatte, den Ereignissen einen würdigen Rahmen zu geben, wollte seine Gäste noch in anderer Weise verblüffen – zum reinen Vergnügen, denn er erwartete schließlich nichts mehr von ihnen.
»Eine weitere Überraschung ließ uns trotz des guten Appetits, den wir hatten, das Essen vergessen. Eine junge Frau, *a Lady*, (im Text unterstrichen) erschien. Sie war eine der strahlenden Erscheinungen dunklen Typs, von denen man träumt. Sie hatte eine hinreißende Gestalt mit üppigen Formen, die Gesichtszüge einer besonderen Schönheit, schwarze bezaubernde Augen und schwarzes prachtvolles Haar, in Locken lang herabfallend. Kurzum, sie hätte eine Gruppe sentimentaler junger Männer, wie wir es waren, zur Poesie oder zum Selbstmord treiben können.«
Es war Denise-Jeannette, die Tochter des Piraten, 17 Jahre alt und noch aufregender, weil ihr Vater sie nicht vorstellte. Er wollte sie lieber mit einem Geheimnis umgeben. Auch sprach diese Schönheit kein einziges Wort Englisch, antwortete nur mit einem Lächeln auf Freundlichkeiten, mit einem Blick oder dem Glas, das sie an ihre Lippen hob.
Jean Lafitte redete sehr viel in einwandfreiem Englisch. »Er war sehr gut erzogen und besaß ein ungewöhnliches Talent zu Unterhaltung. Wenn man ihm zuhörte, wie er von Schiffbrüchen, Stürmen, von Gefahr und Kühnheit erzählte, schien es mir, als erlebte ich einige der Abenteuer, die ich als Schüler in Romanen gelesen hatte, noch einmal, und als hörte ich jene Könige des Meeres selbst diese Heldentaten erzählen.« Es ist klar, daß dieser begabte Erzähler nichts erzählte, das für ihn ungünstig war.
»Kapitän, erzählen Sie mir bitte Ihr Leben!«
Noch einmal gab er die Geschichte wieder, die er während 20 Diners in der guten Gesellschaft von New Orleans so gut eingeübt hatte: in Bordeaux geboren, wohlhabender Kaufmann in Santo Domingo, und auf der Rückfahrt von seiner Europareise jener unbarmherzige Angriff eines spanischen Schiffes; die verlassene Insel, auf der man ihn mit seiner Frau, die gerade niederkommen sollte, zurückließ, Rettung

durch ein amerikanisches Schiff, Tod seiner Frau, und die ersten Freunde, mit denen er einen Schoner gekauft und »Spanien einen ewigen Krieg erklärt« hatte.
»15 Jahre lang habe ich Krieg gegen Spanien geführt, solange ich lebe, führe ich ihn weiter. Mit der ganzen Welt habe ich Frieden, nur nicht mit Spanien . . .«
Die Amerikaner schüttelten den Kopf. Sie lachten nicht schlecht über Spanien, um so mehr, als Jean Lafitte ihnen das so leicht machte. Währenddessen flirtete die dunkle Schönheit mit dem Kadetten »so eingehend, wie man das beim Austauschen von Apfelsinenscheiben und beim Zuprosten machen kann«. Der strenge Vater ließ plötzlich erkennen, daß diese Koketterie lange genug gedauert hatte: ein stechender Blick, und das junge Mädchen setzte das Glas ab, das es gerade an die Lippen führen wollte, erhob sich und ging, ohne sich zu verabschieden.
»Man behandelt mich zwar als Pirat«, nahm Jean Lafitte die Unterhaltung ganz ruhig wieder auf, »doch habe ich niemals ein französisches oder englisches Schiff angegriffen. Ich habe meine Männer, die amerikanisches Eigentum geraubt haben, hängen lassen. In New Orleans habe ich mich geweigert, eine feindliche Haltung gegen Amerika einzunehmen. Meine Herren, mögen Sie Kaffee?«
Nach dem Kaffee stiegen die amerikanischen Offiziere auf die Schiffsbrücke und bedauerten, daß sie das aufregende weibliche Wesen, wenn auch nur für einen Augenblick, nicht wiedersahen. Jeder, der das Schiff verließ, drückte die Hand des »Pirat-Gentleman« lange und war bewegt wie beim Abschied von einem teuren Freund, den man lange nicht wiederzusehen fürchtet.
Am nächsten Morgen standen Kearny und sein Deckoffizier wieder auf Achterdeck der *Enterprise* und überwachten die letzten Piraten, die Galveston verließen. Ein Segelschiff nach dem anderen fand sich an der Hafenausfahrt ein, eines nach dem anderen hißte seine Segel. Die zwei Amerikaner sahen, wie sie der Hafenausfahrt zusegelten, sich treiben ließen, um Fahrtwind zu bekommen, dann lavierten, um die Hafenbefestigung im rechten Winkel zu durchfahren, und dann wieder Schwung nahmen.

Nun segelten sie mit dem Wind, und bald sah man die zerzausten und zerlumpten Männer nicht mehr, nur noch anmutige Vögel, die sich auf dem blaugrünen Wasser entfernten. Das war ein herrliches Schauspiel für die Seeleute.

Der Nachmittag verstrich. Nur noch ein Schiff lag im Hafen. Das gehörte Jean Lafitte.

»Ich sehe ein Ruderboot vom Schiff wegfahren«, sagte Kearny, der durch sein Fernrohr sah.

Er erkannte darin Jean Lafitte, der sich dem Land näherte. Der Piratenführer ging auf die Barackenreihe zu und legte selbst das Feuer. Die Flammen erfaßten bald die Holzbaracken, dann auch das große rote Haus. Eine Brise verbreitete den Brand über alles, was von diesem Lager Galveston zurückgeblieben war, Galveston, das Lafitte Campeche genannt hatte.

Jetzt befand sich das niedrige, sehr fein gebaute schwarze Schiff in der Hafenausfahrt, die von hohen weißen Leuchttürmen beherrscht war.

Jean Lafitte führte selbst das Steuerruder. Dann segelte er geradewegs auf das Vorschiff der *Enterprise* zu und hielt diesen Kurs so verwegen ein, daß Kearny und sein Deckoffizier, die einen Zusammenprall kommen sahen, einen Schreckensschrei ausstießen. Aber gerade noch rechtzeitig kreuzte der geschickte Steuermann und segelte nur einige Klafter außenbord vorbei. Er nahm seinen Hut in die Hand und grüßte die amerikanische Flagge und die beiden Offiziere, die seinen Gruß erwiderten. Das anmutige Schiff, mit vollen Segeln im Wind, schien über das Meer zu fliegen. Es entfernte sich ostwärts, dem Horizont entgegen, an dem sich schon die Dämmerung ankündigte.

Fast ein und ein halbes Jahrhundert lang ist die Geschichte Jean Lafittes hier festgehalten. Und wieder stehen wir an der Schwelle einer ruhmreichen Zeit: »Jean Lafitte segelte von neuem in das legendäre Reich, aus dem er emporkam«, konnte man in einer noch neuen Ausgabe der *Encyclopedia Britannica* lesen. Wir werden erleben, wie dieser geheimnisvolle Mann seinem endgültigen Schicksal, das nicht weniger erstaunlich ist als sein bisheriges, entgegensegelt.

5

Marxismus und Liebe

21 Jahre alt war 1830 die entzückende – ja wirklich entzückende Emma Mortimore: Sie hatte goldfarbenes Haar, einen strahlendweißen Teint, ein regelmäßiges schönes Gesicht und traumhafte blaue Augen. Ihre Schönheit wurde von der guten Gesellschaft der Stadt anerkannt und gerühmt, denn der Name Mortimore war hochgeachtet.

Das Familienoberhaupt, Glenn Edward, Reeder und Kaufmann, entstammte einer Bischofsfamilie in Richmond, Virginia. Er wohnte seit vielen Jahren in Charleston, und jede Bank, sogar in New York, zahlte ihm gegen seine Unterschrift jede beliebige Summe aus. Er war mit Ruella Dévereux verheiratet, geboren in Jacksonville als Tochter des Jean-Horace Dévereux, Hugenotte aus Périgueux, Frankreich. Die Damen von Charleston interessierten sich für Einzelheiten der Herkunft um so mehr, als ihre Stadt, 1670 von englischen Kolonisten gegründet, durch den Zustrom sehr reicher französischer Hugenotten um 1680 bedeutender geworden war. Infolgedessen stammten nicht wenige Familien dieser Gegend aus Verbindungen wie der von Glenn Edward Mortimore mit Ruella Dévereux. Das Paar hatte sieben Kinder, Emma war das zweite. An ihrem 18. Geburtstag gaben ihre Eltern einen prachtvollen Ball, an dem die hervorragendsten jungen Leute der Stadt teilnahmen. Von ihrer Schönheit abgesehen, war sie eine der besten Partien! Ihr Vater besaß nicht nur in Charleston, sondern auch in Savannah, Jacksonville und anderen Häfen Schiffe und volle Warenlager. Gerüchte, denen zufolge Edward Mortimore die Ausrüstung des einen oder anderen Schiffes, das später dann der Piraterie verdächtigt wurde, finanziert haben sollte, konnten das vorbildliche Leben seiner Familie und ihre glänzende Stellung in der Gesellschaft von Charleston in keiner Weise beeinträchtigen.

Emma tanzte mit ihren Verehrern, war sehr lustig, aber mit der Wahl nahm sie sich Zeit. »Sie kann wählen«, sagten die Damen der

Gesellschaft mit Recht und wetteiferten leidenschaftlich in den verschiedensten Prognosen. Emma machte gemeinsam mit ihrer Mutter Besuche, konnte Tee servieren wie eine Lady, kleidete sich perfekt und erschien selbstverständlich bei Diners, die Edward Mortimore oft gab, um einmal diesen oder jenen Kaufmann, einen Bankier oder Reedereibesitzer seines Geschäftskreises zu ehren.

Man sah unter diesen Gästen regelmäßig einen bärtigen Endvierziger – genau war er 48 Jahre alt. Er war ein sehr schöner Mann, hieß John Lafflin, war Kaufmann und Reeder wie Mortimore, und beide Männer besaßen gemeinsam Lager in Charleston und Savannah. John Lafflin hatte sein Hauptgeschäft in Baltimore und Niederlassungen in Philadelphia, Camden und Bridgeton, New Jersey.

Die unruhig gewordenen Anbeter Emma Mortimores wurden in schmerzliches Erstaunen versetzt, als einer von ihnen eine Neuigkeit verbreitete, die sich im Ablauf der Ereignisse bald bestätigen sollte. John Lafflin, seit langer Zeit im Hause Mortimore als Geschäftsmann empfangen, kam jetzt in anderer Eigenschaft: als Anbeter der jungen Schönheit. Es schien, o Jammer, daß die Familie dem wohlwollend zusah, und es schien auch, daß Emma nicht gleichgültig blieb.

Die jungen Leute jener Epoche, zumindest die der guten Gesellschaft, bestritten nicht wie die heutige Jugend den Vorteil einer guten Heirat, und so ließen es sich die »Playboys« von Charleston gefallen, daß die Verlobung der bewunderten Emma mit dem bärtigen Endvierziger bald offiziell wurde.

In Wirklichkeit zählten die günstigen Verhältnisse des Verlobten für Emma nicht, wenn das auch für ihre Familie zutraf. Einige Tage vor ihrer Verlobung sagte sie ihren Eltern feierlich: »Ich weiß jetzt alles über Jeans Vergangenheit. Er hat mir sein Leben erzählt. Ich bin jetzt um so entschlossener, seine Frau zu werden.«

Sie sagte Jean und nicht mehr John, sie wußte, daß John Lafflin Jean Lafitte war, ehemaliger Piratenführer und gesuchter Verbrecher. Sie wußte, daß er Witwer und Vater eines Mädchens war, das fünf Jahre älter war als sie. Diese bewegte Vergangenheit, die junge Mädchen der guten Gesellschaft zur Räson hätte bringen sollen, machte ihr nichts aus; was zählte, war das Gefühl, das dieser verführerische Mann ihr, trotz des Altersunterschiedes von 27 Jahren, eingab: eine große Liebe.

Als vorbildlicher Verlobter schrieb er ihr immer, wenn er nicht in ihrer Nähe war, sagte ihr, daß er ihren Rat, so wenig wie möglich über seine Vergangenheit zu sprechen und jedes Ressentiment zu vergessen, befolgen werde, er erzählte ihr, daß er zur Messe war (künftig wird er nicht mehr oft gehen!), dabei an sie dachte, daß er jetzt »getröstet und erleichtert« sei und ihr eine Bibel übersende: »Ich weiß, daß diese ein kostbares Geschenk für Dich ist, denn Du hast mir gesagt, das Juwelen und alle materiellen Dinge keinen wirklichen Wert besäßen.«

In diese Bibel, das traditionelle Geschenk und Buch von Bestand, wurden auf den Schutzseiten und am Rande der Seiten familiäre Ereignisse eingetragen. Das Hochzeitsdatum von Jean und Emma ist in Mortimores Bibel eingetragen: 7. Juni 1832. Ich habe nicht herausfinden können, ob unser Held sich unter dem Namen Lafitte oder Lafflin verheiratet hat. In einem großen neuen Lande sind die Beamten nachsichtiger als heutzutage, was Stand und Herkunft eines Menschen betrifft. Der bekannte Kaufmann konnte offenbar nicht seinen Namen von heute auf morgen ändern. Erst ein paar Jahre später verwischte er den Namen Lafflin, um für immer zu Lafitte zurückzukehren. Bei seiner Hochzeit wurde auf jeden Fall sein richtiger Name in die Bibel eingetragen, auch sein wirklicher Geburtsort. Vor Gott hat noch niemand zu leugnen versucht.

Hatte Jean Lafitte seiner Braut alles gesagt? Wußte sie zum Beispiel, was er zwischen dem 3. Mai 1821, als er mit seinem schönen Schiff das Flammenmeer Galveston verließ, und dem Anfang des Jahres 1830 getan hatte, als der reiche Kaufmann in Charleston auftauchte? Das sind noch neun unaufgeklärte Jahre.

Ich habe den Namen des amerikanischen Historikers – Stanley Clisby Arthur – schon genannt, der Spezialist für Louisiana ist und sehr genaue, verdienstvolle Nachforschungen beim letzten Nachfahren Lafittes angestellt hat. Dabei hat er die geheimnisvolle zweite Lebenshälfte Jean Lafittes aufgeklärt. Der verwegene Pirat, der die

Autorität und die öffentliche Meinung so lange mißachtet hatte, verwandelte sich in eine schwarze Wolke ähnlich einem Tintenfisch. Wenn man darüber nachdenkt, muß man sich sagen, daß er wenigstens zwei Gründe für diese Verbergungstaktik hatte: von einigen Leuten, die ihn in schlechter Erinnerung hatten, nicht erkannt zu werden, und die Aufmerksamkeit nicht auf jene Orte zu lenken, wo sich seine Lager befanden: Waren, Geld und andere Schätze. Gewiß hatte ihm dieses Kapital dazu verholfen, unter dem Namen John Lafflin ein achtbarer Kaufmann zu werden.

Emma und Jean sind länger als ein Jahr verheiratet, doch wohnt Emma immer noch bei ihren Eltern. Ihr Gatte ist »in Geschäftsangelegenheiten« viel auf Reisen, was auch niemand ungewöhnlich findet, denn die Geschäftsleute jener Zeit müssen viel – und langsamer als heute – reisen. Jean läßt oft von sich hören, beschreibt die Aufregung über den Bau des ersten Bahnhofes in Philadelphia und erzählt wenig später begeistert von seiner ersten Fahrt mit der Eisenbahn. Das ist eine großartige Neuheit. Hinzu kommt eine weitere wichtige, wenn auch nicht unerwartete Mitteilung: Emma ist schwanger. Am 4. April 1834 kommt das Kind, ein Junge, zur Welt. Großer Jubel herrscht in der Familie. »Wir werden jetzt einen eigenen Hausstand gründen müssen«, sagte die junge Frau mit gutem Grund. »Seit Monaten erzählt Ihr mir von einer Übersiedlung nach dem Westen.«

Gen Westen, das war die Richtung, in die die Amerikaner damals unaufhörlich rutschten, als wäre der Kontinent eine schiefe Ebene. Was Jean Lafitte betraf, war sein Wunsch, seinen früheren Schauplätzen zu entrücken, verständlich, und es war nicht ausgeschlossen, daß er in der Gegend von Saint-Louis einen Unterschlupf hatte.

Als die Familie sich am Rande des Mississippi, zunächst in Carondelet, einem Vorort von Saint-Louis, und später direkt in Saint-Louis, 24 Collins Avenue, niedergelassen hatte, kam im September 1836 der zweite Sohn, Glenn, zur Welt. Jean Lafitte errichtete seine Büros in der Straße North Water, 29. Über der Tür hing ein Kupferschild: »John Lafflin, Herstellung und Verkauf von Schießpulver.«

Für einen Mann, der unter falschem Namen lebte, sich nicht bemerkbar machen und jede Verbindung mit seinem früheren Piratentum auflösen wollte – denn wer kauft denn letztlich Schießpulver? – schien diese Idee recht seltsam. Wir haben nicht die Zeit, der Sache auf den Grund zu gehen, stellen nur fest, daß er die Tätigkeit, die er in Charleston ausübte, nicht aufgab. Er ging sogar mit dem jüngeren Bruder Emmas eine Geschäftsverbindung ein, um eine Schnapsbrennerei in Philadelphia zu erwerben. Andere beglaubigte Dokumente berichten, daß noch eine Firma bestand: »Lafflin, Maire und Mortimore«, in der Pierre Lafitte, der Galveston noch vor der Zwangsräumung verlassen hatte, Teilhaber war.

Pierre Lafitte (auch er zeichnete Lafflin) lebte von seiner Frau trotz ihrer sieben Kinder getrennt, war auf einer Seite leicht gelähmt und dem Alkohol verfallen. Kaum auf unserer Bildfläche erschienen, muß er sie auch schon wieder verlassen. Im Alter von 65 Jahren starb er in Crèvecœur, Missouri, 15 Meilen von Saint-Louis entfernt.

In der Collins Avenue 24 hatte man ihn anscheinend nicht gesehen. Im Hause des Schießpulverkaufmanns lebte man sehr spießbürgerlich. Man empfing die gute Gesellschaft und ging selbst wenig aus. Manoel De Franca, Portugiese, den Jean Lafitte von Baltimore her kennen mußte und der sich in Saint-Louis als Porträtmaler niedergelassen hatte, war häufiger Tischgast. Ein Ölgemälde von ihm, 1842 signiert, stellt das Ehepaar Lafitte mit ihren beiden Söhnen dar. Emma war immer noch entzückend, der Expirat sah immer noch gut aus, trotz ergrauten Haares, Backen- und Schnurrbarts, vor den beiden standen die hübschen Jungen Jules und Glenn, wie damals üblich, schrecklich herausgeputzt.

Jean Lafitte erzählte De Franca sein ganzes Leben. Die beiden Männer verband echte Freundschaft, und Jean Lafitte war glücklich, einen Vertrauten gefunden zu haben, mit dem er sich die Vergangenheit vor Augen führen konnte. Unter den Beweisstücken, die er De Franca zeigte, befand sich eine Ausgabe der *L'Abeille de la Nouvelle-Orleans* vom 16. November 1830, die ausführlich über das Begräbnis des älteren Bruders Dominique You, Kapitän Dominique genannt, berichtete. Das Begräbnis war sensationell, fast ein Staatsbegräbnis, denn der Kapitän war Held der Schlacht von New Orleans gewesen, eine Zeitlang in Vergessenheit und sogar in Not geraten und im Augenblick des Todes wiederentdeckt worden. Der Stadtrat hatte die Kosten für diese Zeremonie übernommen, bei der nach verschiedenen Ansprachen eine Ehrenkompanie angetreten war. Auf dem Grabstein, unter dem Namen Dominique You mit den freimaurerischen Zeichen Winkel und Zirkel, war ein Vers aus Voltaires *La Henriade* eingraviert:

Intrépide guerrier sur la terre et sur l'onde
Qui sut dans cent combats signaler sa valeur;
Et ce nouveau Bayard sans reproche et sans peur
Aurait pu sans trembler voir s'écrouler le monde!

Jean Lafitte war keineswegs eifersüchtig, im Gegenteil, diese dem älteren Bruder erwiesene Huldigung ehrte, wie er sagte, auch seine Familie. Ein in der Unterhaltung zwischen Lafitte und De Franca oft auftauchendes Thema war ... die Ideologie der Revolution. Die zwei Männer unterhielten sich wohl ganz offen, da der ältere Sohn noch viel später von diesen Gesprächen erzählte: »Mein Vater war eine Art Schwärmer, der an die Brüderlichkeit der Menschen glaubte und Geheimbünden angehörte.« Geheimbünden? In seiner Bewunderung hatte der Sohn wohl übertrieben. Nun, sagen wir, daß Lafitte und De Franca sich schon damals eine antikapitalistische Arbeiterbewegung, vermutlich eine örtliche Organisation der Internationalen Arbeitervereinigungen vorstellten.

1847 und 1848 saßen in mehreren Cafés und Tavernen im unteren Stadtteil von Brüssel Gäste, die sich sehr bewegt und immer über dasselbe Thema unterhielten: die Politik. Die Hauptstadt Belgiens war damals das Mekka der revolutionären Ideologen aus ganz Europa. Delegierte der Arbeiterbewegungen Frankreichs, Englands, Deutschlands und Polens trafen hier aus diesen Ländern ausgewiesene Aufwiegler wieder, deren materielle Verhältnisse oft nicht gerade zum besten standen.

Viele dieser Revolutionäre trugen Bärte. Doch drei von ihnen, die oft in dem einen oder anderen rauchgeschwärzten Café zusammen auftraten, hatten ein weniger alltägliches Aussehen: drei Bärte, einer schon ganz weiß. Die beiden anderen waren junge Männer, einer 30, der andere 27 Jahre alt. Die drei setzten sich immer getrennt an einen Tisch. Auch kamen sie in einem ihrer mittelmäßigen Hotelzimmer zusammen, lasen, schrieben oder diskutierten stundenlang in Englisch.

Die beiden jungen Männer hatten sich nicht etwa mit schlechter Literatur selbst gebildet, sondern gute deutsche Universitäten besucht. Der Jüngere sprach oft über eine Reise, die er vor zwei Jahren nach England, wo sein Vater eine Fabrik besaß, gemacht hatte. Er hatte die Kehrseite der Industrierevolution in dem Lande kennengelernt, wo sie in vollem Gange war: Unruhe und ein abscheuliches Elend der unteren Bevölkerungsschichten. Über dieses Thema hatte er übrigens auch ein Buch geschrieben.

Der andere Deutsche war ebensowenig ein Träumer. Schon mit 30 Jahren war er Chefredakteur einer bedeutenden Kölner Zeitung gewesen, der *Rheinischen Zeitung*. Anschließend begab er sich nach Paris, wo er seinen Freund getroffen hatte. Er gab auch hier eine Zeitung heraus, doch aufgrund dieser Tätigkeit wurde er ausgewiesen. Paris! Die Freunde sprachen mit der gleichen Begeisterung von der Stadt, die ein intellektueller Leitstern war und dennoch voll von Charme.

»Sie müssen dort hinfahren!« sagten sie dem Mann mit dem weißen Bart.

»Ja, das muß ich. Man muß eine Finanzierungsgrundlage für Ihr Projekt finden!«

Dieser Mann sprach wenig und hörte mehr zu. Wenn er aber sprach, dann plötzlich und leidenschaftlich. Seine Freunde betrachteten ihn aufmerksam, so als beeindruckte sie sein Gesicht mehr als seine Äußerungen. Sie antworteten ihm freundlich, und er gab ihnen ausnahmslos recht. Er hatte ihnen geschrieben, daß er ihre gewaltigen Ideen bewunderte. Zweifellos konnte er nicht ahnen, daß jenes Werk, das die beiden jungen Männer damals gemeinsam schrieben, zu den großartigsten intellektuellen Leistungen der Menschheitsgeschichte zählen sollte. Der jüngere der beiden Autoren hieß Friedrich Engels, der ältere Karl Heinrich Marx. »Das Kommunistische Manifest« war der Titel ihres Manuskriptes. Den dritten Mann haben Sie sicher schon erkannt!

Das ist keine Fabel und auch keine Aufschneiderei. Briefe, die Stanley C. Arthur während seiner geduldigen Nachforschungen gefunden hatte und deren Fotokopien er veröffentlichen ließ, Briefe, die nicht nur von Jean Lafitte stammen, beweisen, daß Jean Lafitte wirklich im Jahre 1847 mit Marx und Engels Verbindung hatte. In ihrer umfangreichen Korrespondenz findet sich noch eine bemerkenswerte Unterschrift: Es ist die Abraham Lincolns, wie wir noch sehen werden.

Stanley C. Arthur berichtet, daß Jean Lafitte in Berlin die Bekanntschaft von Marx und Engels gemacht hätte, doch lassen die historischen Ereignisse eher glauben, daß das in Brüssel geschehen war. Marx hatte sich 1845 in dieser Stadt niedergelassen, nachdem er von Paris ausgewiesen worden war, und Engels war zur gleichen Zeit (1847) Sekretär des Zentralkomitees der kommunistischen Arbeitervereinigung in Brüssel. In einem Brief (an den Maler De Franca) beschreibt Lafitte ausführlich seine Beziehung zu zwei kommunistischen Philosophen. Dieser Brief trägt das Datum vom 29. September 1847, Brüssel, ein Aufenthalt in Berlin wird nicht erwähnt.

Im Mai 1847 reiste der jetzt Fünfundsechzigjährige von Saint-Louis nach New York. Er fuhr mit dem Schiff nach London, wo er im Juni an mehreren Treffen von Revolutionären teilnahm. Danach reiste er nach Holland, in die Schweiz, nach Paris und Brüssel. Wie lange die einzelnen Aufenthalte gedauert hatten, kann man heute nicht mehr feststellen, doch das Motiv war immer dasselbe: Redner der extremen Linken, Verächter des Kapitalismus zu hören. Schon zu Hause in Saint-Louis hatte Jean Lafitte in Gesprächen mit De Franca den Kapitalismus als »Drachen« bezeichnet und den Sozialismus als Gegner des »Drachen«.

Die Doktrinäre des Kommunismus waren unterschiedlichster, oft bürgerlicher Herkunft. Karl Marx war der Sohn eines wohlhabenden

Anwalts, Engels ein Industriellensohn. Man muß jedoch zustimmen, daß Jean Lafitte in diesem Bereich eine unerwartete Erscheinung war. Wir wollen keine Psychoanalyse aufstellen; dennoch kann man, wenn man sich an die Etappen seines Lebens erinnert, zwei Gefühle unterscheiden, die wenigstens teilweise seine Wandlung erklären könnten. Zunächst ist da das Erbe einer sehr alten Piratentradition, die Freude am Teilen. Wo auch immer die Seeräuberei einen Gewinn hervorbringt, er darf nicht einer Minderheit zufallen, die die Mehrheit entlohnt: Teilen muß man, das ist wie ein Naturgesetz. Das andere, vielleicht schwerwiegendere Gefühl, war die Tatsache, daß er das Opfer einer Ungerechtigkeit gewesen war. Die amerikanischen Behörden waren gegen Lafitte nicht nur undankbar, sondern hatten ihn auch durch die Beschlagnahme seines Vermögens von Barataria beraubt. Es ist unwichtig, ob dieses Gefühl nun begründet ist oder nicht, es war im Leben des Expiraten der wunde Punkt, der ihn veranlaßte, in die Reihen der enterbten Revolutionäre zu treten. Indem er sich in den Kampf gegen den »Drachen« warf, fühlte er sich von seinem psychischen Leiden, dem Hang zum Betrug, dem er verfallen war, etwas erleichtert.

Den Kampf führte er geheim, denn seine Besessenheit zur Verheimlichung, für die wir stichhaltige Gründe kennengelernt haben, verfolgte ihn. Sie zeigte sich in einer etwas kindlichen Art: Er schrieb in französischer Sprache, die in den Vereinigten Staaten weniger bekannt ist als die englische, und trat bei den Kongressen, zu denen ihn sein unüberwindlicher Haß gegen den »Drachen« führte, niemals hervor: »Ich habe es abgelehnt, an Konferenzen teilzunehmen, bei denen Redner ein Manifest formulieren, weil ich nicht bekannt oder erkannt werden wollte.« Dieser Brief über Jean Lafittes Leben während seiner Europa-Zeit ist so informativ für uns, daß wir uns mit seinem schlechter gewordenen Französisch nicht aufhalten wollen. Seine Angst (ein verborgenes Gefühl, Ungerechtigkeit zu erleiden, das sich manchmal bis zum Verfolgungswahn steigerte) beeinträchtigte keineswegs seinen psychologischen Scharfsinn, denn er schrieb: »Von Anfang an schienen mir die beiden jungen Männer erlesenste Eigenschaften und Begabungen zu besitzen.«

Er, der frühere Führer von Barataria und Galveston, mochte denken, daß seine persönliche Erfahrung, die er beim Regieren seiner zwei Kommunen gewonnen hatte, in denen streng geteilt wurde, den beiden Theoretikern des Kommunismus nützlich sein könnte. Tatsächlich gab er seine Gedanken wieder, die er aus diesen Erfahrungen gewonnen hatte. Marx und Engels, deren Kenntnisse auf diesem Gebiet weit umfassender waren, gaben ihm zu verstehen, daß seine Kommunen nicht als Beispiel dienen könnten, da sie jeder realen wirtschaftlichen Grundlage entbehrt hatten (Raub war schließlich nur ein wirtschaftlicher Notbehelf). Daraufhin ließ er, ohne sich getroffen zu fühlen, seine Theorien fallen und erklärte sich mit den Theorien der jungen Männer vollkommen einverstanden. »Sie haben sich mit längst vergessenen Zeiten beschäftigt, mit der Geschichte der Ausbeutung des Menschen durch den Menschen, vom Sklaven bis zum Leibeigenen, vom Leibeigenen bis zum Lohnsklaven, und haben herausgefunden, daß die Ausbeutung die Wurzel allen Übels ist.« Er hatte sogar das Glück, der Geburt des Marxismus beizuwohnen. Dieses große Ereignis ließ in ihm wieder eine heftige Flamme auflodern, die man bei dem ins bürgerliche Leben zurückgekehrten Piraten längst erloschen geglaubt hätte: »Ich hoffe und bete, daß diese in einer starken Lehre vereinigten Pläne die Grundfesten der oberen Klasse erschüttern und diese in die Zangen der arbeitenden Massen treiben werden.«

Diese prophetische Wut erstickte aber nicht den Realismus des Kaufmanns: »Ich verlasse Brüssel, um nach Paris zu reisen; in drei oder vier Wochen werde ich dann in Amsterdam sein und anschließend nach Amerika zurückkehren. Herr Engels wird mit mir nach Paris reisen, wo ich ihm und Marx eine langfristige Finanzierung für den gesamten Druck ihres Manuskriptes verschaffen werde.«

Einzelheiten über seinen Pariser Aufenthalt werden in keinem späteren Brief erwähnt, doch ist die Sicherstellung der Finanzierung geschichtlich erwiesen: »Das Kommunistische Manifest« erschien im Februar 1848 in London in deutscher Sprache. Daß Jean Lafitte nicht nur als Mittelsmann oder Bürge auftrat, sondern daß er höchstwahrscheinlich auch der Auftraggeber war, läßt uns folgende Tatsache vermuten: Die Autoren übergaben ihm ein Manuskript in Kopie, das er mit nach Amerika nahm. Einen Tag vor seiner Ankunft in New York schrieb er seiner Frau: »Ich habe Manuskripte und ich hoffe, daß sie Abraham Lincoln vorgelegt werden.«

Wollen wir einen Augenblick verweilen, denn es ist doch der Mühe wert zu sehen, wo uns der Pirat hingeführt hat. Sein letzter Vorstoß, der meiner Ansicht nach zum gewaltigsten wurde, macht den Mann mit der Marxistischen Lehre vertraut, der einer der hervorragendsten amerikanischen Präsidenten werden sollte. Diesen nicht unbedeutenden Zusammenhang erwähnt kein Geschichtsbuch, auch keine Enzyklopädie.

Abraham Lincoln war 1848 Senator von Illinois, also Mitglied des Bundeskongresses. »Mein Schwager John Mortimore steht mit seinem vertrauten Freund Josuah Speed, Kaufmann in Springfield, in Verbindung«, hatte Lafitte De Franca schon mitgeteilt. »Man muß diese Verbindung ausnutzen, um dem Senator ein Exemplar des ›Kommunistischen Manifestes‹ zu übergeben.« In Wirklichkeit begegnete John Mortimore selbst Lincoln und sprach mit ihm über das ›Manifest‹. Ein Brief von Abraham Lincoln an John Mortimore (den der unermüdliche Stanley Clisby Arthur fotokopieren ließ) beweist die Echtheit dieses Zusammentreffens. »Washington, den 11. November 1847. Mein lieber John! 15 Tage sind vergangen, seitdem wir während meines Aufenthaltes in Saint-Louis von den Manuskripten über Kapital und Arbeit und dem Manifest zur Befreiung der Arbeiter gesprochen haben ...« Lincoln sagte, daß er sehr glücklich wäre, die Grundsätze dieses Manifests zu studieren und daß er allen Menschen die Hauptziele seiner Politik mitteilen werde. Er erwähnte alle Mißstände, unter denen sein Land litt – »einerseits der Aufruhr über die Sklaverei, andererseits über die Freiheitsbestrebungen« –, und sagte, daß er gern den alten Mann treffen würde, den John Mortimore erwähnt hatte. »Soviel ich höre, ist er augenblicklich in Europa auf einem Kongreß über die Arbeit und wird vor dem Frühjahr nicht zurückkehren. Ich fahre nach Springfield oder nach Vandalia. Leiten Sie das bitte in die Wege. Immer Ihr ... A. Lincoln.«

Über den Wunsch Lincolns, ihm zu begegnen, wußte Jean Lafitte bei seiner Rückkehr nach New York (8. Januar 1848) wohl nichts, denn er schrieb in einem Brief an seine Frau, nachdem er ihr mitgeteilt hatte, daß er Manuskripte besäße, noch einmal, daß man diese durch Speed oder Grisby, einem weiteren seiner vertrauten Freunde, dem Senator überbringen lassen sollte. Er glaubte fest daran, daß Lincoln einige der Grundsätze seiner Freunde in die Politik »dieser großen Nation« einführen würde.

Die Undankbarkeit ist vergessen, die Vereinigten Staaten sind eine große Nation. Sie wäre noch größer, dachte der neubekehrte Marxist gewiß, würde sie sich dem Kampf gegen den »Drachen« verschreiben. Dennoch wich im Augenblick der großen Hoffnung und Begeisterung ein anderer Drache, klein, dunkel und lähmend, nicht von seiner Seite: der immer wiederkehrende Drang nach Verheimlichung: »Ich möchte mich niemanden, auch nicht Lincoln, persönlich zeigen oder ihn aufsuchen.« Der Brief (es werden noch einige Reiseeindrücke geschildert) wird unterschrieben mit »J'n Lafitte«, doch auf dem Umschlag stand: »Mrs. Emma Lafflin.«

Hat Abraham Lincoln letztlich das »Kommunistische Manifest« gelesen? Weder dieser große Mann noch die vermittelnden Personen, noch Jean Lafitte haben ein Beweisstück über den Ablauf der Ereignisse hinterlassen.

Soll man Lincolns wachsende Abneigung gegen die Sklaverei, die Folgen hatte, deren Ergebnisse man kennt, auf die mehr oder weniger bewußte Lektüre eines Textes – wenn er ihn gelesen hat – zurückführen, der mit der Verdammung »der Ausbeutung des Menschen durch den Menschen« beginnt? Wer weiß das? Sicher weiß man nur, daß der »Drache« nicht in den Vereinigten Staaten zerschmettert wurde, daß er sogar wachsen und gedeihen konnte, und letztlich erschien er der arbeitenden Masse gar nicht mehr so böse.

Jean Lafittes Leben war nach seiner Rückkehr aus Europa nicht sehr bewegt. Es erscheint uns sogar etwas trübsinnig, wenn wir es an den bisher gewohnten Ereignissen messen, doch die Wirklichkeit ist anders. Die Verbindung von Emma und Jean war trotz des

Altersunterschiedes beständig und zärtlich, und in ihren Herzen wohnte der Friede trotz der vielen unvorhergesehenen Hürden, die das Leben stellte.
Genau sechs Monate nach des Reisenden Rückkehr nach Saint-Louis gab es einen Trauerfall. Glenn, der zweite Sohn, starb, weil er unglücklich gegen eine Tür gestoßen war. »Er war immer viel zarter als sein Bruder«, sagten die Leute. Später ging in Saint-Louis das Gerücht um, daß das Geschäft mit dem Schießpulver auf schwachen Füßen stand, und der Umzug an einen weniger herrschaftlichen Ort gab zu denken.
Die Bewohner von Saint-Louis wußten nichts von den anderen Angelegenheiten des Kaufmanns und kannten gewiß den Brief nicht, den ein Händler von New Orleans im Juni 1850 an Jean Lafitte geschrieben hatte. Der Text war ziemlich rätselhaft, es geht jedoch daraus hervor, daß der Exführer von Barataria in der Weite des verworrenen Delta noch verborgene Schätze hatte; nicht mitgezählt die in den Lagern von Philadelphia, Baltimore, Camden, Bridgeton und anderswo offiziell gelagerten Waren. Es scheint uns, daß der Mann, der das Proletariat die »oberen Klassen« verschlingen sehen wollte, sich bis zu seinem Tode gegen die Not absicherte und seine Familie darüber hinaus.

Mai 1854. Jean Lafitte, seine Frau und sein Sohn Jules sind wieder umgezogen. Sie wohnen in Alton, Illinois, einer Stadt am linken Ufer des Mississippi, vor dem Zusammenfluß dieses Stromes mit dem schmutzigen Missouri, etwa zehn Meilen von Edwardville entfernt. Die jetzt fünfundvierzigjährige Emma ist immer noch sehr hübsch. Der zweiundsiebzigjährige Jean hat eine immer noch kräftige Gestalt, geht kaum gebeugt und sieht mit seinem schneeweißen Haar, das er über die Schultern trägt, etwas seltsam aus. Der Expirat hat noch große körperliche Kraft und liebt die Gartenarbeit und den Spaziergang.
Nordamerika ist ein sehr rauher, noch urwüchsiger Kontinent. Der Frühling zeigt sich nicht immer von der lieblichen Seite! Im Jahre 1854 ist er besonders herb. Emma kehrt fröstelnd von einem Gang

zurück, hinter ihr kommen zwei schwarze Hausangestellte, die Pakete tragen.

»Ich habe gehört, die Untels seien krank und hätten überhaupt nichts.« Viele Eigennamen werden mit dem Strom der Erinnerungen von Generation zu Generation getragen und gehen nicht unter, während andere Namen, besonders die armer Leute, an irgendeines seiner Ufer gespült werden. Das trifft auch für die beiden Alten zu, die Jean Lafitte oft besucht und deren Namen ich hier gern erwähnen möchte. – Emma muß ihm die Neuigkeit nicht zweimal sagen, schon ist ein Korb mit Lebensmitteln gepackt und schon geht er, allein mit dem Korb am Arm, Emmas Einwendungen zum Trotz, die ihn von einem Schwarzen begleiten lassen will.

Koketterie des Siebzigjährigen, eines Mannes, der nach einem Leben voller rauher Abenteuer nicht die Last der Jahre kennt.

Nach sieben oder acht Kilometern Fußmarsch im kalten, nieselnden Morgen erreicht er das ziemlich elende Bauernhaus, sieht das alte Paar. Es ist kein Tier in der Nähe, nicht einmal eine Henne, und von weitem schon hat Lafitte mit seinem scharfen Blick ein untrügliches Zeichen der Not erkannt: über dem Dach nicht die geringste Spur von Rauch, also kein Feuer, so unentbehrlich in diesem Frühjahr.

»Im Schuppen haben wir noch Holz, aber ich habe nicht die Kraft, es zu spalten«, sagt die Frau.

Der alte Mann ist krank. Jean Lafitte packt die Lebensmittel aus, nimmt einen Bissen und hat schon die Axt in der Hand. Die beiden Alten sehen ihn mit festem Schritt in den verlotterten Hof gehen, barhäuptig, nur das wunderbar schneeweiße Haar auf Kopf und Schultern. Der Schuppen besteht aus einem durchlöcherten Dach, der feuchte Wind ist hier zu Hause. Nachdem er das Holz gehackt hat, geht er auf die Suche nach neuem Spaltholz. Die alten Leute müssen einen Vorrat an gespaltenem Holz für ihren Ofen haben, bis er wiederkommt. Übrigens wird ein Pirat nie müde. Wie zufrieden ist sein Gesicht, als er mit einem großen Korb voller Holzscheite hereintritt! Vielleicht hat ein erfolgreicher Beutezug ihn nie so zufrieden gemacht.

»Aber Sie sind ja ganz durchnäßt!«
»Ich werde mich schon aufwärmen!«
Der Ofen raucht und brennt und heizt. Neues Leben kehrt in das trostlose Haus ein. Aber der Wohltäter muß gehen. Er hat noch eineinhalb Stunden Wegstrecke in diesem kalten regnerischen Wetter vor sich. Aus dem Nieseln wird Regen, der von Windböen durchstreift wird. Das Ende kann sich der Leser gewiß denken: am selben Abend mit Schüttelfrost ins Bett, am nächsten Morgen sehr hohes Fieber. Emma hält ihre Tränen zurück, während sie ihm Wärmflasche, Kräutertee und Heilmittel bringt.
Einer der eigensinnigsten und furchtlosesten Seeleute und Abenteurer zu Wasser und zu Land stirbt am 5. Mai 1854 in seinem Bett an Lungenentzündung im Alter von 72 Jahren. Emma schluchzt, als sie auf dem Kopfkissen die weißen Haarlocken ordnet, zu beiden Seiten der geschlossenen Augen.
Einige Tage nach der Beerdigung auf dem kleinen Friedhof von Alton nimmt sie die Bibel, die ihr Jean vor 22 Jahren geschenkt hat. Sie schreibt drei Zeilen in ihrem rührenden Französisch hinein: »Memoiren, Emma Lafitte, Witwe meines Mannes, 5. Mai.« Darunter: »10. Mai 1854. Ich war zur Totenmesse, die für meinen Mann gehalten wurde.« Dann jener letzte Liebesschrei, die Verpflichtung, die sie bis zu ihrem Tod, 31 Jahre später, einhalten sollte: »Ich werde mich niemals wieder verheiraten.«

BIBLIOGRAPHIE

Alexandre-Olivier Exmelin, *Histoire des aventuriers, flibustiers et boucaniers qui se sont signales dans les Indes.* Paris 1684.
Die Erstausgabe erschien unter dem Titel *De Americaensche Zee Rovers*, Amsterdam 1678. Zwei englische Ausgaben 1684; später oft und in zahlreichen Sprachen nachgedruckt.
J.-B. du Tertre, *Histoire générale de Saint-Christophe, de la Guadeloupe et de la Martinique et autres îles dans l'Amérique, où l'on verra l'établissement des colonies françaises dans ces îles.* Paris 1654.
J.-B. du Tertre, *Histoire générale des Antilles habitées par des Français.* Paris 1667–1671.
Debien, »Les engagés français pour les Antilles, 1634–1715«. In: *Revue de l'Histoire des Colonies.* Paris 1951.
C. Johnson, *A general history of the Pyrates.* London 1734.
F. Funck-Brentano, *L'île de la Tortue.* Paris 1928.
Dr. H. Pignet, *A.-O. Esquemelin, chirurgien des aventuriers.* Thèse Montpellier 1939.
Raveneau de Lussan, *Journal du voyage fait à la mer du Sud avec les flibustiers de l'Amérique en 1684 et années suivantes.* Paris 1689.
J.-B. Dejean, sieur de Pointir, *Relation de l'expédition de Carthagène.* Amsterdam 1698.
Admiral Jean du Casse, *Relation fidèle de l'expédition de Carthagène.* Paris 1699.
Vignols, *Les compagnies des îles de l'Amérique.* Paris 1928.
R. P. de Charlevoix, *Histoire de l'île espagnole ou de Saint-Domingue.* Paris 1730–31.
A. Smith, *The atrocities of the pirates.* London 1824.
A. Sternbeck, *Histoire des flibustiers et des boucaniers.* Paris 1931.
A. Thomazi, *Les flottes de l'Or.* Paris 1956.
L. F. Duro, *Armada espagnola.* Madrid 1814.
J. Burney, *History of the buccaneers of America.* London 1816.
C. H. Haring, *The buccaneers in the West Indies in the 17th century.* London 1910.
F. R. Hart, *Admirals of the Caribbean.* London 1923.
H. A. Ormerod, *Piracy in the ancient world.* Liverpool 1924.
Anna Franchi. *Storia della pirateria nel mondo.* Mailand 1852.
L. Buhnau, *Histoire des pirates et des corsaires.* Paris 1965.
H. Deschamps, *Pirates et flibustiers.* Paris 1962.
J. Merrien, *Histoire mondiale des pirates, flibustiers et négriers.* Paris 1959.
Philip Gosse, *Histoire de la piraterie.* Paris 1952.
Philip Gosse, *Pirates Who's Who.* London 1962.
Edward Long, *The history of Jamaica.* London 1774.
J. L. Philips, *Sir Henry Morgan, buccaneer.* London 1912.
G. W. Bridges, *The annals of Jamaica.* London 1820.
W. Adolphe Roberts, *Morgan, amiral des boucaniers.* Paris 1934.
A. H. Verrill, *In the wake of the buccaneers.* New York 1923.
D. Mathew, »Cornish and Welsh pirates in the reign of Elizabeth«. In: *English Historical Review*, 1924.

Stanley Clisby Arthur, *Jean Laffite, gentleman rover.* New Orleans 1952.
Stanley Clisby Arthur, *The story of the battle of New Orleans.* New Orleans 1935.
Stanley Clisby Arthur, *Old New Orleans.* New Orleans 1936.
G. W. Cable, »The pirates of Barataria«. In: *Century Magazine.* New York 1883.
H. E. Chambers, *A history of Louisiana.* New York 1925.
A. Lacarrière-Latour, *Historical Memoir of the War in West Florida and Louisiana.* Philadelphia 1816.
L. Saxon, *Laffite the pirate.* New York 1830.
»T«, »The cruise of the ›Enterprise‹, a day with La Feete«. In: *U.S. Magazine and Democracy Review,* Juli 1839.
A. Walker, *Jackson and New Orleans.* New York 1854.
H. G. Warren, »Establishment of privateers at Galveston«. In: *Louisiana Historical Quarterly,* Okt. 1938.

BILDQUELLEN

Fourniture de Vivres à la flotte espagnole, Théodore de Bry (Seite 17) · Histoire des Pirates et Corsaires, P. Christian, Paris – D. Cavailles Ed. 1849 (Seiten 32, 204, 222) · Histoire Générale des Antilles (Seite 29) · J. Dubout (Seiten 255, 273) · La galerie agréable du monde, Amérique, chez Pierre Van der Aa (Seiten 16, 125, 255, 267) · Mœurs et Coutumes, Amérique Centrale, Caraïbe, St-Domingue, Antilles (Seiten 6, 20, 49, 137) · Musée de la Marine (Seite 309) · Nationale Maritime Museum (Seiten 119, 163) · Théodore de Bry – Attaque d'un camp à l'arc (Seite 27) · The History of the Bucaniers of America, London. T. Newborough 1699 (Seiten 74, 93, 100, 142) · Tour du Monde, dessin de Weber (Seite 36) · Un marché à St-Domingue, Gravure de Lacauchie (Seite 227).